모든 새의 사랑

모든 생의 사랑

초판1쇄 인쇄 2011년 11월 5일
초판1쇄 발행 2011년 11월 10일

지은이 이수민

펴낸이 박대일
편집 이문영, 임수진, 임유리
교정 박준용
마케팅 송재진
디자인 김은희(표지), 류미라(본문)

펴낸곳 새파란상상(파란미디어)
출판등록 2004년 9월 14일 제313-2004-00214호

주소 121-886 서울시 마포구 합정동 387-18 현화빌딩 2층
전화 02. 3141. 5589(영업부) 070. 7798. 5589(편집부)
팩스 02. 3141. 5590
전자우편 paranbook@gmail.com
블로그 paranbook.egloos.com
트위터 @paranmedia

ISBN 978-89-6371-032-7(03810)

모든 생의 사랑

이수민 장편소설

차례

세상에 상처받은 바로 그대,

그리고 어머니께

1
소문

화림동花林洞에서 집들은 자신만의 영역을 가지고 있었다. 어느 집에서나 볼 수 있는 안주인의 억척스런 손길이 매일 닿는 장독대 딸린 뒤뜰과 하루 종일 넉넉한 햇빛을 받아들이는 앞마당. 그런 공간들은 오직 그 집만의 영역이었다. 나지막한 담들이 그 집만의 영역을 이웃집의 영역과 구분하며 구불구불 흐르고 있었다. 그리고 담과 담 사이의 공간이 자연스레 길이 되었다.

화림동의 길은 사람들만의 것이 아니었다. 길 위에는 소문과 비밀이 종종 떠다녔는데 그것들은 대문이 없는 집들을 무시로 드나드는 무법자 같았다. 은밀한 무법자들은 길들이 만나는 우물가에서 종종 회합을 했고, 아낙네들은 그들을 이고 지고 집으로 나르곤 했다. 소문과 비밀이 육화肉化되는 순간이었다.

화림동의 모든 집들을 휘감아 돌던 담들이 뚝 끊어지는 외떨어진 곳에 나의 외가가 있었다. 마을의 여느 담들과는 다른, 높다란 담이 둘러쳐져 있는 수백 년 된 기와집. 과거 소작농이었던 마을의 집들과 외가 소유의 논밭을 감시하기 위해, 혹은 조망하기 위해 나지막한 언덕에 지어졌던 그 집. 소문은 그 집에서 흘러나와 부산스럽게 화림동의 길과 담을 넘나들었다. 화림동은 실재하는 나의 몸이 아니라 보이지 않는 언어로 된 나와 먼저 조우하고 있었다.

마을 사람들의 거침없는, 때로는 조심스러운 언어 속에서 나는 이름이 없었다. 그저 농월당弄月堂 선이 아가씨의 딸일 뿐이었다. 십수 년 전에 여고를 갓 졸업한 선이 아가씨가 농월당 어르신들의 반대를 무릅쓰고 보잘것없는 무지렁이 마을 청년과 달아나 혼인하였던 사건이 내 이름을 대신하여 회자되었다. 나의 실재는 오래전 내 부모의 행적과 외조부의 결정에 비하면 너무나 하찮다는 듯이.

내 부모가 각자의 부모와 척을 지고 달아난 도시에서 아이를 낳고 행복하였는지 불행하였는지는 그들의 관심 밖이었다. 달아났던 젊은 남녀는 딸아이 하나 덩그러니 남기고 세상을 떠났다. 남녀가 왜 죽었는지, 죽음의 원인 따위는 그들에게 중요한 사안이 아닌 듯했다. 그해 5월, 광주에서 일어난 거대한 사건도 그저 실체를 파악할 수 없는 바람에 불과한 것으로 받아들일 정도로 무심해 보였던 화림동 사람들에게 당장의 흥미를 끄는 사건은 내가 농월당 어르신들에게 받아들여졌다는 사실이었다. 선이 아가씨가 선택해 달아난 사내는 대대로 농월당의 노비였다가 소작농을 거쳐 간신히 자작농이 된 이의 자손이었다. 게다가 그 사내의 노모와 형제가 아직도 화림동에 살고 있지 않은가!

마을 사람들은 작은 옷가방 하나를 들고 농월당으로 들어가는 내 뒤통수를 향해 속삭였다. 속삭임은 낮과 밤을 가리지 않았고 농월당에서 정점을 이루었다. 단명했다던 어느 조상의 글씨가 새겨진 편액이 걸려 있는 작은 건물, 농월당. 외조부의 사랑을 담뿍 받았다는 어머니가 머물렀던 공간. 그곳에 내가 들어가 머물게 되자 속삭임은 정점에 이르렀다가 한꺼번에 뚝 끊어졌으리라.

외조부의 의지는 확고했다. 나는 아버지의 딸이 아니라 어머니의 딸로 받아들여졌다. 물론 열여섯 살에 지나지 않았던 나는 갓을 쓰고 조석으로 드리는 문안 인사를 깐깐하게 받던 외조부의 마음을 짐작조차 할 수 없었다. 또한 마을 사람들의 호기심 어린 시선이나 소문에도 무지했었다.

열여섯 살의 나……. 실재의 나는 내 부모의 과거에 의한 내가 아니었다. 마을 사람들이 선이 아가씨라 부르는, 또 몹쓸 놈이라 부르는 두 사람은 나와는 별개의 존재들이었다. 나에게 부모는 언제나 과거가 없는 현재의 존재들이었으니까. 누군들 자신들의 부모에게 찬란한, 불행한, 아름다운, 슬픈 과거가 있으리라 상상할 수 있겠는가. 나는 언제나 나의 부모였던 그들의 자식이었고, 특별할 것도 없는 그 사실이 내겐 늘 현재 진행형의 현실이었다. 적어도 화림동에 오기 전까지는. 죽기 전까지 그들도 그래 보였다. 모두의 반대를 무릅쓰고 결혼했다는 것과는 아무 상관없이 불행해 보이기도 했고, 또 행복해 보이기도 했다. 아마 그들도 그런 자신들의 미래는 상상할 수 없었겠지. 자신들의 죽음도. 열여섯 살의 내가 부모의 죽음을 상상할 수 없었듯이 말이다.

상상도 할 수 없던 사실이 현실로 주어질 때의 분노를 생생히 기억한다. 부모가 죽는 것은 명백한 박탈이다. 만일 그 순간 신이 내 앞에 있었더라면, 그리고 가능했다면 부모를 박탈한 신의 목을 비틀어 죽여 버렸을 강제적인 박탈이었다. 하지만 고백하건대 그런 분노는 부모에 대한 사랑에 기인한 것만은 아니었다. 열여섯 살 소녀에게는 박탈 그 자체가 모독이고 참을 수 없는 것이었다. 게다가 신을 죽이고 싶을 만큼의 분노가 차고 흐르는 실재의 내가 어머니의 과거에 던져졌다.

어처구니없을 정도의 무력함과 분노가 부모를 대신해 내 안에 자리했다. 내 한 몸의 거취를 선택할 권리조차 없는 나는 분노에 스스로를 가두었다. 또한 분출할 수 없는 분노는 내게 침묵을 명했다. 어른들이 실어증이라 불렀던 침묵은 나의 무력함을 감추는 안개와 같았다. 나는 침묵과 함께 농월당에 머물게 되었다.

농월당의 겨울은 춥다는 표현이 가소로울 정도였다. 오래된 한옥의 벽 사이로 스미는 한기는 구들장이 전해 주는 온기를 게걸스럽게 먹어 치웠다. 그러나 나의 체온은 열병에 걸린 사람처럼 몇 도쯤은 높았던 것 같다. 열에 달뜬 나는 농월당이 체온을 앗아 가든 말든 오직 잠들지 않기 위해 버텼다. 도시에서의 밤과는 달리 조금치의 빛도 없는 암흑에 잠식당하는 농월당의 밤은 악몽의 시간이었으니까.

몽마夢魔는 냉기가 감도는 농월당 어딘가에서 잠복한 채 내가 방심하기만을 기다렸다. 어둠이 나의 사고를 마비시키고 눈꺼풀을 끌어내리는 순간 덮쳐 왔던 몽마는 망령들의 세계로 나를 끌고 갔다. 내게서 서로를 박탈해 간 내 부모의 세계였다. 자신들의 자식인 내가 없는데도 지극히 행복한 미소를 지으며 서로를 바라보는 젊은 그들이 있었다. 꿈에서 그들은 젊었다. 마치 내가 청춘을 빼앗은 존재라도 되었던 양 둘만 있게 되자 빛이 나는, 나의 부모란 이름을 버려 버린 그들에게 분노했다. 이미 그들은 죽었는데 그것을 모르는 사람처럼 죽이고 싶었다.

내가 없는데……, 당신들은 행복해? 나는 이렇게 버렸으면서! 고함을 질러 대었다. 소리를 잃은 나의 목소리는 칼이 되었고, 칼이 된 나의 목소리는 그들을 찔렀다. 그들은 베이고, 찔리고, 도려내어져서 피범벅이 되었다. 최악은, 피에 젖은 그들이 아니었다. 끊임없이 흐르던 내 부모의 핏물이 흘러 고인 웅덩이에서 내가 태어나고 있는 장면이었다. 나의 울음소리는 웃음소리처럼 들렸다. 피투성이가 되어 죽어 가는 그들은 서로만 바라본 채 쓰러지고 나는 또 홀로 남는다. 꿈속에서도, 현실에서도 나는 홀로 남았다.

매일, 농월당의 어둠 속에서 꾸었던 악몽에서 벗어나기 위해 어떻게든 버텼던 나는 웅크리고 조금씩 아귀가 맞지 않는 문살을 노려보곤 했다. 새벽이 되고 어둠이 물러날 때까지. 그러면 한복을 흐트러짐 없이 차려입은 외조모가 문밖에서 나를 불렀다.

"일어나라."

나는 그녀가 싫었다. 외조부는 나를 어머니의 딸로 받아들였지만 그녀는 끝까지 나를 아버지의 딸로 생각했다. 외조모는 내가 문을 열고 나올 때까지 밖에서 몇 번이고 똑같은 목소리로 나를 불렀다.

"일어나."

언젠가 한번은 끝까지 버텨 봐야지 하면서 오기를 부린 일이 있었는데, 외조모는 네다섯 번을 그렇게 부르더니 이렇게 덧붙여 말했다.

"상것의 자식인 거지."

그녀가 내 어머니의 어머니란 것이 믿기지 않았다. 아직은 어슴푸레한 마당에서 나를 부르는 늙고 꼬장꼬장한 외조모에게서 어머니의 모습을 찾는 것은 애초부터 무리였다. 아무튼 외조모는 동이 트기 전에 내게 일어날 것을 종용했지만 허드렛일을 시킨 것도 아니었다. 그녀를 돕는 일손이 부족한 게 아니었기 때문이겠지만, 도시에서 집안일이라곤 해 본 일 없고 말

문까지 닫아 버린 계집아이에게 무언가를 기대할 수도 없었으리라.

아침 일찍 일어나서 세수를 하고 옷 단정하게 입고 방 가운데에 앉아 있는 것. 그러다 주는 밥 먹고 또 가만있는 것. 그저 가만히, 복종할 것을 외조모는 내게 요구했다. 그녀는 그것이 정말 가능하다고 생각했을까? 열여섯 살짜리 여자아이에게 복종을 요구하는 것이?

기억난다. 흐린 눈동자로 집 안 구석구석을 살피며 행여나 상것의 자식이 양반가를 더럽히고 있는 것은 아닌지 감시하던 외조모가. 내 작은 몸은 그녀의 등 뒤에서, 옆에서, 때로는 앞에서 교묘히 자신을 숨기며 불복종에 대한 희열감을 만끽했다.

구부정한 허리에 왼손을 얹고 은비녀로 쪽을 찐 머리로 좌우를 살피던 외조모를 비웃던 내 미소는 사악했으리라. 어차피 시간은 많았다. 전학 가기로 한 읍내의 중학교는 겨울방학 중이었고 그나마도 실어증이 사라지기 전까지는 등교가 보류된 상태였으니까. 그렇게 넘치는 시간 동안 나는 무엇을 했던가. 외조모가 알아차리지 못하게 불복종을 하는 것 이외에 내가 무엇을 했던가.

그나마 악몽에 덜 시달렸던 낮 시간 동안 잠을 자는 일 외에 나는 무엇이든 해야 했다. 도시의 기억에서, 부모의 기억에서 벗어나기 위해서는 무엇이든 해야 했다. 미치지 않기 위해서 뭐든 해야 해. 난 엄마처럼은 되지 않겠어. 이를 악물었다. 그러나 유감스럽게도 농월당에서 내가 할 수 있는 일은 아무것도 없었다. 아무것도. 그래서 나는 투쟁하는 걸 선택했다. 당신들이 원하는 대로 여기 널브러져 있지는 않을 거야. 그저 가만있지는 않을 거야. 그렇게 나는 독기 가득한 싸움꾼이 되었다.

외조모가 원했던 '가만히'에 불복하기로 결심한 건 외조부의 생신날이었다. 근방에서 모여든 친척들을 대접하기 위한 음식 준비를 위해 화림동 아낙들이 두어 명 와 일손을 도왔다. 외조모는 전날부터 내게 농월당에서 한 발짝도 나오지 말라고 경고했었다. 친척들 얼굴 보고 싶은 마음 따위 조금도 없어. 난 입술을 잘근 씹으며 그녀의 경고를 비웃었다. 적어도 다음 날 아침 농월당의 문이 잠긴 걸 발견하기 전까지는 말이다.

아무 짓도 하지 않았다. 그냥 화장실을 가고 싶었을 뿐이다. 덜컹! 낡은 문짝의 저항이 느껴졌을 때도 나는 사태를 파악할 수 없었다. 덜컹, 덜컹, 덜컹! 몇 번을 흔들어 보고서야 문이 잠긴 걸 깨달았다. 울지 않았다. 울지 않고 다만 문살에 손가락을 끼웠다. 손가락 끝이 팽팽한 창호지에 닿자 분노가 치밀어 올랐다. 날 가둘 수 있을 거라고 생각해? 날 당신 마음대로 할 수 있을 거라고 생각해? 힘껏 문을 흔들고 또 흔들었다. 분했다. 목소리만 나온다면 화림동까지 닿도록 비명을 질러 대어 망신을 줄 텐데……. 분하고 분한 마음에 문살에서 떨어져 나온 가시가 몇 개씩 손가락에 박히는 것도 깨닫지 못하고 문을 흔들어 대었다. 왜! 내가 뭘 잘못했는데! 내가 당신 딸의 자식으로 태어나고 싶어서 태어난 건 아니잖아! 내 아버지의 딸로 태어난 게 그렇게 죄야? 왜 그들의 죄를 대신해 내가 벌을 받아야 하는 거지? 절대 대답을 들을 수 없는 질문들로 머리가 깨질 것 같은 순간, 나는 망설임 없이 잠긴 문을 향해 있는 힘껏 몸을 날렸다. 그리고 나무가 부러지는 소리와 함께 기우뚱한 내 몸이 쓰러질 때 이상한 기분을 느꼈다. 누군가 시간의 끈을 늦춰서 나를 허공에 머물게 해 준 것 같은 느낌이었다. 아주 잠깐 물기에 젖은 흙냄새가 났던 것도 같다. 정신을 차려 보니 나는 부서진 문과 함께 마루에 나뒹굴고 있었다. 부러져서 뾰족해진 문에 팔이며 다리가 온통 긁혀 있었지만 상관없었다. 곧장 안채로 내달렸다.

산발한 머리에 상처투성이인 내가 안채 마당에 등장하자 기분 좋은 소란스러움은 일시에 수군거림으로 돌변했다. 나를 가장 먼저 발견한 건 농월당에 머물며 집안일을 돕던 세왕댁 아줌마였다. 화들짝 놀라 입을 벌리는 그녀의 뒤를 이어 아낙들이 내 존재를 알아차리고 부산하게 눈알을 굴리며 소문의 주인공을 관찰하기 시작했다.

"어떻게……, 아이고 어째……. 어르신 오시기 전에 빨리!"

세왕댁 아줌마는 무슨 날벌레를 쫓듯이 손을 흔들며 나를 농월당으로 몰려고 했다. 그러나 그렇게 순순히 돌아갈 내가 아니었다. 도리어 난 사랑채 쪽으로 거침없이 걸어갔다. 그러자 기겁한 세왕댁 아줌마가 내 팔을 붙잡았다.

"왜 이러는 거야! 어르신 오시면 어쩌려고 이래?"

하나도 안 무서워! 세왕댁 아줌마를 노려보며 그녀의 손을 거칠게 뿌리쳤다. 동시에 우리를 지켜보던 아낙들의 말에서 처음으로 소문의 단면을 보게 되었다.

"세상에, 선이 아가씨 딸이 맞아?"

"말을 못 한다더니 진짠가 보네……. 어째 제 어미하고 저렇게 다르대."

"어르신들께서 사람을 잘못 들인 거 아닌가 모르겠네. 세상에……, 저 노려보는 눈 좀 봐. 무섭네, 무서워."

뭐라고? 말하려면 똑바로 말해. 그렇게 입을 가린다고 안 들리는 거 아니잖아! 그녀들의 수군거림에 난 몸을 돌려 그들을 노려보았다.

"……표독스러운 것 좀 봐. 선이 아가씨하고 어쩜 저렇게 달라."

난 엄마가 아니니까! 난 그런 바보가 아니야! 주먹을 불끈 쥐고 그들에게 달려가려는데 머리가 옆으로 숙여졌다. 외조모였다. 한 손으로 내 머리채를 휘어잡고 아낙들의 수군거림을 단번에 잠재워 버린 사람. 그녀의 손아귀에서 벗어나려고 버둥거릴수록 외조모는 더욱 거세게 내 머리칼을 잡아 뜯었다.

"입방정! 조심들 하는 게 좋을 걸세."

그러고는 짐승을 끌고 가듯이 나를 농월당으로 끌고 갔다. 치욕스러웠다. 외조모의 손에 머리칼을 잡힌 채 허리를 숙이고 질질 끌려가는 나의 모습이 머릿속에 그려지자 죽고 싶단 생각만이 맴돌았다.

"미친년, 어디서 집안 망신을 시켜!"

머리칼을 놓지 않고 외조모는 소리를 질렀다.

"핏줄은 못 속인다더니, 상것이 들어와서! 애비가 내 딸 죽인 것도 모자라서!"

아니, 당신 딸이야! 당신 딸이 죽였어! 미친 것도 당신 딸이고, 죽인 것도 당신 딸이야! 아빠가 아니란 말이야! 손을 뻗어 내 머리칼을 움켜쥔 외조모의 손을 마구 할퀴었다. 그제야 머리칼을 놓은 외조모의 손이 이번엔 내 뺨을 강타했다.

"나쁜 년! 배워 먹지 못했으면 고분고분하기라도 해야지! 처박혀 있어! 그나마 쫓겨나고 싶지 않으면!"

제발 쫓아내. 여기서 날 쫓아내라고! 나를 마루에 팽개치고 돌아서는 외조모를 향해 소리치고 싶었다. 목구멍을 찢어서라도 외치고 싶었다. 소리를 만들 수 없는 울분에 마루를 주먹으로 치고 또 쳤지만 비참한 사실까지 지울 수는 없었다. 외조모의 말에 진실이 있다는 것. 나는 돌아갈 곳이 없는 사람이다. 나는 도망칠 수도 없다. 그래도 울지 않았다. 울지 않아. 울지 않을 거야. 누구를 위해서도 울지 않겠어. 그것이 나 자신을 위한 것일지라도.

외조모는 그날 최씨 아저씨—세왕댁 아줌마의 남편—가 문을 고쳐 주는 것도 허락하지 않았다.

"하루쯤 놔두게. 제가 얼마나 멍청한 짓을 했는지 알게 해줘야지. 아궁이에 불도 피워 주지 말고!"

아무리 열에 달뜬 나라도 겨울밤의 한기를 그대로 견디기는 힘들었다. 두터운 이불로 몸을 감싸고 방 한구석에서 부서진 문을 통해 들어오는 찬바람과 희미한 달빛을 노려보았던 내가 기억난다. 바람이 불 때마다 들리던 대숲의 신음 소리에 엄마의 비명과 아빠의 거친 숨소리가 겹쳐 들려서 손바닥으로 귀를 막았었다. 그제야 손가락에 박힌 가시의 존재와 아픔이 느껴졌다. 하지만 귀에서 손을 뗄 엄두가 나지 않았다.

눈을 감고 상상했다. 나는 사막에 있다. 끝없이 펼쳐진 사구砂丘의 물결이 별빛 아래 펼쳐져 있다. 반짝이는 모래가 발가락 사이를 메워 주고, 내가 기대고 있는 대추야자나무 위로 달이 뜨고 있다. 어디선가 물내음이 난다. 그래, 오아시스다. 아주 작은 오아시스지만 홀로 쉬기에는 충분하다. 나는 지금 사막의 밤에 홀로 있다. 잠이 들었다. 그러자 귀를 막았던 손이 스르르 떨어지고…….

발아래 모래에서 태양의 온기가 느껴진다. 아직도 사막이다. 다행이야. 안심하고 눈을 감았다가 뜬 순간, 어머니의 손이 보였다. 피 묻은 칼을 든 창백한 손이었다. 어머니의 앞엔 피투성이가 된 아버지가 쓰러진 채 숨을 몰아쉬고 있었다. 사막의 달빛도, 별빛도, 바람도 그의 숨에 섞인 술 냄새와 피비린내를 씻어 주지는 못했다. 아버지를 찌른 칼보다 더 날카로운 어머니의 비명이 사막의 밤을 찢어 놓았다. 핏빛으로 물든 별들이 어머니의 비명과 함께 추락하고 있었다. 나를 향해 뻗은 아버지의 단 하나뿐인 손. 그 손을 잡아 줄 수 없었다. 미안해! 아빠, 미안해!

나는 달린다. 추락하는 별들이 피부를 스치며 내게 상처를 입힌다. 그래도 나는 달린다. 심장이 터져라 달리지만 내 다리는 점점 모래 속으로 가라앉을 뿐이다. 숨이 막힌다. 사막은 이제 나를 잡아먹는 괴물이 되었다. 살려 줘! 죽고 싶지 않아! 허우적거리는 나를 내버려두고 돌아서는 그들이 보인다. 살려 줘! 엄마, 아빠! 팔을 뻗어 보지만 그들은 돌아보지 않는다. 살려 줘! 그때 커다란 손이 나를 끌어올린다. 누구야, 누구? 보이지 않아. 순식간에 멀어진 그를 바라보지만 희미하기만 하다. 누구야? 자세히 보려 하면 할수록……, 어렴풋이 멀리서 불빛이 반짝인다. 뭐지? 반짝이는 풀빛의……, 반딧불?

이미 아침이었던 농월당에서 눈을 떴다. 밤새 웅크리고 있었던 탓에 어깨가 아파 오고 기침이 나왔다. 그러나 통증 따위는 아무래도 좋았다. 전날의 기억과 악몽이 선사한 처참함에 비하면. 아직도 방 안에 피비린내가 진동하는 것 같아서 구역질이 나려는 걸 간신히 참고 밖으로 나왔다. 쨍한 햇빛에 머리가 아파 왔다. 안채에서 밥 짓는 냄새가 흘러나왔다. 주먹이 저절로 쥐어졌다. 손가락에 박힌 가시가 사라졌다는 걸 느꼈지만 그런 건 중요한 일이 아니었다. 이대로 물러설 것 같아?

마당으로 내려온 나는 세수도 하지 않고 돌멩이를 찾는 데 열중했다. 최씨 아저씨가 매일 비질을 해서 도무지 있을 것 같지 않았던 큼지막한 돌멩이 하나를 간신히 찾아낸 나는 못된 미소를 지었다. 돌멩이를 손에 쥐고 안채로 걸어가는 내내 지어졌던 삐뚤어진 미소가 사라진 것은 외조모가 애지중지하던 독들이 볼록한 배를 드러내고 있던 장독대 앞에서였다. 절대 당신한테 안 져! 힘껏, 돌멩이를 던지자 와창! 깨지는 독과 쏟아져 나오던 시커먼 간장. 나는 멈추지 않았다. 마당 저쪽에서 발견한 돌멩이를 들고 와 또 독을 향해 던졌다. 와창! 파열음과 짠내가 아침 공기를 할퀴었다.

"아니……, 이게 무슨 짓이야!"

먼저 뛰어온 것은 세왕댁 아줌마였다. 뒤이어 최씨 아저씨가 사랑채 쪽에서 뛰어와서 놀란 눈으로 나와 장독대를 번갈아 쳐다보았다. 나는 기다렸다. 빨리 와. 그리고 와서 봐, 내가 한 짓을. 당신이 봐야 해. 드디어 등장한 외조모의 일그러진 얼굴을 보며 난 득의양양한 미소를 지어 보였다. 똑똑히 봐. 난 절대 당신한테 복종하지 않아. 절대로! 자, 이제 또 때려 보시지. 얼마든지! 다음엔 더 독한 짓을 해 줄 테니까.

"아침부터 왜 이리 소란인가? ……네가 한 짓이냐?"

외조모의 분노 가득한 외침과 매를 기대했던 내게 들린 건 외조부의 음성이었다.

"저년이 한 짓이 아니면 누가 한 짓이겠어요? 어제도 미쳐 날뛰더니……, 저것이 돌아도 단단히 돈 것입니다. 매를 들어서 버릇을 고쳐 놔야지, 그러지 않으면 집안을 망쳐 먹을 물건입니다."

분노로 부들부들 떨리는 외조모의 음성과는 달리 외조부의 표정은 차가웠다.

"보아하니 지금은 매를 든다고 고쳐질 버릇이 아니오. 가서 씻고……, 행동거지 바르게 해라. 부모 얼굴에 먹칠하지 말고."

그 말이 머리를 쳤다. 부모 얼굴에 먹칠하지 말라고? 자기들 멋대로 죽어 버린 사람들 얼굴에 먹칠을 해 본들 뭐가 어떤데!

"받아 주는 것이 아니었는데. 받아 주는 것이 아니었어, 쯧쯧!"

혀를 차며 뒷짐을 지고 안채로 돌아서는 외조모와 깨진 독의 흔적을 치우며 흘깃흘깃 나를 살피는 세왕댁 아줌마의 시선에서 공통적으로 느껴진 건 혐오감이었다. 혐오의 지독한 악취가 나란 인간의 구성 요소인 것처럼. 먼지투성이인 손을 씻으면서도 나의 신경을 자극한 건 신기하게 사라져 버린 가시의 행방이 아니라 인정할 수 없는 나에 대한 그들의 혐오감이었다. 인정할 수 없었다. 인정할 수는 없지만 아무렇지 않을 수도 없었다. 나는 정말 그런, 괴물 같은 존재인 걸까? 꿈속에서 내게 등 돌리던 부모님의 뒷모습도 떠올랐다. 어차피 혼자야. 아무도 필요 없어. 나는 그날부터 농월당에 스스로를 가둬 버렸다. 그를 만날 때까지.

2

내 이름을 불러 준 사람

그날 이후로 방에 꼼짝없이 틀어박혀만 있었던 유령 같던 나. 세왕댁 아줌마가 가져다주는 밥만 꾸역꾸역 먹었을 뿐 며칠이 흘렀는지도 모른 채 아무것도 하지 않던 날들이 이어졌다. 무료하고 무기력한 시간들에 지쳐 가던 어느 날, 한낮임에도 냉기가 도는 방을 견딜 수가 없어졌다. 1월의 짧은 볕이라도 쬐기 위해 나갔던 마당에 기하 오빠가 있었다.

햇볕을 향해 서 있는 그는 검은 바지에 하얀 셔츠를 입은 것이 교복을 입은 고등학생 같아 보였다. 하지만 귀와 목덜미를 뒤덮은 머리카락이 그가 고등학생이 아님을 말해 주고 있었다.

누굴까? 궁금해지기 시작할 때 그가 고개를 돌려 나를 보았다. 아니, 그것은 완벽하게 틀린 표현이다. 그저 내 쪽을 향해 고개를 돌렸다는 것이 맞다. 내가 서 있는 장소를 향한 그의 눈동자는 거의 투명에 가까웠다. 난 그 눈동자를 홀린 듯이 쳐다보았다. 어릴 때 가지고 놀던 인형의 유리알 눈동자처럼 투명하지만 생기가 없는 기하 오빠의 눈.

"누구야?"

이렇게 묻는 그의 목소리는 너무 낮고 무거웠다. 정직하자. 난 그 순간 그의 목소리가 싫었다. 그렇게 아름다운 눈동자를 가진 사람의 목소리가 언젠가 음악 시간에 들었던 콘트라베이스의 떨림 같은 것이 싫었다.

"답해. 누구야?"

다시 묻는 기하 오빠의 목소리엔 약간의 짜증이 묻어 있었다.

"……."

답하고 싶었다. 난 정교은이라고. 그러나 내 목소리는 아직 침묵에 안주하고자 했다. 내 답을 기다리던 그는 커다란 손을 들어 나를 불렀다. 다른 이가 나를 그런 식으로 불렀더라면 콧방귀를 뀌며 달아나 버렸을 테지만 그에게는 그럴 수 없었다. 그래선 안 된다는 것을 내 몸이 먼저 알고 있다는 듯이 그에게로 조심스럽게, 그러나 쉼 없이 다가갔다.

그는 내가 자기 앞에 설 때까지 꼼짝 않고 있다가 갑자기 팔을 들어 내 쪽으로 가만히 뻗었다. 그리고 잠시 동안 허공을 가르던 그의 손이 마침내 내 머리를 쓰다듬었을 때 나는 비로소 알 수 있었다. 그가 맹인이라는 것을. 내 머리에 얹힌 그의 손이 뒤통수와 목덜미를 타고 어깨까지 천천히 내려올 때 그의 공허한 시선도 함께 움직인다는 것을 발견했다. 도망치고 싶었다. 이전에 그토록 가까이에서 장애인을 본 일이 없었던 나는 그가 무서웠다.

"네가 교은이구나."

기하 오빠가 이렇게 말하자 두려움이 사라졌다. 화림동에 와서 처음으로, 농월당에서도 처음으로 내 이름으로 내가 불렸기 때문이다. 나를 어머니의 딸로 받아 주었던 외조부조차도 첫 대면부터 이름을 불러 주지 않았으니까.

'너로구나. 네가 선이의 딸이구나.'

그렇게 내내 나의 이름은 '선이의 딸'이었다. 그런데 기하 오빠가 내 이름을 불러 주었다. 그는 날 혐오하고 있지 않았다. 어떤 판단도 하지 않았다. 그에게 나는 그냥 정교은일 뿐이다.

"……."

그는 침묵 속에서 나의 답을 들었다.

"그래, 네가 교은이구나. 고모가 너를 보내 주었구나."

그랬다. 나의 어머니는 그에게 고모였다. 그게 너무나 이상했다. 그렇게 낯선 사람이 나와 피를 나눈 친척이라는 것보다 그에게도 부모가 있다는 것이 이상했다. 게다가 마녀 같은 외조모가 그의 할머니라는 것은 더더욱 믿기지 않았다. 처음부터 그는 홀로 존재해야 마땅할 사람처럼 보였다.

"난 기하야. 저쪽 사랑채에 늘 있으니까 자주 놀러 와."

그러면서 눈이 보이는 양 성큼성큼 걸어 사랑채 쪽으로 들어갔다. 그가 '늘' 있었던 사랑채. 수백 년 동안 객客들의 거처가 되었던 곳. 그곳에 눈이 먼 장손이 머물렀다.

기하 오빠에겐 미안한 말이지만 당시 난 아주 커다란 인형을 선물 받은 기분이었다. 가지고 놀 수는 없지만 흥미롭게 관찰할 수 있는 인형. 하지만 기하 오빠는 좀처럼 방에서 나오지 않았기에 그를 자주 볼 수는 없었다. 가끔 산책을 하듯 마당에 나와 해를 향해 서 있거나 드물게 달빛이 밝을 때 마루에 걸터앉아 보이지 않는 밤의 입자들을 느끼는 것 같은 그를 발견할 때 내게 자신이 얼마나 신비하게 느껴졌는지 알고 있었을까?

언젠가 읍내에서 불러 온 이발사가 사랑채 마당에서 기하 오빠의 머리카락을 자를 때였다. 무섭도록 날이 선 가위가 부지런히 그의 머리에서 움직일 때마다 잘려 나간 머리카락들이 민들레 홀씨처럼 날리는 걸 보며 분해했었지. 덥수룩한 머리칼이 그를 순정 만화의 주인공처럼 보이게 했는데, 훤히 드러난 이마며 목덜미가 너무 깔끔해서 재미없는 모범생처럼 보였으니까.

괜히 발끝으로 땅을 툭툭 차며 입술을 내밀던 내가 기억난다. 그게 날 오빠에게 알리는 신호가 되었다. 잘린 머리칼을 탈탈 털어 낸 이발사가 외조모에게 돈을 받으러 안채로 사라지자 기하 오빠는 나를 불렀다.

"교은이지? 이리 와."

그의 부름에 천천히 걸음을 옮기던 내 발에 신겨진 까만 구두의 반짝임이 떠오른다. 죽기 전에 어머니가 사 준 갈색의 체크무늬 치마가 흙터 가득했던 내 무릎을 스쳤던 것도. 내가 보아 왔던 어떤 사람보다 큰 입으로 넉넉히 미소 짓고 있던 그의 앞에 서서 불안하게 물어뜯었던 손톱의 딱딱한 촉감도 생생하다. 기하 오빠는 더 이상 허공에 대고 헛손질을 하지 않고도 정확히 내 어깨 위에 자신의 손을 얹을 수 있었다.

"왜 놀러 안 왔어? 기다렸는데."

말해 주고 싶었다. 매일 왔어. 매일 와서 놀다 갔어. 오빠만 모를 뿐이지.

"실어증에 걸렸다고 했던가? 답답하겠다. 우리 둘 다 답답하네. 그렇지? 몇 살이라고 했더라……, 숫자로 써 주겠니?"

나는 내 어깨에서 그의 손을 잡아 내려 손바닥에 '16'이라고 써 주었다.

"그래, 열여섯 살이구나. 나보다 네 살 어리네."

스무 살. 그때 기하 오빠는 스무 살이었구나. 찬란한 스무 살에 스스로를 사랑채에 가두고 살고 있었던 기하 오빠에게 열여섯 살의 내가 파닥거리며 날아들었다.

사랑채에서 가장 넓은 방이 기하 오빠의 은신처였다. 스무 해 동안 자신을 숨기고 있던 은신처. 생각했던 것보다 밝고 정돈된 방. 뜻밖에도 책장 가득 책이 꽂혀 있었다. 나는 한 번도 읽어 본 적 없는 노쇠한 책들이 자신의 존재를 먼지와 곰곰한 냄새로 알리던 기하 오빠의 방. 한낮에 그 방에 들어가면 깨끗이 걸레질쳐져 있는 방바닥 위에서 정적과 먼지가 반짝이며 대류를 일으키는 것을 볼 수 있었다. 반짝이는 것들 한가운데 기하 오빠는 서 있거나 앉아 있었다.

나는 알 수 있었다. 책들이 그를 사랑하고 있다는 것을. 그들은 보이지 않는 긴 촉수를 뻗어 기하 오빠의 곧은 이마와 야윈 뺨을 어루만져 주다가 그의 팔을 끌어당겨 마침내 자신들 중의 하나를 뽑아내게 만들었다. 선택받은 책의 떨림.

그는 아름다운 소녀가 입고 있는, 한때는 화려했을, 그러나 낡아 버린 옷자락에 새겨진 자수를 만지듯이 섬세하게 책을 쓰다듬었다. 아무리 큰 책이라도 가뿐히 한 손으로만 받쳐 들고 다른 손으로 책의 표지를 음미하는 기하 오빠. 더 이상 참을 수 없었던 그가 책장을 펼칠 때마다 책들은 절정을 느꼈으리라. 오늘도 우리의 사랑이 승리했다 그리 자축했겠지. 하지만 동시에 그들은 패배했다. 기대에 부풀었다가 책장을 넘기는 순간 절망감에 무너졌던 그의 어깨가 그것을 말해 주었다. 아주 가끔 기하 오빠가 들었던 책을 가슴에 끌어안을 때 책들은 환호했을까, 절망했을까?

"이오가 있었을 땐 매일 책을 읽어 주었지."

나를 자신의 방에 처음 들인 날 그가 말했다. 이오는 그의 여동생이다. 가족들과 함께 도시로 떠났던. 나는 단번에 이오가 미워졌다. 매일 기하 오빠에게 책을 읽어 주었을 그녀가. 책들도 이오를 그리워하겠지. 전할 수 없는 문자로 이루어진 기하 오빠를 향한 사랑을 이오는 소리로 전해 주었을 테니까. 내게 익숙하지 못한 감정을 숨기려 책을 한 권 뽑아 책장을 넘겨 보았다.

햇빛에 그을린 듯 변색된 가장자리를 제외하고 깨끗한 종이에 신기하게도 세로로 글씨가 돋아 있었다. 한 번도 세로체로 인쇄된 책을 읽어 보지 못한 나는 손가락을 글자 오른편에 붙이고 아래로 내리며 글을 읽었다. 익숙하지 못한 방식의 독서에 내 손가락은 종이의 결과 글자의 흔적을 추적하듯이 오르내렸다.

그 방에서 내가 처음 읽었던 책의 제목과 내용은 기억하지 못한다. 그러나 내 손가락 끝에 와 닿던 책장의 감촉과 냄새는 잊을 수 없다. 연인의 살결과 살내음을 기억하듯이 기하 오빠의 방에서 행해졌던 모든 독서는 그렇게 오롯이 내 몸에 각인되었다.

책장을 두 장쯤 넘겼을 무렵 기하 오빠가 내 옆에 서 있음을 느꼈다. 겨우 그의 가슴에도 미치지 못하는 작은 키의 나는 본능적으로 한 걸음 그에게서 물러섰다. 자신의 키가 내게 위협적인 느낌을 준다는 것을 전혀 알지 못했던 그는 내 손에서 책을 거칠게 빼앗아 본래 자리에 정확히 꽂아 놓았다. 잠시 어리둥절했던 나는 주름 잡힌 그의 미간을 보고 깨달았다. 기하 오빠는 나를 질투하고 있었다. 스무 해 동안 그렇게도 동경했지만 가질 수 없었던 존재를 10분도 안 되는 사이에 나에게 빼앗겨 버렸으니까.

그의 질투가 불쌍했다. 그가 맹인이란 사실보다 나 같은 아이를 질투할 수밖에 없다는 사실이 가여웠다. 하지만 겸연쩍음을 아무렇지도 않게 털어 낼 수 없었던 기하 오빠보다 더 어리고 미숙했던 나는 그 방을 뛰쳐나와 며칠 동안 농월당에 틀어박혀 버렸다. 그리고 기하 오빠를 알기 전보다 홀로 있는 시간이 수십 배는 무료하게 느껴졌던 내 앞에 치우가 나타났다.

3
난 널 알아

그날 나는 기하 오빠에게서 멀찍이 떨어져 유배당한 사람처럼 농월당에 웅크리고 있었다. 할 수 있는 일이라곤 엎드려 축 처진 채 멍하니 시간의 결을 느끼며 과거의 회상에서 탈출해 미래를 상상하는 것밖에는 없었던 나. 이불이 펴져 있었으나 여전히 차가운 방바닥에 배를 깔고서 고개를 모로 돌리고 멍하니 허공을 응시했었다.

'미, 치, 겠, 다!'

방 안을 물들이던 노을이 자취를 감출 무렵 마침내 벌떡 일어나 앉으며 마음속으로 외쳤다. 무엇이라도 해야 해. 문득 다락에 던져 둔 가방이 생각났다. 거기 일기장이 있었지! 부모님이 죽은 이후로 한 번도 펼쳐 보지 않았던 일기장이었다. 도시에서의 기억은 버릴 수도, 버리지 않을 수도 없이 그렇게 방치

되어 있었다. 무엇이라도 해야 해. 괜찮아. 다락문을 열고 좁고 어두운 계단을 올라갔다. 보이지 않는 적처럼 먼지들이 피어올라 얼굴을 간질였지만 멈추지 않았다. 쪼그려 앉은 채로 가방을 찾아내었다.

그 가방, 본래는 외숙의 것이었다던 검은 가죽으로 만든 낡은 가방은 어머니가 농월당에서 도망칠 때 가지고 나온 것이었다. 미래에의 희망을 담아 농월당을 나갔던 가방에 나는 과거의 절망을 담아 돌아왔다. 어둠 속에서 더듬더듬 가방을 찾아 간신히 끈을 열었던 난 단번에 일기장을 꺼냈다. 어차피 가방 속에 든 물건이라곤 그것밖에는 없었으니까. 끔찍한 기억 이외에는. 괴수처럼 입을 벌리고 있는 가방에서 그것들이 스멀스멀 손을 뻗치고 있었다. 꿈속에서 나를 집어삼키던 모래 구덩이가 떠올랐다. 저리 가! 나한테서 떨어져! 가방을 집어 다락의 저쪽으로 던져 버리고 난 서둘러 계단에 발을 내딛었다. 저것에 잡힐 수 없어. 잡히면 다시는 벗어날 수 없을 거야. 그러나 마음과는 달리 발이 꼬이며 몸이 앞으로 쏠렸다. 좁은 계단으로 가눌 수 없는 몸이 쓰러졌다. 젠장, 부딪친다! 그런데 팔로 얼굴을 가리기도 전에 누군가의 팔이, 가슴이 나를 받아 내었다.

흙내음이 났던 것 같다. 낙엽 냄새 같기도 했다. 아니, 그것은 그리움의 향기였을 것이다. 내가 얼굴을 묻었던 그의 가슴에서 났던 향기들. 안도의 한숨과 함께 뒤섞였던 그의 체취에 어지러워졌다. 누구? 누구야? 나를 안전하게 계단에서 내려주던 그를 홀린 듯이 바라보았다. 나보다 크지 않은 소년이 내 방에 서 있었다. 빛을 내는 석탄 두 조각을 박아 넣은 것 같은 까만 눈동자가 입을 벌리고 있는 나를 보았다. 꿈인가 싶었다. 분명히 여긴 나 혼자뿐이었는데……. 게다가 소년의 몸은 아지랑이처럼 공기와 경계가 불분명해 보이기까지 했다. 혹시……, 귀신?

머릿속에 선명하게 '귀신'이란 단어가 떠오르자 일기장 따위 팽개친 채 도망치고 싶었다. 그러나 움직일 수가 없었다. 비명을 지르려 했지만 아직도 내 목소리는 굳어 있었다. 외부로부터 '정지' 명령을 입력시킨 기계처럼 완전히 굳어진 나는 극도의 공포에 휩싸여 나를 향해 다가오는 그를 볼 수도 없어 눈을 꼭 감았다. 그때 차가운 손가락이 덮여진 눈꺼풀에 와 닿는 것을 느꼈다. 더, 좀 더 힘껏 눈을 감고 싶었지만 나의 의지와는 상관없이 눈꺼풀이 열리며 그의 모습이 눈동자에 담겼다.

나의 시선을 붙잡은 것은 그의 슬픈 눈동자였다. 한줄기 빛도 스밀 수 없을 것 같은 검은 눈동자에 담긴 압도적인 슬픔 앞에 귀신에 대한 두려움도 제 기능을 발휘하지 못했다.

"그대구나, 나의 여인. 그대가 맞구나."

변성기를 거치고 있는 소년의 목소리와 지독히도 어울리지 않는 말투였다. 답할 수 없는 나를 보던 그는 마침내 슬픔을 눈물로 응축시켜 흘려보냈다. 어째서, 도대체 어째서 두려운 대상에게 그런 감정을 느끼는지 알 수 없었지만 그 눈물을 보며 내 마음에 슬픔이 차오르는 것을 느꼈다.

"두려운가, 내가? 그대는 나를 잊은 것인가?"

그의 정체가 무엇인지 알 수 없었지만 나는 그렇게 슬픈 존재를 한 번도 느껴 본 일이 없었다. 슬픔이란 단어에 색과 형태를 부여한다면 그것이 바로 그의 눈동자일 것이다. 그것을 인식한 순간, 나의 내부에서 공명이 일어났다.

몸의 한 부분이 아닌 그보다 더 깊숙한 곳에 내재된 무언가가 진동하며 의식의 수면 위로 떠오르려 했다. 어지러웠다. 봄 하늘의 푸른빛이 얼굴을 비추는 듯 따스하다. 그러나 가슴이 아리다. 까닭 모를 슬픔이다. 졸음에 겨운 듯 시야가 흐려지며 눈을 감는데 어떤 목소리가 아련히 들린다.

'……언젠가 그대 생이 끝난다면, 그때는 다시 태어나 반드시 내게 돌아오시오. 이곳에서 내 언제까지라도 기다리겠소.'

분명 한 번도 들은 적이 없는 목소리인데 숨이 턱턱 막히도록 그립다. 알고 있어, 이 목소리. 나는 알고 있어, 이 존재를. 뇌는 제 기능을 멈춘 듯 언어로 생각을 풀어내지 못했다. 그러나 정교은이란 허물을 벗겨 낸 온전한 '나'는 그리움에 눈물이 솟았다. 그때 시리던 나의 어깨와 등을 감싸 주는 팔을 느꼈다. 이 감촉을 나는 알고 있다. 따스하고 넉넉했던 그 누군가의 품을 알고 있다. 그리웠던 품이다.

"겨우 내게 돌아왔는데……, 하늘이 진정 나를 버리려 하는가!"

꽃향기가 났다. 겨울에 꽃향기가 나는 것이 당연하게 느껴졌다. 지금은 지금이 아니야. 나는 현재에 살지 않아. 물결처럼 그런 생각이 밀려왔고 그것이 당연하게 여겨졌다.

그가 팔을 풀고 손가락으로 나의 눈동자와 입술을 살포시 어루만졌다. 그 부드러운 손길에 스르르 눈을 떴다. 오로지 나만을 향해 열린 눈동자가 거기 있었다.

"널 알아. 그런데……, 기억이 나지 않아."

몇 달 동안이나 침묵했던 목소리가 선명한 소리를 내며 울리는데 그것에 놀라지 않는 내가 더 놀라울 지경이었다. 나의 목구멍을 조르고 있던 현재의 차갑고 모진 손가락을 그의 앞에서 끊어 내었다.

"그럴 리가 없다. 그대가 나를 잊을 리가 없어. 아니야."

그가 그렇게 말하는 찰나 현재의 내가 돌아오며 최면에서 풀린 사람처럼 의식이 또렷해졌다. 잠시 후 다시 공포가 찾아들었고 나는 쿨럭쿨럭 울기 시작했다.

"너 누구야? 난 널 몰라. 보내 줘."

울음이 말을 일그러뜨려 나조차도 알아들을 수 없는 지경이었는데 그는 알아들었다.

"두려워 마라. 절대 그대를 해할 내가 아니다."

그러더니 그는 내 몸에 걸어 놓은 보이지 않는 속박의 사슬을 풀어 주었다. 그것을 느끼자마자 나는 그를 뒤로하고 농월당을 박차고 나가 전속력으로 사랑채를 향해 돌진했다. 신발을 꿰찰 정신도 없던 나인지라 기하 오빠의 허락도 받지 않고 무작정 사랑채 문을 열어 몸을 몰아넣었다.

오빠의 방엔 어둠이 내려앉아 있었다. 어두운 방 안의 그는 카세트에서 흘러나오는 어떤 목소리에 귀를 기울이고 있었는데 나의 침입에 재빨리 정지 버튼을 눌렀다. 그의 행동이 어찌 되었든 나는 기하 오빠를 보자 왈칵 눈물이 쏟아졌다. 너무나 안심이 되어서, 다리에서 힘이 풀려 버린 난 그 자리에 그대로 주저앉아 버렸다.

눈물이 멈추지 않았다. 눈물이 흐르는 동안 기하 오빠는 천천히 내 머리를 쓰다듬어 주었다. 마침내 딸꾹질을 하며 우는 것을 멈춘 나는 철없게도 오빠가 눈이 보이지 않아 다행이라는 생각을 했다. 내 얼굴은 눈물과 콧물로 범벅이 되어 있었을 테니까. 철없던 시절, 잠깐이었지만 얼마나 이기적인 생각이었는지. 사춘기 여자아이들은 때론 소름이 돋도록 이기적이다. 내가 울음을 멈추자 기하 오빠의 손이 내 어깨로 내려왔다.

"세수하러 갈까?"

나는 고개를 가로저었다. 밖은 무섭다. 내 거부를 알아차린 기하 오빠는 바지 주머니에서 손수건을 꺼내 주었다. 곱게 접어 네 귀퉁이가 정확히 맞아떨어지는 손수건은 아마 외조모가 매일 그에게 챙겨 주는 것이겠지. 나는 망설임 없이 그것으로 눈물과 대책 없이 흐르던 콧물을 닦았다.

"가끔 실컷 우는 것도 괜찮을 거야."

아니야, 그런 게 아니야. 귀신이 있어. 농월당에 귀신이 있다고. 그래서 너무 무서워서 그런 거야. 난 속으로 소리쳤다.

"부모님이 보고 싶을 거야. 아직 어리니까."

아니라니까. 난 어린애가 아니야.

"보고 싶은 것을 보지 못하는 마음, 잘 알아."

"……절대 보고 싶지 않은 것을 봐서 운 거야."

반항심에 치우로 인해 열린 내 목소리가 대답을 했다. 잠시 멈칫했던 그는 어느 때보다 활짝 웃으며 말했다.

"말할 수 있구나. 어떻게……, 어떻게 말할 수 있게 되었지?"

"몰라. 그리고 그게 중요한 게 아니야."

퉁명스러운 내 말투. 혀를 깨물고 싶었다.

"그럼 뭐가 중요한 거지? 우리 교은이가 이렇게 펑펑 울 정도로 보고 싶지 않은, 그게 뭐지?"

"귀신."

"귀신?"

"그래, 아이 귀신. 아니, 아이는 아니고……, 아무튼 남자 귀신이야. 내 방에 있어."

나는 재빨리 그를 보게 된 경위를 말했다. 하지만 그가 한 말이나 이상한 환상을 경험한 일은 어쩐 일인지 얘기할 수 없었다. 내 목소리에 집중하는 기하 오빠의 이마에 주름이 잡혔다.

"치우……를 본 거니?"

그 이름이 방에 울리자 나는 이전에 그를 알고 있었다는 확신이 들었다. 나는 그를 이미 알고 있다. 다만 기억할 수 없을 뿐이다. 그를 기억해 내려는 나는 우물에 빠진 무언가를 들여다보는 아이 같았을 것이다. 머리 위로 쏟아지는 빛에 의지하여 깊고 어두운 망각의 우물을 들여다보는 아이. 손을 뻗어 잃어버린 것을 잡으려 바동거리지만 실은 잃어버린 것이 무엇인지조차 잊어버린.

"이름도 있어? 오빠가 그 앨 알아?"

아, 빛이 없는 눈동자를 가진 사람의 표정을 읽는 것이 얼마나 힘든 일인지! 기하 오빠가 스스로 말해 주지 않는다면 나는 그가 마음에 품은 생각을 한줄기도 읽어 낼 수 없었다. 내 질문에 바로 답해 주지 않는 기하 오빠의 얼굴을 올려다보며 화가 났다. 저 사람은 눈이 보이지 않음에도 내 기분을 알아차리는데, 나는 그럴 수 없다는 건 창피한 일이야. 억울해!

"귀신을 아냐고! 그런 게 어떻게 농월당에 있는 거야!"

나는 또다시 눈물이 나오려는 걸 간신히 참았다.

"치우가 너에게 나타났다……, 그것도 소녀의 모습으로?"

기하 오빠는 목소리로 심각함이란 표정을 드러냈다.

"무서워. 어떻게 해, 응? 귀신이 농월당에 있는데……, 응?"

"치우는 귀신이 아니야."

"그럼 뭔데? 귀신이 아닌데 어떻게 그럴 수가 있어? 뭐, 초능력자라도 되는 거야? 도대체 누군데?"

나는 죄인을 신문하듯이 기하 오빠를 몰아붙였다. 그럴 권리 따위 없었는데.

"난 다만 치우가 귀신이 아니라는 걸 알 뿐이야. 식구들에게도 모습을 나타낸 일이 없었는데, 너한테 치우가 나타났다니. 그것도 아이의 모습으로……. 내게 들린 치우의 목소리는 언제나 어른이었는데, 어째서……."

혼잣말을 하듯 중얼거리는 기하 오빠의 낮은 음성은 내 화에 불을 지폈다. 무섭다고! 너무 무서워서 오빠한테 달려온 거라고! 그런데 뭐라고 수수께끼 같은 말만 하는 거야!

"그게 뭐든지 간에 아무튼 싫어. 그 방엔 이제 들어가지 않을 거야."

"치우가 누굴 해친 일은 한 번도 없어. 하지만 오늘은 나하고 함께 있자. 나도 가끔은 치우가 말을 걸 때 깜짝 놀라는데, 너한테는 더 무섭고 싫은 일일 거야."

물론 기하 오빠와 함께 있고 싶었다. 하지만 서툰어치도 안 되는 자존심이 두려움을 밀어내고 그의 제안을 물리치게 했다.

인간도 아닌 것에 무서움을 느낄 필요는 없어. 이 세상에서 가장 무서운 건 인간이야. 그 인간들 중에서도 무섭고 무서운 존재인 사람들이 내 부모였어. 그런 내가 귀신도 아닌 것 따위에게 벌벌 떠는 거 우스워.

게다가 외조모의 얼굴이 머리에 스치자 더더욱 기하 오빠 곁에 있을 수 없었다.

"아니, 그냥 갈래."

매몰차게 거절하며 일어섰던 나.

"교은아."

신발이 없어 맨발로 마당에 내려선 날 기하 오빠가 불렀다. 아무리 화가 나 있어도, 이성을 잃은 상태일지라도 기하 오빠가 내 이름을 불러 주면 괜찮다. 그날 처음으로 알게 되었다. 그렇다는 것을, 그럴 수밖에 없다는 것을.

고집스럽게 오빠를 돌아보지 않은 채 나는 그의 다음 말을 기다렸다. 하지만 기하 오빠는 신발을 신고는 천천히 걸어 내 앞에 서더니 갑자기 허리를 굽혀 내 발을 만졌다. 따뜻했던 그의 손 때문에 비로소 내 발이 얼어 있다는 걸 깨달았다.

"이렇게 추운데 신발도 없이……. 같이 가자. 내가 업어다 줄게."

그러면서 등을 돌린다. 내 망설임은 잠깐이었다. 이 사람의 등이라면 괜찮다. 믿을 수 있다. 왜냐하면 내 이름을 불러 주었으니까. 어머니 이외에 처음으로 마음 놓고 업힐 수 있었던 사람. 균형을 잡으며 일어서기 위해 내 다리에 그의 팔이 감길 때도 나는 불안하지 않았다.

기하 오빠는 농월당으로 가는 길과 거리를 정확히 가늠하고 있었지만 나를 업고 있어서인지 신중하게 걸음을 옮겼다. 짧게 다듬어진 기하 오빠의 목덜미에서 살짝 벗어나게 머리를 기대자 오래된 책 냄새와 뒤섞인 그의 체취가 느껴졌다. 책 냄새는 이미 기하 오빠의 체취 중 하나가 되어 있었다. 땀 냄새 1할과 바람이 실어다 준 햇볕과 마른 풀 냄새 2할, 그리고 7할의 책 냄새가 기하 오빠의 체취를 형성했다. 부끄럼도 없이 나는 그의 체취를 들이마셨다.

사랑채를 나가는 중문 앞에 다다랐을 때 나는 그에게 경고했다.

"중문이야."

그는 대답 없이 긴 팔로 내 다리를 좀 더 강하게 감싸며 몸을 숙여 중문을 넘었고, 나 역시 그의 목을 세게 끌어안으며 기울어진 그의 등에 더 밀착했다. 차가운 농월당의 겨울 속에서 우리는 서로의 체온을 나누었다. 오빠가 있으면 귀신이 나와도 무섭지 않아. 기하 오빠가 농월당의 마루에 나를 내려놓을 때까지 우리는 어떤 말도 하지 않았고 서로의 팔을 풀지도 않았다. 그것은 마법과도 같았다.

"교은아, 책을 읽어 줄래?"

차가운 마루에 조심스럽게 날 내려놓은 기하 오빠의 부탁을 거절할 수 없게 만든 강력한 마법의 시간이었다.

"알았어. 누구한테도 내가 말할 수 있단 걸 이야기하지 않는다면. 오빠 빼고는 말하고 싶은 사람이 없으니까."

"그래. 아직도 무섭니? 오빠가 함께 있어 줄까?"

미소를 지으며 기하 오빠가 이렇게 묻는 순간, 나는 내 뒤로 치우가 나타났음을 감지하고 마루 아래로 후다닥 뛰어 내려갔다. 그리고 기하 오빠의 등 뒤로 숨었다. 그런 나의 행동을 지켜보는 치우의 모습은 어른의 것이었다. 슬프지만 분노를 삭이고 있는 눈동자가 무서웠다.

"그녀에게 너의 보호는 필요 없다. 내가 그녀를 해할 것 같은가!"

기하 오빠의 등 뒤에 숨어 그의 팔을 꽉 붙잡고 있던 나는 치우가 하나의 불덩이 같다고 생각했다. 우리를 집어삼킬 수도 있는 불덩이 같다고. 그러나 기하 오빠에게서 내게로 시선을 옮기는 치우의 눈동자에선 그 뜨거운 분노를 느낄 수 없었다.

"그대를 절대 해하지 않아. 내가 어떻게 그럴 수 있겠는가. 두려워 마라. 두려움 때문에 내게서 달아나 그의 뒤에 숨지 마라."

그 순간 깨달았다. 내가 기하 오빠 뒤에 숨고 있다는 것을. 다시 오기가 일어났다. 인간을 죽일 수 있는 건 오직 인간뿐이야. 나는 기하 오빠 앞으로 튀어 나가며 소리쳤다.

"아니, 무섭지 않아! 싫어! 인간도 아닌 주제에……. 여긴 내 방이야! 꺼져 버려!"

치우로 인해 다시 소리를 얻은 내 목소리는 차가운 물이 되어 치우라는 불을 꺼뜨렸다. 분노의 불길을 꺼뜨린 그는 슬픔을 여운으로 남긴 채 사라졌다. 나의 외침에 순순히 사라지는 치우의 모습을 보며 의기양양했던 것은 잠깐이었다. 농월당에 함께 있어 주려던 기하 오빠를 억지로 등을 떠밀어 보낸 후 나는 방구석에서 웅크리고 밤을 지새웠으니까.

이불을 둘둘 말고 누군가 밀면 구를 것 같은 모양으로 나는 떨었다. 그러나 절대 두려움을 인정하진 않았다. 인간이 무서운 것이지 귀신은 안 무서워. 밤새 그렇게 혼잣말을 했다. 아마 다음 날 치우가 다시 내 앞에 나타났더라면 나는 더 이상 두려움을 감추지 못하고 달아났을 것이다. 그러나 그는 기다려 주었다. 언제나처럼.

4
그가 가진 내 몫의 슬픔

기하 오빠에게 했던 약속을 난 충실히 지켰다. 책을 읽어 주는 일. 하지만 그날 이후 기하 오빠에게 읽어 주었던 책들을 모두 기억하지는 못한다. 당시의 내가 이해하기엔 난해했던 내용들이 대부분이었거나 고상함을 가장한 지루한 책들이 많았으니까. 그러나 몇몇 책들은 단어와 단어, 문장과 문장, 그리고 행간에 이르기까지 너무나 매혹적인 향기를 피워 올려 내 인생의 곳곳에서 단지 그들이 존재한다는 사실만으로도 위안이 되곤 했다. 또 어떤 책들은 읽는 내내 불협화음을 만들어 어느 순간 책장을 찢어 버리고 싶은 충동을 느끼게 하는 것들도 있었다. 그걸 참아 내었던 단 하나의 이유는 내 독서는 나만의 것이 아니란 사실이었다.

문자에서 소리로 변환되는 언어의 자음자 하나, 모음자 하나도 놓치지 않으려 고개를 내 쪽으로 기울여 듣는 기하 오빠로 인해 나의 독서는 늘 공유되었다. 사랑채의 그 넓은 방은 기억할 것이다. 기하 오빠와 내가 공유했던 독서의 시간들을.

하루 종일 볕이 잘 들어 밝고 따뜻했던 그 방의 벽에 등을 기대고 앉아 세운 무릎에 책을 올리고 읽었던 나. 그러면 기하 오빠는 건너편 앉은뱅이책상에 비스듬히 몸을 기울이고 내 목소리를 듣곤 했다.

나무였을 때를 추억하며 갈색으로 산화되고 있는 종이를 손끝으로 느끼면서 베어진 나무의 나이테를 상상했었다. 베어져서 더 이상 나이테를 만들지 못하지만 완전히 죽지도 않는 운명의 기이함에 대해서도. 또한 식물의 껍질에 남겨진 작가들의 흔적이 나무의 그것과 유사함에 전율했다. 나무는 작가들에게 영혼을 담는 그릇과 무한한 시간을 주었고, 작가들은 나무에게 이동할 수 있는 능력을 주었다. 책은 나무의 발이 되었으니까. 그리하여 작가와 나무는 공생 관계가 된 것이다. 기하 오빠와 내가 그랬듯이. 분명히 해야 할 사실은 바로 그것이다.

언어를 갈망했던 기하 오빠가 나를 통하여 숨을 쉴 수 있었듯이 나 또한 그에게 책을 읽어 줌으로써 견딜 수 있었다. 내게 주어진 박탈의 시절을. 그러나 그런 사실을 깨닫지 못했던 당시의 나는 기하 오빠에게 책을 읽어 줄 때면 오만하기 그지없었다. 난 가엾은 외사촌 오빠의 소망을 들어주고 있는 거라고! 그러나 그는 어린 소녀의 오만함이라는 불순물을 가려내어 문학의 정수만을 받아들이고 감응하는 사람이었다. 내가 책을 읽어 줄 때 기하 오빠의 보이지 않는 눈은 벽 너머의 세상을 보고 있었다. 기하 오빠의 시선은 문학의 세계를 볼 수 있었고, 그럴 수 없는 나는 그를 질투하곤 했다. 우리의 독서는 공유되었으나 그의 시선까지 공유할 수는 없었으니까.

"재미없어. 무슨 말인지 하나도 모르겠어."

마침내 나의 편협한 질투심이 폭발할 때면 기하 오빠는 천국에서 추방당한 사람처럼 실망했다.

"아무래도 그렇지? 너한테는 좀 지루할 거야."

실망한 그의 말투에서 나는 만족감과 동시에 죄책감을 느꼈다.

"나한테만 지루한 게 아니라 다른 사람들도 마찬가지일걸? 오빠만 빼고."

하지만 그가 읽어 주길 원했던 책을 중도에 포기한 일은 없었다. 한 번도.

"오빤 이상하니까. 어쩔 수 없지."

작은 폭군 혹은 작은 신처럼 관대한 척하며 다시 책을 읽는 나는 안심하는 그를 보며 슬쩍 미소 짓곤 했다. 그 미소를 들킬까 일부러 책을 높이 들어 올렸다. 절대 기하 오빠가 볼 수 없다는 것을 모른다는 듯이.

"그대, 아직도 내가 두려운가?"

기하 오빠에게 책을 읽어 주기 시작한 지 보름쯤 지났을까. 사랑채에서 내 방으로 돌아왔을 때 치우가 거기 있었다.

나는 풍금에 기대고 있는 그를 보고도 태연을 가장하기 위해 죽을힘을 다하며 절대 대답하지 않겠다고 생각했다. 무섭지 않아, 무섭지 않아. 절대로 나는 지지 않아.

고개를 들고 방으로 들어와 전등에 불을 켰다. 어머니의 것이었던 앉은뱅이책상 앞에 앉아 일기장을 펼쳤다. 여긴 나 혼자만 있는 거야. 그러자 치우는 내 뒤에 나타났다. 연필을 꺼내보니 뭉툭해져 있었다. 책상 오른편 아래 서랍을 뒤져 연필 깎는 칼을 꺼냈다. 치우는 내 왼편에 나타나 앉았다. 자질구레한 말들로 채워져 못 쓰게 된 종이를 깔고 검은 플라스틱 보호대 안에 접혀진 칼날을 펴서 연필을 깎았다. 가시지 않는 두려움에 손이 떨림에도 태연함을 가장하기 위해 노력했던 내가 기억난다. 칼날이 움직일 때마다 쇠 냄새와 나무 냄새, 그리고 연필심 냄새가 종이에 툭툭 떨어져 내렸다. 치우는 연필심을 뾰족하게 만들려고 연필을 비스듬히 세우고 칼날을 빠르게 움직이는 나를 응시했다.

연필을 다 깎은 나는 연필의 잔해를 받아 낸 종이에 더러워진 칼날을 스윽 닦고 작게 접어 한구석에 밀쳐 두었다. 아무리 겁주려 해도 겁먹지 않아. 밤새도록 거기 있으라지. 네가 아무리 그래 봤자 아빠보다 더 무섭겠어? 엄마보다 더 끔찍한 일을 저지르겠어? 너는 거기 없는 거야. 여긴 나밖에 없다. 나뿐이다. 그러나 그를 의식하지 않으려는 내 노력은 치우의 몸짓 하나에 무너져 버렸다.

글을 쓰느라 숙인 고개 때문에 뺨으로 쏟아진 내 머리카락을 그의 손가락이 귀 뒤로 넘겨 주었던 것이다. 나는 번쩍 고개를 들어 그를 보았다. 두 손으론 턱 선을 넘지 않았던 단발머리를 부여잡았다. 내 반응하고는 무관한 그의 눈빛. 그것은 그리움이었다.

"짧은 머리, 이상하다."

간신히 숨기고 있던 두려움을 들켜 버렸음에 발끈 화가 치민 난 그를 차 버리려고 벌떡 일어나 왼발을 뒤로 뺐다. 중학생이 되기 전, 여자라는 이유로 남자애들이 축구 경기에 끼워 주지 않자 나의 왼발은 그들의 하나뿐인 축구공을 걷어차 학교 담장을 가뿐히 넘긴 적이 있었다. 그때의 감각을 되살려 힘차게 허공을 가르던 내 왼발은 허무할 정도로 간단하게 치우에 의해 저지되었다. 그는 가볍게 내 발목을 잡아채며 웃었다. 덕분에 균형을 잃고 넘어진 것은 나였다. 게다가 엉덩방아를 찧으며 넘어질 때 치마가 젖혀졌기에 단발머리를 잡았던 내 두 손은 치맛자락을 움켜잡아 내려야 했다.

죽고 싶어. 그런 사소한 일에도 죽고 싶다는 생각을 쉬이 했던 나는 입술을 깨물었다. 눈물이 차올라 넘치는 것을 버텨야 했으니까. 치우는 더 이상 웃지 않았다.

"그대, 참 많이 변했군."

이상한 말투였다. 어른들도, 노인들조차도 쓰지 않는 오래된 글자 같은 말투. 게다가 나를 '그대'라고 부르다니. 치마를 바로 내리며 발딱 일어나 앉은 나는 치우를 노려보았다. 분노와 두려움이 뒤섞인 눈초리였을 것이다. 나의 시선에 그는 순식간에 등을 돌린 모습이 되었다.

"그렇겠지. 세상에 변하지 않는 것이란 없는 법이니까."

나는 보았다. 소년의 등이 아른거리며 어른의 등으로 커졌다가 다시 소년의 것이 되는 것을. 그를 처음 보았을 때처럼 나는 치우의 몸을 알고 있음을 느꼈다. 실망 속에서도 곧음을 잃지 않는 넓은 등. 하지만 기억나지 않는 '앎'을 그에게 말할 수는 없었다. 그래서 용기를 끌어모아 물었다.

"넌 누구지?"

"치우. 이미 그대가 알고 있듯이."

등을 돌린 채로 그가 대답했다.

"기하 오빠는 네가 귀신이 아니라던데, 정말이야?"

"그의 말은 옳기도 하고 그르기도 하지."

"그럼 귀신일 수도 있다는 거야?"

호기심이 조금이나마 두려움을 떨쳐 내 주었다. 그러나 치우가 내 앞에 똑바로 앉자 엉덩이를 뒤로 빼며 물러날 정도만큼 아직은 그가 두려웠다.

"그럴 수도 있다면 그대는 그에게로 달아날 것인가? 지난번처럼?"

이렇게 묻는 치우는 어른으로 변해 있었다.

치렁치렁하게 긴 머리카락이 이마를 덮고 강인한 어깨를 지나 허리까지 내려오는 이상한 모습. 소년이었을 때보다 더 짙고 날카로운 눈매와 까칠해 보이는 짧은 수염이 입 주위와 턱에 돋아 있었다.

"아니, 그날 말했듯이 무섭지 않아, 넌……. 아무튼 너 지금

모습이 변했어."

넌 사람도 아니잖아, 그 말은 할 수가 없었다. 당연히 그렇게 소리 지르며 그를 밀어내야 하는데, 그게 정교은다운 행동인데 그럴 수가 없었다. 치우는 내 대답에 오히려 날 훑어보며 웃었다.

"모습이 변한 것은 그대 쪽이지."

"무슨 말인지 모르겠어."

"언젠가 알게 될 거야. 그 언젠가를 대비해서 미리 말해 두지. 난 괜찮다. 미안해할 필요 없어. 그러니까 슬퍼하지 마."

지금도 그날의 치우를 생각하면 가슴이 조각난다. 그의 말에도 불구하고 난 얼마나 그에게 미안해해야 하며 슬퍼해야 마땅한지.

"무슨 말이야! 너 미쳤지?"

"어떤 의미에선 완전히 미쳤다고 해야겠지. 미친 사내의 말이지만 기억해 둬. 어느 것도 그대로 인한 결과가 아니니 미안해하지 말라는 것. 기억해야 해. 알았지?"

그러면서 그는 팔을 뻗어 내 볼을 쓰다듬었다. 기하 오빠의 고운 손과는 다른 검게 그을린 거친 손가락이 내 볼을 쓰다듬는 것을 내버려두었다. 의문에 가득 찬 날 보는 그의 눈이 너무 슬펐기 때문이다. 그의 슬픔과 내 안의 무언가가 공명하며 두려움을 밀어냈다. 치우의 모습은 서서히 다시 소년이 되었다. 소년의 모습이 된 그가 사라지기 전에 말했다.

"슬픔은 내 몫으로 남겨 두어도 돼. 내 곁에 와 준 것으로 충분하다, 그대는."

욱신, 갑작스레 가슴이 아파 왔다. 하지만 통증의 원인을 몰랐던 나는 사라지는 그를 잡지도 못했다. 마땅히 나눠 가져야 할 슬픔을 품은 그를 그렇게 보냈다.

5
그의 위로

2월, 기하 오빠의 부모와 여동생이 설을 쇠기 위해 농월당으로 돌아왔다. 그들뿐만 아니라 각지에 흩어져 살고 있는 친척들도 모여들었기에 나는 설이 되기 며칠 전부터 외조모의 엄중한 주의와 함께 감시 대상이 되었다.

"괜스레 나돌아 다녀서 일가친척들 입방아에 오르지 말고 농월당에 꼼짝 말고 있어라."

외조모의 체면을 깎을 일이라면 무슨 일이든 하고 싶은 나도 얼굴도 알지 못하는 친척들의 호기심에 찬 눈초리는 받기 싫었기에 그녀의 말을 따르기로 했다. 다만 그땐 이미 기하 오빠와의 독서가 습관이 되었기에 하루에도 몇 번이나 엄습하는 허전함은 참기 어려웠다.

지금쯤 기하 오빠는 무얼 하고 있을까? 상상하며 책상에 엎드렸다가, 내가 책을 읽어 주지 않아서 심심하겠지? 짐작하면서 우리 사이에 공감대가 형성됨을 기뻐했다. 그러다 문득 이오가 돌아왔음을 깨달았다. 본래 기하 오빠에게 책을 읽어 주던 사람은 이오였다. 그럼 난 오빠에게 더 이상 필요 없는 존재겠네. 거기까지 생각하니 끝없이 우울해져서 그 자리에 벌렁 누워 방바닥을 한 바퀴 굴렀다.

문틈으로 하루 종일 세시 음식 냄새가 풍겨 오는 것도 짜증스러웠다. 차라리 치우라도 나타났으면 좋겠다, 그런 생각까지 했다. 그러나 문을 열고 들어온 것은 이오였다.

"들어가도 되지?"

이전에도 들은 적 없고, 이후로도 쉽게 듣기 힘들 맑은 목소리였다. 하지만 심술기 가득 차 있던 나는 불만에 부푼 볼을 하고선 그녀를 째려보았다. 내 눈빛과 표정이 어떠한지 전혀 상관없이 이오의 얼굴은 아름다웠다. 그때도, 지금도, 앞으로도 이오를 상징하는 말은 아름다움이다. 예쁘다는 표현은 부족하다. 사랑스럽다는 표현은 경박스럽다. 그 정도로 이오는 탁월하고 순수했다. 비록 잔인한 순수함일지라도 그녀가 아름답다는 사실은 누구도 부인하지 못할 것이다. 또 기하 오빠처럼 투명한 갈색 눈동자를 갖고 있지만 거기엔 가을 햇살 같은 빛이 반짝거렸고 누구도 감히 그녀에게서 그 빛을 빼앗지 못했다.

"네가 교은이지? 반가워."

천진난만한 미소로 농월당에 들어온 그녀를 노려보던 난 마침내 그녀가 기하 오빠의 동생, 이오라는 것을 알아차렸다. 단번에 분노가 사라졌다.

이 사람이 이오구나. 이렇게 예쁜 얼굴을 하고서, 이렇게 맑은 목소리로 기하 오빠에게 책을 읽어 주었구나. 문득 내 자신이 서글퍼졌다. 그에게 책을 읽어 주며 오만했던 어린 내가 너무 보잘것없이 느껴져서 서글퍼졌다.

"궁금했었어, 네가 어떻게 생겼는지. 예쁘게 생겼다."

다른 사람이 그렇게 말했다면 난 그를 비웃어 주었을 것이다. 그런데 이오가 그렇게 말해 주자 기뻤다. 가령 기하 오빠가 볼 수 있게 되어서 나를 보고 처음으로 예쁘다고 말해 주었다 할지라도 이오의 입에서 나온 그 말보다 날 기쁘게 해 주진 못했을 정도로.

"열여섯, 아니다, 새해가 됐으니까 열일곱 살이겠구나. 난 이제 열아홉 살이야."

잠시 망설였다. 이제 나 말할 수 있어! 그렇게 알려 주고 싶을 정도로 이오의 아름다움은 절대적이었다.

"네가 빨리 말할 수 있게 되었으면 좋겠다. 나랑 이야기도 하고, 우리 오빠한테 책도 읽어 주면 좋을 텐데. 내가 서울로 간 후로 오빠한테 책 읽어 주는 사람이 없어서 늘 걱정이거든."

그녀의 말이 오히려 진실을 밝히지 못하게 만들었다. 왠지 기하 오빠와의 독서가 그녀를 배반하는 것처럼 느껴졌다. 그러나 다음 순간 그녀의 입에서 나온 말은 그녀에 대한 무조건적인 호감을 뒤집어 버렸다.

"다행이다. 난 너희 부모님 이야기 듣고 너도 이상한 아이면 어쩌나 걱정했거든. 말을 못 하는 거 빼곤 정상으로 보이네."

순진무구한 얼굴로, 예쁜 미소를 지으며 아무렇지도 않게 그런 말을 내뱉는 그녀에게 어떤 반응을 보여야 할지 몰랐다. 내 반응과는 무관하게 이오는 천진난만하게 자신의 말을 이어 갔다.

"나라면 미쳐 버렸을 거야. 어떻게 자식 앞에서 그럴 수가 있지? 너, 정말 놀랐겠다."

그래, 너도 결국 외조모의 핏줄인 거지. 내 눈에 불이 들어오는 바로 그때 이오는 외조모와는 다른 선택을 했다. 날 안아 준 것이다. 물기를 머금은 과일향 같은 그녀의 향기에 밀쳐 버릴 수 없었다. 나긋하고 보드라운 그녀의 품이 좋았다.

"여기선 안전할 거야. 여긴 정상적인 사람들만 있으니까."

여전히 자신의 말이 내게 상처 주는 줄도 모르는 그녀였지만 나는 알 수 있었다. 그것이 그녀의 본성인 것을. 천진난만한 어린아이 같은 사람이다. 빛나고 아름다우며 본의는 아니지만 웃으면서 타인에게 상처를 입힐 수 있는 사람. 동시에 따뜻하게 안아 주는 사람. 늘 용서하게 되는 사람. 그런 사람이 이오였다. 언니라기보다는 친구 같은, 혹은 동생 같았던 사람. 그래서 난 그녀를 한 번도 언니라고 부르지 않았다.

"저녁에 오빠한테 같이 가 보자. 오랜만에 오빠한테 책도 읽어 주고. 언젠가 네가 말을 할 수 있게 되면 그렇게 읽어 달라고 부탁도 하고 싶어. 같이 갈 거지?"

세상에 이오의 부탁을 거절할 수 있는 사람이 존재한다면 그는 지독한 냉혈한일 것이다. 나는 단지 고개를 끄덕일 수밖에 없었다. 그것만으로도 그녀는 화아, 꽃 같은 미소를 피워 냈다.

"그래, 그럼 저녁때 봐. 난 부엌에서 할 일이 많아서 가 볼게."

발딱 일어서서 나가는 이오의 날씬한 종아리에 햇빛이 강아지처럼 찰싹 붙어 따라 나갔다. 나도 모르게 한숨이 나왔다.

"이오, 많이 컸군."

갑작스럽게 나타난 치우는 나와 가능한 한 멀리 떨어져서 이오가 나간 문을 바라보았다. 내가 답이 없자 그가 물었다.

"내가 아직도 두려운가?"

"……너, 날 안다고 했지? 아니, 넌 날 몰라. 네가 귀신……, 뭐, 정체는 모르겠지만 어쨌든 그런 이상한 뭔가만 아니었다면 첫날에 네가 허락도 없이 날 안았을 때 널 죽여 버렸을 거야. 무슨 말인지 알겠어? 너 따위……."

"무섭지 않다, 그 말이겠지. 참 많이 변한 그대인데, 그렇게 오기를 부리는 건 옛날과 똑같구나. 알았다. 그렇게 알아 두지."

내 심중을 꿰뚫은 그의 말에 속이 따끔거렸지만 무시했다. 아직은 충분히 녹지 않은 두려움도 무시했다. 그리고 그것을 감추기 위해 얼른 물었다.

"이오, 알고 있어?"

나를 뚫어지게 응시하고 있는 치우는 깨끗한 하얀 누비 한복을 입고 길게 땋은 머리를 등 뒤로 늘어뜨리고 있었다.

"태어날 때부터 봐 왔으니까 모른다고는 할 수 없지."

그런데 너는 왜 이오에게 반하지 않은 표정을 지을 수 있지? 아예 이오에게는 관심도 없는 표정의 치우가 이상하기까지 했다.

"이오는 널 모르고?"

"한 번도 내 모습을 보여 준 일이 없고, 기하도 내 존재를 이오에게 말해 준 일이 없으니 모르겠지."

"왜 이오에게 안 나타났는데?"

"필요 없는 일이니까. 보여 주고 싶은 마음도 없고."

하지만 저렇게 아름다운데!

"물론 이오는 예쁜 아이다. 아름답고 잔인하기도 한 아이지. 날 알게 되어 그 아이 혼魂에 흔적을 남기는 것은 좋지 않은 일이야."

치우는 내 생각을 읽은 것처럼 대답했다.

"그럼 기하 오빠는? 나는? 우리 혼엔 네 흔적을 남겨도 좋은 거야?"

"그대와 그의 혼엔 이미 내 흔적이 있으니까."

따지듯이 묻는 나를 보던 치우의 눈동자가 흔들리며 그의 모습이 희미해졌다. 잡아야 해. 왜 그렇게 생각했는지 모르겠지만 난 재빨리 치우의 팔을 잡았다. 놀란 쪽은 나였다. 소년의 몸이었음에도 그의 팔은 내 손이 아플 정도로 단단했다. 그리고 치우에게서 흙냄새가 난다는 것을 알았다. 비가 오기 직전에 습기를 머금은 땅이 하늘로 뿜어 올리는 냄새. 문득 내가 문을 부수던 날의 기억이 떠올랐다. 혹시…….

"너, 다락에서 떨어질 때 말고 나 잡아 준 일 있어?"

"……아주 조금 그대 주위의 공기를 들어 준 일이 있지."

그랬구나. 역시 그랬어. 너였어. 치우의 팔에서 손을 거두며 또 하나의 기억을 떠올렸다.

"그럼 그날 내 손가락에 박힌 가시도 네가 빼 주었어?"

"다시는 그런 짓은 하지 않았으면 좋겠다. 다치는 건 항상 그대니까."

치우는 진지한 눈을 하고선 이런 당부만 했다.

"다치는 거 아무렇지도 않아. 별로 아프지도 않고."

"내가……, 내가 안 괜찮다. 그대가 다치는 것이 나는 전혀 괜찮지가 않아."

그의 말에 어색해진 난 재빨리 다른 이야기를 꺼냈다.

"심심해. 딴 이야기 좀 해 봐."

툴툴거리는 내게 골을 내는 것이 당연했지만 치우는 당연한 사람이 아니었다. 그는 희미한 미소를 지으며 내게 답했다.

"그대는 모르겠지만 나는 항상 그대에게 이야기하고 있었지. 그대에게 들리지 않는 말로. 이리 와."

우리는 아랫목의 벽에 나란히 기대고 앉았다. 치우가 이야기를 해 주는 동안 나는 그가 사라질까 봐 한복 소매를 꼭 쥔 채 귀를 기울였다. 치우의 이야기 속에서 나는 시력을 잃기 전의 기하 오빠가 얼마나 개구쟁이였는지 알게 되었고, 그가 시력을 잃었을 때 이오의 밝은 혼이 해낸 일을 알게 되었다.

치우의 부드러운 목소리는 농월당의 과거를 현재로 환원시켰고, 그 이야기에 매료된 나는 그가 어느덧 어른의 몸으로 변했다는 것도 알아차리지 못했다. 나의 어깨와 나란하던 그의 어깨는 내 머리가 기댈 수 있는 곳에 위치했다. 단정히 땋아 내렸던 머리카락은 풀어헤쳐져 선이 굵은 그의 얼굴을 가리고 있었다. 장손에게 닥친 불행에 절망했던 가족들을 일으켜 세운 어린 이오의 천진난만한 노력을 이야기하는 치우의 표정은 담담했다.

어떤 의미에서 그는 책을 읽는 사람 같았다. 농월당의 역사가 담긴 책을 내게 읽어 주는 한 남자. 아니다, 치우는 목소리를 가진 책이었다. 직접 보고 들은 것을 자신에게 새겨 넣고 내게 읽어 주는 책. 치우라는 책이 들려주는 이야기에 취한 나는 그의 어깨에 기대어 잠이 들었다. 치우에게서 흘러나온 흙냄새가 기분 좋게 나를 채워 주었다. 그의 곁에서 꿈을 꾸었다.

차가운 바람이 부는 언덕 위, 목검을 든 어린 치우가 나를 보는 꿈을. 너무 어린 모습을 하고 있어서일까. 치우는 내 곁에 있는 그와 달라 보였다. 한결 부드러운 얼굴선이며 나를 보고 놀란 듯 벌어졌다가 이내 굳게 다문 입매에선 꺾을 수 없는 고집이 느껴졌다. 무엇보다 아무런 근심도, 슬픔도 느껴지지 않는 눈동자가 투명하게 맑은 것이 어른이 된 후와는 너무 달라서 정말로 치우일까 의심스러운 찰나 그 눈동자가 이오와 닮아 있다는 걸 깨달았다. 치우 맞아? 묻고 싶었지만 목소리가 나오지 않았다. 내가 그를 관찰하는 사이 그는 나에게 목검을 한번 크게 휘두르며 외쳤다.

"귀신!"

그러더니 언덕 아래의 집으로 쏜살같이 달려 내려갔다. 새로 지어진 듯 보이는 한옥은 위풍당당했다. 나는 알 수 있었다. 치우가 뛰어 들어간 곳이 바로 농월당의 과거라는 것을. 그는 농월당에 살았었구나. 그것을 깨닫자 슬픔이 엄습했다. 까닭을 알 수 없는 슬픔이었다. 나는 슬픔 속에서 깨어났다. 햇빛일 리가 없는데 불그스레한 빛이 반짝 보였던 것 같다. 농월당을 채우고 있던 알 수 없는 빛의 정체보다 치우가 사라졌다는 사실이 더 중요하게 인식되었다.

치우의 소매를 꼭 쥐고 있던 손은 텅 비어 있었고, 바닥에 엎드린 어깨엔 얇은 담요가 걸쳐져 있었다. 꿈속에서 현실로 이어진 근원을 알 수 없는 슬픔과 치우의 부재不在로 인한 슬픔이 유사하다는 것을 어렴풋이 깨달았을 때 문밖에서 이오의 목소리가 들렸다.

"교은아, 가자."

그녀의 부름과 동시에 나는 슬픔으로 이어진 기억의 끈을 놓아 버렸다. 이오와 함께 기하 오빠에게 달려가는 나를 치우는 지켜보았을까? 그러지 않았기를. 그러지 말았기를, 부디.

아직 돌아가지 않은 친척들의 웃음소리와 술에 취한 노인들이 가끔 읊조리는 민요 가락이 그 방의 언저리에서 파도쳤다. '허헛, 어이 이 사람!' 하는 순박한 소리의 파도가 문밖에서 밀려왔다가 밀려 나갔다. 문밖의 소리와 문 안의 소리가 그토록 달랐던 밤은 흔치 않았다.

문 안에서는 이오가 도시에서 가져온 새로운 책을 기하 오빠와 나에게 읽어 주었다. 그녀는 기하 오빠가 기대앉은 앉은뱅이책상의 반대편에 자리를 잡고 앉아 우리에게 책을 읽어 주었다. 그래서 알게 되었다. 기하 오빠가 항상 그 자리에서만 내 책 읽는 소리를 듣는 이유를. 남매는 책상의 왼쪽과 오른쪽에 앉아 읽고 들었다. 기하 오빠는 매일 나의 맞은편에서 책 읽는 소리를 들은 것이 아니라 이오의 왼편에서 들었던 것이다. 인정하고 싶지 않았지만 내가 읽는 책을 들을 때조차도 그는 이오를 느끼고 있었다. 그것을 깨닫자 웬일인지 가슴 안쪽이 아려 왔다. 하지만 이오의 목소리를 들으며 나는 그를 이해할 수 있었다. 그녀의 목소리는 단순히 청아할 뿐만 아니라 소리를 그려 낼 수 있는 능력이 있었다.

"……뉴랜드 아처는 래퍼츠의 시선을 따라갔다가 그의 탄성이 밍고트 부인의 박스석에 새로운 인물이 들어설 때 나온 것임을 알고 놀랐다. 그녀는 메이 웰랜드보다 키가 약간 작고 날씬한 젊은 여인으로, 관자놀이 부근에 곱실거리는 갈색 머리를 늘어뜨리고 폭이 좁은 다이아몬드 머리띠를 썼다. 이 머리 장식이 암시하듯이 당시 '조세핀 스타일'이라고 불리던 식에 따라 가슴 아래에서 커다란 구식 버클이 붙은 허리띠를 다소 과장되게 죄어 올린 검푸른색 벨벳 드레스를 차려입었다. 이렇게 별스럽게 차려 입은 당사자는……."[1]

---

1. **『순수의 시대』**, 이디스 워튼

나는 메이의 약혼자인 아처가 올렌스카 부인을 극장에서 발견했던 장면을 그대로 떠올릴 수 있었다. 심지어 극장 안 사교계 인사들의 쑥덕거림조차도 이오의 목소리를 통해 전달되는 것 같았다. 그것은 놀라운 경험이었다. 이오의 목소리는 듣는 이로 하여금 고도의 집중력을 발휘하게 하여 문학을 장면으로 살려 내게 만들었다.

이오는 온실에서 아처가 메이에게 키스하는 장면도 건너뛰지 않고 읽었는데 나라면 분명 그 장면에서 망설였을 것이다. 하지만 그녀는 다른 장면과 마찬가지의 호흡으로 연인들이 올렌스카 백작 부인에 대해 이야기를 나누는 장면까지 읽고 책을 덮었다. 그리고 기하 오빠를 보았다. 오빠는 어느 때보다 깊이 문학의 세계에 빠져 있었다.

그는 온실의 동백나무 뒤에 숨어 아처와 메이를 보았을 테지. 또 그들이 알아차릴 수 없는 고요함으로 연인의 키스를 훔쳐보고 그들의 대화를 들었을 것이다. 이오가 책상에 놓여 있는 기하 오빠의 팔을 살짝 건드림으로써 그를 현실로 데려왔을 때 아처와 메이는 동백나무 뒤로 사라지는 기하 오빠를 알아차렸을까?

“멋지지? 오빠가 좋아할 줄 알았어. 교은이가 오빠한테 읽어 주면 좋을 텐데.”

나는 기하 오빠가 이오에게 내가 말을 할 수 있다는 사실을 털어놓지는 않을까 조바심이 나서 그를 살폈다. 그러나 그는 그저 고개를 끄덕일 뿐이었다.

"혹시 모르니까 이 책 여기 두고 갈게."

그렇게 말하며 책상에 책을 올려 두는 이오는 무심히 휘파람을 불었다. 멀리서 바람의 손길이 풀잎을 스치는 소리 같았다. 좋겠다. 너는 기하 오빠에게 소중한 사람이라서. 좋겠다. 그렇게 무심할 수 있어서. 너에게 주어진 축복을 인식조차 하지 못하고 있는 네가……, 부러워. 살짝 눈물이 고이는 걸 얼른 고개를 돌리며 감추었다. 기하 오빠도, 그의 책들도, 농월당의 밤도 이오의 휘파람 소리에 귀 기울이는 시간이었다.

아직도 신기한 것은 기하 오빠와 이오가 외조모의 핏줄이며 자신들의 아버지의 자식이라는 것이다.

"네가 선이의 딸이라고? 선이와는 별로 닮지 않았군."

기하 오빠와 이오의 아버지, 그러니까 내 외숙이란 사람—그가 교수라는 직위에 오르기까지 팔아 치운 전답田畓이 얼마나 많다던가!—은 나를 처음 본 자리에서 그렇게 말했다. 아, 어쩌면 그는 외조모와 그렇게도 똑같은 시선으로 나를 평가했는지! 뭐, 나도 그리 예의 바른 아이는 아니었다. 그의 말에 대번 눈을 치켜뜨고 노려보았으니까. 자기 때문에 가세가 기울어도 교수입네 거드름 피우며 젠체하는 주제에! 가난한 누이를 체면 때문에 외면했던 작자. 당신도 엄마와 하나도 닮지 않았어!

"어머, 저 눈 좀 봐요. 어쩌면 저렇게 사나운지……, 아가씨하고 너무 다르네. 아무래도 아버지 쪽을 닮았나 봐요."

호들갑을 떨며 나를 흘깃거렸던 교양 넘치는 교수 부인인 외숙모도 노려봐 줬다. 그래서 뭐! 내가 엄마랑 닮지 않았으면!

"아무래도 그런 것 같군. 그 핏줄이 어디 가겠어? 생전에 그렇게 선이에게 손을 댔다는데……. 야만스런 놈! 죽어 마땅하지."

외숙의 말에 머릿속이 욕으로 가득 찬 내가 벌떡 일어나 그를 쏘아보자 어김없이 외조모의 제재가 가해졌다. 욕지거리와 함께.

"되바라진 년!"

외조모의 매운 손이 내 등을 찰싹 때리는 것이 느껴졌다. 그래도 그들에게 불손하고 버릇없기 그지없을 눈빛을 거두지 않았다. 나란 아이, 그러고 보면 기하 오빠와 이오보다는 어쩌면 내 쪽이 외조모와 외숙의 핏줄이란 느낌이다. 그들은 기겁하며 부인하겠지.

"할머니, 제발……."

기하 오빠가 내 등짝을 계속 휘갈기는 손을 막지 않았으면 멍이 들었을 정도로 외조모의 손길은 매섭고 거침없었다.

분이 안 풀려 씩씩거리는 외조모를 막고 있는 기하 오빠, 별스런 물건을 보듯 나를 흘기는 외숙과 외숙모, 곰방대를 물고 못마땅하다는 얼굴로 모두를 외면하는 외조부, 그리고 놀람과 호기심이 뒤엉킨 시선을 보내고 있는 이오까지. 농월당의 풍경이 그러했다. 설도 지나고 서울로 올라가기 전에 가족이 모인 자리에 내가 끼인 것이 화근이었다.

"네 방으로 가라!"

외조모의 엄한 호통에 마루를 내려오면서 나는 분을 삭이지 못해 씩씩거렸다. 아픔조차 망각하게 하는 분노를 가슴에 품고서 방으로 돌아온 나는 그대로 엎드려 베개에 얼굴을 묻었다. 죽어 마땅한 인간들은 바로 당신들이야! 죽어! 죽어! 모두 죽어 버리란 말이야!

등의 통증이 아프게 살아나는 저녁 무렵이었다. 치우의 손이 웅크리고 있는 내 등에 닿은 것은. 차가운 손이었다. 화끈거리는 등의 통증을 식혀 주는 서늘함이었다.

"저리 가! 내 몸에 손대지 마!"

차가운 건 내 마음이었다. 그가 마치 외숙이라도 되는 양 무섭게 소리를 질러 대는 나의 모습은 얼마나 일그러져 있었을까? 그러나 그의 시선은 일그러진 모습의 안쪽에 와 닿았다.

"그대 외숙의 말 따위 잊어버려. 그는 많이 배운 바보일 뿐이다. 선이와 그대, 많이 닮았어. 선이를 잘 알고, 그대를 아는 사람이라면 누구라도 그렇게 생각할 것이야."

"엄마랑 닮지 않아도 상관없어. 그런……, 미쳐 버린 사람하고 누가 닮고 싶대?"

거짓말을 했다.

"선이가 도시에서 어떤 모습으로 살았는지 나는 모른다. 그러나 이곳, 농월당에서 순박하고 어여뻤던 그녀 모습은 기억해. 소녀였던 선이와 그대는 분명 닮았다."

"거짓말……, 거짓말이야."

"나는 그대에게 절대 거짓을 말하지 않아. 그 바보들보다 나를 믿어 보는 것이 어떠한가?"

치우는 거짓말을 하고 있지 않다. 믿을 수 있다. 그래서 웅크린 채 무릎을 감싼 팔에 얼굴을 묻고 나는 울었다. 농월당에 와서 그렇게 심하게 운 것은 처음이었다. 기하 오빠 앞에서 운 것은 비교할 수 없을 정도로 주체할 수 없는 눈물이었다. 부모를 여의고도 통곡하지 않았던, 통곡할 수 없었던 내가 치우 앞에서 울었다. 아무런 부끄럼도 없이, 거리낌도 없이 그의 앞에서 울고 있는 나를 치우는 안아 주었다. 마침내 고개를 든 나는 무릎을 꿇고 나를 안고 있는 그의 가슴에 기대어 울었다. 엉망이 된 내 얼굴을 그에게 보인다는 게 전혀 부끄럽지 않았다.

두 팔로 나를 감싸 안고 엉킨 머리칼이 흉했을 내 머리에 자신의 뺨을 기댄 치우가 너무나 익숙했다. 나의 눈물을 받아 내고 있는 단단한 그의 가슴과 내 등과 팔을 감싼 강하지만 동시에 부드러운 그의 팔이 혈육의 그것처럼 느껴질 정도였다. 이오에게 기하 오빠가 있듯이 내게 치우가 있어 줬으면 좋겠어, 그런 생각을 했다. 그래서 눈물이 그칠 때까지 나를 안고 있던 그에게 이렇게 말했다.

"네가 내 오빠였으면 좋겠어."

다음 순간, 치우의 몸이 경직됨을 느꼈다. 그리고 그의 팔이 나를 밀어냈다.

"그런 일은 있을 수 없다. 절대 그러고 싶은 마음도 없고."

나는 그의 분노를 이해할 수 없었기에 똑같이 분노로 응수했다. 내가 처음으로 너한테 손을 내민 건데 어째서 밀어내는 거야! 내 편인 줄 알았는데, 나쁜 놈! 나는 주먹으로 그의 가슴을 때렸다. 한 번, 두 번, 세 번……. 그는 내 주먹을 막지 않았다.

"나도 필요 없어! 너 따위, 사람도 아닌 너 따위!"

멈춘 것은 나 스스로였다. 콘크리트 벽을 치는 것과 다를 바 없는 아픔 때문이었다. 이번엔 분노의 눈물이 고였지만 울지 않으려 이를 악물었다.

"언젠간 그대도 알게 되겠지. 어째서 그것이 될 수 없는 일인지."

내 손을 차가운 손으로 감싸며 그가 말했다. 내가 버둥거리며 발길질을 해 댔지만 그는 내 손의 아픔이 사라질 때까지 그렇게 손을 감싸 주었다.

"이거 놔, 이 자식아! 다시는 내 손 잡지 마!"

그러나 그는 내 손을 놓지 않았다.

"조금만 더……. 이제 아프지 않을 거다. 아프지 않을 거야."

거친 내 발길질에도 꿈쩍 않고 내 손을 잡아 주던 그는 아픔과 함께 조용히 사라졌다. 치우가 사라지고 나서야 나는 그에게 미안한 마음이 들었다. 내가 인식하는 잘못은 없었으나 인식하지 못하는 잘못이 있다는 걸 느꼈으니까. 그 잘못이 무엇인지 알기까지 왜 그렇게 많은 시간이 필요했는지. 하지만 또 잘못을 바로잡을 시간은 왜 주어지지 않는 것인지. 삶에 지친 많은 사람들이 그러듯이 묻고 싶다. 존재함이 분명한 운명과 존재가 의심스러운 신에게.

사랑채에 매화가 피었네, 생각하며 돌아서기 무섭게 화림동은 봄꽃의 홍수에 잠겨 있었다. 매화로부터 시작된 꽃망울은 목련의 보드레한 젖빛과 도화桃花의 연짓빛, 병아리 궁둥이 같은 개나리의 노랑으로 화림동에 쏟아졌다. 그리고 봄 향기 충천해 색色이 동한 하늘과 농염한 포옹을 이뤄 낸 푸른 산이 하룻밤 사이 계곡마다 진달래를 방사하자 화림동의 봄은 절정에 다다랐다. 하지만 기하 오빠의 방은 화림동의 계절과는 무관한 시간의 흐름 속에 놓여 있었다.

그의 방에서 계절은 책 속의 계절과 보조를 맞추었다. 꽤나 오랫동안 그의 방은 겨울이었다. 아처가 올렌스카 백작 부인의 차가운 손에 입을 맞추고 거리로 뛰쳐나왔을 때 그의 볼을 스치던 겨울바람이 그 방에서 봄볕을 밀어내었다. 마침내 아처와 메이가 결혼을 했을 때가 돼서야 백합 향기와 함께 봄이 찾아들었다. 그러나 그것은 씁쓸한 것이었다. 우리는 이뤄지지 못한 연인, 아처와 올렌스카 백작 부인에게 깊은 동정심을 갖고 있었기 때문이다. 또 흰 드레스를 입은 메이가 우아하게 활시위를 당길 무렵, 우리는 여름의 햇살을 느끼고 있었다. 밖은 아직 봄이 한창임에도.

이오가 도시로 돌아간 후 오직 독서에만 매달렸던 어느 날 기하 오빠가 물었다.

"치우는 요즘 나타나지 않니?"

치우란 이름을 듣자 나는 단박에 시무룩해졌다. 이오가 떠난 날, 내가 그의 품에서 울었던 날, 그의 가슴을 내가 때렸던 날 이후로 치우가 한 번도 나타나지 않았음을 떠올렸기 때문이다. 하지만 그의 이름에 시무룩해진 스스로를 인정하고 싶지 않았던 나는 무뚝뚝하게 대답했다.

"안 나타났어. 나타나든 안 나타나든 별로 신경도 안 쓰이지만."

거짓말이었다. 매일 밤—치우가 귀신이 아니라고 했음에도 무의식적으로 난 그가 밤에 나타나야 한다고 믿었던 모양이다—마다 혹여 치우가 나타날까 싶어 잠이 드는 순간까지 옷매무새를 흩뜨리지 않고 책을 읽는 척했던 나였다. 신경 쓰이지 않는다는 것은 사춘기적 자존심이 내세운 거짓말이었다. 기하 오빠는 나의 거짓말을 알아챘을 것이다. 내 대답에 그의 미소가 좀 더 커지고 장난스러워졌으니까. 그가 내 거짓말을 알고 있다는 걸 느꼈기에 더욱 새치름해진 나는 이오의 책을 휘리릭 넘겼다. 그리고 다음 순간 문이 열리며 외조모가 들어왔다. 그녀의 분노에 찬 얼굴을 보며 생각했다. 아, 들켰구나!

내가 말을 할 수 있다는 걸 알게 된 외조모의 행동은 가히 칠순 노인의 그것이라 믿기 어려울 정도로 폭풍과 같았다. 당황한 기하 오빠의 말림에도 불구하고 퍼부어진 욕설과 매질을 나는 멍하니 온몸으로 받았다. 이거, 완전 만화 같네. 얼핏 그런 생각을 했던 것 같다. 노파의 억센 손아귀에 뽑힌 머리카락이 깨끗한 그의 방을 더럽히는 것이 거슬렸던 느낌도 떠오른다. 입술에서 피 맛이 느껴졌어도 나는 예전처럼 반항하지 않았다. 그래 봤자 당신은 악독한 조연에 불과해. 그렇게 외조모를 비웃었다. 하지만 그것이 나의 한계였다.

"앙큼한 년! 상것의 피가 기어들어 와서는 불쌍한 얼굴을 하고 누굴 속여 온 게냐! 더러운 년!"

이렇게 소리 지르며 외조모가 내 머리를 치자 독기가 터져 버렸다. 나를 막아선 기하 오빠의 몸을 피해 내 몸 이곳저곳을 때리던 외조모의 마른 두 팔을 잡고 외쳤다.

"더 이상 나한테 욕하지 마! 당신이 나한테 그럴 권리 따위 없어. 여기 오고 싶어 온 것도 아니니까! 이 더러운 상것이 당신네 잘난 양반가에서 죽어 버리는 꼴, 보기 싫으면! 알아들었어?"

"차라리 죽어라! 내 딸 살려 내고 죽어! 네 애비가 죽인 내 딸!"

"할머니, 그만하세요!"

보이지 않는 눈을 하고서 필사적으로 할머니를 막아선 기하 오빠의 고함 소리에 외조모는 갑자기 주저앉아 통곡을 하기 시작했다.

"똑똑하고 착한 내 딸……, 아이고……, 선이……, 그 독한 년……, 어찌 그리 죽어……."

하얗게 센 머리칼이 흐트러진 채 통곡하는 외조모를 내려다보며 어머니가 아닌 아버지가 불쌍해졌다. 그래서 또박또박 말했다.

"엄마는 아빠가 죽인 게 아니야. 엄마가 아빠를 죽인 거지. 매일 아빠가 엄마를 때렸지만, 죽인 건 아니야. 더 이상 아빠가 엄마를 죽였다는 헛소리는 하지 말란 말이야!"

그러면서 그 방을 뛰쳐나간 내 눈에선 더 이상 눈물이 흐르지 않았다. 왜 당신들은 그렇게 자기들끼리 죽어 버려서 날 이 집으로 보낸 거지? 어째서 날 혼자 버려둔 거야! 온갖 독설이 내 작은 몸을 채웠다. 몸이 떨릴 정도로 원망과 독기에 차 있던 나는 불면의 밤을 보내고 있었다.

누군가 그런 내 모습을 봤다면 작은 악귀 같았을 것이다. 하지만 불을 켜지도 않고, 어둠 속에서, 충혈된 두 눈을 부릅뜨고 이를 갈며 욕설을 중얼거리고 있던 내가 치우에겐 악귀가 아니었나 보다. 소리도 없이 농월당 문을 열고 무릎 꿇은 채 날 보는 그의 눈동자는 악귀를 보는 이의 것이 아니었다. 당연히 손을 잡아 주어야 함에도 그럴 수 없음에 아파하는 이의 시선이었다. 독기가 오른 나였으나 치우의 눈동자 앞에서 함부로 말을 뱉을 수는 없었다. 대신 나는 그의 말을 기다렸다.

"달이, 그대를 기다리고 있다."

무슨 뜻인지 알 수 없는 말이었지만 난 무의식적으로 그의 배경이 되어 준 밤하늘을 보았다.

수많은 별들이 제 빛을 모아 달에게 바친 것일까. 만월도 아니었건만 그날의 달은 찬란한 빛의 알갱이를 밤하늘에 흩뿌리고 있었다. 하늘을 채우고도 넘친 달빛의 알갱이들이 치우의 등 뒤에서 어두운 방 안으로 쏟아져 들어와 내 발끝에 도달했다. 잔뜩 웅크리고 분노했던 나는 서서히 달빛에 물들었다.

치우는 나를 안아 주지도, 내 등을 쓸어 주지도, 위로의 말을 해 주지도 않았다. 그는 방 안에 들어오지 않고 문밖에서 달빛을 들여보내 주고 있을 뿐이었다. 한없이 부드러운 눈빛을 하고서. 나는 알았다. 나를 물들이는 것은 달빛이 아니라 바로 치우였음을.

그의 앞에서 나는 악귀가 아니라 다만 소녀였다. 그래서 인정할 수 있었다. 그래, 나는 상처 입었어. 죽을 것처럼 아파. 차라리 죽었으면 좋을 만큼 아파. 인정하자 눈물이 끝없이 흘러내렸다. 달빛의 알갱이가 하늘을 채우고 흘러넘치는 것처럼 내 안의 상처가 눈물 알갱이가 되어 방 안을 채웠다. 치우는 고요히 내 눈물을 지켜보았다. 처음으로 인정한 나의 상처가 눈물과 함께 썰물처럼 밀려 나갔다.

나는 그를 향해 손을 내밀었다. 다시는 손을 잡지 말라고 한 건 나였는데도 그의 손을 잡지 않을 수 없었다. 살기 위해서. 자신을 모질게 대한 나를 기억하지도 못하는지 치우는 내가 내민 손을 망설임 없이 잡아 주었다. 딱딱하리만큼 단단한 손……, 하지만 안심이 되는 손이었다. 치우의 손을 잡고 나는 악몽 없는 깊은 잠을 잘 수 있었다. 그의 곁에서.

6
상처

다음 날부터 나의 발광 가까운 외침에 겁을 먹었는지, 아니면 질렸는지 아무튼 외조모는 어떤 욕설도 매질도 하지 않았다. 그런데 내가 말을 할 수 있다는 걸 알게 된 외조부가 바로 나를 학교에 보낸 것이 문제였다. 농월당에서 자전거를 타고도 족히 40분은 걸리는 읍내에 있는 고등학교는 끔찍했다. 나를 제외한 모든 학생들이 어린아이 때부터 친구 혹은 적인 학교였으니까. 게다가 그때까지 농월당에서 유유자적하던 나는 몰랐지만, 그들의 부모 대부터 시작된 소문의 주인공이 등장했으니 작은 시골 학교는 고요한 파란에 휩싸이기에 충분했다. 그리고 따돌림이 시작되었다.

도시건 시골이건 어른보다 아이가 더 집요하다. 그것도 전교생에게 시선과 때로는 직접적인 질문—네 부모님은 정말 도망쳐서 결혼한 거냐? 부모님이 왜 돌아가셨는데? 너 말을 못한다고 하던데 아니었어? 등등—을 받다 보면 정신병자가 되거나 무기물이 되거나 둘 중 하나를 선택해야 하는 순간이 주어진다. 나의 선택은 후자였다. 그를 만나기 전에는 그랬다.

내 이름은 정교은이다. 그리고 그의 이름은 정의연이다. 그래, 의연은 그 좁아터진 시골 동네, 작은 고등학교에서 만난 또 한 명의 혈육이었다. 그의 아버지는 내 아버지, 정문해의 형이었다. 그러니까 의연과 나는 사촌 지간이다. 누구도 가르쳐 주지 않았기에 그가 내 사촌임을 알 리 없던 나는 적대적인 그의 시선에 당혹스러웠다.

다른 아이들은 나의 출생에 대해 왈가왈부 말이 많기는 했지만 기껏해야 호기심의 범위를 넘어서지 않는 시선을 던졌다. 또 따돌림이라고 해 봤자 누구도 내게 말을 걸지 않는 것, 아무도 나와 함께 하교를 하지 않는 것 정도였다. 그런데 의연의 시선은 달랐다. 여느 남학생들처럼 작년 여름부터 그을린 얼굴에 잔뜩 적의를 품고서 나를 노려봤다. 내가 그를 좀 더 관심 있게 지켜보았다면 비록 적의를 담고 있었지만 가로로 시원하게 뻗은 눈매며 살짝 휜 콧날, 다른 사람보다 긴 얼굴선이 아버지와 닮았다는 걸 알았을 텐데. 재미있게도 몇 년이 지난 후 만난 그는 자신의 아버지보다 내 아버지의 모습과 더 닮아 있었다. 심지어 나보다도 더 나의 아버지와 닮았던 의연을 나는 그저 심술궂은 남학생으로만 알았다.

학교 앞 문방구에서 공책을 사느라 지갑을 뒤적거리던 어느 날 문득 돌아본 등 뒤에서 날 노려보는 그를 발견한 적이 있다. 이유를 알 수 없지만 누군가로부터 맹목적인 적의를 느껴 본 일이 없었던 나는 무조건 피했다. 어쨌든 저런 애는 피하는 게 상책이야. 하지만 나의 호기심은 무지에서 비롯되는 평화보다 컸기에 내가 속한 반에서 그나마 호의적이었던 남학생에게 물었다. 인정하고 싶진 않지만, 여자들은 때로 너무 비유적이거나 엮이지 않으려는 듯 에둘러서 대답하는 경우가 많다. 그래서 남학생에게 물었다. 저 아이가 누구냐고. 그랬더니 내 질문을 받은 남학생이 의외라는 표정을 지으며 대답해 주었다.

"의연이를 몰라? 사촌이잖아, 너랑."

그렇구나, 내게 사촌이 있구나. 맞아, 아버지의 집이 화림동에 있다고 했었지. 잊혔던 기억들이 떠올라 고개를 끄덕이게 만들었다. 그렇다고 해서 의연이 내게 던지는 시선이 납득되지는 않았다. 납득되지는 않지만 상관하지도 말자. 여기서 재하고까지 얽혀 버리면 남은 학교생활은 지옥이 될 테니까. 그렇게 결심하고 이후로는 의연의 시선을 피하지도, 의식하지도 않으려 했다. 그것이 그를 거슬리게 했던 것 같다.

훗날 알게 된 사실이지만 의연은 학교에서 혹은 읍내에서 손꼽히는 주먹이었다. 어린 주제에. 자존심 강하고 주먹 잘 쓰던 그에게 나의 무시는 하나의 도발이었을 것이다. 며칠 내로 직접적인 반응이 나타났다. 쉬는 시간에 느닷없이 교실에서 나를 불러낸 의연은 질겅거리듯이 윽박질렀다.

"너, 내가 누군지 알지?"

"……."

나가는 내 등에 들러붙던 아이들의 시선은 의연의 험악한 표정에 모두 거두어져 있었다. 누구도 감히 우리 사이에 끼어들기는커녕 구경도 하지 못할 만큼 학교에서 의연의 위치는 확고했다.

"몰라?"

"……."

내가 대답하지 않은 것은 의연을 무시해서가 아니었다. 안다고 하기도 뭐하고, 그렇다고 모른다고 하기도 뭐한 어정쩡한 상황에 어찌할 바를 몰랐을 뿐이었던 내 침묵에 그는 화를 냈다. 그리고 그의 거칠고 커다란 손이 내 턱을 잡았다.

"대답해라! 턱주가리 부숴 버리기 전에!"

당연히 내 입은 더 꽉 다물어질 수밖에 없었다. 놀랐으니까. 기하 오빠가 맹인이라는 걸 알았을 때보다, 치우를 처음 만났을 때보다 더 놀랐다. 경악스러웠다. 그 무례함에, 날것 그대로의 분노에 경악스럽고 무서웠다.

"대답하라고, 씨팔년아!"

어금니를 부득 갈며 내게 답을 구하는 의연의 눈은 핏발이 서서 짐승의 그것과 같았다. 기를 쓰고 생각했다. 내가 왜 이 자식에게 이런 취급을 받아야 하지? 단지 사촌이란 사실이 내게 무조건적인 굴종의 이유가 될 수 있는 거야? 분노를 주체할 수 없는 것은 의연과 내가 혈육이라는 확실한 증거일 것이다.

그의 손아귀 아래서 난 이성을 놓아 버렸다. 그 후의 내가 벌인 일은 다음과 같다. 첫째, 의연을 향해 힘껏 내 머리를 부딪쳤다. 둘째, 햇볕을 쬐게 하려 복도에 내놓은 화분 하나를 번쩍 들어 코피를 흘리고 있는 의연의 머리통을 향해 내리쳤다. 셋째, 교실로 다시 들어가 눈에 제일 먼저 들어온 의자를 복도로 끌고가 머리를 감싸고 있는 의연의 등을 향해 힘껏 집어던졌다. 나의 세 가지 행동에 학교는 아수라장이 되었다. 사태를 파악하려는 선생들과 믿을 수 없다는 듯 구경—의연이 쓰러지는 순간부터 아이들은 마음 놓고 구경을 시작했다—하는 아이들이 짓밟는 흙과 죄 없는 식물의 잔해를 보고서야 나는 서서히 정신을 차렸다.

머리에서까지 피가 났던 의연을 부축해 병원으로 가는 학생주임이 눈에 들어왔다. 젠장, 더럽게 꼬이겠구나. 생각이 들자마자 한 선생이 날 교무실로 끌고 갔고 추궁이 시작됐다. 사건의 경과는 설명할 수 있었지만 분노의 원인은 어떻게 설명해야 하는가. 나는 입을 다물어 버렸다. 담임선생이 농월당으로 연락을 해 나의 죄과를 낱낱이 고발하는 것이 보였다. 젠장, 젠장.

무슨 즉석 재판을 하듯 3일 정학이란 처벌이 내려졌다. 웃기는 건 누가 시비를 걸었는지를 떠나 쓰러진 쪽은 의연인데 그는 2주일 정학이란 처분이 떨어졌다는 것이다. 꼬장꼬장한 외조부든 잘난 교수 외숙이든, 농월당의 입김이 작용했음을 바보라도 알았겠다. 그러나 학교 안팎 누구도 거기에 이의를 제기하지 않았다. 심지어 의연까지도.

온갖 회유와 협박과 체벌에도 입을 열지 않은 나를 기다린 것은 외조부의 회초리였다.

"어떻게 계집아이가! 배우고 익히는 학교에서! 집안 망신도 이런 망신이 있나!"

외조부의 눈동자에서 치욕을 보았다. 그는 나를 치욕스러워하고 있었다. 공기를 가르며 내 종아리에 생채기를 내고 있는 회초리의 매운 감촉을 느끼며 궁금해졌다. 어머니가 아버지와 달아났을 때 외조부는 딸을 잃었다는 슬픔과 딸이 상것과 놀아났다는 치욕 중 어느 쪽이 컸을까?

"아이고, 어르신. 그만하십시오. 피납니다."

그렇게 말렸던 이가 누구였더라. 부엌일 돕던 세왕댁 아줌마였나, 아님 최씨 아저씨였나. 외조모가 아니었던 건 확실하다.

"제가 뭐라 그랬습니까. 처음부터 버르장머리를 단단히 고쳐 놨어야 하는데……. 이런 사단이 날 줄 알았지요, 알았어."

이렇게 말하면서 혀를 쯧쯧 차던 양반이 외조모였으니까. 어쨌든 다른 사람의 만류로 나는 구제되어 내 방으로 돌아갈 수 있었다. 끝까지 나는 잘못했다고 빌지 않았다. 잘못하지 않았으니까. 잘못하지 않았다고 굳게 믿었지만 맞은 것이 억울하다고는 생각되지 않았다. 그저 마땅히 치러야 할 대가라고 생각했다. 무엇에 대한 대가인지 알지도 못했으면서 수긍하고 받아들였다.

머릿속의 생각이 어떠하든 종아리의 통증은 점점 커져 갔다. 텔레비전에서 보았던 고문 장면이 떠올랐다. 죄인의 입을 열게 하기 위해 시뻘겋게 달구어진 쇠로 피부를 지져 대던. 그

쇠가 내 종아리에 얹힌 것 같았다. 내가 그 죄인이었다면 10초 만에 항복했을 거다. 나와 작당한 모든 이들의 이름을 읊어 대고 배신했을 거다. 이 고통에서 벗어나기 위해서라면 어떤 이름이라도 대 줄 것이다. 엎드린 채로, 아니, 널브러진 채로 그런 생각을 할 정도였다. 그때 종아리에 서늘한 기운이 느껴져 돌아보니 치우가 상처 위 20센티미터쯤 위에 자기 손바닥을 올리고 있었다.

"뭐 하는 거야?"

그가 내게 달빛을 보내 준 날 이후 어쩐 일인지 그를 볼 때마다 부끄러워진 난 일부러 퉁명스런 말투로 물었다.

"덧나지 않게 미리 손을 좀 쓰려고 한다. 무슨 짓을 저질렀기에 이런 매질을 당하는 거지?"

"저지른 거 아냐! 그냥 맞을 만한 일을 하긴 했지만……."

나는 약간 풀이 죽어 있었다. 치우가 몰랐으면 했으니까.

"오랜 시간이 흐르고 흐른 뒤 깨달은 것은 사람이 어떤 잘못을 했든 맞아 마땅하다는 말은 모순이라는 것이다. 누구든 맞아 마땅한 사람은 없다."

그의 말에 또 금세 눈물이 글썽해진 난 입술을 꼭 깨물고 참았다. 그의 부드러운 목소리는 멈추지 않고 나를 위로했다.

"그거 아나? 그대 외조부, 어린 시절에 지독한 장난꾸러기였다는 걸. 제사상에 올릴 음식에 손대서 회초리, 남의 집 닭서리 장난질로 회초리, 제 여동생보다 천자문을 늦게 떼서 회초리. 하루도 종아리 성할 날이 없는 녀석이었지. 그런 말썽쟁이가 올챙이 적 기억을 싹 지운 개구리처럼, 어른이 돼서는 안식구며 자식들에게 어찌나 엄하던지! 아마도 어릴 적 맞은 것을 자손들한테 푸느라 그런가 보다 싶어."

넌 누구지? 대체 누구기에 네가 하는 말은 항상 딱딱한 내 마음을 부드럽게 만들어 주고 날 울게 하는 거지? 그렇게 생각하는데 농월당 문이 열리며 기하 오빠가 들어왔다. 그의 손에는 소독약과 연고가 들려 있었다.

"들었어. 괜찮니?"

그가 들은 진실은 무엇일까? 아니, 그것보다 지금 치우가 있는데 어쩌지? 그런 생각들로 머리가 아파 오는데 치우가 또다시 어른의 모습으로 변해 기하 오빠의 앞에 우뚝 섰다.

"그녀, 내가 아프지 않게 해 줄 수 있다."

표정이 없는 기하 오빠였지만 그가 놀랐다는 것을 충분히 알 수 있었기에 난 치우에게 화가 났다. 왜 그렇게 기하 오빠에게 못되게 구는 거야! 하지만 기하 오빠는 자신에게 적대적인 치우에게조차 부드러운 사람이었다.

"치우? 아……, 이거 바르면 상처가 빨리 나을 거라……."

그렇게 우물거리던 기하 오빠는 연고를 들어 보였다.

"약인가? 놓고 가라. 내가 해 주겠다."

"아니, 기하 오빠가 해 줄 거야. 오빠가 할 수 있어."

나는 치우의 말이 눈먼 기하 오빠의 마음에 상처를 낼까 봐 얼른 그렇게 말했다. 대신 치우가 아파하는 것도 알지 못한 채.

"그래, 사람의 상처는 사람이 치유하는 것이 옳을지도……."

"치우, 교은이는 그런 뜻으로 한 말이 아니야."

치우의 아픔을 느낀 건 내가 아니라 기하 오빠였다.

"다른 누구도 아닌 네게서 위로받고 싶은 마음 조금도 없다. 그러니……, 되었다. 그녀가 원하는 대로 네가 해."

어째서 그렇게 기하 오빠에게 날을 세우는 거지? 너는 왜 나를 볼 때마다 슬픈 표정을 짓는 거지? 그러나 나의 생각이 언어로 치환되기도 전에 치우는 사라졌다. 그날 상처 입은 것은 나도 기하 오빠도 아닌 치우였다.

종아리의 상처는 다음 날이 되자 아물기 시작했지만 대신 계속 욱신거리며 열까지 났다. 기하 오빠는 최씨 아저씨가 사다 주신 약을 가져다 내게 먹이고 조심스럽게 진물 흐르는 상처를 소독해 주었다. 아팠다. 아파서 깔고 누운 이불을 꽉 움켜쥐었다. 그걸 알아챈 기하 오빠는 고개를 숙여 상처에 자기 숨을 불어 주었다. 소독하는 동안 내 종아리에 닿는 그의 숨결에 가슴이 두근거리는 나를 발견했다. 왜 이러지? 왜 이렇게 가슴이 두근거리지? 왜 이렇게 숨 쉬기가 힘들지?

"흉터 생기면 안 될 텐데……."

"생겨도 오빠는 못 보니까 상관없잖아."

두근거림을 숨기기 위해 그렇게 못된 말을 뱉어야 했는지.

"……그래. 난 못 볼 테지만, 교은이한테 흉이 생기는 건 속상한 일이야."

나의 심술에도 아랑곳하지 않고 그는 전날보다 더 부드럽고 꼼꼼하게 약을 발라 주었다. 잠든 고양이의 등을 꽃송이로 간질이는 사람처럼 느리고 부드럽게. 종아리에서 느껴지는 기하 오빠의 손길에 더 빠르게 뛰는 내 심장이 말을 했다. 기하 오빠가 좋아. 오빠가 좋아. 하지만 그 말을 할 수는 없었다. 그래서 말했다.

"오빠, 미안해."

나의 사과에 기하 오빠의 손이 내 발목에 얹혔다.

"미안해. 맨날 못되게 굴어서 미안해."

사과를 하면서 도저히 그의 얼굴을 볼 수 없었던 난 베개에 얼굴을 묻고 눈을 질끈 감았다. 마치 내가 그에게 고백이라도 한 것처럼.

"못되지 않아. 내게……, 사람들은 항상 친절하고 상냥하지. 왜냐하면 그들은 날 불쌍하다고 생각하니까. 불쌍한 장님……. 하지만 넌 아니야. 네가 하고 싶은 대로 해. 너하고 있을 때 난 장님이 아니고 그냥 기하니까."

그렇게 말하는 기하 오빠의 목소리는 조금 떨리고 있었다. 아니야, 나도 오빠가 불쌍하다고 생각했었어. 나도 다른 사람들하고 똑같아. 아니, 더 나빠. 내가 더 나빠. 왜냐하면 오빠가 다른 사람을 보는 게 싫으니까. 오빠가 다른 사람을, 세상을 봐서 내 곁을 떠나 버리는 게 싫으니까. 그러니까 내가 가장 나빠.

"……오빠, 나랑 읍내에 가자. 다음에 오빠 머리 자를 때 그렇게 하자."

만일 오빠가 세상으로 나가야 한다면 내가, 정교은이 당신을 농월당에서 벗어나게 해 주고 싶다. 다른 누구도 아닌 나 정교은이 세상을 느끼게 해 주고 싶다. 못되고 나쁜 정교은이 당신에게만은 착한 정교은이 되고 싶다. 그런 충동에 그에게 제안했다. 그러나 그는 대답하지 않았다. 망설임이 내 발목에 얹힌 그의 손을 통해 느껴졌다.

"그렇게 하자. 나랑 가면 괜찮을 거야. 그렇게 해."

대체 무슨 근거로 그리 자신만만했는지 모르겠지만 나는 확신에 차서 그를 졸라 대었다. 나는 알고 있었던 거다. 기하 오빠는 내 부탁을 거절할 수 없다는 걸. 다른 날이라면 모르겠지만, 내가 다쳤을 때 그가 날 실망시키는 짓을 할 리가 없다는 걸.

"나보다 네가 더 불편할 거야. 다른 사람들 시선도 불쾌할 거고. 그래도 괜찮다면 그렇게 하자."

"약속한 거야. 절대 무르기 없어."

웃음이 나왔다. 어리석게도 사람들의 호기심에 담길 수 있는 악의가 얼마나 끈질기고 기분 나쁜지 모르고, 그가 내 말에 응해 준 사실만으로 기뻤다.

일주일 후 일요일에 읍내로 가기로 약속한 기하 오빠가 내 방에서 나가고 치우가 모습을 드러냈다. 그의 얼굴을 보자마자 난 고개를 돌려 버렸다. 그에게 미안해하고 있었음에도 불구하고.

"정말로 기하와 나갈 생각인가?"

"그럼 가짜겠어? 그리고 남의 말 엿듣지 좀 마."

의기양양하게 말하는 날 보는 치우의 얼굴에서 분노와 뒤섞인 걱정을 발견하고도 모르는 척 말했다.

"엿들은 일 없어. 그저 들린 것뿐이다. 아무튼 그러지 않는 것이 좋아. 기하의 삶에 그대가 관여하는 것 싫다."

"네가 싫어도 상관없어. 그리고 모든 일은 겪어 보지 않고는 모르는 일이야."

"그대는 이미 겪어 보지 않았나? 이 상처가 증명하고 있듯이 말이야."

"이건 기하 오빠와는 상관없어. 이건 내 문제야."

"아니, 그건 모두의 문제다. 농월당과 화림동 모두가 얽힌 문제. 결국 상처 입는 것은 기하일 것이고, 상처 주는 사람들도 불편한 마음으로 지내야겠지. 그리고 가장 상처 입는 것은 바로 그대 자신일 거야. 오래전 그대였더라면 이해시키기 쉬웠으련만……, 그대는……, 너무 변했어. 그대가 아닌 것처럼."

"무슨 말이야? 야!"

화내는 나를 뒤로하고 그는 사라졌다. 치우의 말이 옳다는 걸 알고 있었다. 나의 요구로 인해 기하 오빠가 더 상처 입을 수도 있다는 것을. 내가 학교에서 그랬듯이. 하지만 모른 척했다. 나는 나 자신이 용감하다고, 또 나의 용기가 기하 오빠를 세상 밖에서 살 수 있는 사람으로 바꿀 수 있다고 믿었으니까. 자신이 언젠가 세상을 바꿀 것이라 굳게 믿는 가련한 아이처럼.

놀라운 것은 외조부가 기하 오빠의 외출을 허락한 것이었다.

"사내 녀석이 매일 집에만 처박혀 있는 것보다는 나을 것이오."

외조모의 반대를 일축하는 외조부의 목소리에는 어떤 결연함이 깃들어 있었다. 아마 외조부는 짐작하고 있었을 것이다. 바깥세상이 기하 오빠를 어떻게 대하고, 또 그가 어떤 상처를 받을 것인가를. 하지만 한편으론 '사내 녀석'이라면 감내해야 할 과정이라고도 생각했을 것이다. 그렇기에 결연한 외출 허락이 있었을 테지. 아무튼 그녀에게 무방비 상태의 아기 같았을, 그런 손자를 따라나서지 못하는 외조모의 안타까운 표정에 나는 짜릿했다. 마치 그녀에게서 보물을 빼앗은 것 같았다. 하지만 나의 짜릿함은 읍내로 향하는 버스를 타기도 전, 화림동의 길들을 통과하는 사이에 사라졌다.

화림동의 낮은 담장들에 매달린 수많은 눈들이 내 손을 잡고 조심스럽게 걸음을 옮기는 농월당 눈먼 장손에게 향하는 걸 보았다. 호기심과 측은함이 뒤섞인 시선들은 소리를 먹어 버렸다. 내가 기하 오빠의 손을 잡고 길들을 통과하는 동안 화림동은 숨죽였다. 그리고 풀죽지 않으려 애쓰며 버스에 올라타자마자 화림동이 통금에서 풀려나듯 소음에 휩싸이는 걸 느꼈다.

버스에서 우리는 가장 뒷자리로 가서 나란히 앉았다. 나는 버스 안에서도 그의 손을 놓지 않았다. 운전기사부터 백발의 노파, 젊은 아낙의 등에 업힌 아이까지도 기하 오빠를 힐끗거리며 쳐다보았다. 버스 중간에 손잡이를 잡고 서 있던 여학생들은 우리를 보며 귓속말을 하기까지 했다. 난 그녀들을 죽일 듯이 쏘아보았다. 그러나 그들의 시선은 버스의 종착역인 읍내에서 이발소로 향하는 동안에 쏟아진 시선에 비하면 아무것도 아니었다. 호기심과 동정심이 뒤섞인 시선들은 살갗을 태울 듯이 우리를 에워싸고 숨을 쉴 수 없이 만들었다. 기하 오빠에 대한 편견을 담은 눈, 눈, 눈……. 차라리 그가 볼 수 없다는 것이 다행이라는 생각이 들 정도로 치욕스러운 눈빛들이 사방에서 몰려들어 끈덕지게 우리의 등에 매달렸다. 기하 오빠에게 주어진 불행보다 무겁게, 악착같이.

그렇게 치욕스런 시선들보다 더 참을 수 없었던 건 쑥덕거림이었다. 입을 가리고 목소리를 낮춰도 들리고야 말았던 단어들이었다. 농월당, 맹인, 불쌍하다……. 이런 단어들과 함께 동정심 섞인 혀를 차는 소리까지 보태지자 나의 용기는 완전히 흩어져 버렸다. 도망치고 싶다. 당장 기하 오빠의 손을 놓고 도망치고 싶다. 그런 생각을 떠올린 어리고 철없던 내게 기하 오빠는 말했다.

"괜찮아. 난 괜찮아."

가슴을 때리는 그의 말에 입술을 깨물며 참았다. 괜찮다니. 괜찮다니. 뭐가 괜찮아. 오빠는 안 괜찮아. 저것들도 안 괜찮아. 모두 죽여 버리고 싶어. 그의 손에 내 손을 깍지 끼며 생각했다. 죽여 버리고 싶다. 저 사람들 모두, 내가 할 수 있는 가장 잔인한 방법으로 죽여 버리고 싶다. 하지만 사실 이런 치욕을 감내하게 만든 장본인이 나라는 걸 외면하고 싶었다.

간신히, 정말로 간신히 이발소에 도착해 그가 머리칼을 자르는 동안에도 내 분노는 가라앉지 않았다. 그건 세상에 대한 분노가 아닌 나 자신에 대한 것이었다. 나는 결국 기하 오빠를 바깥세상과 완전히 단절시키게 만든 것이다. 나는 그에게서 바깥세상에 대한 환상까지도 빼앗아 버렸다. 두렵지만 자신이 겪어 보지 못한 세상에 대한 환상. 한없이 자신이 밉고, 한없이 죄스러웠다. 내가 그에게 보여 준 세상은 잔인하고 냉혹한 세상이었다. 역시 나는 가장 나쁜 사람이었다.

화림동으로 돌아오는 동안 나는 한마디도 할 수 없었다. 그의 손을 잡을 수도 없었다. 그때 그의 목에 붙어 있는 머리카락이 눈에 들어왔다. 내가 무심결에 그것을 떼어 내자 기하 오빠가 내 손을 잡고 말했다.

"고마워, 덕분에 읍내도 나가고. 교은이 덕분이야."

'때문이야.'가 아닌 '덕분이야.'라니. 눈물이 흐르려는 걸 간신히 틀어막고 그의 손을 세게 잡았다.

"바보 같아. 뭐가 고마워? 정말 바보 같아."

내 말에 그는 미소 짓기까지 했다. 외조부가 알고도 손자를 보냈듯이 그도 자신이 겪을 일을 알고 있었을 것이다. 그는 오로지 나를 위해, 내 부탁을 들어주기 위해 세상을 향한 마지막 환상을 접었다. 우리에게 들러붙는 화림동의 시선 속에서 마주 잡은 손만이 서로의 힘이 되어 주었다.

며칠, 혹은 몇 달을 소문들이 살을 보태며 오고 갈 화림동의 길이 끝나자 난 안도했다. 농월당이 보였다. 그때 돌멩이가 날아들었다. 작지 않은, 모가 난 돌멩이가 내 팔에 부딪쳤다. 비명은 지르지 않았다. 기하 오빠를 향한 것인 줄 알았으니까. 하지만 그것은 나를 향한 것이었다. 마지막 담 뒤에서 의연이 나타났다.

"오빠, 잠깐만 여기서 기다려."

"교은아!"

당황하는 기하 오빠를 뒤로하고 난 의연을 향해 걸어갔다. 의연 역시 눈 하나 깜짝 않고 내게 돌을 던졌다. 이번엔 이마에 맞았다. 내가 그의 앞에 서자 그는 다른 돌멩이를 들었다. 물러서면 안 돼! 스스로에게 외쳤다.

"독한 년."

의연은 내 멱살을 잡았다. 그의 소리를 방향타 삼아 기하 오빠가 다가오는 걸 느낀 난 소리쳤다.

"거기 있어! 오지 마!"

그리고 의연에게 말했다.

"너, 지난번 일 때문에 이런 거면, 자, 때려! 네가 당한 만큼 맞고 있을 테니까, 얼른 때리고 꺼져 버려."

"씨팔! 잘난 체하면서 호박씨 까는 건 농월당 연놈들 전부 똑같아. 너희 엄마처럼."

"입 닥쳐! 우리 엄마, 너한테 그런 욕먹을 만큼 잘못한 거 없어."

"잘못이 없어? 너희 엄마가 삼촌 꼬드겨서 도망갈 때 가져간 우리 집 돈은! 씨팔, 가져가려면 돈 많은 농월당에서 가져가지 왜 우리 집 돈을 가져가냐고! 울 엄마가 그 돈 없어서 수술도 못 하고 병신 된 건 어쩔 건데!"

"네가 뭘 알아! 네가 우리 아빠와 엄마에 대해 뭘 알아!"

잡힌 멱살 때문에 까치발을 하고 있었던 난 더 악을 쓰며 외쳤다.

"아빠와 엄마가 어떻게 살았는지 네가 뭘 안다고 지랄이냐고! 그래, 너희 엄마한테 그런 짓을 해서 벌을 받느라고 우리 아빠는 공장에서 팔 잘렸나 보다. 벌 받느라고 우리 엄마는 아빠한테 매일 맞았나 봐! 벌 받아서 갈비뼈 부러질 정도로 맞고, 칼에 베이고! 그러고도 모자라서 둘 다 죽어 버렸으니까, 그만하라고!"

내 말에 의연의 눈에서 불이 꺼졌다. 하지만 내 눈의 불은 꺼지지 않았다. 꺼지지 않는 분노의 불길이 과거를 비추고 되살려 내었다.

중학교 입학을 앞둔 나를 위해 아버지는 매일 철야로 잔업을 했다.

"우리 교은이, 다른 집 애들한테 꿀리게 할 수 없지. 최고로 좋은 교복에다, 가방에다, 예쁜 구두 신겨서 중학교 보내 줄 것이다!"

모자란 잠에 충혈된 눈을 비비면서도 웃으면서 공장으로 향하던 아버지의 뒷모습. 겨우내 아버지는 공장에서 살다시피 했다. 자신의 잠과 휴식을 잔업과 바꾸고는 조금은 두둑해질 월급봉투를 상상하면서 흐뭇해하던 아버지였다. 그러나 그는 내 중학교 입학식을 며칠 앞두고 팔이 잘렸다. 계속되는 피로에 견뎌 내지 못한 아버지가 졸음에 점령당한 몇 초, 그 짧은 몇 초의 시간 동안 거대한 프레스 기계가 그의 팔을 먹어 버렸다.

"아, 그러게 잠 좀 자라니까……. 몇 푼 안 되는 잔업 수당 받아 보겠다고 악다구니를 떨 때부터 불안불안하더라고……."

통곡하는 어머니의 곁에서 아버지의 동료가 참담한 얼굴을 하고 말했다. 아버지의 몸이 병원 침대에 눕혀져 있었다. 매일 어머니와 나를 안아 주었던 강한 팔이 있어야 할 곳에 헐렁한 환자복만이 있었다. 칙칙한 환자복의 소매를 손이 아프게 그러쥐어도 거기 있어야 할 아버지의 팔은 없었다. 내가……, 아버지의 팔을 잘라 먹었다. 외팔이가 된 아버지는 딸의 입학식에 참석하지 못했다.

어머니는 수술비와 입원비를 지불할 수가 없었다. 절박함이 어머니의 자존심을 꺾어 놓았다. 아버지와 달아난 후로 단 한 번도 도움을 청하지 않았던 외숙에게 처음으로 찾아가는 어머니는 한없이 작아 보였다. 그러나 외숙은 어머니를 만나 주지 않았다. 며칠 후 돈이 든 봉투를 가져온 것은 낯모르는 타인이었다. 외숙은 끝까지 나타나지 않았다. 하지만 외숙의 돈은 아버지와 어머니 사이에 분란을 일으켰다.

"그럼 어떻게 해! 당신은 누워 있고, 돈은 구할 길이 없는걸!"

외숙의 돈을 받아 왔다고 책망하는 아버지를 향해 어머니는 소리쳤다. 팔을 잃어버린 남편에게 어머니가 울면서 소리쳤다. 아버지는 고개를 들지 못했다.

외팔이가 된 아버지를 받아 주는 곳은 아무 데도 없었다. 내가, 아버지의 영혼을 병들게 했다. 내가, 아버지를 죽였다.

내 멱살을 놓고 한 걸음 물러서는 의연을 향해 계속 말했다.

어떻게 죽었는지 알려 줄까? 매일매일 술 처먹고 들어와서 패는 걸로 모자라 칼 들고 설치더라. 엄마를 베고 나도 죽이려고 했어. 그래서 엄마가 찔렀어. 우리 아빠, 네 삼촌을! 빌어먹을 놈의 벌을 받느라고!"

자신을 받아 주는 곳이 없어진 아버지는 실업자가 되었고 우리는 더욱 가난해졌다. 무력한 가장家長, 무력한 남편, 무력한 아버지…….
아버지는 병들어 갔다. 술이 없이는 하루도 견뎌 내지 못했다. 어느 날 술에 취한 아버지가 어머니의 뺨을 때렸다. 그리고 외쳤다.

"너, 내가 돈 못 벌어 온다고 무시하는 거지?"

어머니는 울음을 터뜨렸다. 나도 울었다. 다음 날 술이 깬 아버지는 어머니를 끌어안고 미안하다고, 술에 취해서 미쳤었다고 사과했다. 우리 세 식구 모두 울었다. 그러나 그것이 2년이 넘게 지속되었던 폭행의 시작일 줄은 누구도 알지 못했다. 아버지 자신조차도.

술 냄새를 풍기며 어머니에게 구타를 가하는 아버지는 잔인했다. 더 이상 어머니에게 사과하지도 않았다. 견디지 못한 내가 경찰서로 달려가도 그들은 남의 가정사라며 외면했다. 처음엔 아버지를 말렸던 이웃들도 우리를 외면했다. 아버지의 행패에 우리는 몇 번이나 이사를 가야 했다. 집세도 제대로 내지 못하고 매일 밤 싸움만 하는 우리 식구를 곱게 봐 줄 집주인은 없었다. 그렇게 2년이 넘는 시간 동안 악몽은 지속됐다.

"말해 봐! 너, 후회하고 있지? 나하고 달아난 거. 나하고 달아나지만 않았으면 지금쯤 부잣집 마나님이 됐을지도 모른다고, 어? 그런 거지?"

그렇게 우기기 시작하면 어머니는 입을 닫아 버렸다. 눈물도 흘리지 않았다. 아버지의 구타는 일상이 되어 갔다. 누구도 울지 않았다. 아버지의 발길질에 갈비뼈가 부러진 어머니는 깁스를 하면서도 인상 한번 쓰지 않았다. 이미 그녀의 얼굴에서는 표정이 사라진 지 오래였다. 나조차도 그녀에게 웃음을 되찾아 주지 못했다. 어머니는 오래전에 죽어 버렸는지도 모르겠다. 나는……, 비겁했던 나는 늘 어머니의 뒤에 숨어 있었다. 비겁하게 어머니의 뒤에 숨어서 떨었다. 불쌍한 아버지는 무서운, 괴물 같은 아버지로 변해 있었고, 그럼에도 나는 살고 싶었다.

그날도 나는 어머니의 뒤에 숨었다. 인사불성이 된 아버지는 칼을 휘두르고 있었고, 어머니는 소리를 지르고 있었다.

"그래, 차라리 죽여! 이렇게는 못 살아! 죽이라고!"

"그러자! 우리 같이 죽자!"

아버지가 휘두르는 칼에 여기저기를 베인 어머니의 팔에선 피가 흐르고 있었다. 두려웠다. 나는 직감했던 것이다. 오늘은 이렇게 끝나지 않을 거야. 그래서……, 숨었다. 장롱 안에 꼭꼭 몸을 구겨 넣었다. 하지만 아버지는 칼을 들고 장롱 앞까지 달려와 문을 열려고 했다.

"교은아, 우리 같이 죽자! 같이 죽어 버리자!"

반쯤 열린 장롱 문 사이로 번뜩이는 칼이 보였다. 싫어! 싫어! 난 살고 싶어! 그때 어머니가 아버지를 향해 몸을 날렸다.

"안 돼!"

휘청, 중심을 잃으며 아버지가 칼을 놓치자 어머니가 그것을 집어 든다. 그리고 자신의 피가 묻은 그 칼로 아버지의 몸을 찌른다. 깊숙이 꽂힌 칼을 뺀 것은 아버지 자신이다. 피가, 붉고 더운 아버지의 피가 쏟아진다. 피비린내가 쏟아진다. 혼이 빠진 듯 부들부들 떨며 서 있는 어머니 앞으로 아버지가 쓰러진다. 어머니는 비명을 지른다. 아버지가 나를 향해 하나뿐인 손을 뻗는다. 피에 젖은 손을 잡아 줄 수 없다. 비겁하고 비겁했던 나는 아버지의 손을 잡아 줄 수 없었다.

"우리 엄마가 어떻게 죽었는지 알려 줄까? 미치기까지 해서 옥상에서 뛰어내려 머리가 박살나서 죽었어. 벌 받아서 그렇게 되었어. 그러니까 그만해. 나까지 벌 받기를 바라는 거야? 죽어 버리길 바라는 거냐고!"

아버지의 몸에서 쏟아진 피가 어머니의 발을 적셨다. 그녀는 울지 않았다. 오히려 웃고 있었다. 일그러진 미소를 지으면서 쓰러진 아버지를 내려다보았다.

"엄마?"

내가 불렀지만 어머니는 나를 보지 않았다. 그녀는 나의 어머니가 아니었는지도 모르겠다. 그녀는 나의 어머니가 아닌 정문해를 잃어버린 권선이였을 것이다. 모든 것을 잃어버린 그녀는 비명을 지르며 뛰기 시작했다.

"엄마!"

난 장롱에서 나와 그녀를 쫓으려 했다. 하지만 아버지의 피에 미끄러져 그녀를 놓쳐 버렸다. 생기를 잃어버린 아버지의 동공에 내가 비친다. 시체는 그가 아니라 나 같다. 아냐, 저건 내가 아니야. 나는 눈을 질끈 감고 몸을 일으켰다. 피범벅이 된 내가 비명 소리를 따라 옥상으로 뛰어 올라갔을 때 그녀는 이미 난간에 올라선 후였다. 우리가 세 들어 살던 4층집 옥상 위에 희미하게 이어진 어머니의 핏빛 발자국.

"엄마……, 엄마, 그러지 마. 제발……, 엄마……. 나 혼자 두지 마."

그러나 난간에 올라선 사람은 권선이였다. 나의 말을 들을 리 없는, 연인을 잃어버린 여자. 그녀는 망설임이 없다. 허공으로 몸을 날린다. 그녀의 몸과 머리가 부서지는 둔탁한 소리가 지상에서 들려온다. 사람들이 비명을 지른다. 경찰차와 앰뷸런스의 소음이 동네를 울린다. 이웃 사람들과 경찰들이 옥상으로 올라온다. 그들은 나를 둘러싸고 질문을 퍼붓는다. 그러나 나는 소리를 잃었다. 나는 홀로 남았다. 나는 혼자다.

내 말을 다 들은 의연은 달아났다. 그가 달아났음에도 분에 못 이겨 떨고 있는 내 어깨를 어느새 다가온 기하 오빠가 잡아 주었다.

"가자, 농월당으로."

내가 그를 이끌었는지 그가 나를 이끌었는지 기억나지 않는다. 농월당으로 돌아온 나는 기하 오빠의 품에서 정신을 잃어버렸다.

꿈에서 나를 보았다. 가족들이 공원으로 소풍을 갔던 행복했던 시절의 나. 가난했던 아버지는 동네 사진관에서 사진기를 빌려 가지고 와서 꽃나무 아래 선 어머니와 나를 찍어 주었다.

아침 내내 어머니가 쌌던 김밥이 너무 커서 웃음을 터뜨렸던 아버지였다. 아버지는 어머니를 사랑했다. 나를 사랑했다. 그런 아버지를…….

나는 울면서 꿈에서 깨어났다. 농월당은 어둠에 잠겼고 침묵에 잠겼다. 어둠 속에서 소년의 모습을 한 치우가 나를 보고 있다는 것이 전혀 불쾌하지 않을 정도로 외롭고 슬펐다. 그러나 간신히 몸을 일으킨 후 입에서 나온 말은 내 심정과는 상반된 것이었다.

"네 말대로 됐어. 그걸 확인하러 나타난 거야?"

치우는 이 말도 안 되는 억지에 답하지 않고 순식간에 다가와서 나를 부둥켜안았다. 간신히 숨을 쉴 수 있을 정도로 세게 끌어안는 그를 밀쳐 내려고 안간힘을 썼지만 내 등을 감싼 그의 팔은 절대 풀리지 않았다. 아무리 몸을 빼려 해도 꿈쩍도 하지 않는 치우의 품이 낯설지 않았다. 그의 품 안이라면 안전하다. 그런 생각까지 들었다. 그러나 당시의 나는 얼마나 삐뚤어진 자존심의 소유자였던가!

"왜? 내가 불쌍해? 불쌍해서 이러는 거야? 그렇담 집어치워. 너한테 동정받는 거 싫어."

하지만 치우는 팔을 풀지 않았다.

"그래, 그대가 불쌍하다. 내가 없는 곳에서 그런 일을 겪은 그대가 불쌍하다. 너무 불쌍해서 미칠 듯이 그렇게 그대가 불쌍하다."

그의 대답에 나 역시 같은 느낌이 들었다. 만약 치우가 거기, 그때, 아버지가 어머니에게 찔리고 어머니가 뛰어내리는 것을 목격한 나의 곁에 있었더라면, 나는 지금과는 다른 내가 되었을 거라고. 이해할 수 없는 감정이었지만 분명히 그려졌다. 치우의 곁에서 안전한 내가. 그래서 그를 밀쳐 내고 있던 팔로 그의 등을 안았다.

"미안하다, 그대를 혼자 두어서. 함께 있어 주지 못해서. 그대가 겪은 모든 아픔에 대하여 세상을 대신해서 내가, 미안하다."

왜 그가 내 곁에 있어야 했다고 믿는지, 또 왜 세상이 내게 저지른 일에 대해 그가 대신 미안하다고 하는지 몰랐지만 그렇게 말해 주는 것이 고마웠다. 어두운 농월당에서, 지금 내 곁에서 나를 안아 주어서 고맙다. 고맙다.

"누군가가 사정을 헤아리고 동정했다는 것을 알고 나니 그의 심장에 둘러놓았던 쇠로 된 테가 벗겨져 나가는 듯했다……. 게다가 그 사람이 바로 그의 아내였다는 사실에 말할 수 없이 감동했다. ……그는 짙어 가는 어스름 속에서 발코니에 눈을 고정시킨 채 오랫동안 벤치에 앉아 있었다. 마침내 창문으로 불빛이 새어 나왔고, 잠시 후 하인이 발코니로 나와 차양을 걷고 덧문을 닫았다. 그것이 마치 기다리던 신호이기라도 한 듯, 뉴랜드 아처는 천천히 일어나 호텔로 혼자 걷기 시작했다."

이마의 상처에 딱지가 떨어질 즈음 이오의 책을 모두 읽었다. 나는 기하 오빠와 아주 긴 여행을 마친 기분이었다. 여행이 끝나는 것이 싫어서 기차에서 내리는 걸 아쉬워하는 사람처럼 내 손은 더디게 책장을 덮었다.

"오빠, 이오한테 내가 오빠한테 책을 읽어 주고 있다는 거 말해 주고 싶어."

"왜, 갑자기……."

"그냥……, 반칙인 것 같아서."

"반칙? 뭐가?"

"그냥……, 그래."

내 아리송한 대답에 맑은 미소를 짓는 기하 오빠를 보면서 생각했다. 그래, 이오가 모르게 오빠한테 책을 읽어 주는 건 반칙이야. 이오 모르게 이오 자리를 차지하고 있었던 거니까. 하지만 어찌해도 나는 당신의 동생이 아니야. 그러니까 이제부터는 정교은이 당신한테 책을 읽어 주는 거야. 이오를 대신하는 내가 아니라 정교은이 당신한테.

"그래? 이게 교은이 목소리구나. 멋지네!"

이오는 진심으로 나의 '말함'을 기뻐해 주었다. 그리고 부탁했다.

"귀찮겠지만 내 대신 우리 오빠한테 책 좀 많이 읽어 줘. 알았지?"

아니, 귀찮지 않아. 너를 대신하지도 않겠어. 해맑은 그녀의 목소리를 들으며 속으로만 답했다. 여기, 농월당, 기하 오빠의 곁에 있는 건 네가 아니라 나야. 밖으로 꺼낼 수 없었던 그런 생각들을 꾹꾹 일기장에만 적어 두는데 치우가 나타났다.

"그대는 여전히 읽고 쓰는 걸 좋아하는군."

그가 엿보는 것도 아니었는데 나는 본능적으로 손으로 일기장을 가렸다. 그리고 물었다.

"여전히? 그건 도대체 언제 일인데?"

"아주 오래전. 수백 년 전."

그는 답을 하지 않고 내 볼을 손가락으로 톡 건드렸고, 난 재빨리 그의 검지를 잡았다.

"네가 말하는 '그대'라는 나는 수백 년 전의 나인 거야? 수백 년 전에 너하고 만났던 나인 거야?"

"……그래."

"그런데 어떻게 그게 나인 줄 알았어? 옛날의 나와 지금의 내가 같은 모습이야?"

"비슷한 점도 있지만 그대의 경우 모습과 성격은 많이 달라. 다만 모든 혼에는 특유의 흔적과 무늬가 있어서 그걸 보면 알 수 있지. 겉모습 따위 어떻게 변했어도, 아무리 오랜 시간이 지났어도 나는 그대를 알아볼 수 있어."

"재미있네. 영혼의 지문이 있어서 그걸 알아볼 수 있다니."

"그래, 그대 혼에는 그대만의 무늬가 있어. 온 천지에 살고 있는 사람들이 한자리에 모여 있다 할지라도 나는 그대를 구분할 수 있다. 아무리 많은 사람들이 그대와 나 사이에 놓였다 할지라도 말이야."

순순히 대답하는 치우가 보고 있는 나는 현재의 내가 아님을 알 것 같았다. 심술이 풀리지 않았다. 나는 과거의 나에게도 질투를 하는 못 말릴 아이였다. 그래서 잡고 있던 그의 검지를 입으로 가져가 깨물었다. 그는 아무런 반응도 보이지 않았다.

"아프지 않아?"

"아프지 않아."

"예전부터 묻고 싶었는데, 넌 누구야?"

"치우, 그대가 알고 있듯이."

그는 내게 잡히지 않은 다른 손으로 내 머리를 쓰다듬었다.

"넌 뭐지? 사람도 아니고 귀신도 아니라면……. 대답하기 싫은 거야? 아님 내가 알아선 안 되는 건가?"

치우의 눈이 슬퍼졌다. 그의 목소리도 슬퍼졌다.

"그대가 알아선 안 되는 일이란 없다. 다만 그대가 알아야 하는 진실을 그대 스스로 알아내야 하는 것일 뿐."

"무슨 뜻인지 모르겠어. ……그래서 네가 누구인지 알려 줄 수 없다는 거야?"

"알려 줄 수 있는 사실은 내가 지신地神이라는 것이다."

"그게……, 지신이란 게 뭔데?"

"말 그대로 땅에 서린 기운, 즉 땅을 지키는 신이야. 그래서 난 사람도 귀신도 아닌 거지. 이제 내가 무섭나?"

"아니, 무섭지 않아. 그러면 내가 오래전에 너를 만났을 때도 넌 지신이었던 거야?"

"아니야, 그때는 나도 사람이었지. 육신과 혼을 가진, 다시 태어날 운명을 가진 사람이었지."

난 허리를 펴고 그를 똑바로 보았다. 치우의 얼굴이 자꾸만 흐리게 보여서 참을 수가 없었다. 그래서 두 손으로 그의 얼굴을 잡았다. 두 손에 까칠하게 그의 수염이 느껴졌다. 그런데 사람이 아니라고?

"지신이 되면 다시 태어날 수 없는 거야?"

"그래, 죽지 않는 대신 환생할 수도 없다."

"그런데 왜 지신이 된 거야? 죽고 싶지 않아서?"

그는 자기 얼굴을 잡고 있는 내 손을 떼면서 웃었다. 아니, 울었던가.

"그것은……, 불가피한 선택이었어."

"후회하지 않아? 이제 사람이 아니잖아."

"후회하지 않았다고 한다면 그대에게 거짓을 말하는 것이겠지. 전에 말했듯이 나는 그대에게 거짓을 말하지 않는다. 수천 번, 수만 번 후회했다. 그러나 만일 누군가 나에게 시간을 거슬러 기회를 다시 준다 할지라도 나는 똑같은 선택을 할 수밖에 없다."

"왜 그런 선택을 한 건데?"

나는 그가 대답해 주지 않을 걸 알면서도 물었다. 역시 치우는 대답해 주지 않았다. 하지만 나는 알 수 있었다. 그가 지신이 되겠다는 선택의 이유에 내가 얽혀 있음을.

치우는 잡았던 내 손을 일기장 위에 살짝 내려놓았다. 마치 내 손이 쉽게 금이 가는 조각이라도 되듯이. 그리고 그보다 더 조심스럽게 몸을 기울여 촌스럽게 앞머리를 내린 내 이마에 입맞춤을 했다. 햇빛을 머금은 흙냄새가 나는 그의 숨결이 이마에 닿자 어떤 장면이 떠올랐다.

꿈에서 본 듯 흐릿하지만 내가 분명 겪었던. 한 남자가 내게, 내 이마에 입맞춤을 하려 다가오던 장면. 그런데 그의 얼굴은 잘 보이지 않는다. 사그락 소리를 내던 그와 나의 옷은 길고 긴 한복, 낯설다. 낯설면서도 익숙하다. 따스한 입술이 내 이마에 닿을 때 그의 품에서 나던 땀 냄새 뒤섞인 체취가 당연하게 느껴졌다. 눈을 뜨면 사라질 장면을 붙들어 두기 위해 가능한 한 오래 눈을 감고 있었지만 그 장면은 치우의 입술이 내 이마에서 떠날 때 사라졌다. 눈을 뜨니 햇살만이 내 방에 남아 있었다.

7

여름, 그리고 별똥별

학교에서, 또 화림동에서 의연은 될 수 있는 한 나와 마주치지 않으려 했다. 의외인 것은 화림동에 내 부모의 죽음에 대한 소문이 돌지 않는 것이었다. 의연은 입을 다물어 주었다. 그것만은 그에게 고맙다고 생각했지만 나 역시 그와 다시 얽히고 싶지 않았다. 그리고 여름방학이 되기 전까지 내겐 기하 오빠에게 읽어 주어야 할 책이 있었다. 여름방학 때는 이오가 온다고 했으니 그 전에 다 읽어 주고 싶었다. 내가 읽어 주던 책을 이오가 읽는 것은 싫었다. 나는 이오가 아니다. 이오 대신이 아니다. 기하 오빠에게 누구도 대신할 수 없는 내가 되고 싶었다. 그러나 그 책에 내가 매료되어 버렸기 때문에 독서는 더디게 진행되었다. 맛있는 과자를 아껴 먹는 어린아이의 마음으로 나는 느리게 글을 음미했다.

나를 매료시킨 첫 번째 책은 『폭풍의 언덕』이었다. 책을 읽을 때마다 에밀리 브론테의 문장에 납치된 나는 요크셔의 황야를 자신들의 궁전으로 삼은 연인들과 함께 내달렸다. 때로 히스클리프의 가슴을 할퀴었던 바람이 내게 들이쳐서 숨을 헐떡일 때도 있었다. 제멋대로이며 안하무인인 캐시의 뺨을 때리고 싶을 정도로 화가 나서 책을 소리 나게 덮을 때도 있었다. 캐시가 내뱉은 말의 칼날에 상처 입은 히스클리프가 황야로 달아나 버렸을 때는 마음이 아파서 책을 읽는 목소리가 흔들렸다. 때때로 내가 기하 오빠에게 책을 읽어 주고 있다는 걸 잊어버리고 소리 없이 그들의 세계로 빠져들기도 했다. 그럴 때면 기하 오빠는 끈기 있게 내가 돌아오기를 기다려 주었다.

어떤 의미에서 그 책은 내가 매료된 첫 번째 책이기도 했지만 기하 오빠와 공유하지 않은 책이기도 했다. 나는 원했던 것이다. 나만이, 오로지 나만이 히스클리프와 캐시의 세계에 초대받은 사람이기를. 마치 에밀리 브론테가 나만을 위해 그 책을 창조해 준 것이 아닐까 싶을 정도로 그들의 세계에 완전히 몰입했던 나는 오랜만에 행복했다. 그 행복이 너무나 완벽해서 누구와도 나누고 싶지 않을 정도였다. 그것이 기하 오빠라 할지라도. 그런데 나의 행복을 깨뜨린 사람은 다름 아닌 히스클리프였다! 캐시에게 받은 상처가 아무리 클지라도 어떻게 그런 짓들을 할 수 있는지 이해할 수 없었던 나는 그에게 분노했다. 히스클리프의 광기는 어린 내가 이해하기엔 너무 깊고 어두웠다.

"미친놈! 어떻게 캐시의 딸한테 이럴 수가 있어!"

이렇게 분통을 터뜨릴 때면 기하 오빠는 그런 내가 재미있다는 듯 웃곤 했다. 그의 웃음에 화가 났던 나는 따졌다.

"오빠는 이해할 수 있어? 어떻게 복수를 위해서 자기 자식까지 이용할 수 있어!"

"이해할 수 없지. 난 그런 사랑을 해 본 일이 없으니까. 하지만 그를 동정해. 복수의 순간에 이미 그는 죽어 있었으니까. 그의 영혼은 캐시가 죽을 때 함께 죽었을 거야. 그러니 복수를 한 건 광기에 사로잡힌 유령이었던 셈이지."

"그게 무슨 소리야! 히스클리프가 복수를 위해 얼마나 사악하고 치밀하게 계획을 세우는지 들었잖아! 그건 유령이 할 수 있는 짓이 아니라고."

그렇게 반박하는 나와 끝까지 히스클리프를 변호하는 기하 오빠 사이로 흐르는 공기는 노을빛을 데려와 있었다. 초여름, 조금씩 더워지고 있는 날씨 때문에 열어 놓은 문을 통해 바람이 풀 향기를 싣고 오기도 했다. 그리고 얼마 지나지 않아 장마가 농월당에 찾아들었다.

오래된 한옥의 목재들이 한껏 습기를 머금어 살아 있는 나무와 같은 향기를 뿜는 비 오는 날이었다. 학교에서 돌아와 흙탕물이 튄 종아리와 발을 씻는 내 뒤에서 치우가 말했다.

"그대, 좀 컸군."

"그런가? 난 잘 모르겠어."

"커 가는 그대라니, 이상하지만 즐겁기도 해."

"너도 좀 컸어. 지신이 그래도 되는 거야? 그게 더 이상해."

난 그를 흘겨보며 말했다. 정말이었다. 가끔 어른의 모습으로 나타날 때도 있지만 대체로 소년의 모습이었던 치우는 조금씩 자라는 것처럼 보였다.

"그대와 함께 크고 싶었다. 그런 경험을 공유하고 싶었어."

그의 말에 어쩐지 부끄러워진 나는 일부러 새치름한 표정을 지으려 애썼다.

"나 옷 갈아입을 거니까 훔쳐보지 마."

그러지 않을 걸 알면서도 방에 들어서며 그에게 말했다. 그가 화내기를 바라면서. 하지만 치우는 화내지 않고 마루에서 기다렸다.

내가 교복을 갈아입는 동안 문밖에서 그가 물었다.

"그 책은 다 읽었나?"

"아니, 거의 다 읽어 가긴 해. 너도 알잖아."

"그대는 아직도 그 남자, 이름이……, 아무튼 그 남자를 이해할 수 없나?"

"히스클리프? 그래, 불쌍하기도 하지만 이해할 수는 없어. 다 갈아입었어. 들어와."

내 말이 끝나기도 전에 이미 치우는 내 곁에 와 있었다. 비 오는 날 그에게선 흙냄새가 더 진하게 전해졌다.

"그런데 왜?"

가방에서 책을 꺼내며 무심히 물었다.

"나는 그를 이해한다. 기하와는 다르게 동정하는 것이 아니라 이해해."

"어떻게?"

"자신의 사랑을 가로막는 존재는 누구라도 용납할 수 없으니까. 그것이 혈육이라도, 그게 자기 자신일지라도 용서할 수 없다는 걸 나는 아니까."

"그게 무슨 뜻이야? 히스클리프의 복수가 정당하다는 거야?"

난 또 발끈했다.

"정당하고 아니고를 판단할 수 있는 건 아무도 없어. 그리고 그는 아마 자기 자신에게 복수한 것이 아닐까? 난 그렇다고 생각해. 그는 자신에게 복수한 거야. 자기 여인과 헤어질 수밖에 없었고 자기 여인을 죽음에게 빼앗긴 자신에게."

"무슨 말인지 모르겠어. 난 너처럼 몇백 년을 살지 못해서인지 그런 어려운 말은 모르겠어."

"그런데 그대, 꼭 기하에게 책을 읽어 줘야만 하나?"

이렇게 말하는 치우는 방금 전 다정했던 그가 아니었다. 내가 들고 있는 책이 기하 오빠인 양 노려보는 그의 분노를 이해할 수 없었다.

"안 읽어 주면? 오빠가 볼 수 없는 거 너도 알잖아!"

"그래, 그는 볼 수 없지."

"가끔……, 넌 너무 이상해. 왜 그렇게 기하 오빠를 싫어하는 거야?"

"그를 싫어하는 것이 아니다. 그대가 그의 곁에 있는 것이 못 견디게 싫을 뿐이지."

"왜?"

"말해 줄 수 있다면……, 그럴 수 있다면……, 모든 어긋남과 모든 인연을 바로잡을 수 있을 것인데……. 이것 역시 나의 죄과罪科, 나의 업보다."

그러면서 고개를 숙이는 그가 가엾었다. 그를 두고 기하 오빠에게 가는 것이 마치 그를 버리는 일이라도 되는 듯이 그가 가엾었다. 그래서 기꺼이 치우의 말대로 하고 싶을 정도였다. 하지만 기하 오빠는? 나를 그냥 교은이로 받아 준 기하 오빠는? 그럴 수는 없어.

"난 기하 오빠한테 책 읽어 주는 게 좋아."

"아니……, 그대는 기하가 좋은 것이겠지."

분노가 섞인 그의 중얼거림을 들으며 나 또한 슬그머니 화가 치밀었다. 너는 나를 좋아하는 게 아니잖아. 과거의 나를 좋아하는 거잖아!

"기하 오빠는 너처럼 나를 다른 사람으로 생각하지 않아."

"나는 그대를 다른 사람으로 생각하지 않는다. 과거의 그대와 현재의 그대는 다른 사람이 아니니까."

"아니, 다른 사람이야. 달라. 난 그냥 지금의 나야. 기하 오빠는 지금의 내 곁에 있는 사람이니까 나도 오빠 곁에 있을 거야."

"그대가 기하의 곁에 있다 할지라도 절대 변할 수 없는 사실 때문에라도 그대는 그의 곁에 있어서는 안 되는 것이다."

"왜? 뭣 때문에?"

여차하면 그를 치기라도 할 것처럼 앙칼지게 맞서는 내 어깨 위에 치우는 고요히 손을 얹었다. 그리고 한 번도 느껴 보지 못한 힘으로 강하게 어깨를 부여잡았다. 그의 굳게 다문 입술에서 망설임이 느껴졌다. 치우의 손길이 닿은 어깨가 아팠지만 난 고개를 빳빳이 들고 그에게 다시 물었다.

"대답해 봐. 왜, 어떤 사실 때문에 내가 기하 오빠 곁에 있으면 안 되는 거냐고!"

"기하가 그대의 피붙이라는 사실!"

어깨를 흔드는 치우의 손길만큼이나 그의 말 한마디 한마디가 내 마음을 흔들었다. 하지만 그 흔들림을 인정하고 싶지 않았다.

"그래서 그게 어떻다는 거야? 그게 뭐! 그런 이유로 날 막을 수 있다고 생각했다면 네가 틀렸어."

"……그럼 그대를, 기하에게로 향하는 그대를 막을 수 있는 것은 무엇이지?"

"사람. 과거의 내 곁에 있는 지신이 아니라 지금 여기서 살고 있는 내 곁에 있어 줄 사람."

나는 그렇게 또 치우의 가슴에 상처를 내며 그의 손을 뿌리쳤다. 그리고 책을 들고 물기 어린 흙냄새가 나는 그의 곁을 지나 사랑채로 향했다. 치우는 나를 막지 않았다. 그는 분명 막지 않았는데 내 마음속 한 부분은 그의 곁에 남기를 고집했다. 치우의 곁에 남은 마음이 내게 물었다. 네가 정말 함께 있고 싶은 건 누구지? 정말로 기하 오빠의 곁에 있길 원하는 거야? 네가 함께 있고 싶은 이가 치우는 아니고? 아니야, 아냐! 어찌해도 치우는 지신이야. 사람이 아니라고. 지금은 내 곁에 있어도 언젠가 나를 떠날 거야. 과거의 나만 보는, 과거의 내게로 가 버릴 지신이야. 고개를 흔들었다.

『폭풍의 언덕』 후반부로 갈수록 나의 몰입은 산산조각이 났다. 캐시의 딸이 히스클리프의 아들, 자신의 사촌과 결혼하는 순간부터 이미 그랬다. 영국이란 먼 이국의, 게다가 문학의 세계에서 벌어진 일이었지만 상상할 수 없던 일이 벌어진 것이다. 게다가 과부가 된 그녀가 이번엔 자기 외사촌과 사랑에 빠지며 진정한 행복을 찾는다는 내용은 묘하게 내 마음을 사로잡았다. 사촌과 결혼할 수 있고, 외사촌과 사랑에 빠지는 세상이 존재한다. 그것이 비정상적인 일이 아닌 아름다운 일로 묘사되는 세상이. 내 방에서 혼자 요크셔의 저택을 방문할 때면 난 금지된 상상을, 가정을 하곤 했다. 우리가, 기하 오빠와 내가 영국 요크셔에 버려진다면 그들처럼 사랑할 수 있을까? 아니, 사랑해도 죄가 되지 않을까?

난 눈을 감고 상상했다. 내가 기하 오빠의 손을 잡고 야생화가 만발한 요크셔의 황야를 가로지르는 상상을. 바람이 잠시 자신의 행로를 멈추어 주고 야생화 향기만이 우리를 감싸는 걸 온몸으로 느끼는 상상을. 멀리 언덕 위 거친 바위 아래엔 영원히 함께할 수 있게 된 히스클리프와 캐시가 미소를 지으며 서로를 안아 주고 있다. 그곳은 죄가 되지 않는 사랑을 할 수 있는 곳이다. 그것만으로도 행복이 충만한 곳을 상상했다. 그러나 다음 순간 슬픈 눈을 하고 우리를 바라보고 있는 치우가 떠올랐다. 그의 눈빛에 기하 오빠의 손을 놓아야, 마땅히 그리해야 할 것 같았다. 심지어 기하 오빠의 손이 아니라 치우의 손을 잡아 줘야 한다는 느낌에 사로잡혔다. 결국 나는 누구의 손도 잡지 못한다. 상상에서조차 나는 기하 오빠와 치우의 사이에서 오도카니 서 있을 수밖에 없다. 우리 셋의 사이로 황량한 바람이 거세게 몰아치며 우리를 휘청거리게 만든다. 마음도 휘청거린다.

꽃잎이 모두 진 화림동은 개구리 소리가 꽃을 대신해 숲을 이루었다. 늦은 밤까지 이어지는 개구리 소리는 동요에서처럼 '아들 손자 며느리 다 모여서' 하는 합창 수준이 아니었다. 노래하는 개구리 식구들이 동시에 천 식구 정도 모였다고 생각하면 딱 맞을, 재난의 수준이었다. 도시에서 자랐던 내겐 그랬다. 도저히 잠을 이룰 수 없을 정도로 시끄러운 개구리들의 소리에 밤마다 미칠 지경이었다.

어느 날 세왕댁 아줌마가 미리 쳐 놓은 모기장 속에서 뒤척거리며 잠을 청하던 난 귀를 막으며 벌떡 일어나 앉았다.

"저놈의 개구리 새끼들, 다 죽여 버려야 해!"

게다가 그날은 모기를 쫓기 위해 태운 쑥 연기도 어찌나 매운지 눈물이 날 정도였다.

"논을 다 갈아엎으면 개구리 새끼들 몽땅 죽을 건데!"

"정말로 그런 참담한 상황을 원하는 건 아니겠지?"

치우였다. 상처 주고 밀어내도 기어코 내 곁으로 다시 돌아오는 그에게 미안한 마음을 가졌으면서도 나는 또 그를 밀쳐 냈다.

"왜? 지신의 입장에선 논을 갈아엎는 건 반대인가 봐?"

난 모기장 밖의 그에게 눈을 흘겼다.

"사람이 어디 지신의 말에 귀 기울이는 존재이던가. 내가 놀라운 건……, 여름이면 개구리 소리가 밤하늘을 열어 준다고 말했던 그대가 그런 말을 거침없이 한다는 것이지."

또, 너는 날 보고 있지 않아. 화가 났다.

"네가 알았던 나는 수백 년 전에 죽었어. 너도 알다시피 말이야. 다시 말하지만 나는 오로지 지금의 나밖에 없는 거야."

달빛이 간신히 들어오는 문을 막고 있었던 치우의 표정을 볼 수 없었다. 그게 다행이라고 생각한다. 내가 그 말을 할 때 그의 표정을 보지 못하고, 기억하지 못하는 것이 다행이다. 이어진 그의 목소리를 기억하는 것만으로도 충분히 슬프니까. 치우의 목소리는 살아야 할 이유를 잃어버린 자만이 낼 수 있는 것이었다.

"그래, 알고 있다. 내가 알던 그대는 죽은 사람이지. 알고 있어. 지금의 그대는, 같은 혼을 가진 다른 사람이라는 것을……. 아무리 우겨도 그렇다는 것을. 미안하구나. 그럼에도 내 눈에 그대는 언제나 그대인 것이. 미안해."

치우가 무슨 말을 하든 내겐 하나의 말로 들렸다. 아, 프, 다.

"하지만 조금만 나를 참아 달라고 부탁하고 싶다. 수백 년 만에 그대의 혼을 만나 이리 현재의 그대에게 민폐를 끼치는 나를 좀 참아 달라고……."

아프다. 아프다. 그대 때문에 아프다. 치우의 소리 없는 절규에 비하면 개구리 소리 따위 아무것도 아니었다. 난 혹시라도 치우의 얼굴이 보일까 봐 등을 돌려 누우며 말했다.

"참아 줄게. 참을게. 네가 지금의 날 보든, 아님 옛날에 죽은 나를 보든 참아 볼게. 그러니까 그만해. 그만하자."

그러면서 귀를 틀어막았다. 네가 아픈 거 싫어. 네가 아프다는 소리도 듣기 싫어. 그렇게 귀를 막고 있는 내 손을 치우가 떼어 냈다.

"미안하다. 조금이라도 그대를 아프게 했다면 미안해. 오늘은 그럼 다른 이야기를 하자. 옛날이야기. 그대와 관련된 거 말고, 그냥 호랑이 담배 피우던 시절의 이야기. 그러면 잠이 올 거야."

그러면서 낮은 목소리로 이야기를 시작했다. 불쌍한 아기장수 이야기며, 조금은 우스꽝스런 울산바위 이야기를. 조근조근한 목소리로 옛이야기를 해 주는 치우는 때로 내 머리카락을 쓸어 주기도 했다.

그의 목소리는 내 방에 울리던 개구리 소리를 몰아내어 주고 따뜻한 물속에 잠기듯 내 몸을 일렁일렁 채웠다. 졸음에 겨운 나는 간신히 물었다.

"옛날에도 너, 나한테 이야기해 줬어?"

"아니, 그대가, 언제나 그대가 해 준 이야기지."

"너한테?"

나는 치우의 대답을 듣지 못하고 잠들었다. 다음 날 이오가 농월당에 도착했다.

농월당의 늙은 기와를 달구던 맹렬한 태양과 살금살금 다가와 '왁!' 하며 등을 치던 어린 친구처럼 일시에 울음을 토해 놓아 화들짝 놀라게 만들던 매미들. 서방복 없는 년 자식복도 없다는 말을 입에 달고 살았던, 남들에겐 무자식이 상팔자라며 위로받던 세왕댁 아줌마가 큼지막하게 썰어 주었던 수박의 달콤한 붉은빛. 뒤란 밖 대나무 숲에서 시작된 서늘한 바람을 이불 삼아 대청마루에서 잤던 낮잠. 이오가 돌아온 농월당의 여름을 생각하면 늘 그런 정경들이 떠오른다.

평화롭지만 특별할 것 없는 일상들. 그런 과거의 평범한 일상들이 어른이 된 후 삶의 위안이 되어 준다는 걸 알았다면 더 열심히 일상을 만들었을 텐데. 그러나 아직 해는 넉넉하지만 배는 출출할 즈음 부엌에서 내어 준 삶은 옥수수와 구운 감자를 먹으며 이유 없이 웃었던 이오와 나는 예감했던 것이 아닐까. 때론 그토록 평범한 풍경이 우리를 살릴 힘이 되어 주기도 한다는 것을. 그래서 아주 사소한 일, 기하 오빠 입 주위에 붙어 있던 수박씨, 감자를 먹은 뒤 이오와 내 볼에서 발견한 숯검정, 고추 따러 나간 텃밭에서 갑작스레 쏟아진 소나기를 피하러 들어간 참나무 아래서 훤히 비치던 서로의 속옷, 그런 일에 깔깔대며 웃을 수 있었을 것이다. 살아갈 힘을 비축하듯이 우리는 웃으며 여름을 만끽하고 있었다.

"도시에선 별이 있단 걸 잊고 살게 돼."

어느 밤, 이오의 말에 밤하늘을 올려다본 난 침을 꼴깍 삼켰다. 어째서 이제껏 몰랐지? 별이, 밤하늘을 꽉 채우고 있다는 걸. 경이로웠다. 그리고 진심으로 기하 오빠가 그 하늘을 볼 수 없다는 것이 안타까웠다.

봄날 피고 졌던 화림동의 모든 꽃잎들이 그대로 별이 되어 밤하늘에 흐르고 있음을 그에게 보여 주고 싶었다. 그래서 우리의 이야기를 가만히 들으며 대청마루 기둥에 기대앉아 있던 기하 오빠의 손가락에 내 손가락을 끼우며 잡았다. 이오는 그의 오른편에 앉아 있었고 나는 기둥을 사이에 두고 왼편에 앉아 있었기에 그녀는 마주 잡은 우리의 손을 볼 수 없었을 것이다.

"아, 별똥별! 봤어?"

이오는 튕기듯 일어나 사랑채 마당으로 뛰어나가며 사라진 별똥별의 자취를 온몸으로 따랐다. 하얀 원피스 차림의 이오는 그녀 자신이 어두운 마당에 떨어진 별똥별 같았다.

"소원 빌었어? 아……, 난 못 빌었는데……."

빌었다. 기하 오빠의 손을 꼭 잡고 빌었던 소원. 언젠가 우리가 죽는다면, 그래서 다시 태어난다면 우리, 이렇게 다시 만나게 해 주세요. 그리고 꼭 서로를 알아볼 수 있게 해 주세요. 그렇게 빌었다. 기하 오빠의 손을 잡고. 그런데 텔레파시라도 통한 듯이 기하 오빠가 말했다.

"교은아, 다음번에 태어날 땐 내가 꼭 볼 수 있어서 너를 찾아낼게. 이오와 너를 찾아서 다음 생에 우리 더 행복하자."

기뻤다. 기쁨에 들뜬 나는 대답 대신 깍지 낀 그의 새끼손가락에 내 새끼손가락을 겹쳤다.

"또, 별똥별!"

이오가 감탄하며 두 손을 맞잡고 소원을 비는 순간, 불현듯 내 머릿속에 한 가지 생각이 떠올랐다.

수백 년 전에 죽었던 내가 다시 태어나 치우를 알아보지 못하는 것은 정말로 미안한 일인지도 모르겠다. 치우는 기억하는데 나는 기억하지 못하는 수백 년 전의 추억에게 미안하다. 그러나 그런 생각은 어디선가 날아든 반딧불의 반짝임에 의해 금세 잊히고 말았다. 반딧불이 밤을 유영하는 것을 이오와 나는 어린아이처럼 쫓아다녔고, 기하 오빠는 우리의 부산스러움을 즐거워했다.

8
이상한 꿈

농월당으로 돌아온 이오는 당연하다는 듯이 나를 밀어내고 기하 오빠에게 책을 읽어 주었다. 그러나 그것에 질투가 나지는 않았다. 내가 그녀를 대신하지 않았듯이 그녀 역시 나를 대신할 수는 없다고 믿기 시작했으니까. 여름에 어울리는 책으로 『드라큘라』를 선택한 이오의 취향은 촌스러울 만큼 정직했다. 나라면 겨울의 책으로 택했을 그 책을 읽는 그녀의 눈은 긴장을 그대로 내비치거나 때로 공포에 질렸다. 하지만 지금도 흡혈귀 드라큘라 백작의 이야기를 읽던 그녀를 생각하면 사랑스럽다는 느낌이 먼저 든다. 열아홉의 나이에도 사악한 흡혈귀에게 갖는 오싹함을 숨길 필요가 없었던 그 천진함이 사랑스럽다.

"……하얀 수의를 입은 여인이 다시 우리 쪽으로 다가오고 있었다. 그 모습이 명확히 눈에 들어올 만큼 가까워지고, 달빛도 여전히 비추고 있었다. ……그 참하던 모습이 냉혹하고 잔인한 모습으로 바뀌었고, 그 청순하던 모습이 관능적이고 음탕한 모습으로 변했다. ……루시의 얼굴에 빛이 쏟아졌다. 입술이 신선한 피로 새빨갛게 물들어 있고, 핏방울이 턱 위로 뚝뚝 흘러내리면서 하얀 한랭사 수의를 더럽히고 있었다. ……생김새며 눈동자의 빛깔은 분명히 루시의 눈이었으되, 우리가 알고 있던 맑고 상냥한 눈이 아니라, 탁하고 지옥불이 이글거리는 눈이었다."

이오는 자신의 목소리를 통해 먹잇감인 아이를 품 안에 안고 납골당으로 돌아오는 흡혈귀 여인의 모습을 그려 냈다. 납골당의 축축하고 차가운 돌 냄새와 방금 피부에서 쏟아졌을 비릿한 피 냄새가 상상 속에서 재현되자 나마저도 공포를 느꼈다고 인정해야겠다.

밤이 깊어 이오가 졸음에 겨워하면 나는 혼자 사랑채에서 농월당까지 가야 했다. 그런데 아무렇지도 않은 그 길이 흔들리는 나무 그림자만으로도 머리가 오싹하니 서는 소름끼치는 길이 되어 버렸다. 이오의 탁월한 재주가 책 속의 흡혈귀를 내 머릿속으로 옮겨 놓았기 때문이다. 빛이 들지 않는 그늘이란 그늘엔 모두 내 피를 노리는 흡혈귀 백작 놈이 숨어 있는 것 같아 발걸음을 옮기는 것이 죽으러 가는 듯이 무거웠다.

어른인 척, 용감한 척, 온갖 '척'을 하던 난 사랑채 중문을 넘자마자 쏜살같이 내 방으로 돌진했다. 한밤에도 더위에 종종

깨곤 했던 여름날에 문을 꼭꼭 잠그고서 잠드는 날들이 이어졌다. 그래도 기하 오빠 방에서만큼은 허세를 부리며 공포의 언어에 중독되었던 나.

"……그자는 달빛을 타고 먼지 알갱이 같은 모습으로 다가오기도 합니다. 조너선이 드라큘라의 성에서 본 세 여자가 바로 그랬지요. 그자는 아주 작게 변신하기도 합니다. 루시 양이 납골당 문의 머리카락만 한 틈새로 빠져나오는 것을 우리 눈으로 목격한 바 있습니다. 그자는 일단 그 나름의 길을 발견하기만 하면 어디서든 빠져나올 수 있고 어디로든 스며들 수 있습니다. 아무리 단단히 묶어도, 심지어 용접까지 해 놓아도 그렇습니다. 그자는 어둠 속에서도 볼 수 있습니다."

이오는 문밖 어딘가에서 흡혈귀 백작이 듣기라도 하는 것처럼 작은 목소리로 그의 비밀스런 능력을 읽어 주었다.

열려진 문밖, 쑥을 태우는 연기 너머로 자신의 비밀을 소곤거리는 우리를 쏘아보는 붉은 눈동자를 상상하니 오금이 저렸다. 절정에 다다른 무섬증에 나도 모르게 무릎을 세워 두 팔로 감싸 안았다. 그런데 외조부의 헛기침 소리가 들려왔다. 밤이 늦었으니 그만하고 자라는 신호였다. 뒤이어질 내용을 알지 못하는 아쉬움보다 또 혼자서 농월당까지 가야 하는 것이 끔찍했다. 게다가 책을 덮은 이오가 고개를 저으며 말했다.

"난 도저히 무서워서 혼자 못 잘 것 같아. 나 오늘은 여기서 자고 갈래."

부러웠다. 기하 오빠의 친동생이라서 거리낄 것 없이 한방에서 잘 수 있다는 사실이 눈물 나도록 부러웠다. 물론 울지도, 내색하지도 않았다고 생각했다.

“난 갈게. 잘 자.”

모시 이불 두 채를 꺼내는 이오에게 등을 돌린 채 말하는 날 그녀가 잡아 주길 원했는지도 모르겠다. 같이 자자, 이렇게 말해 주기를 말이다.

“그래, 너무 늦어서 내일은 늦잠 잘 것 같아.”

하품하는 입에서 나오는 이오의 목소리는 악의 없는 무심함 그 자체였다. 오늘은 전속력으로 달려야겠네, 그렇게 생각을 하며 댓돌에 올려진 신발을 신는데 기하 오빠의 목소리가 날 붙들었다.

“있어 봐. 같이 가자.”

“어? 오빠, 어디 가?”

이어진 이오의 목소리. 기사를 부르는 공주님 같다.

“자고 있어. 교은이 데려다 주고 올게.”

“교은이가 애인가? 뭘 데려다 주기까지…….”

공주님이 보잘것없는 하녀를 시샘하듯이 이오가 입을 삐죽인다. 하지만 기하 오빠는 그녀의 질투에 개의치 않았다.

“가자.”

그는 그렇게 단호하게 말하며 성큼성큼 중문을 향해 걸었다. 그의 걸음을 따르기 위해 총총거리는 내가 오히려 눈이 보이지 않는 사람이라 생각될 만큼 기하 오빠는 거침없었다. 하지만 중문을 넘자 거침없던 그의 걸음은 눈에 띄게 느려졌다.

그러더니 갑자기 내 이름을 부르며 손을 내밀었다.

"교은아."

그의 의도를 알 수 없던 나는 얼떨떨해졌다. 그러자 기하 오빠는 걸음을 멈추고 어둠이 드리워진 발을 걷어 내듯이 나를 향해 다시 손을 내밀었다.

"손."

그렇게 말하면서. 그제야 나는 그의 손을 잡았다. 기하 오빠가 걷어 놓은 어둠의 발은 우리 뒤에서 다시 내려졌다. 어느 때보다 세게 내 손을 잡는 그의 커다란 손이 좋았다.

"교은아."

"어?"

"왜 무서우면서 무섭다고 말하지 않는 거니?"

역시 그는 내 허세를 꿰뚫어 보았다. 보이지 않는 눈으로.

"유치하잖아. 흡혈귀 이야기에 무서워하는 거 유치해."

"그럼 이오도 유치한 거니?"

치사하다, 이오를 걸고 넘어가다니.

"이오는 그래도 돼. 하지만 난 유치하면……, 흉해. 아주 많이."

나의 대답에 기하 오빠는 내 손을 더 세게 잡았다. 아플 정도로.

"아니, 너도 유치해도 돼. 흉하지 않아. 예뻐. 이오하고 똑같이 예뻐. 그러니까 네가 느끼고 싶은 대로 느끼고, 말하고 싶은 대로 말하고, 그래도 괜찮아."

"나, 그렇지 않다는 거 알아. 오빠가 나 불쌍하다고 생각하는 것도 알아. 그러니까 이렇게 나한테 잘해 주지 않아도 돼."

그래, 기하 오빠는 나를 동정하고 있다. 내 부모가 어떻게 죽었는지 알아 버렸으니까. 그래서 이렇게 상냥한 것이다. 자조하면서 그의 손에서 내 손을 빼려 했다. 그러나 그러지 못했다. 그가 내 손을 잡아당겨 자기 눈을 만지게 했으니까.

"내가 누구를 불쌍하게 여길 처지인 것 같니? 이런 내가?"

키 큰 기하 오빠의 눈에 손을 대고 있느라 까치발을 하고 서 있던 나는 아무런 대답도 할 수 없었다.

"잘해 주지 말라고 했어? 해 주고 싶은 것의 조금치도 해 주고 있지 못하는 나한테 왜 그렇게 못된 말을 하는 거니. 그러면 네가 더 아프잖아. 넌 정말로는 착하고 예쁜 아이인데, 내가 그걸 아는데……. 다른 사람들 때문에 너를 망가뜨리지 마. 그게 네 부모라도, 친척이라도, 어느 누구라도 네가 너로 사는 것을 방해할 수는 없어. 그런데 네 스스로가 그러고 있어. 그러지 마."

그는 진심을 말하고 있었다. 제아무리 삐뚤어진 자존심으로 버텨 온 나라도 오롯한 그 진심을 모른 체할 수는 없었다.

"……알았어."

내 대답을 듣고서야 기하 오빠는 자기 눈까지 끌어당긴 내 손을 내려 주었다. 하지만 내 손을 놓지는 않았다. 달빛이 길게 마루의 구석까지 팔을 뻗치고 있었다.

"혼자서 무섭지 않겠니?"

"누가 혼자라는 건가?"

기하 오빠의 물음에 답한 건 치우였다.

마루 위에서 우리를 내려다보고 있는 치우는 이제껏 본 모습 중 가장 나이든 모습을 하고 있었다. 머리카락 사이의 검은 눈동자는 달빛이 아니었다면 어둠과 구분되지 않았을 것이다.

"그리고 그 손은 놓는 것이 좋겠군."

치우의 말에 내 손을 놓아주는 기하 오빠와 치우에게 화가 났다. 왜 오빠는 치우의 말에 늘 순순히 따르는 거야! 또 치우는 무슨 자격으로 오빠에게 저러는 거냐고!

"……그래, 치우에게 부탁하면 되겠다. 혼자 있으면 더 무서울 거니까."

"네가 부탁하지 않아도 나는 항상 그녀 곁에 있을 것이다."

또 저래! 난 치우에게 눈을 흘겼다.

"그럼……, 나, 가도 괜찮겠니?"

"응, 괜찮아."

적대적인 치우의 말에 별 반응을 보이지 않았던 기하 오빠는 내 대답을 듣고서야 휘적휘적 사랑채로 돌아갔다. 기하 오빠의 뒷모습이 완전히 사라질 때까지 마루 아래서 지켜보던 나는 재빨리 치우를 지나쳐 방으로 들어가 문을 닫았다. 그래 봤자 이미 치우는 들어와 있었지만.

"같이 안 있어도 돼. 이제 전혀 무섭지 않으니까."

거짓말은 아니었다. 기하 오빠의 눈을 만지는 순간에 무섬증은 모두 사라졌으니까. 다만 이오처럼 아무렇지도 않게 기하 오빠와 한방에서 잘 수 없다는 사실에 샘나고 외로웠다. 결국 모기장 속으로 들어간 난 자리에 누우며 무뚝뚝함을 가장한 목소리로 이렇게 말했다.

"나, 잘 거니까 거기 불 좀 꺼 주고 갈래?"

나는 벌써 기하 오빠의 당부를 어기고 있었던 것이다. 내 말과 동시에 불이 꺼졌지만 치우는 그 자리에 그대로 서 있었다. 그러나 난 눈을 감아 버렸다.

"나, 잘 거야. 거기 계속 있음 너만 손해야."

"어째서 그대 곁에 있는 것이 내게 손해가 된다고 단정하는 거지?"

"몰라. 네 맘대로 해."

"……결국 나는 그대에게 잊힌, 아무것도 아닌 존재군. 사람도 아닌……."

치우의 말에 감은 눈을 번쩍 떴다. 아니야, 그렇게 알아선 안 돼. 그건 사실이 아니야. 돌아봤을 때 그는 사라져 가고 있었다. 지금 그를 보내선 안 된다. 다시는 볼 수 없을지도 모른다. 그런 생각이 퍼뜩 들었다. 그래서 소리쳤다.

"아냐! 그런 게 아니야!"

그렇게 소리로 붙든 치우를 일어서서 와락 끌어안았다. 옅은 흙내음이 나는 그의 가슴에 얼굴을 파묻고, 두 팔을 그의 허리에 감고, 두 손은 등 뒤에서 깍지 꼈다. 그가 가 버리지 못하도록. 그와 나 사이에 있던 모기장이 머리 위로 두둑 떨어진 후에야 생각에 앞서 몸이 먼저 저지른 일에 얼굴이 붉어졌다. 불이 꺼져 있는 것이 어찌나 다행인지.

"그런 게 아니야. 아무것도 아닌, 그런 거 아니야."

그렇게 생각을 전하고 팔을 풀며 비로소 그에게서 떨어지려 했지만 이번엔 치우의 팔이 나를 놓아주지 않았다. 그러나 그를 밀쳐 낼 수 없었다.

"그대에게서 달아날 수도 없게, 그대에게서 벗어날 수도 없게 하는구나. 그대는 내가 어찌하길 바라나."

아니라고 부인할 수 없었다. 그가 하는 말들은 어렵고 낯설었지만 거짓이 아니다.

"미안해. 미안하다고, 고맙다고 생각하고 있어."

"아니, 애초에 그대가 나를 기억하길 기대한 것이 잘못이었는지도 모르지. 아무리 그대라도, 아무리 우리여도 그건 안 되는 일이었는지도 몰라. 그대에겐 잘못이 없다."

말을 마친 치우는 내 머리에 걸쳐진 모기장을 잡아 바로 달았다. 난 그저 멍하니 달빛 속에서 그가 하는 대로 보고 있을 뿐이었다. 그는 모기장 안으로 들어와 나를 자리에 눕히고 그 곁에 가만히 앉았다.

"왜 기하에게는 자신을 내려놓으면서 내게는 그러지 못하는지……. 정말로 그대는 여전하구나. 그러니 바깥세상에서도, 이 농월당에서도 많이 지쳤을 것이다. 자존심이 강한 사람이니 그럴 것이야. 내 곁에선 그러지 않아도 되지만 내 말을 들을 리가 없지."

치우의 말에 책상다리를 한 그의 무릎에 단정히 얹힌 손을 잡았다. 이유를 설명할 수는 없지만 왠지 그래야 할 것 같았다. 굳은살이 딱딱하게 박이고 굵은 뼈대가 결코 편하지 않은 그 손을 잡고 그의 옷자락에서 나는 과거의 향기를 맡으며 그에게 사죄했다.

"미안해. 널 기억하지 못해서."

그는 결코 내 손을 놓지 않았다.

"아직도 나는 그대가 기억해 낼 것이라 믿는다. 기억해 다오. 그대, 기억해 다오."

주문과 같은 그의 읊조림이 방 안에 울리자 현실과 환상의 경계가 모호해졌다. 그리고 나의 의식은 점점 현실의 문턱을 넘어 환상의 세계로 빠져들었다. 아니, 나만이 환상으로 흡수된 것이 아니라 환상이 다가옴과 동시에 내가 뛰어들었다고 해야 할 것이다. 멀리서 안개처럼 하나의 풍경이 밀려왔고, 나는 그 풍경에 안겨 들었다. 투명한 푸름에…….

푸른 하늘이 쏟아 낸 나의 의식은 너른 연잎들 위로 사뿐히 내려앉는다. 연잎은 물방울을 튕겨 내듯 나의 의식을 퉁, 튕겨 올리고 허공중에서 나는 수백 송이 하얀 연꽃이 바람에 일렁이는 풍경에 감탄하고 만다. 연꽃이 일렁이는지 내가 일렁이는지 알 수 없다.

초록과 순백의 일렁임의 가장자리에 아담한 정자가 발을 담그고 있다. '연화정蓮花亭', 한자로 된 편액이 아무렇지도 않게 읽힘에도 이상함을 느끼지 못한다. 연못 쪽으로 활짝 열린 장지문 건너편으로 분홍빛과 푸른빛이 어른거린다. 사람인가 싶어 다가가는데 웬 남자가 나보다 먼저 정자 곁에 서서 연꽃에 시선을 주고 있다. 옥빛 두루마기를 입은 큰 키의 남자는 발소리가 들리지 않을 정도로 몸짓이 가볍다. 어째서일까? 익숙한, 그리운 느낌이 드는 것은. 못 견디게 그의 얼굴을 보고 싶은데 정자에서 흘러나온 여린 목소리가 그가 내게서 등 돌리게 만든다.

"싫습니다, 이런 혼사는."

"네가 물리칠 수 있는 혼사가 아니다."

분홍빛에서 비롯된 여인의 목소리에 답하는 목소리는 단호하다.

"제 외양 때문에 팔려 가야 한다는 뜻입니까?"

이제 내게서 등 돌린 그 남자는 숨조차 쉬지 않는 것처럼 고요하다.

"어찌 그리만 생각하는 것이냐? 혼사로 서로의 집안에 득이 되면 좋은 일인 것이지."

단호했던 목소리는 이제 달래는 음성으로 바뀌었다. 그러나 여인의 목소리는 표정을 바꾸지 않는다.

"정녕 벼슬이라는 득을 얻으려는 사람이 저와 부부의 연을 맺기를 오라버니께서는 원하시는 것입니까?"

"……속 깊은 네가 부모님과 이 오라비 마음을 이다지도 헤아리지 못하고 고집을 부리는 연유를 모르겠구나. 이 혼사에서 네 고집은 용인될 수 없는 것이다. 본래의 효심 지극한 너로서 혼사를 준비해야 할 것이다."

다시 표정을 바꾼 그의 말에 연못 위 연꽃 봉오리의 허리가 휘청 기운다.

정자 밖에서 고요히 목소리들에 집중하던 남자는 주먹을 쥐고 있다. 푸른 힘줄이 손등에서 불끈거린다. 그는 힘껏 쥔 주먹을 풀지 않은 채 올 때와 마찬가지로 발소리를 죽여 정자에서 멀어진다. 그가 내게서 멀어지는 것이 싫다. 돌아와! 내게로 돌아와! 이렇게 가면 안 돼! 그러나 나의 말은 소리의 울림을 얻지 못하고 생각 속에서 최후를 맞이할 뿐이다. 풀이 죽어 고개를 숙이는데 사방이 떨리며 나를 다른 풍경으로 밀어낸다.

아, 그 남자다! 반가움에 그에게로 달려갔다. 그러나 나를 향해 얼굴을 들고 있음에도 그의 얼굴을 알아보기 힘들다. 흐릿한 그의 얼굴, 오직 눈빛만이 뚜렷하다. 어째서? 사모관대를 갖춰 입은 그를 따라온 벗들이 무어라 말을 걸어도 굳게 다문 그의 입술에선 가끔씩 하얀 입김만이 나올 따름이다. 혼례상이 차려진 앞마당 쪽에선 웅성거림이 커져만 간다.

"자네, 좋겠네. 임금님 총애를 받으시는 부마駙馬의 매제가 되다니!"

"암, 그렇고말고. 덕분에 무과武科에도 덜컥 급제하지 않았나. 하하!"

싫다. 나는 저들의 말투가 싫다. 그들의 말이 남자의 얼굴에 그늘을 더 짙게 만드는 것 같아 싫다.

"하나 걸리는 것은 자네 부인 외양인데……. 뭐, 출셋길이 창창히 열리는데 까짓! 정이 아쉬우면 자네 좋다고 목매는 기생 년들 중에 첩실을 들이면 될 일이지."

이렇게 말하며 남자의 옆구리를 쿡 찌르는 자의 팔을 부러뜨리고 싶다. 어째서 이런 맹목적인 적의가 드는 거지? 이것은 나만의 적의만은 아닌가 보다. 말없이 앞을 응시하고 있던 남자의 눈동자가 짓궂은 농을 지껄이는 자에게로 날카롭게 향한다. 시선을 받은 자가 어버버, 말을 삼킬 수밖에 없게 만드는 싸늘한 시선이다. 잠시 뒤 그보다 더 차가운 목소리로 남자가 말했다.

"아무리 농이라 할지라도 벗의 부인에 대해 왈가왈부하는 것은 장부로서 할 처사는 아닌 것 같군. 나는 혼례 준비를 해야 하니 자네들은 후원으로 가서 이름난 연화당이나 구경하게나. 연꽃은 졌으나 정자는 볼만 할 걸세."

추상같은 남자의 말에 그의 벗들은 가타부타 덧말을 붙이지 못하고 후원으로 사라진다. 벗들이 사라지자 남자는 연꽃이 만발했던 그날처럼 주먹을 쥐고 입술을 깨문다. 아프겠다. 당신이 아프지 않았으면 좋겠어. 그렇게 생각했지만 나의 의식은 내 뜻대로 그의 곁에 있을 수가 없었다.

나는 마음에 들지 않는 무리들을 넘어 시든 연꽃들이 을씨년스런 연못을 지나 연화정 안으로 스며들었다. 거기 단정하게 앉아 있는 여자가 있다. 단호한 목소리로 그와의 혼인을 거부하던 그녀란 것을 확신했다. 분명히 그 여자야. 틀림없어. 곁에는 화려한 활옷이며 족두리가 놓여 있지만 화장도 하지 않아 창백해 보이는 그녀는 혼이 빠져 있는 사람 같다. 나는 그녀의 오른쪽 뺨이 일그러졌음을 보았지만 어쩐 일인지 놀랍지 않다.

텅 빈 그녀의 시선에 표정이 생겨난 것은 밖으로부터 들려온 지분거리는 목소리들 때문이었다.

"자네가 참아. 워낙 자존심 강한 사람이니 치욕스럽기도 하겠지. 벼슬자리 얻으려고 이런 혼사를 치러야 하니……."

"제 집안이 한미해서 그리된 것이 우리 탓인가? 그렇게 자존심이 상하면 왜 이런 혼사를 한다 해!"

"되었네, 되었어. 아무리 자존심을 세워도 세상 사람들이 다 아는 거래이니 제가 발끈해 봤자지. 부마의 뒷배를 얻는 대신 추한 부인을 맞는다. 흐흐."

"하긴……, 참 세상사 알 수 없는 일이야. 한양 운종가雲從街 기녀들 중에 그 사람한테 매달린 수가 몇인가! 그런 미장부美丈夫가 결국 추녀를 부인으로 얻게 되다니……. 하! 세상사 재미있지, 재미있어."

"어허, 누가 듣겠네. 그래도 신부 집인데……."

벗들의 농에 입술을 깨물던 남자처럼 그녀도 입술을 깨문다. 가는 손가락들이 넓게 펼쳐진 치맛자락을 움켜쥔다. 울겠지? 나는 짐작한다. 그러나 그녀는 눈물을 눈동자에 담지 않고 오히려 고개를 꼿꼿이 세우고는 정면을 응시했다. 마치 전투를 앞둔 무사武士와 같은 결연한 표정이다. 그럼에도 나는 그녀가 가엾다.

"춥구나."

이렇게 말하는 그녀의 입술은 깨문 자국이 선명하다. 그녀의 말로 인해 나도 추위를 실감한다. 의식조차 추위를 인식할 정도로 춥다. 지금은 여름인데 이상해. 추워, 추워……. 온몸을 떨며 나는 다시 현실로 돌아왔다.

심장이 마구 두근거렸지만 어째서인지는 알 수 없었다. 치우는 여전히 내 곁에서 바위처럼 앉아 있을 뿐이고, 나는 바위의 굳건함을 간직한 그의 손을 잡고 있다.

"이상한 꿈을 꿨어."

"꿈이 아니다. 내가 보여 준 그대의 과거지."

"과거? 네가 내 과거를 보여 줄 수도 있어? 그게 가능해?"

"다는……, 안 돼. 그대 스스로 각성하기 전까지는……. 조금, 허락된 부분만 가능할 뿐이지. 그래서 어서 그대가 각성하기를 나는, 간절히 바란다."

그의 눈동자에서 과거의 나를 찾는 간절함을 발견했다. 하지만 치우의 손을 놓지 않았다. 나는 여기 있는데 너는 언제나 나의 과거만을 바라지. 내가 기억하지 못하는, 내가 기억하기를 원하지도 않는 과거의 나만을 원하는 치우가 미웠다. 왜지? 나는 기하 오빠가 좋은데, 내가 나답게 살기를 원하는 기하 오빠의 곁에 있기를 원하는데 네 손을 놓지 못하겠어. 이렇게 너의 손을 놓지 못하는 나는 과거의 나겠지. 네가 조금씩 흔들어

깨우고 있는 과거의 내가 현재의 나와 다투고 있는 거야. 그래서 언제나 내 마음은 기하 오빠를 향해 달려가다가도 다시 너를 찾게 되는 건가 봐. 나는 과거의 내가 싫어. 너를 찾아 손을 잡게 하고서, 다시 널 밀쳐 내는 역할은 내게 떠맡긴 그녀가 싫어. 정말 싫다고. 난 치우가 모르게 입술을 깨물었다.

9
명아 언니

부지런한 새들조차도 여름 땡볕을 피해 나무 그늘에서 조는 한낮이 되면 이오와 나는 하릴없이 대청마루에 누워 낮잠을 청했다. 서늘한 바람이 우리의 이마를 식혀 주는 경우가 많았지만, 어떤 날은 열기에 바람마저 질식해 버려 낮잠 자는 내내 답답한 기분에 시달리다 찡그리며 깨어나기도 했다. 그럴 때면 외조모는 사랑채 한구석의 선풍기—그런 문명의 이기를 대표하는 물건이 있기는 했었다—를 꺼내 와 틀어 주고는 했다. 파란 날개가 만들어 내는 바람이 향하는 곳엔 십중팔구 이오가 있었지만.

뜨끈뜨끈한 이마에 손등을 얹고 선풍기 바람을 쐬며 상상했던 적이 있다. 선풍기의 파란 날개가 만들어 내는 바람도 파란색이었으면 좋겠다고. 그러면 농월당이 파란 바람의 강물로 채워져서 더위 따위 물러나 버릴 거라고. 상상 끝에 졸린 눈을 끔벅이면서 마루 위를 뒹굴 반 바퀴 굴러 엎드렸다.

"저기……, 실례……합니다."

게으름이 녹아내리는 시간을 주체하지 못하고 뒹굴고 있는데 어디선가 늘어지는 남자의 목소리가 들렸다. 엎드린 채로 고개를 들어 보니 마당에 낯선 이가 서 있었다. 잠에 취해 선명하지 못한 눈으로 본 그는 화림동에서는 드물게 도시의 냄새를 풍기고 있었다. 마른 먼지가 일어날 것이 분명한 여름 한낮에 반짝반짝 윤을 낸 구두를 신고, 짧은 머리를 단정하게 빗어 넘긴 남자는 다부진 체격을 갖고 있었다. 나는 이미 그런 부류의 남자를 잘 알고 있었다. 그는 분명히 대학생일 것이다. 나는 넘겨짚듯 짐작했고, 그게 맞았다.

"저기……, 기하 있나요?"

억지로 몸을 일으킨 내가 자기를 빤히 쳐다보자 그는 더 이상 다가오지 못하고 머뭇머뭇 물었다. 무슨 저런 바보 같은 인간이 있지? 기하 오빠가 농월당에 없으면 어디 있다고.

"누구세요?"

한눈에 그가 맘에 들지 않았던 난 불친절함이 뚝뚝 떨어지는 목소리로 되물었다. 군복인 양 각을 세워 다린 그의 바지가 눈에 들어왔다. 한여름, 한낮에 검은 바지를 다려 입고 나타난 남자가 한심스러웠다.

"아, 저는 안웅이라고 합니다. 기하 친구입니다."

바보, 왜 나한테 높임말을 하는 거야? 내가 그렇게 나이 들어 보여? 그러나 일단 기하 오빠의 친구란 말에 오른손으로 자고 있던 이오를 흔들어 깨웠다. 이오는 잠들 때처럼 천천히, 만화같이 눈을 떴다.

"기하 오빠 친구래."

난 턱으로 그를 가리키며 내뱉듯 말했다. 내 말에 이오는 벌떡 일어나 앉더니 그를 보았다. 그녀의 눈에서 반가움을, 그의 눈에선 그보다 백만 배는 더한 반가움을 읽을 수 있었다.

"웅이 오빠, 언제 내려온 거야?"

잠에서 막 깨어났는데도 이오의 목소리는 갈라짐 하나 없이 완벽하게 청아했다.

"어제. 기하 있어?"

"사랑채에 있지. 같이 가자. 오빠가 많이 반가워할 거야."

이오는 팔랑 일어나 신발을 신고 그의 옆에 섰다. 난 그의 뺨이 아주 조금 떨리는 걸 보았다. 아하, 그렇게 된 거구나. 또 사악한 미소가 내 얼굴에 번졌을 것이다.

"저기, 저 친구는 누구니?"

"교은이야, 정교은. 우리 고모 딸. 귀엽지?"

그는 답하지 않고 내게 고개를 까딱하며 인사를 건넸다. 웅이 오빠의 눈은 소문 속의 나를 가늠하고 있었다. 아, '저 애'가 바로 '그 애'로구나. 그리고 둘은 이야기를 나누며 사랑채로 향했다.

이오를 통해 알게 된 웅이 오빠는 기하 오빠의 하나뿐인 친구였다. 기하 오빠의 눈이 안 보이기 전부터 친구였으며 그의 눈이 그렇게 된 후에도 친구로 남아 준 단 한 사람이라고 했다. 지금은 서울에서 대학교를 다니고 있는데 방학이면 고향으로 내려와 기하 오빠를 '찾아 준다고'도. 자신의 눈먼 오빠를 잊지 않고 찾아 주는 웅이 오빠에게 고마워하는 이오와는 달리 난 그를 살짝 고깝게 생각했다. 딱히 악감정이 있는 것은 아니었지만 웅이 오빠는 내가 알고 있던 자의식으로 똘똘 뭉친 대학생들과 다를 바가 없어 보였기 때문이다.

나는 기억한다. 도시에서 불행이 덮치기 전에 우리 가족들이 세 들어 살던 그 방을. 대학가 주변이라 시골에서 올라온 대학생들이 자취를 하던 방과 방들. 그 사이에 우리 가족들이 살았었다. 아버지와 어머니가 밀린 잔업을 하느라 늦도록 돌아오지 않던 밤, 바로 옆 대학생 오빠의 자취방에서 들리던 정사의 교성을 기억한다. 옆얼굴이 단정했던, 옷에는 늘 최루탄 냄새가 났던 그 오빠와 정사를 나누던 미용실 언니. 언니는 사랑 때문에 울어야 했었지. 그가 미용실 언니를 버린 것은 아니다. 헤어진 것이다. 사랑이 변했을 뿐이었다. 하지만 그의 사랑은 꼭 그때 변해야 했던 것일까? 언니가 헛구역질을 하기 시작할 때 말이다.

웅이 오빠에게서 나는 미용실 언니의 헛구역질에 사랑이 변하는 대학생 오빠의 그림자를 보았다. 화림동에서 태어났지만 시골 흙먼지를 용납지 않는 빛나는 그의 구두와 그의 어머니가 구슬땀을 흘리며 다림질했을 바지에서도.

나는 한없이 그를 한심하게 여겼다. 한 번의 만남뿐이었는데도 말이다. 게다가 나는 봐 버렸다. 이오를 보는 그의 시선을. 그래서 알았다. 만일 이오가 기하 오빠의 여동생이 아니었다면 웅이 오빠는 농월당에 찾아오지 않았을 것임을. 그는 기하 오빠를 가볍게 잊어버렸을 것임을. 아마 기하 오빠도 알고 있지 않았을까. 다만 그는 웅이 오빠가 방학이면 물어다 주는 도시와 대학 생활 이야기의 유혹을 뿌리치기 힘들었을 것이다. 심지어 웅이 오빠의 도시적 생활사가 우리의 독서 시간을 잠식해도 기꺼울 정도로 기하 오빠는 자신이 누리지 못하는 청년의 일상사를 동경했다.

"입시가 코앞인데 이오, 너무 느긋한 거 아냐? 아버지께서 뭐라고 안 하셔?"

"괜찮아. 여기서도 꽤나 열심히 하고 있으니까. 그치, 교은아?"

그녀는 내게 동의를 구했다. 다음 날 웅이 오빠가 다시 찾아오자 이오는 억지로 날 사랑채로 데려가 재미없는 대화에 끼게 했다. 대학생의 일상사를 전달하는 웅이 오빠와 듣기에 열중한 기하 오빠를 보는 것이 대화에 속하기나 한다면.

"어, 그런 편이지."

"그럼 다행이고. 학교는 정해 놨어?"

이제 대화는 웅이 오빠와 이오의 일방통행이 되었다. 웅이 오빠가 자신을 좋아한다는 사실을 살짝 즐기고 있는 이오의 미소를 보면서 무료함이라는 단어가 오랜만에 떠올라 피식 웃어 버렸다. 사람들 사이에서도 무료할 수 있구나 싶었다. 난 이오를 향해서만 빛나는 웅이 오빠의 눈을 보고 또 한 번 웃었다. 저 자식, 의외로 순진할 수도 있겠네. 친구의 여동생을, 그것도 여고생을 좋아해서 1년에 두 번, 꼬박꼬박 이 지루한 시골구석을 찾는 걸 보면. 웃음을 거두며 무심코 기하 오빠를 보았다.

아, 그때의 기하 오빠 표정은……, 차라리 그의 표정을 읽지 못했던 평상시가 그리울 정도로……, 공허했다. 눈이 보이지 않았기에 늘 주변을 향해 열려 있던 청각도 마비된 듯 홀로 존재했으나 자신의 존재 자체가 불필요하다고 느끼는 표정이었다. 결코 획득할 수 없는 동경은 좌절을 넘어 그에게 공허를 선사했다. 그런데 견고할 것 같던 공허를 걷어 낸 건 처음 듣는 이의 이름이었다.

"참! 며칠 이따 명아가 놀러 온다고 했어. 방학 끝나기 전에 놀다 가고 싶다고 해서 그러라고 했는데, 겨울방학 때 안 왔으니까……, 1년 만이구나. 그치, 오빠?"

나는 봤다. '명아'라는 이름이 나오자마자 기하 오빠에게서 공허가 물러나고 그의 눈동자가 활짝 열리는 것을. 그의 눈동자는 그 이름과 얽힌 추억을 들여다보고 있었겠지.

"명아라면……, 네 친구 맞지? 와, 정말 고3이 친구 집에 와서 놀 생각을 하다니, 너나 그 친구나 배짱도 좋다."

웅이 오빠는 이오와 대화를 이어나갈 소재의 등장에 즐거워했다. 나는? 나는……, 의외였다고 해 두자. 기하 오빠가 이오와 나 이외의 소녀를 알고 있었다는 사실 자체가 의외였다. 그리고 기하 오빠가 그녀의 이름만으로도 민감하게 반응하는 것이 야릇했다. 그랬다. 그가, 기하 오빠가 한 소녀에게 관심을 갖고 있다는 것이 야릇하기까지 했다. 어떻게 그게 가능할까? 궁금하고 질투가 났다. 어떤 아이일까? 얼마나 예쁜 아이일까? 조급증이 났다. 궁금하면서도 그녀의 방문이 싫었다. 그녀를 보기도 전에 그녀를 질투하는 마음도 싫었다. 난감한 일은 그 마음을 이오에게 들켜 버린 것이었다. 여느 때보다 더웠던 밤에, 이오에게.

더웠다. 해가 지고 몇 시간이나 흘렀는데도 도통 가실 줄 모르는 더위에 온몸이 끈적끈적하니 땀에 젖었다. 세왕댁 아줌마가 저녁밥 대신 말아 준 국수조차 미지근하게 느껴지던 밤이었다.

"미치겠다!"

소리치며 몸에 찬물을 끼얹기 위해 샘터로 달려갔다. 예전부터 농월당에 있었던 샘터를 최씨 아저씨가 개조해 목욕간으로 만든 곳이었다. 샘터의 물은 여름에도 손끝이 저릴 정도로 시원했다. 그 차가운 물로 목욕을 하고 나니 좀 살 것 같았다. 젖은 머리카락을 수건으로 말리기도 귀찮아 손으로 탁탁 털며 방문을 열자 앉은뱅이책상 앞에 앉아 있는 이오가 눈에 들어왔다. 그녀 곁엔 모기향이 피워져 있었다. 그리고 이오가 읽고 있던 내 일기장! 좀 전의 서늘함은 간데없고 머리에서 열이 확확 났다. 방으로 뛰어든 난 이오의 손에서 일기장을 빼앗아 가슴에 품었다.

"너……."

말을 잇지 못하는 이오를 보며 그녀에게 내 마음을 들켜 버린 것을 깨달았다. 그녀의 표정은 복잡했다. 떨리는 눈빛과 일그러진 표정. 혐오감은 아니었다. 그건 오히려 동정에 가까웠다.

"너, 기하 오빠……, 좋아하니?"

왜 내가 나의 마음 때문에 너에게 동정을 받아야 하지?

"그래, 좋아해."

나의 대답에 이오는 입을 벌렸다. 와다닥 말을 쏟아 놓을 것이란 예상을 깨고 이오는 침묵을 지키더니 천천히, 그러나 단호하게 말했다.

"난 사람이 사람을 좋아하는 건 축복받을 일이라고 생각해. 하지만 축복받지 못할 마음이 존재한다는 것도 알아. 너도 알겠지? 네 마음은 안 된다는 거."

"다른 사람의 축복 따위 필요하지 않아. 다른 사람이 안 된다고 해도 포기할 생각도 없고."

"……너, 고모랑 정말 똑같구나. 자기밖에 몰라. 주변 사람들이 어떻게 되든지 관심도 없어."

못된 장난을 친 철부지 어린아이를 어이없어하는 어른의 시선으로 이오는 나를 쳐다보며 고개를 흔들었다. 너처럼 모든 사람들에게 사랑받는 사람은 절대 이해할 수 없겠지. 한 사람을 위해 모든 걸 버릴 수 있는 사람의 마음을. 그 마음을 위해서라면 세상사람 모두를 죽일 수도 있는 절박함을 네가, 사랑만 받아 온 네가 알 수 있겠어?

"관심 없어. 그 사람들도 내게 관심 없잖아? 내가 어떻게 되든지, 살든지 아님 죽어 버리든지 관심 없잖아. 기하 오빠를 빼고는 말이야. 그러니까 상관없어."

"난 관심 있어. 네가 어떻게 살아왔는지 어떻게 살아갈지 관심 있어. 또 앞으로 너한테 관심을 보일 사람은 많이 생길 거야. 지금은 네 곁에 오빠밖에 없어서 넌……, 착각을 하는 거야."

"착각? 너야말로 착각하고 있는 거야. 너나 다른 사람들이 나한테 갖는 관심은 기하 오빠의 것과는 달라. 그건 호기심에 가깝지. 동정심 같은 거야. 하지만 동정심으로 너, 지금 내 옆에 있어 줄 수 있어? 넌 네 오빠 곁에도 있어 주지 못했잖아. 왠지 알아? 넌 기하 오빠의 동생이지만 오빠와는 다르거든. 정말로 오빠와 닮은 사람이 있다면 그건 바로 나야. 기하 오빠는 농월당에서, 나는 도시에서 살아왔지만 결국은 같은 길을 걸어왔으니까. 각자 따로따로, 혼자서만 그렇게 살아오다가 지금 여기서 만났어. 그런데 착각이라고? 이 마음이? 네가 뭘 안다고 그따위 말을 함부로 내뱉는 거야, 응?"

이오는 대답하지 못했다. 일그러진 그녀의 표정을 보고 내가 야비했음을 알았다. 그녀가 도시에서 자신의 삶을 살고 있는 것을 비난해서는 안 되는 거였다. 하지만 그녀 또한 내 마음을 비난할 자격은 없었다.

"……네 말도 맞아. 하지만 난 네가 그 마음 때문에 상처받을까 봐 걱정이 되는 거야."

"왜 상처받을 거라고 생각하는데? 다른 사람들 때문에?"

"아니, 기하 오빠 때문에."

"왜?"

"기하 오빠 마음은 너와는 다를 테니까."

네가 어떻게 알아? 네가 없는 이 농월당에서 그와 내가 어떤 시간을 보냈는지 모르는 네가 무얼 안다고!

"……너도 알게 될 거야."

"그게 무슨 뜻이야?"

그렇게 물으며 거칠게 자신의 팔을 잡는 내 손을 슬그머니 밀어내며 이오가 답했다.

"곧 알게 돼. 명아가 오니까……. 이제 우리 싸우지 말자. 너랑 싸우고 싶지 않아, 응?"

어쩌면 너는 모든 것이 그렇게 쉽지? 사랑받고 자란 사람은 너처럼 쉬울 수 있는 걸까? 다른 사람을 용서하고 화해하는 일이. 아직도 눈에는 나에 대한 동정심을 담고 내 어깨를 두드려 주는 미워할 수 없는 이오를 보며 생각했다. 그리고 두려워졌다. 이오의 말이 진실일까 봐. 그녀가 모르는 기하 오빠와 나의 시간이 있듯이 내가 모르는 명아란 사람과 기하 오빠의 시간이 있을지도 모른다. 진실을 확인하기까지는 그리 오랜 시간이 필요하지 않았다.

웅이 오빠의 잦은 방문으로 말미암아 우리의 독서 시간은 매번 조금씩 줄어들어 명아 언니가 농월당에 왔을 때는 누구도 책을 펼쳐 볼 생각도 않고 있었다. 웅이 오빠는 기하 오빠를 책들의 세계에서 현실의 세계로 끌어당겨 놓았다. 본인이 의도했든 의도하지 않았든 그건 무책임한 짓이라고 생각했다. 농월당에 갇혀 사는 불쌍한 친구에게 바깥세상 돌아가는 이야기를 전하는 것으로 의무를 수행한 양 의기양양한 것 역시 꼴불견이라고도. 1년에 두 번, 날수를 합해 봤자 한 달도 되지 않는 시간만 할애하고 도시로 돌아가 버리는 대학생의 선심이, 남겨진 기하 오빠에겐 열한 달의 잔인함으로 남는다는 걸 알 리가 없었겠지. 학점을 짜게 준다는 어느 노교수의 흉을 보는 웅이 오빠를 보며 생각했다.

"딴 교수님들은 데모 땜에 빠지는 거 웬만큼 봐주는데 신 교수님은 절대 그런 거 없다니까. 아니, 그럼 최루탄 쏘는 경찰들한테 '잠깐만, 나 출석 체크 좀 하고 올게요.' 그러면서 화염병 내려놓고 수업 들어가란 말이야? 기하야, 웃기지 않냐?"

웃기는 건 너다, 이 쪼다야. 그런 질문을 기하 오빠한테 하는 넌 무신경한 거냐, 무식한 거냐? 그런 생각과 동시에 화염병과 최루탄이 오가는 대로에 서 있는 기하 오빠의 모습이 떠올랐다.

희뿌연 최루탄이 속력을 가진 안개처럼 퍼지고, 화염병이 깨지며 쏟아진 불똥이 여기저기 튀는 아스팔트 한가운데 정적의 막을 치고 있는 기하 오빠의 모습. 아무도 그를 보지 못한다. 눈물과 콧물로 뒤범벅된 얼굴을 손수건으로 입만 대충 막은, 혹은 막지 못한 대학생들이 좁은 골목으로 달아난다. 골목들은 학생들의 까만 머리와 진압봉을 휘두르며 쫓는 무장한 경찰들로 몸을 열기도 하고 막기도 한다. 그러나 그들 중 아무도 기하 오빠를 보지 못한다. 그는 고요하게 도망가고 저항하고 진압하는 동안 흩어지는 소리의 잔상을 빠뜨림 없이 모아 농월당으로 돌아왔다. 그런데 차가운, 조금 거친 목소리가 나의 상상과 기하 오빠의 집중을 깼다.

"데모를 하면서 학점까지 챙기겠다는 오빠 생각이 더 웃기는 거 같은데요?"

모두가 사랑채의 열려진 문밖에서 들린 목소리에 일순 소리와 생각을 멈췄다. 그리고 모두, 가능했다면 기하 오빠도 목소리의 주인공을 보았다.

지독한 말라깽이. 내가 명아 언니를 보고 든 첫 느낌이었다. 빨강 머리 앤이 초록색 지붕 집에 도착했을 때 들었을 법한 낡은 손가방을 들고 서 있는 그녀는 무릎까지 오는 노란색 원피스를 입고 있었는데, 그 아래 드러난 다리가 너무 가늘어서 젓가락, 학다리 뭐 이런 수식어가 떠올랐다. 흉하리만큼 튀어나온 쇄골에다 어깨 위로 짧게 친 머리칼이 아무렇게나 흐트러져 있었지만 그게 또 얼마나 시원해 보였는지 모른다. 갸름하고 작은 얼굴, 거기에 잘 어울리는 작고 붉은 입술과 동그란 눈동자가 피식 웃고 있었다.

"명아야!"

이오의 외침에 난 놀랐다. 저 '여자'가 명아라고? 말랐지만, 그래서 가슴이니 엉덩이니 빈약하기 그지없지만 저 사람은 분명 여자다. 나와 이오와는 다른, 여자의 눈을 가지고 있다.

"내일 온다고 하지 않았어?"

맨발로 뛰쳐나간 이오가 천진하게 그녀를 끌어안는 것을 보면서 난 불안했다. 기하 오빠는 소녀에게 관심을 갖은 것이 아니라 여자에게 관심을 갖은 것이었으니까.

"내일까지 참을 수가 없었어. 게다가 깜짝 방문이 더 재밌잖아, 후후."

후후. 명아 언니는 항상 그렇게 웃었다. 정말로 웃겨서 웃는 것이 아니라 성의 표시를 하는 것 같은 웃음이었다.

난 조심스럽게 눈동자를 굴려 기하 오빠를 보았다. 그러나 그는 거기 없었다. 껍데기만 있을 뿐이었다. 기하 오빠는 이미 이오보다 먼저 마당으로 나가 명아 언니의 곁에 서서 그녀를 감지하고 있었다. 여름 햇살이 열어 놓은 그녀의 피부에서 솟아오르고 있는 땀의 향기와 상큼한 풋사과 같은 입술의 촉감, 그리고 그 입술에 흘러나오는 얼음 조각처럼 차갑지만 조금은 거친 음색을 그는 만끽하고 있었다. 이오의 말은 진실이었다. 내가 모르는 시간이 기하 오빠와 명아 언니 사이에 존재했음이 분명하단 걸 한눈에 알 수 있었으니까. 눈물이 솟으려는 걸 꾹꾹 눌러 삼켰다. 지지 않아. 내가 몰랐던 그들의 시간에, 우리의 시간도 지지 않아.

"웅이 오빠, 반가워요. 역시나 순정파라니까."

그래, 웅이 오빠는 내게만 그 마음을 들킨 게 아니었다.

"어, 그래. 고3이 대단하네. 친구 집에서 며칠 동안이나 놀다 갈 생각을 하고."

웅이 오빠는 태연한 척 딴청을 부렸지만 귓불이 빨개져

있었다.

"기하 오빠, 나 왔는데 아는 척도 않기인가?"

명아 언니는 가방을 마루에 척 올려놓고 성큼 방으로 들어왔다. 마른 몸에 어울리지 않는 큰 발과 분홍빛 감도는 복사뼈가 명랑해 보였던 건 왜일까. 그녀는 기하 오빠 앞에 쪼그려 앉으며 책상 위에 얹힌 그의 손을 잡고 악수를 했다.

"1년 만이지? 많이 컸네, 후후."

이상한 그녀의 농담에 기하 오빠는 활짝 웃었다. 오빠가 저렇게 웃을 수 있는 사람이구나, 그런 생각이 새삼스레 들 정도로 이를 드러내고 활짝, 햇살 아래 해바라기처럼. 나라면 그의 미소를 보려고 온종일 그 앞에 있을 것이다. 졌다. 그 미소를 보며 단번에 깨달았다. 질투와 비참함에 들끓는 마음을 간신히 숨기고 있는 내게 명아 언니는 손을 내밀었다.

"네가 교은이지? 반가워, 나 명아야."

"네, 안녕하세요."

"징그럽게 높임말을 왜? 그냥 반말하자. 알았지?"

내 손을 잡고 크게 흔드는 그녀의 손은 내가 그때껏 잡아 본 사람들 중에서 가장 차가웠다. 그게 또 의외였다. 누구보다도 뜨거울 것 같은 몸이 그처럼 차갑다니.

"너네, 공자 왈 할아버지랑 눈의 여왕 할머니는 여전하시니?"

그녀의 물음에 모두가 웃음을 터뜨렸다. 나와 명아 언니를 제외하고는 그랬었다. 정작 그녀는 자신의 질문이 폭소를 이끌어 낸 것을 이해할 수 없다는 듯 고개를 갸웃거리면서 검은 눈동자를 반짝 굴렸다.

기하 오빠의 마음이 명아 언니에게 흐르고 있음에 그녀를 미워해야 함이 마땅했다. 나는 절대로 갖지 못할 빛과 간절하게 원한 기하 오빠의 마음을 갖은 그녀를 미워해야 했다. 분명 그녀를 미워함은 부끄러울 것이 없었다. 하지만 명아 언니는 세상의 온갖 아름다운 빛을 인간의 형태로 빚어낸 것 같은 사람이었다. 그녀는 나의 삶에 산재해 있던 죽음과는 너무도 다른 영혼이었다. 카랑카랑한 빛을 발하는 명아 언니를 보며 알 수 있었다. 기하 오빠가 그녀에게 마음을 빼앗겨 버린 이유를. 기하 오빠와 나는 어둠의 틈에 갇힌 사람들이다. 나는 어둠을 더듬어 그의 손을 잡았는데 그는 명아라는 빛을 향해 손을 뻗은 것이다. 그래서 기하 오빠의 손을 잡아 준 그녀를 미워할 수 없었다. 그의 마음이 얼마나 절실한지 알기에. 이오에게 말했듯이 한 사람을 향한 마음이 세상 사람들 모두의 생명보다 더 절실할 수 있다는 걸 나는 알고 있었으니까. 그녀를 미워할 수 없었다. 어리석게도, 바보같이.

예상외로 외조모는 명아 언니를 꽤나 달가워했다. 왜지? 왜 저렇게 살갑게 대하는 거지? 외조모의 기준으로 볼 때 그녀는 순종적이지도 않고 좋은 집안에서 자란 정숙한 소녀 같지도 않은데. 그리고 자신에게 친절한 외조모를 명아 언니는 왜 '눈의 여왕'이라 칭했을까? 저녁 식사를 하는 내내 이오에게 하듯 맛난 반찬을 명아 언니에게 권해 주는 외조모를 곁눈질로 훔쳐보며 궁금증이 일어나 견딜 수 없었다.

"날도 더운데 여기까지 와 주고. 공부하는 데 지장 있으면 어쩌누."

"서울에 있는 게 더 공부에 지장이 있는 거죠. 이번에도 신세 지게 됐네요. 매번 감사합니다."

사근사근한 명아 언니의 대답도 뜻밖이었다.

"밥 다 먹었으면 후딱 가서 숭늉 좀 내와라."

숟가락을 물고 있는 내게 외조모의 지시가 떨어졌다. 마귀할망구. 속으로 투덜거리며 부엌으로 향했지만 전처럼 분노가 미친 듯 솟지는 않았다.

"고마워. 잘 마실게."

숭늉 그릇을 내미는 내게 인사하는 명아 언니의 눈에서 외조모를 향한 조소를 발견했다. 아, 언니는 외조모의 실체를 알고 있구나. 하지만 외조모가 명아 언니에게 친절한 이유는 알 수 없었다. 단지 이오의 친구이기 때문일까? 그렇다면 기하 오빠의 친구인 웅이 오빠에겐 더욱 친절해야 함이 외조모의 낡은 논리로는 옳은 것일 텐데, 웅이 오빠에게 보내는 눈총은 내게 보내는 것과 다를 것이 없었다. 도대체 왜지?

"할머니는 정말 여전하시구나. 요즘 태어나셨음 배우 해도 되셨을 거야. 아깝다. 그치? 후후."

모기향을 피운 마루에 우리 셋—이오와 나, 명아 언니—만 남게 되자 명아 언니가 말했다. 우리는 킥킥거리며 웃음을 터뜨렸다. 킥킥에서 흐흐, 깔깔에 이르기까지 두 소녀와 한 여자의 웃음소리가 마루를 울렸다. 이오는 굳은살 하나 없는 동그란 발뒤꿈치로 마루를 탕탕 치며 웃었다.

"팥쥐 엄마 하심 완전 딱! 안타깝다."

명아 언니는 배를 잡고 웃어 대는 우리를 지그시 바라보며 자기 농담의 여파를 즐겼다. 그때 부엌에서 외조모가 크게 이오를 부르는 소리가 들렸다. 화들짝 놀라 침묵했던 우리는 또 그게 웃겨서 깔깔거렸다. 이오가 참외를 가지러 간 사이 명아 언니가 내게 물었다.

"너, 농월당에서 잔다면서?"

웃음기 없는 질문이었다.

"어? 응."

"그렇구나. 거기 사는 귀신 만나 봤니?"

치우를 말하는 건가? 명아 언니도 치우를 아나? 아님 화림동에 사는 많은 아이들처럼 오래된 한옥에 나타난다고들 믿는 일반적인 귀신을 말하는 것일까? 내가 가늠하는 사이 명아 언니는 말을 이어 갔다.

"못 봤니? 난 딱 한 번 봤어. 작년 여름에, 농월당 마루에서. 긴 칼을 들고 서 있는 남자 귀신이었는데 눈빛이……, 슬펐어. 슬픈 눈인데 그렇게 무서울 수 있다니……. 나, 무서움 잘 안 타는데 그 사람은 정말 무섭더라. 까딱 잘못하면 날 죽일 수도 있겠구나, 그런 생각이 들 정도였으니까. 그런데 넌 못 본 거야?"

치우가 무섭다고? 치우가? 당신이 치우를 알아? 당신이……, 치우를? 그는 어째서 당신 앞에 나타난 거지? 갑자기 가슴이 뜨거워졌다. 아니, 치우는 다를 거야. 당신의 빛에 매혹되지 않을 거야. 그는 달라.

"못 봤어."

"그렇구나. 에, 괜히 말했나? 너, 무서워서 못 자는 거 아니야?"

명아 언니는 두 손을 등 뒤로 뻗으며 몸을 기울였다. 놀리는 것이다. 무섭지 않아. 내게 그는 절대 그러지 않아. 당신은 모르겠지. 치우가 얼마나 아름다운지. 이런 생각을 하고 있음에 깜짝 놀랐다. 그가 내게 아름다운 존재였던가?

"무슨 이야기? 뭐가 무서운데?"

마침 참외가 담긴 쟁반을 내오던 이오가 묻자 명아 언니는 재빨리 옆으로 누우며 목소리를 낮췄다. 굽힌 팔에 볼을 대고 누운 그녀는 말랐으면서도 허리가 잘록 들어가 전설 속의 여우 귀신처럼 요염했다.

"네가 읽고 있는 드라큘라 말이지."

"아, 맞다! 드라큘라 손 놓은 지 좀 됐네. 명아 너는 그렇게 무서운 책을 권해 주면 어떡해! 밤마다 무서워서 화장실도 잘 못 가겠단 말이야."

드라큘라를 권한 게 명아 언니였구나. 고개를 끄덕였다.

"왜 안 읽고 있는 거야? 그런 책은 중간에 호흡이 끊어지면 끝까지 읽기 힘들단 말이야. 내일부터 부지런히 읽으세요, 이오 아가씨."

남자처럼 굵은 목소리를 흉내 내며 말하던 명아 언니가 참외를 아작 씹었다. 나는 명아 언니처럼 맛있게 음식을 먹는 사람을 전에도 후에도 본 일이 없다. 그녀가 무언가를 먹을 때면 '냠냠'이란 단어가 머리 위에 떠 있는 것 같다. 그 작고 붉은 입술을 오물거려 음식의 질감과 맛을 음미하는 명아 언니는 즐거워 보였다. 문득 치우를 못 본 지 며칠이나 지났다는 사실이 떠올랐다. 치우는 농월당 어디선가 웅이 오빠와 명아 언니의 등장을 보고 있었겠지. 일부러 나타나지 않은 걸까? 그렇다면 그는 안전하다. 그에게 명아 언니는 아무런 의미가 없는 사람이다. 왜……, 이런 생각을 하는 거지? 그에게 명아 언니가 무엇이든 내가 왜……. 잠자리에 누워 생각했지만 졸음이 생각을 덮고 꿈이 그 자리를 대신했다. 그것은 첫 번째 각성이었다.

10
각성

딱! 따닥! 새로 지어진 집의 나무들이 제자리를 찾아들어 가는 소리가 개울가 얼음이 녹아 부서지는 소리 같구나. 이건 내 생각이면서도 내 목소리가 아니다.

한 여자가 내 앞에 앉아 있다. 저렇게 고운 한복 색은 처음이다. 그 여자는 빛깔 고운 한복을 입고서 한쪽 무릎을 세우고 있다. 커다란 어여머리엔 몇 개나 되는 떨잠이 흔들리고 있고, 연지를 칠한 입술은 살짝 미소를 머금고 있다. 나는 이 여자를 알고 있다. 그런데 모르고도 있다. 이렇게 예쁜 여자가 내게 뭐라 말한다.

"친정이 그리되시어 얼마나 심려가 크십니까. 쇤네가 마음이 다 아픕니다."

"……염려해 주어 고맙소."

"이렇게 정숙하신 부인을 놔두고 쇤네처럼 미천한 것을 자꾸 찾으시니, 알 수가 없는 노릇이네요. 송구스럽습니다."

예쁜 입술로 나를 능멸하고 있구나. 네가, 연정을 앞세워 나를 욕보이고 있어. 고요하지만 노한 음성이 생각으로 떠오른다. 낯설지 않은 음성. 연화정에서 들었던 그녀의 목소리다.

"서방님께서 부인께 차마 말씀드리기 민망해하시는 것 같아 쇤네 무례를 무릅쓰고 아씨를 찾아뵌 것을 용서하셔요."

진한 지분 냄새가 그녀가 내뱉은 언어와 뒤섞여 농월당을 어지럽힌다. 나는 답이 없다.

"……현숙하신 분이라 천한 기생 년과 말을 섞기 꺼림칙하시겠지만, 서방님께서 매일같이 쇤네를 찾으셔서 정을 주시니 차라리 저를 첩으로 삼으심이 어떠신지요. 부인께서 먼저 권해주시면 서방님께서도 민망함을 더실 것이고, 뭇사람들도 부인의 어짊을 칭송할 것입니다."

네가 나와 어짊을 논하려는 것이냐, 아니면 연정을 나누자는 것이냐? 그것도 아니면 그저 나를 농락하려는 것이냐? 그러나 나는 노함을 드러내지 않는다. 다만 이렇게 말할 뿐이다.

"내 생각해 보겠소. 그러니 오늘은 이만 물러나시오."

시선을 그녀에게서 거두고 고개를 외로 돌려 버린다. 순간 탕! 커다란 소리와 함께 문이 열리며 도포를 입은 남자가 들어온다. 열린 문으로 빛이 쏟아져 얼굴이 잘 보이지 않지만 난 그 사람 역시 알고 있다. 지난번 치우가 보여 준 기억 속, 연꽃이 만개한 정자 곁에서 본 남자구나.

"생각! 생각을 하신다? 생각의 끝에 이것을 첩으로 들이자는 결론이 내려지면 나는 그대로 따라야 하는 못난 사내가 되는 것이오?"

그는 아리따운 여인의 팔을 거칠게 잡아당기며 진노한 음성으로 내게 묻는다. 나는 답하지 않는다. 그러자 그는 여인을 일으켜 밖으로 끌고 나가며 말한다.

"설란이, 너를 첩으로 삼는 일은 없을 것이다! 가거라! 한 번 더 이런 짓을 저지르면 내 직접 널 베어 버릴 것이야."

끌려 나가는 여인도 울고 나도 가슴으로 운다. 설핏 여인을 데리고 나가는 그를 올려다본다. 기하 오빠?

잠에서 깬 나는 숨을 빠르게 내쉬고 있다. 꿈과는 다르게 낡은 농월당의 방 안에서 식은땀을 흘리고 있는 내 곁에 치우가 앉아 있다.

어둠 속에서 선명했던 사물들이 희뿌연 새벽빛에 되레 윤곽선을 흐리고 있었다. 그러나 모기장 너머로 보이는 치우는 머리카락 한 올까지도 칼로 도려낸 듯 공간과 자신을 구분하였다. 그는 가쁜 숨을 몰아쉬는 나를 보더니 모기장 안으로 손을 내밀어 내 이마를 쓸어 주었다. 서늘한 그의 손길에 비로소 내 이마가 뜨겁다는 걸 느꼈다.

"나쁜 꿈을 꾸었나 보군."

꿈? 그것이 꿈이었던가? 옛날 물건들로 가득한 농월당, 몸에 익은 한복, 우는 여인, 가녀린 그녀의 팔을 잡아끌던 억센 그의……, 기하 오빠의 얼굴이 떠올라 심장이 마구 뜀박질한다.

"정말로 나쁜 꿈이었나? 그대, 창백해."

치우의 손가락이 이마에서 눈썹을 따라 내려와 볼을 쓰다듬는다.

"……치우야, 나 옛날에……, 이 집 마님 같은 거였어?"

그의 손길이 멈춘다.

"각성……한 것인가?"

역시 그렇구나. 연꽃이 아름답던 그 꿈이 그랬듯이. 하지만 그 남자의 얼굴은 기하 오빠와 너무 닮았다. 혹시…….

"아니, 잠깐 꿈에서……, 네가 보여 준 과거와는 달랐어. 그 여자……, 그 여자 눈이 본 풍경이 보이고 그 여자의 생각이 들려. 왜지?"

"그대 스스로 해낸 각성이니까. 내가 보여 준 과거에서 그대는 온전히 그대이나 스스로의 힘이 이뤄 낸 각성은 과거의 그대에게 지배받기에 그럴 수밖에 없어."

만화 같은 이야기인데도 치우가 말해 주니 모두 수긍이 갔다. 그래서 이렇게 물을 수 있었다.

"저기, 그럼 기하 오빠도 옛날에 여기 살았어?"

치우는 손을 거두어 좌정한 무릎 위에 올렸다. 화났나? 난 슬그머니 일어나 앉았다.

"그를 보았나?"

"기하 오빠라고 하긴 어려운데 많이 닮은 것 같아서. 그게 기하 오빠야?"

"그렇다고 한다면 달라지는 것이 있나? 기하는 그대의 핏줄이다."

"그냥 궁금했어. 당연하잖아."

또 치우의 눈동자에 화륵 불이 올랐다.

"왜? 꿈에서 본 과거의 그대와 기하를 닮은 자가 내외지간이라서? 그 사실이 현재의 그대에게 중요한 것인가?"

명아 언니가 무섭다고 했던 귀신이 바로 치우라는 확신이 들었다. 내게 그런 눈빛을 하지 마. 그녀와 똑같이 나를 바라보지 마. 밝아 오던 햇살이 낮은, 인간의 것이 아닌 듯 낮은 치우의 목소리에 뭉개져서 그의 그림자 뒤로 물러났다. '까딱 잘못하면 날 죽일 수도' 있는 눈동자로 쏘아보는 그가 두려웠다.

"나와 이오에게 말했듯이 기하에 대한 그대의 마음을 막을 수 있는 건 아무것도 없다. 게다가 과거 그대 곁에 있는……, 그가 기하의 얼굴을 가졌으니……, 그대는 기쁜가?"

나는 답을 할 수 없었다. 명아 언니는 그의 눈에서 슬픔을 보았다던가. 나는 그의 눈에서 비탄을 보았다. 비탄이 너무 깊어 절망이 되기 직전의 눈을 하고 있는 그에게 그렇다고, 가슴이 두근거린다고 말할 수 없었다. 그래서 고개를 저으며 답했다.

"아니……, 그렇지 않아. 기쁘고 그런 거……, 아니야."

나의 답에 그는 슬픈 미소를 지었다.

"거짓인 줄 알면서도 믿고 싶다. 나를 위해서가 아니라 과거의 그대를 위해서."

그녀를 향한 당신 마음의 끝은 어디지? 그 마음의 끝이 있기라도 한 거야? 정말로 묻고 싶은 말은 삼키고 몸을 일으키며 다른 질문을 했다. 그래야 그의 비탄에 잠기지 않고 숨을 쉴 수 있을 것 같았다. 하지만 그건 잘못된 판단이었다. 우리의 과거에서 벗어날 수 있는 곳은 어디에도 없다.

"명아 언니가 널 보았다고 했어. 언니가 본, 칼 든 귀신이 너 맞지?"

"그래."

"어째서? 어째서 그런 모습으로, 무서운 모습으로 명아 언니한테 나타난 거야?"

그녀에게 매혹된 것이 아니지? 그렇지? 아니라고 대답해 줘.

"경고하려고, 경고해야 하니까."

"뭘?"

"명아는……, 답해 줄 수 없다. 그건 아직 금지된 일이다. 그대에게 말해 줄 수 없는 것들을 모두 해 줄 수 있다면……."

그는 말을 잇지 않았지만 알 것 같았다. 그가 내게 말해 줄 수 없는 것들을 말해 준다면 현재의 나를 잃어버릴 것이란 생각이 들었다.

"하지만 어쩌면 그대가 우리의 기억을 되찾고도 마음은 되찾기를 원하지 않을지도 모른다는 사실이 나는 두렵다. 먼 시간을 돌아 내 곁에 되돌아온 그대가 마음을 잃어버렸다면……, 나는 나를 용서할 수 없을 것이다. 그때 그대를 놓쳐 버린 나 자신을."

아파. 치우의 말에 가슴이 욱죄어 왔다. 그의 말뜻이 제대로 이해되지도 않았는데 아팠다. 그가 놓쳐 버렸다던 내가 가슴 안에서 치우를 향해 손을 뻗으며 심장에 상처를 내는 것 같았다. 하지만 아침 햇살 사이로 녹아들어 가는 그를 잡는 대신 이불자락을 그러쥐었다. 이렇게 아픈 건 내가 아니야. 이렇게 미안한 건 내가 아니야. 아프고 미안한 건 그녀야. 나는 치우의 그녀가 아니야. 나는 아직도 기하 오빠의 그녀이기를 원해. 명아 언니가 그의 곁에 있을지라도. 아프지 않아. 미안하지도 않아. 아프지 않아.

그믐밤이었다. 치우가 품은 심연의 깊이를 엿볼 수 있었던 밤. 낮부터 내린 비로 서늘한 바람에 난 기분 좋게 잠을 청할 수 있었다. 명아 언니를 향해서만 귀를 열어 둔 기하 오빠도, 자신의 말이 옳았음에 미소와 동정의 시선을 동시에 보냈던 이오도 평화로운 잠의 저편에 밀어 둘 수 있었던 밤이었다.

꿈도 없는 깊고 깊은 잠에서 깨어난 건 요란한 개구리의 울음이나 지붕을 때리는 빗소리 때문이 아니었다. 오히려 주위가 너무 고요해서 깼던 것이리라. 그리고 어두웠다. 잠에서 깨어 눈을 떴다는 것을 인식할 수 없을 정도로 짙은 어둠이 농월당을 뒤덮고 있었다.

고요한 어둠이었다. 바다의 밑바닥에 가라앉아 있는 듯 완벽한 무음無音이 암흑과 함께 내 몸을 누르고 있었다. 한동안 꼼짝할 수 없을 정도로 두려워졌다. 나는 죽은 것인지도 몰라. 죽음의 세계가 아니고서야 이렇게 어둡고 조용할 수가 없어.

몸을 일으킬 용기를 낸 것은 한참 후 문밖에서 희미하게 들어오는 빛 덕분이었다. 저 빛을 놓치면 정말로 죽을지도 몰라. 억지로 몸을 일으켜 밖으로 나갔다.

놀랐다. 농월당에 온 이후로 그렇게 어두운 하늘은 처음이었다. 비는 오래전에 그쳤고 하늘에 구름 한 점 없는데 은하수는커녕 별 하나 볼 수 없는 밤하늘이었다. 그럼 그 빛은 어디서 온 거지? 주위를 두리번거렸지만 어디부터가 하늘이고 어디부터가 지상인지 가늠이 되지 않을 정도로 온통 어둡기만 했다. 저절로 어깨를 감싸게 만드는 고요함과 함께, 어둠은 마치 이 세상에 나만이 깨어 있는 것 같은 느낌을 들게 했다. 그때 마당에 드리워진 그림자를 보았다. 내 것이 아닌 다른 이의 것이었다. 그림자의 소유자를 보려 몸을 돌려서 고개를 들어 보니 지붕 위에 치우가 있었다.

바람이 불었다. 그러나 소리는 없었다. 소리도 없는 바람이 치우의 길고 검은 옷자락을 흔들어 놓았다. 흔들리는 그의 검은 옷자락은 날아올라 밤하늘을 스치고, 감싸고, 하나가 되었다. 그는 하늘을 올려다보고 있었다. 그 시선의 끝에는 그믐달이 희미한 빛을 발하고 있었다. 그것은 달이 아니었다. 밤하늘이 날카로운 단도에 베어 생긴 은빛 상처였다. 상처는 치우의 것이었는지도 모르겠다. 그렇다면 단도를 잔인하게 휘두른 건 다름 아닌 내가 아닐까? 그런 생각에 부정했던 아픔이 또 되살아나 마음을 할퀴었다. 나는 정말 나쁜 아인가 봐. 온전히 네 곁에 있어 줄 수도 없으면서 네가 거기 있는 게 싫어. 네가 홀로 그렇게 서서 바람을 맞고 있는 것이 싫어. 눈물이 맺혔다. 이 눈물은 누가 흘리는 것이지? 나일까, 아니면 너의 그녀일까?

가슴에서 흘러넘친 눈물 한 방울이 허공으로 떨어지는 순간, 치우의 시선이 내게로 향했다. 그리고 온 세상이 불을 밝혔다. 수많은 별들이 그날 탄생했다. 바람이 별들의 첫울음을 전했다. 새로이 흐르기 시작한 은하수가 치우의 얼굴 위로 별빛 방울을 떨어뜨렸다. 나는 보았다. 바람이 흩뜨려 놓은 그의 머리칼 사이로 흐르던 눈물을. 그의 심연을. 그에게 가야 해. 한 발짝 내딛자 어느새 그는 내 앞에 서 있었다.

생각보다 앞선 나의 혼이 손을 움직여 치우의 뺨에 흐르는 눈물에 손가락을 담갔다. 그의 슬픔이 스며들었다. 그는 내 손을 뿌리치지 않았다. 대신 나와 똑같이 내 눈물을 자신에게 스미게 했다.

"내가 밉지 않니?"

물었다.

"밉다."

그가 답했다.

"그런데 왜 늘 돌아오는 건데? 왜 늘 위로해 주는 건데?"

그렇게 과거의 나를, 그녀를 사랑했던 거야? 이 말은 묻지 않았다. 그러나 그는 묻지 않는 말까지 듣고 답했다.

"그대가 나를 위해 죽음을 넘고, 우주를 넘고, 이 고통스러운 생으로 다시 자신을 보냈기 때문이다. 그런 그대를 어찌 사모하지 않을 수 있겠는가. 어찌 내버려둘 수 있겠는가!"

그런데 어째서 나는, 너를 위해 죽음과 우주를 넘고 다시 태어났다는 나는 네가 아닌 기하 오빠를 사랑하게 된 거지? 눈물이 멈추지 않았다.

"그래서 하늘이, 천신天神이 경고해도 나는 어찌할 수가 없구나."

"……뭘 경고한 건데?"

"……그대를 향한 나의 종말 없는 마음."

내게 답하며 어깨를 안아 주는 그를 밀어낼 수 없었다. 오늘 밤만은 너의 그녀가 되고 싶다. 오늘 밤만은. 바람이 불고 대숲이 흔들렸다. 별들이 우리의 어깨 위에서 함께 울어 주었다.

11
꽃잎

겉으로 드러나는 신랄함과 드러나지 않는 칼날을 구분하지 못하고 칼날을 선택한 것은 어디까지나 웅이 오빠의 실수다. 전자는 명아 언니고 후자는 바로 나다.

명확하고 논리적인 언어로 자신을 가격하는 명아 언니보다는 구석에서 가만히 그들의 이야기를 듣고 있는 내가 웅이 오빠에겐 만만했을 것이다. 이오에게 쓴 편지를 내게 맡긴 건 나름대로 치밀한 계산에 의한 실천이었겠지. 명아 언니라면 그 자리에서 진부한 그의 행동을 비웃을 거라고 겁먹었을지도 모르겠다. 그러나 그의 판단은 명아 언니에 대한 지극히 잘못된 인식에서 비롯된 것이다.

평소 이오에 대한 웅이 오빠의 마음을 놀리기는 했지만 명아 언니는 그의 진심을 웃음거리로 만들진 않았을 것이다. 그건 어린 소녀나 할 짓이지 이미 여자인 그녀가 할 짓은 아니었으니까. 그 짓을 내가 할 수 있단 걸 그는 상상도 못 했을 것이다. 그러니 해질녘 자기 집으로 돌아가기 전 요령껏 불러낸 내 손에 자신의 진심을 쥐어 주었겠지. 최소한 소문 속의 '나'를 고려했더라면 그런 짓은 하지 않았어야 했다.

"이거, 꼭 이오한테만 전해 줘야 해."

이 말을 뺐더라면 난 곱게 이오에게 전달했을지도 모른다. 수줍게 웃으며 돌아서는 웅이 오빠의 뒷모습을 몇 초간 지켜본 난 방으로 돌아와 망설임도 없이 정성껏 풀칠된 편지 봉투를 열었다. 그리고 온갖 미사여구로 이오를 찬양하고 자신의 사랑을 전하는 어설픈 문장들을 읽었다. 바르게 쓰려고 꾹꾹 눌러 쓴 글자는 편지지 뒷장에도 흔적을 남겼다. 픽, 비웃음을 날려가며 무려 세 장에 이르는 편지를 읽은 후 난 그것을 봉투에 넣지도 않고 손에 든 채 사랑채로 달려갔다.

순수하게 사악한 마음이 요동쳐서 목 안이 간질간질했다. 텃밭에 나갔는지 이오와 명아 언니는 보이지 않았고 기하 오빠만이 대나무 부채로 가만히 바람을 일으키고 있었다. 잠시 꿈에서 본 남자의 얼굴이 기하 오빠와 겹쳐 보였지만 애써 털어버리고 오빠 곁에 앉았다.

"교은이구나."

나라고 말하지 않았는데 기하 오빠는 나를 감지하면서 웃었다. 멋진 미소를 만들어 내는 입술 위로 수염이 오소소 돋아 있었다. 난 한 손에 편지를 든 채로 다른 쪽 손으로 기하 오빠의 수염을 만졌다. 까슬까슬한 감촉이 어릴 적 내 뺨에 짓궂은 뽀뽀를 해 주던 아버지의 그것과 같았다.

"며칠 내버려두었더니 까칠하지?"

버릇없이 구는 나를 기하 오빠는 전혀 제지하지 않았다.

"오빠, 재미있는 거 읽어 줄까?"

난 그의 앞에 무릎을 꿇고 기대와 흥분에 찬 목소리로 물었다.

"재미있는 거? 책이니? 한번 읽어 봐. 그러고 보니 우리 교은이가 읽어 주는 책 못 들은 지 꽤 됐네."

자신만만하게 나는 웅이 오빠의 편지를 읽어 내려갔다. 아주 교만스럽게……. 아니, 변명하지 말자. 그때 내 목소리는 더러웠다. 그게 가장 정확한 표현이다. 나는 더러운 목소리로 웅이 오빠의 마음을 비웃었다.

"그만! 그만해! 교은아, 그만해."

세 줄 정도 읽었을까. 기하 오빠는 버럭 소리를 질렀다. 내가 외조부에게 회초리를 맞았을 때보다 훨씬 더 화난 모습으로 그는 내 더러운 낭독을 막았다.

"……교은아, ……네가 무슨 짓을 저지른 건지 알고나 있니? 하, 난 못 들은 걸로 할게. 너……, 웅이한테 사과하고 돌려주도록 해."

"내가 무슨 짓을 저지른 건데? 왜 오빠가 이렇게 화내는 거야?"

"교은아, 어떤 누구도 다른 사람의 마음을 비웃을 권리는 없는 거야. 그게 신이라 할지라도 그런 짓은 용납할 수 없어. 그런 짓에 나까지 끌어들였다는 게 화가 나는 거야."

눈물이 솟았다. 기하 오빠는 절대로 내 편이라고 생각했는데, 절대 날 비난하지 않을 거라고 믿었는데……. 삐뚤어진 자존심에 상처받은 난 그대로 자리에서 일어나 농월당으로 돌아갔다.

"그래? 이런 짓에 오빠를 끌어들여서 미안해. 그렇게나 고고한 줄 미처 몰랐네."

끝까지 오기를 놓지 않고 외친 말에 기하 오빠가 무어라 답했지만 그걸 듣지도 않고 뛰쳐나와 농월당으로 달리는 내 뺨에 눈물이 흘렀다.

사실은 내가 잘못했다는 거 알고 있었다. 그의 외침에 벌써 깨달았지만 인정하고 싶지 않았던 건 내가 잘못했다는 사실이 아니었다. 그건 기하 오빠가 내 잘못을 비난했다는 사실이었다. 그게 죽도록 싫었다. 그 싫음이 독기로 이어졌다. 사과하라고? 애초에 나한테 편지를 맡긴 게 멍청한 거지. 절대로 사과하지 않아.

독기에 차서, 겁도 없이 웅이 오빠가 농월당으로 오는 길목을 지키고 있던 내가 떠오른다. 매미가 요란하게 우는 나무 아래 서 있는 날 발견한 웅이 오빠는 눈에 띄게 긴장했다. 아마도 그는 이오의 답장을 기대했을 것이다. 마른침을 꼴깍 삼키며 내 앞에 선 그에게 난 말없이 입구가 뜯긴 봉투를 내밀었다. 그는 내게서 봉투를 받아 들고 눈을 껌뻑거렸다.

"이오가 답장 안 줬어?"

"응, 이오는 보지도 못했으니까."

내 말에 그는 한동안 생각에 잠겼다. 그러더니 얼굴이 확 붉어졌다.

"그런데 이게 왜 뜯겨져 있지?"

너 따위, 화내 봤자 하나도 안 무서워.

"내가 뜯어서 읽어 봤으니까. 정말 유치해서 못 봐 주겠더라. 이오가 봤음 바로 퇴짜……."

웅이 오빠의 손이 내 뺨을 후려쳤고, 난 말을 끝맺지 못했다. 내 뒤에 나무가 없었더라면 쓰러지고 말았을 정도의 세기였다. 왜 그때 어머니의 뺨을 때리는 아버지가 떠올랐을까? 이전에 몇 번이나 맞아서 보라색의 선명한 멍이 든 어머니의 뺨을 사정없이 내리치던 아버지의 외팔. 오히려 웃음이 나왔다. 따끔, 입술에 피 맛이 느껴졌다.

"이런 일로 뺨을 때리는 것도 진부하다고 생각하지 않아?"

"너!"

이성을 잃은 남자의 눈동자 따위 하나도 무섭지 않아. 웅이 오빠가 다시 손을 들고 다가올 때도 난 눈을 감지 않았다.

"그만해! 거기서 한 발짝만 더 떼면 온 동네에 소문 다 낼 거니까, 그만해."

말려 준 사람이 있었다. 의연이었다. 몇 달 만에 처음으로 곁눈질이 아닌 정면에서 본 의연은 머리를 빡빡 밀어서 소년병처럼 보였다. 갑작스런 타인의 등장에 멈칫하긴 했지만 꼭지가 돌아 버릴 정도로 화가 난 웅이 오빠에게 의연은 무시해도 될 대상으로 보였을 것이다. 그래서 몸을 앞으로 내밀었겠지.

"씨팔! 그만두라니까!"

그래 봤자, 읍내서 알아주는 주먹이라도, 고등학생인 주제에 웅이 오빠에게 달려드는 의연은 정말 가소로워 보였다. 아직은 소년의 티를 벗지 못한 의연이 다부진 체격의 대학생인 웅이 오빠에게 악착같이 덤벼들어 선전을 펼칠 줄은 나도 몰랐다. 하지만 역시 체격과 힘에서 열세인 그가 웅이 오빠에게 이긴다는 건 애초에 불가능했으리라.

잠시 후 웅이 오빠에게 깔려 그의 주먹을 두 팔로 막고 있는 의연을 보면서 난 한숨이 나왔다. 제길, 좀 이겨 보란 말이야. 그리고 의연의 바지 주머니에서 약 봉투가 떨어지는 걸 보았다. 아마도 그는 읍내에서 내 아버지의 부덕으로 '병신'이 되었다는 자기 어머니의 약을 사서 오는 길이었나 보다. 그걸 보고 난 후다닥 달려서 웅이 오빠의 뒤로 갔다. 미친 듯이 그의 머리칼을 두 손으로 있는 힘껏 움켜쥐었다. 그러고는 의연의 몸을 때리던 그의 주먹이 내게 향하기 전에 말했다.

"이오가 알아도 돼?"

내 말을 들은 즉시 웅이 오빠의 주먹은 풀어졌다. 그의 머리칼을 쥐었던 내 손도 풀어졌다. 사랑하는 쪽이 언제나 진다. 웅이 오빠는 일어나서 편지 봉투를 집어 들고 자기 집 쪽으로 몸을 돌렸다.

"나, 잘했다고는 생각하지 않아. 이오한테는 비밀로 할게."

그는 답하지 않고 터벅터벅 걸어갔다. 언제나처럼 윤이 나던 구두는 먼지투성이가 되었고, 바지도 엉망으로 구겨져 있었다. 휘어진 돌담길이 그의 모습을 감추자 난 의연을 일으키려 했다. 그러나 그는 내 손을 뿌리쳤다. 그는 나와 똑같이 입술이 찢어져 피가 나고 있었다. 힘겹게 몸을 일으킨 그는 바지와 윗옷에 묻은 흙을 툭툭 털었다. 난 땅에 떨어진 약 봉투를 주워 그에게 내밀었다.

"작작 좀 해. 그렇게 못되게 구는 계집아이 정말 재수 없어. 나라도 손이 나갔을 거야."

내게서 낚아채듯이 약 봉투를 받아 든 의연은 날 쏘아보며 말했다. 왜지? 왜 날 도왔지?

"알아, 나 재수 없는 년이란 거. 어쨌든 고맙다."

"됐어. 너한테 그런 말 듣는 거 싫어."

"고맙다, 고마워. 무척이나 고맙다."

난 뒷걸음질 치며 혀를 내밀었다. 또 따끔, 입술이 아팠다.

"미친년."

이렇게 말한 의연은 돌아서서 제집으로 가려다 말고 우물거리면서 다시 말했다.

"할머니가 너 좀 보고 싶어 하셔. 우리 집은 저기, 우물 옆 앵두나무집이다."

그러더니 뚜벅뚜벅 제 갈 길을 간다. 등에 흙이 잔뜩 묻었는데……, 바보 녀석. 무언가를 잃었다가 다시 다른 무언가를 얻은 기분이었다. 나쁘지 않은 기분이다. 타인에게 상처를 주고도 자신의 기분이 나쁘지 않음에 아무렇지도 않게 일상으로 돌아올 수 있었던 어린 내가 농월당을 향해 걸었다.

멀리 언덕 쪽에서 내려오는 이오와 명아 언니의 모습에 손을 번쩍 들어 반가움을 표시한다. 역시 손을 들어 나를 반기는 이오를 보고도 내 마음은 '기분 나쁘지 않은 상태'를 유지한다. 그렇게나 어렸던 내가 부끄럽다. 부끄럽고 안쓰럽다. 후회하지 않는다는 무모하고 근거 없는 자신감이 안쓰럽다.

나는 별로 신경도 쓰이지 않았던 붉게 부풀어 오른 뺨과 찢어진 입술은 이오로 하여금 일대 소동을 일으키게 했다.

"너, 왜 이래? 세상에……. 누가 이런 거야, 어?"

눈을 동그랗게 뜨고 상처의 이유를 묻는 이오가 귀찮았다. 이깐 상처 아무렇지도 않아. 아빠 주먹에 맞아서 멍든 우리 엄마 얼굴을 네가 봤으면……. 속으로 쓴웃음을 지었다.

차가운 물수건을 뺨에 대어 주고 입술에 약을 발라 주던 이오의 종용에도 나는 입을 열지 않았다. 여하튼 약속은 지켜야 하는 것이니까. 그녀가 약상자를 들고 방을 나선 뒤 한숨을 내쉬려는 찰나, 치우의 손바닥이 서늘하게 달아오른 뺨을 식혀 주었다.

"참으로 엉뚱하고 무모하군. 그대란 사람 남의 화를 돋우는 데 타고난 재능이 있는 것 같아."

"알아. 나, 못돼 처먹은 거. 맞아도 싸지."

나는 무릎을 덮고 있던 치마를 만지작거리며 입술을 내밀었다. 잘못한 걸 알지만 기하 오빠에게 그러했듯이 치우에게도 지적당하는 건 질색이었으니까.

"그대가 원한 것이 아니잖아. 세상이 그대를 비틀어 놓았을 뿐이지."

그는 내 뺨을 치유해 주던 자신의 손을 내리며 말을 이었다.

"그리 비틀린 그대일지라도 나에게는 소중한 사람임을 잊지 말았으면 한다. 절대로."

그 말과 동시에 내 뺨을 스치는 치우의 입술이 느껴졌다. 대지의 모든 향기를 품은 그의 숨결이 뺨을 어루만지며 나를 어지럽게 만들었다.

"천지간에 단 한 사람, 나의 여인."

심장이 미친 것이 아닌가 싶을 정도로 빨리 뛰었다. 그것을 감출 겨를도 없이 치우는 순식간에 사라졌다. 그제야 나는 손을 들어 올려 그의 입술이 닿았던 뺨을 만져 보았다. 이미 부기가 가라앉은 뺨 위로 향기롭고 보드라운 꽃잎 하나가 붙어 있었다. 치우의 흔적일까? 그렇게 생각하며 나는 입을 열어 뺨에서 떼어 낸 꽃잎을 혀 위에 얹어 보았다. 달콤한 향기가 번졌다. 꿀꺽, 향기를 삼켰다. 치우의 마음을 삼켰다.

12
소녀, 죽다

읍내에 서커스단이 왔다. 화림동은 서커스단의 홍보를 위해 등장한 요란한 광대들로 들썩거렸다. 그들이 뿌리고 간 전단지에는 '서유기 절찬 상영'이란 문구가 들어 있었다. 이게 뭐야? 웃음이 그치질 않았다. 서커스단에서 영화를 어떻게 상영한단 말이야?

"천막 안에 막을 치고 하는 거야. 그거 꽤나 재밌어. 난 갈 건데, 교은이도 가자. 명아도 갈 거지? 영화관에서 보는 거하고는 기분이 완전 다르다니까."

이오는 내 팔과 명아 언니의 팔에 팔짱을 끼며 졸랐다. 상상이 가지 않았다. 어떻게 천막 안에서 영화를 볼 수가 있지? 궁금했지만 보고 싶은 마음은 없었다. 명아 언니 또한 시큰둥했다.

"시시해. 좀 야한 영화라면 생각해 볼 텐데, 서유기가 뭐니?

우리가 일곱 살 먹은 애도 아니고……. 시시해."

지극히 그녀다운 대답이었다. 나 역시 약해 빠진 스님이 요괴들과 인도로 불경 구하러 가는 길에 또 다른 요괴를 퇴치한다는 내용 따위 시시했다. 특히 자기도 요괴인 주제에 지극히 정상적인 요괴를 죽이는 손오공은 밥맛없다. 내 말에 명아 언니는 때굴때굴 구르며 배를 잡았다.

"후후후, 교은인 가끔 나랑 생각이 너무 비슷하다니까! 그래, 맞아. 요괴들 입장에선 손오공이나 저팔계 같은 것들이 비정상적인 거 맞지. 후후."

비슷하다고? 당신과 내가? 속으로 웃음을 흘렸다. 이오는 포기하지 않았다.

"가자, 가자. 응? 이번 기회 놓치면 다시는 볼 수 없을지도 모르잖아. 응? 가아자아."

빛나는 눈동자로 호소하는 이오보다 우리를 확실하게 움직인 건 놀랍게도 외조부와 외조모의 결정이었다. 시골 노인네들에게 서커스와 영화는 1년에 한 번 누릴 수 있는 호사였던지라 집안사람 모두—기하 오빠와 선택권이 있었던 손님인 명아 언니를 제외하고—를 대동하고 읍내로 가기로 결정했던 것이다. 그 결정에 투덜거리는 내 입을 막은 것은 기하 오빠였다.

"서유기, 참 재밌는 책이었지. 영화라는 거 신기할 거 같아. 글자를 현실로 끄집어내서 보여 준다는 거……, 누가 생각해 낸 건지 몰라도 대단해."

그의 앞에서 더 이상 투덜거릴 수 없었다. 나는 그럴 수 없었는데 명아 언니는 그럴 수 있었던 사람이었다.

"그런가? 사실 난 이 머리통 속에서 벌어지는 상상이 더 대단하다고 생각하는데?"

그녀는 벽에 등을 기대고 다리를 쭉 뻗으며 한 손은 자기 머리에 대고, 다른 손으로는 책을 들고 말했다.

명아 언니는 때로 이오를 대신하여 책을 읽어 주곤 했다. 좀 제멋대로의 낭독이기는 했다. '이건 재미없으니까 건너뛸게.'라든가 '이건 훌륭한데!' 그런 말은 기본, 낭독 중간에 자기 생각을 한참 동안이나 말해서 어디까지 읽었는지 잊어버려 기하 오빠가 알려 줄 때도 있었다. 하지만 명아 언니의 낭독은 매력적이었다. 맑고 낭랑한 이오의 목소리에 비해 다소 거칠고 너무 빨라서 듣는 사람을 배려하지 않았지만 '맛있게' 책을 읽는 법을 알고 있는 사람이었다. 그리고 책을 읽는 그녀의 모습에선 뭐랄까 예쁘고 아름다운 것과는 다른 어떤 요소가 첨가되어 있음을 발견할 수 있었다. 이오조차도 따를 수 없는 '매혹'이 있었다. 그걸 기하 오빠는 듣고 느꼈던 것이다.

작은 입술에서 소리로 화化한 언어가 햇빛의 입자를 타고 짧은 머리칼 때문에 더 가녀려 보이는 그녀의 목덜미로 흐른다. 빛나는 언어들은 그녀의 몸에서 흘러나와 기하 오빠의 어깨를 타고 열린 귀로 들어가 그의 의식을 어루만졌다. 그 순간 그의 공간 안엔 오직 기하 오빠와 명아 언니, 둘만이 존재했다.

"난 기하 오빠한테 책이나 읽어 주고 있을게. 다녀들 오세요, 후후."

깨끗하게 손질된 한복을 차려입은 노인네들이 앞장서서 농월당을 나서자 명아 언니는 책을 들어 보이며 이오와 나에게 말했다. 어젯밤 내내 졸랐지만 뜻대로 되지 않음에 조금은 삐친 이오는 친구를 흘겨보고는 퉁명스런 목소리로 말했다.

"그래. 오빠도 혼자서 심심할 거니까. 부탁할게."

우리를 배웅하던 명아 언니가 보이지 않을 만큼 농월당에서 멀어지자 난 최씨 아저씨의 부축을 받으며 앞서 걷고 있던 외조부에게 뛰어갔다. 도무지 서커스와 어울리지 않는 갓을 쓴 외조부의 곁엔 세왕댁 아줌마의 부축을 마다한 외조모가 지팡이를 짚고 서 있었다. 그녀는 내가 자신들 앞을 가로막자 무서운 기세로 날 노려봤다. 그러든지 말든지 난 담담하게 말했다.

"전 읍내 안 갈래요. 대신 앵두나무집에 갔다 올게요."

앵두나무집이 어느 집을 의미하는지 알아챈 그들이 반대하기 전에 재빨리 뛰어 이오의 곁을 지나쳤다. 입술로만 '미안해.'라고 말했다. 노한 외조모의 음성이 들렸지만 개의치 않았다. 망나니 외손녀를 말릴 수 없음에 체념한 그들을 태운 버스가 읍내를 향해 출발하는 것을 보고 우물가를 찾아 나섰다.

최후의 발악을 시작한 매미들의 울음이 화림동의 담을 무너뜨리는 것 같았다. 그러나 엉성하게 쌓아진 듯이 보였던 낮은 담들은 그 얼마나 견고했던가. 화림동 주민들은 죄다 아까 출발한 버스에 몸을 싣고 떠나 버린 양 집들은 비어 있었다. 하긴 1년에 한 번이니까. 그게 슬슬 불안해졌다. 앵두나무집도 비어 있으면 어쩌지? 길들이 나를 우물가로 인도하는 사이에도 내 불안감은 가시지 않았다. 마침내 오래된 우물이 보였을 때 난 낭패감을 맛보았다. 이 자식, 정확히 가르쳐 줘야지. 우물가에 집이 이렇게 많은데 어쩌자는 거야! 입술을 깨물고 있는데 의연의 목소리가 들렸다.

"야, 너 정말 왔냐?"

돌아보니 새까맣게 그을린 낯을 하고 멍청하니 날 바라보며 의연이 서 있었다. 그의 손에는 낫이 들려 있었다. 자식, 보기와는 달리 효자 노릇 하면서 살고 있나 보네. 투덜거리면서도 농사일을 부지런히 돕는 그가 떠올라 웃음이 나왔다.

"자기가 오라고 했으면서 무슨 질문이 그래? 돌아갈까?"

"꼭 저렇게 삐딱하지……. 여기까지 와 놓고 돌아가려면 가든지!"

"저도 삐딱한 건 마찬가지면서. 앞장서. 네 말대로 여기까지 왔으니까, 가 보자고."

우리는 서로를 보며 피식 웃어 버렸다.

"따라와."

의연은 얼굴에서 웃음을 지우지 않고 파란 슬레이트 지붕 집으로 나를 이끌었다. 한눈에도 가난이 느껴지는 집이었다. 아버지의 집이었다.

나의 등장으로 연극처럼 드라마틱한 장면이 연출된 것은 아니다. 부엌에서 젖은 손을 닦으며 나오던 허리 굽은 할머니가 눈물을 글썽이며 내 얼굴을 어루만지긴 했지만 그렇다고 통곡

속에 아들을 부르짖지도, 내 어머니를 탓하지도 않았다. 속으로 어찌나 다행이라고 생각했는지. 만일 할머니가 그중 하나라도 했으면 난 바로 그 집에서 나와 버렸을 것이다. 아버지의 집은 내게 너무 낯설었다.

"입매 야무진 거며 눈썹이며 제 애비하고 똑 닮았네. 똑 떨어져."

그렇게 할머니는 내 얼굴에서 죽은 아들의 자취를 발견하고 기뻐했다. 말도 안 된다고 생각했다. 사실 의연이가 나보다 내 아버지를 더 닮았다. 왜 내게서 아버지를 찾는 것이지? 억지로라도 내게서 아들의 흔적을 찾아 위안으로 삼으려는 노파의 심정을 이해할 수 없었다. 그리고 열려진 문으로 어두운 방에 누워 나를 보고 있는 여자를 보고 말았다. 의연의 어머니였다.

여름의 더위도 방 안에선 어둠으로 형태를 바꾸어 그녀의 병든 몸을 덮어 주고 있었다. 나의 아버지로 인해 다리를 쓰지 못하게 되었건만 그녀의 눈에선 원망을 볼 수 없었다. 퀭한 눈동자는 원망 대신 동정을 담고 있었다. 당황스러웠다. 왜? 동정받아야 할 대상은 당신인데 왜 날 동정하는 거지? 그 눈은 말했다. 불쌍한 것, 가여운 것. 그래서 이해했다. 의연은 제 어머니에게만 내 부모가 어떻게 죽었는지 이야기해 준 것이다. 그게 위로를 위한 것이었는지 복수를 위한 것이었는지는 알 수 없었으나 난 수긍했다. 그래, 저 여자는 내 부모가 어떻게 죽었는지 알 권리가 있다. 저 여자만은.

그녀를 향해 꾸벅 인사를 했다. '안녕하세요.'의 의미가 아닌

'죄송합니다.'의 의미를 담은 인사였다. 당신의 불행이 내 부모에게서 시작되어 죄송합니다. 하지만 그들의 죽음도 당신에게 보상은 되지 못하겠지요. 죄송합니다. 죄송해요. 진심이었다.

"너, 누구냐? 너, 문해 딸이지?"

고개를 드는데 쩌렁 울리는 고함 소리가 가슴을 쳤다. 익숙한 목소리, 분명코 익숙하고 그리운, 동시에 두려운 목소리였다. 아버지의 목소리와 똑같은 목소리였다. 돌아보니 아버지가 살아 있다면 10년 후쯤이면 그런 모습이 될 것 같은 아저씨가 서 있었다.

누렇게 된 바지를 동동 걷어붙인 종아리엔 흙이 여기저기 묻어 있었고, 낫을 든 손은 팔을 잃지 않았을 때의 아버지의 것보다 억세고 단단해 보였다. 난 무어라 답해야 할지 몰랐다. 아버지의 딸이 확실했지만 어머니의 딸로서 살아야 했던 나는 그의 분노 앞에서 얼어붙어 버린 것이다. 그의 눈은 불타오르고 있었다.

"너, 감히 여기가 어디라고 얼굴을 내민 거냐! 네가 감히! 네 애비와 어미가 무슨 짓을 했는데!"

그는 나를 증오하고 있었다. 내 핏줄에 흐르고 있는 아버지와 어머니의 피를 증오하고 있었다. 그는 그들을 용서하지 않았다. 나를 용서하지 않았다.

"아버지……."

언제나 당당하고 거침없던 의연도 자기 아버지를 말리지 못했다. 그의 분노는 너무나 정당했으니까. 할머니도 큰아들을 나무랄 수 없었다. 다만 그 거칠고 딱딱한 손으로 내 손을 끝까지 놓지 않음으로써 말없이 나를 위로할 뿐이었다.

"가라. 그 얼굴, 네 어미와 똑같은 그 얼굴……, 착한 척, 똑똑한 척 위선 떨던 양반네 아가씨 얼굴 역겨우니까 치워라! 꺼져!"

"여보, 애가 무슨 잘못이에요. 난 괜찮으니까 그만해요."

아뇨, 나도 잘못이 있어요. 죄가 있어요. 부모의 죄로 태어난 딸이니까. 그들의 딸이란 죄가 있어.

"당신은 사람이 좋아서 괜찮을지 몰라도 나는 아니니 잠자코 있어. 가란 말 못 들었어!"

나는 낫을 든 손을 부들부들 떨면서 고함을 지르는 그의 모습에서 아버지를 발견했다. 피비린내가 여름의 향기와 뒤섞여 피어올랐다. 쇳가루가 흩뿌려진 것 같은 피비린내가 화림동까지 날 쫓아왔구나. 아버지의 피 냄새로부터, 아버지와 똑같이 생긴 의연의 아버지로부터 도망치기 위해 할머니의 손을 뿌리쳤다. 아빠도 할머니의 손을 뿌리치고 고향을 등졌을까? 엄마의 손을 잡고, 그들의 죽음이 기다리는 도시로 떠났을까?

"교은아! 정교은!"

도망치는 등 뒤에서 의연이 내 이름을 부르는 외침이 들렸다. 돌아볼 수 없었다. 미안해, 그곳으로 가는 것이 아니었어. 그곳은 이제 아빠의 집이 아니라 너의 집이니까. 아버지와 어머니가 상처 준 사람들이 살고 있는 그 집에 다시는 가지 않으리. 달리고 달렸다. 숨이 차서 어쩔 수 없이 멈췄던 화림동의 담이 끝나는 곳에서 허리를 굽혔다. 어디까지야? 아빠, 엄마……, 어디까지 가야 당신들에게서 벗어날 수 있는 거야? 지긋지긋하다, 지긋지긋해.

한참이 지나서야 울음을 참으려 굽혔던 허리를 폈다. 돌아가자. 내가 돌아가야 할 곳은 저기뿐이야. 나를 기다려 주는 기하 오빠와 치우가 있는 곳, 농월당이 있는 언덕을 올려다보았다. 그리고 거기, 지붕 위에 서 있는 치우를 보았다.

그날, 내가 앵두나무집에 가지 않았더라면, 그래서 서커스와 영화를 즐겁게 보고 돌아왔더라면 어찌 되었을까 생각해 본다. 그랬더라면 나는 좀 더 편해졌을까? 결국 모든 것은 내 의지에 의한, 내 선택에 의한 결과다. 책임은 온전히 자신이 지는 수밖에는 없다.

치우가 사랑채 지붕에 서 있는 것을 보고 난 또 정신없이 달렸다. 기하 오빠에게 무슨 일이 생긴 것이다! 언덕을 뛰어 올라가는 동안 두 번이나 넘어졌다. 그러나 손에 묻은 흙을 털 겨를 따위 없었다. 열린 대문을 넘어 사랑채에 들어서기 직전, 내 귀에 소리가 먼저 전달됐다. 그것은……, 도시의 집, 옆방 대학생 오빠와 미용실 언니가 내던 소리와 유사한 소리였다.

도시에서 그들이 내는 소리에 온 신경을 기울이며 혼자서 상상했던 광경들이 다시금 내 머릿속을 지배하는 걸 막을 수가 없었다. 아닐 것이다. 절대 아닐 것이다. 명아 언니가, 기하 오빠가 그럴 리가 없다. 그러면서도 신을 벗어 든 나는 기하 오빠의 방으로 다가갔다.

아주 조금 열려진 문틈으로 소리가 새어 나왔다. 욕망의 소리였다. 그 틈으로 나는 보았다. 언제나처럼 앉은뱅이책상에 기대앉은 기하 오빠의 가슴에 뺨을 대고 있던 명아 언니를. 단정했던 기하 오빠의 셔츠는 단추가 모두 풀려 있어 가슴이 드러나 있었다. 명아 언니와 똑같이. 그녀는 햇살에 노출된 일이 없어 창백한 그의 가슴에 그 빨간 입술로 작은 원을 그리고 있었다. 그녀의 빨간 입술만큼이나 붉은 혀가 기하 오빠의 가슴에 닿을 때마다 그는 욕망의 소리를 낮게 질렀다. 기하 오빠는 눈을 감고 있었지만 명아 언니는 똑바로 눈을 뜨고 신음하는 그를 보았다. 명아 언니가 몸을 일으켜 그의 입술에 자신의 입술을 누를 때도 그녀는 눈을 뜨고 있었다. 그리고 빈약하지만 아름다운 자신의 가슴으로 기하 오빠의 머리를 끌어당길 때도 그녀는 눈을 감지 않았다. 기하 오빠가 명아 언니의 허리를 끌어안으며 솟아오른 그녀의 젖꼭지에 입술을 덮는 순간 나는 조용히 그곳에서 물러났다.

내가 그에게 책을 읽어 주던 곳, 내가 그와 함께 세상을 나누던 곳, 그곳은 이제 없다. 거기엔 욕망이 머물고 있다. 눈물도 나지 않았다. 농월당 마루에 털썩 주저앉아서 멍하니 마당에 시선을 주고 있을 뿐이었다. 그러다가 하얀 치마 밑으로 드러난 양쪽 무릎에서 피가 나고 있음을 발견했다. 하지만 그뿐이었다. 아픔도 느끼지 못했다. 흙과 피가 범벅이 되어 굳어 가고 있는 걸 어느새 나타난 치우가 씻어 주었다. 내 앞에 무릎을 꿇고서. 흙이 다 씻겨 나가고 나니 아픔이 밀려왔다. 그제야 눈물이 흘렀다.

"아파."

내 말에 치우는 한 손으로는 발목을, 다른 손으로는 무릎 뒤쪽을 잡고 고개를 숙여 상처를 핥아 주었다. 어미 고양이가 새끼 고양이의 털을 핥아 주듯이 정성껏, 부드럽게 상처 위를 지나는 치우의 혀가 느껴졌다. 다른 쪽 무릎도 똑같이 핥아 준 그는 내 양쪽 무릎에 살포시 입을 맞추었다. 그리고 나를 올려다보았다.

나는 계속 울고 있었다. 치우는 내가 앉은 마루를 양손으로 짚으며 내게 다가왔다. 순식간에 그의 입술에서 새어 나오는 숨결이 내 입술에 느껴졌다. 그러나 난 고개를 돌려 버리며 그를 밀쳐 내려 했다. 치우는 밀려나지 않고 내 어깨를 감싸 안은 채 마루 위로 쓰러졌다. 그에게 안긴 채로 난 그의 가슴을 마구 때렸다.

"너, 알고 있었지? 알고 있으면서, 일부러 나 보라고 거기서 있었지! 나쁜 놈! 나쁜 놈! 미워! 너 따위, 미워!"

하지만 그는 내 손길을 내버려두고 날 안아 주었다. 치우의 품 안에서 난 울고 울고 또 울었다. 그저 마른 흙냄새 나는 그의 품에서 울었다.

"그래, 알고 있었다. 나는 나쁜 놈이 맞다. 나는 나쁜 놈이라 그대를 언제나 울리는구나. 나를 원망해라. 나를 미워해라. 다시는 그대를 놓칠 수 없는 나를."

그렇게 말하며 내 이마에 입술을 찍는 치우를 밀치며 일어섰다. 그리고 순식간에 나와 눈높이를 맞추며 내 앞에 서는 그의 뺨을 쳤다.

"미워! 네가 사람이라면 죽어 버렸으면 좋겠어."

"나도 죽고 싶다! 죽을 수 있다면, 죽어서라도 그대와 같은 사람이 될 수 있다면, 그래서 그대 마음을 온전히 가질 수 있다면 죽고 싶다!"

"주지 않아. 절대 너한테 주지 않아, 내 마음."

나는 말로 불가능한 일을 했다. 나의 말에 흔들렸던 그의 눈빛을 보고 그걸 해냈다는 걸 알았다. 나의 말이 치우를 죽였다.

"……그렇게 말하지 마라. 그대 마음을 모두 기하에게 주었고 그것이 끝인 양 말하지 마라. 나는 그것이 진실이 아닌 걸 안다. 그대는 내게 마음을 주고 있어."

"아니, 아니야. 그건 내가 아니야. 네가 기다렸다던 그녀야. 내가 아니야."

너에게 안기고, 너로 인해 위로를 얻고, 너를 통해 숨을 쉴 수 있었던 건 내가 아니야. 내 마음은 언제나 기하 오빠를 향해 있었으니까, 그럴 리가 없어. 부정했다. 문을 꼭꼭 걸어 잠그고 방 한구석에 몸을 웅크리며 부정했다. 치우가 들어올까 봐, 그래서 그의 말이 옳음을 나 자신이 인정해 버릴까 봐 눈을 감고 고개를 흔들었다. 그러나 치우는 나를 홀로 두었다.

그날 소녀는 죽었다.

온몸이 떨린다. 이마와 등에서 흐르는 땀은 체온을 빼앗아 갈 뿐이다. 이오와 명아 언니가 걱정스런 얼굴로 한여름 오한에 떠는 나를 내려다보고 있다. 며칠 후면 그녀들은 도시로 떠나갈 것이다. 기하 오빠의 아랫입술을 빨아 당기던 명아 언니의 빨간 입술이 눈에 들어온다. 자신의 가슴에 얼굴을 묻는 기하 오빠를 보던 동그란 눈동자엔 그저 걱정만이 자리하고 있을 뿐이었다.

"오늘 친가에 다녀와서 뭔가……, 충격받았나 봐."

이오의 낮은 목소리에 명아 언니는 고개를 끄덕거린다. 그렇게 동정하는 눈빛으로 날 보지 마. 당신에게 동정받고 싶지 않아. 당신이 미워. 그렇게 아름다운 당신인데, 그렇게 빛나는 당신인데. 나는 당신을……, 당신을 미워해 버린 내가 싫어. 그러니까 날 보지 마. 그녀들 뒤, 벽 안에서 어른거리는 치우의 모습이 보인다.

보고 있어? 보지 마. 모두, 날 보지 마! 제발, 날 보지 마!

13 혼례 婚禮

춥다. 겨울의 혼사는 드문 일이나 전례가 없는 것도 아니다. 나를 위해 객의 숫자를 줄이려는 부모님의 고육지책이었을 것이다.

칠보족두리를 한 머리가 어색하다. 활옷도 부자연스럽기만 하다. 내게 이보다 더 어울리지 않는 차림이 또 있을까. 조심스레 나를 거들어 주는 수모手母들이 연지를 찍은 내 얼굴을 보지 않으려 애쓰고 있다는 걸 느낄 수 있다. 그네들이 딱했다. 아니, 그네들만 딱한 것이 아니다. 내 오라비인 부마의 후광을 얻고자 혼사를 정한 시댁 어른들이 딱했다. 그리고 누구보다 '나'의 지아비가 되겠다는 내키지 않은 결심을 한 그가 딱하고 측은했다. 그래, 측은하다. 나의 지아비가 될 이가 측은하다. 그런 생각을 하며 경대에 비친 내 얼굴을 본다. 연지를 찍어 주던 수모가 힘들었을, 일그러진 오른쪽 뺨이 조금씩 떨리고 있다. 의지로 제어할 수 없는 떨림에 활옷을 걷고 손을 뺨에 대어 본다.

오늘은 이러면 안 된다. 스물다섯, 지나치게 과년한 딸자식을 겨우 혼인시키게 되어 안심하실 부모님과 스무 해 넘게 지워졌던 짐을 벗을 수 있게 된 오라버니를 위해 이래선 안 된다. 그러는 사이 수모들이 날 부축해 마당으로 이끈다. 대례 시간이 된 것이다.

내내 고개를 숙이고 있었으나 구름 떼처럼 몰려든 객들의 수가 눈에 들어온다. 낭패구나. 임금의 총애를 받는 부마의 누이동생이란 자리가 나를 혼인시켰으나 또한 나를 죽이는구나. 나의 등장으로 좌중은 일제히 침묵에 잠겼다. 침묵의 의미가 충분히 가늠되기에 달아나고 싶다. 그들의 시선이 향하는 내 뺨을 떼어 놓고 달아나고 싶다. 그때 오라버니의 모습이 눈에 들어온다. 조선 팔도 대장부 중의 대장부가 나를 향해 훤히 웃고 있다. 부끄럽지 않다. 두렵지 않다.

눈을 들어 초례상 건너편의 지아비 될 이를 본다. 사모를 쓰고 비단 단령을 입은 그는 무장武將다운 풍채와 큰 키의 사내다. 그러나 그는 내 얼굴을 보고 사색이 되어 있다. 모르지 않았을 터인데 자신의 짐작보다 더 흉한가 보구나. 내가, 내 얼굴이. 저 사람을 어찌할까. 달아나고 싶은 사람은 내가 아닌 저이로구나. 측은하고 가엾다. 나보다 세 살이나 어리다는, 내 오라비의 입김으로 무과에 급제했다는 내 지아비 될 이가 가엾다.

나뿐이 아니라 객들도 신랑 될 이를 동정하고 있다는 걸 느낄 수 있다. 저리 풍채 좋고 인물 좋은 양반네가 한미한 집안 때문에 저런 흉한 여인과 혼인하다니……. 진실로 달아나고 싶은 쪽은 저 사람일 것이다. 가슴이 춥다.

첫날밤을 치를 방이 춥기도 하다. 술잔을 기울이는 그의 코끝이 빨갛다. 큰 입으로 술잔을 삼킬 듯이 술을 들이켜는 그가 나를 흘깃 본다.

"한 잔 드시겠소?"

뜻밖이다. 그러나 나는 남정네와 술잔을 나누는 일을 배우지 못했다. 아무리 지아비라 할지라도.

"아닙니다. 술을 하지 못합니다."

"……소문대로 정숙하신 분이군."

그의 말속엔 가시가 있다. 좋을 리가 없겠지. 어느 사내가 나처럼 흉한 부인을 원하겠는가. 그는 술잔을 멈추지 않는다.

밤이 깊고 달이 기운다. 문풍지에 구멍을 내고 낄낄거리며 훔쳐보던 이들도 모두 돌아갔는지 주위는 고요하다. 갑자기 일어선 그가 비틀거리며 금침 위로 다가와 내 앞에 주저앉는다.

"잡시다. 자 버립시다, 까짓 거."

그러면서 나의 족두리를 벗기고 옷고름을 풀기 시작한다. 술에 취한 그의 긴 손가락은 몇 번이나 헛손질을 하고 만다. 흐린 눈동자를 하고도 그는 내 얼굴을 보지 않으려 한다. 뜻대로 되지 않음에 신경질이 난 듯 그는 내게서 활옷을 뜯어내려 한다. 치욕스럽다. 맨정신으로는 나와의 잠자리를 해낼 수 없고, 해치워야 할 무엇으로 여기는 그로 인해 치욕스럽다. 눈물이 흐르는 찰나 그의 무거운 몸이 내게로 쏟아진다. 이미 의식을 잃은 상태다. 그를 밀어내고 흐르는 눈물을 내버려둔다.

오죽하겠는가. 이런 나와 혼인했다는 것이 오죽하겠는가. 거친 숨을 몰아쉬며 잠이 든 그에게 이불을 덮어 준다. 그대의 치욕이 나의 치욕과 다르지 않을 것이다. 그러니 오죽하겠는가. 날이 밝아 오고 있다.

우귓날[2] 아침, 눈물을 보이지 않으려 애쓰는 어머니를 뒤로 하고 가마에 오르자 한기가 몸을 침범한다. 가마꾼들의 힘쓰는 소리가 들린 후 휘청, 크게 한 번 흔들린 후부터 가마는 깜빡깜빡 조는 것 같은 흔들림을 멈추지 않는다.

"시댁에 가서도 기죽을 거 없다. 너로 인해 일어서게 된 가문이니 감히……."

어머니의 당부 말씀을 공손히 듣고 있는 내 지아비가 들을세라 소곤소곤 말을 이어 가던 오라버니의 목소리가 귓가를 맴돈다. 나로 인해 지아비의 가문이 일어서게 되었는지 치욕을 당했는지 가늠이 되지 않건만……. 한숨이 그대로 얼어붙어 가마 안을 흐려 놓는다.

추위에 손가락이 곱는다. 두 손을 마주 잡고 비벼 보지만 소

2. **우귀(于歸)** 결혼한 신부가 처음으로 시댁으로 들어가는 날

용이 없다. 추위 속에서 의식조차 깜빡 접히는 것을 간신히 바로 세우기를 십수 번이다. 몇 시진이나 흘렀는지 모를 그때, 가마가 다시 크게 흔들리며 내려진다. 벌써 당도했는가? 궁금증이 일었지만 먼저 몸을 일으킬 수도 없는 노릇이다.

"아씨, 가마꾼들이 지쳐서 잠시 쉬어 간다 합니다. 모닥불을 피워 놓았으니 나오셔서 몸을 녹이시라는 나리 말씀이십니다."

낯선 사내의 음성이 가마 밖에서 들린다. 그랬구나. 하지만……, 추위를 피하고자 낯선 이들의 시선을 배겨 낼 자신이 없다. 버티자, 버텨 보자.

"나는 되었소."

이리 답하고 다시 얼어 가는 손을 부여잡는데 가마 문이 열리며 햇빛이 쏟아져 들어온다. 그다. 나의 지아비. 무릎을 굽히고 가마 안을 들여다본다.

"얼음굴이 따로 없군. 부인 얼려 죽인 사내라는 오명은 쓰고 싶지 않소. 나오시오."

그러고는 무어라 답도 하기 전에 손목을 잡고 가마 밖으로 나를 이끈다. 어리둥절한 채로 주위를 둘러보니 뜻밖에도 숙부님 댁 근처의 연못이다.

연화정을 짓기 전에는 이곳에 연꽃이 만개하는 철이면 아버지께선 숙부님 댁에 머물며 연꽃을 완상하시곤 했었다. 아이들의 심술궂은 웃음소리와 내 흉을 놀려 대는 소리가 머릿속을 맴돈다. 그러나 다른 회상에 잠길 틈도 없이 그는 내 손목을 잡고 모닥불께로 성큼성큼 다가선다. 그러자 모닥불을 둘러싼 채 몸을 녹이고 있던 사내들이 자리를 마련해 준다. 미처 쓰개치마를 챙기지 못한 나는 고개를 푹 숙이고 그들의 시선을 피할 뿐 내 몸 하나 어찌할 바를 모르겠다.

"장모께서 당부 말씀은 장황하시더니 그리 귀한 따님 옷은 부실하게도 입히셨군."

통명스런 그의 말에 담긴 진의를 알 수 없어 눈을 드는 순간, 그가 입고 있던 두터운 누비 두루마기가 내 어깨 위로 걸쳐졌다. 그리고 건장한 그의 팔이 나를 감싼다. 온기가 금세 온몸으로 번진다. 그의 어깨가 시려 보임에 마음이 불편하다. 그래서일 것이다. 이렇게 가슴이 두근거리는 것은.

"어느 여인네든 시집살이 녹록지 않음은 당연지사일 것이오. 더군다나 내 어머님께선 서릿발 같으시니……, 마음을 단단히 잡아 두심이 좋을 것이오."

머뭇거리듯이 시댁에 관한 당부를 해 주는 그에게 나는 선불리 답을 할 수 없다. 그저 고개를 끄덕일 수밖에. 내 입술에서 새어 나온 입김이 눈앞에서 그의 입김과 하얗게 포개어진다. 그것이 부끄러움은 왜일까.

타닥타닥, 마른 장작이 타들어 가는 소리가 연꽃을 대신해 연못을 채우고 있는 얼음장을 저쪽으로 밀어내는 것 같다. 기세 좋게 타오르던 장작이 불꽃에 제 몸을 던지자 화륵, 불씨가 사방으로 번진다. 그 순간, 그가 팔을 들어 내 얼굴을 가려 준다. 그리고 아무 일도 없는 듯이 팔을 내리는 그는 그저 모닥불을 응시할 뿐이다. 불꽃이 일렁이며 그의 반듯한 얼굴에 제 상像을 그려 내고 있다. 그의 얼굴에 드리워진 불꽃의 염念을 보며 봄이 기대됨이 왜인지, 의지를 벗어난 가슴의 두근거림만큼이나 알 수가 없구나.

참방, 물결이 인다. 시댁에서 내 시중을 들라 명을 받은 섭이 어멈이 아직 물기가 마르지 않은 내 머리채를 빗기느라 목욕통의 물을 자꾸만 건드린다. 옷을 받아 들며 내 얼굴을 보지 않으려 애쓰던 그녀가 떠오른다. 더운 김이 구름처럼 피어오르는 목욕물에 내 모습은 더욱 일그러져 보인다. 물 밖으로 드러난 어깨가 시리다.

"아이고, 어쩜 이리 머릿결이 고우십니까?"

새로 상전이 된 사람의 비위를 맞추려는 것치고는 제법 정직한 목소리다. 그러나 정직하게 칭찬할 거리를 찾으려 얼마나 힘들었을까 짐작하니 안쓰럽기까지 하다.

"고맙네."

목욕통을 가득 채우기 위해 더운물을 끓였을, 그것을 다시 퍼 날랐을, 껄끄러운 상전을 모시게 된 그녀가 고마웠다.

"아닙니다요."

고개를 돌리며 쑥스러운 웃음을 감추는 그녀가 마음에 든다. 참한 사람이구나, 따뜻한 사람이구나 싶다. 그 따스한 여인의 도움을 받아 물기를 닦아 내고 옷을 입는 동안에도 걱정이 가시지 않는 것은 어쩔 수 없다. 나를 치욕스럽게 여기고 있는 지아비의 얼굴이 어른거렸다. 누구에게 말할 수 있을 것인가. 아직 첫날밤을 치르지 못했고 그가 나를 원치 않음을.

한숨을 감추고 옷매무새를 가다듬은 후 안방으로 향하는 내 뒤를 섭이 어멈이 뒤따르려 한다.

"아니네. 따라오지 마시게나."

"수줍으시면 그리합지요."

쿡쿡쿡, 웃음을 참는 그녀의 착각을 내버려둔다. 그가 나를 원치 않음을 다른 이에게 알리고 싶지 않음에 홀로 안방에 들려는 내 마음은 나만 알면 되는 것이다.

천천히 안채 마당으로 들어서는데 지아비의 목소리가 발걸음을 멈추게 만든다.

"어머님께서 관여하실 문제가 아닙니다."

차갑다. 차가운 분기가 묵직하게 느껴지는 목소리다.

"무슨 말이냐? 후사에 관한 일이 왜 내가 간섭할 문제가 아니야?"

"……."

"후사 문제만 있는 것이 아니다. 네 안사람은 부마의 여동생이다. 잊었느냐? 네가 출세하고 가문을 일으키려면 부마의 힘이 얼마나 중한지 아는 사람이 어찌 이리 경솔해."

"잘 알고 있습니다. 너무 뼈저리게 알고 있지요. 어머님께서 상기시켜 줄 필요가 없을 정도로 말입니다."

"아는 사람이 합방을 하지 않으려 해?"

어지럽다. 더운물에 몸을 담그고 있다 갑자기 찬바람을 쐬

어서인가 하늘이, 그리고 땅이 어지러이 회전한다. 가슴에 얼음덩이 하나가 놓인 듯 싸늘하다.

"이유가 있습니다."

"무슨? 안사람 얼굴 흉한 것? 잔말 말고 이 어미가 쓰러지는 꼴 보고 싶지 않으면 어서 안방으로……."

"알겠습니다. 그러나 오늘 이후로는 이 문제에 대해 아무 말 마십시오."

거칠게 문이 열리고 닫히는 소리가 들린다. 잠시 후 텅 빈 마당에 홀로 섰다. 그의 그림자가 안방 창에 비치고 있다. 피할 수가 없구나. 결심이 섰다.

달빛 아래 흔들리던 그림자를 마당에 남겨 두고 안방 문을 열었다.

그와 나 사이에 놓인 술상, 섭이 어멈이 깔아 놓았음이 분명한 원앙금침, 이따금씩 이지러지곤 했던 등화燈火. 그는 한 잔의 술을 먼저 찾는다. 그리고 목소리를 가다듬어 말한다.

"혼인날 일은……, 미안하게 생각하오."

하지만 그렇게 말하는 그의 시선이 머문 곳엔 내가 없다.

"술기운을 이기지 못하시어 그리된 것으로 알고 있습니다."

내 대답에도 불구하고 연거푸 술을 들이켜는 그를 이해할 수가 없다. 아버지께서는 술을 국선생麴先生이라 칭하시며 차를 대하듯 천천히 즐기셨는데, 그는 술과 대결을 벌이는 것 같다. 안주도 곁들이지 않고 술과 씨름하는 사이 그의 눈동자가 흐려진다.

그는 아직도 나를 치욕스럽게 생각하는구나. 시어머니와 그의 대화가 생각나 나도 모르게 목소리에 날이 섰다.

"군자는 술을 취할 때까지 마시지 않는다고 했습니다. 또다시 술기운을 이기지 못하실까 저어되오니 오늘은 그만하시지요."

그러자 흐려진 그의 눈동자가 나를 노려본다.

"역시 대학자의 따님이라 지아비도 가르치려 드시는구려."

비웃음을 흘리는 입술에서 흘러나온 목소리 또한 흐리다. 그토록 내가 치욕스러운가 생각하는데 그의 몸이 순식간에 내게 다가온다. 무어라 생각이 끼어들 여지도 없다. 한순간 나는 그의 품 안에 포박되어 있고 나의 입술도 그의 입술에 붙잡혀 있었다. 입안에 퍼지는 술 향기 때문인지 어지럽다. 어지러움에 기울어지는 나를 그는 단단한 두 팔에 가두고 있다. 숨을 쉴 수 없음인지 가슴이 빠르게 뜀박질을 하고 있다. 내 두 손이 얹힌 그의 가슴의 뜀과 같은 빠르기다. 또다시 어지럽다. 어지러워 혼미한 가운데 그의 입술이 내 목덜미를 덮음에 놀라 그를 밀쳐 버렸다. 붉어진 얼굴을 한 그는 말없이 나를 노려본다.

"마음만 먹으면 그대를 쓰러뜨리고 내 마음대로 취할 수도 있소. 나는 그대의 지아비니까. 하지만……."

그 뜨거운 입술을 질끈 깨물고는 밖으로 나가 버렸다. 하지만……, 취하고 싶지 않은 것이겠지. 취할 마음이 들지 않는 것이겠지. 나도 모르게 그의 입술이 머물렀던 나의 입술에 손을 가져감에 놀라 손을 거둔다. 마음을 거둔다. 그날 이후 그는 봄이 될 때까지 한 번도 안방에 들지 않았다.

점심을 차려 놓은 지 한참, 국이 식어 가고 있다.

"대련을 아직 마치시지 않은 것이냐?"

마루 아래에서 허리를 굽히고 있는 섭이 어멈은 내 물음에 어쩔 줄 몰라 한다.

"……섭이를 한 번 더 보낼까요?"

앞서 두 번이나 기별을 보냈는데도 답이 없는 지아비다. 아랫사람 앞에서 한숨을 보이지 말자. 나는 마당으로 내려서며 대숲 너머 언덕을 올려다본다.

"되었네. 내 직접 다녀옴세. 국이 식었으니 데워 두고, 혹여 짜질 수 있으니 간을 잘 보게나."

"네, 아씨."

섭이 어멈은 내 명에 공손히 답하고 부엌으로 총총걸음을 한다.

언덕으로 가는 길은 봄바람이 실어 나른 꽃잎으로 덮여 있다. 내가 그 길을 오른다는 게 미안할 정도로 보드라운 꽃잎이 좁은 길에 가득하다. 딱! 딱! 목검이 부딪치는 소리가 대숲을 울리고, 내 치맛자락에 꽃잎들이 분분히 길을 내어 준다.

갑작스레 쏟아지는 햇살을 손으로 막아 보지만 눈살이 찌푸려지는 것까지 막을 재간이 없다. 봄 햇살 아래 가뜩이나 흉하게 드러난 얼굴일 것인데 화급히 표정을 바꾸려 하지만 누구도 내게 신경 쓰는 이는 없다.

긴 목검은 날이 선 진검과 다름없어 보인다. 목검을 든 두 남자가 서로 마주하고 있다. 그들의 눈빛은 동動하고 도리어 움직임이 정靜하다. 날듯이 목검으로 서로를 가격하는 몸짓은 춤사위와 비슷하다. 정하면서도 동한 몸짓으로 무武를 증험하고 있는 지아비의 모습에 그의 품과 숨이 떠올라 가슴이 뛴다. 어지러웠지만 뜨거웠던 그의 숨결……. 심란한 기억들로 마음이 정正하지 못하다. 아니 되겠어. 포기하고 돌아서려는데 그가 나를 부른다.

"부인께서 바깥출입을 다 하시고 어인 일이시오?"

그의 검과는 전혀 다른 혼混한 목소리다. 나는 이해가 되지 않는다. 오라버니는 항상 사내의 검과 정신은 다르지 않다고 했는데 내 지아비는 어찌 저리 다를까? 아니면 보이는 검과 보이지 않는 검이 다른 것일까?

"아이의 기별을 듣지 못하신 것 같아서……."

"들었소. 대련이 한창인데 그깟 점심이 무에 대수라고 두 번이나……. 그런데 오셨으면 말씀이라도 꺼내시지 왜 그냥 내려가시려 하셨소?"

보이지 않는 지아비의 검이 내 정수리를 향하고 있다.

"말씀하신 대로 대련에 열중하신 것 같아……. 방해했다면 송구합니다."

"네, 방해가 되었소. 충분히. 오늘 수련은 이만 파破해야겠다."

그는 자신의 뒤에 서 있는 자에게 목검을 건네고 휑하니 언덕을 내려가 버린다. 공손히 목검을 받든 자는 시댁의 노비. 혼인 날에도 지아비의 뒤를 따르던 자……, 목이라 했던가? 아무렇게나 기른 머리칼이 땀에 젖어 있다. 그러나 목검을 챙기고 내게 고개를 숙인 그의 행동거지는 항상 예의 바르고 절제되어 있다.

"늘 수고가 많소."

나의 치하에 고개를 드는 그는 내 얼굴을 똑바로 쳐다보았다. 그랬다. 누구보다 공손한 태도의 그가, 이 집안에서 내 얼굴을 피하지 않고 쳐다보는 유일한 사람이다. 대신 내가 그 얼굴을 피한다. 빛 한 자락 통하지 않는 동굴의 어둠 같은 그의 눈동자를 마주할 수 없다.

조선의 내로라하는 문인들의 시심詩心을 동하게 한다는 화림동의 봄이 펼쳐져 있다. 그러나 화사한 꽃잎들보다 싱싱한 푸름으로 사람을 먹이는 보리밭의 일렁임이 더 보기 좋다. 부질없는 생각이 차오르는 것을 물리치고 언덕을 내려간다. 꽃잎을 스치며 언덕을 내려가는 내 뒤를 무사는 조용한 발걸음으로 따른다.

14
나비 무덤

잔뜩 땀을 흘린 몸 위로 햇살이 비추고 있었다. 새벽을 알리는 새들의 지저귐이 아니었다면 시간의 흐름을 의식하지 못할 정도의 아득한 정신으로 눈을 떴다. 이곳이 어디인지, 내가 누구인지 가늠이 되지 않았다.

계속 앓았던 터라 기운은 없었지만 몸은 가볍게 느껴졌다. 아니다, 몸을 느낄 수 없다는 것이 옳다. 햇빛이 구석구석 스미는 공간은 인식하면서도 나의 정신과 몸의 중량은 전혀 인식되지 않았다. 삶과 죽음도 구분되지 않았다. 홀로 농월당의 지붕 아래 누워 있는 내가 꿈속의 그녀인지, 교은이인 나인지도 구분되지 않았다. 한동안 숨만 쉬었다. 그것만이 유일하게 주어진 사명인 것처럼 조용히 숨을 쉬는 행위에 집중했다. 과거와 현재가 들고 나는 숨 속에 공존했다. 기하 오빠와 닮은 남자, 나를 누르던 그의 무게가 기억나자 비로소 몸의 존재가 인식되었다.

"이제 좀 괜찮나? 그대 많이 앓았었다."

치우의 목소리에 정신의 존재가 인식되었다. 나는 정교은이다. 교은이다.

"……나는, 그녀는 불행했었니?"

내 이마에 손을 얹던 그는 나의 질문에 심하게 동요했다. 그걸 볼 수 있을 정도로는 교은이가 아닌 꿈속의 그녀이기도 했던 나였다.

"옛날에 이 집에서 그녀는 불행했었니?"

나는 다시 물었다.

"……그건 내가 그대에게 묻고 싶은 거다. 그대, 이 집에서 불행했었나? 이제 답할 수 있게 된 것인가?"

"답할 수 없으니까 너한테 묻는 거야."

"……모르겠다. 나는 모르겠어. 그대가 이 집에서 불행했는지 행복했는지 모르겠어."

"그럼 네가 답할 수 있는 걸 물을게. 대답해 줘야 해."

"답할 수 있는 것이라면."

"너는 그녀를 사랑했니?"

순간 소년이었던 치우는 남자가 되었다. 남자의 눈으로 나를 보고, 내 머리를 쓸어내렸다.

"나는 그대를 사모하고 연모하고 또 사랑했다."

"왜? 그녀는……, 흉했잖아."

"인간의 마음속에 있는 것이 더 흉했지. 그대는 아름다웠다."

그는 꿈속에서 흉터가 있던 자리인 내 뺨을 어루만지며 말했다. 묻고 싶었다. 너는 그녀의 남편이 아니었잖아. 너는 목이였잖아. 어째서 그녀는 너의 지극한 사랑을 받게 되었지? 그는 무사였다. 수긍이 갔다. 명아 언니가 보았다는 '무서운' 치우의 모습은 무사인 모습이었겠지. 내게는 한 번도 보이지 않았던 모습. 그런데 어떻게 그는 목이란 이름을 버리게 되었을까? 그것 역시 내게 말해 줄 수 없는 많은 금기들 중 하나일까?

낯설었다. 지금과 너무 다른 그의 과거가 생소해서 현재의 치우까지 멀게 느껴질 정도였다. 과거와 현재는 별개야. 나 또한 과거의 그녀와는 완전히 다르잖아. 치우가 왜 내 모습과 행동에 그리 어색해하고 낯설어했는지 이해가 되었다. 다시 태어났어도 나는 분명 그에게 그녀임에 틀림없는데, 그가 알았던 그녀와는 달라서 그는 아팠던 거다.

"이름이 뭐였어? 과거의 내……, 이름."

"다연茶蓮, 강다연."

그 이름이 그녀 자신이 되는 듯이 소중하게, 다정하게 치우는 답했다.

"다연이란……, 그 사람 때문에 남은 거야? 여기 농월당에?"

"그대 때문이 아니다. 불가피했던 나의 선택이었다. 결국은 나의 행복을 위한 선택이었다. 그것이 진실이지."

그는 내 손을 잡고 자신의 입술로 가져가 손등에 입을 맞추었다. 지신의 입맞춤은 뜨거웠다. 나는 알았다. 그의 말이 옳았음을. 나의 마음은 어느덧 치우에게로 흐르고 있었음을. 그리고 내 안에서 치우의 그녀가 깨어나고 있다는 것도 느낄 수 있었다. 깨어나서 그에게로 흐르고 있는 나의 마음에 자신을 실어 보내려고 한다. 싫어. 치우는 그녀가 아닌 내 곁에 있어.

"내 이름 한 번만 불러 줄래? 그대가 아니라, 내 이름, 정교은. 한 번만 불러 줘."

듣고 싶었다. 치우의 입에서 나오는 내 이름을. 현재의 나를 부르는 그를 꼭 보고 싶었다. 별거 아닌 부탁이라고 생각했다. 쉬운, 한 호흡만 빌리면 되는 아주 쉬운 부탁. 그러나 그의 눈동자가 흔들리기 시작했다. 그는 내 이름을 불러 주지 않았다. 역시 너에게 난 교은이 아닌 다연이구나.

"너는 나를 사랑한다고 하지. 하지만 네가 말하는 나는 내가 아닌 것 같아."

"……변명이라 할 수도 있지만……, 그대라는 말에는 그대의 모든 이름이 들어 있다. 과거와 현재, 미래……, 그대가 가졌던 모든 이름과 가질 수 있는 모든 이름이 그 말에 들어 있어. 그것으로 나를 용서해 주면 안 되겠나?"

"난 널 용서하고 용서하지 않고 그럴 자격이 없어."

"그대가 기하를……, 사랑하기 때문에?"

대답을 할 수 없었다. 내 마음이 너에게로 향하기 시작했다고 말할 수 없었다. 한결같은 마음으로 수백 년을 기다린 치우에게, 나의 마음은 두 사람을 향해 갈라져 흐르고 있다고 감히 말할 수 없었다. 나의 침묵에 그의 눈빛은 더욱 깊어졌다. 깊어진 그의 눈빛 안에 숨 쉬는 것이 다연이 아닌 교은이기를 바랐지만 그것 역시 말할 수 없었다. 내게 마음을 주지 않았던 한 남자, 기하 오빠를 아직도……. 과거의 잔상처럼 남은 내 안의 그녀가 흐느껴 울었다. 그녀의 울음은 나를 또 다른 환상으로 이끌었다.

환한 빛의 번짐에 늦잠을 잤구나 싶었다. 그러나 내가 눈을 뜬 곳은 농월당이 아니다. 옷고름이 풀린 활옷을 입은 채로 장롱에 기대어 잠이 든 그녀를 보고서야 그것을 인식할 수 있었다. 혼인날, 아니다, 다음 날이구나!

오른편으로 고개를 꺾고 잠든 그녀의 목덜미가 가녀리다. 부스럭, 두터운 이불이 걷어지는 소리를 따라가 보니 비단 단령 차림의 남자가 답답한 듯 이불을 걷고 있다. 거침없이 팔을 휘두르던 남자가 갑자기 소리를 죽인 것은 그의 시선 끝에 그녀의 모습이 와 닿은 후였다. 천천히, 조심스럽게 일어나 앉으면서도 그는 그녀에게서 시선을 거두지 않는다.

잠을 털어 낸 그의 눈동자에선 벗들에게 향하던 날카로움은 발견할 수 없고 측은함만이 느껴진다. 당신, 저 여자를 불쌍하게 생각하는 거야? 나를, 동정했던 거야? 묻고 싶었다. 곤히 잠이 든 그녀의 눈썹과 콧날과 약간씩 떨리는 뺨과 입술을 오직 눈빛으로만 쓸어내리는 그에게. 그러나 그가 알 수 없는 혼잣말을 했기에 내 의식은 저만치 물러날 수밖에 없었다.

"……그대였구나. 그대였어."

다시 그의 눈빛이 그녀를 쓰다듬는다.

"그대의 흉과 내 마음의 흉이 다르지 않거늘……, 그리하여 다르지 않은 우리 연緣이 이렇게 닿아……."

혼잣말을 중얼거리는 남자의 목소리는 여자의 옷고름을 거칠게 잡아채던 사람과 한 사람일 수가 없다고 의심할 정도로 낮고 부드럽다. 하지만 곧 그녀가 고개를 돌리며 잠에서 깨어나려 하자 남자는 재빨리 자리에 눕고 잠이 든 척한다.

정신을 차린 그녀가 활옷을 벗어 놓고 새 옷을 꺼내 입은 뒤 단정히 자리에 앉을 때까지도 그는 감은 눈을 뜨지 않는다. 그녀는 곤히 잠든 것 같은 그의 얼굴을 바라보며 깊은 한숨을 내쉰다. 순간 그의 긴 속눈썹이 잠깐 떨리는 듯도 하다. 그러나 그는 눈을 뜨지 않는다. 잠시 그의 곁에 앉아 있던 그녀는 손을 내밀어 젖혀진 이불을 그의 가슴 위로 조심스레 덮어 주곤 일어나 조용히 방을 나선다. 소리도 없이 방문이 열리고 닫힌 후에야 다시 눈을 뜬 남자는 한참 동안이나 여자가 앉아 있던 자리에 시선을 준다. 그리고 그녀의 한숨에 전염된 듯 그도 길게 한숨을 내쉰다. 그의 숨에 저만치 물러났던 나의 의식은 더 멀리, 현재로 쫓겨났다.

아침 식사를 하고 도시로 돌아가는 그녀들은 아직 몸이 회복되지 않은 나를 걱정했다.

"그래 봤자 몸살이지. 너무 걱정하지 마."

나는 이오를 보며 말했다. 나는 너의 걱정을 받을 만큼 약하지 않아. 이오가 방긋 웃어 보인다. 오히려 나를 꽉 안아 준 것은 명아 언니였다.

"결국 자기에게 상처 줄 수 있는 건 자기 자신밖에 없어."

속삭이며 마른 팔로 힘껏 안아 주던 명아 언니. 그럴까? 그럼 내 가슴을 베고 찌른 건 당신이 아니라 나 자신이라는 거야? 나는 팔을 들어 그녀를 안아 줄 수 없었다. 나를 풀어 준 그녀는 산뜻한 미소로 배웅 나온 이들에게 화답했다.

말없이 대문가에 기대 있던 기하 오빠에게 그녀의 미소는 꽃잎처럼 와 닿았을까? 농월당에서 멀어져 가면서 손을 흔드는 그녀들을 보며 생각했다. 기하 오빠는 명아 언니의 손을 잡고 저기 화림동의 담들 사이로 사라지고 있는 것은 아닐까?

"들어가자, 기하야. 이제 안 보여."

이오를 배웅하기 위해 찾아온 웅이 오빠가 기하 오빠의 팔을 잡았다. 그 일이 있은 후 처음이었다. 그가 농월당에 온 것은. 웅이 오빠는 나와 눈을 마주치지 않고 눈길도 주지 않았다. 남자의 몸을 하고도 소년의 마음을 갖고 있는 그에게 미안해졌다. 누구도 진심을 비웃음 당해선 안 된다. 나의 상처가 아픈 만큼 당신도 아프겠지. 그리고 소녀인 교은이는 절대 하지 않을 말을 또박또박 했다.

"웅이 오빠, 잘못했어요. 죄송합니다. 제 행동, 잘못된 것이었어요."

허리를 굽히며 고개를 숙였다. 그의 곁에 기하 오빠가 있다는 건 문제가 되지 않았다. 사과를 한다고 해서 잘못이 바로잡아지는 것도 아닌 것을 알고 있다. 그러나 지금이 아니면 안 되는 것도 있는 법이다. 그걸 알 것 같았다. 웅이 오빠는 내 행동에 뭐라 답할지 모르겠다는 표정이었다. 기하 오빠도 의외라는 표정이었다.

"잘못했습니다. 그걸 제가 안다는 걸 알려 주고 싶었어요."

나는 답을 기대할 수 없는 그에게서 등을 돌리고 농월당으로 들어갔다.

바람은 화림동의 논들을 파도 넘어 향긋한 벼의 익은 내를 실어다 주었다. 가끔은 가을 햇살을 제 몸에 품은 붉은 고추의 알싸한 향내와 추수하는 아낙네의 이마에 흐르는 땀내까지 농월당으로 밀어 올리고 드높은 하늘로 날아올랐다. 그런 날 학교에서 돌아오는 길에 농월당을 올려다보면 어김없이 지붕에서 있는 치우를 볼 수 있었다.

"나는 언제나 꽃이 화림동에 가득 피어나는 것보다 익은 벼들이 들어차는 게 좋았어. 옛날 사람들은 꽃그늘 아래서 꽃으로 눈을 채우기보다는 밥알이 입을 채우는 걸 행복해했었지. 그들이 조건 없이 행복해하는 게 보기 좋았다. 요즘은 그대가 그 단정한 옷을 입고 누런 벼가 일렁이는 논길로 오는 걸 보는 게 좋고."

내가 이유를 묻자 그는 이렇게 답했다. 그래서 어느 날은 바람이 지나는 논들 사이에서 그를 향해 팔을 뻗고 힘차게 손을 흔들어 보였다. 허리를 굽혀 한창 일하던 이들은 내가 누구에게 손을 흔들어 보이는 건지 몰라 고개를 갸웃했지만 아무래도 상관없었다. 그때만큼은 내가 누런 들판 가운데 피어 있는 빨간 꽃과 같았을 거라고 생각했다.

상처가 아문 무릎 위로 교복 치마가 흔들거렸다. 다시 올려다본 지붕엔 치우가 없었다. 대신 지붕 너머, 대나무 숲 뒤로 보이는 언덕 위에 커다란 감나무가 보였다. 붉게 익어 가는 감으로 인해 난 그것이 감나무라는 걸 알게 되었다. 최씨 아저씨한테 감 따 달라고 해야지. 맛있겠다. 괜히 웃음이 나왔다. 그런 걸로도 행복할 수 있다는 게 신기했다.

"이오한테서 소포가 왔어. 가져가."

외조부에게 인사를 드리고 방으로 돌아서는 내게 세왕댁 아줌마는 작은 꾸러미를 내밀었다. 두근거렸다. 태어나 처음으로 받는 소포. 농월당 마루에 책가방부터 던져 놓고 조심성 없이 포장지를 뜯었다. 책이었다.

이거 원래는 내가 너무 읽고 싶은 책인데 아버지께서 대학 합격 전에는 절대 금지라고 해서 보내는 거야. 둘 다 재미있게 읽길 바란다.

이오의 간단한 글에서 발견한 '둘 다'란 말에 뜨끔했다. 그녀들이 도시로 돌아간 이후 한 번도 기하 오빠에게 책을 읽어 준 일이 없었기에.

그 방에, 기하 오빠의 방에 다시 들어갈 수 없었다. 이제 그 방에게 가장 달콤한 기억은 나의 목소리가 아니라 명아 언니의 몸짓일 테니까. 책들은 좌절하고 있을 것이다. 기하 오빠의 열망이 더 이상 자신들에게 향하지 않았음에. 방향을 바꾼 열망에 몇 달간 책을 읽어 달란 요청도 하지 않았던 것이겠지. 나는 입을 삐죽거렸다. 그 방에 다시 가고 싶지도 않다. 적어도 방이 명아 언니의 기억을 털어 낼 때까지는. 하지만 내가 언제까지 기하 오빠에게 등 돌릴 수 있을까?

"또 책인가? 기하에게 읽어 줄?"

쉽사리 답이 내려지지 않는 고민에 책표지를 쓰다듬고 있는 나의 어깨 너머로 치우의 목소리가 들렸다. 그는 이제 훌쩍 키가 큰 소년의 모습이다.

"이오가 보내 줬어."

"……기하에게……, 가지 마라."

그의 부탁에 '그래.'라고 대답할 뻔했다. 그렇게 치우의 목소리는 간절했다. 그러나 나는 긍정의 답 대신 질문을 했다.

"왜? 왜 그렇게 오빠한테 책 읽어 주는 걸 싫어하는 거야?"

"그대를 그와 나누고 싶지 않으니까."

가슴이 대책 없이 뛰었다. 그 심장의 반응을 부정하기 위해서 나는 물었다.

"옛날에 기하 오빠도 이 집에서 살았던 거 맞지?"

치우는 말없이 나를 바라보았다. 그의 눈빛에 후회했다. 묻지 말아야 할 것을 또 물었구나. 물어보지 말았어야 하는 것인데. 미안하다고, 대답하지 않아도 된다고 말하려는 찰나 그가 천천히 고개를 끄덕였다. 역시 그랬어. 나는 과거에서 그를 만나고, 살아가고……, 마음을 주었던 거야. 가슴이 먹먹해졌다. 말이 없는 나를 보며 치우가 말했다.

"수백 년을 지신으로 살아오며 세상에 변하지 않는 것이 없다는 걸 직접 보았건만 지금에서야 변하지 않는 것도 있다는 걸 확인하게 되는 건 왜인가. 게다가 변치 않은 그것이 하루에도 수십 번 흔들리는 약하디약한 사람의 마음이었음을 짐작이나 할 수 있었겠는가 말이야."

"……네가 싫다고 하면 안 갈게. 기하 오빠한테."

그런 지키지도 못할 말을 내뱉을 만큼 치우의 목소리는 추웠다. 그의 목소리에 가슴이 추워졌다. 그만큼 그는 고독했던 것이다. 나와 함께임에도.

"그에게 진 빚이 없었다면 절대 보내지 않았을 것이다. 그러나……, 만일 내가 보내지 않겠다고 해도 그대는 그에게 갔을 것이지. 과거에도 현재에도 그대는 자신의 선택을 남에게 맡기는 사람이 아니니까."

기하 오빠에게 진 빚이 무엇이냐고 묻기도 전에 사라지는 치우. 그의 손가락을 쥐고 있던 내 손은 텅 비었다. 하지만 천 갈래로 엇갈리는 생각들로 마음이 가득 찼다. 기하 오빠가 그 사람이었어. 다연의 남편. 나의……. 그렇다면 어쩌면 내가 기하 오빠를 사랑하게 된 건 과거의 기억 때문은 아닐까? 치우가 내게서 다연을 발견한 것처럼. 아니야, 기하 오빠를 볼 때 난 언제나 도시에서의 기억을 지울 수 있었어. 언제나 도시의 내가 아닌 화림동에서의 교은이었기 때문에 그를 사랑하게 된 거야. 하지만 기하 오빠가 과거의 기억을 찾는다면 내게로 와 주지 않을까? 명아 언니가 아닌 내게로. 안 돼. 그렇게 되면 결국 나는 기하 오빠도 다연에게 빼앗기게 되는 것이야. 그를 봐야만 했다. 기하 오빠를 보고 확인하자. 우리의 시간이 과거로 흐르고 있는 것인지 아니면 미래로 흐르고 있는 것인지.

사랑채 마루에 걸터앉아 햇빛을 향해 얼굴을 내밀고 있는 기하 오빠를 보고, 그래, 이 사람 이오와 남매간이었구나 했다. 맑았다. 기하 오빠의 얼굴. 사람의 것이 아닌 양 맑아서 가을볕에 투명하게 녹아들어 갈 것 같았다. 고추잠자리 한 마리가 그의 얼굴 앞에서 파닥거릴 때마다 가녀린 그림자를 드리웠다. 다르다. 과거의 그와는 다르다. 이 사람은 교은의 곁에 있는 기하 오빠야. 다연의 남편이 아니야. 내게 마음을 주지 않는다 할지라도 그녀가 가질 수 없는 사람이다. 하지만 왜 이렇게 불안한 거지? 나 또한 당신을 절대 가질 수 없을 것 같아. 불안해.

"다 늙은 할아방구처럼 뭐 하는 거야?"

짐짓 아무렇지도 않은 목소리로, 어제도 왔던 사람처럼 그의 곁에 털썩 앉으며 물었다.

"교은이구나. 그냥 햇볕 쬐고 있었지."

"치, 자기가 무슨 해바라기인 줄 아나……. 가자."

난 그의 발 앞에 신발을 끌어당겨 주고 일어섰다.

"어디?"

"여기보다 해하고 가까운 곳. 거기서 책 읽어 줄게."

기하 오빠는 내가 이끄는 대로 농월당을 나섰다. 언덕으로 오르는 길가에 코스모스가 흔들거렸고, 난 아무렇지도 않게 희고 붉은 코스모스를 몇 송이 꺾어 들었다. 텃밭 사이로 난 좁은 길은 대나무 그늘에 가려져 어두웠다. 화림동으로부터 불어온 바람은 대숲을 거치며 차르륵차르륵 소리로 흩어졌다. 조금 무서워진 난 무심코 코스모스를 책과 함께 한 손에 들고 다른 손으로 기하 오빠의 손을 꽉 잡았다.

"감나무 있는 데 가는 거야?"

그는 어린애 같은 내 행동에 미소 지으며 물었다.

"어, 거기 햇볕이 따뜻할 것 같아서."

겸연쩍어진 나는 걸음을 재촉했다. 그러자 갑자기 하늘이 열렸다. 화림동의 가장 높은 곳, 그곳에 주황색 감을 주렁주렁 매단 키 큰 감나무가 푸른 하늘에 기대어 있었다. 초록빛을 내어 주는 대신 황금색과 흰빛의 들꽃들을 품은 언덕은 가슴 설레도록 아름다웠다.

"예쁘다."

이 말이 절로 나왔다.

나는 그의 손을 잡고 감나무 아래 섰다. 장정 세 사람이 팔을 벌려야 둘레를 잴 수 있을 만큼 큰 감나무에는 움푹, 의자처럼 패인 자국이 검게 보였다. 마지막 전쟁이라도 치르는 듯이 개미 떼가 그 자국을 따라 이동하고 있었다.

"화림동……, 지금도 아름답니?"

기하 오빠가 이렇게 물었을 때 비로소 나는 뒤를 돌아 화림동을 내려다보았다. 언덕에 올라섰을 때와 마찬가지로 갑자기 땅이 열렸다. 가을 햇볕의 축복을 받고 있는 누런빛 논들의 일렁임, 봄이면 온갖 꽃들을 피워 내는 계곡이 멀리 보이고 초가지붕과 슬레이트 지붕들이 담들을 경계로 등을 보이고 있었다. 그 사이사이 치우가 보기 좋다 했던, 풍작이라 바쁘지만 행복해하는 사람들의 모습도 보였다.

"응, 아름다워."

나는 멀리 두었던 시선을 언덕 아래 농월당으로 향했다. 그리고 알았다. 꿈속에서 어린 치우가 목검을 들고 서 있던 곳이 바로 여기였음을. 기하 오빠의 얼굴을 한 그가 내 이마에 입맞춤을 해 주었던 그곳임을. 다만 감나무가 없었을 뿐이었던 이곳을 나는 이미 와 봤다.

기하 오빠는 마른 풀들 위에 자리를 잡고 앉았다. 나도 그의 곁에 앉아 책을 펼쳤다. 인쇄된 지 얼마 지나지 않았는지 종이에선 잉크 냄새가 피어올랐다. 나는 꺾어 두었던 코스모스를 책장 사이에 끼웠다. 그리고 헛기침을 한 번 해 목소리를 가다듬고 책을 읽기 시작했다.

"나는 아프리카 은공 언덕 기슭에 농장을 갖고 있었다. 그 고원 지대를 가로질러 적도가 지났고, 적도에서 160킬로미터 남쪽의 내 농장은 해발 1800미터가 넘는 고지대에 위치해 있었다. ……대평원의 풀 위로 굽고 헐벗은 늙은 가시나무들이 드문드문 서 있었고, 풀들은 백리향이나 머틀 같은 허브처럼 향이 났는데……, 긴 우기가 시작될 무렵에야 큼지막하고 향기 짙은 백합이 초원 위에 무수히 피어났다. 그곳의 전망은 어마어마하게 넓었다. 눈에 들어오는 모든 것이 위대함과 자유, 비길 데 없는 장엄함을 느끼게 했다. ……고원 지대에서 아침에 눈을 뜨면 이런 생각을 하게 된다. '여기 내가 있다. 내가 있어야만 하는 곳에.'"[3]

그렇게 내 생애 가장 아름다운 책읽기가 시작되었다.

감나무가 제 혼의 진액을 검은 눈물처럼 흘리는 움푹 파인 그 자리를 나는 매일 들국화로 장식했다. 신의 제단을 꾸미듯이 싱싱한 꽃들의 생명력으로 감나무가 치유되길 원했는지도 모르겠다. 그 상처는 작은 계곡과 같았고 희고 노란 들국화들이 상처를 메우고 흘렀다. 여기저기 뛰어다니며 모은 꽃들로 나만의 유희를 즐기는 걸 기하 오빠는 조용히 기다려 주었다. 이윽고 내가 손을 탁탁 털며 자신에게 돌아올 때 그의 얼굴에 나타나는 기대감이 좋았다. 우리는 둘 다 카렌의 아프리카와 사랑에 빠져 있었다.

"커피 농장이 눈부시게 아름다운 때가 있다. 우기가 시작되면서 커피나무에 꽃이 피면 600에이커가 넘는 땅 위에 안개와 부슬부슬 내리는 빗속에서 마치 분필 가루가 자욱하게 피어오

---

3. **『아웃 오브 아프리카』**, 카렌 블릭센

른 듯한 화사한 광경이 연출된다. 커피꽃은 블랙손꽃처럼 쌉싸래한 향이 난다. ……대형 커피 건조기가 무쇠 배 속에 커피 열매를 담고 해변의 조약돌이 파도에 씻기는 듯한 소리를 내며 덜거덕덜거덕 돌아갔다."

화림동의 그 많은 꽃 중에 커피꽃이 없는 것이 한스러울 정도로 카렌의 글 속에 묘사된 커피꽃 향기는 매혹적으로 느껴졌다. 책 속의 세상은 안전하다. 완전하다. 완전한 세상을 우리는 함께 나누었다.

"아프리카의 원시림은 신비한 영역이다. 해묵은 태피스트리와도 같은 숲 깊숙한 곳까지 말을 타고 들어가면 세월의 흔적으로 군데군데 짙푸른 녹음이 경이롭다. ……숲 속 공기는 물처럼 시원했고 식물의 향기로 가득했다. 특히 덩굴식물이 꽃을 피우는 우기 초입에는 온통 꽃향기 속에서 말을 달릴 수 있었다. 그중에서 서향나무에 피는 끈적거리는 크림색의 작은 꽃은 라일락처럼, 혹은 야생 은방울꽃처럼 달콤한 향기가 코를 찔렀다."

늦가을, 우리는 화림동에서 아프리카 우기의 향기를 맡을 수 있었다. 카렌과 함께 원시림의 녹음 속을 말 달리는 우리를 상상할 수 있었다. 그녀를 매혹시켰던 아름다운 가젤은 우리의 마음 역시 사로잡았다. 눈이 보이지 않는 기하 오빠와 마찬가지로 나 또한 아프리카의 풍경은 상상 속에서만 경험할 수 있는 것이었기에 우리는 어느 때보다 깊이 공감대를 형성할 수 있었다. 그리고 책 속에서 그와 나는 과거가 없는 사람들이다.

시간이 멈춘, 공간이 사라진 책 속에서.

그 많은 들국화가 어떻게 그 언덕에 피어날 수 있었던 것일까? 그때는 당연했던 것이 지금에 와 의아스럽다. 매일 참 많이도 꺾었는데 다음 날이면 내가 꺾은 수보다 많은 꽃들이 피어 있었다. 넓은 모래밭에서 한 줌씩 모래를 치운들 그 흔적을 찾을 수 없듯이. 감나무에게 의식이 있다면 내가 해 준 치장을 마음에 들어 할까? 그런 어처구니없는 상상도 했다.

화림동 논의 절반이 추수를 끝냈던 날, 내가 가져다 놓은 들꽃들 위로 한 마리 나비가 죽어 있는 것을 발견했다. 호랑나비처럼 화려한 날개를 가지지도 못한, 그래서 그저 '흰나비'라 불릴 나비는 생명의 모든 빛을 잃은 채 꽃잎 위에 날개를 접고 모로 누워 있었다. 나는 곤충에게 동정심이 많은 아이가 아니었다. 단순히 재미 로 잠자리 날개를 떼어 내어 죽게 만든 일도 한두 번이 아니었고, 도시에선 날렵하게 신문을 날려 바퀴벌레를 때려잡기도 하는 아이였다. 그런데 내가 만든 제단 위에 쓰러진 나비의 주검 앞에서 한없이 숙연해졌다. 봄이면 지천이 꽃인 화림동에서 나비만큼 흔한 생명도 없는데……, 왜?

"왜 그러니?"

나의 동요를 느낀 기하 오빠가 물었다. 글쎄, 내가 왜 이러지?

"……나비가 죽어 있어."

그저 이렇게 대답할 수밖에 없었다.

"네가 만든 무덤이 맘에 들었나 보다."

"무덤?"

"그래. 꽃들의 무덤을 만드는 거 아니었어? 나비한테는 그보다 더 생을 마감하기 좋은 장소는 없었을 거야."

아닌데. 내가 만든 건 무덤이 아니었다. 그저 감나무를 예쁘게 만들어 주고 싶었던 것인데……. 감나무의 상처는 꽃들의 무덤이 되었고, 그것은 다시 나비의 무덤이 되어 있었다. 나는 나비의 주검 위에 오늘 꺾어 온 꽃을 덮어 주었다. 나비를 추모하듯이.

"교은이한테 고마워할 거야, 그 나비."

기하 오빠의 말에 가슴이 서늘해졌다. 무서워졌다. 무서움에 떨리는 어깨를 별안간 나타난 치우가 안아 주었다.

"아니, 기하가 틀렸다. 나비는 그저 제 죽을 자리를 찾은 것뿐이다. 나비의 죽음에 그대는 아무런 책임이 없어."

그래, 나 때문이 아닌 거다. 나는 나비의 죽음에 책임이 없다.

"나는 그런 뜻이 아니었어. 그냥 나비 때문에 슬퍼하지 말라고……."

치우의 말에 기하 오빠는 변명하듯이 말했다. 그러면서 늘 내가 책을 읽어 주던 자리로 돌아갔다. 가지 마. 그렇게 말해야 함이 당연했었을 나는 오히려 치우에게 몸을, 마음을 기댔다. 바싹 마른 단풍잎 향기가 그에게서 느껴졌다.

"나비의 죽음 때문에 그대, 슬픈가?"

"……불쌍해."

그러자 치우는 그 커다란 손을 내밀어 나비 위에 덮여진 꽃을 치웠다. 그리고 허리를 굽혀 나비에게 숨을 불어넣었다. 그에게서 비롯된 진한, 물결과도 같은 바람이 나비의 날개에 다시 빛을 부여했다. 그것은 순식간의 일이었다. 죽음에서 몸을 일으킨 흰나비가 날개를 파닥거리며 우리 주위를 한 바퀴 맴돌다가 푸른 하늘로 날아간 것은. 반짝반짝 하얀 날갯짓을 멍하니 바라보는 내게 치우가 이렇게 말했다.

"그대가 슬픈 것이 싫다. 내 곁에서는 슬퍼하지 마라."

그의 말에 기하 오빠가 곁에 있음에도 나는 치우의 가슴에 안길 수밖에 없었다. 치우가 살린 나비는 또다시 죽겠지. 새의 먹이가 되거나, 곧 찾아올 추위에 날개가 얼거나, 혹은 저절로 수명이 다하거나. 그래, 결국 나비는 죽는다. 그때 다시 치우가 나비를 살려 줄 수 없을지도 모른다는 것도 알았다. 그러나 나비의 생이 죽음으로 끝나지는 않을 것이라는 것을 확신했다. 이듬해 봄, 나비는 더 찬란한 날개를 펼치고 새 생명을 증명할 것이다. 내가 치우의 곁에서 다시 살아나고 있듯이.

15
매화에 기댄 달빛

비가 내리고 있다. 비가 농월당 지붕에 내리는지 내 몸 위로 내리는지 알 수가 없이 몽롱하다. 늦잠을 용납지 않는 외조모의 성품으로 봐서 이른 아침일 것이다. 그렇지 않고서야 그녀가 날 내버려둘 리가 없지. 예상하고 고개를 돌려 앉은뱅이책상 위의 시계를 보는데 11시! 1초 만에 이불을 박차고 일어났다. 왜? 왜 아무도 날 깨우지 않은 거지?

밖으로 나간 나는 비의 정적 가운데서도 어딘지 모르게 소란함을 감지할 수 있었다. 이제 맨발로 마루 위에 서 있는 건 춥구나. 발가락을 꼼지락거리며 어깨를 감싸 본다. 무슨 일이지?

"기하가 아프다."

마루 끝에서 치우의 목소리가 울렸다. 흠칫 놀랐다. 그를 안았던 기억에 가슴이 뛰었다.

"많이 아픈 거야? 어디가?"

"고뿔인 듯해. 몸살도 겹친 것 같다."

난 고개를 빼고 사랑채 쪽을 바라봤다. 가 볼까? 신발을 신으려는데 치우가 말린다.

"가지 마라. 그대의 외조모는 그대 탓이라고 여기니까. 그대가 기하를 언덕에 불러낸 탓이라고……."

그러고도 남을 양반이지. 또 어느 정도는 맞는 생각이고. 난 빗방울이 조금씩 번져 있는 마루에 주저앉는다.

"그대 탓이 아니야. 자책 따위 하지 마라."

"안 해, 그런 거."

퉁퉁거리며 쏘아보았지만 그의 얼굴을 오래 바라볼 수 없다. 치우의 시선이 닿는 피부가 간질거린다.

"그대까지 고뿔에 걸리고 싶은 것이 아니라면 방으로 들어가라."

그의 지시에 토를 달지 않고 방으로 들어가 이불 속에 꽁꽁 언 발을 밀어 넣었다. 온기가 전해지자 좀 전보다 간지러움이 더한다. 나는 발등을 긁으며 몸을 둥글게 말았다. 등이 시리다고 생각했는데 따뜻하다. 치우의 등이 내 등에 닿았으니까. 그는 내 등에 제 등을 대며 앉았다. 또다시 마구 뛰기 시작한 내 가슴과는 별개로 내 등은 자신을 곧추세우며 치우의 등에 착 달라붙었다. 기하 오빠에게 업혔을 때 느꼈던 안도감보다 더 근원적인 편안함이 느껴졌다. 안도, 안심 이런 것보다 근본적인 느낌. 안전함이라 해 두자. 치우 곁에 있으면 난 안전하다. 그 무엇도 날 해칠 수 없다는 든든함에 배고픔도 잊었다.

빗소리가 농월당을 울리듯이 그의 목소리가 내 몸을 울리며 채우는 것이 좋았다. 갑자기 치우의 이름에 대해 묻고 싶었다. 너는 왜 목이가 아니라 치우가 된 것이지? 내가 알아선 안 되는, 혹은 스스로 깨달아야 하는 금기들이 짜증스러웠다. 그래서 팔꿈치로 그의 등을 찌르며 고개를 젖혔다. 그래봤자 내 뒤통수는 그의 목덜미 한참 아래에서 비비적거릴 뿐이었다.

비에 젖은 풀과 나무뿌리의 향기가 그의 등에서 느껴졌기에 아, 치우는 지신이었지! 생각이 떠올랐다. 왜 너는 지신이지? 네가 사람이라면 매일 너의 손을 잡고 학교에 가서 자랑할 텐데. 그런데 치우의 무엇을 자랑하고 싶은 거지? 날 볼 때 슬픔이 어리지만 까만 눈동자가 아름다운 너의 눈을? 틀린 말은 절대 하지 않는, 뜨거울 것이 분명한 입술을? 어떤 위험에도 넉넉히 안아 주고 지켜 줄 것 같은 단단한 가슴을? 아니면 그 모든, 너를 구성하는 고독한, 아름다운, 견고하면서도 강한 육체와 정신을 보여 주고 싶은 것일까? 하지만……, 내가 타인에게 자랑하고 싶은 너의 모든 것은 내 것이 아니다. 나를 향한 것도 아니다. 다연이라는 여자, 과거의 나였다는 그녀에게 질투가 났다.

치우는 그녀가 나라고 하지만 아니다. 정교은은 강다연이 아니다. 설사 다연의 기억을 모두 회복한다 할지라도 현재의 나는 교은일 뿐이다. 따라서 치우는 내 것이 될 수 없다. 자신에 대한 울분이 차올랐다. 이기적이야, 정교은. 넌 너무 이기적이야. 너도 치우만 바라보는 것이 아니면서. 그에게만 향한 마음이 아니면서.

“다연은 어떤 사람이었어?”

난 아무렇지도 않다는 걸 고집스럽게 증명하려는 사람처럼 최대한 태연한 목소리로 물었다. 어쩌면 그에게 상처를 주고 싶었는지도 모른다. 현재의 내가 너를 가질 수 없듯이 과거의 너 또한 그녀를 가질 수 없었을 거야. 그런 못된 마음.

“……여리면서 강하고, 차가우면서 따스하고, 매화에 기댄 달빛 같은 사람…….”

등을 기대고 있으면서도 그렇게 말하는 치우는 멀리, 내가 잡을 수 없는 곳으로 떠나 버린 것처럼 느껴졌다.

“무슨 말인지 하나도 모르겠거든. 좀 쉽게 말해 주면 안 돼?”

“쉬운 사람이 아니어서, 내게는 너무 어려운 사람이었기에 쉬운 말로는 표현이 되지 않아. 차라리 그대에게 보여 주지. 그대를, 그대에게.”

등 뒤로부터 과거의 풍경이 물결이 되어 밀려왔다. 똑똑히 볼 거야, 그녀, 다연, 나를. 나는 눈을 크게 뜨고 다른 시간에 몰입했다.

화림동의 논에서 비롯된 농부들의 흥겨운 노랫가락이 메아리처럼 울리고 있다. 쨍한 햇볕 아래 펄럭이는 빨랫감들, 보얗게 먼지가 일어나려는 마당에 물을 흩뿌리는 늙은 여종의 허리가 외조모를 연상시킨다.

그녀를 보려면 안채로 가야지. 생각은 그러한데 나의 시선은 의지와 상관없이 사랑채로 향한다. 또 그 차가운 다연의 남편을 보아야 하나. 마음이 불편하다. 그런데 사랑채의 열린 창을 통해 보이는 것은 남편이 아닌 그녀다.

무언가를 찾는 듯 시선을 여기저기 옮기는 그녀가 불안하다. 볼록한 선의 고운 소매가 움직일 때마다 서책들이 들렸다 내려지고 들렸다 내려지기를 반복한다. 놀라운 것은 그렇게 뭔가를 찾는 그녀 얼굴에 나타난 '열의'다. 처음이었다. 그녀의 얼굴에서 그런 표정을 발견한 것은.

"아!"

잠시 뒤, 그녀의 입에서 감탄사가 터져 나오더니 서책 한 권을 가슴에 꼭 끌어안고 방을 나온다. 다연의 하는 양이 어쩐지 친근해서 웃음이 나오려는데 그녀의 남편이 갑작스럽게 등장함에 깜짝 놀랐다.

그는 망설임 없이 마당을 가로질러 성큼 마루에 오르다 그녀와 마주치고 만다. 나의 놀람보다 그들의 놀람이 더 커 보였다.

"부인, 예서 무얼 하신 것이오?"

그의 목소리에서 느껴진 것은 차가움보다는 의아함이었다. 나 또한 궁금했기에 그녀의 대답에 귀를 기울였다.

"송구합니다. 아녀자가 사랑에 함부로 걸음 하는 것이 아니건만……."

"제 물음은 그것이 아니지 않소. 무엇을 하신 것인지에 대한 답을 듣고자 하는 것이오."

다연은 집요하게 묻는 그와 눈을 마주치지 못한다.

"꼭 보고 싶은 서책이 있기에……, 서방님께서 출타하신 걸 보고……. 섭이 어멈은 글을 모르는 터라……."

평소와는 달리 말을 제대로 잇지 못하는 그녀, 수줍은 소녀 같다.

"무슨 서책이기에 정숙하신 부인께서 예법까지 어기셨소?"

그의 물음에 그녀는 대신 서책을 내밀어 보인다.

"『두시언해』[4]라……. 두보의 시를 좋아하시오?"

"숭앙하여 늘 곁에 두고 보아 왔는데 친정에서 가져오지 못하여서……."

그녀는 고개를 숙이고 있어 보지 못했지만 나는 그의 얼굴에 번지는 미소를 볼 수 있다. 혼인날의 동정심이 담긴 눈빛과는 다른, 사랑스러운 무언가를 보며 절로 피어나는 그런 미소! 그리고 이어지는 그의 말투는 사뭇 근엄함을 가장하고 있으나 장난기가 묻어 있다.

"어머님께서 보셨으면 크게 나무라셨을 것이오."

"네, 알고 있습니다. 다시는……."

역시 그녀는 그의 말에 섞인 봄바람을 느끼지 못한 듯하다.

---

4. 『두시언해(杜詩諺解)』 조선 성종 12년(1481년) 유윤겸 등이 두보의 시를 우리말로 번역한 책

"보고 싶으신 서책이 있으시면 섭이 어멈에게 전하십시오. 찾아 드리리다."

그 말에 그녀가 황급히 고개를 들었지만 이미 그는 돌아서서 방으로 들어가 버린다. 나는 다연의 볼이 붉어짐도 본다. 그는 볼 수 없었던 그녀 마음의 한 조각이다.

바느질감을 들고 있는 다연의 손은 정갈하다. 한 땀 한 땀 하얀 천을 통과하는 바늘의 움직임 역시 군더더기가 없다. 햇살이 문풍지를 채우고도 남아 그녀의 방을 가득 흐르고 있다. 마지막 한 땀까지 야무지게 매듭지은 다연은 바느질감을 차분히 정리한 후 밖으로 나간다.

사랑채로 향하는 문 언저리에서 섭이 어멈이 목이에게 핀잔을 주고 있는 모습이 눈에 들어온다. 나의 의식은 고개 숙인 목이의 곁으로 가 선다.

"내가 그리 신신당부하지 않았소. 서방님께서 아무리 대취하셔도 기루에서 주무시게 하지는 말라고. 정신을 잃으시면 업어서라도 모셔 왔어야지."

"……."

"아무리 검을 잡는 사내라지만 이리 눈치가 없어서야……. 휴, 서방님께서도 이제 그만 맘을 잡으셔야 할 것인데……."

"뭘 하고 있는가?"

어느 틈에 다가선 다연의 물음에 섭이 어멈의 화들짝 놀라는 표정이 역력하다. 목이의 눈동자도 흔들린다.

"아버님께서 자시고 싶어 하신 생선은 손질해 놨는가?"

"예? 아이고, 내 정신 좀 봐……. 지금 당장 시작하겠습니다."

섭이 어멈은 손을 괜히 행주치마에 닦으며 허리를 굽혔다.

"그러게나. 참……, 지난번에 보니 이 사람 상이 너무 부실하더군. 무예를 하는 사람의 먹을거리가 그래서 쓰겠나. 자네가 좀 더 신경을 써 주게나."

다연의 말에 섭이 어멈도 목이도 의아함을 감추지 못한다.

"네……, 네, 아씨."

대답을 들은 다연은 부엌으로 발길을 돌리고 섭이 어멈도 부지런히 그녀의 뒤를 따른다. 나는 보았다. 목이의 시선이 다연의 뒷모습을 따르고 있음을. 그리고 그런 목이의 시선을 따라 흐르는 또 다른 뜨거운 시선이 사랑채 툇마루에서 시작되고 있음도 보았다. 다연의 남편이다. 큰 키를 하고서 툇마루에 우뚝 서 있는 그의 날카로운 시선은 다연과 목이에게 잇닿아 있다. 그는 곧 싸늘한 목소리로 목이를 불렀다.

"대련을 해야겠다. 오늘은 진검眞劍을 쓸 것이니 준비해 오너라."

불안하다. 이유를 알 수 없는 불안감에 나는 그들보다 앞서 언덕에 도착해 있다.

목검이 아닌 진검의 대련에 긴장감이 검보다 날카롭게 가슴을 찔러 왔다. 검과 검이 부딪치는 소리가 자꾸만 날 현실로 밀어내려고 한다. 무섭다. 그들 중 누구도 다치길 원하지 않는다.

그러나 그들 중 누군가가 다쳐야만 한다면 누구를 선택해야 할지 알 수가 없다. 마침내 검 하나가 허공으로 튕겨지며 한 사람이 쓰러진다. 목이다. 안 돼! 쓰러진 그의 곁에 나도 쓰러진다. 피를 흘리고 있는 목이를 내려다보는 다연의 남편은 차갑기만 하다. 아니, 뜨겁다.

“네가 아버님의 피를 타고 태어났다고는 하나 너는 얼자孼子도 되지 못하는 천하고 천한 놈이야.”

형제? 형제인 거야? 가슴이 두근거렸다.

“……알고 있습니다.”

몸의 통증이 소리로 변한 듯 목이는 겨우 대답한다.

“아니! 너는 아직도 모르고 있어. 스승님께서 네놈의 검술을 상찬해 주셨을 때부터 눈빛이 변했지. 주제도 모르고…….”

“송구합니다.”

그만해! 피가 흐르잖아! 아파하고 있잖아! 그러나 그는 멈추지 않는다.

“너는 숨소리 하나, 눈동자의 움직임 하나까지 조심하는 것이 좋을 것이야. 상전의 것을, 내 것을 탐내지 말란 말이다!”

그렇게 말하고 돌아서는 그를 노려보는 목이의 눈빛이 아프다. 그러나 아픈 눈빛은 곧 고통으로 일그러지고 목이는 정신을 잃고 만다.

멀리서 노복들이 달려오는 모습이 보인다. 다연의 남편이 밉다. 싫다. 나쁜 놈, 못된 놈. 하지만 그를 보면 왜 이렇게 마음에 세찬 바람이 부는 것 같지? 가눌 수 없이 세찬 바람이 불어닥쳐 나를 그에게 보내려는 것 같다. 가지 않아. 여기 있을 거야. 여기.

밑동이 잘려 나간 벼들이 죽은 뿌리를 박고 있는 초겨울 논은 적막하다. 진저리쳐지게 시끄러웠던 개구리 소리가 그립다. 녀석들은 모두 어디로 사라졌을까? 기하 오빠 말로는 멀리 계곡 쪽으로 갔을 거라는데 믿기지 않는다. 사람의 걸음으로도 수십 분이나 걸리는 거리를 개구리들이 제 몸으로 기고 뛰어서 이동했단 말인가? 놀라웠다. 웃풍에 코끝이 시리는 밤이면 문득 계곡으로 이동하는 개구리들의 행렬을 상상하곤 했다. 오로지 생존을 위해 계곡으로 몸을 날리는 작은 개구리들의 행렬은 내게 절박함이 무엇인지에 대해 생각하게 만들었다. 연약한 피부가 찢어지고, 때론 천적의 위협에 노출되더라도 반드시 가야만 하는 절박함. 누구도 비웃을 수 없는 그 처절함에 대해서.

그 무렵, 나는 과거의 기억들로 스스로를 판단할 수 없었다. 내가 찢기고 부서지더라도 이르러야 하는 사람은 누구인가. 어디까지나 난 교은이일 뿐 다연의 기억이 아무리 생생해도 내 것이 될 수는 없는 것이다. 본모습을 알 수 없는 다연의 남편 역시 지금의 기하 오빠와는 아무런 상관관계가 없다. 얼굴이 닮은 것 이외에, 혼의 흔적을 갖고 있다는 것 외에 기하 오빠의 마음속 티끌만큼도 다연의 남편과 비슷함이 없다고 외쳤다. 그런데 가끔은 냉정하고, 다연에게 못되게만 굴고, 더군다나 목이를 다치게까지 한 그가 불쌍했다. 다연과 그가 하는 말은 열일곱의 내게는 너무 어려워서 절반도 이해할 수 없었지만 그래도 그가 불쌍하다는 것은 다연과 같은 느낌이었다. 이유를 설명할 수는 없었지만 그가 가엾기도 했다. 그래서일까, 언제나 그를 홀린 듯 관찰하게 되었다. 기하 오빠가 눈이 보이게 된다면 저렇게 빛나는 얼굴이 될까? 그가 들고 있는 검처럼 강한 눈빛을 가질 수 있을까? 다연의 마음 안에서 교은의 시선으로 그 사람을 살피곤 했다. 그렇게 그를 살필 때면 나조차도 그의 모습에 가슴이 흔들리곤 했다. 저 사람은 기하 오빠가 아니야. 기하 오빠의 얼굴을 하고 그의 혼을 가졌지만, 그래도 오빠는 아니야.

과거의 치우도 현재의 치우와는 다르다고 되뇌었다. 똑같은 얼굴, 똑같은 모습의 치우지만 다르다. 수백 년의 세월이, 혹은 지신의 자리가 그의 혼을 변하게 한 것인지 알 수는 없지만 내 곁에 있는 그는 목이와 다르다. 내가 다연이 아니듯이. 그렇게 저항했다. 하지만 어지러운 피비린내와 함께 찾아든 그녀의 기억은 현기증 나도록 강렬했다.

16

해님, 우리를 따라오지 마소서

행랑채 좁은 방 안을 가득 채운 피비린내로 구역질이 나오려 한다. 섭이가 모시러 간 의원은 아직인가? 지혈을 위해 대충 빻아 상처에 붙인 약초의 효능이 의심스러울 정도로 피는 흥건히 흐르고 있다. 안 되겠어, 이러다 사람 죽겠구나. 나는 무명천을 상처에 대고 누른다. 고통에 일그러진 얼굴을 한 목이는 손을 내밀어 상처를 누르는 내 팔목을 힘껏 잡는다.

"지혈을 해야 하오. 손을 놓아주시오."

팔목이 얼얼할 만큼 힘이 센 그가 내 말에 스륵 팔을 미끄러뜨린다. 어찌하면 좋은가. 시댁 사람들은 누구도 이 사람에게 관심이 없다.

"워낙 튼튼한 녀석이니 금세 원기를 회복할 거요."

상처를 입힌 장본인조차 이리 말하며 말에 올라 기방妓房으로 사라질 정도다. 반 시진이 지나 당도한 의원이 상처를 살피고야 나는 한시름 놓을 수 있었다.

"이번엔 상처가 깊군요. 몇 달 고생 좀 해야 할 것입니다."

"그럼 이 사람이 이리 다친 것이 처음이 아닌가 보오."

의원의 말에 나는 놀랐다.

"……검을 잡는 노비들이 다 그렇지요. 약을 놓고 갈 터이니 잘 달여 먹이시고, 감아 놓은 면포가 더러워지면……, 저 녀석이 알아서 할 것입니다. 약이 떨어지면 섭이를 보내십시오."

의원은 대수롭지 않게 말하고는 흘깃 내 얼굴을 본다. 의원으로서의 호기심인지 사람으로서의 호기심인지 알 수 없으나 그의 눈길이 불쾌하다.

"하늘 아래 사람의 목숨이 귀한 것은 다를 바가 없거늘, 자네 말에 그 목숨을 경원시하는 마음이 깃들어 있으니 그것이 어찌 의원의 심성이 될 수 있겠나. 며칠 중으로 다시 와 이 사람을 치료하게. 자네가 주워들은 소문으로 나를 어찌 그리는지는 모르겠으나, 내 그리 호락호락한 집안에서 자란 천덕꾸러기는 아니며, 이 집안 역시 그러하네. 무슨 뜻인지 알겠는가?"

흠칫! 의원의 놀람이 느껴진다. 그는 깊숙이 허리를 굽히고는 황급히 사라진다. 한숨, 마음을 다스리지 못해 괜한 구설수에 오르겠구나. 정신을 잃고 잠이 든 자의 모습에선 생명을 구했다는 안도감을 느낄 수 없다. 그저 끝없는 피로감만이 느껴진다. 하늘 아래 귀한 목숨이건만 아무도 그걸 알아주지 않는구나. 자신조차도. 딱하구나.

행랑채 문을 닫는 소매가 피로 물들어 있다. 노비 하나 다친 것쯤으로는 시부모님의 평안을 깨뜨리지 못하고 집 안은 고요하기만 하다. 며느리가 아닌 부마의 여동생에게 안방을 내어준 시어머님께서 거처하시는 건넛방은 등불이 꺼진 지 오래다. 그들에게 한 푼어치의 값도 안 되는 노비의 피가 묻은 손을 씻고 소세를 한다. 마지막까지 내 시중을 들던 섭이 어멈 눈에 잠이 그득하다.

"곤할 터이니 어서 가서 자게. 오늘 수고가 많았구먼."

"아씨께서 욕보셨지요. 에그, 이년 말이……, 송구합니다."

"치욕을 당한 것은 그 사람 목숨이겠지."

"예?"

넋두리 같은 내 말에 섭이 어멈은 졸린 눈을 비비며 묻는다.

"아니네, 어서 가게나. 나도 그만 자야겠네."

"네, 주무십시오."

안방 문을 닫으며 나가는 섭이 어멈의 늘어지는 하품 소리에 웃음이 나온다. 악의 없고 착한 사람이다.

자리를 깔고 피 묻은 저고리와 핏방울이 튄 치마를 벗어 발치에 개어 두는데 갑작스레 문이 열리며 그가 들어온다. 술에 취한 그는 비틀비틀 걸어와 소복 차림의 나를 훑어본다. 앞섶으로 자연스레 손이 간다. 그게 비위에 거슬렸는지 속저고리에서 거칠게 내 손을 떼어 내는 그.

"왜요? 부부지간에도 지켜야 할 예절이 있다, 그리 가르치시려고 하시오? 고매하신 대학자의 따님이자 공주마마와 사돈

지간이신 부인, 여인임에도 학문이 높으신 부인, 지난번처럼 다시 한 번 내게 가르침을 주시지요."

술 냄새 풍기는 숨처럼 그의 말은 혼탁하다. 내게 서책을 빌려 주겠다던 다정은 찾을 수 없다. 그는 이미 다른 사람이다.

"……왜 말씀이 없소? 노비의 목숨이 중하다고 의원에게는 큰 가르침을 주셨다면서요? 부인께서 말씀이 없으시니 제가 감히 부인을 가르쳐 볼까요? 옛 현인께서 여인은 모름지기 시집가기 전에는 아버지에게 순종하고 시집가서는 남편에게 순종하라 하셨소. 또 여자의 가르침과 명령은 여인의 처소 밖으로 나가서는 안 된다는 것도 맞지 않소. 부인은 오늘 두 가지 모두를 어겼습니다. 내 말에 틀림이 있소? 대단하신 집안의 부인!"

말의 빠름은 밤을 넘기지 않고 소문을 만들었구나. 나의 말이 화禍를 불렀어. 모두 내 탓이다.

그는 허리를 굽히고 고개를 들어 내 얼굴을 올려다본다. 한양 운종가 기녀들 모두의 애간장을 녹였다는 미장부의 미소는 내게 그저 비수匕首일 뿐이다.

"제 말이 서방님 심사를 언짢게 해 드렸다면 죄송합니다. 저는 의원을 가르치고자 한 것이 아니라……. 아닙니다, 제가 주제넘었습니다."

"이러시면 재미가 없지요. 평소대로 꼿꼿하게 허리를 세우시고 크신 가르침을 주셔야 하지 않겠소. 아니면 평소와는 달리 색다른 놀이를 해 봄이 어떻겠소?"

그의 손가락이 내 속저고리 고름을 푼다. 그리고 그의 입술이 속치마 위로 솟은 내 가슴에 머문다. 뜨거운 그 입술로 내 가슴에 낙인을 찍는다. 몸이 마구 떨려 온다. 마음이 두근거린다. 아니 돼! 이래서는 아니 돼! 그의 마음은 한 조각도 내 것이 아닌데 나만이 이래서는 아니 돼! 죽을힘을 다해 그를 밀어낸다.

"서방님께서 예를 잃으셨으니 제가 예를 상기시켜 드리지요. 『예기禮記』에 이르기를 남녀 사이에 분별이 없고 사람이 지켜야 할 도리가 없다면 그것이 바로 짐승의 세계일 것이라고 했습니다. 제가 비록 흉한 모습을 가졌으나 아녀자로서 지켜야 할 도리를 다하려 애썼건만, 서방님께서는 저의 부덕不德을 연유로 자신이 짐승이 되고자 하십니다. 또 예는 부부 사이의 도리를 서로 삼가는 데서 시작한다고도 하였습니다. 지금 서방님의 모습이 삼가는 모습이라 할 수 있겠습니까? 정녕 이것이 서방님의 본모습이란 말입니까?"

시집와 한 번도 흘린 적이 없는 눈물에 그의 모습이 번지고 있다. 숨을 쉬기 어려울 정도로 눈물이 차오르고 또 차오른다. 내 말이 품은 독毒에 그는 내게서 몸을 뗀다. 안방을 나가는 그의 등이 초라해 보인다.

미안하다, 내가 그대의 처妻인 것이. 사실은 알고 있다, 내가 그대의 유일한 수치라는 것을. 알고 있다, 한미한 가문 때문이 아니었다면 진즉 무과에 급제했을 재주를 가졌다는 것을. 그런 그대에게 내가 유일한 대안임과 동시에 수치라는 것을 모르는 게 아니다. 그러나 자신의 수치를 덜고자 내게 수치를 더

하려는 그대는 잔인하다. 그렇게 훤한, 아름다운 얼굴을 하고서 나의 수치를 덧붙이고 덧붙이는 그대는 모진 사람이다.

절대 마음 주지 않겠다고 결심을 세웠건만 그럼에도 한 방울씩 그대에게로 향하는 이 마음들을 어찌해야 할까. 그대를 임이라 부르고 싶은 내 마음을 어찌할까.

단옷날이 지난 지 며칠밖에 되지 않았건만 낮을 달구던 해의 기운이 밤까지 뻗치고 있다. 작은 등불의 화기에 답답해진 나머지 안방의 창을 열어 놓았다.

전일 오라버니가 보낸 서찰에서 지아비의 승차陞差를 알게 되었다. 승차는 승차이되 지방으로 떠나게 됨을 서운치 말라시는 당부 말씀이 머릿속을 맴돈다. 어느 자리에 있든 마음의 자리가 멀거늘 그것이 무에 대수겠는가. 한숨이 나오는데 창 너머로 동동 떠오르는 아이의 손짓이 눈에 들어온다. 폴짝 뛰어오르는 모습이 눈에 익다 했더니 섭이로구나. 미소가 떠오른다.

"섭이가 어미에게 전할 말이 있나 보구려."

나의 말에 바느질감에 코를 박고 있던 섭이 어멈이 놀라 창밖을 내다본다. 아이가 무언가 내미는 것을 아니 받겠다고 실랑이를 벌이는 모습이 퍽 다정해 보인다. 부러운 모습이다.

"무엇인가?"

내 물음에 어미가 고개를 돌리는 틈에 아이는 후다닥 달아나 버리고, 섭이 어멈은 손에 든 것을 어찌할 바 몰라 한다. 뭔가 살펴보니 화선지로 만든 상자다. 어찌 저리 얇은 종이로 상자를 만들었을까, 아이의 재주가 기특하다.

"아, 이 녀석이 막무가내로 아씨께 드리라 하여……."

뜻밖이다. 어미가 아닌 내게 주는 것이란 말인가. 나는 손을 내밀어 섭이 어멈이 내민 작은 종이 상자를 받아 든다. 자세히 보니 상자 안에서 작은 초록의 빛 몇 개가 깜빡거린다.

"초저녁부터 쏘다니더니 반딧불 몇 마리를 잡았나 봅니다."

그렇구나, 반딧불 빛이로구나. 나도 모르게 활짝 웃음이 지어진다.

"그리 웃으시는 것을 처음 뵙습니다."

그래, 저이가 내 웃음의 까닭을 알 리가 없지.

"……잊고 있었던 일이 생각나서 그러네. 오래전에, 내 어린 시절에 어떤 아이가 반딧불로 날 위로해 준 일이 있었지. 그것이 문득 생각나서……. 그 아이……, 서방님과 눈매가 닮은 것도 같고……."

"그러면 참 잘생긴 아이였나 봅니다. 서방님께서는 어릴 적부터 어찌나 잘생기셨는지 온 동리에 소문이 자자했거든요. 그런 분을 지아비로 두셨으니 얼마나 좋으십니까."

섭이 어멈의 말이 틀리지 않다. 지아비의 수려한 얼굴을 내 어찌 모르겠으며 싫다 할 수 있겠는가. 하지만…….

"그러하신 분께서 나처럼 못난 여인을 지어미로 삼으셨으니……, 마음 붙이시질 못하시는 것이 당연한 일이겠지."

못난 얼굴보다 못난 마음을 아랫사람에게 가감 없이 드러내다니……. 고개를 저어 본다. 당황한 섭이 어멈이 나와 시선을 맞추지 못하는데 안방 문 앞에서 헛기침 소리가 들린다. 허둥지둥 섭이 어멈이 문을 열자 그가, 나의 지아비가 서 있다. 목이가 다치던 날 이후 처음 마주하는 그를 어찌 대해야 할지 모르겠다.

"지방으로 가기 전에 필요한 것들을 미리 일러 주러 왔소."

섭이 어멈이 나가고 상석에 좌정한 그는 변명하듯이 황급히 말했다. 나 또한 그를 마주 볼 수 없다. 지난번 그의 입술이 닿았던 가슴이 뜀박질하고 있다.

"단조[5]를 좋아하시오?"

난데없는 그의 물음에 고개를 들어 보니 그의 시선이 초록빛이 반짝이는 종이 상자에 머물고 있다. 그는 나를 모닥불로 이끌던, 서책을 빌려 주겠다던 모습으로 돌아와 있다. 종잡을 수 없는 사람.

"네, 어린 시절부터 깊은 위로가 되어 주었습니다."

거짓으로 마음을 가릴 필요가 없기에 솔직히 답했다. 그러자 그는 입술 꼬리를 올리며 미소 지었다. 처음이다. 비웃음이 아닌 미소, 사랑스러운 무언가를 바라보며 짓는 그런 미소를 그가 내게 보여 준 것은. 아니다, 착각하지 말자. 저 미소는 나를 향한 것이 아니다. 그의 따스한 미소를 받았다는 이유로 미물을 시샘하다니, 한심하구나.

"필요하신 것들이 무엇인지요?"

---

5. 단조(丹鳥) 반딧불이

"……아니, 되었소. 다시 찬찬히 생각해 보고 떠나기 전에 알려 드리리다. 쉬시오."

종잡을 수 없는 사람이다. 그를 배웅하기 위해 일어서며 생각했다.

성큼 내 곁을 지나는 그에게서 묵향과 뒤섞인 땀내음이 난다. 그의 체취에 두근거리는 마음이라니. 입술을 깨문다. 아니 된다. 흔들려서는 아니 된다. 제 짝을 부르는 반딧불의 초록빛이 서글픈 밤이다.

지방으로 부임되기 전 지아비의 벗들이 사랑채를 찾아들었다. 접빈객을 해야 마땅할 그는 언덕에서 홀로 수련 중이다. 혼인날 일이 마음에 남아 있던 속 좁은 아낙인 나는 지아비의 벗들을 피해 그를 부르러 언덕을 오른다.

이제 한낮의 해는 뜨겁게 대지를 달구는 절기가 되었건만 그의 움직임은 차가운 물의 흐름과도 같다. 그가 든 검이 발하는 빛도 해의 열기가 아닌 달빛을 품은 얼음의 그것에 가깝다. 홀로 있을 때 그는 유유히 구름을 가르며 나는 수리와 같구나. 아니다, 파르라니 서늘한 검으로 세상을 베는 천신과도 같다. 그 모습에 또 내 머리를 배반한 가슴이 뛰고 있다. 그만, 그만 그쳐라.

"벗들께서 오셔서 기다리고 계십니다."

내 귀에 들리듯 그의 귀에 들리는 내 목소리가 떨리지 않기를. 나를 보는 그는 단정한 얼굴과 목덜미가 땀에 젖었으면서도 숨은 잔잔하기만 하다. 나는 숨처럼 잔잔한 그의 눈빛이 내 마음을 꿰뚫어 보기 전에 서둘러 언덕을 내려간다.

더위에 머리가 어지러운가 보다 생각하며 팔을 들어 손등을 이마에 얹는데 내 몸이 무언가에 떠밀린 듯 쓰러진다. 아니, 쓰러진 것은 아니다. 다만 그의 품에 안겨 있을 뿐이다. 영문을 몰라 그를 올려다보니 그는 날카로운 눈동자로 발아래를 응시하고 있다. 그 시선을 따라 내가 고개를 돌리자 그의 커다란 손이 내 눈을 가린다.

"보지 마시오. 뱀이 베어진 모양이 흉물스럽소."

그렇게 말하는 그는 거친 숨을 몰아쉬고 있다. 내 가슴도 심히 뛰고 있다. 뱀에게 놀랐기 때문인지 그의 뜨거운 품 안이기 때문이지 알 수가 없다. 어느 쪽이든 다리가 후들거려 제대로 일어설 수 없다.

"많이 놀라셨나 보오."

"……송구합니다. 벗들께서 기다리시는데……."

그는 그대로 나를 안고 일어선다. 검도 내려놓은 채다.

"괜찮습니다. 걸을 수 있습니다."

"되었소. 말 마시오."

그의 품에 안겨 스쳐 가는 대숲 사이로 비쳐 든 햇살이 우리를 따라온다. 해님, 우리를 따라오지 마소서. 지아비의 품에서 혼미한 숨을 내쉬는 나의 얼굴을 비추지 마소서. 다만 그의 앞길만 환히 비추소서. 우귓날 그러했듯이 그의 숨과 나의 숨이 하나 됨을 해님, 눈감아 주소서.

"아씨께서 많이 놀라셨으니 섭이를 보내 의원을 데려오게 하고, 우선 자네는 아씨 누울 자리를 펴게."

붉어진 얼굴로 그의 품에 안긴 나를 보고 부리나케 달려 나오는 섭이 어멈을 향해 그가 말했다. 날래게 안방으로 달려 들어가는 섭이 어멈의 뒷모습을 보자 새삼 부끄럼증이 일어난다.

"의원에게 보일 정도는 아닙니다. 이제 내려 주시지요."

그러나 그는 가타부타 말없이 그대로 안방으로 들어선다. 그리고 섭이 어멈이 펴 놓은 자리에 조심스레 나를 내려 준다. 내 안색을 살피는 그의 눈동자를 마주할 수가 없다.

"벗들께서 오래 기다리시겠습니다. 가 보시지요."

목소리가 떨림이 창피스럽다.

"……알았소. 의원이 오면 물리지 마시고 잘 보이시오."

그리 말한 그가 돌아서서 나가는 것이 다행스럽다. 조금만 더 내 곁에 있었더라면 나의 떨림을 나의 호흡으로 느낄 정도로 내 모든 것이 떨리고 있으니……, 다행스럽다. 다행스러우나 나의 어깨와 팔에 남은 그의 자취가 사라지지 않기를 바람도 부인할 수 없다. 내 몸에 남은 그의 흔적을 따라 불길이 일어나듯 열이 온몸으로 번진다. 떨림과 열이 내 몸과 혼으로 번져 간다.

17 선물

겨울방학식, 아이들은 홀가분함과 아쉬움에 쉬이 흥분을 가라앉히지 못하고 있었다. 언젠가는 이 딱딱한 나무 의자의 불편함도 그리울 때가 있을까? 내 책상 주변에서 재잘거리는 여자아이들의 수다가 기분 나쁘지 않다. 그들은 볕 좋은 날 농월당 앞마당에 내려와 짹짹거리며 먹이를 구하는 멧새처럼 보인다. 동갑의 소녀들이 귀엽게 느껴진다는 건 내가 오래된 혼을 가졌기 때문인지도 모르겠다. 나는 새끼 양의 무리 가운데서 양인 척하는 나이 든 한 마리 여우 같았다.

"정교은."

내 엉덩이에 꼬리가 하나 달려 있음 가관이겠다. 그런 생각을 하는데 뒤에서 부르는 목소리. 의연이었다. 까만 털모자를 귀까지 눌러쓴 의연은 머뭇머뭇 내게 책 하나를 내밀었다.

"오늘, 생일이지?"

아, 그랬지. 내 생일이구나. 그의 말을 듣고서야 깨닫는다. 그가 내민 책을 받아 들고 나는 물었다.

"어떻게 알았어? 아무도 모를 텐데."

아무도 몰랐다. 농월당 사람들 중 내 생일을 아는 사람은 누구도 없다. 당연히 미역국 따위 먹었을 리도 없고, 나 자신도 신경 쓰지 않았으니까 섭섭하지도 않다.

"며칠 전에 할머니께서 말씀해 주시더라. 옛날에, 너 태어났을 때 작은아버지께서 편지로 알려 주셨다던데? 너, 미역국은 먹었는지 걱정하시기도 하고."

"먹었어. 팥밥도 그득하니. 걱정 안 하셔도 된다고 말씀드려."

아버지의 어머니를 위해 거짓말을 했다.

"저기……, 아버지 일은……."

"신경 쓰지 마. 너희 아버지……, 큰아버지는 잘못이 없어. 난 괜찮아. 근데 이건?"

전혀 괜찮지 않았던 속마음을 들킬세라 얼른 그가 내민 책을 흔들어 보이며 물었다. 의연은 까맣게 그을린 손으로 털모자 위를 긁었다.

"그냥, 생일이니까. 백일장에서 상도 받고……. 책 좋아할 것 같아서……. 책방 아저씨가 여자애들이 좋아하는 책이라고 했어."

불안함이 의연의 눈동자에 어렸다. 난 책을 내려다보았다. 아……, 그 책은 정말로 '여자애들'이 좋아할 만한 책이었다.

"재밌겠네. 고마워."

웃음을 꾸욱 참으며 말해 주었다.

『작은 아씨들』은 아마 열 살 때쯤 며칠 밤을 새워 가며 읽었던 것 같다. 앙증맞은 네 자매들이 벽난로 앞에서 웃고 있는 표지 그림에 행복했던 열 살의 기억이 되살아난 것도 사실이다. 의연은 내 반응에 대단히 만족해하며 읍내 쪽으로 뛰어가 버렸다. 잃어버린 기억, 그 책을 사다 준 건 아버지였다. 월급날 거나하게 술—팔을 잃고 그저 들이부었던 것과는 다른—을 걸치신 아버지는 내겐 책을, 어머니에겐 빨간 립스틱을 사다 주셨다.

"내가 사랑하는 두 여자들! 자, 받으시오!"

커다랗게 외치며 선물을 하사하듯이 내려놓고는 바로 잠이 들어 버렸던 아버지. 어머니와 난 드르렁 코를 골며 잠에 빠진 아버지의 양말을 한 짝씩 벗기면서 한 손으로는 코를 잡았다.

"우웩! 냄새!"

말은 그랬지만 우린 웃고 있었다. 깔깔깔, 그건 행. 복. 해. 란 말의 다른 소리였다.

농월당으로 돌아오는 버스에서 되살아난 기억에 의연에게 진심으로 고마웠다. 아마 의연이 곁에 있었다면 안아 주었을지도 모른다. 추억에 젖어서 조금은 말랑해진 마음으로 가방을 달랑거리며 언덕을 오르는 내 뒤를 그녀가 급습했다.

"학생, 혹시 농월당 가는 길인가?"

짧은 순간 난 두 번 놀랐다. 날 부른 목소리에 비해 너무 늙은 얼굴의 할머니가 뒤에 서 있었음이 그 하나고, 다른 하나는 나이 든 할머니의 머리카락이 남학생처럼 짧았다는 것이었다. 당시에는 도시든 시골이든 할머니들은 대체로 비녀로 쪽을 찌고 있는 것이 정상이었다. 그런데 나를 부른 할머니는 파마도 하지 않은 짧은 머리칼을 남자처럼 빗어 넘기고 있었다. 게다가 한복이나 치마를 입은 것이 아니라 바지에 두꺼운 회색 코트를 입었다! 그건 가히 혁명적 차림새라 아니할 수 없는 것이었기에 난 무례하게도 그녀를 훑어보았다. 족히 몇 초는 그렇게 침묵 속에서 그녀를 탐색하는 내게 다시 물음이 떨어졌다.

"농월당 가는 길이야?"

같은 물음을 하게 만든 내게 조금의 짜증도 내비치지 않았던 그녀의 목소리는 묘하게 젊은, 목소리가 가는 남자 같은 느낌이었다. 난 퍼뜩 정신을 차렸다.

"네, 그래요."

"그래? 그럼 같이 가지. 나도 농월당 가는 길이야."

"아……, 네."

난 멍하니 서서 그녀가 내 곁에 오기를 기다렸다. 그때 그녀가 손에 든 가방이 눈에 들어왔다. 크지는 않지만 제법 불룩한 것이 무거워 보였다.

"주세요. 들어 드릴게요."

"내가 그렇게까지 늙어 보이나, 아니면 요즘 젊은 애들이 모두 예의가 바른 건가? 서울서 여기까지 오는데 몇 번이나 같은 소리를 듣네."

중얼중얼, 내가 잘못한 것인가? 그녀는 끝까지 가방을 건네지 않는다. 대신 이렇게 물었다.

"혹여 자네가 교은인가?"

이 사람, 누구지?

"네, 정교은입니다."

"그럴 줄 알았지. 뒤태가 딱 선이더라고. 목소리도 새침하니 비슷하고."

"저를 아세요?"

그녀는 빙긋 웃으며 고개를 갸웃한다. 미소로 만들어진 주름들이 부드러운 선을 그렸다. 멋있다!

"안다고 해야 할까, 모른다고 해야 할까? 선이는 알지. 아니야, 선이도 안다고 생각했는데 그 아이 심중, 반도 몰랐던 거야. 그 애가 나도 못 한 사랑의 도피를 할 줄은 꿈에도 몰랐으니까. 대단했어, 대단했다니까."

화림동의 누구도 그녀같이 어머니를 평한 사람은 없었다. 혼잣말처럼 말을 끌던 그녀는 느리지 않은 걸음으로 언덕을 올랐다. 노구老軀의 몸으로 가방까지 들었으나 흙을 내딛는 그녀의 걸음은 노쇠의 흔적을 찾을 수 없었다. 일말의 망설임도 없이 대문을 들어서는 그녀의 뒤를 따르는 내 눈에 반가움에 숨이 넘어갈 듯 달려오는 세왕댁 아줌마의 얼굴이 보였다.

"아이고, 대고모大姑母님! 이게, 이게……, 연락도 없이, 이게……."

"연락하고 오면 재미가 없지 않나. 어디 보자, 자네 여전하구만."

예의상 손을 내밀었던 나와는 달리 세왕댁 아줌마는 그녀의 손에서 가방을 낚아채듯이 빼앗아 들고는 함박웃음을 터뜨렸다.

"깐깐하신 양반님네들 여전하시지?"

그녀는 익살스럽게 눈살을 찌푸리고는 사랑채와 안채를 각각 턱으로 가리켰다. 세왕댁 아줌마는 그저 웃으면서 고개를 끄덕였다. 그러다 날 발견하고는 웃음기를 거두었다.

"오는 길에 만나셨나 보네. 여기, 선이 아가씨 딸."

"알아, 알아. 교은이. 선이랑 많이 닮았데."

세왕댁 아줌마는 전혀 수긍하지 못하겠다는 표정이다. 착했다는 선이 아가씨에 비해 내가 저질러 온 일들은 전대미문의 사건들이었으니까 무리는 아니다.

"여기서 이러지 말고 들어가세요. 어르신께서 반가워하실 겁니다."

"행여나 그러실까. 계집애가 대학물 먹었답시고 좋은 혼처 자리 다 물리고 혼자 산다고 투덜거리신 지 벌써 40년째시네."

세왕댁 아줌마에게 팔을 잡혀 사랑채로 향하는 그녀는 내게 윙크를 찡긋 남기고 돌아섰다. 아, 저 할머니가 좋다. 처음 본 할머니에게 반한 나는 가벼운 발걸음으로 내 방으로 들어갔다. 역시나 치우가 있었다.

"그런 얼굴을 하고 있을 줄 알았지. 궁금해 죽겠다는, 빨리 말해 달라는 표정."

그러면서 내 볼을 검지로 살짝 눌렀다. 겨울이 깊어 갈수록 그의 눈동자는 점점 짙어져 가고 있었다. 하얀 눈밭 위에 검은 먹물이 떨어진 것 같은 지신의 눈동자. 또다시 가슴이 두근거렸다. 꿈 때문일까? 내 심장은 요즘 너만 보면 제 박자를 잃어버려. 하지만 꿈에서 나, 다연의 마음은 다른 곳을 향하고 있는걸. 마음이 아파 왔다. 치우의 눈동자를 바로 보지 못하는 내가 쉬이 입을 떼지 못하자 그는 다른 쪽 볼을 누른다.

"왜 또 삐치셨나? 그대가 이럴 때마다 내 마음이 덜커덕거린다는 거 아는가?"

"뭐라는 거야? 그냥 좀……, 생각을 한 거지. 누구야, 저분?"

난 그의 손가락을 치우며 뾰로통 물었다.

"그대 외조부의 여동생. 기하에겐 대고모지. 엄격히는 그래선 안 되겠지만 저이 성격으로 그대에게도 대고모, 아니 왕고모로 부르게 할 것이야."

"음……, 잘 알아?"

"이집에서 태어나서 떠날 때가지 봤으니 모른다고는 할 수 없지. 한때 저이 혼의 무늬가 그대와 비슷하여 자주 들여다보기도 했으니까."

"그냥 안다 그러고 아는 내용을 이야기해 주면 안 되는 거야?"

퉁퉁거리는 나를 치우는 가만히 지켜본다. 뭐야, 지금도 다연을 찾고 있는 거야? 화가 치민 난 방바닥에 무릎을 꿇고 책가방에서 책들을 꺼냈다. 거기 의연의 선물도 있었다.

"이건 기하의 방에도 있는 책이군. 오래전에 이오가 좋아했었던 책이야. 여자 주인공 중의 한 아이가 죽자 이오가 울었었지. 며칠 동안 울면서 책을 읽지 않으려 했었어."

베스의 죽음, 그건 정말 충격적이었다. 결코 작가를 용서할 수 없을 정도로 가슴 아픈 일이었다. 어떻게 베스를 죽일 수가!

"아, 의연이가 생일 선물이라면서 줬어."

베스를 향한 달콤한 슬픔에의 추억에 난 치우에게 오늘이 내 생일이란 걸 말해 버렸다.

"오늘이 그대 생일인가?"

"어, 뭐……, 그래. 생일이 별건가. 난 별로 신경 안 써."

"나는 신경이 쓰이는군."

내가 그를 올려다보자 치우는 차가운 손가락으로 내 이마에 무어라 썼다.

"뭐라고? 뭐 쓴 거야?"

그는 대답 없이 무릎을 굽혀 나와 시선을 맞추고 내 입술에 또 무어라 썼다.

"뭐 하는 거야?"

"소리 내어 하지 못했으나 늘 그대에게 하고 있는 말. 이미 그대 혼에는 새겨진 말. 사모思慕."

그의 말처럼 내 혼에 새겨진 그 말이 심장에서 돋아 올라오듯이 가슴이 요동쳤다.

"하늘이 나를 도와준다면 사모하는 그대에게 작은 선물을 해 줄 수도 있겠어. 밤이 되면."

내 떨림을 아는지 모르는지 그는 미소를 띤 채 사라졌다.

치우가 말한 밤은 아닌, 밤 그림자만 드리워진 시간에 사랑채로 불려간 난 대고모에게 절을 올려야 했다.

"오라버니, 절은 좀 생략하면 안 될까? 지금 시대가 이런 시대가 아니우."

"교은이, 절 올리지 않고 뭐 하는 거냐?"

외조부의 호통에 대고모는 짧은 한숨을 내쉬고 절하는 내게 고개를 끄덕인다.

"그래, 받자. 까짓, 절 받는다고 한 살 더 먹는 것도 아니고."

절을 한 후 어떤 자세로 앉아야 할지 몰라 눈치를 살피는 내게 외조모는 눈썹을 들어 올려 무릎을 꿇을 것을 종용했다. 알겠어요, 알겠어.

"똘똘하게 생겼네. 하는 짓도 똘똘한가?"

"앙칼지고 사나운 게 누굴 닮았는지……. 우리 집안에 저런 애가 어찌 나와서!"

외조모의 말에 대고모는 쿡쿡 웃는다.

"나 있잖우. 날 닮았나 보네."

그녀의 말에 기분이 좋아졌다. 기하 오빠도 밝은 낯을 하고 있다. 빛을 잃은 눈동자만 아니라면 그는 다연의 그와 똑같은 얼굴이다. 그녀의 가슴을 떨리게 했던, 열기에 휩싸이게 만들었던, 그리고 나까지……. 아니야, 제발 이러지 말자. 기하 오빠는 그가 아니야.

"미리 말해 두는데, 나 대고모란 호칭 안 좋아해. 차라리 왕고모가 정감 있고 좋네. 그렇게 불러라."

내게 당부하고 기하 오빠에게 다가가 그의 손을 잡는 그녀는 좀 더 부드러운 미소를 띠고 있었다.

"우리 기하는 여전히 미남이네. 건강한 거지?"

"그럼요, 왕고모께서도 건강하신 거지요?"

그는 왕고모의 손등을 쓸어 내렸다. 푸른 힘줄과 검버섯이 살아 있는 짐승의 무늬인 양 그의 손바닥 아래서 펴졌다가 오그라들었다.

"그러니 여기까지 올 수 있었지. 너무 건강해서 이 나이에 매주 강연까지 다닌다니까."

후에 알게 된 거지만 왕고모는 퇴직한 교수였다. 혼인을 조건으로 일본으로 유학까지 갔으면서 결국 혼자서 평생을 살아온 괴짜 왕고모. 역시 나는 그녀가 너무나 맘에 들었다. 너무 좋아서 그녀가 머무는 동안 안채에서 지내기로 한 것이 실망스러울 정도였다.

농월당도 넓은데……, 나랑 자면 좋을 텐데. 웅얼웅얼, 돌아서는 내게 기하 오빠의 목소리가 들렸다.

"교은아, 눈 온다."

에, 거짓말! 고개를 들어 본 밤하늘에서 눈이, 차갑게 얼어붙은 별들이 쏟아졌다. 아, 지금이 치우가 말한 밤이구나. 그런데 기하 오빠는 어떻게 알았지?

"맞지? 눈 오는 거."

"어떻게 알았어?"

"눈 냄새가 났어. 차갑고 깨끗한 냄새. 좋다, 그치?"

"어, 좋아."

반쯤 열린 문틈으로 고개를 내민 기하 오빠의 모습은 꿈속의 그보다 더 현실이 아닌 것 같다. 보이는 모든 피조물들을 자신의 마음에서 꿈꾸는 그는 지신인 치우보다 더 농월당에 녹아 있는 무생물 같기도 하다. 혹은 농월당 그 자체인 듯도 하다.

"세상 어디라도 눈은 공평히 내리겠지? 화림동을 덮어 주듯이 똑같은 빛깔로 세상을 덮어 주겠지?"

똑같다……. 그랬던가? 도시의 네모반듯한 건물에, 지저분한 골목에, 자신이 왜 바쁜지도 모른 채 걷던 사람들의 어깨 위에 내리던 눈이……. 기하 오빠는 나의 대답을 기다리지 않았다.

"아름다운 것은 어디에서도 아름다운 것일 거야."

"아니, 화림동의 농월당에서 더 아름다워."

"내가 너였다면 다른 곳에서 아름다운 걸 보고 싶었을 거야. 떠날 수 있는 사람이었다면……."

기하 오빠가 꿈꾸는 세상에서 나는 떠났고, 내가 꿈꾸는 농월당에서 그는 떠남을 꿈꿨다. 내 말을 믿지 않겠지. 당신은 내 말을 믿지 않을 거야. 세상에 공평한 것은 없다는 걸. 때론 사랑조차도 공평하지 않다.

"나는 언젠가 네가 돌아가고, 맞서고, 이겨서 누릴 거라고 믿고 있어."

"어디로 돌아가? 무얼 맞서서 이기라는 거야? 내가 뭘 누려야 하는데?”

“……세상.”

“오빠는 정말……, 모르는구나. 거기가 얼마나 무섭고, 차갑고, 외로운지 몰라. 그러니까 내가……, 오빠 곁에서 떠나서, 혼자서 맞서라고? 이기라고? 누리라고?”

주먹이 쥐어졌다. 하지만 그는 담담히 답했다.

“여기도, 이 농월당도 무섭고, 차갑고, 외로워.”

그 답에 나는 아무 말도 할 수 없었다. 나는 기하 오빠에게 잘 자라는 인사도 하지 않고 돌아섰다. 명아 언니와 함께 있던 기하 오빠를 보는 것보다 세상을 꿈꾸는 그를 보는 것이 더 무서웠다. 아름다운 사람이 꾸는 아름다운 꿈에 세상이 저지를 잔혹한 일들이 무서웠다. 또한 나는 손톱만큼도 막아 줄 수 없다는 걸 알았기에 미리 미안했다.

하늘로부터 치우가 보내 준 눈송이들이 반짝였다. 나는 고개를 들어 그의 선물을 맞이했다. 차가운 눈꽃송이들이 나의 이마에, 눈썹에, 콧등에, 그리고 입술에 내려앉았다. 눈을 감자 그것은 치우의 입맞춤이 되었다. 그렇게 그의 입맞춤은 나의 피부에 고스란히 녹아들었다. 오빠 말이 맞을지도 몰라. 어디라도 무섭고, 차갑고, 외로울지도 몰라. 그런데 어디에서라도 내 곁에 있어 주는 한 사람이 있다면 달라지지. 오빠도 알기에 세상을 꿈꾸는 것이겠지. 그곳에 명아 언니가 있으니까. 어쩌면 당신은 세상이 아닌 그녀를 꿈꾸는 것인지도 모르겠어. 사람을 꿈꾸는지도.

18
검을 잡다

왕고모의 등장으로 조금쯤은 들떠 있던 어느 날 엄마를 보았다. 꿈에서 엄마는 하늘을 날고 있었다. 정확한 표현은……, 옥상에서 떨어져 콘크리트 바닥에 머리를 박기 직전의 모습이었다. 볼 수는 없었지만 끝없이 상상했던 그 모습 그대로였다.

소리가 기억났다. 엄마의 몸이 지상과 부딪치는 소리. 어릴 적 장난으로 던지곤 했던 물 풍선이 터지는 소리를 수십 배쯤 크게 키우면 그런 소리가 날 것이다. 이제 곧 그 끔찍한 소리가 나겠지……. 각오를 하고 있는데 엄마의 몸이 거꾸로 허공을 날아 옥상으로 회귀했다.

초점을 잃은 눈동자, 하도 깨물어서 피가 배어 나오는 입술, 아빠가 엄마를 때릴 때마다 움켜잡았던 머리칼이 바람에 흩날렸다. 아빠……. 단어를 떠올리자마자 아빠의 하나뿐인 주먹이 엄마의 얼굴을 사정없이 내리친다. 잘못한 것도 없으면서 연신 손을 모아 비는 엄마가 싫다. 그녀의 얼굴에는 몇 달째 멍이 보랏빛으로, 푸른빛으로 점점이 번져 있다. 엄마의 멍과 빌고 있는 손. 오직 그것만이 보였다.

"그만해!"

소리를 지르며 아빠에게 달려들었다. 언제나 엄마의 등 뒤에 숨어 있던 내가 처음으로 그녀를 위해 몸을 날렸다. 그리고 그의 다리를 꽉 물었다. 방을 채우는 아빠의 비명 소리. 그러나 나는 온 힘을 다해 두 팔로 아빠의 다리를 끌어안고 그를 놓아주지 않는다. 정신을 차려 보니 나를 때리고 있는 건……, 엄마였다.

아빠에게 죽도록 맞으면서도 방어조차 제대로 하지 못했던 그녀가 그가 아닌 나를 때리고 있었다. 심지어 아빠가 자신에게 그랬듯이 나의 머리채를 움켜쥐고 그에게서 떼어 놓았다. 엄마가 어떻게 나한테 이럴 수 있어? 배신감. 그래, 배신감이 차올라 참을 수가 없었다. 그래서 그들에게 소리치며 그 방을 박차고 나갔다.

"둘 다 죽어 버려!"

눈물을 흘리며 달렸던 골목은 연탄이 떨어져 냉골이었던 그 방보다 차라리 따뜻했다. 지붕과 지붕을 타고 넘으며 해가 내 등을 비춰 주었다. 하지만 생각했다. 저런 해 따위 폭발해 버려라! 폭발해 버려서 공평하게 세상 모두 어두워져 버려! 골목은 끝이 없고 눈물도 끝이 없다. 나는 달렸다. 달리고 달려 과거에 다다른다. 저기 다연이 보인다. 치우가 사랑했고, 사랑하고 있는 그녀다.

심한 열에 신음하며 식은땀을 흘리는 다연은 괴로운 듯 이마에 주름을 만들고 있었다. 이 여자가 정말로 나의 과거일까? 이렇게 약해 빠진 여자가? 나라면 그놈의 뱀, 꼬리를 돌리며 저쪽으로 던져 버렸을 것이다. 그러면 그녀의 종잡을 수 없는 남편은 놀라 입을 쩍 벌렸겠지. 과거의 환영 속에서 툴툴거리고 있는데 문이 열리며 다연의 남편이 들어왔다.

그가 조용히 그녀 곁에 앉음에도 그녀는 정신을 차리지 못하고 괴로운 숨을 내쉬고 있다. 그가 손을 내밀어 그녀의 이마를 짚어 본다. 그러더니 다연의 머리맡에 놓인 대야에 담긴 물수건을 짜서 그녀의 이마에 올려 준다. 역시 이 사람은 알 수가 없다.

그의 다음 행동은 내 의식을 더욱 미궁으로 몰아넣었다. 그가 손가락으로 그녀의 입술을 가볍게 스치는 것이 아닌가. 그러고는 혼잣말을 하듯 의식이 없는 다연에게 말했다.

"마음은 그대에게 머물러 있고, 몸은 그대를 떠나야 하고……. 그대를 데려가고 싶으나……, 뭇사람들의 혀가 그대를 상처 입히겠지……."

당신, 무슨 말을 하는 거야? 놀란 나는 그의 어깨를 흔들고 싶다. 아니면 그녀의 눈을 억지로라도 뜨게 하고 싶다. 저 사람의 말 당신이 들어야 해. 어서 일어나라고 말하고 싶었다. 하지만 나의 놀람과는 하등 상관없는 그는 그저 그녀를 바라만 보고, 그녀는 깊은 잠에 빠져 있을 뿐이다.

불규칙한 다연의 숨소리가 느리게 평소의 평온을 되찾을 때까지 그가 기다리는 동안 밤은 깊어 간다.

갑작스럽게 쏟아지는 햇빛과 음식 냄새에 어리둥절하다. 주위를 둘러보니 잔치 준비를 하는지 아낙들이 분주하다. 엎어진 무쇠솥에 기름이 둘러지고 아낙의 거친 손이 한번 휘이, 움직이자 자그륵, 갖가지 전이 맛난 소리를 내며 몸을 뒤척인다.

"자, 자, 서두르자고. 벌써 사랑채에 손님들이 넘치니 서둘러야겠어."

"걱정 마시오, 형님. 척척, 착착, 만들고 있으니!"

"새아씨 들어오신 뒤로 이 댁 경사가 겹치네, 겹쳐! 서방님께서 높은 벼슬에도 오르시고! 이제 아기씨만 생기시면 만사형통일세!"

유쾌한 한 아낙의 농에 웃음이 물결친다. 그렇구나, 그가 떠나기 전에 잔치를 벌였구나. 낯선 얼굴의 아낙들은 아마도 화림동에서 데려온 이들인가 보다.

팔을 동동 걷어붙이고 잔치 음식을 부지런히 만드는 그들의 얼굴에서 왠지 모를 푸진 인심이 느껴진다. 어미를 찾아온 제 자식들 입에 눈치껏 음식을 밀어 넣고는 궁둥이를 토닥토닥 두드려 주기도 하고, 왁자지껄 수다를 떨기도 하는 그들이 좋다.

큰마님—다연의 시어머니—이 치맛단을 부여잡고 안채 마당에 등장하기라도 하면 서둘러 자식들을 쫓아 보내고 일에 열중인 척하는 모습도 좋았다.

"정갈하게, 모양새가 흐트러지지 않게 만들게. 행여 손님들께서 음식 때문에 언짢아하실 낯이라도 뵈면 모두 품삯 못 받을 줄 알고!"

찬바람 쌔앵 도는 말을 뱉고서야 잔칫상을 살피러 가는 큰마님의 등을 향해 입을 삐죽이는 그들. 어떤 일에도 기가 죽지 않을 그들도 다연의 모습에 긴장함이 역력하다.

"저이들 챙겨 갈 음식까지 넉넉히 만들어 두게나. 제비 새끼인 양 입 벌리는 아이들 먹이느라 마음이 바빠 정갈한 음식이 나오겠는가. 그러니 넉넉히 만들어 두어."

섭이 어멈에게 당부하는 다연의 음성은 차분하고 따스하다. 그럼에도 아낙들의 시선은 호기심과 긴장, 약간의 조롱까지 뒤섞여 있다. 그녀가 당부의 말을 마치고 친척 부인들이 모인 건넛방으로 돌아섰을 때, 소문의 진상은 말이 되어 소곤소곤, 어지러이 일어났다.

"저분이 하늘같으신 임금님과 사돈 되시는……."

"소문보다는 흉하지 않으시네."

"에고, 그래도 옥골선풍, 서방님이 아깝지."

"이 사람들이! 경을 치려고 용을 써도 유분수지! 조용히 하고 음식이나 만들어!"

아낙들의 수군거림을 막은 것은 섭이 어멈이다. 그리고 나는 보았다. 마당에서는 보이지 않는, 사랑채와 안채를 잇는 작은 중문에 다연의 남편이 서서 아낙들의 이야기를 듣고 있음을. 어째서 저기 있는 것일까? 의문이 일어나는데 건넛방의 열려진 창으로 여인들의 말소리가 새어 나온다.

화림동 아낙들의 음성보다 낮고 부드럽지만 어쩐지 싫은 목소리들이다. 나는 여인들과 다연의 남편을 동시에 볼 수 있는 툇마루에 걸터앉았다.

"어쩜, 승승장구란 이 댁을 일컬어 하는 말이 아니겠습니까."

연지를 칠한 입술에 미소를 머금고 한 여인이 곁에 앉은 여인의 팔을 건드리며 말한다.

"아무렴요. 부마와 사돈이 되시더니 무과에 급제하시고, 벼슬도 높아지시고……. 정말 부럽습니다."

입을 가리며 웃는 그녀의 머리통을 갈겨 버리고 싶다. 지금 뭣들 하는 짓이지? 게다가 마땅히 상석에 앉아야 할 다연은 음식이 차려진 상의 끄트머리에 앉아 그들의 대화를 묵묵히 들을 뿐이다. 그녀의 표정은 여전히 묘연하지만 그녀가 볼 수 없는 그의 표정은 분노로 일그러져 있다.

"임금께서 총애하시는 부마의 누이 되시는 귀한 분을 인척姻戚으로 맞이한 것이 과연 보람이 있군요."

"그 보람, 우리 낭군께도 좀 골고루 나눠 주시면 얼마나 좋겠습니까!"

누구 한 사람 다연의 편을 들어주는 이가 없구나. 바보! 왜 가만히 있는 거야! 마음을 준 남편한테는 잘도 상처 주면서!

"부럽습니다. 저도 오라버니께서 임금의 사위가 되면 미장부를 지아비로 모실 수 있었을 것인데……."

호호호호, 비웃음의 물결이 창을 넘어 그에게까지 다다른다. 주먹을 움켜쥔 그가 막 건넛방으로 발걸음을 떼려는 순간, 다연의 맑지만 싸늘한 목소리가 좌중을 압도한다.

"그리 말씀해 주시니 송구스럽습니다. 하나 가문을 골라 태어날 수 없는 것이 안타까울 따름입니다. 모두 전생의 업이 빚어낸 일이니 현생에서는 좀 더 덕을 쌓도록 하시지요. 그리고 서방님의 재주를 폄하하심은 참으로 부당한 말씀이십니다. 학식과 무예를 두루 갖추신 벗들이 넘치시는 저의 오라버님께서 인정한 서방님이십니다. 그런데 다른 이도 아닌 인척 부인들께 폄하되다니요! 제 흉을 비웃으시는 것은 마땅히 참아 넘길 수 있으나 그분을 책잡으시는 것은 제 마음이 용납할 수 없습니다. 게다가 단지 부마의 사돈이라 해서 재주 없는 이를 등용했다 말씀하심은 임금을 기망하는 말씀이 아니십니까. 예로부터 세 치 혀로 멸문지화를 당한 이가 많으니 조심하시는 것이 우리 가문을 위해 좋을 듯합니다. 그럼 저는 잔칫상 준비에 분주하여 이만 나가 보겠습니다. 맛있게 드시고 덕담만 나누시다 가시지요."

망설임 없이 일어서는 그녀를 붙잡는 이가 없다. 처음으로 그녀가, 과거의 내가 좋다고 생각하며 중문에 서 있던 그를 본다. 그러나 그는 거기 없다.

"아니, 우리말을 곡해하신 모양이시네……."

가장 배짱 좋게 함부로 입을 놀리던 여인이 손을 흔들며 변명을 하려는 순간, 입이 벌어지고 표정이 경직된다. 다른 여인들도 일제히 고개를 숙이며 어찌할 바를 몰라 한다. 왜지? 목을 빼서 문을 열고 서 있는 다연을 보니 이유를 알 것 같다. 그녀의 앞에 그가 날카로운 눈을 하고 여인들을 내려다보고 서 있는 것이 아닌가.

"부마께서 오셔서 부인을 찾으시오. 가 보시지요."

그의 말에 다연은 고개를 한 번 숙이고 발걸음을 옮긴다. 그러나 그는 방문 앞에 서서 움직임 없이 그저 여인들을 둘러볼 뿐이다.

"오라버님, 오랜만에 뵙습니다. 백부님 환갑연 때 뵙고 처음이지요?"

붙임성 좋은 얼굴을 가진 한 여인이 동그란 미소를 지으며 엉거주춤 일어서서 말을 붙여도 그는 대답이 없다. 마침내 그가 입을 열자 살짝 어깨를 움츠리는 여인이 있을 정도로 무거운 침묵이 감돌았다.

"들으셨다시피 지금 부마께서 이 집에 와 계십니다. 방금 전 나누셨던 대화들을 부마 앞에서 하실 배짱이 있으신 분, 있으십니까? ……아니시라면 이 방에서 있었던 말들은 각자의 가슴에 묻으시고 차후로 입 밖에 꺼내시지 마십시오. 그리고 행여나 제 내자內子가 한 말 중에 심기를 불편하게 해 드린 부분이 있다면 대신 사과드리지요. 본래 진실은 불편함이 있기 마련이니……."

여인들이 입을 떡 벌리고 있는 사이 그는 단호히 돌아서서 나가 버렸다. 여인들이 충격에서 벗어나 조잘거리기 시작한 것은 그가 사랑채로 가는 중문에 들어선 후였다. 그런데 그를 붙잡는 손이 있다. 다연의 시어머니다.

"종복을 보내도 그만인 것을 네 직접 안채까지 발걸음을 하다니……. 아마도 인척 여인들의 입방아가 걱정돼서 구실을 붙인 것이겠지. 어떻더냐? 며늘아기, 당하고만 있더냐?"

비아냥거리는 목소리가 외조모를 연상시킨다. 그는 묵묵부답이다.

"평소에 살갑게 대하지도 않으면서 너도 참 별나기도 하구나. 어서 들어가 봐라. 부마께 조금이라도 잘 보여 두어야지."

그랬구나. 다연이 걱정되어 발걸음을 한 것이구나. 저 사람, 그녀를 걱정하고 있어. 그녀가 그러하듯이. 어쩐지 슬퍼졌다. 그들이 서로에게 대체할 수 없는 존재가 되어 가는데……, 그것이 기꺼우면서도 슬펐다. 치우가, 목이가 떠올라서.

돌아가면 치우를 안아 주자. 그가 악몽에서 나를 건져 주었듯이, 나도 그를 슬픔에서 건져 주자. 하지만 나는 도리어 그가 지닌 슬픔의 무게를 더해 버리는 결과를 선택할 수밖에 없었다.

"교은이, 서울에서 왕고모랑 같이 살까?"

저녁상을 앞에 두고 왕고모는 '좀 이따 산책이나 갈까?' 하듯이 대수롭지 않은 말투로 그런 제안을 했다.

"이날 이때껏 혼자 살면서 외롭다는 생각 많이 하지 않았는데, 요즘은 나이 때문인지 자꾸 사람이 그립네. 우리 교은이랑 함께 살면 이 왕고모가 매일 활기차니 좋을 것 같은데. 너한테도 여기 학교보다는 서울에 있는 학교에 다니는 게 도움이 될 거고……. 어떻게 생각하니?"

나를 제외한 모든 사람들은 침착했다. 기하 오빠도. 모두 알고 있었군. 외조부와 외조모는 당연히 찬성했을 것이다. 처음부터 탐탁지 않은 핏줄이었을 테니까. 그러나 기하 오빠는? 그는 표정이 없다. 대신 이렇게 말해서 왕고모 쪽에 힘을 실어 주었다.

"가는 게 좋을 것 같아. 대학에 가려면 서울에서 공부하는 것이 좋을 거야."

정말 그렇게 생각해? 정말 내가 당신 곁에서 사라져도 괜찮아? 내가 당신 곁에 없어도 아무렇지 않아?

"그렇지? 우리 집 근처에 고등학교가 있으니까 통학하기도 좋고."

"저는……, 잘 모르겠어요."

숟가락을 내려놓으며 내가 답했다.

"그래? 그럼 생각해 봐. 왕고모는 교은이랑 같이 살았으면 좋겠다고 생각한다는 거 잊지 말고. 그래도 제일 중요한 건 네 생각이니까 천천히 생각해 봐."

"생각할 것이 뭐 있어? 오갈 데 없는 년 거둬 주고, 먹여 주고, 학교까지 다 보내 주겠다는데. 같잖은 자존심 세우지 마라."

역시 외조모였다. 나를 쳐다보지도 않고 차가운 목소리로 내 뺨을 갈기는 사람. 역시 당신이다. 당황한 건 왕고모였다.

“아휴, 왜 그렇게 말을 해요? 교은이랑 같이 살면 내가 좋을 것 같아서 그런 건데…….”

“저런 앙칼지고 독한 년 고모하고 같이 살아 봤자 뭐가 좋다고……. 선이 땜에 불쌍해서 거두려는 게지. 나야, 저거 치우는 거 속이 시원해서 말리지는 않겠지만 고모는 각오 단단히 하는 것이 좋을 겁니다. 저것이 얼마나 독하고 못된 것인지……. 저 봐, 저 눈 좀 봐!”

그래, 난 가진 거라고는 못된 아집과 독기밖에 남지 않은 계집아이야.

“그만하시우. 자자, 그만하고 교은이는 좀 더 생각해 봐. 알았지?”

기하 오빠, 뭐라고 좀 해 봐. 하지만 그는 침묵했다. 이거밖에 되지 않았어? 당신과 나의 시간이? 정말로 괜찮은 거야? 내가 농월당을 떠나도?

“생각해 볼게요. 열심히.”

만족스러워하는 왕고모와 탐탁지 않은 눈길을 보내는 외조모는 아무래도 좋았다. 그녀들의 뒤에서 표정 없는 얼굴을 하고 있는 기하 오빠만이 내 눈에, 마음에 시릴 뿐이었다. 시리고 시려서 거기 있을 수 없었다.

기하 오빠의 무표정을 피해 돌아온 농월당엔 치우의 분노가 기다리고 있었다.

“생각을 해 보겠다고? 농월당을 떠나는 걸 열심히 생각해서 떠나겠다는 결론이 내려지면 그대는 미련 없이 떠날 작정인가? 그럴 수 있어?"

"……떠나지 못할 것도 없어."

기하 오빠에겐 명아 언니가, 너에겐 다연이 있는데 떠나지 못할 것이 뭐야?

"떠나지 못할 것이 없다……. 내가 그대를 얼마나 오랜 시간 기다렸는지 아는가? 내가 그대를 내 것으로 하기 위해 무슨 일을 저지른 줄 알아? 어떻게……, 그대가 내게 이럴 수 있지?"

"네가 그렇게 오랜 시간 기다리고 갖고 싶었던 강다연은 내가 아니야."

사람의 말이 다른 이를 조각낼 수 있다는 걸 볼 수 있었다. 내 말에 치우의 눈동자가 조각나고, 그의 안에서 그가 조각나고 있음을 보았다. 미안해, 나는 강다연이 아니야. 나는 정교은으로 네 앞에 있어. 한숨이 내 몸을 나서기도 전 치우의 팔이 날 끌어안았다. 포박과도 같은 포옹이었다.

"보낼 수 없어. 보내지 않아. 보내지 않을 것이다."

상상했다. 치우에게 안겨 농월당의 땅 깊숙이 끌려 들어가는 상상. 다연의 내생來生이 아닌 나 자신으로. 그러나 치우가 안고 있는 건 강다연이고 그에게 안겨 있는 것은 정교은이다.

"놔줘. 네가 안고 있는 건 내가 아니야."

상상은 현실이 되지 않아.

"그대가 아무리 부정해도, 아무리 내게서 달아나려 해도 그대는 내게서 벗어날 수 없다. 이 농월당에서 벗어날 수 없어!"

정말로 치우의 품에서 죽을 수도 있겠다 싶을 만큼 그는 나를 강하게 끌어안았다. 숨을 쉴 수가 없었다. 숨을……. 그때 갑작스럽게 농월당 문이 벌컥 열리면서 기하 오빠가 들어왔다. 간신히 고개를 돌려 바라본 기하 오빠의 얼굴은 표정을 갖고 있었다. 그것은 분노였다.

"놓아줘. 그 앨 놔줘!"

그에게서 한 번도 느껴 보지 못한 분노가 목소리에 담겨 치우를 쳤다. 그러나 치우는 나를 놔주지 않고서 낮게 으르렁거렸다.

"네가 감히, 내게서 또 그녀를……, 네가……, 네까짓 것이 내게 명하는 것이냐!"

온 방 안이 치우에게서 흘러나온 증오로 검게 채워졌고, 땅 속 깊은 곳에서부터 올라온 진동이 농월당을 흔들었다. 하지만 기하 오빠는 물러서지 않았다.

"놓아줘. 그 애는 여기에 있으면 안 돼."

"네가 무엇인데 그녀가 농월당을 떠나야 한다고 말하는 것이냐. 너는, 그녀를 기억도……. 너는 명아를 택했으면서."

검은 안개로 변한 치우의 증오는 기하 오빠의 발을 적시고 그를 삼키려 했다. 물러서, 오빠. 물러서, 치우는 당신을 죽일지도 몰라. 치우의 팔이 나를 놓아주었기에 앞으로 나서려 하지만 그는 날 자신의 뒤에 감춘다. 게다가 그는 자신의 능력으로 나의 몸과 목소리를 봉해 놓는다. 풀어 줘. 제발 이러지 마.

"당신이 교은이를 택했다는 거야? 당신이 교은이에게 무엇을 해 줄 수 있는데? 당신은……, 사람이 아니잖아. 교은이는 사람이 필요해. 사람이…….”

오빠, 그렇게 말하지 마. 치우에게 그렇게 말하지 마.

“네가 내게 그런 말을 할 수 있다니……. 네가 감히……. 그래서 사람인 너는 그녀에게 무엇을 해 줄 수 있나? 사람인 너는!”

“없어. 나는 교은이에게 해 줄 수 있는 것이 아무것도 없어. 당신도 저 애한테 줄 수 있는 것이 없잖아. 우리는 교은이에게 줄 수 있는 것이 아무것도 없어. 그런데 저 애를 여기에 잡아두는 건……, 안 돼. 옳지 않아.”

차가운 분노와 뜨거운 증오를 느낄 수 없다는 듯이 기하 오빠는 조용히 말했다.

“누가 너에게 옳고 그름을 판단하라고 했나. 그녀에 대한 나의 마음을 네가 어찌 판단해!”

나는 보았다. 치우의 손에 검이 들려 있음을. 꿈속에서 다연의 남편이 목이에게 내리치던 차갑고 두려운 검이다. 그러지 마. 치우야, 제발 그러지 마! 기하 오빠는 두려움이 없다. 두려움 없이 앞으로 나서며 치우에게 외친다.

“당신의 마음, 저 애에 대한 당신의 마음은 집착이야! 교은이에게 상처만 주게 될 거야. 사람이 아닌 당신의 마음은!”

순간 검이 허공을 가른다. 안 돼! 치우의 검은 기하 오빠의 목에 멈춰 서서 빛을 발하고 있다. 기하 오빠의 어깨 위로 검에 잘린 머리카락 몇 가닥이 떨어진다.

“그래, 나는 사람이 아니다. 사람임을 포기했다. 이 여인을 위해 포기했다. 한데 무엇도 포기하지 않았고, 포기하지도 않을 네가 그런 말을 내뱉을 수가 있나?"

내 앞에 선 이는 치우가 아니다. 목이다. 저기 서 있는 이는 기하 오빠가 아니다. 다연의 남편이다. 그들은 진정 누구인가? 목이의 얼굴을 가진 치우가, 다연의 남편 얼굴을 가진 기하 오빠가 말과 검으로 서로를 겨누고 있다. 나는 지금 누구를 사랑하고 있는가? 기하 오빠인가, 치우인가? 아니, 여기 그들의 뒤에서 무력하게 서 있는 나는 누구인가? 교은인가, 다연인가?

갑자기 내 몸에서 붉은빛이 뛰기 시작한다. 몸을 움직일 수 있다. 목소리를 낼 수 있다. 하지만 나의 몸과 목소리는 내 것이 아닌 것 같다. 다연, 당신인가, 나를 움직이는 것은? 당신의 혼이 나를 잠식하려 하는가? 아니, 그럴 수 없다. 내어 주지 않을 거다. 이렇게 저들의 곁에서 숨 쉬고, 움직이고, 말하는 건 나여야 한다. 하지만……, 누구도 나를 원하지 않는다.

나의 움직임을 먼저 알아차린 건 치우였다. 그가 내게 고개를 돌리며 흔들리는 사이 나는 기하 오빠와 치우 사이에 선다. 그리고 손을 들어 치우의 검을 잡는다. 검이 손바닥을 가르고 핏방울이 투두둑 떨어져 내린다. 치우의 눈동자가 동요한다. 그가 검을 빼려 하지만 난 검을 움켜쥐고 놓지 않는다. 피 냄새에 기하 오빠 역시 내게 손을 뻗지만 난 그의 손을 거부한다.

"놔라! 피가 나지 않나. 놔."

치우가 애원한다. 아니다, 그는 목이다. 목이의 얼굴을 하고서 다연에게 애원하고 있다.

"교은아, 다쳤니? 교은아……."

기하 오빠의 목소리에는 걱정과 염려가 가득하다. 그러나 나는 그에게 그런 마음을 원한 것이 아니다. 모두를 가질 수도 없고, 가져서도 안 되고, 모두가 원하지 않는 나다. 여기 내가 있을 곳은 없다. 치우가 사랑했던 다연의 혼이, 기하 오빠가 사랑하는 명아 언니의 기억이 있는 이 농월당에서 나는 없다. 나는 존재하지 않는다.

"내가 잘못했다. 제발, 놔라. 제발……."

치우의 손이 검을 잡은 내 손을 감싼다. 무엇을 잘못했다는 거지? 당신은 잘못한 게 없어. 당신은 다만 그녀만을 사랑한 것일 뿐이지. 비로소 검을 놓는 내 손을 그가 재빨리 감싼다. 손가락의 뼈가, 손바닥의 베인 살이 고스란히 드러났다. 그것은 잘린 내 마음 같았다. 하지만 통증은 손이 아닌 가슴에서 시작되어 내 몸을 스러지게 만든다. 정신을 잃는 나를 치우의 팔이 감싼다. 그의 품에서 근심이 서린 기하 오빠의 얼굴을 본다. 당신들은 잘못이 없다. 당신들은 각자의 사랑을 하는 것일 뿐. 그 사랑 안에 내가 없을 뿐이다. 누구를 향하는지도 가늠할 수 없는 나의 사랑이 소리 없는 비명을 지른다. 숨을 쉴 수가 없어. 당신들의 사랑에서 외면된 나는 숨을 쉴 수가 없어. 당신들로 인해 살아났던 내가 당신들로 인해 죽어 가고 있어. 내가 죽어 간 이 자리에 그녀가 피어나겠지. 다연……. 나는 정신을 잃었다.

19
매화의 눈물

녹음이 천지를 동峒하는 날, 그는 충청 어느 현의 현감으로 부임되어 집을 떠났다. 시어머니는 아들의 행장을 꾸리며 한 말씀 흘렸다.

"부마의 뒷배가 종육품의 현감밖에 안 되누. 종사품 만호는 될 줄 알았건만……. 에휴."

인간의 욕심이란 바다를 삼키고도 배가 고픈 거대한 구덩이와 같다고 아버님께서 말씀해 주셨지. 흉한 생각이 고개를 든다.

그는 내가 시댁에 남는 것이 좋겠다고 말했다. 그렇기도 하겠지. 부임지에서 안사람의 외양에 관해 이런저런 소문이 도는 것을 반길 사내가 어디 있겠는가. 잔칫날 내 편을 들어주었다, 보호해 주었다 싶어 기대한 내가 어리석다. 집안사람들과 함께 배웅하는데 그가 불현듯 돌아보며 말한다.

“중요한 서책을 두고 왔다. 너, 어서 가서 가져오너라. 내 늘 보는 『육도六韜』다. 허! 네가 까막눈인 걸 잊었군.”

그가 명하는 이는 상처 입은 몸으로 겨우 허리를 굽히고 있는 목이다. 부상을 입은 탓에 주인을 따르지 못하는 그는 당황한 기색이 역력하다.

“자, 서책에 ‘육六’이란 글자가 적힌 것을 가져오너라. 이 정도는 머리에 담아 둘 수 있겠지?”

막대기로 땅에 글자를 써 보여 주는 그의 눈빛에 화火가 가득하다. 글을 가르쳐 주며 역정을 내는 것이 이상하다. 아버지는 다섯 살 아이에서부터 과거 준비를 하는 유생에 이르기까지 가르침을 주실 때 항상 즐거워하셨건만.

황급히 사랑채로 향하는 목이의 등에서 ‘수치’ 두 글자를 본다. 깊은 상처가 아직 아물지 않았음에 팔을 제대로 들어 올리지도 못하는 자가 겨우 내민 서책을 낚아챈 그는 시부모님에게 허리 굽혀 인사하고 훌쩍 말에 오른다. 날랜 몸짓이다. 그보다 더 날랜 눈짓으로 나를 응시하던 그의 시선에서 전에 없던 따스함이 느껴진다. 설레는, 그러나 이유를 알 수 없는 따스함이다. 그것도 잠깐, 그는 한마디 말도 없이 말을 몰아 떠난다.

그를 태운 말이 멀어지자 시부모는 대문 안으로 들어가고, 가노들도 그 뒤를 따른다. 나만이 화림동의 담들 사이로 사라지는 그를 지켜본다. 주저함이 없는 말의 걸음, 얼핏 그가 뒤돌아보는 듯도 하다. 그러나 너무 멀어져 그의 작은 몸짓을 알아보기 힘들다.

그의 모습이 완전히 사라진 뒤 돌아서니 나만이 남은 줄 알았던 대문가에서 목이가 나를 보고 있다. 그리고 묻는다.

"그날, 의원께 하신 말씀, 참으로 그리 생각하십니까?"

"……하늘 아래 목숨은 모두 중하다 한 것 말이오? 그렇소. 그렇게 배웠으며 그리 믿고 있소."

"증명하실 수 있습니까? 정말로 모든 목숨이 중함을 증명하실 수 있습니까?"

낮은 음성이 으르렁거린다.

"저 하늘이 하늘인 것을, 이 땅이 땅인 것을 그대는 증명할 수 있소? 천지가 생겨나고부터 천하사람 모두 아는 것을 증명할 필요가 있소? 다만 그것을 아는 것과 실천하는 사람의 행行이 달라 아닌 듯 보일 뿐이오."

내 말에 그는 눈을 내리깔고 생각에 잠긴다. 그대의 운명도 녹록지 않은 것이겠지. 하긴 이 땅에 녹록한 운명을 가진 이가 몇이나 되겠는가. 습관처럼 한숨이 흐른다.

*

입추가 지나고 오라버니가 차를 보내 오셨다. 붉은 실로 매어진 함은 흰 선지宣紙가 발려 있었다. 함께 보내 주신 운전雲箋은 이러했다.

백련白蓮이 만개한 것을 보고 너의 생일이 떠올랐구나. 네 성정으로 보아 사돈어른께 알리지 않음이 분명하고, 네 부서[6]도 외지로 임관 받아 홀로 남은 너이니 생일날 쓸쓸할까 저어된다. 지난봄, 너를 위해 따로 봉해 두었던 차를 보내니 두고 즐기어라.

함을 열어 보니 차는 오동나무 통에 담겨 있다. 매해 봄이면 아버지의 벗 되시는 분께서 남도로부터 보내 주시는 그 차인가 보다. 차를 넣은 상자를 비단으로 감싸고 그것을 다시 대광주리에 넣어 보내 주셨던 귀하디귀한 차.

마음을 움직이는 차향을 담은 다관에 대숲에서 밀려온 바람이 스친다. 대숲의 빛깔과 차의 향을 거느린 바람은 하릴없이 화림동으로 물러난다. 푸른 향기를 자취로 남긴 바람을 좇는데 봇짐을 진 노복이 마당에 허리를 굽히고 있는 것이 눈에 들어왔다. 지아비가 부임지에서 보낸 자다. 그는 붉은 비단으로 싼 함과 서찰을 전하고 행랑채로 물러났다.

연이 피어오른 못에 밤이면 단조가 장관이오. 초록의 무리에 손을 뻗으면 흩어지고 손을 거두면 다시 모이니 음률의 조화 같기도 하오.

짧은 글이 단정한 글씨로 적힌 서찰은 그가 보낸 미어[7]인가.

비단을 끄르고 함을 여니 뜻밖에도 서책이 들어 있다. 『금오

6. **부서(夫壻)** 남편

7. **미어(謎語)** 수수께끼

신화金鰲新話』, 숨이 급히 넘어간다. 이것을 어찌 구하셨단 말인가! 행여 누가 볼까 함을 덮는 내 손이 떨리고 있다. 어릴 때부터 간절히 원해 왔으나 감히 구할 수도, 구하기도 어려운 이 서책을 그 사람이 어찌 알고 보내 준 것인가. 게다가 내 생일을 알 리가 없는 사람이건만. 혹시 잘못 본 것인가 싶어 살짝 함을 열어 본다. 매월당梅月堂의 신묘한 재주가 아직 거기 있음에 안도하면서도 불안하다. 그리고 근심이 설렘을 대신한다. 무어라 답신을 보내야 하나?

생각의 실타래가 조각조각 글자들로 분절되는 사이 어린 시절의 기억이 글자들 사이로 고개를 내민다. 어머니의 반대에도 불구하고 나와 오라버니에게 배움을 공평히 베푸셨던 아버지. 아버지의 서실書室은 내게 보물 창고와 같았다. 서궤書櫃 가득 쌓인 서책들을 이따금씩 꺼내서 펼쳐 보시던 아버지의 표정은 큰 소리로 글을 읽는 오라버니와 나를 볼 때의 그것과 다르지 않았다. 아니다, 자애로움은 다르지 않았으나 거기에는 다른 무언가가 있었다. 그것은 서책에 대한 열망과 열망을 마음껏 펼치던 자신의 젊은 날을 추억하는 아련함이 섞인 표정이었다. 내 작은 손이 그런 아버지의 손을 잡고 흔들면 미소를 지으며 머리를 쓰다듬어 주셨지.

"걱정 마라. 이 아비는 여기 있다. 갈망했으나 갈 수 없는 서책 속 성현들의 세상이 아니라, 어여쁜 너의 곁에 있으니 걱정 말거라."

무슨 뜻인지 알 수 없었으나 조금은 슬프고 많이 안심되었다. 아버지는 언제나 내 곁에 계실 거야. 그리 생각하니 안심이 되어 활짝 웃어 드릴 수 있었다. 그때 아버지는 나의 웃음을 보고 무슨 생각을 하셨을까?

생각이 어지러운 가운데 지필묵을 꺼내며 호흡을 바로 하려 애쓴다.

보내 주신 서책의 귀함에 차향으로 답함을 용서하소서.

더 이상은 붓이 나아가지 않는다. 지필묵을 내려놓은 나는 오라버니가 보내 주신 차의 반을 덜어 깨끗한 죽통에 넣고 봉한다. 그리고 함을 쌌던 붉은 비단으로 죽통을 감싸 묶는다.

차향은 봉했으나 한숨을 봉할 수는 없다. 나는 그의 미어를 풀 수 없다.

*

아침부터 시어머니와 터줏대감에게 치성을 드렸다. 치성을 드리는 내내 시어머니의 표정과 몸짓은 이전에 그분에게선 볼 수 없었던 신성함마저 느끼게 해 주었다. 그 연유는 치성을 시작하기 전 낮은 음성으로 풀어 놓은 시어머니의 말씀 속에서 찾을 수 있었다.

"우리 집안 터줏대감은 다른 집과는 다르다. 암, 다르고말고. 백 년도 전에 우리 조상님 중 한 분께서 피치 못할 사정으로 집을 떠나 이 고장을 지나는데 덜컥 역병에 걸리고 만 거야. 화림동 저 천한 것들이 역병에 걸린 그분을 내모는 통에 죽을 수밖에 없겠다는 생각을 하셨는데 여기, 이 터를 지날 때 터줏대감인 지신께서 나타나 구해 주셨다지. 그것이 인연이 돼서 조상님께서는 이곳에 터를 잡고 사시게 되었고……. 영험하시지. 참말로 영험하셔."

정말로 그리 영험하시다면, 멀리 떠난 그를 무사히 돌려보내 주십시오. 그리 빌었다. 간곡히 빌고 또 비는 내 마음을 과연 지신이 알아줄는지……. 최소한 서찰에 담긴 그의 마음이라도 짐작할 수 있게 해 달라고도 빌었다.

열흘에 한 번꼴로 그가 보내는 서한 속 미어를 풀어내는 것을 포기했다. 그저 눈에 보이는 풍경을 담는 것 같은 그의 글은 유려하다기보다는 담백했고 짧았다. 무인이라 검의 움직임 같을 줄 알았던 서체는 군더더기는 없으나 다정多情을 담고 있었다.

간밤에 두백8의 울음이 숲에서 들려왔소. 들판에 미곡米穀이 익어 가고 농부들의 노랫가락이 넘실거리오.

어찌 답하란 말인가? 그의 언어 앞에서 나는 늘 주저할 수밖에 없다. 그가 내 답을 원하기나 한 것인가? 그래도 붓을 들

---

8. 두백(杜魄) 두견새

어야 한다.

이곳 농부들의 마음도 풍족하게 익어 가고 있습니다. 처마 밑 제비들 가을 하늘을 날며 잠자리를 낚아채는 것이 아직은 남으로 갈 생각이 없나 봅니다.

답서를 쓰고 재재거리는 제비 소리에 열린 창을 내다본다. 내 시선의 옮김보다 빠른 제비의 날개가 가을하늘을 가른다. 그리고 싸리비를 들고 우두커니 서 있는 목이가 눈에 들어온다. 어찌 저런 눈으로 나를 보는 걸까? 찬찬히 살피니 그가 보고 있는 것은 내가 아니다. 내가 들고 있는 붓과 종이다.

저런 눈을 본 일이 있다. 제자들에게 가르침을 펴시는 아버지의 사랑채를 담장 너머로 훔쳐보던 노비 아이의 눈빛이 저랬다. 탐이 나지만 탐을 내서는 안 되는 것에 대한 간절함. 열흘을 담장에 매달려 글과 배움을 탐내던 아이에게 내가 해 줄 수 있었던 건 언문을 가르쳐 주는 것뿐이었다. 그마저도 아이 어미의 만류로 그만둘 수밖에 없었지. 그네가 뭐라 했던가.

'제 자식 놈에게 가르침을 주시는 건 참말로 감사드립니다요. 하나 저희처럼 천한 것들에게 글이 뭔 소용입니까. 그저 천 것들은 알면 알수록 신세타령 늘어지는 게 이치입니다.'

아니라고, 그래도 배워야 한다고 말할 수 없었다.

나이와 빈부의 구애 없이 공평히 가르침을 베푸셨던 아버지도 귀천貴賤을 넘어서진 못하셨다. 아이는 자음자를 익히는 데서 끝이 났다. 언문으로 쓰인 서책을 볼 때마다 그 아이의 눈빛이 떠올랐는데 그와 같은 눈빛이 저기 또 있구나. 상처는 다 나았을까? 내가 자신을 살핌을 눈치 챈 목이는 당황한다. 탐내선 안 되는 배움에 대한 마음을 들켜 어찌할 바를 몰라 하는 그를 보고 결심이 섰다.

나는 손을 들어 그를 불렀다. 그리고 창 아래 허리를 굽히고 명을 기다리는 그에게 나의 답서가 든 봉지封紙를 건넸다.

"행랑채에 가면 서방님께서 보내신 자가 있을 거요. 그자에게 주시오."

"네."

"그리고……."

돌아서려는 목이를 내 말이 붙잡는다.

"……글을 배우고 싶으시오?"

내 물음은 그의 눈동자에게 배움에 대한 탐심을 물리고 수치를 들여놓았다.

"언문은 알고 있습니다."

"한문을 배우고 싶소?"

"검 잡는 노비가 언문을 익힌 것만으로도 감지덕지입니다. 천것인 쇤네에게 양반님네들 글인 한문을 익히는 것이 가당키나 하겠습니까."

"무武는 문文을 먼저 익혀야 도道의 길을 보인다 했소. 언문도 귀한 글이지만 검을 잡는 이에게 효용 있는 병서는 모두 한자로 되어 있으니 한자의 쓰임이 더 많을 뿐이지. 아니, 이런 말들이 무슨 소용이겠소. 배우고자 하면 도울 것이오, 나는. 배우겠소?"

자존심과 다툼하는 배움에 대한 탐심이 보인다.

"……제가 배우고자 하고 아씨께서 돕고자 하셔도 어르신들께서 허락하지 않으실 겁니다."

"나는 그대에게 물었소. 배우겠소?"

"……그것이 가능하다면 배우겠습니다."

"그것으로 됐소. 그만 가 보시오."

그는 나를 믿지 않는다. 믿지 않아도 상관없다. 누구의 믿음을 얻기 위함이 아니라 내가 배워 온 가르침에 대한 믿음을 증명하기 위함이니까. 공자께서 그러하셨듯이 가르침은 누구에게나 공평해야 한다. 나는 그리 배워 왔고 믿어 왔다. 행하지 않는 배움은 죽은 것이다. 나는 살아 있고 행할 것이다.

숨겨 두고 보고 있는 서책을 꺼내어 본다. 글이 시작되기 전 매월당 스스로를 평한 글이 내 지아비의 글씨체로 쓰여 있다.

當書夢死老, 꿈꾸다 죽은 늙은이라 써 달라.

매월당의 꿈을 함께 누릴 수 있는 서책 속에서 가끔 나는 지아비와 만나곤 한다. 그리고 묻는다. 그대의 꿈은 무엇이오? 그는 답이 없다.

*

『천자문千字文』의 글자 하나하나에 세필로 언문 풀이를 쓰는 것은 지루한 일이 될 거라 예상했다. 하나 그것은 나의 교만에서 비롯한 것이었다는 걸 알게 되었다. '天地玄黃, 하늘은 검고 땅은 누렇다.' 천자문의 첫 구절을 언문으로 풀이하며 어릴 적 오라버니와 함께 글을 배울 때 갖지 못했던 의구심이 들었다. 땅이 누런 것은 알겠으나 어찌하여 하늘은 검다 하였을까? 하늘은 푸르다 가르치는 것이 마땅하지 않은가? 아니다. 이것도 나의 편견이다. 하늘빛이 어찌 고정되어 있는 빛이란 말인가. 푸르기도, 붉기도, 흰빛이기도, 때론 누런빛이기도 하다. 밤하늘이라고 검기만 한 것도 아니다. 별빛과 달빛이 밤하늘과 어우러져 빚어내는 빛깔들을 뉘가 검다 할 것인가! 어쩌면 땅도 누런빛이 아닐 수도 있다. 계절에 따라, 쓰임에 따라 그 빛이 다르지 않은가. 땅의 빛이 고정되어 있다고 누가 말했는가! 부끄러웠다. 오라버니보다 암기가 빠른 것에 칭찬받는 것에만 우쭐했던 어린 마음이 글에 담긴 오묘한 이치는 보지 못하였구나. 안다는 것은 안다는 사실에 의심을 풀지 않는 것, 고정된 진리는 없다는 걸 이제야 깨치었구나.

수십 자 풀이를 쓰고 마당을 보니 지아비의 서찰을 가져온 이가 허리를 굽히고 있다.

능히 수십 굽이 비단도 쉬이 가르던 검이 일자一字 대나무 하나 베지 못하는구려. 하물며 사람의 마음이야. 오늘 밤엔 찬 기운이 검에 스미어 달빛과 다름없소.

이 사람은 무엇을 말하려는 것인가?

대련하는 이에게 가차 없이 검을 휘두르던 모습, 반딧불을 보며 미소 짓던 모습, 내 육신을 희롱하던 모습, 뱀에게서 나를 구하였던 모습들이 엉킨다. 어느 것이 진眞이며 어느 것이 위僞인가? 나의 답은 위에 진해야 하나, 진에 위해야 하나? 진에 진하고 싶은 것은 과욕인가?

사물도 베어짐을 기꺼워하지 않거늘 사람의 마음인들 오죽하겠습니까. 검과 달빛은 찬 기운에 더욱 형형하나 사람의 마음은 소슬하니 옷깃을 여미게 됩니다.

바느질해 둔 누비옷을 곱게 개고 답서를 봉해 올린 후 깨끗한 보자기에 싼다.

부르지도 않았는데 그자가 마루 아래 시선을 깔고 서 있다. 나는 지아비에게 전할 보따리를 그에게 건넸다. 보따리 위에는 『천자문』이 있다.

"겨우내 입으실 의복을 넣었다 전하시오. ……글자는 외기만 한다고 해서 참되게 알게 되는 것은 아니지만 외지 않고서 뜻을 깨우치는 것 또한 불가능하오. 다음에 서찰이 올 때까지 모두 익히면 내게 다시 주시오."

보따리와 서책을 받는 그자의 거친 손이 조금 떨리고 있음을 못 본 체했다. 그의 눈동자에는 수치가 물러나고 배움에 대한 설렘이 들어찬다. 부럽구나. 배움이 삶의 이유가 될 수 있는 절박함이 차라리 부럽구나.

*

오라버니께서 보낸 운전에 마음이 울적하다.

조만간 병조兵曹에 네 부서夫壻를 천거할까 한다. 그리하면 네 적적함이 조금은 덜어질 것이다. 또한 병조에 적籍을 두려면 한양에 너희 부부 모두 기거해야 할 것이니 매일 널 보고 싶어 하시는 어머님께도 위안이 될 것이라 생각한다. 아버님께서 너의 서한을 기다리시는구나. 시댁에 누를 끼치지 않는 한에서 자주 서한 올리도록 하여라.

혼인을 하며 오라버니의 어깨에서 짐을 덜어 드렸다 여겼는데 그것이 아니었구나. 죽는 날까지 오라버니에게 폐가 되는 이가 바로 나라고 생각하니 한숨이 마루에까지 이르려 한다.

요 근래 두 차례의 제사와 잦은 접빈객接賓客으로 심신이 쇠하신 시어머니는 하루 종일 자리에서 거동을 하지 않으신다. 오늘쯤이면 응당 그의 서찰이 당도했어야 하는데……. 아니다, 기다리지 말자. 기다림을 마음에 들여놓으면 자칫 그를 들여놓을 수도 있다. 아직 그의 언어가 진인지 가려내지 못했으니 섣불리 이러지 말자.

저녁상을 시아버지에게 먼저 올리고 잣죽을 쑤어 시어머니에게 올렸다. 그의 서찰이 왜 늦는 것일까? 설거지를 하는 섭이 어멈의 등을 보며 드는 생각에 소름이 돋는다. 어찌 이러는 것이냐. 네 일생 뜻대로 살지는 못해도 마음만은 뜻대로 해야 할 것이 아니냐. 그리하지 않고 과연 네가 너로서 살았다 할 수 있겠느냐. 고개를 가로젓고 일어난다.

"대충 갈무리되면 들어가 쉬게."

섭이 어멈의 대답을 듣지 않고 안방으로 들어가던 내 발치에 서책이 채였다. 『천자문』이다. 그리고 그 위, 서찰이 놓여 있다. 등불을 켜고 서안書案에 서책과 서찰을 나란히 놓는다. 마음은 서찰로 향하나 거두고 서책으로 손을 뻗는다. 익힘이 빠른 자이다. 이제 서찰이 오지 않아도 서책은 안방 문 앞에 놓여 있을 때가 많았다. 어찌 다른 이의 눈에 띄지 않는지 알 수 없으나 언문 풀이를 적어 문밖에 내어 놓으면 또 새벽이 되기 전에 사라지는 것이 배움에 대한 목이의 열망을 짐작할 수 있게 했다. 마음이 다시 서찰로 간다. 거두어야 한다.

지필묵을 꺼내 서책을 펼치고 언문 풀이를 써내려 간다. 등불이 동지 매서운 찬 기운에 흔들린다. 붓을 든 내 그림자가 이지러지며 서찰에 어른거린다. 거둘 수 없는 것이냐, 아니면 거두기 싫은 것이냐. 손과 눈은 마음을 이기지 못한다.

눈이 내렸소. 마른 가지에 쌓인 백설白雪에서 매화 향을 찾게 되는 것이 유약한 사람의 마음인가 보오. 이것이 아닌 저것에서 이것의 자취를 찾게 되는 것도 같은 이치인가 하오.

그는 마음을 논하고 있는 것이구나. 나는 그에게 백설인가 매화인가, 이것인가 저것인가. 그에게 내가 매화이기를, 이것이기를 바람은 욕심이련가. 이번엔 답서를 쓰지 못하겠다.

*

답신을 보내지 않는 대신 단의[9] 지어 놓은 것 여러 벌을 챙겨 넣어 보냈다. 그곳 관노 중에도 침모가 있겠으나 정결한 것을 즐기는 그의 성정을 따르기 어려울 것이다. 오라버니 당부대로 친정아버지에게 서신을 쓰고 있자니 며칠 전 시어머니가 함박웃음을 지으며 하신 말씀이 떠오른다.

"에그, 병조에 그리 좋은 자리 천거해 주실 거면 네 서방 가기 전에 귀띔이라도 해 주시지……. 그럼 괜한 소리 하지 않았을 것을. 그럼 그렇지! 부마께서 매제를 홀대하실 리 없지. 아무렴!"

문장에 근심의 그림자가 드리워지지 않도록 신중히 붓을 놀린다. 문자와 문장에 숨긴 의意를 찾아내는 데 누구보다 예리하신 아버지가 부디 나의 근심을 모르시길.

한숨조차 숨겨 삼키는데 지아비가 보낸 노복이 자신의 도착

---

9. 단의(單衣) 홑옷, 속옷

을 알린다. 늘 보내던 이가 아니라 다른 자다. 그럴 것이다. 그이는 아직 그곳 관아에 도착도 하지 않았을 것이다. 가슴이 덜컥한다. 흉사凶事라도 생겼는가! 봉투에서 서찰을 꺼내 펼치는 손이 떨린다.

며칠간 내리던 눈은 그쳤는데 사람의 마음만이 그치질 않아 다시 붓을 드오. 햇볕 내리쬐면 처마 밑 날카로운 고드름도 녹는데 사람의 마음만은 아직 차구려. 그대 언제 녹아 주려 하시오.

손의 떨림은 그쳤는데 마음의 떨림은 더 심하다. 이게 그의 진인가? 어째서? 좀처럼 납득이 가지 않음에도 어찌하여 내 마음은 이리 설레는가. 진이기를, 진을 담고 있기를 바라는 내 마음이 그의 글자를 쓸어내린다. 그런데 갑자기 거칠게 안방 문이 열리며 그가 들어선다. 꿈인가?

안방에 들어선 그는 거세게 문을 열어젖힐 때와는 달리 조용히 문을 닫는다. 헐떡이는 숨과 땀이 진노와 뒤섞여 있다. 내가 일어서기도 전에 그는 서안 앞에 앉는다. 이 밤에 예까지 어찌 오셨냐고 묻기가 두렵다. 두려움에 쉬이 입을 열지 못하는 나를 그는 죽일 듯 노려본다. 먼저 말을 꺼내는 그의 낮은 음성에도 분기가 충천하다.

"부마께서 이 미욱한 사람을 천거하실 거라더군요. 부인께서 청탁하신 것이오? 현감 부인으로는 고매하신 부인의 드높은 자존심을 채우지 못하셔서 말이오."

그것이었나. 두려움은 화로 바뀌었다. 그대는 어찌하여 매번 이리 내게 상처를 주지 못해 안달인 것인가.

"제가 청탁한 일이 아닙니다."

"그렇군요. 이 매제가 얼마나 못 미더우시면 부마께서 그리 하였겠소. 이해하오. 한미한 가문과 혼인해 주신 것만 해도 감지덕지인데 이렇게 척척 관직도 하사해 주시니 부인께 그저 감사할 따름이오."

"어찌! 항상 이리, 이리……, 서방님의 수치를 제게 전가시키는 것입니까?"

나의 물음에 그의 눈동자에 불이 붙는다.

"나의 수치요? 수치라고 하셨소? 부인께서 그 말을 하시다니 놀랍구려. 얼굴에 흉이 있어 그것을 잘 안다고 생각하시나 본데……."

짝! 그의 뺨에서 터져 나온 소리, 나의 의지를 벗어난 나의 손이 저지른 일의 비명. 끝내 나의 입은 칼을 뱉어 놓는다.

"저의 흉에 대해 말씀하지 마십시오. 서방님께선 그것에 대해 논할 자격이 없으십니다. 재주의 출중함에 가문이 따르지 못하는 것이 수치라 말씀하시는 서방님께서……, 더 이상 내게 수치에 대해……."

서로의 눈동자를 마주한 우리가 슬프다. 그의 손이 서안에 펼쳐진 자신의 서찰을 채어 간다. 급히 손을 뻗어 보지만 늦었다. 그는 커다란 손안에 서찰을 구겨 넣고 비웃음 가득한 얼굴로 나를 본다.

"알겠소. 나는, 우리의 수치가 같다, 그래서……, 서로를 이해할 수 있다, 그리 여겼는데 내가 틀렸소. 우리의 수치는 각각의 몫이지요. 부인의 생각 잘 알겠소. 천계天界의 선녀처럼 고고하신 부인, 이 사람이 어리석었소. 잊어버리시오. 이런 어리석은 서찰 따위 다시는 보내지 않겠소."

이미 마음은 천만 갈래로 녹아 금이 가고 있음을 그는 모른다.

"녹봉을 먹는 몸으로 관아의 말을 타고 달려왔으니 서둘러 돌아가야겠소. 그래야 부마 얼굴에 먹칠하는 배은망덕은 면하지 않겠소."

단호히 일어서서 나가는 그를 잡을 수가 없다. 그의 진에 위로 답해 버린 것이 되었으니까. 아버지께 보내는 서한이 눈물에 번져 보낼 수 없겠구나. 아버지, 저는 괜찮습니다. 아버지, 저는 잘 지내고 있습니다. 아버지, 저는……, 마음을 받았으나 깨어 버렸습니다. 마음을 주었으나 그는 알지 못합니다. 아버지, 저는 어찌 살아야 할까요. 눈물과 흐느낌이 안부를 대신한다.

20
입맞춤

해가 바뀌고 나는 열여덟 살이 되었다. 내 손 어디에서도 검에 베인 상처는 찾을 수 없었다. 역시 치우겠지……. 운명선이 선명한 손바닥을 내려다보며 생각했었다. 그러나 상처는 손이 아닌 가슴에 생겼고 지워지지 않을 흉터를 남겼다. 그날 이후로 나는 농월당에서의 시간을 견뎌 낼 수 없었다. 농월당에서 나는 점점 다연의 마음에 지배당했고, 내가 누구인지 알 수 없게 되어 갔으니까. 나의 마음이 향하는 곳에 있는 이가 기하 오빠인지 아니면 치우인지도. 미쳐 버릴 것 같았다. 사람을 향한 마음 때문에, 더구나 그 방향조차 알 수 없는 마음 때문에……. 난 그럴 수 없었다. 사랑 때문에 미칠 수는 없다. 나는 엄마가 아니다. 사랑 때문에 그렇게 살다가 그렇게 죽어 버릴 수는 없어. 나는 도시로 가기로 결심했다. 엄마가 사랑 때문에 미치고 죽었던 그 도시로. 엄마가 미치고 죽었던 도시에서 난 살아 보겠어. 사랑 없이, 가슴에 새겨진 흉터를 끌어안고 살아 보겠어.

나는 서울로 가겠다는 뜻을 왕고모에게 전했다. 그녀는 기뻐해 주었다. 왕고모가 내 전입신고와 전학 문제를 해결하기 위해 서둘러 서울로 되돌아갔고, 이오는 대학 합격 소식을 전해 왔다. 명아 언니도 무사히 대입에 성공했다고 이오는 진심으로 기뻐하며 전했다. 그러나 둘 다 농월당에 오겠다는 소식은 전하지 않았다. 마치 농월당이 모두에게 떠나야 할 장소가 된 듯이.

봄방학식이었다. 나는 의연을 불러내어 그에게만 전학 간다는 이야기를 했다. 내 이야기를 다 들은 그의 얼굴이 어두워졌다. 의연은 한쪽 입꼬리를 한껏 올리고 지분거렸다.

"너 같은 애는 서울서 살아야지, 촌구석하곤 안 어울려."

납작한 책가방을 옆구리에 낀 폼이 불량스러워 보이려는 노력 같아 재미있었다. 두 망나니가 또 무슨 구경거리를 제공해 줄까 자리를 떠나지 못하고 서성이는 아이들의 눈초리 따위 아무래도 좋다. 지금이 아니면 내 진짜 마음을 이야기할 수 없을 테니까.

"믿지 않겠지만 나한테 안 어울리는 이 촌구석에서 살고 싶었어. 여기 어울리는 사람이 되고 싶었어. 그래도 자기 부모가 죽은 자리보다는 부모가 살았던 하늘 아래서 살고 싶었으니까. 하지만 나처럼 재수 없는 계집애한테는 그런 복도 없나 봐. 잘

살아라. 내가 살고 싶던 곳에서, 너는."

원망하는 건 아니었다. 그저 부러웠다. 병들었지만 마음씨 고운 어머니와 무뚝뚝하나 강인한 아버지, 그리고 자손들을 위해선 목숨까지도 내놓을 할머니와 함께 살고 있는 의연이 부러웠다. 앞으로 그가 어떤 인간이 되든, 가령 건들건들한 깡패가 되어도 그에겐 돌아갈 자리가 있으니까. 돌아갈 자리가 있는 인간은 극한점으로 스스로를 몰지 않는다.

"야, 서울에서 그 할망구가 구박하면 우리 집으로 와! 농월당 말고 우리 집에 와서 살자. 뭔 구멍 찢어지게 가난하지만 너 하나 먹여 살릴 수는 있어. 알았지?"

등 뒤로 소리치는 의연의 목소리가 또 날 웃게 했다. 그럴 일은 절대 없을 거란 걸 안다. 하지만 내 입 하나의 무서움이 어떤 것인지 알고 있음에도 그리 말해 주는 의연의 마음에 눈물겨웠다.

서울로 가기 전, 마지막으로 기하 오빠에게 책을 읽어 주었다. 그것은 마치 의식을 치르는 것과 같았다. 농월당을 떠나기 전 치르는 의식. 책을 읽으며 훔쳐본 기하 오빠의 얼굴은 다연과 닮지 않은 나와는 달리 과거의 형상과 너무 흡사했다. 때려주고 싶기까지 하다. 둔감하고 못된 녀석을! 그러면서도 그린 듯 짙은 눈썹에 입맞추고 싶은 충동을 느꼈다. 어쩌면 살짝 벌려진 그 입술이 내 입술을 찾기를 원했는지도 모르겠다. 그게 다연의 마음인지 내 마음인지 알 수조차 없다.

"이제 그만 읽어도 돼. 다음번에 올 때 계속 읽어 줘."

기하 오빠는 읽던 책의 끝을 보려 몇 시간이나 읽기를 하는 나를 제지했다.

"왜? 그럼 잊어버릴 수도 있잖아. 끝이 궁금하지 않아?"

"궁금해. 궁금하니까 안 잊어버릴게. 지금 다 읽어 버리면……, 네가 여기 돌아올 이유가 없어지잖아."

그의 말에 입술 안쪽을 깨문다. 정말로 내가 돌아오길 바라기는 하는 거야? 그럼 가지 말라고 말해 봐. 가지 말라고……. 하지만 당신은 절대 그런 말 하지 않아.

"오빠한테 읽어 줄 책이 산더미처럼 많아도 그깟 건 이유가 되지 못해. 내가 농월당에 있을 이유, 농월당에 돌아올 이유, 책 따위 아니야. 오빠는 몰라, 내 마음."

"……알아. 알기 때문에……, 미안해. 미안하다."

미안해? 내게? 무엇이 미안한 거지? 과거의 기억이 있다는 것조차 모르는 거? 아님 당신의 마음을 명아 언니한테 다 줘 버린 것이 미안하다는 거야? 정말로 내 마음, 알기나 하는 거야? 오빠가 여기 있기 때문에 죽어도 다시 돌아올 거란 내 마음을…….

미웠다. 그래서 다연이라면 절대 하지 못할 짓을 했다. 기하 오빠에게 책을 집어던졌다. 무방비로 가슴에 책을 맞은 그는 팔로 책을 그러안으며 몸을 숙였다. 고개 숙이고 있는 그에게 달려간 난 단정하게 정리된 그의 머리카락을 한 손으로 움켜잡았다. 너희, 날 왜 이렇게 괴롭히는 거야! 한 놈은 지신이 되고, 다른 한 놈은 피붙이로 태어나서 뭘 어쩌자는 거야! 왜 너만 기억하지 못하는 거야! 왜! 분노가 차올랐다. 하지만 반대로 기하 오빠의 머리카락을 움켜잡은 내 손은 이내 스륵 힘을 잃어버렸다. 힘을 잃어버린 손으로 그의 머리를 밀어냈다. 나의 밀어냄에 기하 오빠는 도리어 내 허리에 두 팔을 감았다. 나를 안으며 내게 안겼다.

"미워, 엄마를 때리던 아빠보다, 날 두고 죽어 버린 엄마보다 더 미워. 치우도 오빠도 미워. 미운데……, 미워할 수도 없어."

"……알아. 미운데 미워할 수 없는 사람. 하지만 나는 너에게 그런 사람이 되어선 안 돼. 그러니까 그냥 맘껏 미워해. 증오해도 괜찮아. 괜찮아."

그래, 당신에게 그런 사람은 명아 언니겠지. 나는 절대 아니겠지. 엉망이 된 기하 오빠의 머리카락을 손가락으로 쓸어내렸다. 그리고 내 허리에 감긴 그의 팔 중 하나를 끌어당겨 손바닥에 글씨를 써 본다. 말로 하지 못한다면 글로 쓰겠다. 내가 당신에게 하고 싶은 말. 그래서 당신은 절대 볼 수 없고, 알 수 없을 것이다. 내 마음.

'사랑해.'

서울로 가는 날, 새벽빛에 선명히 드러난 문살 아래 미리 꾸려 놓은 가방이 눈에 들어왔다. 농월당에 들어올 때 들었던, 어머니의 것인 그 가방이었다. 다락에서 끄집어낸 그 가방에 나는 다시 짐을 채워 농월당을 떠나려 했다. 엄마는 사랑을 찾아,

나는 사랑에서 벗어나려 농월당을 떠나는 거야. 사랑……, 너를 떠나려 해. 사랑……, 너로부터 도망치려 해. 다연, 정말로 약해 빠진 건 당신이 아니라 나였어. 나야.

자리에서 일어나지 않고 눈동자만 굴려 방 안을 둘러본다. 1년 전과 다를 바 없이 차가운 방은 더 이상 어머니의 방이 아니다. 이건 내 방이다. 아주 오래전부터 나의 것이다. 어쩌면 나는 내 과거에 책임을 져야 하는지도 모른다. 하지만 나는 아직 나의 과거를 이겨 낼 수 없다. 그래서 잠긴 목소리로 말했다.

"나, 오늘 가. 몇 달 동안, 어쩌면 좀 더 오래 못 볼지도 몰라."

매끄럽지 못한 내 목소리가 방을 울렸다. 치우는 나타나지 않았다. 나는 헛기침을 하고 다시 말했다.

"치우야, 보고 싶어."

혹시나 그가 나타날까 일어나 앉아 한참을 기다렸지만 냉기만이 내 어깨를 스쳤다. 나쁜 놈들, 한 놈도 내 맘대로 해 주는 놈이 없어. 미워, 미워. 어린 생각들로 머리가 꽉 찬 나는 허공을 노려보며 있었다.

"알았어, 알았다고. 네가 원하는 건 다연이겠지. 나는 그냥 껍데기니까, 다연의 혼만 있으면 아무래도 좋겠지……."

눈물이 솟으면 손등으로 급히 훔쳐 냈다. 안 울어. 안 울 거야. 내가 지금 그녀가 아닌 것에 미안해하지 않겠어. 양쪽 손등으로 번갈아 가며 눈물을 닦아 내는데 그가 뒤에서 날 꽉 안았다. 독이 오른 난 당연히 그를 뿌리치려 몸부림쳤다. 발을 동동 구르면서.

"저리 가! 내 얼굴 보기 싫은 거잖아! 내 얼굴 안 보고 다연으로 생각하는 거잖아! 놔! 난 다연이 아니야. 난 교은이라고."

한 번만이라도, 내가 당신을 떠나기 전에 한 번만이라도 교은이를 안아 줄 수는 없는 거야? 그는 날 놓지 않았다.

"그래, 나는 그대가 다연의 기억을 모두 찾아 온전하게 나를 알아보았으면 했다. 그러나 시간은 예나 지금이나 짧기만 하다. 그대를 기다린 시간에 비해 너무 짧아. 맞아, 그대는 다연이 아니다. 그녀의 혼이되 그녀는 아닌, 교은이지. 그러나 그거 아나? 그대는 여전히 날 놓아주지 않는다는 것이다. 기하에게 마음을 향하고 있으면서도 날 놓아주지 않으려는 그대는 어떤 변명을 하려는 거지?"

치우가 옳다. 나를 다연으로 보는 치우보다 내가 더 나쁘고 교활하다. 나는 떠나면서도 그를 놓지 않으려 했다. 나는 사랑을 놓고 가려 하면서 그에겐 사랑을 놓지 말라고 했다.

"변명하지 않아. 내 잘못이 맞아. 너한테는 날 교은이로 봐 달라고 했으면서……."

그는 스륵 팔을 풀며 내 어깨와 목덜미 사이에 얼굴을 묻었다. 그의 차가운 입술은 쇄골이 끝나는 어깨에서 목덜미까지 느리게, 몇 번이나 입맞춤을 했다. 그리고 마침내 그의 입술은 내 귀에 도달해 속삭였다.

"내 처음부터 그대에게 말했었다. 미안해하지 말라고. 그대 잘못이 아니다. 터럭만큼도 그대 잘못이 아니야. 이 모든 것은 나의 선택이고 내가 감수해야 할 몫이야. 언제나 미안해야 하는 쪽은 나다."

왜 너는 지신이지? 너와 있을 때 나는 왜 기하 오빠가 내 피붙이인 것보다 네가 지신인 것이 더 싫은 거지? 네가 내 곁에 있을 수 있다면…….

"그래도 넌 나와 함께하지 않을 거지? 여기서 그녀를 기다리겠지?"

농월당에서 네가 기다리는 것은 내가 아닐 거야.

"……지신은 제 땅을 벗어날 수 없어. 이곳에서 나는 죽지도 않고 다시 태어남도 없이 영원히 머물 수 있지만 이곳을 벗어나면 무無가 되어 버려. 이 세상에 미련 있는 것은 아니나 그리되면 그대를 다시는 볼 수 없으니까 그럴 수가 없다. 이번 생에서, 혹은 다음 생에서라도 그대를 보는 것만으로도 감사하는 나니까."

너는 절대 나를 기다리겠다고는 하지 않는구나. 나, 정교은을 기다리겠다는 말을 하지 않아.

"내가 다시는 농월당에 오지 않겠다면? 그래도 넌 여기서 기다리기만 할 거야? 다연을?"

"그대는 다시 올 것이다. 나는 믿는다. 그대를, 우리의 마음을."

네가 믿는 건 너와 다연의 마음이야. 이렇게 천 갈래로 갈린 내 마음이 아니라.

"보여 줘. 네가 날 믿는다는 거……."

나는 고개를 젖혀 내 입술로 치우의 입술을 연다. 그는 입술을 열지 않으려 한다.

"아니 된다. 이러면 안 된다."

"왜, 내가 그녀의 얼굴이 아니라서? 네가 원하는 건 다연이니까?"

이미 나는 답을 알고 있다. 그도 원하고 있다. 내 귓가를 맴도는 그의 뜨거운 입김으로 느낄 수 있었다. 하지만 그는 내 입술을 한사코 거부하며 낮고 고통스럽게 답했다.

"원한다, 그대를. 한결같은 갈망이다, 그대는 나에게……. 그러나 하늘이 용서치 않을 것이다."

"하늘의 용서 따위 필요 없어. 사람의 죄를 용서하는 건 하늘이 아닌 걸 알아."

사람의 죄를 용서하는 건 하늘이 아니야. 그건 사람의 몫이지. 나는 팔을 뻗어 그의 머리를 잡아당긴다. 마침내 그가 입술을 열고 코끝이 찡하도록 강한 흙내음이 내 입으로 쏟아져 들어온다. 그의 입안에서 내 혀가 말한다.

'나는 아직도 모르겠어. 내 마음이 향하는 곳이 어디인지.'

'상관없다. 그대는 내 것이니까. 영원히.'

내 혀를 밀치고 내 입으로 들어온 그의 혀가 답한다.

'여기서 나를 위해 있어 줘. 언제까지나.'

'기다리겠다. 내 것인 그대를.'

흙이 나무의 뿌리 하나하나에 이르기까지 저를 채우고 있다. 나무가 모든 온 힘을 다해 흙을 끌어안는다. 그렇게 그와 나의 혀가 얽히고 서로에게 매달린다. 그렇게 치우의 품 안에서 나는 짧은 잠과 긴 꿈을 꾸었다.

21
그의 품,
그녀의 지분脂粉 냄새

다시 한 번, 화림동에 봄이 왔다. 한 소녀가 터뜨린 웃음이 여러 무리의 소녀들에게로 번져 나가듯이 어느 담 아래서 피어난 꽃들이 마을과 계곡으로 일시에 퍼졌다. 꽃들의 개화는 소문의 개화와 일치했다.

충청에서 돌아온 지아비는 어여쁜 꽃 한 송이를 화림동에 심어 두어 시부모의 지탄을 받았다. 지탄의 내용은 병조에 등청도 하기 전에 책잡힘부터 당하고 싶냐, 혹은 네 행실을 괘씸히 여긴 부마께서 마음을 바꾸면 어쩌려고 하느냐, 그런 것이었다. 그러나 지아비는 설란이란 기생에게 거처를 마련해 주고 매일 그이를 찾았다. 혹여 내 오라버니의 마음이 바뀔까 두려워하는 시어머니는 날 달랬다.

“사내 마음이야 열이면 열, 다 똑같지. 예쁜 꽃에 혹하는 마음, 꽃이 시들면 마음도 시든다. 그러니 서운타 생각 말거라. 기생 년이 감히 조강지처에 비할까."

서운하지 않았다. 나는 서운해할 자격이 없다.

산수유 노란빛이 담장 너머로 번지는 것을 보며 붓을 든다. 『소학小學』, 정겨운 책이다. 친정아버지는 이 책의 가르침대로 산다면 도리에 어긋남이 없으리라 말씀하셨다. 목이가 『천자문』을 모두 익히고 『소학』을 익히기 시작한 지도 달이 넘어가고 있다. 그가 배움에 얼마나 열심인지는 귀퉁이가 닳아 가는 서책을 통해 알 수 있었다.

어느 날은 서책 사이에 여린 꽃송이가 끼워져 있기도 하고, 또 어느 날은 서책 옆에 산딸기 몇 송이가 놓여 있기도 했다. 검을 잡는 자의 흉터투성이 손이 서책에 꽃을 끼워 넣고 수풀 사이 산딸기를 따는 것이 마음에 그려진다. 가진 것 없는 자가 보내는 고마움의 징표를 소홀히 할 수 없어 꽃송이를 『금오신화』에 끼워 두었다. 귀신도 제 인연 만나기를 절절히 소원하는데……. 아니다, 누구를 탓하리.

입안에 넣은 산딸기가 알알이 달콤한 산山빛을 발함에 오랜만에 웃음 지을 수 있었다. 그때 마당 귀퉁이로 사라지는 목이의 등을 얼핏 본 듯도 하다. 까닭 없이 눈물이 어른거린다.

병조에 임관되어 한양으로 떠나는 그의 뒤를 따르는 가마의 흔들림이 떠오른다. 내가 아닌 부마의 진노를 두려워한 시부모는 아들의 배웅도 하지 못하셨다.

그가 떠나는 전날까지도 시부모 두 분은 그의 마음을 돌리기 위해 애쓰셨다.

"사람의 탈을 쓰고 할 짓이 아니다. 네 처가 아니었던들 언감생심 꿈도 못 꿀 자리를 꿰차고 들어가는 네가 어찌! 게다가 네 처, 이제껏 시부모 봉양에 소홀함이 없고 행실 바름에 한 치의 어긋남이 없었거늘 너는 지아비 된 도리를 저버리려 하다니! 네가 내 아들인 것이 부끄럽구나."

온갖 설득에도 마음을 돌리지 않는 그를 향해 시아버지는 한탄하셨다.

오라버니의 도움으로 마련했다는 한양의 아담한 거택居宅은 나의 몫이 되지 못했다. 지아비는 설란이 자신을 따를 것이니 나는 남을 것을 명했다. 나는 그의 잔인함을 치졸이라 말하고 싶지 않다. 정직한 그의 분노는 칼끝이 향하는 곳을 명백히 했다. 일격一擊, 그가 내게 가했다고 그 자신과 다른 이들이 생각하는 그 일격을 받지 않을 작정이다. 해서 한양으로 떠나는 날 아침, 겨우 수繡를 마친 관복을 내어 놓는 나를 노려보는 그의 시선을 참아 낼 수 있었다.

그는 만면에 차디찬 미소를 머금고 말했다.

"역시 덕망 높고 고고하신 부인께선 흔들림이 없으시군요. 이리 손수 관복도 지어 놓으시니 말이오. 혹여나 투기라도 하시면 설란은 벗으로 함께 가는 것이니 마음 놓으시라고 말씀드리려 했는데 소용이 없겠소."

내가 받지 않는다면 일격은 가해지는 것이 아니라 자신에게 미치는 것이 되리라.

“도에 뜻을 둔 군자는 학문으로 벗을 만나고, 벗을 통해 인의 실현을 돕는다고 하였습니다.[10] 서방님의 벗이 군자의 벗으로 모자람이 없기를 바랍니다.”

“나는 군자와는 거리가 먼 배은망덕한 자니 그런 자의 벗으로 설란은 모자람이 없소. 다만 부인께서는 나 같은 자에게 넘치는 분이시니 그것이 안타깝구려.”

며칠 밤을 지새워 완성한 수가 그의 손아귀에서 구겨진 뒤, 그것보다 더 처참히 구겨진 마음을 안고 그는 떠났다.

오늘 오라버니가 기별도 없이 시댁을 찾아왔다. 웃는 낯으로 선물을 내미는 오라버니를 대면한 시부모 두 분은 몸 둘 바를 몰라 하셨다.

“부마께서 이리 신경을 써 주시는데……, 송구스러워 어찌 합니까.”

비단으로 싼 궤를 받는 시어머니는 얼굴과 손의 표정이 다르다.

“별말씀을 다 하십니다. 사내의 호방함이 젊은 혈기와 만나 그리된 것이겠지요. 마음 쓰지 마십시오.”

호방한 것은 오라버니의 웃음이다. 그러나 나는 그 웃음이 두렵다. 시어머니의 얼굴과 손의 표정이 다른 것보다 오라버니

10. 『논어』〈안연편〉

의 웃음과 심중이 수십 배는 다르다는 걸 알기에. 짐작대로 안방에서 나와 둘만 남았을 때 오라버니는 웃음을 거두고 분기를 드러내었다.

"혼인한 것으로, 제가 내 누이를 능멸해도 된다고 착각한 것이란 말이지?"

답을 할 수가 없다. 오라버니가 나를 귀애하는 마음보다 스스로를 높이는 마음이 얼마나 강한지 어릴 때부터 잘 알고 있기 때문이다. 친척 아이가 내 흉한 얼굴을 보고 놀리면 그는 나를 위해서라기보다 감히 자신의 누이동생을 놀린 것이 분해 그 아이를 때려 주던 사람이었다.

"너는, 그러고도 얼뜨기처럼 당하고만 있었단 말이냐!"

"……당한 것이 아닙니다. 제가 억울한 일을 당했다고 여기시는 건 잘못 아시는 것입니다."

그것은 참이다. 그러나 오라버니는 믿지 않는다.

"첩도 아닌 천한 기생 년에게 제 자리를 뺏기고도 억울하지 않다는 것이냐?"

오라버니, 제 자리는 애초에 없었습니다. 없는 것을 빼앗길 수가 있겠습니까. 한숨을 감출 수 없다.

"내 이 혼인을 파破한다 하면 너는 일부종사를 들어 불가하다 하겠지."

"아버님, 어머님의 가르침이시니까요."

"하나 지아비 죽어도 일부종사는 가한 것이기도 하다. 아니 그러냐?"

오라버니의 눈빛, 거짓이 아니다. 아니 된다. 이건 아니다. 그의 팔을 잡았다. 십수 년 만의 일이다.

“그런 말씀 마세요. 오라버니 생각과는 다릅니다. 오라버니께서는 누이를 죽이시려는 것입니까?”

절박한 내 매달림에 그의 놀람이 느껴진다. 오라버니는 이내 팔을 올려 내 볼을 쓰다듬어 준다.

“못나고 못난 것 같으니라고. 정을 주어 버린 것이냐? 어쩌자고 그런 자에게 그리해 버린 것이냐. 못난 것.”

네, 오라버니. 저는 천치인가 봅니다. 나를 죽도록 증오하는 사람에게 정을 주어 버렸습니다. 눈물이 그치지 않는다. 하나 그쳐야 한다. 오라버니께서 한양으로 돌아가 그를 찾기 전에 정신을 차리고 사태를 수습해야 한다. 나의 매달림도 오라버니의 분기를 모두 가라앉히지는 못했다. 지아비의 증오와 오라버니의 분기가 충돌하지 않도록 막아야 한다.

나를 달래 놓고 한양으로 돌아가는 오라버니를 배웅하고 곧 지필묵을 든다. 어지럽고 급한 마음을 붓이 따르지 못한다. 백지에 눈물 한 방울이 떨어졌으나 다른 선지를 꺼낼 여유가 없다.

어떤 안부 말도 전하지 못하고 급한 말씀만 올리는 것을 용서하십시오. 오늘이 될지 아니면 내일이 될지는 알 수 없으나 서방님을 제 오라버니께서 찾으실 것입니다. 오라버니께서 설란의 일로 노여움이 크시니 그 일을 물으시면 무조건 잘못했다 하십시오. 그것이 자존심이 상하는 일이라 여기시어 심중의 말을 바른대로 답하시면 분명 서방님께 큰 화가 미칠 것입니다. 제발 저의 간청을 들어주셔서 이번만 오라버니께 사죄의 말씀 올리십시오. 이것은 서방님의 실덕失德에 의함이 아닌 저의 간청에 의한 것이니 마음 상하시지 마시길 바라옵니다. 그리하여 행여 서방님께서 상하실까 노심초사하고 있는 저의 마음을 살펴 주십시오. 다시 한 번 간청 말씀 올리며.

졸필拙筆이 되어 버린 서한을 어찌할 도리가 없구나. 이것을 맡길 이는 목이밖에 없다. 나는 다시 작은 선지를 꺼내 언문 서한을 쓴다.

유모 보시오. 이 서한을 지닌 자에게 한양 내 서방님의 거택을 알려 주시오. 화급을 다루는 일이니 이유는 묻지 마시고 무엇보다 부모님과 오라버니께는 이 사실을 알리지 말아 주시오. 성심껏 도와주리라 믿소.

다급히 서한을 갈무리한 나는 행랑채로 향했으나 그는 없다. 한시가 급하다. 어디, 어디 있는가. 목이의 모습을 찾아 헤매는 내 모습에 종복들이 이상하다는 듯 시선을 보낸다. 중한 것은 그것이 아니다.

어디……, 혹시……. 언덕에 오르니 그가 목검을 쥐고 화림동을 내려다보고 있다. 발아래 『소학』이 펼쳐져 있는 목이의 표정이 안온하다. 꿈을 꾸는 듯. 그러다 나를 발견한 그에게서 파문이 일어난다. 들킨 듯, 표정을 거두며 고개를 숙이는 그에게 나는 예를 갖출 틈 없이 서한을 내민다.

"급히 청할 일이 있소. 이 서찰을 한양 서방님께 전해 주시오. 북촌 내 친정에 가 먼저 이것을 유모에게 전한다면 그이가 서방님 거택으로 안내해 줄 것이오. 하나 유모를 먼저 만나야지 내 부모님이나 오라버니께 들켜서는 아니 될 것이오. 한시가 아쉬우니 말을 구해 다녀오도록 하시오. 이것……, 가진 것이 많지 않아 넉넉히 챙기지는 못했으나 이 정도면 말을 빌릴 수 있지 않을까 하오만."

옥지환과 삼작노리개를 건네는 내 손이 떨린다. 목이는 말없이 그것을 받아 든다.

"화급을 다투는 일이오. 잘 부탁하오."

"……달리 전하실 말씀은 없으십니까?"

전할 말……. 무사하시라는 말……. 달처럼 차고 고운 내 임……, 무탈하시란 말……. 내가 나라서 죄송하다는 말……. 모두 삼키고 고개를 가로젓는다. 내 고개가 한 번 가로젓기도 전에 그는 날듯이 화림동으로 내달린다. 간절한 바람을 싣고 가는 그를 보며 남겨진 목검과 서책을 끌어안는다.

목이가 내 앞에 무릎을 꿇고 엎드려 있다. 전해지지 못한 서한이 그의 무릎 앞에 놓여 있다.

"나리 댁에 도착했을 때는 이미 아씨의 오라버니 되시는 분께서 사랑舍廊에 들어 계셨습니다."

그는 고개를 들지 못한다.

"해서 서한을 전하지도 못한 것이오?"

"……나리께서 물리라 하시어……."

"……읽지도 않으시고 물리셨다……. 사랑에서 두 분, 언성을 높이시더이까?"

"송구합니다."

그는 고개를 더 숙였다. 그리되었구나. 내 미약한 힘으로는 막을 수가 없는 것이었구나. 그 사람은 끝내 내 마음을 밀어내었구나. 온몸에서 숨이 빠져나간 듯 무릎이 꺾이고 휘청거린다. 하나 꺾일 수 없다.

"여기, 서한을……."

안방으로 걸음을 옮기는 내게 황급히 서한을 내미는 목이의 손길과 목소리에 죄스러움이 스며 있다. 서한에 담긴, 거부되어진 나의 마음. 돌려받는 내 손이 흉하게 창백하다. 내게 서한을 건네는 목이는 무명 바지에 묻은 흙을 털어 내지도 못한 채 어찌할 바를 몰라 한다. 미안하오. 내 지금은 누구를 살필 여력이 없구려. 내게 죄스러워하는 그 마음 고맙고 또 미안하지만 그러하다 말하기도 버겁소.

무너지려는 몸을 간신히 끌고 들어온 안방에 등불을 밝히지 않고 주저앉는다. 그에게 화禍가 미치게 된 것보다 그가 나를 밀어내었다는 사실이 더 애통하다니……. 나의 사람됨이 이 정도임이 부끄럽구나. 사람의 마음 앞에서 문자가 소용됨이 무엇인가. 한낱 연약한 인간의 마음이…….

서안 위에 올려 둔 서한을 펼쳐 본다. 어둠 속에서 글자가 보일 리 없듯이 다른 이의 품에서 나의 마음이 보일 리 만무하다.

손가락이 서한을 찢는다. 마음을 찢는다. 그대가 받지 않은 나의 마음, 다시 내 안으로 삼켜 버리리라. 처음부터 주지 않은 것처럼……. 그리하면 이 고통을 가라앉힐 수 있겠지. 갈가리 찢긴 서한을 입에 넣고 씹는다. 입과 목구멍에 퍼지던 희미한 묵향은 다시 눈물이 되어 흐른다. 흘러라, 마음이여. 그리하여 마음이 있는 자리는 비워 내고 이제 누구도 들이지 마라. 누구도…….

칠석七夕물이 졌다. 문밖의 서책이 오늘도 그대로다. 서한을 전하지 못한 후 그자는 내게서 『소학』을 찾아가지 않고 있다. 벌써 열 번째이다. 그가 가져가지 않아도 나는 계속 언문 풀이를 적어 내놓기를 멈추지 않았다. 시댁에서 내가 행하는 일 중 유일하게 스스로의 의지로 하는 일을 멈출 수 없다. 그자를 위해서가 아니라 나 자신을 지키기 위해.

"아니, 네 오라버니께서 어찌 그러실 수 있누? 파직罷職이라니! 첩을 들인 것도 아니건만……. 그리고 그리 서운하셨으면 지난번에 말씀을 하시지. 허, 참!"

아들의 파직 소식을 접한 시어머니는 매일 언짢음을 쏟아내셨다. 그러고도 달이 두 번 바뀌도록 지아비는 돌아오지 않고 있었다.

명산 유람. 그가 보낸 가노家奴가 전한 소식에 시아버지는 크게 역정을 내셨고 시어머니는 내게 눈을 흘기셨다. 그리고 전일, 섭이 어멈이 전하기를 지난번 화림동의 설란이 거처하던 곳을 그녀의 몸종이 하루 종일 소제를 했다 하니 머잖아 지아비가 올 것임을 짐작했다. 해서 금일, 섭이 어멈에게 사랑채를 쓰레질하라 해 놓고 안채로 돌아오는데 목이의 뒷모습이 보였다.

"잠깐 보시오."

그는 여전히 고개를 들지 못한다. 아직도 내게 미안해하는 것인가?

"배움을 포기한 것이오?"

"……아씨께 도움도 되지 못한 소인을 왜 가르치시려 하는 것입니까?"

"나는 가르친 일이 없소. 그저 조금 도왔을 뿐이오. 또한 내게 도움을 바라고 행했던 일도 아닌데 어째서 내가 그만둘 거라 생각하는 거요. 나는 멈추지 않을 거요. 처음부터 그러했듯이 배우고 배우지 않고는 그대의 선택이오."

돌아서는 내게 뜻밖의 물음이 날아들었다.

"배우고는 싶으나 어찌 배울수록 고통스러워지는 것입니까?"

답을 줄 수 없는 나를 내버려두고 목이는 훌쩍 자리를 떴다. 그렇구나. 사람의 마음과 학문이 다르지 않구나. 알면 알수록, 깊어지면 깊어질수록 괴롭고 고독해지는 것이 참으로 같다. 배움을 돕는 것은 내가 아니라 저 사람이구나.

새벽, 지아비는 돌아오지 않고 문밖에 내놓은 서책만이 사라졌다.

화림동의 담이 지아비의 말을 따르던 가마를 숨기고 그의 말만이 언덕을 오른다. 갓 아래 그의 낯이 조금 그을린 듯도 하다.

"아이고, 자네 얼굴 상한 것 좀 보시오. 얼마나 억울하고 맘고생이 심했으면 집에도 들지 못하고 산천을 떠돌아다녀! 부마께서 이 사람 낯을 보셔야 하는데!"

그가 말에서 내리자마자 시어머니는 울먹이며 아들의 팔을 쓰다듬는다.

"그건 어머님께서 잘못 아신 겁니다. 제가 미욱하여 병조에서 큰 실책이 있었는데 오히려 부마께서 무마시켜 주시어 이나마인 것입니다."

어째서 거짓을 여쭙는 것일까? 설마 오라버니를 감싸는 것인가? 아니면 천만부당하게도 나를 감싸는 건 아니겠지. 그의 말에 시어머니께선 나를 한번 보시더니 샐쭉 돌아섰다.

"그렇담 며느리에게 감사드릴 일이구만."

시어머니의 뒤를 따르는 그는 내게 눈길조차 주지 않고 사랑채로 들어가 버린다. 나 또한 그대를 마음에서 비워 냈다. 우리는 기울어짐이 없는, 비어 있는 천칭天秤이다.

아랫사람들의 수군거림에도 아랑곳하지 않고 매일 저녁 그의 발길은 화림동으로 향한다. 시아버지는 몇 번 아들을 만류하기도 했으나 이제는 포기한 듯하다.

밤마다 섭이 어멈은 나의 눈치를 보며 괜히 수다스러워졌다. 그럴 필요 없다, 그의 행보는 내 마음에 어떤 생채기도 주지 못한다, 말해 주고 싶었으나 그만두었다. 부질없는 짓이다. 소일거리처럼 하고 있는 『소학』의 언문 풀이를 하다 보니 삼경三更이 지나고 대숲에서 야조夜鳥의 울음소리가 이어졌다. 세필로 풀이를 옮겨 쓴 서책을 문밖에 내어 놓고 자리를 정리하고 있자니 밖에서 인기척이 들렸다. 그 사람이 어인 일로 인기척을 다 내는가?

이부자리를 펴다 말고 귀를 기울이는데 문이 열리며 지아비가 들어온다. 어째서? 오늘도 그녀에게 갔다 들었는데 어째서? 어지러운 내 마음을 아는지 모르는지 그는 성큼성큼 걸어 보료 위에 앉는다.

"앉으시지요."

그의 권함에 황망히 이불을 밀어 놓고 마주 앉는다.

"부인께서 이것을 문밖에 떨어뜨리셨소?"

물음을 듣고서야 그의 손에 서책이 들려 있음을 알았다. 가슴이 두근거린다. 아니, 나는 잘못한 일이 없다. 잘못은 내가 한 것이 아니다.

"떨어뜨린 것이 아니라 놓아둔 것입니다."

"괴이한 일이군요. 장인어른 같은 대학자의 집안에서 자라신 부인께서 서책을 일부러 문밖에 두어 이슬을 맞게 하시다니. 연유를 물어봐야겠소."

"……배우고자 하는 사람에게 도움을 주기 위해서입니다."

내 대답에 그는 서책을 펼쳐 본다. 그의 눈빛은 그가 잡는 검과 다르지 않다.

"배우고자 하는 사람이 누구요? 언문으로 주해註解를 써 놓은 것은 배우고자 하는 사람이 한문을 잘 모르는 것인데…….
누구요?"

"대답 올릴 수 없습니다."

"어째서?"

"배우고자 하는 마음 때문에 사람이 상하게 되는 것은 부당한 일이기 때문입니다."

서책이 그의 손안에서 구겨지고 있다.

"그리 말씀하시는 걸로 보아 노비이군. 겨우 노비를 돕기 위해 지아비 물음에 답하지 않겠다……. 또한 그 노비는 사내일 것이오. 계집이라면 내가 간섭할 일이 못 되니……. 정을 통하신 것이오?"

"정은 지어미가 통한 것이 아니라 지아비가 통한 것이겠지요."

나는 그대에게 모욕당할 만한 짓 따위 하지 않았다. 나를 능멸하지 마라!

"지금 투기를 하시는 것이오?"

"투기를 할 만한 주제가 되지 못하는 저입니다."

"……그대가 아니라 내가 투기할 가치도 없는 사람이겠지."

그는 눈에서 검을 거두었다. 그러나 서책을 갈기갈기 찢어 놓는다. 천천히, 공들여, 한 장 한 장, 다시 되붙이지 못하도록 서책을 찢어 놓고 말한다.

"다시는 이런 짓을 하지 마시오. 그때는 그자의 심장을 이렇게 베어 놓을 것이오."

그대는 모르는구나. 이미 그대는 검을 빼어 찌르고 베었다. 나의 마음을.

"거짓 약조는 드릴 수 없습니다."

순간 너덜거리는 서책을 집어던진 그가 내 팔을 움켜잡는다. 아프다. 핏발 선 그의 눈동자가 더 아프다.

"왜……, 한낱 노비에게도 신의를 지키는 그대가……, 다른 이들에겐 온후한 그대가, 왜……, 내게는 매몰차기 그지없지? 왜……, 왜……."

왜……냐고 연유를 묻고 싶은 것은 나다. 다른 이를 마음에 품었으면서 날 이런 슬픈 눈으로 보는 연유가 무엇이냐. 그리하여 또 내 심중에 들어오려 하는 것이냐.

주인을 배반한 내 두 손이 제멋대로 그의 얼굴을 어루만진다. 무인의 것이 분명한 짙은 눈썹과 누군가에겐 살가운 미소를 지어 보일 커다란 입술과 검을 잡을 때 더 강인해 보이는 턱을 나의 손가락들이 쓸어내린다. 눈을 감고 내 손길을 받아들이는 그가 눈물겨운 까닭을 모르겠구나. 그는 내 팔을 잡았던 손으로 자신의 얼굴을 쓰다듬는 내 손을 잡는다. 그리고 한 팔을 내 등에 두르고는 자기 품으로 당긴다. 이 사람 품이 이리도 넓었구나. 눈을 감고 그 넓은 가슴에 기대는데 지분脂粉 냄새가 희미하게 풍긴다. 그녀의 흔적이구나.

"이리 작고 여린 사람이 나를 동정하는군. 그러지 마시오. 부인은 그냥 차가운 채로 계시오. 그래야 내 마음껏 그대를 미워할 수 있으니……."

벼랑의 바닥보다 더 낮은 음성이 그의 가슴에서 울려 나와 다시 나를 베어 낸다. 그는 베어진 나를 두고 방을 나간다. 이제

이 방엔 그의 긴 그림자와 그녀의 지분 냄새만 자리할 뿐이다.
이곳에 나는 존재하지 않는다. 존재하지 않는다.

*

한양 아버지께 청한 서책들이 구구절절 못난 여식에 대한 근심으로 가득한 서한과 함께 당도했다. 어머니께서 오라버니의 노여움을 잘 달래고 있으니 너무 심려하지 말라는 당부에 한숨이 나왔다. 나 하나로 인해 두 집안이 어수선하니 내 부덕不德의 죄가 무겁구나. 그럼에도 지아비에게 순종하지 않는 나를 보면 아버지께선 무어라 하실까.

서안에 놓인 서책을 손바닥으로 쓸어 본다. 『육도』, 오라버니가 아끼던 병법서. 이것을 몰래 보다 어머니께 혼이 났던 기억이 떠오른다.

사정이 생겨 『소학』 대신에 이 서책을 대신하려 하오. 이 『육도』에 이르기를 천하는 한 사람의 천하가 아니라 천하 사람의 천하라고 했소.11 그 천하에 그대가 속해 있소. 아직도 그대 자신이 미천하다 여기시오?

『소학』에서 『육도』로의 이행은 무리가 따를 수 있으나 그리하

11. 天下非一人之天下 及天下之天下也

고 싶었다. 혹여 지아비에게 다시 발각되어도 당당하고 싶었으니까. 나는 그대의 명을 죽자고 따르는 여인이 아니다. 내 이제 그대를 가엾다 여기지 않는다. 그대 마음이 다침에 내가 더 아팠던 여인은 없다. 알려 주고 싶었다.

돌아온 서책 사이에 향갑香匣이 놓여 있다. 하얀 옥으로 된 향갑 아래 노란 매듭이 조롱조롱 달려 있어 노리개로 삼을 수 있는 것이다. 이것을 구하기 위해 내어 놓은 것이 무엇이 되었든 목이에겐 귀한 것이었을 텐데……. 고맙고 또 미안하구나. 서책에 배인 은은한 향이 세필에서 흘러나온 묵향과 어우러진다.

*

추월秋月, 화림동의 초가지붕들은 검푸른 물결 위 보얀 박들이 등을 보이고 있는 듯하다. 서늘해진 바람에 쓰개치마를 어깨 위로 걸쳐 본다. 혼자서 농월[12]을 하기는 처음이구나.

어린 시절, 누대樓臺나 정자에 올라 아버지와 오라버니가 주거니 받거니 하던 시를 자장노래처럼 듣고 월색月色을 눈에 담으며 잠이 들곤 했었지. 그 기억을 달 속에서 떠올리는 것이 좋아 매일 동산에 오르고 있다. 처음엔 섭이 어멈이 따르곤 했지만 잠에 장사 없는지 졸린 눈을 하는 그네를 내 흥취를 위해 늦은 밤까지 붙들어 둘 수는 없는 일이었다. 돌아가라 하는 내 명

---

12. 농월(弄月) 달을 바라보며 즐기다

에 한사코 안 된다 하면서도 터져 나오는 하품을 막을 수 없는 섭이 어멈이 정겨웠다. 결국 못 이기는 척 돌아서는 그 어깨도 정겹다.

이따금씩 홀로 동산에 오르는 것이 적막할 때 들릴 듯 들리지 않을 듯 나직한 발소리가 내 뒤를 따름을 느꼈다. 섭이 어멈이 아니다. 알고 있었다. 내가 알지 못하게 하나 알아차린 발소리는 목이, 그 사람이 내는 것이다. 향갑을 차고 동산을 오르면 그 발소리는 소리가 아닌 향이 되어 내 뒤를 따른다. 그것이 월향月香인가 싶다.

22
도시에서

벚꽃이 만발한 교정 봄바람이 잠시 심술이라도 부릴라치면 부산하게 교복 치맛자락을 잡는 여학생들의 땋은 머리 위로 꽃잎이 웃으면서 흩날렸다. 점심시간, 운동장에서 고함을 지르며 공을 차는 남학생들을 돌계단에 책받침을 깔고 앉아 구경하는 여학생 무리. 그들을 나는 구경하곤 했다.

열여덟의 봄, 나는 명문 사립 고등학교의 여고생이 되어 있었다. 처음엔 교수 외숙의 배경이 그렇게 대단한가 싶었는데 알고 보니 왕고모의 입김이 전적으로 기여한 결과였다.

"거기 이사장이 내 대학 동기거든. 맨날 나한테 부탁만 하다가 이번에 어깨에 힘 좀 넣게 됐다고 도리어 좋아하더라."

전학 수속을 마치고 돌아오는 길에 내가 의아해하자 왕고모는 깔깔 웃으며 사실을 말해 주었다. 그러면 그렇지. 나처럼 비루한 처지에 있는 더부살이 계집애를, 외숙이 교수라는 이유로 받아 줄 리 없지. 게다가 부모는…….

평범한 여고생처럼 살아 보고 싶었다. 늦잠을 자서 지각도 하고, 잊어버린 숙제는 친구의 공책을 빌려 쉬는 시간 동안 허겁지겁 하기도 하고, 또 잘생긴 남자 가수에게 열광하기도 하는……. 도시에서만은 평범한 정교은이 되고 싶었다. 다연의 기억으로부터, 치우와 기하 오빠에 대한 마음으로부터 도망치고, 숨고, 누구도 농월당의 나를 알지 못하는 도시에서. 하지만 어디에도 숨을 곳은 없었다.

한 송이 한 송이 등잔불이 켜지듯이 피어나는 목련 속에서 농월당을 보았다. '나 여기 있지!' 외치고 무진장 피고선 순식간에 돌아서서 '잡아 보시지!'라며 또 무진장 져 버리는 벚꽃의 뒷모습에서 다연을 보았다. 운동장으로 이어지는 길고 긴 돌계단에서 연습했던 리코더 소리가 머리 위에서 활짝 핀 사과꽃에 얹힐 때도, 왕고모 집 마당에 설레듯이 보랏빛 향기를 뿜어내던 라일락나무에 기대 책을 읽을 때도 치우와 기하 오빠의 얼굴을 지울 수 없었다.

햇살 좋은 날, 어머니의 낡은 풍금이 아닌 진짜 피아노가 반짝반짝 빛을 내고 있는 거실 바닥에 배를 깔고 누워 숙제를 해도 잔소리하는 사람이 없었다. 게다가 왕고모는 자신이 수집해 놓은 책들 중에 어떤 책을 꺼내 읽어도 뭐라 하지 않는 사람이었다. 농염한 언어들로 가득 찬 책을 두근거리는 마음으로 읽어도 되었던 시간, 날카롭게 신경을 세우지 않아도 내가 정교은인 것이 당연한 학교에서의 시간, 휴일이면 늦잠을 한낮까지 자는 것이 아무렇지도 않았던 시간. 정교은으로 사는 것이 수치나 죄스럽지 않은 시간 속에서도 나는 자유롭지 못했다. 나의 양손엔 언제나 치우와 기하 오빠의 손이 잡혀 있었다.

*

초여름, 5교시 한문 시간, 정년퇴임을 앞두고 있는 할아버지 선생님께서 분필을 들고 열심히 필기를 하고 계셨다. 교실 안은 눈꺼풀에서 졸음을 쫓아내려는 아이들의 지루한 하품으로 가득했다.

나는 필기를 좋아했다. 깔끔하게 정리된 공책은 자신이 모범생이란 착각을 하게 해 주었으니까. 졸음에 고개가 까닥 넘어가다가도 칠판을 노려보며 필기를 했다. 그날의 필기 내용은 그날 배운 교과서 내용과는 하등 관련이 없는 한시였다. 할배, 학교 떠날 생각하니 울적해지시나? 그래도 써 보자. 기계적인 필기였다.

월하노인 통하여 저승에 하소연해
내세에는 우리 부부 처지 바꿔 달라 하리
나는 죽고 그대만이 천 리 밖에 살아남아

그대에게 이 마음의 슬픔 알게 하리라[13]

이렇게 풀이를 쓰는데 욱신욱신 아팠다. 귀양살이하던 병든 김정희가 아내의 부고를 듣고 얼마나 애통해했는지 선생님이 설명하는 것과는 별개의 현상이었다.

열여덟 살 여고생에게 부인에 대한 노인의 절절한 그리움과 사랑은 그저 박제된 역사에 불과했다. 나를 뺀 반 아이들 모두는 그러했다. 반쯤 감은 눈과 하품의 릴레이들이 그것을 증명했다. 그런데 나만이 아팠다. 동시에 농월당을 떠나던 날 대문가에서 배웅하던 기하 오빠의 얼굴이 떠올랐다. 내가 탄 버스가 떠날 때까지 농월당 지붕 위에 서 있던 치우가 떠올랐다. 아팠다. 가슴의 흉터에서 다시 피가 흐르고 있었다. 과거를 피해, 과거의 나를 피해, 사랑을 피해 도시로 와 살아 보려던 나는 도리어 죽어 가고 있었다. 사랑을 두고 왔다고 생각했다. 그러나 사랑은 두고 올 수 있는 것이 아니었다.

교실 창으로 쏟아져 들어온 햇빛은 분필 가루와 먼지를 뒤섞고 그 너머로 다연의 얼굴이 나를 응시했다. 그녀의 표정엔 한 조각의 분노나 원망도 없었다. 거기엔 슬픔만이 자리했다. 만일 수만 가지의 감정 중에 한 가지를 추출해 낼 수 있다면 다연의 표정은 순수한 슬픔의 결정結晶일 것이다. 그녀가 느낄 수 있는 감정은 오직 그것뿐인 것처럼 슬픔이란 이름으로 존재하

---

13. 「**유배지에서 아내의 죽음을 애도하며**」, 김정희

는 그녀를 차마 몰아낼 수 없었다. 그녀의 기억들도 슬픔과 함께 현재의 나에게 밀려왔다. 가슴 저미는 눈동자들. 그렇게 그녀를 돌려주어야만 한다는 것을 깨달았다. 과거와 현재의 그들 모두에게. 나는 결코 과거로부터 자유로울 수 없다는 것도 알게 되었다. 아니, 과거를 끊어 내고 행복할 수 없다는 걸 인정했다. 나 또한 그들이 필요했다.

서울에서 만난 명아 언니는 달랐다. 마른 몸이며 어깨에서 찰랑거리는 단발머리며 빨간 입술까지 다르지 않은 모습이었지만 달랐다. 빛이 사라진 사람이었다. 어째서 이오와 함께 왕고모 집에 놀러 온 명아 언니의 변화를 나만이 감지한 것일까. 이오와 왕고모는 태연하기만 했다. 그렇게나 맛나게 먹던 음식을 그저 씹어야 하는 대상처럼 입안으로 구겨 넣는 그녀를 왜 다들 모른 척하는 것인지.

"학교 재밌어? 남녀공학이니까……, 남자 친구라도 생긴 거 아니야?"

이렇게 묻는 명아 언니의 목소리는 여전히 발랄했지만 진심이 빠져 있었다. 그녀가 궁금한 것은 그것이 아니다. 그러나 나는 얌전히 답해 주었다.

"그런 거 없어. 남자애들이랑 반도 다르고……. 학교가 다 거기서 거기지. 언니는 대학 들어가서 애인 안 만들었어?"

나의 질문은 진심이 충만한 물음이다. 참외를 집어 먹는 그녀는 고개를 갸우뚱한다.

“명아 좋다는 남자는 많지. 근데 전부 노! 눈이 얼마나 높은지 몰라.”

그녀의 어깨를 장난스럽게 밀치며 이오가 대신 답해 주자 명아 언니는 반동을 이용해 몸으로 이오를 더 세게 밀친다.

“하! 나 좋다는 남자가 많아? 너는? 너희 학교 남학생 절반이 너한테 홀려서 학고 맞게 생긴 거 알거든, 후후.”

“거짓말! 무슨 절반이야!”

그녀들이 서로의 어깨를 밀치면서 농담 따먹기를 하는 동안에도 나는 명아 언니의 표정에 나타난 그늘을 놓치지 않았다. 왜? 기하 오빠를 버린 건 언니가 아니었어? 그런데 어째서 당신이 그렇게 허허로운 표정을 짓는 거지?

“교은이까지 서울에 와 버렸으니 기하 오빠가 많이 쓸쓸하겠네.”

방금까지도 이오와 깔깔거리며 시시껄렁한 농담을 주고받던 명아 언니의 말엔 웃음기가 없다. 내가 왜 당신한테 그런 말을 들어야 하는 거지? 마치 내가 기하 오빠에게 잘못을 저지른 것처럼 말해서 어쩌자는 거야? 내가 당신 대신 가책을 느껴 줘야 하는 거야? 그녀의 말에 시무룩해진 건 이오였다.

“그러게 말이야. 교은이가 오빠한테 책도 읽어 주고 말상대도 되어 줘서 안심이었는데…….”

“고등학교는 거기서 다녀도 됐을 텐데. 왕고모님이 외로우셨나 봐. 교은이 데려올 생각을 하시고.”

명아 언니는 미소 짓고 있다. 또한 미소 짓고 있지 않다. 그걸 나만이 아는 것이 오히려 다행이라는 생각이 들었다.

"조렇게 귀여운 것이 같이 살면 얼마나 재밌을까……, 생각만 하고 있었는데 기하가 부추겼지. 얘가 나랑 있는 게 더 좋을 것 같다고. 결과적으로 나는 너무너무 고마운 일이 되었지만. 교은이는 어때?"

"저도 감사드려요."

대답을 했지만 내 머리는 송곳에 찔린 것 같았다. 기하 오빠가 날 데려가라고, 농월당에서 날 떠나가게 하려고 왕고모를 부추겼다니……, 그가 자기 자신을 그렇게나 고립시켜야 하는 이유를 도저히 알 수 없었다.

"기하 오빠가요? 이상하네. 교은이 아껴서 곁에 두고 싶어하는 줄 알았는데……."

"너무 아끼니까 마녀 할망구 아래서 탈출시킨 거지. 하긴 또 다른 마녀 소굴로 들어오긴 했지만, 이 소굴은 교은이한테 딱 맞으니까. 하하!"

왕고모는 마른 손가락으로 내 머리카락을 흐트러뜨리며 웃음을 터뜨렸다. 그 웃음을 보며 나도 웃음 지어 보이지 않을 수 없었다. 그리고 내가 모르는 대학 수업에 대해 이오와 이야기하는, 요즘 한창 유행인 가요가 라디오에서 나오자 따라 부르는, 이름조차 생소한 외국 배우의 외모를 찬양하는 명아 언니를 훔쳐보았다. 농월당을 떠나올 때 내게 던지듯 내뱉은 외조모의 말이 생각났기에.

'여름방학 때 꼭 명아랑 같이 놀러 오도록 해라. 이오는 못

와도……. 알겠지?'

그래서 비로소 알았다. 외조모가 명아 언니에게 친절했던 이유를. 이오의 친구라는 것과는 아무 상관관계가 없는 그 친절은 외조모의 욕심에서 비롯된 것이었다. 명아 언니처럼 똑똑하고 예쁜 여자가 손자며느리가 되었으면 하는 욕심. 불가능한 것은 아니라고 생각했었다. 그런데 서울에서 다른 얼굴로 살고 있는 명아 언니를 보니 외조모가 측은해졌다. 마녀 할망구 소원은 끝장이네. 나 또한 포기가 되었다. 우리를 매혹시켰던 그녀는 이제 없다. 이미 그들의, 아니, 명아 언니의 사랑은 변해 있었다. 변하지 않는 사람은 없다. 슬프지만 그러하다. 그러하다.

그들이 돌아가고 텅 빈 거실에서 홀로 남은 난 기하 오빠의 목소리를 들어야만 버틸 수 있을 것 같았다. 밤 9시, 시골에선 꽤나 늦은 시간. 초저녁에 미리 약속된 모임에 나가신 왕고모는 돌아오겠다는 시간을 넘기고 있었다. 전화를 해 볼까? 외조모가 받으면 싫은데. 그래도 기하 오빠의 목소리를 들어야만 했다. 다행히도 전화를 받은 사람은 최씨 아저씨였다. 누구보다 말수가 적은 아저씨는 신속하게 기하 오빠를 전화기로 이끌어 주었다. 기하 오빠가 더듬더듬 수화기를 드는 것이 느껴졌다.

— 교은이니?

빛이 들지 않는 심해深海처럼 낮으면서 부드러운 그의 목소리가 한순간에 나를 농월당으로 데려갔다.

"……오빠."

겨우 한마디를 하고 울지 않으려 입을 막았다. 보고 싶다. 당신이 보고 싶다.

— 그래, 교은이구나. 잘 지내고 있지? 건강하지?

그가 묻는다. 답해야 해. 울먹이지 마. 심호흡을 하고 아무렇지도 않게 대답해. 다짐했다.

"응, 잘 있어. 오빠는?"

— 잘 있지. 교은이가 없어서 심심하긴 하지만. 걱정하지 않아도 되는 거 알지?

"알아. 걱정 안 해. 그런데 오빠, 미안해."

— 어? 미안하다고? 뭐가?

미안해, 명아 언니를 데려갈 수 없겠어. 멱살을, 머리채를 잡고서라도 오빠 앞에 데려가려고 했는데 그렇게 할 수 없겠어. 미안해.

— 너, 무슨 일 있니?

한참을 내 대답을 기다리던 그가 묻는다. 대답해야 해.

"……아니, 그냥. 그냥, 그랬어. 오빠, 보고 싶어."

— 나도 교은이 보고 싶네. 볼 수 없지만 보고 싶어. 말이 이상하다. 그치?

거짓말. 당신은 내가 아니라 명아 언니가 보고 싶은 것이잖아. 그 이름을 입 밖으로 꺼내면 무너져 버릴까 봐 그녀의 이름 대신 나의 이름을 부르는 것이지. 당신은, 당신만은 내 이름을 불러 주었는데……. 이제 내 이름을 불러 주는 이는 세상에 존재하지 않는다.

"이상한 게 아니라 바보 같은 거지. 오빠……, 조금만 기다려."

— 그래, 기다릴게. 우리 교은이, 기다려야지.

농월당은 기다림의 장소다. 치우는 다연을, 기하 오빠는 나를……, 아니, 실은 명아 언니를. 오랜 기다림의 자리에서 다연도 그러했겠지. 그의 그림자가 방문 앞에 드리워지고 오직 한 사람을 위해 고이 품은 마음을 보아 주길 기다리고 기다렸겠지. 하지만 나는……, 거기, 나를 기다려 주는 이 없는 농월당으로 돌아가야만 하는가.

여름방학이 시작되고 나는 곧장 집 근처 도서관으로 향했다. 세상에서 가장 안전하고 완전한 곳이라고 생각되는 곳이었다. 붉은 벽돌에 담쟁이가 다닥다닥 붙어 책들을 호위해 주던 그 건물에서 아침부터 저녁까지 몸을, 마음을 숨기고 있었다. 그리고 닥치는 대로 읽었다. 책 속의 세계에 나를 숨겼다. 책과 책으로 걸음을 옮기고, 인물과 인물 사이에서 가쁜 숨을 몰아쉬었다. 하지만 그들은 내가 어디에 숨어도 나를 찾아내었다.

시의 숲 그늘에 숨어 있자면 다연이 달처럼 떠올라 어디에서나 나를 비추었다. 나는 도망쳤다. 낯모르는 용감한 여행자의 산문 속에서 이국異國의 하늘 아래를 거닐고 있자면 기하 오빠의 발소리가 들렸다. 나는 도망쳤다. 모든 연인들의 언어와 포옹, 결별과 만남, 그리고 삶과 죽음의 문장은 치우의 눈동자와 입술, 팔과 가슴이 되었다. 나는……, 도망칠 수 없었다.

밤이었다. 학생들이 무거운 가방을 메고 집으로 돌아갔고, 나는 대출한 책을 손에 들고 밖으로 나왔다. 도시의 밤은 도리어 적막했다. 개구리 소리도, 반딧불의 반짝임도, 별빛도 없는 어두운 하늘 아래 홀로 있는 내가 갑작스러웠다. 그렇게나 벗어나고 싶었으면서, 그렇게나 그들에게서 도망치고 싶었으면서, 교은이고 싶었으면서. 정작 도시의 하늘 아래 홀로, 정교은으로 서 있는 나는 갑작스럽고 낯설었다. 갑작스럽고, 낯설고, 슬펐다.

그리고 슬픈, 낯선, 갑작스런 눈물이 흘렀다. 도시의 밤, 텅 빈 도서관의 앞마당, 물기둥의 솟구침이 멈춘 분수대 앞에서 홀로 눈물을 흘렸다. 울고 있는 나의 뒤에서 도서관의 불이 남김없이 꺼졌다. 누구도 나의 눈물을 보아 주는 이 없는 어두운 그곳에서 한참을 소리 없이 울었다. 흐느낌이나 어깨의 들썩임 같은 건 없었다. 그저 내 눈동자가 끊임없이 눈물을 흘려보냈다. 눈을 깜빡일 때마다 투둑투둑 그렇게 눈물이 넘쳤다. 그러다 분수대의 물에 비친 달을 보았다.

그믐달이었다. 그믐달이 희미하게 물빛으로 빛나고 있었다. 바람이 불었다. 눈물 한 방울이 허공으로 떨어졌다. 치우……, 그는 여기 없다. 세상은 불을 밝혀 주지 않는다. 별들은 그들의 무덤에 엎드려 일어서지 않는다. 이곳에서 울고 있는 것은 오직 나뿐이다. 누구도 나를 위해 울어 주지 않는다.

농월당에서, 치우의 곁에서 내가 울면 그도 울고, 별들도 함께 울어 주었는데…….

그날 어머니를 이해할 수 있었다. 사람이 사랑 때문에 미칠 수도 있다는 것이, 사랑을 잃고 죽을 수도 있고 그것이 용서받을 일이 아니라는 것도 이해되었다. 별들을 울릴 정도의 절박한 힘을, 그 사랑이란 것이 가졌음을 그제야 깨달았다. 그런데 나는 사랑을 피해 홀로 있기를 택했다. 살고자, 숨 쉬고자, 미치지 않고자……. 바보같이 산 건 어머니가 아니라 나였다. 엄마, 진짜 바보는 나야. 사랑 때문에 미치고 죽은 엄마는 바보가 아니야. 엄마는……, 여자였던 거지. 한 남자의 여자이고, 연인이었던 것이지. 죽는 그 순간까지.

나는 분수대 위에 책을 올려 두었다. 또다시 바람이 불었다. 차라락 책장이 펼쳐졌다. 펼쳐진 책을 놓아 둔 채 나는 망설임 없이 돌아섰다. 그리고 뒤돌아보지 않았다. 다시 화림동으로, 농월당으로, 너의 곁으로.

23

태풍이 지나간 후

화림동엔 나보다 먼저 태풍이 당도해 있었다. 버스에서 내리자마자 내 우산을 날려 버린 강풍에 정신을 차릴 수가 없었다. 서울을 나설 땐 가는 빗줄기에 불과했는데 방향을 가늠하느라 고개를 몇 번 돌리는 사이 온몸을 적실 정도로 굵어진 비가 얼굴을 때리는 것이 아플 정도였다. 날아간 우산을 쫓아갈 엄두도 못 내고 화림동의 담들이 만든 바람의 터널을 지나는데 누군가가 큰 소리로 나를 불렀다.

"어이! 정교은!"

이마와 눈꺼풀에 달라붙으며 흘러내린 머리칼을 젖히며 돌아보자 커다란 우산을 쓴 의연이 서 있었다. 훌쩍 커 버린 키는 이미 다 자란 어른과 같았고 얼굴은 더 이상 그을릴 수도 없을 만큼 까만 것이 흰 이를 드러내고 웃고 있었다.

"뭐! 빨랑 말해! 나, 비 맞는 거 싫어한단 말이야."

"잘하면 입에서 불이라도 뿜겠네."

그는 성큼성큼 내 곁에 와 우산을 씌워 주었다. 화림동의 연약한 꽃나무들의 가지를 부러뜨리고 혹은 뿌리째 날려 버리는 태풍은 의연에게는 어제 불었던 바람과 다를 바 없어 보였다.

"어째 이런 날 골라서 왔냐? 일기예보 안 봐?"

"시비 거는 거면 꺼져라. 나, 피곤하다."

그는 농월당으로 돌아서려는 내 손에서 가방을 뺏어 들었다.

"가자. 비 쫄딱 맞히면서 보낸 거 아시면 할머니한테 사흘은 잔소리 들을 거다. 후딱 가자고."

비가 긋는 방향에 선 그의 어깨가 모두 젖는다. 한창 푸른빛으로 자라고 있는 벼들이 위태롭게 바람의 자취대로 쓰러지고 일어났다.

"이오 누나도 며칠 전에 온 것 같더라. 어째 그러냐? 너희 엄마도 그렇고 그 대고모란 할머니도 그렇고, 떠나려고 안달이었는데 너희는 왜 그래?"

"남의 사!"

그러면서 나는 의연의 팔에 팔짱을 낀다. 그는 뻣뻣하게 굳은 팔을 어찌할 바 몰라 하며 걸음을 재촉했다. 1년 365일, 닫히는 일 없는 농월당의 대문 앞에 다다른 그는 팔을 잡힌 채로 내게 짐을 건넨다. 난 웃으며 그의 팔을 놓아주었다.

"고마워."

"됐다. 여기, 우산."

"난 필요 없잖아. 지금 너 필요하잖아."

"서울 갈 때 비 오면 써라. 나, 간다. 아! 서울 가기 전에 할머니한테 얼굴 한번 보여 주러 오고!"

내게 우산을 떠넘긴 의연은 바람과 함께 화림동으로 뛰었다.

"저 왔어요!"

그를 보내고 나는 큰 소리로 소리치며 농월당에 들어섰다. 이제 난 어깨를 움츠린 채 이 집으로 내던져진 어린애가 아니다. 무섭지 않다. 변해 버린 명아 언니 때문에 혼자서만 삭혀야 할 기하 오빠의 슬픔도, 또 치우의 수백 년 축적된 슬픔도 감당할 수 있을 것 같았다. 그때 나는 한 사람의 슬픔을 간과하고 있었다. 바로 다연, 그녀의 깊이를 알 수 없는 슬픔을 잊고 자신 있게 내가 왔음을 알렸던 것이다. 한 번의 실족으로도 그녀의 슬픔에 가라앉아 질식할 수도 있음을 몰랐던 어리석은 나였다.

"교은아, 태풍 부는데! 얘, 비 맞은 거 좀 봐!"

내 목소리에 가장 먼저 나온 건 역시 이오였다. 그녀는 제가 비 맞는 것은 아랑곳하지 않고 나를 방 안으로 들이고 수건으로 물기를 닦아 주는 데 열중했다. 모든 일에 그러하듯이 그 순간만큼은 내게 완전히 몰입한 이오에게 내 몸을 맡기고 있자니 졸음이 밀려왔다. 그녀가 내 옷을 벗기고 가방에서 찾아낸 옷을 갈아입히는 동안에도 나는 주인의 손에 든 인형처럼 축 늘어져 있었다.

"우산도 있던데 왜 이렇게 많이 젖은 거니?"

대답하기 귀찮았다. 그냥 따뜻한 이불을 둘둘 말고 잠을 자고 싶다는 생각밖에 없었다. 그렇게나 보고 싶었던 기하 오빠도, 치우도 당장의 잠에 대한 욕구에 밀려나다니……. 사실 그런 생각조차 들지 않을 정도로 나는 지쳐 있었다. 그렇게 치열한 전투를 치르고 간신히 목숨을 건져 돌아온 병사와 같이 잠들었다.

꿈이 없는 잠을 잤다. 빛도 없고, 색도, 소리도 없는 심연의 유연한 어둠 속에서 태아처럼 편안하게 웅크리고 잠이 들었다. 그렇다고 생각했다. 하지만 내겐 몸을 감싸 안을 팔도, 구부릴 다리도 없었다. 내게 남아 있는 신체는 없고 의식도 희미하다. 아주 오랫동안 내 혼은 공간이 아닌 공간에서 쉬고 또 쉬었던 것 같다. 쉼은 느리고도 완벽해서 수백 년의 시간도 찰나와 같았다. 완전한 홀로임에도 고독을 느낄 필요도 없다. 혼자여도 괜찮겠다. 이곳에서라면 영원토록 홀로라도 괜찮겠다.

가물가물 나의 혼은 우주로까지 유영할 것이다. 멀리서 별들이 아련한 빛의 망網을 던져 나를 건져 올리려 한다. 기꺼이 별들의 품에 안기리라. 그들의 품은 아무 고통도, 상처도 없는 평화로운 안식처다. 많은 혼들이 회귀하려는 빛의 안식처다. 회귀하리라, 나 역시. 형태 없는 손을 뻗었다.

'그대, 어디에 있소? 나는 아직 여기서 그대를 기다리오. 어

디 있소, 그대…….'

낮은 음성이 끝없이 되풀이되는 곡哭처럼 나를 부른다. 그렇다. 누군가가 나를 부르고 있다. 나는 그를 안다. 그리운 목소리다. 슬픈 목소리다. 슬퍼……. 나는 슬픔을 인식한다. 그리고 깨닫는다. 나는 그에게 돌아가야 한다. 나를 그에게 돌려줘야 한다. 나는 다시 태어나야만 한다. 견고한 일념이 혼을 응집하게 만들고 안온한 어둠에서 찌르는 듯 아픈 빛 속으로 나를 밀어낸다. 고통스럽다. 아프다. 그러나 나는 쉼 없이 자신을 생으로 던진다. 나는 그를 위해 다시 생을 택했다.

눈을 뜨기 전에 치우가 곁에 있음을 알았다. 그래서 천천히 눈을 떴다. 애초에 농월당을 떠난 일이 없었던 것처럼, 언제나 변함없이 나를 지켜보았던 것처럼 익숙하고 편안한 눈빛이 거기 있었다. 익숙하고 편안하지만 또 늘 그리운 치우의 눈동자.

이 고통스러운 삶에 또 나 자신을 던지게 만든 사람이 너니? 내가 눈으로 그에게 물었다. 태풍의 습기를 잔뜩 먹은 흙냄새 나는 그의 손가락이 내 이마에 붙은 머리카락을 떼어 낸다. 그렇다, 내가 그대를 비통하게 부르고 또 불러 내 곁으로 오게 했다. 그가 다정한 손짓으로 대답한다.

"오래 기다렸니?"

내가 다시 태어나기까지 넌 도대체 얼마의 세월을 기다리고 또 기다렸던 것일까.

"아니, 그대가 반드시 돌아올 것을 알았으니 오랜 기다림도 아니었다."

치우가 기다린 것이 교은이 아니라 다연이어도 상관없다. 나는 치우를 원한다. 지금 그의 곁에 있는 것은 나고 그가 보고 있는 것도 나다. 과거에 다연이 사랑한 것이 그가 아니라도 상관없어. 현재의 나는 현재의 치우를 원해. 기하 오빠가 내 이름을 불러 주었기에 그를 사랑하게 되었다면 치우 앞에서 나는 이름을 버릴 수 있을 정도로 그를 사랑하게 되었다. 그걸 그제야 인정할 수 있었다. 나는 이미 치우를 사랑하고 있었다는 것을.

"사랑해."

"알고 있다. 그대는 언제나 날 사랑했다."

"미안해, 널 떠나서. 미안해, 널 아프게 해서. 미안해, 네 사랑을 알아보지 못해서."

"그대는 나를 떠난 일이 없다. 그대는 나를 아프게 한 일이 없다. 그대는 내 사랑을 늘 알았다. 그러니 미안하다고 말하지 마라."

"어떻게 너는 항상 그렇게 나를 용서하는 거지? 어떻게 그럴 수 있는 거야?"

"수백 년을 지신으로 살며 깨닫게 된 하나의 사실을 믿으니까."

"그게 뭔데?"

나는 자리에서 일어나 물었다. 그게 무엇이기에 너는 내게 그토록 관대할 수 있지? 치우는 내 입술에 제 숨을 불어넣으며 답했다.

"결국엔 그대는 내 것이라는 것이다. 내가 그대의 것이듯이. 영겁의 시간이 흘러도 우리는 기어코 만나 서로의 것이 된다는 것을 믿는다. 그대는 아직도 모르겠는가?"

믿어. 나는 너를 위해 태어났으니까. 그것이 서로에게 상처가 되고 고통이 된다 하더라도 그럴 수밖에 없었다는 것을 믿어. 치우의 숨은 내 온몸을 채우고 다시 내 혼과 조우했다.

태풍에 농월당의 기왓장이 날아가 깨지는 소리가 문밖에서 들렸다. 무섭지 않다. 대숲이 통째로 흔들리며 울부짖었다. 그래도 무섭지 않다. 나는 치우의 품 안에 있으니까. 나는 천년만년 굳건할 것 같은 그의 가슴에 기대고 그의 팔을 끌어당겨 안았다.

"가지 마. 아침이 되도 가지 마."

"그대 곁을 떠나지 않았다. 항상 그대 곁에 있었어."

믿어. 너를 위해 태어날 나를 기다려 준 너를. 치우의 것인 나로, 내 것인 치우의 품에서 두려움 없이 아침을 맞이했다.

태풍이 물러난 화림동은 분주했다. 쓰러진 벼를 일으켜 세우고 날아간 기왓장이며 깨어진 슬레이트 대신 지붕을 막아 줄 판자를 임시로 덧대는 사람들의 손이 분주했다. 잠잠했던 매미들도 먹구름이 물러간 푸른 하늘을 향해 최선을 다해 울어 대었다. 얼마나 열심히 울어 대는지 매미들도 땀을 뻘뻘 흘리겠군, 그런 생각이 들었다.

대나무 막대로 균형을 잡아 놓은 빨랫줄에 걸어 놓은 옷들을 바삭하니 말려 주는 태양 아래서 가만히 서 있는 기하 오빠를 발견한 우리—이오와 나—는 와다다 달려가 그를 안았다. 깔깔깔! 그의 팔 한 쪽씩을 부여잡은 우리가 웃어 대자 그도 양팔에 우릴 하나씩 끼고 전력을 다해 안아 준다.

"방정맞게 뭐 하는 짓이냐!"

외조모의 호통에도 우리는 웃음을 멈추지 않는다. 혀를 차며 돌아서는 그녀에게 나는 기하 오빠의 등 뒤에 숨어 혀를 내보이기까지 했다. 마녀 할망구, 베에!

"우리 언덕에 갈까?"

기하 오빠의 제안에 우리는 서로의 손을 잡고 언덕길을 올랐다.

태풍도 꺾지 못한 들꽃들이 하늘하늘 흔들리고 있었다. 거기, 나비 무덤이 있는 언덕에. 감나무 주변으로는 채 익지 않은 감들이 바람에 날려 떨어져 있었다. 이오는 그것들을 주워 기하 오빠의 손에 쥐어 주었다. 그러자 그는 힘껏 팔을 휘둘러 대숲을 향해 감을 날린다. 차락, 툭! 차락, 툭! 대나무 잎을 스치며 떨어지는 감들의 비명은 기하 오빠의 가슴이 지르는 소리와 다르지 않다. 그는 대숲을 향해 팔을 휘두르는 것이 아니라 세상을 향해 자신을 던지고 싶은 것이리라. 그러나 허공을 가르며 나아가고 싶은 그의 마음은 대숲, 무성한 덤불 아래 묻힐 수밖에 없다는 걸 알고 있었을 것이다. 좌절된 그 마음 위로 댓잎이 떨어지고 눈이 쌓여 갈 때 부디 그가 혼자이지 않기를 바랐다. 다연이 목숨보다 사랑했으며 내가 처음으로 사랑한 이 사람이 제발 더 이상 절망하지 않기를 기도했다. 수백 년 동안 말없이 우리를 지켜보았을 화림동의 하늘 아래서.

안개 자욱한 강이다. 온몸에 안개가 비처럼 스미는데 강 건너엔 한 여자가 서 있다. 명아 언니인가? 문득 내 손이 기하 오빠의 손을 잡고 있음을 깨달았다. 놓으면 안 돼! 그는 그리운 눈을 하고 있다. 저 여자를 보고 있는 것이다.

'오빠, 나 여기 있어. 저길 보지 마.'

말이 입 밖으로 나오지 않는다. 그러나 소리 잃은 말을 들은 듯 기하 오빠는 날 내려다본다. 그가 이오보다 환한 미소를 지으며 망설임 없이 강으로 성큼 들어간다. 그를 붙잡을 수 없다. 손을 뻗을 수도 없다. 차디찬 회색 강물이 그를 삼키고 있는데도 나는 아무것도 할 수 없다. 눈물도 흐르지 않는다.

목까지 강물에 잠긴 채 나를 돌아보는 기하 오빠의 얼굴이 그의 것이 아니다. 어디선가 본, 익숙한, 다른 이의 얼굴. 안개는 그의 얼굴을 가리고 대신 목소리를 전해 준다.

"사랑해."

한마디 남기고 기하 오빠는 강물 속으로 사라졌다. 안개가 물결처럼 일어나고 나는 정신을 잃었다.

눈이 떠졌다. 꿈인가? 꿈의 일이었지만 너무 생생하다. 기하 오빠를 잃었다는 상실감에 눈물이 차오르려는데 치우의 강인한 팔이 느껴졌다. 그래, 난 치우의 품에서 잠들었어. 안도했다. 몸을 돌려 풀냄새 가득한 그의 품에 얼굴을 묻었다. 여기서는 모든 것이 괜찮다. 다 괜찮다.

이오가 서울로 돌아갔다. 교수 외숙이 다음 학기 준비하는데 그녀의 도움이 필요하다며 불러들였기 때문이었다. 이기적인 사람이라고 생각했다. 당신은 딸이 아니어도 도와줄 사람이 많지만 당신 아들에겐 누이밖엔 없는데! 그러나 난 그의 딸이 아니었고 그의 딸인 이오는 아버지 말을 거스르는 딸이 아니었다.

그녀를 배웅하며 나는 기하 오빠 대신 물어 주었다. 그가 누이동생에게 절대 묻지 못할 물음.

"이번엔 명아 언니 왜 놀러 안 왔어?"

"어……, 아르바이트도 하고, 대학원생이랑 사귄다고 정신없거든."

이오의 대답이 충격적인 것이 아니었다. 나를 놀라게 한 것은 그녀의 시선이었다. 담담하게 대답하는 그녀의 시선은 질문을 던진 내가 아닌 기하 오빠에게 향해 있었다. 그녀도 알고 있었던 것인가? 알고서도 저렇게 솔직히 자기 오빠에게 상처 입힐 말을 하는 이유가 뭘까? 그건 아마도 실은 그녀가 우리 중 가장 어른이었기 때문일 것이다. 예쁘기만 하고 다른 사람은 배려할 줄 모르는 철부지인 줄 알았던 이오는 늘 사람들과 살을 맞대며 살아왔으니까. 그래서 그녀는 상처를 피하기보다 차라리 상처 입고, 딛고 일어서는 편이 자신을 단단하게 만드는 길이란 걸 알고 있었으리라. 조금은 그녀가 언니처럼 보였던 날이었다.

고요한 동요를 일으키고 있는 기하 오빠의 손을 잡고 그녀에게 다른 손을 흔들었다. 이오야, 오랜 세월이 흐른 후에 우리, 명아 언니를 실컷 욕해 주자. 나쁜 년이었다고, 우라질 년이었다고, 욕하면서 오늘을 추억할 수 있는 사람들이 되자.

"이오, 아직 보이니?"

"아니, 이제 안 보여."

"그럼 우리 언덕에 올라가자. 오늘은 바람이 시원하네."

시원하지 않았다. 8월의 무더위가 한창인데 시원할 리가 없었다. 하지만 기하 오빠가 벼랑에서 뛰어내리자고 해도 난 그렇게 해 주었을 것이다. 그를 강 건너로 보내지 않기 위해서라면 무엇이든 할 수 있었다.

뭉게구름이 우리의 머리 위로 기세 좋게 피어올랐다. 무성한 풀숲에서 뛰어오른 방아깨비들이 드러난 종아리에 아프게 부딪혔다. 나는 작고 흰 들꽃을 줄기 채 꺾어 꽃반지를 만들고 기하 오빠의 손가락에 끼워 주었다. 그는 미소 짓지 않았다. 나는 꽃반지를 하나 더 만들어 내 손가락에 끼워 보았다. 여전히 그는 무표정하다. 꽃반지가 끼워진 기하 오빠의 커다란 손에 똑같이 꽃반지를 끼고 있는 내 손을 깍지 껴 보지만 그는 가만히 나 하는 대로 내버려둔다. 깍지 낀 손을 흔들자 불현듯 깨어난 사람처럼 기하 오빠는 손을 빼서 내 머리를 쓰다듬어 준다.

"오빠, 나랑 서울로 갈래?"

그래서 명아 언니를 잡아 볼까? 억지로라도 명아 언니를 오빠 곁에 붙들어 둘까? 내 물음에 그는 화림동 너머에 서울이 있는 듯 보이지 않는 눈을 들어 먼 곳을 응시했다.

"어릴 때부터 부모님도 날 서울로 데려가려고 했었지. 실제로 몇 달 동안 서울 집에서 살기도 했고. 하지만 그때마다 난 발작을 일으킬 것만 같았어. 거기서 사느니 죽는 것이 나을 것 같다고 생각했어. 난 그곳에서 살 수 없어."

"그렇지만 많은 사람들이 그곳에서 잘만 살고 있어. 나도 내 부모가 죽은 곳이지만 살아 내고 있다고. 나하고 가자. 이곳이 아닌 그곳에서 살아 보자, 오빠."

"내가 있어야 할 곳은 여기야."

그는 고집을 꺾지 않았다. 안다. 기하 오빠가 있어야 할 곳은 화림동, 그리고 농월당뿐이라는 것을.

"난……, 꿈속에서의 난 하늘을 나는 듯해."

놀랐다. 그도 과거를 기억하기 시작하는 것일까? 난 내가 과거의 그녀임을 말해 줄 수도 없는데. 기하 오빠는 과거의 화림동이 눈에 보이는 것 같은 표정을 하고서 말을 이었다.

"화림동을, 이 언덕을 나는 듯 뛰어다니지만 역시 사랑하는 사람을 바라만 볼 수밖에 없지. 사랑을 말하지 못해……. 지금은 내게 자유가 주어져도 그러지 못할 거야. 나는 농월당에서……, 기다려야 할 사람이 있으니까."

"그래서 오지도 않는 사람을 기다리면서 살 거야? 죽을 때까지?"

"……기다려야 하는 사람이라면 기다려야지."

그는 이미 강을 건너가 버린 것일까?

"나는 오빠에게 기다려야 할 사람이 절대 되지 못하는 거겠지."

우리의 과거는 당신에게 아무런 힘도 행사하지 못하는 거야. 당신에게 아무런 의미가 없어. 당신은 모두 잊어버렸으니까.

"……너는 다른 의미로 기다리는, 소중한 사람이야."

"그래 봤자, 나는 오빠를 세상으로 나오게 할 수 없는 사람이잖아. 명아 언니가 가자고 했다면 오빠는 죽는다 해도 나갔겠지?"

"명아는 나에게 그런 말을 하지 않았어. 한 번도……."

기하 오빠는 고개 숙인 날 내버려두고 혼자 언덕을 내려갔다.

무한한 고독을 허락한 농월당으로 기하 오빠의 모습이 사라지고 나자 치우가 순식간에 나타나 내 손에서 꽃반지를 빼내 버린다. 그리고 나를 넘어뜨렸다. 거칠게 내 입술을 뜯는 그의 입술이 어느 때보다 뜨겁다. 입속 깊숙이 들어온 치우의 혀에 숨이 막혔다. 얇은 블라우스를 찢어 버린 그의 손이 아프게 내 가슴을 움켜쥐었다.

"이제 더 이상 그를 바라지 마라. 그대는 나의 것이다. 그가 아닌……."

내 입안을 달구었던 그의 입술이 입맞춤을 하는 가슴에 낙인이 찍히는 기분이었다. 심장이 불타오르고 있었다. 치우가 내 가슴을 베어 물고 있다. 그의 손이 치마 속으로 들어온다.

더운 손이다. 더운 그 손은 바동거리는 허벅지를 거칠게 들어 올린다. 어지럽다. 어지럽지만 향기로운 체취가 그에게서 밀려왔다. 그러나 치우의 눈동자 안에서 발견한 건 내가 아니었다. 싫어! 나는 격렬하게 반항하며 그의 뺨을 쳤다. 그리고 외쳤다.

"그만해! 너는 날 안고 있는 게 아냐! 날 봐! 나를 보라고! 정교은을 안을 수 있으면 안아! 다연이 아닌 나, 정교은을!"

그 순간 치우는 모든 걸 멈추었다. 그가 멈추었다는 것이 더 아팠다. 정말로 넌 그녀를 안으려 한 거야? 내가 아닌?

그는 자신이 찢어 놓은 블라우스 자락을 여며 내 가슴을 가려 주고 자기 품에 안아 주려 했다. 하지만 난 그를 밀어냈다. 그런 나를 바라보는 치우의 눈동자는 슬프고 비통했다.

"그대가 옳다. 나는 정교은을 안을 수 없다. 하늘이 용납하지 않은 일을……. 그리해서 그대까지……, 그래서는 안 되는 일이야."

"하늘이 용납하지 않은 것이 아냐. 네 마음이 용납하지 않는 거야. 나를 안는 것, 다연을 대신해서 나를 안는 것……, 그게 용납이 안 되는 거야."

"아니다. 그런 것이 아니다. 내가 그대를……, 얼마나 원하는지……. 그대를 원하는 마음조차 허락되지 않는 내가 저주스럽다. 나는 그대를 절대……, 안아서는 안 된다."

이미 상처받은 내게 치우의 목소리에 담긴 비탄은 위로가 되지 못했다. 나는 언덕을 달려 내려왔다. 그는 나를 잡지 않았다. 그래서 또 아팠다. 입술을 깨물고 달리며 그녀에게 물었다. 다연, 내가 원하는 그를 아직도 놓지 않는 당신의 갈망은 어디까지 이어져 있지? 당신의 갈망이 닿은 곳엔 누가 존재하지?

24
갈망

바람이 차가워질수록 월색은 더욱 교교皎皎해지는구나. 색 고운 단풍도 어둠 속에선 제빛을 잃고 서둘러 잠을 청하는데, 나만이 홀로 달을 우러르니 누가 봐도 처량맞다 하겠다. 자조自嘲하며 돌아서는데 그가 몇 걸음 앞에 서 있다.

갓도 쓰지 않은 채 숨을 헐떡이고 있는 그는 짐승인 듯도 하다. 이제 보니 그의 손에 진검이 들려 있다. 곧바로 다른 손에 든 것을 내 발치에 던지는 그의 팔은 검을 휘두르는 것같이 냉정하다. 아래를 보지 않고도 그것이 무엇인지 알 수 있다. 그의 주위에 내려앉은 짙은 분노가 달빛조차 삼켜 오직 타오르는 눈동자만이 빛을 발하고 있다.

"그놈이었어? 목이 그놈? 왜 하필이면 그놈이야! 그놈이……, 누구인지 알아?"

사람을 죽이기 위해 검을 갈면 저런 소리가 날 것이다.

"그놈 심장, 갈기갈기 베어 놓을까? 아니면 그대 심장을 베어야 할까!"

두렵다. 물러나고 싶지만 그리하지 않겠다. 나는 무릎을 굽혀 발치에 떨어진 서책을 주우려 했다.

"그만! 손대지 마!"

그의 외침이 날 멈추게 했다. 다음 순간 순식간에 날 넘어뜨린 그가 검을 들어 나를 겨누었다. 달빛이 검을 휘감고 있구나. 내 여기서 죽는 것인가. 검이 가슴을 꿰뚫으면 달빛도 함께 들어와 영원히 내 심장에 머물겠지. 눈을 감았다. 그런데 검이 꽂힌 것은 내 가슴이 아닌 이슬 내린 풀숲이다.

"어째서 검조차 두려워하지 않는 것이지? 그대는 어째서!"

두려운 하나가 바로 그대다.

"목이가 누구인지……, 그놈이 어떤 생각을 숨기고 있는지 알지 못하겠지."

나는 그저 그가 불쌍할 뿐이다. 말하려 하는 내 입술을 그의 입술이 난폭하게 막아 버린다. 밀어내려는 내 팔을 한 손으로 제압한 그의 다른 손에 의해 저고리와 치마 찢기는 소리가 들린다. 이러지 마라. 그대를 미워하고 싶지 않아.

"누구도 그대를 내게서 뺏을 수 없어. 절대!"

그의 입술이 지나간 자리에서 피 맛이 난다. 피비린내에 혼미해진 정신은 내 가슴을 빨아 당기는 그의 입술로 인해 더욱 흐릿해지려 한다. 아니 돼. 이렇게는 싫어. 도리질을 해 보아도 소용없다. 그는 다시 거칠게 내 입안으로 침입한 후 완강히 저항하는 내게 속삭인다.

"그대는 내 것이야. 내 것이야."

그는 이미 내 안으로 들어오고 있다. 고통이 관통한다. 그런데 그의 뜨거운 호흡이 내 입술과 목덜미와 가슴에 와 닿을 때마다 고통이 사그라지고 내 온몸에 작은 불길들이 일어나기 시작한다. 그 불길은 일렁이는 그의 움직임에 따라 나를 삼켰다가 토해 놓기를 반복한다. 아니, 어쩌면 나를 탐하는 그가 화마火魔인지도 모르겠다. 뜨거운 그의 피부가, 입술이, 내 피부를, 가슴을 빨아 당길 때마다 나는 고통 속에서도 그 불길에 재가 되고 싶을 정도로 갈망을 느낀다. 싫다! 하지만 동시에 그가 멈추지 않기를 원한다. 그의 뜨거운 몸과 마음이 나를 덮고, 내 안에서 솟아오르기를 갈망한다. 그를 갈망하다니! 오른쪽 뺨의 흉이 불길을 타고 온몸으로 번지며 제멋대로 꿈틀대는 것 같다. 그와 나의 불은 서로 엉키고, 서로를 삼키려 하다 다시 밀어내고, 끝끝내 서로를 갈망하며 끌어안는다. 그것은 채워지지 않는 갈망이다. 마침내 그가 내 안에 불덩이를 쏟아 놓고 스러진다.

그를 갈망했다는 치욕스러움에 내 가슴 위로 스러진 그의 등을 안아 줄 수도 없다. 눈물이 흐르는 것을 멈출 수도 없다. 그가 입술로 내 눈물을 훔쳐 주려 하지만 고개를 돌려 피해 버린다. 왜 그대가 그런 표정을 짓는 거지? 나를 가졌으면서도 그의 표정은 한없이 슬프다.

"이렇게 그대를 갖기를 바란 것은 아니야. 이건……, 미안하오."

사죄하지 마! 그대는 마치 나를 범한 것처럼 말해서 나를 욕되게 하고 있어. 나는 손을 더듬어 흐트러진 옷가지로 몸을 가린다. 그는 황급히 두루마기로 내 몸을 감싸 준다. 어서 돌아가고 싶다. 하지만 일어날 수가 없다. 그러자 그는 두 팔로 나를 안고 일어선다. 무언가 말을 하려는 그의 입을 손으로 막았다.

"말하지 마세요. 말을……, 용서를 구하지도 마세요. 용서를……."

내 말에 그는 고개를 숙인다. 내 몸을 고이 안고 동산을 내려가는 그의 품 안에서 나는 하염없이 울고 있다.

우리는 어이하여 서로의 갈망을 죄스러워해야 하는가. 용서가 되지 않는 것은 그가 아니라 나다. 갈망을 죄로 만든 나 자신이다. 내동댕이쳐진 서책과 대지에 꽂힌 검에 달빛이 내려앉고 있다.

시부모님이 허락하지 않았음에도 그는 후원에 별당을 짓기 시작했다. 겨울철이라 인정人丁을 배로 부려야 했지만 그는 개의치 않았다. 겨울이 지나기 전에 모두 지어진 별당의 현판에 그가 직접 쓴 '농월당'이란 글자가 새겨졌다. 그리고 나는 그곳에 유폐되었다. 안채에서 세간을 옮기던 목이의 얼굴에서 이제 멍은 찾아볼 수 없었다.

그날 집안사람들 누구도 왜 목이가 내 지아비에게 그토록 혹독히 맞아야 했는지 알지 못했다. 그는 며칠간 운신조차 할 수 없었다. 나 또한 그날 이후 심한 몸살을 앓았기에 무엇도 할 수 없었다.

다음 날부터 내린 가을비를 보며 드는 생각은 엉뚱한 것이었다. 서책이 모두 젖겠구나. 검 또한 녹이 슬겠구나. 나를 간병하던 섭이 어멈의 얼굴에 그늘이 드리워져 있었다.

"왜 그러는가?"

"……그저 집안이 어수선하여……. 아닙니다. 아씨께선 어서 털고 일어날 생각만 하십시오."

호들갑 떨며 내 이마에 적신 무명 수건을 얹는 그녀에게서 소문의 흔적이 느껴졌다.

"말해 보게. 모른다고 해서 건강을 되찾고, 안다고 해서 다시 잃을 건강이 있는 것도 아니니까."

"……실은 며칠 전 나리께서 목이에게 죽도록 주먹질을 하셔서……. 대련 중에 다치게 하신 일은 있어도 그렇게 주먹질을 하신 일은 없었는데……."

"왜 그러셨다고 하는가?"

"모릅니다. 그래서 모두 수군거리고 있습지요. 그놈이 나리께서 아끼는 서책을 빼돌렸다는 이야기가 있습니다만……. 행랑채에서 나오실 때 서책을 손에 쥐고 계셨다는 걸 본 놈이 있어서 말입니다."

처음엔 내 눈치를 보던 그녀가 거침없이 소문을 쏟아 놓았다.

"그것도 이상한 것이, 한자를 모르는 자가 그 서책을 가져서 무엇을 한답니까? 해서 그것은 아닐 거라고 하는 놈들도 있고요. 또 어떤 년들은 화림동에 있는 설란이를 건드린 것이…….
아이고, 쇤네가 주책입니다요."

말은 사람의 마음과 실상을 곡해하며 제 세력을 키우는구나. 한숨이 나오려는 걸 꾹 참았다.

"의원은 다녀갔는가?"

"칼 맞은 것도 아닌데 그럴 리가 있겠습니까."

나는 그 사람에게 천하지 않다 했는데 나로 인해 천함을 뼈에 새기겠구나, 한탄했다. 문득 그의 말이 귓가에 맴돌았다.

'목이가 누구인지……, 그놈이 어떤 생각을 숨기고 있는지 알지 못하겠지.'

석연치가 않다.

"혹시……, 목이 그 사람……, 서방님과 특별한 관계라도 있는 건가?"

"그럴 리가 있겠습니까! 천한 종이 어찌……."

급히 부인하는 그녀의 말에서 거짓의 기미가 보인다.

"서방님께서 하신 말씀이 있어서 하는 말일세. 숨기지 말고 말해 보게."

나의 재촉에도 그녀는 쉽사리 입을 열려 하지 않는다.

"내가 모르는 일로 인해 실수라도 하게 될까 저어되니 어서 말하게."

"……큰마님께서 제가 아씨께 말씀드린 것을 아시면, 쇤네 경을 치게 될 것입니다."

섭이 어멈의 목소리가 어느 때보다 낮고 떨린다. 나는 대답

없이 그녀의 말을 기다린다. 그제야 그녀는 한숨을 내쉬며 말을 이었다.

"실은 목이는 대감마님의 자식입니다요. 얼자입지요. 어미는 종년이었는데 민망하게도 큰마님께서 친정에서 데려온 년이었습니다. ……큰마님께서 속이 말이 아니셨지요. 게다가 큰마님께서는 수태 중이셨으니 얼마나 속이 상하셨을지 짐작하시겠지요? 아무튼 서방님께서 태어나시고 얼마지 않아 목이가 태어났는데, 그 망할 년이 제 자식 젖도 떼기 전에 종놈과 배가 맞아서 도망을 쳤지 뭡니까! 짐승도 제 새끼는 돌보건만……. 어차피 한때 데리고 놀았던 계집으로 생각하셨는지 대감마님께서도 미련을 보이지 않으셨고요……. 덕분에 목이만 얼자로도 인정받지 못하고 노비들 틈에서 자라게 되었지요. 그래도 운 좋게 어깨너머로 배운 검술 실력이 대감마님 눈에 들어 서방님의 대련 상대도 되고 한 스승님 밑에서 배우기도 하더니만……, 건방이 든 것이지요. 종복들과는 아예 어울리지도 않고 큰마님께서 정해 주신 계집종도 싫다고 물리고……. 기구하다고 하면 기구한 팔자지만 그래도 양반가에 그런 이들이 어디 한둘이겠습니까?"

소곤소곤 목이의 과거에 대한 이야기를 풀어 놓은 섭이 어멈은 혹여나 듣는 귀라도 있는 양 주위를 두리번거리며 살핀다. 목이가 그토록 학문을 익히고 싶어 했던 이유, 누구에게도 굴복하지 않으려 했던 이유, 지아비가 목이를 미워한 이유……. 이 모든 것의 이유는 결국 과거로부터 연유한 것인가.

한숨이 나왔다. 과거를 내가 어찌한단 말인가! 현재에게도 무참히 지는 내가…….

섭이 어멈이 미음을 가지러 나간 사이 잠시 들른 지아비는 내 눈을 바라보지 못했다. 아직도 나를 범했다 여기는 것이구나. 그가 내 몸을 탐한 것보다 그의 죄스러움이 나를 더 치욕스럽게 함을 그는 모를 테지.

"……몸은……, 어떠시오?"

"몸살이 났을 뿐이니 곧 일어날 것입니다."

"후원에 별당을 지을까 하오."

"……."

"부인께서 기거하실 곳이오. 그곳, 농월당이라 이름 지을까 하오."

다음 날부터 후원에는 대패질 소리와 나무망치 소리가 끊이질 않았다. 그는 나를 농월당에 가두려는 것이구나. 겨울바람이 천지를 식히는 것보다 더 빠르게 내 마음이 차가워졌다.

"괜히 나로 인해 고초를 겪게 해서 미안하오."

농월당에 화초장을 내려놓고 가려는 목이에게 서둘러 말했다. 내가 갇히기 전에 미안하다 말하고 싶다.

"아씨로 인한 것이 아닙니다. 미안해하지 마십시오."

"……그러나 미안하구려."

뜻밖에도 그의 눈에서 나와 같은 분노가 느껴졌다.

"미안해하지 마십시오. 저는 마땅한 대가를 치른 것뿐입니다."

"배우고자 하는 마음이 어찌 대가를 치러야 한단 말이오. 부당한 일이었소."

그는 고개를 외로 돌리고 이해하지 못할 말을 한다.

"배우고자 하는 마음에 대한 대가가 아닙니다. 작은 나리께서도, 그리고 저도 다른 마음에 대한 대가를 치른 것입니다. 해서 저는 억울하지 않습니다. 앞으로도 억울하지 않을 것입니다."

그의 말이 이상타. 묻고자 했지만 그는 내 말보다 빨리 후원을 벗어난다. 설마 저이의 마음이……. 아닐 것이다. 그럴 리가 없다. 나처럼 흉한 이를, 나처럼 부덕한 이를, 벼슬자리에 팔려 혼인한 이를……. 그럴 리가 없지.

아직 정돈되지 않은 농월당이 내 마음과 같구나. 유폐된 나에게 농월당은 언제나 겨울이겠지. 조용히 격자문을 닫는다.

겨울밤은 나의 한숨에서 비롯되어 화림동을 굽이돌아 다시 농월당으로 회귀했다. 차갑고 오래된 밤이 앙금처럼 가라앉아도 나는 잠을 이루지 못한다. 오늘 밤엔 별빛도 달빛도 낯을 뵈지 않는구나.

행랑채로 섭이 어멈을 돌려보내고 자리에 누운 지 얼마나 흘렀는지 모르겠다. 짙은 어둠에 눈을 감는 것과 뜬 것이 다르지 않다. 냉기가 몸을 누르는 것 같아 몸을 모로 돌리는데 마루 쪽에서 붉은 기운이 일어남을 보았다. 처음에는 불인가 싶었으나 불의 따스한 기운이 아니다. 붉디붉은 빛이 불길하다. 불길하면서도 익숙한 아름다운 빛이다. 만지고 싶다. 그러나 저것을 만지면 안 된다는 것을 나는 안다. 어째서인가? 어릴 적 오라버니가 보았다던 도깨비불인가? 아님 여우의 농간인가? 두려움에 몸을 일으켰으나 감히 밖을 내다볼 엄두가 나지 않았다. 그런데 붉은 기운을 막아서는 검은빛이 있다. 어둠과는 다른, 부드럽고 따뜻한 기운이다.

간신히 용기를 끌어모은 나는 엉금엉금 기어 문틈으로 마루를 내다보았다. 뚜렷하지 않은 빛들의 엉킴. 그러나 한눈에 봐도 검은빛의 기세는 압도적이다. 어째서인지 붉은빛은 필사적으로 농월당을 향해 다가선다. 하지만 검은빛은 단번에 그것을 털어 내고 농월당 멀리로 날려 버린다. 검은빛의 기운이 붉은빛을 쫓아내는 순간, 진한 흙내음이 났다. 아……, 지신이로구나! 지신이 삿된 잡귀를 몰아내는 것을 나는 본 것이다.

내가 훔쳐보는 것을 아는지 모르는지 검은빛은 농월당 앞마당으로 물러가 스르르 땅으로 스몄다. 지켜 주는구나. 정말로 지켜 주는 존재야. 나도 모르게 두 손을 가슴에 가지런히 모으고 합장을 했다. 그리고 빌었다. 농월당을 지켜 주듯이 사람의 마음도 지켜 주기를, 사람의 마음이 다치지 않도록 지켜 주기를 소원했다.

25
살인자의 딸

눈앞에서 어지럽게 다연을 누르던 남편의 얼굴이 떠올랐다가 사라지고 또 떠올랐다. 아니야! 아니야! 그럴 리가 없어! 치우야, 아니라고 해 줘. 너는 알고 있겠지? 그게 사실이 아니란 걸. 오한이 들었을 때처럼 온몸이 떨리는 걸 참아 낸다. 떨리는 내 몸에서 희미하게 붉은빛이 도는 것 같은 착각을 느낀다. 무서워! 치우를 찾았지만 그의 모습을 찾을 수 없었다. 치우……, 왜 나타나지 않는 거야? 내가 이렇게 필요로 하고 있는데.

"치우야, 치우야, 나 무서워. 치우야, 어디 있어?"

그는 나타나지 않았다. 그건 그가 전날 저지른 일보다 더 용서할 수 없는 일이었다. 그리고 그날 이후로 나는 기하 오빠에게 가까이 갈 수 없었다. 내가 다연이 아니듯이 기하 오빠도 과거의 그가 아니라는 걸 알았지만 그가 두려웠다. 아니, 다연이 느낀 그 강렬한 갈망을 그에게 느낄까 봐 두려웠던 것이리라. 그래서 그의 조그만 움직임에도 나는 움찔하며 민감하게 반응했고 그가 건네는 책도 제대로 받을 수 없었다. 그 정도로 두려웠으면서 떠날 수도 없었다. 나는 명아 언니처럼 비겁하지 않아. 억지로 버텼다. 그러나 억지스런 버팀은 부러지게 마련이다. 부러짐은 내부에서 일어났다.

매일 아침, 치우가 곁에 있을까 두리번거리던 것을 포기하는 것이 쉽지 않았다. 왜 나타나지 않는 것이냐고 이유라도 묻고 싶어서 미친년처럼 수십 번 혼잣말을 하는 것도 지치기 시작했다. 무엇보다 내가 농월당에 있다는 사실 자체가 견디기 힘들었다. 다연이 머물렀던 공간인 줄 알았던 이곳이 그녀를 가두기 위한 건물이었다는 게 충격이었으니까. 그리고 지금까지 내가 이곳에 머물고 있다는 사실이 견딜 수가 없었다.

치우는 어째서 그 사실을 말해 주지 않은 것일까? 그런 혼란스러움을 기하 오빠에게 감추려 한 시도도 실패했다.

"이제 이런 시골은 교은이한테 심심한가 봐. 그렇지?"

느닷없는 그의 물음에 차라리 신경질을 내며 반박했더라면 기하 오빠는 예민한 더듬이를 거두었을지도 모른다. 하지만 난 예전의 교은이가 아니었다.

"그런 거 아니야. 심심한 건 아니고……."

"그럼 뭐지? 정말로 내가 싫은 건가?"

그때였다. 부러진 것은. 내 안에서 억지스럽게 버티고 있던 것이 뚝 부러져 버렸다.

“모르겠어. 한 번도 오빠를 좋아하지 않은 적이 없는데……, 이번엔 모르겠어. 오빠 잘못도 아닌데 오빠를……, 볼 수가 없어. 만질 수가 없어. 그래서……, 모르겠어.”

나의 대답은 기하 오빠도 전혀 예상하지 못했던 것이었던지 그는 말없이 생각에 빠졌다. 그 꿈을 꾸지 않았더라면 슬픔이 손을 뻗치고 있는 기하 오빠의 어깨를 내버려두었을 리가 없다. 단번에 달려가 그를 안아 주었을 것이다. 하지만 모든 것이 변했다.

“……그렇다면 알게 될 때까지 나를 보지 마. 알게 되었을 때 다시 보면 돼. 그렇게 하자.”

“지금……, 그 말은, 나보고 서울로 가라는 거야? 그래서 오지 말라고?”

“나도 이유를 모르겠지만 너, 날 무서워하고 있잖아. 아닌 척해도 그렇다는 거 알아. 내 손이 닿는 것도 싫어하고 있어. 네 말대로 한 번도 그런 일이 없었던 네가 날……. 나도 쉽게 하는 말이 아니야. 그러니까 그렇게 하자. 오빠 부탁 들어줄 수 있지?”

나도 똑같다, 명아 언니와. 더 나쁠 수도 있겠다, 과거의 당신보다. 그런 내가 당신 부탁을 거절할 수 있겠어? 우리는 작별 인사를 하지 않았다.

방학을 열흘 남겨 두고 나는 농월당에서 추방당했다. 치우는 끝끝내 나타나지 않았다. 그리고 도시도 나를 받아 주려 하지 않았다. 나는 어디에도 있을 수 없는 사람이 되어 버린 것이다.

뜨거워, 무서워, 이러지 마! 내 몸을 무겁게 누르고 있는 그를 밀쳐 낼 수 없다. 옷이 찢기는 소리가 선명하다. 허벅지에 닿는 그의 손바닥이 내 살결을 태우고 있다. 미워! 뺨을 때리니 그는 기하 오빠가 되어 내 입술을 빨아 당긴다. 나는 다연이 된다. 그러자 그는 다시 치우가 되어 내 목덜미에 얼굴을 묻는다. 미워! 그러나 나는 그를 가슴에 품는다. 그는 내 것이야!

그 꿈에서 깰 때면 내 몸은 두 가지 반응을 보였다. 눈물 또는 비명. 전자는 나를 우울하게 했고 후자는 왕고모를 우울하게 만들었다. 하지만 왕고모는 비명의 이유를 묻지 않았다. 다만 세심하게 날 관찰할 뿐이었다. 전생을 꿰뚫어 보지 않는 한 원인이 밝혀질 리가 만무한데도 그녀의 노력이 고마웠다. 그래서 거짓으로라도 그녀를 안심시켜 주고 싶었다.

"가끔 엄마 꿈을 꿔요. 죄송해요, 놀라게 해 드려서."

"그러니? 그런데 기하 이름은 왜 부르지? 치우라는 이름도 부르고……."

그녀는 속지 않았다. 얼굴이 타올랐다. 수백 년 전의 경험이 어찌 되었든 지금 난 열여덟 살이다. 왕고모에게 섣부른 거짓말 따위를 하다니!

"말하기 싫음 안 해도 돼. 나 그렇게 막힌 사람 아니니까."

깊은 주름이 만들어 내는 멋진 미소. 나도 언젠가 갖게 될까? 치우는 영원토록 갖지 못할 그 주름에 항복했다.

"다는 말씀드릴 수 없어요. 그건……, 저만의 이야기는 아니니까요."

"알았어. 네가 말하고 싶은 것만 하면 되는 거야."

"치우는, 우린……, 사랑해요. 아주 오래전부터 그랬어요."

왕고모는 계속 나의 말이 이어지길 기다려 주었다.

"……그리고 기하 오빠도 제겐 소중한 사람이에요."

이번엔 야단치시겠지. 친척을 어떻게! 하지만 왕고모는 고개를 끄덕이며 듣기만 하신다.

"저는 두 사람이 없이는 견딜 수가 없어요. 그런데 둘 다를 잃었어요. 그래서 비명을 지르지 않을 수가 없어요."

"그렇구나. 비명을 지르지 않을 수가 없다……. 그럼 질러야지. 매일매일 질러도 좋으니까 안심하고 질러 버려. 하지만 이건 알아 두렴. 세상에 견디기 힘든 일들은 분명 엄청나게 많지만 또 견딜 수 없는 일도 없다는 거야. 비명을 지르든 욕을 하든 좋으니까 너는 여기서 견디면서 살아야 하는 거야. 알았지?"

왕고모는 내가 도시에서 간신히 버티고 서 있을 수 있던 바위였다. 그 위에서만 간신히 숨 쉬며 버텼던 나를 도시는 밀어 버렸다. 저쪽, 절벽으로.

학교에 소문이 퍼졌다. 그것은 친하게 지내던 아이들이 슬금슬금 나와 말하기를 피하는 것부터 시작되었다. 익숙한 반응, 화림동의 중학교에서 이미 겪은 일이었지만 원인을 몰랐기에 처음엔 좀 어리둥절했다. 그리고 아무도 내게 말을 걸지 않고 내 주변에 커다란 원이 형성되었을 무렵 어느 아침, 까닭을 알게 되었다.

미술 시간이 있던 날이었던 건 확실하다. 허겁지겁 미술 준비물을 챙기고 간신히 지각을 면했던 기억이 생생하니까. 왕고모가 직접 만들어 주신 보조 가방을 안고 헉헉거리며 반에 들어섰을 때의 정적도 기억한다. 불길해. 여느 때와는 다른 두근거림이 아이들에게서 느껴졌다. 그건 뒤이어질 벌을 감수하고라도 나쁜 짓을 저지르며 느끼는 희열감 같은 것이었다. 기대감과 긴장감이 아침 햇살 드리워진 반에 가득 차 있었다. 불길해.

의자를 빼고 책상에 보조 가방을 내려놓는데 누군가 칼로 파 놓은 낙서가 눈에 들어왔다.

살인자의 딸

그걸 보고 놀라지 않았다면 거짓말일 것이다. 그러나 수십 쌍의 눈동자가 기대감에 들떠 내 반응을 살피고 있는데 절대 기대에 부응해 줄 수는 없는 일이었다. 그다음 든 생각은 누가 한 일인지 몰라도 진땀깨나 흘렸겠네, 하는 엉뚱한 것이었다. 글씨를 상당히 깊게 팠네, 힘들었겠어. 단지 한 사람이 곤경에 빠진 모습을 보기 위해 그토록 열성을 다했다는 게 신기했다. 미안하지만 난 이 정도로는 곤란하지 않아. 혹시나 싶어 책상 서랍에 손가락을 넣어 보니 쓰레기가 가득했다. 쓰레기통을 끌고 와 서랍에 든 쓰레기를 버리는데 종이에 붉은 잉크를 부어 놓아 피 같아 보이는 것들이 대부분이었다. 아이고, 정말 애썼네. 고개를 저었다.

누구도 말하진 않았지만 그녀들의 눈에서 실망감을 발견하고 예감했다. 이런 짓이 계속될 거라는 걸. 그날 아침 우리 반은 사춘기 소녀들다운 수다로 시끄러운 다른 반에 비해 완벽한 정적 속에 조례를 시작할 수 있었다.

그녀들이 저지른 장난—짓궂음을 넘어선 그 나이다운 천진한 잔인성을 가진—에 또 어떤 것들이 있었지? 체육 시간이 끝나고 돌아와 보니 교복에 반 아이들 수만큼의 발자국이 생긴 채 교실 바닥에 팽개쳐진 것, 가사 준비물을 거둬 가는 주번이 내 것은 쏙 빼놓고 가 버려서 직접 교무실로 가서 제출한 것, 하교를 하려고 교실을 나설 때 등 뒤로 던져지던 각종 쓰레기들……. 직접적인, 혹은 간접적인 반 아이들의 괴롭힘에 내 감정이 어떠했는지는 막상 잘 기억나지 않는다. 당연히 불쾌했다. 하지만 죽을 만큼 힘들지는 않다고 스스로에게 우기고 있었다. 그녀들의 괴롭힘에 비하면 밤마다 꾸는 기하 오빠와 치우의 꿈이 훨씬 고통스럽다고 그렇게 되뇌면서.

기말고사가 가까워지자 확실히 반 아이들의 괴롭힘은 횟수가 줄었다. 그러나 횟수가 줄었다고 해서 나에 대한 호감이 증가한 건 절대 아니어서 여전히 나는 진공관에 갇힌 것 같은 상태로 살아야 했다. 그 진공관이 폭발하기까지는 그리 긴 시간이 필요하지 않았다.

점심시간이었던 걸로 기억한다. 주번이었던 내가 칠판지우개를 털기 위해 책상 사이를 비집고 나가는데 문제집이 와르르 쏟아졌다. 책들의 주인은 부반장이었던 애로 아버지인가 어머니가 의사였었다. 시험 때마다 책상에 문제집을 쌓아 놓고 쉬는 시간도 없이 공부를 해 대었던, 그러나 성적은 늘 2~3등에 머물렀던 학창시절 반에 하나쯤 있었던 아이. 그 아이가 쌓아 놓은 문제집을 내가 건드렸던 것이다. 반 아이들의 시선이 쏠리는 건 당연했다. 시험 기간에 그 애 성질을 건드려서 좋을 것이 없다는 건 주지의 사실이었는데, 그것도 '정교은'이 긁어 놓았으니!

"미안."

내 잘못이었으니 당연히 사과하고 문제집을 주워서 털어 책상에 올려놓는데, 그 애는 그걸 몽땅 쓰레기통에 쑤셔 넣었다. 그 애의 턱과 일치하던 단발머리가 기울어지며 날 노려보던 눈빛에서 '혐오'를 발견했다. 외조모에게서 보았던 것과 똑같은. 그리고 눈빛을 말로 뱉어 내는 목소리는 매서웠다.

"더러운 게!"

나는 보았다. 동정을 담은 눈동자들을. 평소 자신들의 생각을 거침없이 말해 주었지만 그녀들도 그 애의 행동은 도를 넘어선 것이라 느꼈던 것이리라. 그러나 난 혐오보다 동정에서 더 깊은 굴욕을 느꼈다.

"비켜!"

그 애는 내게 절대 손을 대지 않고 멀찍이서 명령했다. 나는 비켰다. 비켜서 칠판으로 갔고 내가 하려던 일을 했다.

겨울이라 환기를 잘 시키지 못해서인지 도시락 반찬 냄새가 교실에 맴돌고 있었다. 열어 놓은 창문 밖으로 칠판지우개에서 떨어져 나온 분필 가루들이 탈출하듯이 허공으로 흩날렸다. 2학년이었던 우리 반은 건물의 3층에 있었는데 창밖으로 나무들의 마른 잎들이 보였다. 고개를 내밀어 보니 붉은 벽돌이 깔린 바닥이 보였다. 떨어지면 죽을 수 있을까? 겨우 3층 높이에서도 사람의 머리는 두부처럼 박살이 날 수 있을 거야. 엄마의 머리가 그랬듯이. 그런 생각을 하고 있는데 어디선가 킥킥거리는 웃음소리가 났다. 나로 인한 것이었을 수도 있고 아니면 그저 전날 본 텔레비전의 내용에 관한 것이었을 수도 있다. 웃음의 원인이 무엇이었든 진공관 인간이었던 나는 폭발했다.

칠판지우개를 제자리에 두고 나는 전력을 다해 1층 가사 실습실로 내달렸다. 5교시에 실습이 있는지 문은 잠겨 있지 않았고, 나는 망설임 없이 들어가 창가 쪽에 세워진 서랍장을 열었다. 잘 정돈된 조리 기구들이 햇빛에 반짝거렸다. 깨끗이 설거지해 물기를 닦아 낸 국자며 튀김 젓가락이며……. 그것들이 숨기고자 하는 물건, 내가 찾고자 하는 물건이 눈에 들어왔다. 그것을 집어 든 나는 1층으로 뛰어 내려왔을 때와 마찬가지의 기세로 3층까지 단숨에 올라갔다.

교실의 뒷문은 열려 있었다. 반 아이들이 날 눈여겨보기 전에 후다닥 달려 부반장의 뒤로 간 나는 손에 들고 온 칼을 그녀의 목에 갖다 대었다. 모두들 그 상황에 대한 판단이 서지 않는 짧은 몇 초 동안 난 재빨리 말했다.

"아무도 비명 지를 생각하지 마. 이년 목 따는 거 보고 싶지 않으면! 너희가 말했듯이 살인자의 딸인 내가 뭔 짓을 못 하겠어! 너, 정말로 더러운 꼴 보고 싶어? 그럼 바로 네 목 그어 줄게. 사람의 동맥이 잘리면 얼마나 많은 피가 쏟아져 나오는지 모르지? 난 봤거든. 정말로 역겹고 더러워. 그 꼴 보고 싶어?"

누구도 감히 비명을 지르지도, 움직이지도 못했다. 그렇겠지. 너희같이 곱게 자란 공주님들이 상상도 못 했던 상황에서 뭔들 제대로 할 수 있겠어. 웃음이 나왔다.

"선생한테 이르려면 일러. 그럼 너희가 나한테 한 짓들도 알려질 거니까 참 좋은 꼴 나겠구나. 너희 잘나고 고결하신 부모한테도 이르려면 이르고. 대신 앞으로 나 건드리지 마. 이렇게 내 목에 칼을 들이댈 수 있는 배짱 있는 년 아니면!"

내가 칼을 거두자마자 부반장은 눈을 뒤집고 기절해 버렸다. 여기저기에서 반 아이들의 울음소리가 터져 나왔다. 그런 주제들이 누굴 동정하고 누굴 비웃는 거야? 나는 1층 가사 실습실로 내려가 칼을 원래 자리에 두고 교무실로 향했다.

식사를 마치고 다른 선생님들과 웃으며 이야기를 나누고 있던 담임이 의아한 표정을 지으며 내게 물었다.

"무슨 일이니?"

"조퇴를 할까 해요."

"어디 아프니?"

"아니요, 하지만 지금 조퇴하는 게 좋을 것 같아요."

"무슨 소리야? 아픈 것도 아닌데 네 맘대로 조퇴를 해?"

"그래야 선생님께서 원하시는 대로 수습이 될 거예요. 그럼 가 보겠습니다."

"야, 정교은! 거기 안 서!"

소리를 질러 대는 담임을 뒤로하고 반으로 돌아와 책가방을 싸는 동안에도 벌벌 떨고 있는 반 아이들이 절대 날 보지 않으려고 안간힘을 쓰는 것이 느껴졌다. 평생을 공주님으로 살 너희들에게 이런 기억 하나쯤 괜찮겠지. 죄책감을 갖지 않으려 애쓰며 학교를 나왔다.

학교에서 수업을 받을 시간의 바깥세상은 낯설었다. 마땅히 멈추어 있어야 할 인형들이 살아 움직이는 느낌이었다. 사실 멈춰 있는 장소는 학교였다. 삶이 호흡하는 곳은 학교 밖이었다. 나는 삶이 흐르는 공기를 폐에 가득 들이마시며 거리를 걸었다. 그리고 왕고모가 강습을 하는 학생 문화센터로 향했다. 선생님들, 전교생들, 또 그들의 부모는 거짓을 듣더라도 왕고모는 내게서 진실을 들을 자격이 있으니까.

학교에 있어야 할 시간에 내가 자신을 찾아 왔음에, 게다가 자신을 보자마자 무릎을 꿇는 것에 놀란 왕고모의 얼굴을 보자 눈물이 흘렀다. 내 행동이 잘못되었다고 생각해서가 아니라 그것으로 인해 왕고모가 겪을 불쾌할 일들이 미안해서였다. 눈물

속에서 횡설수설하는 내 이야기를 묵묵히 들어주던 그녀는 어디론가 전화를 걸었다.

"알아. 그 문제 때문에 의논하러 지금 가겠어. 그래그래, 알았어. 조금 이따 봐."

그리고 무릎을 꿇고 있는 날 일으켜 준 그녀는 어느 때보다 진지한 음성으로 말했다.

"난 지금 학교로 가서 너희 담임하고 이사장을 만나야 해. 반 아이들이 잘못한 건 알겠어. 하지만 네가 옳았다는 건 더더욱 아니야. 문제를 극단적으로 해결하려 하면 인생도 극단적으로 흘러가기 마련이니까. 극단적인 해결은 극단적인 책임으로 이어진다는 거 이미 알고 있는 네가, 의외구나. 너한테 책임을 물으려 하는 거 아니니까 오해는 하지 말고. 나는……, 너를 아끼기 때문에 네 편이지만, 또 너를 아끼기 때문에 네 편만 들 수는 없어. 이해할 수 있겠지?"

안다. 알기 때문에 단 한마디도 반박을 할 수 없다.

"그래, 넌 총명한 아이니까 내 말 이해했을 거야. 집으로 돌아가 있으렴. 전화도 받지 말고, 그냥 좀 쉬어."

안아 주었다. 몇 초간이었지만 그 포옹으로 마음이 놓였다. 그녀는 나를 버리지 않을 것이다. 내 부모와 달리 왕고모는 나를 버리지 않을 것이다. 버림받을 수도 있다는 생각은 사람의 마음을 병들게 한다. 아무리 강한 사람이라도 홀로 있음을 기꺼워할 사람은 없다. 다연 역시 마찬가지였겠지. 그 무렵의 각성은 봉하고 싶을 정도로 모질고 혹독했다. 다연, 당신은 어떻게 견뎌 냈지? 세상이 우리에게 왜 이래야 하는 걸까? 우리는 왜……, 나는 왜 늘 절벽 끝에 매달려 살아야 했고, 왜 그렇게 살아가야 하는 걸까? 가르쳐 줘, 다연. 가르쳐 줘.

26
마음의 향방向方

점심나절, 친정에서 보낸 종복이 다녀갔다. 그럼에도 내게 소식을 전하는 이는 없고 집 안은 무거운 소란스러움에 잠겨 있다. 섭이 어멈이 오면 물어나 볼 터인데 땅거미가 질 때까지 깜깜무소식이다. 불길함이 엄습한다.

불길함은 저녁상을 준비하기 위해 들어선 부엌에서 마주친 시어머니의 눈빛에서 변고의 발생으로 확신된다. 한 번도 느껴본 일이 없는 차가움과 역한 것을 볼 때의 꺼림칙한 눈빛이다. 변고가 난 것이다. 시어머니의 뒤에서 조림을 만들던 섭이 어멈은 나와 눈을 마주치는 걸 피하고 있다. 변고가 난 것임에 틀림없구나. 무엇을 어찌해야 할지, 무엇을 물어야 할지 몰라 오직 몸을 접고 싶은 마음밖에는 없다.

"어머님, 이 사람 좀 데려가겠습니다."

바로 뒤에서 들린 그의 말에 화들짝 놀라는 나를 시어머니는 여전히 못마땅한 눈으로 쏘아볼 뿐이다. 그런데 그가 내 손목을 잡아끌었다. 당황한 나머지 손목을 빼려 하지만 그는 놓아주지 않는다. 농월당으로 향하는 내내 그는 아프도록 내 손목을 잡고 있다. 빠른 걸음을 옮기는 그의 옆얼굴에서 단호함이 느껴짐은 왜인지…….

농월당에서 마주한 그의 얼굴에서도 그 단호함을 본다.

"무슨……, 일이십니까?"

나의 물음에 단호함이 망설임으로 변하는 것은 두렵다. 망설임을 밀어내고 변고의 내용을 전하는 그의 말들은 귀를 막고 싶을 정도로 잔인하다.

"장인어른께서 서찰을 보내셨소. 부마께서……, 아니, 부마의 붕우朋友되시는 분이 역모에 연루되었다 하시오. 아마도 모함을 받으신 모양인데 부마께서 구명을 위해 애를 쓰시는가 보오. 임금께 주청을 벌써 두 번이나 올렸고, 그것이 불온한 무리에게 빌미를 주고 있다고 하오. 그럼에도 굴하지 않으시니 곧 화가 집안에 들이닥칠 것을 염려하고 계셨소. 혹여 그로 인해 그대에게까지……. 해서 어떤 일이 생기더라도 절대 이번 일에 관여하지 말라는 당부 말씀도 하셨소."

아버지다운 모습이다. 자신의 학문을 흠모하여 오는 이들을 거둘 때는 넉넉하였으나, 어떤 누구에게도 해 끼치는 걸 극도로 꺼렸던 아버지. 더군다나 못난 여식에게라면 오죽하겠는가. 오라버니……, 호방한 분, 벗들과 어울리기 좋아하고 그 벗에게 목숨을 거는 분이니 멈추지 않을 것이다. 가문의 안위보다 벗의 안위가 먼저인 분이니. 어머니……, 눈물이 넘치는 걸 간신히 참는다.

"앞으로 당분간은 서찰을 주고받는 것도 삼가자고 하셨소. 그러니……, 힘드시면 힘드시다 말씀하시오. 어찌 눈물도 보이지 않으시려 그리……, 입술을 깨무시는 것이오! 부인의 눈물쯤은 제가, 제가 감당할 수 있는 깜냥은 되니 제발 내 앞에서는……."

"저는……, 저로 인해 서방님께 화가 미칠까 저어되옵니다."

그렇게 말할 수밖에 없다. 사실이니까. 나로 인해 그대에게 해를 끼친다면 나는 살 수가 없으니까. 그러나 그는 분노한다.

"화요? 벼슬조차 없는 내게 미칠 화가 커 봤자 얼마나 크겠소! 설마……, 내가 벼슬을 하지 못할까 염려한다고 그리 생각하시는 것이오?"

지친다. 나의 지침을 숨길 수도 없을 정도로 지친다.

"아닙니다. 그만……, 이제 그만하십시오. 서방님과 이러고 싶지 않습니다."

"……미안하오. 그만합시다. 내 백방으로 수소문해 추이를 지켜볼 것이니 부인께서는……. 아니오, 나의 말을 들을 그대가 아니지."

그가 나가 버리고 나는 홀로 남는다. 비로소 눈물이 흐른다. 한달음에 아버지, 어머니의 곁으로 달려가고 싶은 마음과 그의 곁에 남고 싶은 마음이 다른 방향으로 흘러간다. 나는 좋은 여식도, 좋은 누이도, 좋은 지어미도 되지 못하는구나.

벗을 비호한 죄로 오라버니가 귀양을 갔다. 벗을 지키기 위해 모든 것을 걸었던 오라버니와 달리 그의 다른 벗들은 침묵을 지켰다. 아버지의 벗들과 제자들 역시 침묵했다. 세상이 침묵했다. 그러나 시댁은 무수한 소문의 침범을 받아야 했다. 나 역시도.

"귀한 내 아들, 이제 출셋길이 막혔구나! 기가 막힌다, 기가 막혀! 뭣하러 혼인을 시켰는데!"

내가 눈에 뜨일 때마다 가슴을 치며 탄식하는 시어머니의 차가운 눈초리는 매번 날카로운 비수가 되어 꽂힌다.

내가 지나간 자리에서 수군거리는 종복들의 행태도 나를 넘어뜨리려는 매운 손길이다. 아버지, 어머니, 제가 언제까지 견딜 수 있을까요? 그저 세상을 등지고 싶은 못난 여식을 용서하소서.

"네가 양심이 있다면 스스로 이 집안에서 나가야 할 것이야."

어느 저녁, 기별도 없이 농월당에 들이닥친 시어머니의 말씀에 나는 아무런 반박도 할 수 없었다.

"너도 잘 알 것이다. 우리 집안이 왜 너를 며느리로 들인 것인지. 인물 수려하고 재주 좋은 내 아들을 너 같은 아이와 혼인시킨 보람이 겨우 이것이냐? 허! 벼슬은커녕 네가 흉물스러워 합방도 제대로 하지 못하고 네 서방이 기생 년에게서 벗어나질 못하는 게 아니겠느냐! 이러다가는 대까지 끊길 노릇이니……,

그러니 네가 나가야 마땅하지."

엎드려 통곡하고 싶으나 눈물도 말랐는지 울음의 끝자락도 나오지 않는다. 그런 나를 질린 눈으로 쏘아보던 시어머니가 나가기 전 예리한 말의 창을 내 등에 꽂는다.

"독한 것! 어디서 저런 흉물스러운 것이 들어와 집안을 풍비박산 내려 드는지!"

흉물스러운 것은 나의 얼굴인가, 나의 마음인가, 그것도 아니면 세상인가. 돌아갈 자리가 없는 내게 있어야 할 자리가 사라졌으니 나는 어찌해야 좋은 것인가.

윤기 흐르는 어여머리를 하고 설란이 내 앞에 앉아 있다. 내 지아비의 숨을 받아 내었을 입술에서 나오는 목소리는 부드럽다. 그러나 그 마음은 그리하지 못하다.

"친정이 그리되시어 얼마나 심려가 크십니까. 쇤네가 마음이 다 아픕니다."

"……염려해 주어 고맙소."

"이렇게 정숙하신 부인을 놔두고 쇤네처럼 미천한 것을 자꾸 찾으시니 알 수가 없는 노릇이네요. 송구스럽습니다."

예쁜 입술로 나를 능멸하고 있는 설란이다.

"서방님께서 부인께 차마 말씀드리기 민망해하시는 것 같아 쇤네 무례를 무릅쓰고 아씨를 찾아뵌 것을 용서하셔요."

그녀에게선 익숙한 지분 냄새가 난다. 그의 가슴에서 나던 향내다. 나는 답을 할 수 없다.

"……현숙하신 분이라 천한 기생 년과 말을 섞기 꺼림칙하신가? ……서방님께서 매일같이 쇤네를 찾으셔서 정을 주시니 차라리 저를 첩으로 삼으심이 어떠신지요. 부인께서 먼저 권해 주시면 서방님께서도 민망함을 더실 것이고 뭇사람들도 부인의 어짊을 칭송할 것입니다."

능멸과 치욕의 언어가 나를 흔들어 놓는다.

"내 생각해 보겠소. 그러니 오늘은 이만 물러나시오."

나는 그녀를 마주 볼 수도 없다. 저토록 아름다운 얼굴을……. 탕! 문이 열리고 진노한 그가 나를 노려본다.

"생각! 생각을 하신다? 생각의 끝에 이것을 첩으로 들이자는 결론이 내려지면 나는 그대로 따라야 하는 못난 사내가 되는 것이오?"

그의 음성, 그의 눈빛, 그의 모든 것이 나를 베고, 가르고, 흩뜨려 놓는다.

"설란이, 너를 첩으로 삼는 일은 없을 것이다! 가거라! 한 번 더 이런 짓을 저지르면 내 직접 널 베어 버릴 것이야."

아름다운 그녀의 팔을 거칠게 끌고 나가며 내게 시선을 주는 그의 눈빛은 차갑다. 아……, 더 이상 견딜 수 없다. 견디지 않겠다. 결심이 선다. 끝을 내리라. 끝을…….

시집오기 전 어머니께서 마련해 주신 하얀 무명천을 쥔 나의 손은 떨림을 멈추지 않는다. 그리고 나의 머리는 생각을 멈추지 않는다.

'……벼슬은커녕 네가 흉물스러워 합방도 제대로 하지 못하고 네 서방이 기생 년에게서 벗어나질 못하는 게 아니겠느냐! 이러다가는 대까지 끊길 노릇이니……, 그러니 네가 나가야 마땅하지.'

'친정이 그리되시어 얼마나 심려가 크십니까. 쇤네가 마음이 다 아픕니다.'

'……현숙하신 분이라 천한 기생 년과 말을 섞기 꺼림칙하신가? ……서방님께서 매일같이 쇤네를 찾으셔서 정을 주시니 차라리 저를 첩으로 삼으심이 어떠신지요. 부인께서 먼저 권해 주시면 서방님께서도 민망함을 더실 것이고 뭇사람들도 부인의 어짊을 칭송할 것입니다.'

아침에 다녀간 설란의 말과 시어머니의 말이 수백 번 가슴을 도려내고 지아비의 차가운 시선은 수천 번 혼을 베어 낸다.

이리 살아 무엇을 하겠는가. 아무리 힘이 들어도, 아무리 치욕스러워도 죽음을 바란 적이 없는 내가 마음 하나를 어쩌지 못해 목을 매려 한다. 어머니께서는 이 무명천을 마련해 주며 아기가 생기면 잘라 내어 기저귀로 쓰라 하셨지. 돌이켜 보니 얼마나 당치 않은 바람이었나! 눈물이 무명천을 물들인다. 부모님과 오라버니의 비통함을 모르지 않으나……, 비참함에 숨쉬는 것도 힘이 들건만. 모르겠구나, 모르겠어. 그분들의 고통을 외면하고 싶다. 그저 내게 주어진 이 아픔을 덜어 내고 싶은 마음뿐이다.

서안을 마루에 끌어당겨 놓고 그 위에 서책을 얹는다. 들보에 무명천을 걸치고 내 목 하나 걸 고리를 만드는 것도 어려운 일이 아니다. 매듭을 단단히 묶고 목을 걸어 본다. 고통을 그치게 하리라. 두 손으로 천을 붙잡고 몸을 앞으로 기울인다.

설핏, 검은빛이 나를 스치는 듯싶더니 매듭이 절로 풀어지고 내 몸은 그대로 마루에 쓰러져 버린다.

"죽음도 뜻대로 이루지 못하는 것입니까!"

원망스러움에 오열이 터져 나온다. 한참을 울고 있자니 마루 저쪽에서 희미하게 사람의 형체가 일어난다. 나의 죽음을 가로막은 그에 대한 원망에 두려움도 느끼지 못하겠다.

"죽고 싶습니다. 이제는 좀 편하고 싶습니다. 그것조차 허락되지 않는 것입니까!"

흙내음을 머금은 형체는 멀찍이서 그저 소리만을 전했다.

"여인아, 하늘 아래 중하지 않은 목숨이 없다고 한 것은 너다. 고통을 피하고자 죽는 목숨이 진정 귀하다 할 수 있겠는가? 사람의 목숨이 귀한 것은 그저 사람이기 때문에 귀한 것이 아니라 이겨 내며 사람의 길을 가기 때문이다. 내 말에 틀림이 있는가?"

틀리지 않다. 틀리지 않지만…….

"내 너에게 들려주고 싶은 이야기가 있다. 그것을 듣고 목숨을 버릴지 보존할지 선택하여라."

나는 그의 말을 거역할 수 없다.

"너에게는 오래된, 그러나 내게는 어제 일과 같은 과거에 나는 한 사람을 구한 일이 있다. 아마도 들어 봤을 것이다. 하나 시간의 흐름 속에 너희 후손들은 진실의 조각만을 들을 뿐이지. 내가 구한 사람은 여인이었다. 역병에 남편을 잃고 친정으로 몸을 풀러 가던 중 도적의 습격까지 받아 목숨이 위급하게 된 여인이었지. 가마꾼들은 진작 도망하고 바로 이 터에서 천한 것들의 발밑에 엎드려 뱃속 아이의 목숨을 구명해 달라 청하는 여인의 눈물에 내가 나서게 되었던 게야. 지신이 모습으로 나타난 터라 혼비백산 도적들이 달아남에도 그 여인은 두려움을 나타내지 않았지. 그래서 물었다."

'여인, 내가 두렵지 않나?'

'두렵습니다. 그러나 해하지 않으실 거라 믿습니다.'

'그럼 도적들은 해할 것 같아서 엎드렸나?'

'저 혼자라면 목숨을 구걸하지 않았을 것입니다. 이 아이, 서방님의 남은 흔적을 지키기 위해서 기꺼이 엎드린 것입니다. 이 아이를 구해 주셔서 감사합니다.'

그렇게 의연히 내게 말하는 여인의 눈동자가 참으로 맑다는 것을 깨달았다. 다른 것은 아무것도 보이지 않고 오직 그 여인의 눈동자만 보였지. 도망간 가마꾼들이 관군들을 데려오고, 여인의 친정에서 보낸 사람들이 그녀를 데려갈 때도 그 눈동자가 마음을 떠나지 않았다. 그래, 그때 처음으로 지신에게도 마음이란 것이 있다는 걸 느꼈다. 한 번 들어온 여인의 눈동자는 몇 년이 지나도 나가지를 않더군. 여인이 아장아장 걷는 아들을 데리고 다시 찾아들었을 때에도 그녀의 눈동자는 나의 마음에 있었다.

'시부모님께서 돌아가셨습니다. 시댁의 다른 분들과는 불화

하여 친정에서 분재[14] 받은 것으로 거처를 새로 지으려 합니다. 해서 저는 집터를 이곳에 잡으려 하니 허락해 주시겠습니까?'

'왜 이곳에 터를 잡으려 하는 것이냐?'

'사실……, 제 목숨을 구해 주신 날, 서방님을 잃고 홀로됨에 비관하여 목숨을 끊고 싶다는 생각을 했었습니다. 한데 도적의 칼이 목에 들어오니 그것이 얼마나 어리석은 생각인지 깨닫게 되었습니다. 앞으로 이 아이 홀로 키우며 모진 생각이 들 때마다 그날의 일을 떠올리며 마음을 다잡고 싶기에 이곳에 터를 잡고 싶은 것입니다. 그리고…….'

'그리고 무엇이냐?'

'……저를 구해 주신 분이 이 아이도 보살펴 주시리라 믿기에 그렇습니다.'

여인이 옳았다. 이곳에 터를 잡은 여인의 곁에서 나는 그녀의 자손들을 보살펴 왔으니까. 진실로는……, 인간이 되고 싶었다. 처음으로 그런 생각, 그녀 덕분에 하게 되었지. 여인의 곁에서 인간으로 살고 싶다는……. 어느 해 폭풍이 몰아치던 여름, 여인의 아이가 병이 들었어. 나는 아이가 죽을 것이란 걸 알았지. 여인도 알았을 것이야. 그래서 나를 불렀지. 나를 불러 간청하더군.

'살려 주십시오. 살려 주실 수 있지요?'

나는 여인의 눈동자에서 죽음도 불사할 어미의 간절함을 보

---

14. 분재(分財) 재산을 가족이나 친척에게 나누어 줌

았다. 그러나 그것이 그녀를 죽게 만들 것이란 걸 알았기에 외면하고 싶었지.

'사람이 죽고 사는 것은 하늘에 달려 있는 것이다. 이미 늦었어.'

그때 여인이 내게 다가왔다. 예전과 다름없이 맑은 눈동자를 하고 내 얼굴을 올려다보았지. 그리고 사람의 손이 닿은 적이 없는 나의 손을 잡고 자기 가슴에 품었어.

'이 아이가 죽으면 저도 죽습니다. 모르시지 않을 것입니다. 그대는 지신이시니 방법을 아실 것입니다. 제발 알려 주십시오.'

하늘의 해만이 따스한 줄 알았는데 그 손의 따스함과는 비교가 되지 않더군. 그렇게 따스한 손을 놓고 싶지 않았어.

'알고 있다. 하지만 알려 주고 싶지 않다.'

내 말이 끝나자마자 여인은 내 손을 야멸치게 놓고는 품에서 은장도를 꺼내어 칼을 뽑아 제 목에 들이대었어.

'알려 주시지 않는다면 이 자리에서 죽을 수밖에요. 자식을 앞세운 어미가 될 바에는 제가 먼저 저승에서 자리를 마련해 두렵니다.'

거짓이라곤 한 치도 없는 눈빛이었다. 그 눈빛에 졌다. 어미의 마음이 연모의 마음을 이긴 것이야.

'……그대가 대신 죽는 것이다. 아이를 살리고 대신 죽으면 내, 이 아이 혼을 저승사자들로부터 지켜 줄 수 있다. 정말 그럴 수 있는가?'

답을 알고 있으면서도 다시 물었다. 정말 그리하겠는가? 나를 떠나겠는가? 하지만 여인은 망설임이 없었지. 내가 손을 쓸 여지도 없이 제 가슴에 칼을 찔러 넣었다. 그리고 내 가슴으로 무너져 내렸어.

'살려……, 주신다고 약조해 주십시오.'

'약조한다.'

죽어 가면서도 그녀는 기쁜 미소를 잃지 않았다. 어여쁜 미소를 띠고 있는 여인의 입술에 처음이자 마지막으로 입맞춤을 해도 그녀는 나를 밀어내지 않았다. 대신 이렇게 말했지.

'좀 더……, 빨리 그대를……, 만났으면……. 아니, 그대가 사람이었으면…….'

"여인도 나의 마음을 모르지 않았음을, 그녀도 나와 같았음을 그제야 알았지. 그러나 이미 너무 늦어 버렸지. 마지막 숨이 그녀에게서 희미해지고 혼이 빠져나가는 것을 나는 지켜볼 수밖에 없었다. 단 한 번이라도 삶을 함께하고 싶은 여인이었음에도 그리하지 못했던 것이다. 그 순간, 내가 가지지 못한 인간의 삶이 펼쳐지더군. 그 여인을 품고, 여인과 아이를 키우고, 여인과 함께 늙어 가고, 그리고……, 여인과 함께 죽고. 짧은 인간의 삶이 수천 년을 이어온 지신의 시간보다 소중하다는 것을 절감했다. 비통했지만 나는 그녀와의 약조를 지키기 위해 아이를 치유해 주었어. 아이의 몸에 나의 기를 불어넣어 삶을 이어가게 했다."

"그래서 지금껏 그분의 후손들을 돌봐 주고 계신 것입니까? 지난번 붉은 잡귀가 농월당에 침범하는 것도 막아 주시고요?"

"그것은……, 잡귀가 아니다. 그대였지. 그대 자신이 운명을 비틀려는 것을 막고 싶었기에 그리한 것이다. 하지만 그것은 알려 줄 수 없다. 지금의 그대에게는. 그러니 더 이상 묻지 마라. 언제나 죽고 사는 것은 인간의 몫이다. 그것에는 관여하지 않는다. 내게 만일 인간으로 살 수 있는 기회가 주어진다면 절대 놓치지 않을 것이지만……. 인간 스스로는 알지 못하는 그 소중함을……. 그대는, 그대를 보면 그 여인이 떠오른다. 한없이 강하고 마음을 감추지만 실은 연약한 여인. 그래서 이렇게 그대 앞에 나타나 자신의 과거와 바람을 보여 준 것이다. 그대가 포기하려는 잔인하고 고통스러운 삶의 다른 면을 보여 주고 싶었기에……."

나는 대답을 할 수 없다.

"이제는 너의 선택이다. 이제 다시 네가 죽음을 택한다면 나는 땅으로 돌아갈 것이다. 네 목숨의 귀함을 선택하는 것은 너의 몫이다. 이겨 낼 것인가, 이겨 내지 않을 것인가……."

검은빛의 형상은 달빛에 흩어진다. 그가 옳다. 나의 죽음은 허락받는 것이 아니다. 나의 삶이 허락으로 시작되고 지속되는 것이 아니듯이. 나는 이리 끝내지 않겠다. 두 손에 움켜쥐었던 무명천을 다시 펼쳐 차곡차곡 개어 본다. 이것은 나의 고통이다. 그리고 동시에 나의 희망이다. 삶과 죽음이 함께 존재하듯이 나는 고통과 희망을 내 안에 공존하게 하리라.

새벽, 아침 해가 얼굴을 내밀기 전에 부엌으로 나가 일을 했다. 아궁이에 불을 지피고, 쌀을 씻고, 솥을 안친다. 부지런히 찬과 고명을 만들고 있자니 부엌에 들어서던 여종들이 도리어 놀란다. 누군가 함고咸告를 했는지 시어머니가 나와 내하는 양을 노려보지만 개의치 않는다. 나는 내 할 일을 하며 살아갈 것이다.

한낮에 바짝 말려진 빨랫감을 걷어 내어 다듬질을 하고, 시아버지 저고리의 헐거워진 고름을 튼튼히 바느질한다. 해가 진다. 부엌에서 가져온 지아비의 수저 길이를 화각척으로 재어 수저 주머니를 만든다. 수는 모란으로 하려다 연꽃으로 바꾼다.

밤이 깊어진다. 내 마음도 깊어진다.

오늘도 하루 종일 분주히 일에 몰두한 나는 등불 아래 연꽃 꽃잎을 수놓고 있다. 낮 동안 시어머니의 매서운 눈초리가 나의 등을 싸늘하게 만들지만 굴하지 않았다. 그것이 시어머니의 심기를 건드린 것일까. 들어오겠다는 말씀도 없이 농월당 문을 거칠게 열고 상석에 앉은 눈빛에 새파란 불이 비친다.

"얼굴이 흉물스러운 것이 마음도 흉물스럽구나. 야음을 틈타 친정으로 돌아가도 탐탁지 않은 판에 감히 고개를 빳빳이 들고 집 안을 휘젓고 다녀? 어디 해 볼 테면 해 보란 말이냐? 제 서방 팔자를 제 팔자와 똑같이 만들겠다는 심보가 아니고 뭐냔 말이다!"

"친정의 흉사로 인해 심려를 끼쳐 드린 것은 진실로 송구스러운 일입니다. 그러나 일부종사를 목숨보다 중히 여기는 여인에게 친정으로 돌아가라 하심은 받잡기 불가한 명이십니다. 저는 그 명만은 따를 수가 없습니다."

"허! 네 일부종사 때문에 우리 가문이 사단이 나도 좋다는 것이냐?"

"……."

"어디 답을 해 보아! 방금 전처럼 시어미에게 꼬박꼬박 말대답을 해 보란 말이다!"

"그만하십시오!"

벽력과 같은 고함 소리에 나도, 시어머니도 놀라 할 말을 잃고 뒤를 보니 그가 서 있다. 어찌 저리 참담한 얼굴을 하고 있는 것일까? 어찌 저리 미안한 얼굴로 나를 보고 있는 것일까? 그는 성큼 걸음을 내딛어 내 곁에, 나의 곁에 앉는다.

"네가 지금 이 어미에게 소리친 것이냐?"

이리 묻는 시어머니의 주먹 쥔 손이 떨리고 있다. 그러나 그는 물러섬이 없다.

"어머님, 이 혼인의 시작은 집안 어른들이 결정지으셨는지 모르지만 그 끝은 제가 결정합니다. 어머님께서 아무리 이 사람을 핍박하셔도 저는 지어미를 버리지 않을 것입니다."

메말랐던 눈물이 그의 말에 다시 솟는다.

"그게 무슨 말이냐? 네 출셋길이 막혀도 좋다는 것이냐? 이 아이가 우리 집안에 있으면 너는 영영 벼슬을 하지 못할 수도 있음을 알지 않느냐!"

"알고 있습니다. 그러나 사람의 인연을 어찌 득실로만 맺고 끊을 수 있단 말입니까. 어머님께서는 저를 그리 가르치셨습니까? 어머님의 아들이 그런 인간이길 원하십니까? 저는 그리하지 못하겠습니다."

"네가 처음부터 마뜩잖아 했던 혼사다. 왜 이리 고집인 것이냐. 혹시 이 아이를 동정해서 그런 것이냐?"

"저의 마음이 이 사람에게 있습니다. 이 사람이 떠나면 제 마음도 죽습니다. 그러니 다시는 이 사람을 다치게 하지 마십시오. 어머님께서 그리하시면 저도 다칩니다."

그의 손이 내 손을 잡고 있다. 단호한 그의 말에 시어머니는 답을 하지 못하고 방을 나가 버린다. 손을 빼려 하지만 그는 손을 놓지 않는다.

"이제 눈물을 흘리시는군요. 내 앞에서는 다시는 눈물을 보이지 않으시는 줄 알았소."

"……어머님 말씀은 틀림이 없습니다. 어찌 저를 곁에 두려 하십니까?"

"네, 어머님 말씀은 틀림이 없소. 그러나 나의 말에도 틀림이 없소."

"정녕 저를 동정하시는 것이 아니십니까?"

"동정하면 안 되는 것이오? 내가 부인을 가엽게 생각하고, 가엽게 생각하는 마음이 하늘에 닿을 듯, 미칠 듯 날뛰어, 그대에게 상처 주려는 자는 누구라도 가만두지 않겠다고 생각하면 아니 되는 것이오?"

"……."

"나는 마음을 두고 물러나오. 그대의 마음은 어디에 있을지

정녕코 궁금하구려."

잡은 손을 고이 모아 내 무릎에 올려 주고 방을 나서는 그에게 나 또한 마음을 준다. 이제 받은 이 마음을 놓치지 않으리라.

어여머리를 하지 않고 연지를 지운 설란은 며칠 전 농월당에 들이닥쳤던 당당한 그녀가 아닌 것 같다. 그녀의 몸종이 서둘러 들인 다과상을 사이에 두고 나는 심중의 말들을 다시 갈무리했다.

"밤중에 갑자기 찾아와 미안하오."

"제가 아씨께 저지른 무례에 비하겠습니까."

고개 숙인 그녀의 이마가 단정하다. 참 고운 사람이구나. 오른쪽 뺨이 떨린다.

"……그대의 말을 계속 생각해 봤소. 나는 그대 말에서 틀림을 찾을 수 없었소."

내 말에 번쩍 뜨이는 그녀의 눈동자가 심히 어지럽다.

"그 말씀은……, 저를 나리의 첩으로 삼으시겠다는 뜻입니까?"

"그 전에……, 그대는 서방님의 첩이 되고 싶은 연유가 무엇이오?"

"연모하니까요. 또 연모의 마음을 받고 있으니까요. 당연한 이치가 아니겠습니까."

망설임 없이 답하는 그녀였지만 나는 그것이 진실이 아님을 안다.

"아니, 그것은 거짓이오. 그대가 서방님을 연모하는 마음은 진실일 수 있으나 서방님은 그대를 연모하지 않소. 그대 말에 틀림은 없으나 또한 모든 말이 틀렸기에 그대를 서방님의 첩으로 들일 수 없소."

아름다운 그녀의 얼굴이 일그러진다.

"그게 무슨 말씀입니까? 그건 아씨의 바람이겠지요. 제게 마음도 주지 않으셨는데 왜 매일 저를 찾으실까요. 그럴 연유가 없지 않습니까?"

"……사내의 마음은 내 짐작하기 어렵지만 서방님의 마음은 확실하오. 그분께선 내게 마음을 주셨소. 그것이 거짓이 아님을 나는 아오. 만일 그대가 기어이 첩이 되겠다 하여 집안에 들어온들 그분의 마음은 절대 갖지 못할 것이오. 그분의 껍데기만을 끌어안고 사실 작정이오?"

그리 모진 말을 하려던 것이 아니었는데 가슴속의 불꽃 하나가 지펴지며 독을 뱉고 만다. 창백한 입술을 그녀는 깨물고 또 깨문다.

"참으로 내외간에 대단들 하시군요. 참 대단하신 연모를 하고 계십니다."

혼잣말을 하듯이 탄식을 내뱉은 그녀가 가엾다. 그러나 그녀는 내게 연적戀敵이다. 나는 물러설 수 없다.

"그대에게 이런 말을 하게 될 줄은 몰랐지만……, 거짓을 말하지 않고 진실을 말하는 것이 같은 여인에 대한 예의라고 생각했소. 그러니……, 떠나 주시오. 서방님의 곁에 머물러 마음을 능욕당하지 마시오."

서러운 눈물이 소리도 없이 그 고운 뺨과 입술을 적시고 있다. 나도 울고 싶다.

"능욕이라……. 매일 당하고 있는 것이지요. 매일매일……. 처음부터 그것을 알면서도 마음 한 조각 얻어 보려 참고 견뎌 냈건만……. 네, 떠나 드리지요. 떠나 드리겠습니다. 설란을 능욕하신 두 분의 대단하신 연모를 위해서 떠나 드리겠습니다!"

눈물을 흘려보내는 눈동자에 독기를 품고 있는 그녀가 애처롭다.

"고맙소. 연모의 마음으로 편협하게 투기하고, 끝내 밀어내는 나를 용서하시오."

"용서는 누가 하게 될지 세월이 흐른 후에 논해야겠지요."

끝까지 휘지 않는 설란을 두고 나는 일어설 수밖에 없다. 임을 나눌 수 없는 여인으로 만나 그대와 나 참으로 슬프구나.

사립문을 열고 나온 그믐달 뜬 화림동의 밤은 어둡다. 낮은 담들이 만든 그림자와 어둠이 다르지 않다. 나는 어둠을 쓰개치마 삼아 시댁을 지나쳐 언덕을 오른다. 마른 풀들이 내 발아래서 스러졌다. 그곳엔 서책도, 검도 남아 있지 않고 바람소리만이 아득하게 멀어지고 있다. 내 귀는 바람소리에 섞인 발소리를 분간해 내었다.

"천지간에 사람의 마음만큼 분간하기 어렵고 뜻대로 되지 않는 것이 어디 있는가 싶소."

대숲 그림자에서 목이가 형체를 드러낸다.

"지난번 향갑에 대해 고맙다는 인사도 하질 못했구려."

“베푸신 은혜에 비하면 인사를 받기 송구한 하찮은 물건입니다.”

“물건도 하찮지 않고 사람의 마음도 하찮지 않소. 그러니 인사를 받아 마땅하오. 고맙소.”

바람이 차다. 화림동의 봄은 멀었는가. 오라버니, 이 누이동생을 용서해 주세요. 유배지 찬 구들장에서 기침을 토해 내실 오라버니의 안위보다 내 마음에 봄이 오기를 바라는 못난 누이동생을 용서해 주세요, 오라버니…….

27
버림받은 남자

왕고모의 예상대로 상황은 극단적으로 흘러갔다. 사건을 무마시켜 주려는 이사장과는 달리 담임과 선생님들은 나의 폭력성에 문제를 제기했고, 더군다나 반 아이들의 대단하신 부모님들이 다음 날부터 학교에 진을 치고 나의 퇴학을 요구했던 것이다.

불행 중 다행이었던 것은 내 폭력성의 폭발이 반 아이들의 괴롭힘에 의한 것이었음이 밝혀진 것이었다. 해서 퇴학이 아닌 전학의 선에서 마무리하자는 합의안이 도출된 것은 기말시험 하루 전이었다. 덕분에 나는 빈 교실에서 무려 세 명의 선생님 감시 아래 기말시험을 치르는 진기한 경험을 할 수 있었다.

겨울방학이 시작됨에 모두가 안도했을 것이다. 반 아이들도, 담임도, 그리고 나도. 내가 겁나서 숨도 제대로 못 쉬는 아이들에 둘러싸여 지내는 건 괴롭힘을 당하는 것 이상으로 싫었으니까.

이사장의 압력으로 담임이 알아낸 소문의 출처는 옆 반의 반장이었다.

"어떻게 알았대요?"

의아했다. 정말로 어떻게? 학적부에도 부모님의 사망 원인은 적혀 있지 않았고, 설마 그렇게 부잣집 아이가 나와 한동네에서 살았을 리도 없는데……. 나의 물음에 왕고모는 드물게 망설이는 모습을 보였다.

"그게……, 그 애 아버지가……, 널 알아봤다나 봐. 그쪽 반 선생님과 면담하러 와서."

"그 사람이 날 어떻게 알았는데요?"

"……그 애 아버지……, 검시관이거든. 네 부모를 부검한 사람이었다나 봐. 너……, 그때 시체 보관소에 갔었다고 들었다. 워낙 특이한 경우라 기억을 하고 있었나 보더라. 입도 가볍지. 제 딸한테 그런 걸 어째 이야기해서……."

왕고모의 이야기에 갑작스럽게 발이 시려졌다.

그날, 경찰들이 나를 데려간 곳은 추웠다. 그곳의 복도에서 다 해진 싸구려 운동화를 신은 채 낡은 나무 의자에 앉아 있는데 발가락이 시릴 정도였다. 경찰들은 상황을 이야기하지 못하는 나를 거기 내버려두고 불투명한 유리문 너머로 사라졌었다. 나는 알았다. 그 문 너머에 어머니와 아버지의 죽은 몸이 누워 있을 거란 걸. 보고 있지 말았어야 했다. 내가 넋을 놓고 그쪽을 바라보고 있는데 한 검시관이 문을 열고 나왔다. 그 틈새, 좁은 틈새로 보이는 아버지의 몸을 보고 말았다. 만져 보지 않아도 알 것 같았다. 차갑게 굳어 있다는 것을……. 아버지의 몸은 이제 생명이 없는 그저……, 시체란 것을. 그의 몸엔 피가 돌지 않고, 숨이 남아 있지 않았다. 영원처럼 지속될 것 같던 그 순간의 틈새로 나는 추락하고 갇혀 버렸던 것이다. 농월당으로 가기 전 내가 그랬다.

학교의 누구도 내게 보충수업을 나오라 하는 이가 없었기에 여름방학과는 달리 내겐 합법적인 자유가 주어졌다. 그러나 나는 농월당에 가지 않았다. 갈 수 없었다. 도시에서 겪은 어떤 일도 농월당으로 돌아갈 이유는 될 수 없었기에. 대신 모든 이야기를 테이프에 녹음해 기하 오빠에게 보냈다. 그러나 오빠에게 거짓말도 함께 했다. 난 오빠 말대로 세상으로 와서 맞서고, 이기고, 누리면서 살고 있어. 그런 말도 안 되는 거짓말. 그가 나의 이야기를 들을 때 치우도 함께 들을 수 있기를 바라면서.

일기장에만 진실을 썼다. 나, 정교은의 모든 과거를 담고 있는 일기장에만. 오빠, 도시는 여전히 차갑고, 아프고, 힘들어. 내가 이곳에서 언제까지 버틸 수 있을지 모르겠어. 그리고 난……, 당신보다 치우를 더 보고 싶은지도 모르겠어. 그의 품이 그리워. 다연을 안던 당신이 아니라 치우가. 그 단단하고 안전한 품이 미칠 듯이 그리워. 그리워.

해가 바뀌기 며칠 전 이오로부터 전화가 걸려 왔다. 그녀는 울면서 외조부의 부음을 전했다. 평소처럼 잠이 들었다가 그대로 돌아가신 터라 누구도 임종을 지키지 못했으나 고통도 없었다고 했다. 병환에 시달린 것도 아니고 잠든 채로 돌아가셨으니 남들은 호상이라 했지만 왕고모에겐 비통이었기에 나는 그녀를 부축하고 농월당으로 가야 했다. 내가 원하든 원치 않든 세상은 나를 자신에게서 밀어내는 것 같았다. 자신에게서 밀어 농월당으로 나를 보내려는 세상……. 왜지? 왜…….

우리는 읍내에서부터 택시를 타고 화림동을 지나쳐 농월당으로 바로 올라갔다. 어차피 화림동 주민의 절반은 상가喪家에 있었다. 같이 상복을 갈아입었으나 나와 왕고모의 할 일은 달랐다. 왕고모는 외조모와 상주의 곁에서 애통함을 나눴고 나는 이오와 함께 세왕댁 아줌마를 도와야 했다.

돌아가신 분에겐 죄송한 일이었지만 조금도 슬프지 않은 난 음식을 나르면서 계속 기하 오빠의 행방을 생각했다. 삼촌이 상주라 해도 종손인 그가 보이지 않는 것이 마음에 걸렸다. 하지만 밀려드는 조문객들로 숨 돌릴 틈이 없었던 터라 이오에게 물어볼 여유 따위는 없었기에 궁금증을 눌러야 했다.

"이제 이오랑 가서 쉬어. 아침 되면 또 조문객들 들이닥칠 거니까. 어서."

새벽, 조문객들이 조금 뜸해졌을 때 세왕댁 아줌마가 내 등을 밀며 얘기했다. 그제야 이오가 거의 반쯤 감긴 눈을 하고 있는 걸 발견했다. 그러나 안채는 물론 사랑채까지도 조문 온 친척들이 점령하고 있었기에 우리는 서로에게 기대어 농월당으로 갔다.

불이 꺼진 걸 보고 아무도 없구나 생각했는데 거기 기하 오빠가 있었다. 상복을 입고 온기 없는 방 안에 웅크리고 있는 그를 보고도 이오는 놀라지 않았다.

"오빠, 아직 안 잤어? 방이 너무 차다. 아궁이에 불 좀 붙이고 올게."

그녀는 졸린 눈을 비비면서 나갔다. 내가 온 걸 모르나? 나는 문가에서 움직이지 못하고 서 있었다.

"앉아. 일하느라 다리 아플 텐데."

그렇게 말하는 그의 얼굴이 많이 야위어 있다. 가슴이 아플 정도로. 야위고 까칠한 기하 오빠의 얼굴. 그러나 나는 그 자리에 주저앉을 뿐 그에게 다가가지 못했다.

"왜 여기 있는 거야? 외삼촌 옆에 있어야 하는 거 아니야?"

"아버지께서……, 나는 여기 있는 편이 좋을 것 같다고 하셔서……."

그랬겠지. 사람들의 시선에서 체면을 지키고 싶었겠지. 입술을 깨물었다.

"아직도, 아직도 날 볼 수 없니? 아직도 그러니?"

그의 물음에 나는 일어서서 그의 곁으로 가 앉았다. 그리고 그의 마른 어깨에 기대며 손을 잡았다. 얼어붙은 손. 기하 오빠의 손은 언제나 따뜻했는데……. 다시 입술을 깨물었다.

"아직도 오빠를 너무 많이 좋아해서 큰일인걸. 오빠한테 내가 얼마나 컸는지 보여 주고 싶고, 얼마나 잘 버티고 있는지 말해 주고 싶을 정도로 많이 좋아해서, 그게 걱정이야."

기하 오빠가 볼 수 없을지라도 나는 그를 향해 활짝 웃어 주었다.

"나도 교은이가 얼마나 컸는지 보고 싶다. 내가 버텨 내지 못한 그곳에서 네가 얼마나 장하게 버티고 있는지, 테이프에 담긴 이야기가 아니라 너에게 직접 듣고 싶어. ……이제 나, 무섭지 않은 거니?"

"처음부터 오빠가 무서운 게 아니었어. 내가 무서워하는 사람, 오빠가 아니었는데 그걸 모르고 바보짓을 했어. 미안해."

"안 그래도 돼. 미안해하지 않아도 돼. 난 네가 돌아올 걸 알았으니까, 괜찮아."

기하 오빠는 치우와 같은 말을 하고 있었다. 어째서 당신들은 나에게 그토록 관대한 것이지?

잠시 후 연기 냄새와 함께 들어온 이오가 서둘러 이불을 펴고 기하 오빠 옆에 누워 그와 함께 잠이 들었을 때도 나는 쉽게 잠들지 못했다. 농월당에서 다연의 농월당을 꿈꾸는 것이 두려웠다. 그래서 작게, 혼잣말로 치우에게 부탁했다.

"나, 오늘은 그냥 쉬고 싶어. 도와 줘, 치우야."

그리고 장례가 끝날 때까지 나는 다연의 꿈을 꾸지 않았다.

상여와 만장輓章 행렬이 장지로 향하고 난 뒤 농월당에

홀로 남은 나는 볕이 잘 드는 마루 앞에 쪼그리고 앉아 있었다. 꾸벅, 졸음이 오는데 누군가의 그늘이 내게 드리워졌다. 치우?

"청승맞게 뭐 하냐? 상복까지 입고……."

의연이었다. 졸음 때문에 반갑다는 인사도 제대로 못 했다. 그는 개의치 않고 내 곁에 주저앉았다. 그에게서 기분 좋은 마른 풀냄새와 땀 냄새가 났다.

"장지에 왜 안 따라간 건데?"

"외삼촌하고 외할머니……, 알잖아. 잘됐지, 뭐. 가 봤자 피곤하기만 하고……. 덕분에 너랑 인사도 할 수 있고."

"아무튼 재수 없다니까."

"히힛. 맞아, 재수 없어."

의연은 주름진 바지에서 담배를 꺼내 입에 물고 불을 붙였다. 담배 연기 한줄기가 푸른 하늘에 선을 그었다 사라졌다.

"하나 줄까?"

"그래, 줘 봐."

그는 새 담배를 꺼내 피우던 것에서 능숙하게 불을 옮겼다. 그러고는 내 손가락에 끼워 주고 다시 담배를 피웠다.

담배 연기를 싫어했던 어머니 때문에 숨어서 담배를 피웠던 아버지가 생각났다. 몇 집이 공용으로 썼던 화장실에서, 가로등도 없는 골목 끝에서 아버지가 피워 올렸던 담배 연기는 그에겐 아주 작은 행복이었다. 그러나 사고 후 단칸방을 가득 채웠던 담배 연기는 아버지처럼 술에 취해 배틀배틀 갈 곳을 잃었었지. 깊이 담배 연기를 들이마셔 본다. 맵게, 아프게 내 폐를 찢을 듯이 채워 봐라. 하지만……, 아무렇지도 않다.

"어라? 너, 담배 피울 줄 알았냐?"

의연은 조금은 실망한 목소리로 물었다. 그는 내가 눈물을 글썽인 채 고통스러워하며 콜록거릴 일반적인 반응을 바랐던 모양이다.

"아니, 처음인데."

"역시! 독한 정교은한테는 담배도 사탕 정도구만."

우리 둘 다 웃었다. 아버지에게 행복을 주었던, 아버지와 절망을 함께했던 담배는 내게 아무 영향도 미치지 못했다. 그래서 다시는 피우지 않을 수 있었다. 아버지는 이제 내게 상처를 주지 못해. 나는 여기, 농월당, 치우의 곁으로 돌아왔으니까.

"가기 전에 할머니한테 얼굴 보여 주는 거 잊지 말고."

같은 당부, 같은 웃음. 다 피운 꽁초를 발로 비벼 끈 후 의연은 내 입에 물린 담배를 빼서 자기 입에 물고는 손을 흔들며 화림동으로 내려갔다. 바람이 한 차례 불자 쏴아, 대숲이 바다 흉내를 내며 흔들렸다.

"치우야, 나 안 보고 싶어? 난 너 보고 싶어. 보여 줘, 널."

내 말이 끝나기도 전에 치우는 나를 안고 있었다. 나는 마치 혼자가 아니었던 것처럼 익숙하게 그의 팔에 기대었다. 너를 만나기 위해 나는 다시 태어났고, 언젠가 너와 함께하기 위해 나는 죽겠지. 이렇게 편안하고 행복한 너의 품에 안기기 위해서. 대숲도 볕을 쬐느라 고요해진 느린 시간 속에서 우리는 아무 말도 하지 않고 눈을 감았다.

장례식이 끝난 다음 날 친척들이 돌아간 적막한 농월당에 명아 언니가 찾아왔다. 어스름이 깔리기 시작한 무렵이었다. 그녀가 왔음을 알려 준 건 치우였다.

"명아가 오고 있다. 나는……, 그녀가 농월당에 발을 들여놓지 않았으면 한다. 불길해."

그의 말을 듣고 밖으로 나가자 해 그림자가 길게 드리워진 대문에 명아 언니가 서 있었다. 처음 그녀를 보았을 때와 마찬가지의 매력적인 미소를 내게 보이며. 속으면 안 돼. 속지 말자.

"역시 교은이랑 나는 뭔가 통한다니까. 네가 나와 줬으면 좋겠다고 생각하고 있었거든."

"왜요?"

내 목소리는 내게도 충분히 퉁명스럽게 들렸지만 그녀는 평정심을 잃지 않았다. 거짓말을 하지도 않았다.

"장례식이 막 끝난 집에 불쑥 들어가기도 그렇고, 이오하고 좀 그래. 그런데 기하 오빠한테 할 말이 있거든. 그래서 네가 나와 주면 좋겠다고, 그렇게 생각했어."

당신은 왜 이렇게 당당한 거지? 기하 오빠를 버릴 거면서. 그를 버리러 온 거면서…….

"그래서 내가 기하 오빠를 불러 줬으면 하는 거예요?"

"응, 오빠를 불러 줘. 언덕 위에서 기다릴게."

그녀는 내가 그를 불러 주리란 것에 한 치의 의심도 하지 않는 듯 빙긋이 웃으며 언덕으로 오르는 길로 돌아섰다.

"명아 언니!"

급하게 부르는 내 목소리에 그녀는 고개만 살짝 돌려 나를 보았다.

"언니가 전에 그랬죠? 자기에게 상처 줄 수 있는 건 자기 자신뿐이라고요. 아직도 그렇게 생각해요?"

"……."

말로 대답을 하지는 않았지만 억지로 미소를 잃지 않으려는 그녀의 얼굴에서 나는 대답을 들었다. 들었음에도 기하 오빠에게 그녀가 왔음을 알려 줄 수밖에 없었다. 그리고 기하 오빠가 언덕으로 올라간 후 치우에게 부탁했다.

"그래 줄 수 있다면 지금 기하 오빠랑 명아 언니가 어떤 말을 나누는지 보여 줘."

"왜 그대가 그걸 알아야 하지? 그들의 연모는 그들이 풀어야 할 문제인데. 기하 때문인가? 혹여 기하가 상처 입을까 전전긍긍하는 것인가?"

치우는 고요한 분노를 드러냈다. 과거 다연의 뒤에서 그녀를 바라보던 목이가 생각나 마음이 흔들렸지만 난 봐야만 했다.

"네가 생각하는 그런 게 아니야. 너, 기하 오빠에게 빚이 있다고 했지? 나도 그래. 나도 오빠에게 빚이 있어."

"무슨 빚 말인가? 과거의? 아니면 현재의?"

"둘 다. 내가 네 곁에 있겠다고, 너를 선택하겠다고 결심한 순간부터 오빠한테 등 돌린 게 되었으니까. 그래서 오빠가 아프지 않았으면 좋겠어."

"그대가 그들을 본다고 해서 달라지는 것은 없다. 기하가 아프지 않은 것도 아니다. 그래도 보고 싶은가?"

"응, 그렇다는 걸 알지만……."

나의 대답이 떨어지자마자 치우는 내 등 뒤에서 나를 감싸안았다. 차가운 바람이 불고 잠시 어지러움이 느껴지더니 눈앞에 언덕이 펼쳐졌다.

감나무에 기대고 서 있는 명아 언니와 위태롭게 서 있는 기하 오빠. 그들은 우리를 볼 수 없다.

"……그래서 날 떠나겠다는 거니?"

역시 그녀는 기하 오빠를 버리러 왔구나. 그 한마디로 모든 것이 확인되었다. 명아 언니의 시선은 기하 오빠가 아닌 화림동을 향해 있었다.

"우리가 함께였던 적이 있었을까? 난 오빠 품에 안겼을 때도 우리가 함께라고 느끼지 못했어. 오빠는 날 안는 게 아니라 다른 누군가를 그리워하는 것 같았거든."

"내가 그리워한 것은 항상 너야."

"아니, 오빠는 나를 원한 게 아니야. 날 통해 세상을 안고, 다른 누군가를 안았을 뿐이야."

고집스럽게 답하는 그녀의 따귀를 갈기고 싶었다. 나이고 싶었어. 내가 그렇게 말하는 당신이고 싶었는데 당신은 그의 사랑이 당신을 향한 것이 아니라니! 그러나 내 몸은 치우의 단단한 팔에 속박되어 있었다.

"내가……, 너 이외에 누굴 사랑했다는 거지? 내겐 네가 태어나 처음으로 사랑한 사람이야. 그리고 마지막 사랑일 거고."

명아 언니가 울고 있었다. 소리 없이 눈물을 흘리고 있었다. 왜 우는 거지? 버리는 쪽은 당신이면서. 기하 오빠는 그녀의 눈물을 볼 수 없다. 그녀는 훌쩍임도 없이 천천히 말을 이었다.

"그래, 오빠는 그렇게 믿을 거야. 오빠로서는 그것이 진실일 거야. 하지만 나의 진실은 우리가 함께일 수 없다는 거야. 함께해서 행복할 수 없다면 함께이지 않는 것이 옳아. 나는 행복하고 싶어."

"나와 함께였던 시간이 불행했니?"

절망이다. 그의 물음은 물음이 아니라 절망이다. 명아 언니는 그것을 알면서도 절망을 걷어 주지 않는다.

"불행을 전제로 한 행복을 과연 행복이라고 할 수 있을까? 내가 그랬어. 항상 불안하고 온전히 날 안지도 않는 오빠 때문에 상처 입고, 또……, 그래서 이제 다신 이곳에 오지 않을 거야. 잘 있으라고……, 그 말 해 주고 싶었어."

치우의 품 안에서 나는 기하 오빠에게 팔을 뻗었다. 곧 쓰러질 것만 같은 그 외로운 등을 감싸 주고 싶었다. 눈을 감고 싶었지만 똑똑히 봐야 했다. 기하 오빠의 사랑을.

명아 언니는 감나무에서 몸을 떼며 기하 오빠의 앞으로 갔다. 그리고 그의 목에 팔을 감더니 고개를 숙이고 있는 그를 안아 주었다.

"오빠는 끝까지 날 잡지도 못해. 그렇지?"

그러고는 그의 귀에다 무어라 속삭인다. 너무 작은 속삭임이라 들리지 않는다. 그녀의 말대로 기하 오빠는 명아 언니를 붙잡지 않는다. 그저 입술을 깨물고, 주먹을 꽉 쥐고, 흐르는 눈물을 내버려둔 채 그녀가 언덕을 다 내려갈 때까지도 그는 그 자리에 바위가 된 듯 서 있을 뿐이다. 어둠이 그의 외로운 어깨에 내려앉는다. 그의 어깨가 조금씩 떨린다. 제 기능을 잃은 것처럼 툭 떨어뜨리고 있던 손을 들어 얼굴을 가림과 동시에 그의 무릎이 꺾인다.

기하 오빠의 울음은 낮고 깊다. 그의 절망만큼이나. 처음이자 마지막으로 들은 그의 울음소리는 세상의 모든 고통과 고독을 함축해 놓은 듯 처절했다. 그는 사랑 하나를 잃은 것이 아니라 모든 것을 잃은 사람 같았다. 그렇게 절규했다. 그러나 기하 오빠의 입에서 나온 말은 오직 한마디였다.

"가지 마. 가지 마. 가지 마……."

무릎을 꿇고 땅에 주먹을 내리치는 그를 보며 나는 그에게로 향한 내 마음의 종말을 보았다. 기하 오빠의 말대로 명아 언니는 그의 마지막 사랑이 될 테지. 나의 마지막 사랑은 오빠가 아니야. 그걸 깨달았다. 치우의 품에서. 기하 오빠는 그날 두 여자에게서 버림받은 것이다.

깜깜한 밤이다. 누군가 나를 부르고 있다. 간절한 부름이다. 따끔따끔 가슴이 시릴 정도로 절박한 목소리다. 답해야 해. 눈을 뜨자. 눈을 떠서 저 부름에 답해야 한다. 어둠 속에서 나의 의식이 점점이 살아나고 있다.

깜빡, 눈꺼풀이 열리고 누워 있는 몸이 인식된다.

"제발 답해 주십시오. 아씨……, 답을 주십시오."

문밖에서 들리는 음성……. 목이다. 꿈인가 싶어 손을 들어 보니 소복을 걸치고 있는 팔이 눈에 들어온다. 다연의 몸이다! 어떻게 내가 그녀의 몸에 들어온 거지? 게다가 그녀의 몸은 아스라한 붉은빛에 휩싸여 있다. 놀람에 몸을 일으켜 세우자 내 몸과는 다른, 좀 더 가볍고 헐거운 다연의 몸이 느껴진다. 그러나 나의 놀람과 의문을 풀기도 전에 목이의 목소리가 다연을 부른다.

"아씨, 소인 이 마음에 목숨을 걸었습니다. 싫다 밀어내셔도 순순히 받아들일 것이니 제발 답만은 주십시오. 그리하지 않으시면 소인 평생 한이 될 것 같습니다, 아씨……."

목이……, 나의 치우. 다연의 몸을 이끌고 문 앞으로 간다. 문 건너엔 현재의, 아니, 미래의 치우가 사람의 몸을 하고 있다. 나가고 싶다. 나가서 그의 목을 안고 사람인 그를 느끼고 싶다. 하지만 지금 나는 교은이 아닌 다연이다.

그의 그림자가 드리워진 문에 손을 대어 본다. 그리고 다연의 목소리로 말한다.

"왜……, 내게 마음을 주는 거지? 왜 하필이면 나를……, 왜……."

나는 아름답지도 않고 다른 남자의 아내인데, 왜 나를 사랑해서 너는 과거에도, 아니, 현재에도, 또 미래에도 아파야 하는 것일까.

“아씨만이 오직 나를 사람으로 대해 주셨으니 온 마음을 바칠 수밖에 없었습니다. 마음은, 사람이 사람에게 전하는 것이니 사람인 나의 마음을 드릴 수밖에요……. 태생이 천하여 아비에게 외면당하고 어미에게 버림받은 저를 아씨만이 사람으로 대해 주셨습니다. 그리고 소망을 갖게 해 주셨지요. 천한 신분 때문에 그것을 갖는 것조차 죄가 되었건만……, 그런 소인의 소망을, 열망을 아씨께서 살펴 주셨습니다. 그러니 어찌……, 사모의 마음을 바치지 않을 수 있겠습니까.”

그의 그림자가 눈물을 흘리고 있었다. 미안해. 울음이 토악질처럼 터져 나오는 것을 억지로, 겨우, 입을 막고, 가슴을 막아 멈추려 애썼다. 내 울음을 들으면 목이는 참지 못하고 문을 열겠지. 그러면 나는 사람인 그의 품에 안길 수 있겠지만 그는 죽을 수도 있다. 과거의 사람들이 죄를 물어 그를 죽일 수도 있다. 그러면 현재의, 미래의 치우도 사라질 수 있다.

“소인, 아씨를 연모하였으나 아씨의 마음을 바라는 것은 당치 않은 일이라 여겼습니다. 하나 오늘 그런 당치 않은 일에 목숨을 걸어도 좋다, 그리 결심했습니다. 그러니 제발 답해 주십시오.”

아니라고 해야 해. 그래야 그가 살아. 그래야 치우가 내 곁에 올 수 있어. 머릿속으로 다짐하고 또 다짐한다. 그러나 나의 입은 가슴속의 말을 내뱉고 만다.

“나의 마음이 너와 다르지 않아.”

나의 대답에 그의 그림자가 심하게 떨린다. 무릎을 꿇고 고개를 숙인 그 어깨가 떨리고 있다.

"하지만……, 이번 생에서는 함께일 수 없어. 그러니까……, 미안해."

치우야, 미안해. 너와 함께할 수 없었던 날 용서해. 나의 손이 떨리는 그림자를 쓸어내린다.

"……저는 목숨을 걸었으나 저와 함께하여 아씨께 목숨을 걸어 달라 요구할 수 있겠습니까. 이놈처럼 천한 것에게 마음을 주셨다는 것……, 그것만으로도……, 소인 죽어서도 행복할 것입니다. 평생 아씨 곁에 있는 것만으로 소인은 되었습니다. 된 것입니다. 다음 생에서는 아씨를……, 제 연모를……, 꼭 이룰 것입니다. 약속해 주십시오."

그림자가 눈물을 흘리듯이 그의 목소리도 눈물을 흘리고 있다.

"……약속할게. 다음번에, 다음 생에서는 꼭……."

그래, 그녀의 다음 생인 나는 너를 선택했으니까. 너와 함께할 거니까. 그런데 왜 눈물이 멈추지 않는 거지? 어째서 마음이 이렇게 아픈 거지? 꿈에서 깨어나면 너와 함께 있을 나인데 왜 과거의 네가 안타까워서, 슬퍼서 미칠 것 같은 것일까? 빨리 현재로, 미래로 돌아가고 싶다. 그래서 치우를 안고 싶다. 과거의 내가 너와 함께 있어 주지 못해 미안하다고 말하고 싶다. 숨조차 눈물로 흐려지고 그의 그림자가 멀어진다.

갑자기 치우와 같은 흙내음을 가진 검은빛이 내 앞에 선다. 형체는 희미하지만 나는 그가 과거의 지신임을 알아보았다.

"내가 방심했구나. 결국 그대는……, 이렇게 운명을 비틀어 놓아 버렸어."

"어떻게 이럴 수 있죠? 내가 어떻게 과거로, 다연의 몸으로 들어올 수 있죠?"

"……오래전 그대의 조상, 여인의 아이에게 내 기를 불어넣었을 때 지신의 능력도 흘러든 모양이야. 보통의 사람이었다면 그저 신이한 존재들을 빨리 인지하는 정도였겠지만 그대는 다연의 환생. 그대의 몸에서 응축되어 있던 능력이 터져 나온 것이겠지. 이것은 나의 업보이기도 하다. 미안하구나."

그의 목소리는 무겁고 비통하다. 그의 말을 들으며 다연이 보았던 붉은빛과 검은빛의 싸움을 떠올렸다. 그렇다면 그 붉은 빛은 다연의 몸에 스미려는 나였어? 어지럽다.

"왜 미안하다는 거죠? 당신이 잘못한 것은 없잖아요."

"결국 여인의 후손들을 지켜 내지 못할 것 같으니……."

그게 무슨 말이에요? 대답해 줘요. 내가 운명을 비틀었다는 건 무슨 의미죠? 그러나 내 목소리는 교차되는 시간 속에 흩어지고 사그라진다. 검은빛이 멀어진다. 과거가 멀어진다.

희미하게 치우의 얼굴이 보인다. 말해 주고 싶은데, 미안하다고 말해 주고 싶은데 내 의식은 자꾸 잠 속으로 빨려 들어갔다.

"이리된 것이었구나. 이리된 것인지 모르고……. 누구의 잘못도 아니었던 것을……."

이렇게 말하는 치우의 눈동자가 슬프다. 슬퍼하지 마. 이제 네 곁에 있을게. 말해 주지 못한 채 나는 잠이 들었다.

까치밥으로 남겨 놓은 감을 쪼아 먹던 새가 치우의 등장으로 푸득, 대숲으로 날아가 버렸다. 꿈속에서와 달리 그는 발소리를 내지 않음에도.

왕고모가 돌아간 후에도 나는 농월당에 남았다. 1월이 되었고 나는 열아홉 살이 되었다.

"시간은 쉼이 없지. 그것이 위안이 되기도 하고 고통이 되기도 한다."

치우가 말했다.

"언제 위안이 되고 언제 고통이 되는데?"

"내 곁에 그대가 없을 때 위안이 되고, 내 곁에 그대가 있을 때는 고통이 되지. 시간은 그대를 데려오기도 하고 앗아 가기도 하니까. 그러나 반드시 그대를 다시 데려오기 때문에 나는 시간이 나의 편이라 믿고 있다."

그래, 맞아. 시간은 나를 목이에게 데려가 주었고 지금 너의 곁에 머물 수 있게 해 주었지. 나는 약속을 지켰어.

"도시에서 그대가 겪은 일, 기계에서 나는 그대 음성에서 들었다. 나는 또 그대 곁에 있어 주지 못했구나."

"괜찮아. 거기에 말했었잖아. 나는 괜찮다고. 거기서 이겨 내고 있었어."

그러니까 네가 미안해하지 마.

"거짓이다. 기하는 모를지라도 나는 안다. 그대는 그곳에서 괜찮지 않았다."

역시 너야. 너는 나의 혼을 보는 사람이니까.

"그래, 나……, 거기서 전혀 괜찮지 않았어. 여기 있고 싶어. 도시로 가지 않고 당신 옆에 있고 싶어."

"아니다. 나는 그대 손이 검을 잡은 그날로 알았다. 기하의 말이 틀리지 않았음을 알았어. 그대는 세상으로 나가서 내가 주지 못하는 것들을 누릴 자격이 있는 사람이다. 그것이 그에게 상처 주고 아픔을 주더라도 그럴 가치가 있는 것이다. 사람의 삶은, 그러한 것이다."

"너도 거짓말."

"그래……, 거짓이다. 그리고 참이기도 하다. 시간은 영원이니……, 세상에서 그대 삶을 누리고 다시 내게 돌아와도 충분하다. 그러니까……."

그는 말을 잇지 못하고 내 이마에 입맞춤을 해 주며 나를 일으켰다. 치우의 시선을 따라 내려다본 땅에서 솟아오르는 푸른 빛이 보였다. 겨울인데, 온통 마른 풀들로 가득한 겨울인데 치우는 내게 봄빛을 선사했다. 게다가 푸른 봄빛에서 붉은 꽃송이가 고개를 내밀고 화아, 피어올랐다. 붉디붉은 꽃잎 속의 꽃술이 하얀 눈꽃 같다. 치우는 붉은 꽃을 손에 들고 내게 내밀었다.

"그대에게……."

차마 받을 수 없을 정도로 여리고 귀한 선물을 손에 건네주며 내 입술을 여는 치우의 입술을 느끼며 생각했다.

'기하 오빠, 미안해. 이번 생에서는 치우를 선택할 수밖에 없어. 치우여야 해. 치우가 아니면 안 돼.'

붉은 꽃 속에 치우가, 내가 있었다. 우리가 드디어 함께. 그리고 알게 되었다. 다연이, 내가 상처 입고 아파야 했던 단 하나의 이유. 지켜야 할 마음이 있다는 것을, 지켜야 할 존재가 있다는 것을 알기 위해 우리는, 나는 늘 그리 절벽 끝에 서서 살아온 것이리라. 세상이 나를 절벽 끝으로 밀어도 절대 포기 못 할 사랑이 있음을, 그 사랑의 절박함을 깨닫기 위해. 그래, 기꺼이 절벽 끝에서 살아 주겠다. 이 마음을 지키기 위해서.

28

연戀, 모慕, 애愛

매화 꽃봉오리가 열린 아침, 설란의 몸종이 나를 찾아왔단 사실을 고하는 섭이 어멈의 얼굴에 호기심이 그득하다. 농월당 마루 아래 허리를 굽히고 있는 몸종 아이는 서찰 하나를 내밀며 말했다.

"설란 아씨께서는 오늘 본래 계시던 기방으로 돌아가십니다. 떠나시기 전에 이 서찰을 전해 드리라 하셨습니다."

"알았네. 잠시 기다리시게."

나는 방으로 들어가 설란의 서찰을 읽는다.

아씨께서 돌아가신 후 제가 오랫동안 치욕의 옥獄에 갇힘에도 그것을 몰랐다는 것을 깨달았습니다. 그것도 제 스스로 자처한 일이었지요. 가난보다는 화류를 택했고, 부귀영화보다는 연모를 택한 저이지만 갇힌 연약한 나비가 되는 것은 싫습니다. 얼어 죽는 한이 있더라도 자유로운 나비여야 설란다운 것이기 때문이지요. 해서 돌아가려 합니다. 화림동에서 연모의 마음들이 빚어내는 일들이 마땅히 그리되길 바라옵니다.

그녀의 눈물과 한숨이 나의 것과 다르지 않구나. 그녀가 말한 마땅히 그리돼야 할 일이 무엇인지 알 수 없으나 떠나는 설란이 가엾다.

경대를 뒤져 금가락지를 찾아낸다. 내 동정을 쳐낼 그녀일 테지만……. 밖으로 나오니 몸종은 섭이 어멈의 곁에서 잔뜩 주눅이 든 채로 서 있다. 나는 섭이 어멈에게 금가락지를 건넸다.

"자네는 저 아이와 함께 가서 이것을 엽전으로 바꾸어 주게."

섭이 어멈과 몸종, 모두 놀란 눈으로 나를 본다. 나는 개의치 않고 몸종에게 말한다.

"네 주인이 그것을 받지 않으면 네가 갖도록 해라. 해서 가시는 길 평안하시게끔 살펴 드리도록……. 아니다, 어찌 평안할 수 있겠는가……. 무탈하길 기원한다고……, 그리 전해 드려라."

"네, 아씨."

그네들의 뒷모습이 별당에서 사라진다. 별이 이리도 좋은 날 화림동 떠나는 어여쁜 나비 더욱 구슬프겠구나.

*

호롱불 흔들림에 서책 위에 드리워진 마음의 그림자가 어지럽다. 설란의 말과 목이의 말은 심중을 분란시키고 방향을 잃게 만든다.

"들어가겠소."

갑작스레 들리는 지아비의 음성에 가슴이 심히 두근거린다. 나의 답이 없음에도 방문을 열고 들어와 상석에 앉는 그의 표정엔 노함이 가득하다. 그는 내가 자리에 앉기도 전에 따져 묻는다.

"부인께서 설란을 찾아가셨다는 것이 사실이오?"

그의 눈빛은 분기로 차 있다.

"그러합니다."

"찾아가셔서 무어라 하셨기에 설란이 떠난 것이오?"

"……여인으로서 모진 말을 했습니다."

서안 위 그의 손이 주먹을 쥔다.

"부인께서요? 제 마음을 받은 부인의 답을 설란에게 한 것이오?"

"……."

나는 그녀의 서찰을 그에게 내어 놓을 수 없다.

"부인께서 투기라도 하신 것이오? 그럴 리가 없지. 그건 아니겠지. 대체 무엇 때문에!"

더 이상 그의 물음에 방패를 세우기가 싫다.

"투기를……, 하면 아니 되는 것입니까? 제가 투기할 주제가 못 된다는 것을 알지만……, 서방님께서는 저의 지아비신

데……, 그러면 아니 되는 겁니까? 이제 저는 투기를 하고 싶어졌습니다."

이제 나의 말이 그의 마음의 방향을 잃게 만든 것이리라. 불끈 쥐었던 주먹은 힘을 잃고 서책 위에 놓여 있다.

"사람의 마음들이 서로의 마음에 이리도 쉬이 다치는 것을 몰랐습니다. 그것을 몰랐던 것이 저의 죄입니다."

그는 나를 두고 말없이 농월당을 나갔다. 유폐된 것은 내가 아니었음을 이제야 알 것 같다. 오래전부터 유폐된 것은 나에 대한 그의 마음이었다. 그의 마음을 유폐한 죄로 나는 어떤 형벌을 받아야 할까? 아프고 흔들리는 마음을 감추려 호롱불을 껐다. 어둠이 내 그림자를 덮고 눈물을 덮는다. 나는 눈물을 흘릴 자격이 없다. 그의 마음을 받을 자격이 없다.

어둠 속에 나를 던져 둔 지 얼마나 흘렀을까. 창밖 달빛이 방 안의 어둠을 걷어 내려 한다. 물러나는 어둠을 향해 손을 뻗는데 그가 가쁜 숨을 몰아쉬며 방 안으로 들어와 섰다. 그리고 묻는다.

"투기를 하신 것이오?"

나는 아직 어둠 속에 있다. 부끄러울 것이 없다.

"네, 투기를 했습니다."

"왜?"

"그대는……, 나의 지아비, 내 임이니까요. 남과 나누기 싫은, 나눌 수 없는, 고운 내 임이니까……."

어깨 너머로 달빛을 데려온 그는 말의 허물을 벗기고 굳게 나를 안아 준다. 어디서부터 달려온 것인지 그의 몸은 땀에 젖어 있다.

"달려오신 것입니까?"

덥고 감미로운 그의 가슴에 안겨 내가 물었다.

"화림동에서부터 달려왔소. 내 마음은 더 먼 곳에서 달려왔소."

뜨거운 나의 숨이 땀방울이 흐르는 그의 목덜미를 타고 지나간다. 망건 위로 몇 가닥 머리카락이 삐져나와 이마에 붙어 있다. 이마에서도 땀방울이 흐르고 있다. 불꽃 하나가 떨어지듯 그의 땀방울이 누워 있는 내 볼 위로 떨어진다. 나는 손을 뻗어 흐르는 땀을 닦아 준다.

멀고 먼 길을 돌아 내게 온 그의 숨은 거칠고 덥다. 삼키고 싶다. 그의 숨과 함께 불덩이가 내 입술 사이로 들어온다. 땀에 젖은 그의 등을 감싸 안아 본다. 내 두 팔로 감싸지지 않는 넓고 따뜻한 그의 등. 그의 입술은 흉터가 있는 나의 볼에 몇 번이나 입맞춤을 하고 있다. 그것이 부끄럽지 않다. 다시 내 입술을 빨아 당기는 그의 입술에 나는 눈을 감는다.

가만히 그의 입술과 혀가 내 몸에 쓰는 글자를 느껴 본다, '연戀'. 그의 입술은 내 목과 가슴과 배를 따라 내려가며 오롯이 한 글자를 쓰고 있다, '연'. 나의 손가락 또한 그의 등에 글자를 쓴다, '모慕'. 그의 혀가 내 허벅지를 핥아 오르며 쓴다, '모'. 그의 등을 타고 내려온 나의 손가락이 그의 가슴에 쓴다, '애愛'. 그의 입술이 내 가슴을 베어 물며 쓴 글자다, '애'. 그의 머리를 감싸 안으며 나는 신음으로 글자를 쓴다, 애!

화림동의 봄은 사람을 놀라게 하는구나. 여기서부터 저기까지, 하늘 아래 모든 풍광이 커다란 꽃송이로 눈에 들어온다.

꽃향기가 화림동을 채우듯 다향茶香이 농월당을 채우고 있다. 시부모님 점심 시중을 마치고 돌아와 올려다본 하늘의 푸름이 아쉬워 오랜만에 꺼내 본 다기茶器였다. 며칠 전 그가 섭이 어멈을 통해 보낸 차 상자에는 연꽃 한 송이가 새겨져 있다. 운유[15]가 몸을 담은 하얀 다기는 백련白蓮에 떨어진 초록 잎사귀 같기도 하다.

꽃향기는 묵향墨香만 못하고, 묵향은 다향만 못하고, 다향은 그대 향기에 미치질 못하는구려.

차 상자와 함께 고이 봉해 그가 보낸 서한은 아직도 내 맘을 설레게 한다. 꿈이런가 하여 다시 펼쳐 보면 고스란히 남은 정의 향기가 나를 미소 짓게 한다.

저기, 중문을 넘어 내게로 오는 임의 형상이 다정하다. 나의 마음이 만개한다.

---

15. 운유(雲乳) 가루차를 찻사발에 점차하여 거품을 일으켜 마시는 것

29
설란

설란은 화림동을 떠나 어떻게 살아갔을까? 사랑하는 이를 떠나 어떻게 살아갔을까? 목이는 어떻게 견딜 수 있었을까? 사랑하는 사람이 다른 이의 품에 안기는 것을……. 다연의 행복을 벅차도록 느끼는 와중에도 내 마음 한구석에는 설란과 목이에 대한 측은함이 가시질 않았다. 버림받은 이들에 대한 본능적인 연민.

그런 생각에 잠긴 나를 그가 그냥 지나칠 리가 없다. 나의 치우.

"무슨 근심이 그대에게 그늘을 드리우고 있지?"

나는 그에게 거짓을 말하지 않겠다고 결심했다. 하지만 과거의 그가 불쌍하다고 말할 수는 없었다.

"나, 봤어. 설란이 화림동을 떠난 거. 그래서……."

"그래서 그대의 넘치는 동정심이 발휘된 것이로군. 설란이 가여워서, 행여 그대의 탓인가 가슴이 아픈 것이야."

나는 고개를 끄덕였다.

"과거에도, 현재에도 그대는 사람에 대해 너무 모른다. 모든 이들이 다 그대처럼 순수한 것은 아니건만."

"난 순수한 사람이 아니야. 다연은 모르겠지만."

맞다. 난 순수하지 못하다. 나는 지극히 이기적이고 못된 정교은이다. 그러나 되바라지고 모난 나를 치우는 미소를 지으며 안아 준다.

"아니, 그대는 순수하다. 언제나. 설란은……, 그래, 설란이 가여운 것은 사실이다. 그녀의 연모로 인해서 가여운 여인이었지. 하지만 그녀를 동정하는 것은 마땅치 않아. 그녀가 어떤 일을 저질렀는지……, 알고 싶나?"

"말해 줄 수 있어?"

물론 알고 싶다. 알고 싶어. 다연에게 오랜 시간 상처를 준 그녀지만 어쩐지 밉기만 한 것은 아닌 그녀를 알고 싶어.

"아니, 보여 줄 수 있다. 보여 줄 수 있는 부분까지는. 그대, 정말 보고 싶은가?"

"응, 보고 싶어."

나의 말이 끝나기도 전에 사방에서 높은 방울 소리와 같은 웃음소리들이 들린다. 과거가 들린다.

정신을 차려 보니 이층 누각은 색색의 등으로 환하고, 그보다 고운 빛의 한복을 입은 여인들이 갓 쓴 사내들의 곁에서 술을 따르고 있다. 술잔에 담긴 향기와 여인들에게서 풍기는 지분 냄새가 뒤섞인 채 밤하늘로 피어올랐다.

"설란이, 설란이는 어디 있느냐! 새로 부임하신 현감께 인사 올리지 않고!"

흐린 목소리로 쥐어 짜내듯이 말하는 양반을 보다 다연의 남편을 발견한다. 허리를 곧추세우고 흐트러짐 없는 자세로 술잔을 기울이고 있다. 맑은 가야금 소리가 여인들의 웃음소리를 잠재운다. 그도 눈을 들어 소리의 근원을 본다. 설란이구나. 금琴의 울림에 제 향기를 실어 보내고 있는 아름다운 여인.

"현감, 저 아이가 설란입니다. 한양 운종가에서도 저 아이 정도의 미모를 찾기는 힘드실 겁니다."

동감이다. 여자인 내가 보아도 설란은 아름답다. 이오의 아름다움과는 다른, 농염한 아름다움이다. 먹고 싶은 아름다움이다. 그러나 그녀를 보는 그의 눈동자는 흔들림이 없다. 사내들이 설란의 미모와 소리에 노곤하게 취했을 때, 그녀는 다소곳이 일어나 그에게 절을 한다.

나는 보았다. 설란의 자신감을. 그녀는 자신하고 있다. 자기 앞의 사내를 자기 것으로 만들 자신감. 희고 고운 손으로 그에게 술을 올리면서 살포시 미소 짓는 설란의 입술은 붉고 생기 있다. 그 붉은 입술을 나는 어디선가 본 일이 있다. 그러나 기억나지 않는다.

"설란아, 잘 모셔라. 저리 젊으신 분께서 부인도 없이 홀로 타지에 부임하셨으니 좀 적적하시겠느냐! 하하!"

사내들의 농에도 설란은 잔잔한 미소를 잃지 않고 그저 그의 술잔을 채울 뿐이다. 밤이 깊어 사내들이 기녀들을 하나씩 끼고 누각을 내려가자 주위엔 밤새만이 정적을 깰 뿐이다.

"적적하신 쪽은 현감을 보내신 부인이시겠습니다."

달빛에 눈길을 주고 있는 그를 향해 설란이 말한다. 그러나 그는 답을 하지 않는다. 누각 아래 연못에서 반딧불 무리가 일렁거린다.

"……오늘 밤, 제가 현감을 모시리까?"

"그럴 것 없네."

그의 대답에 처음으로 설란의 얼굴에서 미소가 사라진다. 그는 그녀를 내버려두고 누각을 내려간다. 그리고 연못가로 가 반딧불 무리에 손을 뻗어 본다. 꿈처럼 저만치 반딧불이 흩어진다.

그런 그를 보는 것은 나만이 아니다. 누각 위에서 설란 역시 그를 내려다보고 있다. 그걸 아는지 모르는지 그는 성큼성큼 누각으로부터 멀어진다. 화려했던 등불이 하나둘 빛을 잃어 간다.

현감이란 자리에 있는 그는 낯설다. 엄격하고 공정함을 잃지 않는 그는 언제나 바쁘고 곧은 눈빛을 하고 있다. 나에게, 다연에게 서찰을 쓰는 그도 낯설다. 다정한 눈빛으로 글자 하나하나에 정성을 기울이고 있다. 다연이 곁에 있다면 그녀의 귀에 낮고 부드러운 음성으로 속삭여 줄 것 같은 표정이다. 그러나 현감으로서의 그는 가면을 쓴 듯 차갑고 엄하다.

차가운 얼굴을 한 그가 설란과 재회한 것은 한 고을의 양반가 잔치에서였다. 잔칫상의 중앙, 그의 곁에 앉은 노인의 생일잔치인지 술을 올리는 이들마다 노인에게 장수를 기원한다. 무더운 와중에 음식을 들고 분주히 오가는 아낙들과 술잔을 기울이는 이들의 웃음소리로 소란한 가운데서도 그는 쉬이 입을 열지 않는다. 그저 의례적인 옅은 미소와 인사말을 주고받을 뿐이다. 그런데 청아한 목소리가 그의 곁에서 울린다.

"나리, 제 술 한 잔 받으시지요."

색 고운 수가 놓인 하얀 모시 저고리가 홀로 서늘하다. 물기를 머금은 듯 촉촉한 붉은 입술의 설란이 그의 곁에 앉아 술병을 들고 있다. 그는 말없이 빈 술잔을 설란의 앞으로 내민다.

"설란이, 네가 현감께 단단히 반한 모양이구나. 지난번 현감께는 눈길 한번 주지 않더니 부르지도 않은 잔치에 나타나 술을 따르다니!"

한 선비의 농에 좌중이 웃음으로 술렁인다. 그는 아랑곳하지 않고 그녀가 따른 술을 비운다.

"현감께 정을 주면 곤란할 것이야. 현감의 부인께서는 부마의 누이동생 되시는 분이다. 자칫하면 설란이 너, 주리가 틀릴 수도 있어!"

어떤 농지거리에도 태연하던 그가 이 말에 눈동자를 돌려 농을 내뱉은 자를 쳐다본다. 그의 차가운 시선을 받은 이의 얼굴이 붉어진다.

"그런 분이 설마 투기라도 하시겠습니까? 현숙하신 분임에 틀림없는걸요. 하니 낭군을 이리 멀리 보내시고 시부모님 수발에 정성을 기울이시는 것 아니겠습니까."

설란은 미소를 잃지 않고 농을 던진 선비에게 퉁바리를 놓는다. 그녀의 말에 그는 다시 눈을 내리깐다. 그제야 선비들은 긴장을 풀고 다시 실없는 대화를 이어 나간다.

"저라면 투기했을 것이어요. 아니, 처음부터 절대 낭군을 홀로 보내지도 않았을 것이고요."

다른 이들에게는 들리지 않을 작은 목소리로 설란이 소곤거린다. 이번에도 그녀의 말을 무시할 줄 알았던 그가 역시 낮은 음성으로 답한다.

"네 말대로 현숙한 여인이다. 또한……."

"……또한 어떤 여인이기도 하십니까, 부인께서는?"

"……사람이 오르지 못할 높은 설산雪山에서 달빛과 벗하고, 또 바람과 벗하는 선녀 같은 사람이다."

그는 보지 못했지만 그의 답에 설란의 한쪽 눈썹이 살짝 올라간다.

"현감께서 지체 높으시나 사람이시온데, 사람의 임이 선녀 같다 하시니……, 외로우시겠습니다. 아니 그렇습니까?"

처음으로, 그녀를 보는 그의 눈에 관심이 생긴다. 설란은 그것을 놓치지 않는다.

"적적하실 때 찾아 주시어요. 가야금 소리로 달래 드리고 싶습니다."

"……알았네."

설란의 가야금 소리……. 섬섬옥수란 말이 퍽도 어울리는 그녀의 손끝에서 비롯되어 그의 마음을 달래 주었던 소리. 기방에 퍼지던 그녀의 가야금 소리는 얼마지 않아 그가 머무는 방을 채웠다. 그러나 밤이 깊으면 어김없이 그는 그녀를 가마에 태워 기방으로 돌려보냈다.

여인은 돌아가고 소리의 그림자만 머문 방에서 그는 다연에게 보낼 서찰을 쓰는 일을 멈추지 않았다. 그러나 그의 서찰 대부분은 상자에 넣어져 빛을 보지 못했고, 몇몇만이 겨우 그 마음의 향기만을 담아 다연에게 전해졌다.

눈이 내렸다. 하얀 눈 위로 가야금 소리가 소복이 쌓였다. 달밤, 가야금 소리는 그쳤는데 설란의 옷 벗는 소리가 사그락 펼쳐진다. 아름다운 몸이 펼쳐진다. 아름다운 얼굴과 아름다운 몸을 가진 설란이 다연의 남편 앞에 서 있다. 그는 말이 없다.

"품어 주시어요. 선녀는 그만 그리워하시고, 사람을, 저를 품어 주시어요."

그녀의 목소리는 애절하다. 애절한 그녀의 바람에도 그는 자리에서 꿈쩍도 하지 않는다.

"그럴 수가 없다. 그녀가 설산에서 내려오지 않는다면 내가 가면 되는 것이다. 그러니 그럴 수가 없다. 돌아가거라."

"제가……, 마음에 차지 않아 그러시는 겁니까, 아니면 제가 천하여 그러시는 겁니까?"

그녀의 하얀 어깨가 떨리고 있다. 그는 눈을 감는다.

"너는 아름답다. 하나 너의 아름다움에 취해 너를 안는다면 네게도 죄를 짓는 것이 되지 않겠느냐. 나의 마음은 오직……. 그러니 돌아가거라."

자신을 바라보지도 않는 그의 손길을 기다리는 설란이 가엾다. 하지만 결국 그녀는 눈물이 그렁한 채로 발밑에 흩어진 옷가지를 주워 밖으로 나가 버린다.

그녀가 나간 후 그는 깨끗한 선지를 꺼내고 붓을 든다. 여느 때와 다르게 글을 쓰는 그의 표정은 허허롭기만 하다.

어느 밤, 본가에서 그의 아버지가 보낸 서찰을 읽는 그의 얼굴에 분노가 어린다. 입술을 깨물다 혼잣말을 중얼거리는 목소리는 그대로 칼이다.

"……네 처가 부마께 청을 넣은 것이……, 부마께 청을……. 다연……, 기어코……, 나를 그리도 못 믿는 것인가……."

서찰을 구기며 그는 일어선다. 그리고 서둘러 말에 올라 화림동으로 내달린다. 어두운 밤길이라 위험하다며 말리는 자들을 모두 뿌리친 그의 눈동자엔 오직 순수한 분노만이 자리할 뿐이다. 그가 나를, 다연을 원망하는 광경을 볼 수가 없다. 하지만 소리만으로도 가슴이 아파 온다.

"부마께서 이 미욱한 사람을 천거하실 거라더군요. 부인께서 청탁하신 것이오? 현감 부인으로는 고매하신 부인의 드높은 자존심을 채우지 못하셔서 말이오."

"제가 청탁한 일이 아닙니다."

"그렇군요. 이 매제가 얼마나 못 미더우시면 부마께서 그리 하였겠소. 이해하오. 한미한 가문과 혼인해 주신 것만 해도 감지덕지인데 이렇게 척척 관직도 하사해 주시니 부인께 그저 감사할 따름이오."

"어찌! 항상 이리, 이리……, 서방님의 수치를 제게 전가시키는 것입니까?"

"나의 수치요? 수치라고 하셨소? 부인께서 그 말을 하시다니 놀랍구려. 얼굴에 흉이 있어 그것을 잘 안다고 생각하시나 본데……."

짝! 그 소리가 그의 뺨이 아닌 내 가슴에 상처를 남긴다.

"저의 흉에 대해 말씀하지 마십시오. 서방님께선 그것에 대해 논할 자격이 없으십니다. 재주의 출중함에 가문이 따르지 못하는 것이 수치라 말씀하시는 서방님께서……, 더 이상 제게 수치에 대해……."

"알겠소. 나는, 우리의 수치가 같다, 그래서……, 서로를 이해할 수 있다, 그리 여겼는데 내가 틀렸소. 우리의 수치는 각각의 몫이지요. 부인의 생각 잘 알겠소. 천계의 선녀처럼 고고하신 부인, 이 사람이 어리석었소. 잊어버리시오. 이런 어리석은 서찰 따위 다시는 보내지 않겠소."

"……"

"녹봉을 먹는 몸으로 관아의 말을 타고 달려왔으니 서둘러 돌아가야겠소. 그래야 부마 얼굴에 먹칠하는 배은망덕은 면하지 않겠소."

그는 다연의 눈물을 보지 못한다. 다연도 그의 절망을 보지 못한다.

돌아오는 그의 몸은 분노와 절망으로 흠뻑 젖어 있다. 말 등 위에서 그의 어깨는 애잔하기만 하다. 지친 말의 거친 호흡이 멈춘 곳은 설란의 기방이다.

그를 맞이하는 설란의 얼굴에 희미한 희망의 빛이 서린다. 서둘러 마련된 술상을 앞에 두고 희망의 덫을 놓는 설란과 술에 고통을 녹여 내려는 그가 줄다리기를 하고 있다.

"천천히 드시어요. 취하십니다."

"너도 나를 가르치려 드느냐? 옛 성인을 들먹여 가며?"

이렇게 말하는 그의 목소리는 이미 갈피를 잃고 있다.

"그럴 리가 있겠습니까. 쇤네처럼 미천한 계집이 감히……. 그저 몸이 상하실까 봐……."

"되었다. 마음이 먼저 상했거늘……."

연거푸 술잔을 기울이던 그가 마침내 금침 위에 쓰러지자 설란은 그의 겉옷을 벗기고 이불을 덮어 준다. 그리고 붉은 입술로 그의 입술을 훔친다. 하지만 다음 순간, 그의 입술에서 새어 나온 이름에 그녀는 입술을 깨문다.

"다연……."

입술을 깨문 채로 설란은 망설임 없이 옷을 벗고 그의 곁에 눕는다.

"내 것으로 만들 겁니다. 꼭 내 것으로."

날이 밝아 온다. 그는 자신의 품에 안겨 있는 설란을 발견하고 벌떡 몸을 일으킨다. 그의 가슴에서 미끄러진 설란은 천천히 눈을 뜨고 당황해하는 그를 바라보며 미소 짓는다.

"기침하셨습니까?"

"……내가 간밤을 예서 보냈는가?"

"네, 예서, 저를 품으시고 달게 주무셨지요."

그의 얼굴에 그늘이 드리워진다.

"자네를……, 내가……."

"기억……나지 않으십니까?"

설란은 슬픈 표정을 지으며 가슴을 가린 채 몸을 일으킨다. 그는 그녀의 몸을 보지 않으려 고개를 돌린다. 그러나 설란은 아랑곳하지 않은 채 그의 넓은 등에 몸을 기댄다.

"기억하지 못하셔도 좋습니다. 제가 기억하니까 되었습니다. 저를 내치시지만 않으시면 됩니다."

그는 답을 하지 못한다.

"곁에 있게만 해 주시어요. 어젯밤의 기억만으로도 충분하니 그저 곁에만 있게 해 주셔요."

"……나는 네게 무엇도 약조하지 못한다."

"약조를 바라는 것이 아닙니다. 곁을 내주시길 바라는 것뿐입니다."

그는 자신의 가슴에 감기는 설란의 손을 조용히 걷어 내며 옷을 바로 입는다.

"찾아 주시지 않으시면 제가 가끔 찾아뵙겠습니다. 그리하여도 타박하지 않으실 것이지요?"

방문을 열고 나가려는 그에게 설란이 묻는다. 그는 대답 없이 방을 나서고, 홀로 남은 설란은 그가 누웠던 자리에 몸을 포개며 미소 짓는다.

가끔 그를 찾겠다던 설란은 자주 그를 찾게 되고, 매일 찾아들어 정의 언어와 미소를 풀어놓는다. 그리고 그 정을 앞세워 화림동에까지 따른다.

그녀는 다만 정인情人을 쫓는 나비다. 그는 정의 향기를 쫓는 나비를 물리치지 못하는 사내다. 나비의 가슴에 상처 주지 못하는, 그러나 자신은 상처 입은 사내. 또 상처 입었으나 상처 입음을 인정하려 들지 않는 다연이 있다.

설란은 다연을 대신하여 기어코 한양까지 그를 따른다. 그날이구나. 몸종을 앞세워 장에 갔던 설란이 골목 어귀에서 발견한 목이를 보고 알 수 있다. 그의 손에 반드시 전해야 할 서찰이 들려져 있다. 설란은 몸종의 재촉에도 불구하고 가만히 목이를 응시하고 있다. 그녀의 눈동자는 그의 눈빛 하나, 손짓 하나를 놓치지 않는다. 멀리서 다연의 오라버니를 태운 가마가 눈에 들어온다. 그러자 목이는 재빨리 서찰을 품에 넣고 몸을 감춘다. 그가 사라지고 나서야 설란은 집으로 들어간다. 어째서지? 왜 전하지 않는 거야? 충분히 전할 시간이 있었으면서……, 다연에게 거짓말을 한 거야?

"언감생심 넘보지 못할 자릴 내어 주었더니! 자네가 감히 내 누이를 욕보이다니!"

사랑채를 쩌렁 울리는 목소리에 그녀는 술상을 보아 가려는 몸종을 막는다. 그리고 귀를 기울인다.

"한미한 가문의 제가 귀하신 누이동생과 혼인한 것도 황감한 일이온데, 지금의 벼슬자리는 과분합니다."

"그래서 부러 그리했다, 그리 말하고 있는 것인가?"

"……양반가의 사내가 꽃계집[16] 하나 두는 것이 이리 큰 흠이 될 줄은 몰랐습니다. 부인께서도 함구하신 일에 부마께서 이리 역정을 내시는 연유를 알 수가 없군요."

"자네가 감히! 그래, 무과 하나 급제하지 못하는 자를 요직에 앉혀 주었더니 오만방자함을 볼 수가 없을 지경이구나! 손아랫사람의 허물은 나의 것이기도 한 법. 그 오만함을 꺾어 둬야겠군. 기다리시게나."

"기다리지요. 부마께서 주시는 가르침이라면 달게 받겠습니다."

불과 얼음의 언어가 사랑채를 달구었다 얼렸다를 반복하다 마침내 폭발하듯이 다연의 오라버니가 문을 박차고 나왔다.

설란은 부엌에 숨어 그가 물러나기를 기다리다가 직접 술상을 들고 사랑방으로 들어갔다. 차갑고 고요한 분노가 그의 눈동자에 서려 있다. 따라 주는 술을 급히 비우는 그를 살피던

---

16. 꽃계집 첩

설란이 조심스럽게 입을 연다. 무심한 말투지만 의도는 무심하지 않다.

"선녀 같은 부인께서 오라버니를 보내 나리를 혼내시는군요."

"……그녀에 대해 함부로 말하지 마라. 농으로 너의 입에 오르내릴 사람이 아니다."

매서운 그의 말에 그녀의 얼굴이 붉어진다. 그가 모르게 옥가락지를 낀 고운 손이 치맛자락을 움켜쥔다. 그러나 그녀의 목소리는 나긋하기만 하다.

"그저 나리 기분을 풀어 드리고 싶은 마음에……. 용서하시어요."

그는 답을 하지 않고 다만 빈 술잔을 내밀 뿐이다. 설란의 미소가 잔을 채운다.

"나리, 본댁에서 사람을 보내셨습니다."

밖에서 들리는 몸종의 목소리에 그와 설란이 마루로 나선다. 마당엔 목이가 허리를 숙이고 있다.

"무슨 일이냐? 본가에 변고라도 생긴 것이냐?"

"……아닙니다. 그저 나리께서 무탈하신지 안부를 여쭙는 말씀을……."

"어머님께서 보내셨느냐?"

"아씨께서……."

목이의 대답에 그의 얼굴이 흐려진다. 그러나 음성은 단호하다.

"아무 일도, 아무 일도 없다고 전해 드려라."

"네."

그가 돌아서려는데 그의 뒤에서 목이를 살피고 있던 설란이 보드라운 목소리로 묻는다.

"아씨께서는 무탈하시오?"

갑작스런 그녀의 개입에 잠시 멈칫했던 것은 목이만이 아니다. 다연의 남편 역시 방으로 들어가려다 말고 고개를 돌려 마당을 내려다본다.

"네, 무탈하십니다."

목이의 답을 듣자 그는 성큼성큼 방으로 들어갔다. 그러나 설란의 물음은 끝나지 않았다.

"멀리까지 사람을 보내시면서 나리께서 쓰실 물건 하나 보내지 않으셨소?"

"……네."

"이상도 하구려. 혹 나리께 전해 드리라 한 다른 것은 없소?"

"없습니다."

목이는 진실을 말하지 않는다. 이제 알겠다. 연모와 상처가 그에게 거짓을 말하게 했다. 신분이 다른 형제이자 연적인 자를 향한 복수가 거짓으로 나타난 것이다.

"……그렇구려. 먼 길 오느라 곤할 것인데 행랑채로 가 하룻밤 머물다 가시오."

몸종의 안내를 받으며 물러가는 목이를 바라보는 설란의 눈빛이 의뭉스럽다. 그녀의 입술에 눈빛과 같은 미소가 번진 것도 찰나였다. 그녀가 목이에게서 발견한 것이 무엇인지 두렵다. 불안하다.

설란의 눈빛과 미소가 담고 있는 것이 무엇인지 파악하기도 전에 치우는 나를 화림동으로 데려다 놓는다.

한밤중, 안방에서 들리는 다연과 남편의 대화는 아프기만 하다.

"배우고자 하는 사람이 누구요? 언문으로 주해를 써 놓은 것은 배우고자 하는 사람이 한문을 잘 모르는 것인데……. 누구요?"

"대답 올릴 수 없습니다."

"어째서?"

"배우고자 하는 마음 때문에 사람이 상하게 되는 것은 부당한 일이기 때문입니다."

"그리 말씀하시는 걸로 보아 노비이군. 겨우 노비를 돕기 위해 지아비 물음에 답하지 않겠다……. 또한 그 노비는 사내일 것이오. 계집이라면 내가 간섭할 일이 못 되니……. 정을 통하신 것이오?"

"정은 지어미가 통한 것이 아니라 지아비가 통한 것이겠지요."

"지금, 투기를 하시는 것이오?"

"투기를 할 만한 주제가 되지 못하는 저입니다."

"……그대가 아니라 내가 투기할 가치도 없는 사람이겠지."

"……."

"다시는 이런 짓을 하지 마시오. 그때는 그자의 심장을 이렇게 베어 놓을 것이오."

"거짓 약조는 드릴 수 없습니다."

"왜……, 한낱 노비에게도 신의를 지키는 그대가……, 다른 이들에겐 온후한 그대가, 왜……, 내게는 매몰차기 그지없지? 왜……, 왜……."

보지 않아도 느낄 수 있었다. 다연의, 나의 손에 닿는 그의 얼굴을. 그리고 그녀를 품에 안는 그의 팔과 희미하게 느껴지던 설란의 지분 냄새.

안방을 나온 그의 발길은 결국 화림동에 머무는 설란에게로 향한다. 고통을 술로 덜어 내는 그는 그녀에게 해서는 안 될 말을 하고 만다.

"노비에게 글을 가르치는 그 온후한 가슴에, 노비에게 신의를 지키는 그 가슴에……, 나를 품어 주기를 원하는 것이……, 그리도 어려운 일인가……. 내게만 매몰찬 사람……."

그렇게 중얼거리던 그는 술병과 함께 쓰러진다. 쿨렁쿨렁, 술병에서 쏟아진 투명한 술이 설란의 치맛자락을 적신다. 그녀는 미려한 속눈썹에서 눈물방울을 털어 낸다. 그리고 손을 내밀어 엎드린 그의 어깨를 쓸어내린다.

"……정인의 매몰참이 이리 아픈 걸 아시는 분이……, 제게 똑같이 대하셨음을 아십니까? 그 차가운 선녀……, 제가 끌어내려 보렵니다. 아니……, 선녀가 사람의 마음으로 대한 노비가 끌어내릴 것입니다. 저는, 그가 누구인지 알 것 같거든요. 그리하여 나리를 온전히 내 것으로 만들어 보렵니다. 반드시……."

그의 어깨에 볼을 기대는 설란의 눈빛이 결연하다. 굳은 의지에 찬 그녀의 눈동자를 보며 나는 그녀에 대한 두려움을 물리치고 측은함을 들여놓는다. 사람이 사람의 마음을 원하는 간절함이 측은했다.

설란에 대한 동정심은 어느 가을 밤, 태연한 듯 흘리는 그녀의 말로 조각난다.

"아씨께서는 아량이 넓기도 하십니다. 목이처럼 천한 자에게 글을 가르치시고……."

그녀의 말은 자리를 박차고 일어선 그, 다연의 남편에 의해 가로막힌다. 설란, 당신은 몰랐겠지. 그들이 형제임을……. 그래서 그가 그토록 분노했음을. 그리고 목이가 절망했음을. 오직 자신의 연모에 눈이 먼 당신은 몰랐겠지.

여름날 태풍보다 빠르게 화림동을 뛰어 올라가는 그의 뒷모습을 보며 미소 지을 줄 알았던 설란의 입매가 쓰다. 오로지 정인을 차지하겠다는 여인의 집념이 어림해 낸 일이 진실로 밝혀지고, 아직 농월당이 지어지기 전인 그곳에 소란이 일어난다.

다연의 남편과 목이, 둘 이외에는 알 수 없는 이유로 폭행이 가해짐에 노복들은 어찌할 바를 몰라 하며 난폭해진 주인 뒤에서 저들끼리 수군거린다. 그의 주먹은 목이의 살을 찢고 피를 부른다.

"네놈이 감히! 시선도 주지 말라 했건만……, 감히……."

분노한 그의 발길질이 목이의 옆구리를 가격하지만 목이는 비명조차 지르지 않는다. 부인하지도 않는다. 찢겨 부어오른 눈을 들어 본 것은 상전의 손에 들린 서책이다.

목이의 눈동자에 핏물과 눈물이 고여 든다. 그래도 분이 풀리지 않은 다연의 남편은 서책을 들고 다연을 찾다 섭이 어멈의 말을 듣고 언덕으로 내달린다. 그러나 나는 그를 따라갈 수 없다. 상전이 나가자마자 달려 들어온 노복들이 목이를 자리에 눕히고 피를 닦아 주는 것을 지켜본다.

"목이, 무슨 죄를 저질렀나?"

"……."

"나리께서 저리 역정을 내시는 건 처음인데……, 무슨 일이야?"

"……."

웅성거리며 호기심 어린 질문을 퍼부어 대는 이들에게 한마디 답도 하지 않는 목이……. 치우……. 가여움에, 그리움에 그를 떠날 수도 볼 수도 없다.

시간의 흐름은 더디고 비는 문밖에서 시간과 함께 내리고 있다. 찢겨진 몸을 하고서 목이는 언덕으로 향한다. 거기, 다연과 다연의 남편이 서로를 갈망했던 그곳에 목이의 연모가 버려져 있다. 비에 젖은 서책과 땅에 꽂혀진 검. 그는 기다시피 몸을 끌고 가 버려진 연모 앞에 엎드린다. 검을 뽑고 서책을 가슴에 품는다. 진일토록 내린 비를 타고 목이의 울음이 흙을 적셨다. 농월당을 짓는 목수들의 망치질 소리가 다연을 아리게 하였듯이.

설란이 농월당에 찾아들었다. 그녀, 오직 자신만이 그를 갖은 양 허세를 부린다. 그녀는 희망을 버리지 않은 것이다. 연약한 그 희망을 그는 무참히 짓밟는다.

"설란이, 너를 첩으로 삼는 일은 없을 것이다! 가거라! 한 번 더 이런 짓을 저지르면 내 직접 널 베어 버릴 것이야."

그의 손에 끌려 나가는 설란의 아름다운 얼굴이 눈물에 젖는다. 그녀를 대문 밖으로 밀쳐 내는 그의 손길은 잔인하기까지 하다. 그의 말은 손길보다 더욱 모질다.

"내 너를 벗으로 여겼을 뿐이건만……. 하룻밤 실수를 연정이라 착각하지 마라."

돌아서는 그는 끝내 설란을 돌아보지 않는다. 붉은 입술을 깨물고 두 손을 부들부들 떨고 있는 그녀의 눈에 흐르는 것이 눈물인지 불꽃인지 구분할 수 없다. 그런 설란의 뒤에 소리도 없이 목이가 와 서 있다. 그러나 울분에 찬 그녀는 놀라지 않는다.

"왜? 내게 할 말이 있소? 해 보시오. 더 이상 치욕스러울 일도 없을 것 같으니, 노비에게 한 소리 더 듣는다고 달라질 게 뭐 있을까……."

"……다시는 아씨를 흔들려 하지 마시오."

목이의 말에 설란의 눈동자가 번쩍 빛난다.

"내가 아씨를 흔들든 부수든 한낱 노비인 그대가 무슨 상관이오?"

"상관할 바 없는 이는 그대요. 나는 경고했소. 그대 말대로 천한 노비인 내가 사람 하나 없앤다고 더욱 천해질 것도 없으니……."

"우습군, 우스워. 위협에 떨 설란이었다면 예까지 힘들게 걸음 하지도 않았을 거야. 다시 묻노니, 내게 그런 위협을 하는 연유가 무엇이오?"

목이는 대답하지 않고 대문 안으로 사라진다.

화림동으로 걸음을 옮기는 설란의 등 뒤로 차가운 북풍이 몰아친다. 그러나 그녀의 표정은 북풍조차 얼릴 기세다. 아니다, 북풍을 불길로 바꿔 농월당을 집어삼키게 만들 증오의 표정이다.

"나를, 이 설란을 이리도 무참하게 만들 수가 있습니까? 누구에게도 바친 적이 없는 이 마음을 드렸건만……."

혼잣말을 중얼거리는 설란에게 나의 동정심 따위는 필요치 않다. 그래, 그녀를 애처로워하는 나를 보았다면 그녀는 매섭게 내 뺨을 갈겼을 것이다. 어느덧 진눈깨비가 흩날리고 독나비 한 마리 화림동에 내려앉는다.

밤이다. 진눈깨비가 그치지 않은 화림동을 다연의 남편이 성큼성큼 걸어 들어간다. 그는 곧 설란과 마주한다. 그녀는 능숙하게 증오를 감추고 있다. 술잔에 술을 따르는 그녀의 손길도 다정을 가장하고 있다. 그러나 그는 표정을 감추지 않는다. 문밖에 내리는 진눈깨비보다 차가운 검의 날과 같은 눈빛이다.

"내가 잘못 생각했다."

그의 말에 짧은 순간 설란의 눈에 희망의 빛이 어린다. 그러나 이어지는 그의 말은 그녀의 희망을 산산이 짓밟는다.

“하룻밤 실수로 너를 동정하는 것이 아니었는데, 그렇게 동정하여 너를 내 곁에 두는 것이 아니었는데 내 생각이 짧았다.”

화르륵, 다시 설란의 눈에 불이 붙는다. 이제 그녀도 표정을 감추지 않는다.

“동정이라 하셨습니까? 동정이라고요? 단지 저를 동정하여 곁에 두셨다고요? 사내가, 여인을 단지 동정하여 곁에 두었다고요? 언젠가 품겠다는 마음 없이 단순히 동정하여?”

비꼼과 분노가 뒤섞인 그녀의 물음에도 그는 흔들리지 않는다.

“그래, 절대 품지 않을 것이다. 그날도 술기운이 아니었다면 내, 마음을 주지 않는 너를 품었을 리가 없다.”

그의 말 한마디 한마디가 설란의 가슴에 내는 상처가 눈에 보이는 듯하다. 그러나 그녀는 상처를 분노로 감싸고 자신을 일으킨다.

“정말로 제게, 단 한 조각의 마음도 주지 않으셨는지요?”

“내 심중의 모래알 하나만큼도 남김없이 모두 다연에게 주었으니 네게 줄 마음이 남아 있을 리가 있겠느냐.”

설란, 입술을 깨문다.

“그분의 가문이 그리……, 그리되었는데도 변치 않으십니까?”

“애초에 그녀의 가문과 나의 마음은 한 올의 연관도 없었다. 그녀의 가문, 그녀의 얼굴, 어느 것도 마음과는 상관이 없는 것이었다. 앞으로도 마찬가지일 것이고.”

“정말 대단하신 연모로군요.”

그렇게 말하는 그녀의 입술에 비웃음이 감돈다. 누구를 비웃는 것일까? 그? 아니면 그럼에도 불구하고 그를 연모했던 자신? 하지만 그는 말의 공격을 멈추지 않는다.

"다시 한 번 더 네가 다연을 욕보인다면 내, 너를 다시는 보지 않을 것이다. 다시는!"

"제가……, 아씨를 욕보였다고요? 제가?"

설란의 눈에서 생기가 빠져나간다. 그녀는 살아 있지 않은 인형과 같다. 아름답고 창백한 인형이 오도카니 앉아 있다.

그는 자신만을 향해 마음을 열었던 인형을 내버려두고 농월당으로 돌아간다. 그리고 며칠 뒤 상처 입은 인형에게 다연이 찾아왔다.

설란과 다연이 마주한 방 안에 다과상을 놓고 나오는 몸종의 얼굴은 불안하기만 하다. 방 안에서 새어 나오는 말소리는 그녀의 불안을 얼굴에서 온몸으로 퍼지게 하여 발을 동동 구르게 한다.

"밤중에 갑자기 찾아와 미안하오."

"제가 아씨께 저지른 무례에 비하겠습니까."

"……그대의 말을 계속 생각해 봤소. 나는 그대 말에서 틀림을 찾을 수 없었소."

"그 말씀은……, 저를 나리의 첩으로 삼으시겠다는 뜻입니까?"

"그 전에……, 그대는 서방님의 첩이 되고 싶은 연유가 무엇이오?"

"연모하니까요. 또 연모의 마음을 받고 있으니까요. 당연한 이치가 아니겠습니까."

"아니, 그것은 거짓이오. 그대가 서방님을 연모하는 마음은 진실일 수 있으나 서방님은 그대를 연모하지 않소. 그대 말에 틀림은 없으나 또한 모든 말이 틀렸기에 그대를 서방님의 첩으로 들일 수 없소."

"그게 무슨 말씀입니까? 그건 아씨의 바람이겠지요. 제게 마음도 주지 않으셨는데 왜 매일 저를 찾으실까요. 그럴 연유가 없지 않습니까?"

"……사내의 마음은 내 짐작하기 어렵지만 서방님의 마음은 확실하오. 그분께선 내게 마음을 주셨소. 그것이 거짓이 아님을 나는 아오. 만일 그대가 기어이 첩이 되겠다 하여 집안에 들어온들 그분의 마음은 절대 갖지 못할 것이오. 그분의 껍데기만을 끌어안고 사실 작정이오?"

"참으로 내외간에 대단들 하시군요. 참 대단하신 연모를 하고 계십니다."

"그대에게 이런 말을 하게 될 줄은 몰랐지만……, 거짓을 말하지 않고 진실을 말하는 것이 같은 여인에 대한 예의라고 생각했소. 그러니……, 떠나 주시오. 서방님의 곁에 머물러 마음을 능욕당하지 마시오."

"능욕이라……. 매일 당하고 있는 것이지요. 매일매일……. 처음부터 그것을 알면서도 마음 한 조각 얻어 보려 참고 견뎌냈건만……. 네, 떠나 드리지요. 떠나 드리겠습니다. 설란을 능욕하신 두 분의 대단하신 연모를 위해서 떠나 드리겠습니다!"

"고맙소. 연모의 마음으로 편협하게 투기하고, 끝내 밀어내는 나를 용서하시오."

"용서는 누가 하게 될지 세월이 흐른 후에 논해야겠지요."

분노한 설란을 두고서 다연은 언덕을 오른다. 그녀를 따르는 그림자가 멀리 보인다. 그러나 나는 설운 울음을 토해 내는 설란의 곁에 머문다.

새벽까지 이어진 그녀의 울음소리는 더 이상 그녀를 찾지 않는 그의 그림자를 좇지 않았다. 다만 적요하게 설움과 분노를 가라앉히고 생각을 가라앉혔다. 그리고 마침내 자기 안에서 모든 감정과 생각을 응축시킨 듯 결심을 내뱉는다.

"그대가 내 것이 될 수 없다면 그대 역시 그녀를 가질 수 없을 것이야."

그녀가 벌일 일들이 두렵다.

나와 달리 두려움 없는 설란은 몸종을 통해 목이를 불러냈다.

"무슨 일이오? 그대가 나를 보자 할 연유가 없는 것으로 알고 있소만."

밤을 틈타 설란의 거처를 찾은 목이의 낯이 어스레하다.

"연유는 충분하오. 아씨에 대한 그대의 연모의 정과 나리에 대한 나의 연모의 정이 모자람 없는 연유의 전부요."

미소를 띠고 여유롭게 말하는 설란의 말에 목이는 사색이 된다.

"역시……, 사내 심중은 뻔하지……."

"……그래서 어쩌자는 것이오?"

따져 묻는 그에게 설란은 한쪽 무릎을 세우며 은근한 말투로 답한다.

"무엇을 어쩌자는 것은 아니오. 내 원체 연모라는 것에 약한 터라 혼자 애만 태울 그대가 안쓰러워 그러한 것뿐이지."

"실없는 소리 하려거든 내 이만 가 보겠소."

"아씨 마음이 향하는 곳을 가르쳐 주려 하는데 그것이 실없는 소리요?"

그녀의 물음에 일어서려 했던 목이가 주저앉는다. 설란은 다시 생긋 웃는다.

"지난밤 아씨께서 황송하게도 나를 찾아오셨더이다. 오셔서 무슨 말씀을 하셨는지 아시오? 날더러 나리의 첩이 되라고, 첩이 되어 나리의 곁에 있으라 하셨소."

"……마음이 넓으신 아씨라면 그러실 수도 있소."

"하! 어느 여인이 연모하는 임을 자진해서 나누자 합니까? 기생이 되기 전에도 후에도 그런 여인은 단 한 명도 본 일이 없소."

"그럼 왜 그런 말씀을 하셨단 말이오?"

"……답은 그대에게 있지 않소?"

"무슨 말이오?"

"사내들은 어찌 저리 마음의 일에 아둔할까……. 발끈할 것 없소. 나리가 아니라면, 나를 첩으로 들이겠다는 결심이 어려운 것도 아니지 않겠소? 아씨의 연모가 다른 곳에 있다면 말이오."

목이는 대답이 없다. 그는 이미 설란의 덫에 뛰어들었구나.

"……양반가의 아낙네가 구설수에 오를 위험을 무릅쓰고 노비 따위에게 글을 가르칠 연유가 무엇이라 여기시오? 게다가 지아비의 반대에도 불구하고, 내침당할 각오까지 하고 말이오. 그래도 모르겠소?"

그의 얼굴이 서서히 달아오르고 있다. 그것은 희망과 동시에 절망이다.

"……며칠 후에 나는 화림동을 떠날 것이오. 놀랄 것 없소. 아주 떠나는 것이 아니니까. 화림동 근처 고을에 머물 것이오. 나리께서 명하신 바대로 말이오."

"무슨……, 말씀이오?"

"나리께서는 후사가 필요하시지 않겠소. 한스럽게도 이 몸은 천한 신분이라 대를 이을 후사를 낳을 수 없으니 귀하신 부인께서 낳아 주셔야지요. 한데 내가 이곳에 있으면 그 일이 성사되겠소?"

설란의 입에서 시작된 불길은 목이의 어깨를 타고 올라가 그를 불태운다.

"그래서 부러 떠나 있으라, 그런 명을 하셨단 말씀이오? 그걸 나더러 믿으라는 것이오?"

"믿지 않아도 내 손해 볼 일이 없건만 거짓을 말해 무엇하겠소? 두고 보면 알 것이오. 내 떠나고 난 뒤 아씨를 대하는 나리의 태도가 어찌 바뀌는지 보면 알 테요. 뭐……, 후사를 낳은 후엔 나를 다시 불러들이시고 아예 소실로 앉혀 주겠다고 약조까지 하셨으니 나야 나리께서 시키시는 대로만 하면 될 터."

지분거리는 그녀의 말을 듣고만 있던 목이는 한참 만에 다시 입을 연다.

"……그럼 그대 말대로 나리께서 시키신 대로만 하면 될 일을 왜 내게 전말을 말해 주는 것이오?"

"글쎄……, 아까 말했듯이 내가 연모에 약한 사람이오. 내 나리를 연모하여 본의 아니게 아씨와 연적이 되었지만, 아씨의 마음이 나리께 있지 않음을 안 이상 그분께 해되는 일은 하고 싶지 않고……. 그대의 연모도 가엾고……. 만에 하나 아씨께서 후사를 낳으신 후 찬밥 신세 되시는 것도 가여우시고……."

설란은 언어로 된 덫을 점점 조이고 있다.

"그래서 무엇을, 어찌하란 거요?"

"어찌하고 하지 않고는 목이 그대의 선택 아니오? 나는 그저 그대가 보지 못한 마음들을 말로 전한 것뿐이오. 그 후의 일은 그대 몫이지."

그녀는 새치름하게 고개를 돌리고 곁눈질로 목이를 살핀다. 그를 태우는 불은 분노라는 이름을 버리고 정념情念의 이름을 취했다. 설란의 승리구나. 눈을 질끈 감았다.

눈을 뜨니 치우가 나를 보고 있다. 너는 그렇게 착각했던 거니? 다연이 너를 사랑한 것으로?

"이래서 설란이 가엾지 않다고 한 거야?"

"그대가 본 것은 그녀가 저지른 일들의 일부일 뿐이다. 전부는……, 훗날 그대가 그대임을 완전히 깨닫고 난 후에 보여 줄 수 있다. 그때도 지금처럼 설란을 동정할 수 있을까?"

"마음이란 뭘까……. 그게 뭐기에 그걸 얻으려고 죽을힘을 다해 발버둥 치고, 그게 뭐기에 그걸 받지 못하면 죽는 것보다 아프고……, 그런 걸까?"

그게 뭐기에 네가 이렇게 나를 기다리고 또 기다렸던 것일까? 너를 보아 주지 않았던 나인데……. 치우는 무언의 질문을 하는 나를 안는다. 그리고 답한다.

"우리가 광대하고 끝없는 우주에 존재하는 이유다. 우리가 무無가 아님을 증명하는 단 하나의 증거다. 그래서 그렇게 처절한 것이다."

그가 옳다. 옳다는 것을 절감한다. 하지만 그것이 사실이라면……, 자신의 존재의 이유를, 자신의 존재가 무가 아님을 증명하는 마음을 잃은 기하 오빠는 어찌하지? 그러나 서로가 존재의 증명이 되어 주는 치우의 품에서 나는 기하 오빠를 위해 아무것도 할 수 없었다. 나는 그에게 아무런 의미가 없는 존재가 되었음을 스스로 선택했으니까.

30
슬픈 행복

며칠 만에 처음으로 아무 일도 하지 않을 수 있어서 그저 따뜻한 방바닥에서 뒹굴거리던 어느 날, 이오가 문득 생각났다는 듯 엎드린 채로 말했다.

"아, 참! 명아 유학 간다더라."

"유학? 어디로?"

놀라서 물은 건 나다. 그래서 기하 오빠를 버린 거야? 행복을 이 땅이 아닌 다른 땅에서 찾으려고? 그녀는 그제야 일어나 앉으며 목운동을 한다.

"영국. 지금 사귀는 애인이 영국 문학에 목숨 걸었다나 봐. 지금 어학원 다니면서 영어 배운다고 난리야."

오른쪽, 왼쪽 원을 그리는 그녀의 목은 가늘고 아름답다. 백조의 목처럼 아름다운 그 목을 부러뜨리고 싶은 충동을 참은 것은 순전히 기하 오빠 때문이었다.

언덕 위에서 절규하던 그의 목소리가 머릿속에 울렸다. 하지만 그는 표정이 굳어 버린 것처럼 슬픔을 감추었다. 알고 있었을까? 명아 언니의 속삭임이 이것이었나? 이오는 어떻게 그리 태연할 수 있지?

"얼마나 있을 거래?"

"글쎄……, 최소한 4~5년은 있어야 될 거야. 어차피 결혼식 올리고 가는 거니까 오래 있어도 상관없지, 뭐."

이오는 우아한 팔을 머리 위로 한껏 뻗쳐 스트레칭을 했다. 나는 기하 오빠에게 계속 책을 읽어 줘야 할지 말아야 할지 판단이 서지 않았다.

"그렇구나. 잘됐네, 명아는 분명히 잘살 거야. 씩씩하게."

뭐가 잘된 거야, 왜 잘살 거라는 거야! 아무렇지 않은 척하지 마! 책을 거칠게 덮으려는데, 이오의 예쁜 손이 책장 사이로 스윽 들어왔다.

그녀는 투명하고 맑은 두 눈으로 나를 빤히 쳐다보며 기하 오빠에게 말했다.

"그래, 명아는 그럴 거야. 씩씩하고 행복하게 살 거야. 하지만 우리도 그럴 거야."

그녀는 나보다 더 분노했고 더 슬픈 것이다. 그녀는 기하 오빠의 사랑을 막을 수도, 성취시킬 수도, 그렇다고 친구의 선택을 비난할 수도 없었을 테니까.

"계속 읽어 줘. 한창 재밌어지고 있었잖아."

그녀는 책장 사이로 넣었던 손을 거두며 말했다. 그러고는 또 방바닥에 넙죽 엎드렸다.

나는 문득 명아 언니가 히스꽃 만발한 요크셔의 황야를 거닐 수 있게 되었다는 것이 떠올랐다. 그리고 내가 그를 사랑하는 것과는 별개로 그 황야, 명아 언니의 곁에 기하 오빠가 함께할 수 없다는 사실이 진심으로 슬퍼졌다. 사랑채를 울리는 내 목소리가 그날처럼 공허하게 들린 날이 없었다.

다연의 행복 앞에서 목이……, 치우 역시 기하 오빠와 같이 절망했을까? 막을 수 없는 다연에 대한 환상 앞에서 나는 생각했다.

다연은 깔깔해 보이는 모시를 들고 바느질을 하고 있다. 그녀의 이마와 목덜미에 땀방울이 맺히는 것을 그가 자신의 소매로 훔쳐 준다. 눈이 마주치자 다정한 미소가 두 사람의 얼굴에 번진다. 미소보다 따스한 음성으로 그가 말한다.

"날도 더워지는데, 침모針母에게 맡기시라니까 기어이 손수 지으시오?"

"지아비가 입으실 옷을 내 몸 편하자고 그리할 수는 없지요. 그리고 늘 해 오던 일이라 힘들 것도 없습니다."

그녀의 화답에 그는 서안에 펼쳐 놓은 서책을 읽어 준다.

"난간에 기대 연꽃 바라보는데, 어디선가 연인들 속삭이는 소리 들리네. 안개 자욱하고 봄빛 깊은 날 우리 입 맞춰 부르는 사랑의 노래, 달빛 그윽한 꽃그늘에 앉아 나뭇가지 툭 치니

꽃비 내리네. 때마침 바람 불어 향기 옷깃에 스미고 내 마음도 봄처럼 홍겹게 춤을 추네.[17] 옛 문인 역시 깊은 연모를 했나 보오. 아니면 그대와 나를 훔쳐보고 돌아가 쓴 것인지도…….”

살짝 고개를 기울여 시를 담던 다연은 그의 말에 활짝 미소를 지어 보인다.

“그리 귀한 서책을 어찌 구하신 것인지 여쭙고 싶었습니다.”

“내 현감으로 부임했던 고을에 쇠락한 사찰이 있었는데, 그 궁핍함이 마음에 걸려 계속 시주를 했더니 주지스님이 주더이다. 처음에는 부인 말씀대로 너무 귀한 서책이라 받을 수 없다 고사했소. 한데 스님께서 천년을 함께할 인연보다 귀한 것은 없으며 그 인연이 천 리 밖에서 나를 기다리니 기쁜 마음으로 보내드리라 하셨기에 받아 부인께 보내드린 것이오.”

잠시 바느질을 멈추었던 그녀는 고개를 끄덕이며 다시 부지런히 손을 움직인다. 그도 웃음을 잃지 않은 채 읽기를 계속한다.

멀리서 뻐꾸기 울음소리가 들린다. 구슬픈 울음소리를 좇아가던 나는 다연은 보지 못한 광경을 보게 된다. 농월당의 담 뒤에서 그들을 바라보다가 돌아서는 쓸쓸한 어깨를……. 가슴이 저밀 정도로 외로운 어깨를 가진 사내가 제 방으로 들어가 펼친 서책은 빗물로 얼룩져 글씨를 알아보기 힘들다. 그리고 장롱 깊숙이 숨겨 놓은, 군데군데 녹이 슨 검을 꺼내는 손은 흉터

---

17. 『금오신화』 「이생규장전」, 김시습

로 가득하다. 검과 서책을 내려놓고 고개를 숙인 사내는 이내 방 안까지 침범한 뻐꾸기 울음소리에 제 울음소리를 보탠다. 목이의 울음소리는 낮고 서럽다.

미안해. 미안해. 미안해.

여름이 지나가고 화림동에 가을빛이 내려앉는다. 마당에 점점이 흩어진 붉은 단풍잎은 가을의 발자국이다.

열린 창으로 세필細筆을 든 다연이 보인다. 서안 위의 단풍잎 하나와 하얀 종이 하나. 가는 손목의 움직임에 가을이 묵향으로 번진다.

"설마 연서戀書는 아니겠지요? 뉘에게 보내는 서찰이기에 그리 얼굴이 어두우십니까?"

장난스런 목소리에 그녀의 얼굴에 미소가 일어난다. 그녀의 남편도 미소 짓는다. 그러나 다연은 이내 얼굴빛을 흐린다.

"유배지에 계시는 오라버니께 올리는 글을 적고 있었습니다."

그의 얼굴도 흐려진다.

"너무 근심하지 마시오. 임금께서 지극히 귀애하시는 공주의 낭군을 그리 내버려두겠습니까? 곧 돌아오실 수 있을 겁니다."

그는 서안 위 다연의 손을 살포시 잡는다. 그리고 그녀의 손등에 입을 맞춘다.

"부인께서 한 번의 근심을 하시면 저는 백 번의 근심을 하고, 부인께서 한 번의 한숨을 쉬시면 저는 백 번의 한숨을 쉴 수밖에 없습니다. 하니 이 못난 지아비를 위해 웃어 주시구려."

"이리……, 행복하여도 되는지……. 저만 이리 행복하여도 되는지 모르겠습니다."

눈물을 글썽이는 다연의 곁으로 그는 자리를 옮긴다. 그리고 그녀를 품에 안아 준다.

"되고말고요. 마땅히 행복하셔야 합니다. 부마께서도 누이의 행복을 바라실 겁니다. 아니, 우리 이제 누구도 개의치 말고 마땅히 행복합시다. 행복합시다."

서로에게 기대 서로를 안고 있는 그들이 시리다. 그토록 아팠고, 사랑했던 우리는 저토록 행복했구나. 그들의 지극한 행복에 도리어 슬프다. 우리는 이제…….

다연이 임신을 했다. 어느 겨울밤, 그에게 사실을 알리는 그녀의 목소리가 심하게 떨렸다. 만분지일이라도 그가 기뻐하지 않을 수도 있다는 두려움이 그녀를 떨게 만들었다. 혼이 나간 표정의 그는 곧 무릎을 꿇고 그녀의 허리를 끌어안았다. 그리고 아직은 부른 태가 전혀 없는 그녀의 배에 얼굴을 묻었다. 그의 어깨가 조금씩 떨리고 있었다.

"고맙소. 못난 지아비에게 이리도 귀한 선물을 주어 고맙고 또 고맙소."

두려움을 떨쳐 낸 다연은 태어나 가장 행복한 심정으로 허리를 굽혀 그를 안았다. 그는 나의 것이다. 나의 것이다.

그녀의 것이 되지 못한 목이의 그림자가 저기 있다.

그의 눈동자엔 슬픔을 넘어선 분노가 서려 있다. 어째서?

다연도, 나도 알지 못했던 분노가 목이의 혼을 잠식하고 있음이 분명하다. 그러나 현재를 사는 나는 까닭을 물을 수 없다. 무기력하게 그가 분노를 삼키며 돌아서는 것을 지켜볼 수밖에 없다. 미안해. 그때 너의 사랑을 밀어낼 수밖에 없어서. 미안해……, 치우야.

어째서일까, 의문이 풀리지 않았다. 나는 어째서 기하 오빠가 아닌 치우의 목소리에 다시 태어났지? 다연의 모든 사랑은 그녀의 남편에게 향했는데 어째서?

꿈속의 다연은, 나는 두 번 다시 오지 않을 것 같은 행복에 황홀했다. 그것은 환상에서 벗어날 때 박탈감을 느낄 정도로 지극한 것이었다. 그런데 나는 어째서 너를 위해 태어난 것이지? 기하 오빠가 아닌. 매일 묻고 싶었지만 매일 물음을 삼켰다. 충분히 그가 안쓰러웠으니까. 다연이 행복감에 젖어 있을 때 치우는 어느 자리에서 홀로 그 마음을 지켜 내었을지……, 충분히 아팠으니까.

"기하 오빠가 걱정이 돼. 부탁할게. 오빠를……, 지켜 줘."

서울로 가기 전 나는 치우에게 부탁했다. 그에게 그런 부탁을 하는 것이 염치없고 잔인한 짓이란 걸 알면서도 부탁할 수밖에 없을 정도로 기하 오빠의 마음은 망가져 있었다. 더 이상 내가 보듬어 줄 수 없는 깊은 상처. 그것은 내 눈에만 보이는 치명적인 균열이었다.

일상은 전과 다름없이 흘러갔으나 그의 일상은 존재하지 않았다. 더 이상 책들은 그에게 유혹의 손길을 뻗치지 않았고, 그도 책들의 세계에 무심했다. 아니, 기하 오빠는 책들의 세계에서 추방당한 것이다. 현실의 세계를 간절히 원했으나 무참히 거절당한 그는 과거의 연인에게 버림받듯이 책들에게 버림받았다. 슬픈 것은, 자신은 그것을 인식조차 할 수 없을 정도로 절망했다는 사실이다.

기하 오빠를 붙잡을 수 있는 것은 아무것도 남지 않았다는 걸 나는 알고 있었다. 나는 그를 잡아 줄 수 없다.

"그대는 언젠가 후회할지도 모른다. 내게 이런 부탁을 한 것을."

"아니야, 너는 날 후회하게 만들지 않을 거야. 난 널 믿어."

"……그대는 아직도 믿음을 잃지 않았나? 그대는……, 정말 어리석구나."

그렇게 말하면서도 내 어깨를 안아 주는 치우의 관대함은 무한해 보였다.

"그러나 기하 때문에 세상을 포기하지 마라. 그대에겐 그곳에서의 삶이 필요하다. 내가 주지 못하는 삶……."

"네가 없는 삶, 이제는……, 무슨 의미인지 모르겠어."

"그리 말하지 마라. 나는 농월당에 있는 것이 아니다. 나는 여기, 있는 것이다."

치우는 그렇게 말하며 자신의 손바닥으로 내 심장 위를 덮었다.

"그러니 그대는 나와 함께 가는 것이다."

알았어야 했다. 누구에게나 한계라는 것이 있다는 것을. 나와 이오를 도시로 보내며 애써 자신의 한계를 감추려 환하게 웃는 기하 오빠처럼 치우도 마찬가지였다는 걸 알았어야 했다. 하지만 나는 어리석었다. 어리석은 사람이고, 여자이고, 연인이었다.

버스 시간이 가까워져서 서둘러야 했는데 좀처럼 기하 오빠의 손을 놓을 수 없었다. 이오는 벌써 저만치 서서 가방을 앞뒤로 흔들며 나를 기다렸다. 그러나 나는 기하 오빠의 마른 그 손을 놓기 싫어서 늑장을 부리고 있었다.

"이제 가 봐야지. 차 놓치겠다."

그는 내게 잡히지 않은 다른 손으로 내 머리를 쓰다듬어 주었다.

불현듯 그를 처음 보았던 날이 기억났다. 그가 내 이름을 처음으로 불러 주었던 날. 그날부터 그를 사랑하게 되었다는 걸 비로소 기억해 냈다. 현재의 내가 치우를 선택했음에도 여전히 기하 오빠는 내게 소중한 사람이다. 현재의 나를 정교은으로서 살게 해 준 사람이니까.

"교은아, 이오가 기다리잖아."

내가 그를 사랑하게 된 날과 다름없이 내 이름을 불러 주며 머리에서 어깨로 천천히 손을 옮기는 기하 오빠는 이미 실체가 없는 사람 같았다. 실체가 없이 빛으로만 이루어진 그의 손을 놓으며 나는 또박또박 말했다.

"오빠도 여기서 기다려. 나는 반드시 다시 돌아올 거야. 약속해. 오빠도 약속해 줘. 여기서 기다리겠다고."

"……그래, 약속할게. 이 농월당이 존재하는 한 여기서 기다릴게. 너를, 우리 교은이를 기다릴게. 약속……."

그는 말을 잇지 못했다. 보이지 않는 눈동자에 자신의 슬픔을 내비치지 않으려 눈을 꼭 감는 그의 모습 때문에 모든 것을 포기하고 싶어졌다. 그러나 기하 오빠의 등 뒤, 멀리서 우리를 바라보고 있는 치우를 발견하고 이를 악물었다.

"우리 약속한 거야. 갈게, 안녕."

그러고는 이오에게 뛰어가 그녀의 따뜻한 손을 잡았다. 손을 흔드는 기하 오빠를 뒤로하고 화림동의 담 아래를 뛰며 우리는 잡은 손을 절대 놓지 않았다. 그를 남겨 두고 삶을 향해 달릴 수밖에 없는 서로의 죄책감을 그렇게 위로했다.

31
용서받지 못할

도시에서 열아홉, 정교은의 일상은 단순했다. 정교은의 일상만 그러했을까? 대한민국에 살고, 열아홉 살이고, 입시를 준비하고 있다면 백에 아흔아홉은 같은 일상을 살아갔을 것이다.

짧은 수면 시간과 나머지는 모두 학습 시간. 그때의 나에게 그런 단순했던, 집중력 요하는 일상의 반복은 차라리 축복이었다. 그런 하루하루가 아니었다면 매시간 치우에게 달려가지 않기 위해 죽을힘을 다해야 했을 테니까. 괜찮아. 치우는 나와 함께 있다. 내 심장과 함께. 그러면서 내 심장 고동에서 치우의 목소리를 들으려 애썼다. 괜찮다, 괜찮다. 모두 괜찮다.

열아홉 살 이전의 나는 그다지 학습적인 인간이 못 되었던 탓에 부족한 과목은 기초부터 다시 공부해야 했고 그 외의 모든 유희를 포기했다. 음악을 듣는 것도, 독서를 하는 것도, 일요일의 늦잠도 모두 포기했다. 그리고 매일 피곤의 극점에서 잠자리에 쓰러지면 꿈도 없는 깊은 잠을 잤다.

봄이 분분히 흩어지고, 여름이 불살라지고, 가을이 서리에 물러나는 것도 알지 못했다. 그 모든 시간을 치우가 함께했다. 치우는 내 가슴 안에서 나를 안심시켰다. 괜찮다, 괜찮다……. 실은 나를 안심시킨 것은 나 자신이었을 것이다. 괜찮다. 여기 있어도, 치우의 곁이 아니라도, 기하 오빠를 혼자 두어도 괜찮을 거야. 사람의 마음이란 그리도 연약하고 이기적이다.

토요일 오후, 유명 입시 학원 영어 단과반은 만원이었다. 나는 긴 종례 시간 때문에 헐레벌떡 뛰어 수업 바로 직전 하나 남은 빈자리에 앉을 수 있었다. 뛰어왔던 터라 더워진 내가 목도리를 벗어 무릎 위에 올려놓는데 대각선으로 앞자리에 앉은 여학생이 흠칫 놀라는 것을 느꼈다. 왜지? 의아했지만 바로 강사가 들어오는 바람에 서둘러 책을 펼쳐야 했던 나는 수업이 진행되는 내내 그녀를 잊어버리고 있었다.

잠시 후 찾아온 10분간의 쉬는 시간. 그 여학생이 서둘러 가방을 챙겨 나가 버릴 때 그녀의 눈빛을 보고서야 그녀를 기억해 내었다. 그녀의 눈빛에서 발견한 단어, '공포'.

그녀는 내가 칼을 들이댔었던, 바로 그 부반장 아이였다. 짧은 단발머리며 신경질적인 눈빛이며 달라진 것이 별로 없음에도 나는 왜 그녀를 알아보지 못했을까? 그녀가 날 단번에 알아보았으니 나 역시 변한 것이 없는 것인데 어째서? 그리고 깨달았다. 내가 떨쳐 냈다는 것을. 나는 그 사건을 떨쳐 내었다. 그래서 깨끗이 잊어버린 것이다. 그런데 그녀는, 혹은 그녀들은 떨쳐 내지 못한 것이리라. 통쾌하지 않았다. 조금은 안쓰럽기까지 했다. 현재의 행위들이 자신의 인생에 어떤 모습으로 따라다닐지 결코 알 수 없는 인간의 어리석음이 안쓰러웠다.

평소보다 우울하게 학원을 나서는데 명아 언니를 보았다. 빨간 더플코트를 입고 긴 생머리를 하고 있었다. 그녀의 팔은 건장한 남자의 팔에 끼워져 있었다. 검은색 잠바를 입은 남자는 빛나는 보석을 바라보듯이 명아 언니를 보며 웃고 있었다. 건강한 웃음이었다. 그 웃음을 보고 나는 속으로 중얼거렸다. 기하 오빠, 안 되겠어. 오빠가 졌어. 저렇게 웃을 수 있는 사람을 우리 같은 사람은 이길 수 없어.

몇 초도 안 되는 시간 동안 나를 스치고 지나가는 명아 언니를 보면서 진심으로 바랐다. 자신의 굳은 결심대로 꼭 행복하기를, 그녀는 나를 보고 달아나 버린 부반장처럼 되지 않기를, 언젠가 이국의 땅에서 돌아와서도 당당하게 우리 앞에 설 수 있기를 바랐다. 나쁜 년, 꼭 그렇게 돼라!

그렇게 중얼거리며 거리의 사람들 사이에 섞여 걷기 시작했다. 눈이 내렸다. 무엇으로도 깨질 것 같지 않던 사람들의 무표정에서 작은 환희를 발견할 수 있었다. 도시의 거리 위로, 사람들의 어깨 위로 내리는 눈을 보며 문득 기하 오빠의 말이 기억났다. 아름다운 것은 어디에서나 아름답다. 다시 하늘을 올려다보았다. 눈은 아름다웠다. 눈을 바라보는 사람들의 미소도. 오빠, 어디에서나 아름다운 건 아름다움 자체가 아니야. 사람의 마음을 따뜻하게 해 주는 그 위로와 힘이 어느 곳에서나 아름다운 거야. 살아갈 수 있게 해 주는 위로와 힘……, 사랑의 다른 이름. 그래서 내게 농월당은 그렇게도 아름답고 아름다웠던 거야. 내게 당신과 치우는 가장 아름다운 위로였으니까. 가장 든든한 힘이었으니까. 미안해, 내가 당신의 위로가 되어 주지 못해서. 미안해, 나는 이제 치우만의 위로가 되어야 하니까. 치우만의 사랑이 되어야 하니까. 저마다의 위로를 받고 기뻐하는 사람들 사이를 홀로 고개를 숙인 채 걸어갔다.

대학교에서 면접을 보고 나오는데 이오가 교문 앞에서 발을 동동 구르며 서 있었다. 뭇 남학생들의 관심을 한 몸에 받고 있으면서도 그 시선을 전혀 의식하지 않는 그녀가 나를 발견하고 장갑 낀 손을 번쩍 들었다. 복슬복슬한 장갑도, 하얀 목도리도 자기가 직접 뜨개질한 것이겠지? 뜬금없이 그런 생각이 들었다. 매일 어떤 일이든 자신이 원하는 형태로 만들고 살아가는 이오의 놀라운 능력이 부러웠나 보다.

"어땠어? 잘 대답했어?"

"몰라, 기억도 안 나."

마치 이오가 면접을 본 것처럼 호들갑을 떨었고 나는 지극히 무덤덤했다. 정말로 면접관 앞에서 무슨 말을 어찌했는지 잘 기억나지 않는 것도 사실이었고.

"면접 점수 무시 못 하는데……. 더듬거리거나 하지는 않았지?"

"글쎄……, 그랬던 것 같기도 하고……."

"에! 재수해도 상관없단 말투네! 배짱이 좋은 건지, 무심한 건지……. 아무튼 오늘 내가 맛있는 거 사 줄게. 뭐 먹고 싶어?"

그녀는 내게 팔짱을 끼며 음식점이 즐비한 골목으로 이끌었다. 알아차린 걸까? 입시의 모든 과정을 혼자 치르는 내가 조금은 외로워했다는 걸. 애정이 넘치는 왕고모였지만 그녀는 내게 부모 역할을 대신하려는 선부른 시도는 하지 않았다. 지원 대학이나 학과 모두 내 선택에 맡기는 대신 백일기도라든지 배웅이나 마중 같은 것도 하지 않았다. 그게 당연하다고 생각했는데. 가끔, 부모들이 추위를 무릅쓰고 자식을 마중 나오거나 할 때는 외롭다고 해야 할까, 씁쓸하다고 해야 할까, 복잡한 감정을 느꼈다. 그걸 이오가 알아챈 것인지도 모르겠다.

"왜 그렇게 멍한 거야? 면접 잘 못 본 거야?"

탕수육을 집어 든 젓가락을 들고 그런 생각을 하고 있자니 이오가 눈앞에서 손을 저으며 물었다.

"아니, 그냥 생각 좀 했어."

"……혹시나 못 봤어도 걱정 마. 재수하면 되지, 뭐. 왕고모도 그런 거에 신경 쓰실 분 아니고. 알았지?"

맞다. 왕고모는 내가 삼수를 해도, 사수를 해도 격려해 주실 분이다. 단, 내가 진심으로 원하기만 한다면. 소스의 단맛이 입안에 퍼지는 걸 느끼며 난 고개를 끄덕였다.

아르바이트 때문에 자고 갈 수 없음을 아쉬워하는 이오를 보내고 돌아와 한숨 자고 일어났더니 밖은 깜깜한 밤이었다. 제자들의 모임에 끌려—그들은 초청이었지만 왕고모는 억지로 끌려간다고 말씀하셨다—가셨는지 왕고모도 없는 집 안에 냉기가 돌았다.

보일러를 켜 놓고 어깨에 담요를 두르며 거실에 앉는데 전화벨이 울렸다. 이상하게 전화를 건 사람이 기하 오빠일 것이라고 확신했다. 그럼에도 나는 한 번에 전화를 받지 않았다. 거실을 울리는 전화벨이 기하 오빠의 외침 같았음에도. 다섯 번 정도 울리게 하고서야 수화기를 든 나는 가만히 그가 내 이름을 불러 주기를 기다렸다.

— 여보세요? 교은아?

"아, 기하 오빠!"

나는 한껏 밝은 목소리로 답하려고 애썼다.

— 그래, 교은이구나. 잘 있었지?

"그럼, 오빠도 잘 있지?"

— 응, 잘 있어.

거짓말.

— 그냥, 교은이 목소리 듣고 싶어서……, 한 번 듣고 싶어서 전화했어.

"왜 한 번만 들어? 이제 곧 갈 건데. 매일매일 들려줄 건데. 오빠가 싫어도 매일 들려줄 거야, 내 목소리. 그럼 질리겠지?"

— 아니, 교은이 목소리가 질릴 리가 있나. 네 목소리 참 좋아. 그냥 이렇게 말을 할 때도, 내게 책을 읽어 줄 때도 정말 좋았어, 네 목소리는.

"치, 이오 목소리가 훨씬 좋잖아. 맑고 예쁘고……. 이오도 곧 갈 거야. 우리 곧 갈 거야."

그때 나는 기하 오빠를 설득하는 사람 같았다. 우리가 곧 가. 그러니까 조금만 더 기다려.

— 알아, 너희가 온다는 거. 농월당이 있는 한……, 내가 여기 있는 한 반드시 돌아오겠지. 보고 싶다. 너를 한 번이라도 보았으면 좋겠어. 우리가 아주 어렸을 때 만났더라면 네 모습을 기억 속에 담을 수 있었을 텐데…….

"그러게, 엄마가 바보 같은 사랑의 도피만 하지 않았음 그럴 수 있었을 건데. 나중에 내가 죽으면 엄마한테 따질게."

나는 억지스러운 농담을 했다. 수화기 너머, 농월당에서 그가 미소 지어 주기를 바랐다.

— 그래, 알았어.

"오빠, 나한테 약속한 거 잊지 마."

잊으면 안 돼. 당신은 나에게 약속을 했어. 기다리겠다고 약속했어. 나는 당신을 믿어.

— ……그래, 약속했지.

그의 목소리에서 깊은 절망을 보았다.

— 교은아, 난 이번 생에도 사랑하는 사람을 잃었어.

가슴이, 심장이 덜컥했다. 그는 어디까지 기억을 되찾은 것일까? 내가 보지 못한 기억까지 찾은 것일까? 나의 침묵에도 그는 계속 말을 이었다.

— 내 어리석음과 망설임 때문에……, 사랑을, 삶을 잃었어. 과거에도 현재에도. 나는 마땅히…….

말해 주고 싶었다. 명아 언니 때문에 절망하지 말라고. 오빠는 과거에 그보다 더 간절한 사랑을 했던 사람이라고. 내가 그녀라고. 그녀가 얼마나 오빠를 사랑했는지 말해 주고 싶었다. 하지만 안 될 일이었다. 내게는 치우가 있으니까. 나는 치우를 선택했으니까. 그래서 위로조차 할 수 없었다. 나는 그에게 과거에서만 아름다운 존재일 수밖에 없었다.

— 그녀가 나를 선택하지 않는 건 어쩌면 당연한지도 모르겠어. 그래, 나같이 어리석은 사람을……, 선택해서는 안 되는 거겠지.

기하 오빠가 말하는 그녀가 명아 언니인지 다연인지 구분을 할 수 없었다. 하지만 물을 수 없었다. 나는 끝까지 이기적이었던 것이다. 나의 사랑을 위해 기하 오빠를 버렸다.

"내가 가면 모두 이야기해 줘. 오빠의 이야기, 전부. 이번엔 내가 들어줄게. 모두 다, 빠짐없이. 내가 들을게. 꼭."

그 순간, 내가 그를 버린 것인지도 모른 채 나는 그를 절망 속에서 건져 내려 애썼다. 정말로 어리석은 것은 나였다. 과거에까지 잇닿은 절망의 깊이를 알지도 못하면서 허공에 흩어질 언어의 밧줄을 던졌던 나.

— 응. ……교은아.

"응?"

— 미안해.

"뭐가?"

무엇이 미안한 거지? 내가 당신에게가 아니라 당신이 내게 미안하다 말할 이유가 뭐지?

— ……우리 마음이 같지 않아서 미안해. 너를, 지켜 주지 못해서 미안해.

가슴 한편이 무너졌다. 마음이 변한 쪽은 나다. 지켜 주지 못한 쪽도 나다. 그런데 당신은 내게 미안하다 말하는구나. 그러나 나는 말을 삼켰다.

"오빠……, 모두 괜찮을 거야. 곧 갈게."

— 그래……. 잘 있어, 교은아.

수화기를 내려놓으며 나는 지신인 치우에게 빌었다. 잠시만, 조금만 더 기하 오빠를 지켜 줘. 지켜 줘.

대학 합격자 발표 날이었다. 전날부터 내린 비가 그친 아침, 졸린 눈을 비비며 자리에서 일어난 내 눈앞에 갑작스럽게 화림동이 펼쳐졌다. 돌풍이 일어나듯이 펼쳐진 풍경은 그것이 꿈인지 환상인지 알 수 없을 정도로 나를 어지럽혔다. 게다가 피비린내……. 번쩍이는 검과 피비린내가 제대로 숨을 쉴 수도, 눈을 뜰 수도 없게 만들었다.

언덕 아래 화림동은 절정의 봄이다. 그런데 흩날리는 것은 꽃잎이 아니라 핏방울이다. 봄볕에 번쩍, 검이 빛나며 반원을 그리면 핏방울이 나머지를 그려 원을 완성시킨다. 피비린내를 참아 내며 서 있는 다연의 치마에 핏방울은 붉은 꽃잎을 그리며 번져 나간다.

"단칼에 죽이지 못하니 분하시오? 버러지만도 못한 천것의 목숨이 질기기도 하지요?"

베어져 나간 적삼 사이로 드러난 가슴에서 피가 흐르는데도 목이는 토하듯이 외쳤다. 그가 쥔 검은 녹이 슨 검이다. 그 검에도 피가 묻어 있다.

"입 닥쳐라! 닥쳐! 네놈을 그날 찢어 죽였어야 하는 것인데!"

흰 도포 자락에 점점이 핏방울이 튄 다연의 남편이 소리친다. 그의 어깨에서도 피가 흐르고 있다. 두 남자의 눈은 살기로 가득하다. 다연은 입을 막은 채 눈물을 흘리고 있다.

"나리께서 기생 년 치맛자락에서 놀아나실 때는 왜 그런 생각을 못 하신 것이오?"

"닥치라고!"

매처럼 날아오른 다연의 남편이 검을 내리치자 절규하던 목이가 넘어진다. 직선으로 내리꽂히는 검과 다연의 비명 소리가 하늘을 갈라놓는다. 멀리 화림동에서는 풍악 소리만이 요란하다.

나의 비명이 집 안을 울린다. 그러나 나를 달래 줄 사람은 아무도 없다. 인생의 마지막 해외여행이 될지도 모른다며 일본으로 떠난 왕고모는 일주일이나 지나야 돌아올 예정이었으니까.

심장 고동 소리에 머리가 아플 정도로 놀랐다. 다연의 남편이 목이를 죽인 것인가? 혼란스러웠다. 농월당으로 돌아가서 치우에게 진실을 들어야 해. 조금만 있으면 합격자 발표를 할 테지만 그걸 기다릴 여유 따위 없었다. 급하게 가방을 싸기 시작했다. 손이 떨려 왔다. 마음이 불안하게 날뛰어 가방을 제대로 꾸릴 수도 없었다.

그때 전화벨이 울렸다. 왕고모인가? 오늘이 합격자 발표 날인 걸 기억하셨구나. 수화기를 들었다.

"여보세요?"

— 교은이니?

이오였다. 상대가 이오임을 확인하고 이상하게 떨리는 그녀의 목소리에 심장이 죄어 왔다. 치우의 목소리가 들리기를 기다렸다. 괜찮다, 괜찮다. 그렇게 말해 주기를. 하지만 아무 소리도 들리지 않았다.

"응, 이오니?"

— 교은아…….

불안했다. 제발…….

"그래, 왜? 무슨 일 있어?"

제발…….

— ……교은아……, 기하 오빠가 죽었어.

나는 이오의 목소리를 듣지 못했다. 듣지 못한 것이라고 생각했다. 딱딱하게 몸이 굳었음에도 아니라고 부인하면서 억지로 웃으려 했다.

"뭐라고? 잘……, 못 들었어. 이오야, 다시 말해 봐."

그러나 이오는 흐느껴 울기만 하고 대답을 하지 못했다.

"안 들렸다니까! 이오야! 다시 말해 보라고! 이오야!"

그녀가 대답을 했었던들 들을 수 없을 정도로 나는 목이 터져라 소리를 질렀다.

"아니야! 아니라고! 다시 말해! 다시 말하라고!"

그럴 리가 없어. 그는 내게 약속했어, 나를 기다리겠다고. 나도 약속했어, 돌아가겠다고. 그런데 그가 나를 두고 죽을 리가 없어. 다른 사람도 아닌 그가 나를 배신할 리가 없어!

— ……기하 오빠가 죽었어.

그 말을 남긴 이오의 목소리는 수화기에서 사라졌다. 의식이 희미해지려 했다. 그러나 나는 정신을 잃을 수 없었다. 확인해야 해. 그럴 리가 없어. 가서 내 눈으로 봐야겠어. 무슨 말을 하고 있는 거야. 무슨 끔찍한 장난을 벌이는 거냐고! 농월당으로 가야겠어. 가자. 가자.

나는 맨몸으로 집을 나섰다. 사고가 마비된 내가 어떻게 농월당에 도착했는지 기억도 나지 않는다. 단 한 가지 선명히 기억나는 것은 다시 뿌리기 시작한 겨울비를 맞으면서도 낮은 담에 매달려 나를 향해 쑥덕이던 화림동 사람들의 목소리들이다. 그러나 수런수런, 나의 뒤를 따르던 수군거림 따위 아무렇지도 않았다. 기하 오빠를 다시 볼 수 있다면.

"교은아."

억지로 발걸음을 옮기고 있는 내게 익숙한 목소리가 말을 걸었다. 의연이었다. 그의 표정, 동정심이 가득 담긴 그의 표정을 보고서도 부인하고 싶었다.

"어, 그래. 내가 이상한 소리를 들어서……. 뭔가 잘못된 일이……, 이오가 미쳤나 봐."

"교은아……, 괜찮니?"

그는 나를 부축하려고 했다. 나도 모르게 허리를 굽히고 양 손으로 무릎을 짚고 있었으니까. 나는 다시 허리를 폈다.

"그래, 괜찮아. 괜찮지. 이오가 장난을 쳤어. 말이 되니? 기하 오빠가……. 아니야."

나는 보았다. 의연의 눈에서 진실을. 눈을 감고 싶었다. 그러나 감을 수 없었다. 농월당으로 가야 해. 가야 해. 정신이 몸을 끌고 갔다. 그리고……, 농월당으로 이어지는 길이 시작되는 곳에서 용기를 내어 고개를 들었을 때, 내 눈에 상가를 알리는 등이 들어왔다. 그리고 비로소 나는 정신을 잃었다.

당신을 용서할 수 없어. 당신을 지켜 주지 않은 치우도 용서할 수 없어. 나를 업고 농월당을 오르는 의연의 등에서 잠깐 눈을 떴을 때 떠오른 생각이었다. 둘 다 용서하지 않겠어. 그러나 정작 용서할 수 없는 건 나 자신이라는 걸 알고 있었다. 그들을 버려두고 떠난 것은 바로 나였으니까. 용서받지 못할 사람은 나였다. 바로 나.

32
당신의 사랑

그 후 사나흘 동안의 기억은 불연속적이며 간헐적이다. 이오와 부둥켜안고 울었던 것, 오빠의 시신을 보겠다고 소리 지르다가 외조모에게 뺨을 맞고 쫓겨난 것, 아무것도 먹지 못하는 내게 죽을 먹이려는 이오에게 욕을 퍼부은 것……. 그때를 떠올리면 그런 장면들이 나타났다 사라지고 또 나타났다.

분명한 것은 세상을 구겨서 똥통에 처넣고 싶은 순간에도 치우는 나타나지 않았다는 것이다. 넋을 잃은 내 곁에 이오가 있어 주었다. 의연도 몰래 찾아와 함께 있어 주었다. 그런데 치우만 나타나지 않았다. 누구보다 절실하게 필요로 했는데, 누구도 대신할 수 없는데 그는 나를 혼자 두었다.

시간이 흐르면서 분노는 간절함으로 형태가 바뀌어 내 가슴을 태웠다. 너마저 나를 버리면 안 돼. 그럴 수는 없는 거야. 용납하지 않아. 매순간 치우가 나타나기를 기다리는 내게 이오가 종이 한 장을 보여 주었다.

그날은 기하 오빠의 장례가 모두 끝나고 그의 몸이 화장당한 날이었다. 화장한 기하 오빠의 몸은 그가 목을 맨 언덕 위 감나무 아래 뿌려졌다. 그래, 그는 목을 매서 죽었다. 보이지 않는 눈을 하고서 비오는 날 저녁, 언덕을 올라가 감나무 가지에 끈을 묶고 제 목을 매었다. 어린 날 자신이 시력을 잃어 버렸던 그곳에서 생을 끝장내 버렸다. 그의 눈은 화림동을 향해 열려 있었다고 한다. 아니면 세상을 향해, 그것도 아니면 명아 언니를 향해 열려 있고자 했던 것이거나.

"뭔데?"

끔찍하게 쉬어 버린 목소리로 내가 물었지만 이오는 그냥 보라는 눈짓만 했다. 공책 한 장을 아무렇게나 찢어 낸 종이엔 글을 막 배우기 시작한 아이의 것 같은 삐뚤삐뚤한 글자가 커다랗게 쓰여 있었다. 그것은 단 세 글자였다. 영원의 글자였다.

사랑해

나는 그것이 기하 오빠의 유언이라는 걸 알 수 있었다. 서툴게 연필을 쥐고 부러뜨릴 듯이 힘주어 최초이자 최후의 글을 쓴 기하 오빠의 모습이 담겨 있었다.

"……오빠가 스무 살이 되기 전에 내가 가르쳐 준 글자야.

세상은 이 글자에 다 들어 있다고 생각했거든. 그런데 세상이 담긴 게 아니라 오빠가 담겨 있었네."

더 이상 눈물이 남아 있지 않을 것처럼 울었던 이오는 또다시 울기 시작했다. 그러나 나는 울지 않았다. 이것이 나를 향한 마음은 아니지만 그래도 위안이 되었다. 그는 알고 있었던 것이다. 나의 마음을. 내가 그의 손바닥에 써 주었던 글의 뜻을 알고, 그를 향한 나의 마음을 알고 있었다는 것이 위로가 되다니. 오빠, 나는 정말 이기적인 인간인가 봐.

그날 밤, 홀로 남았을 때 치우를 불렀다. 알아야겠어. 꼭 알아야만 해. 내 부름에 나타나지 않을 것 같던 치우가 나타났다. 그는 치렁치렁 검은 옷을 입고 머리카락을 늘어뜨리고 있었다. 죽은 사람은 기하 오빠가 아니라 치우 같았다. 그는 나를 보지 않았다. 그의 시선은 텅 비어 있었다. 그래도 충분히 이기적이었던 나는 물었다.

"복수니?"

"……."

"과거에 기하 오빠가 널 죽여서……, 복수하는 거니?"

"……내 모든 선택은 모두 그대로 인한 것이다."

"지켜 달라고 했잖아! 오빠, 지켜 달라고……. 그래서 나한테 후회할 거라고 한 거야?"

"기하의 죽음은 그의 선택이었다."

"막을 수 있잖아. 너라면, 지신이라면!"

나는 주먹을 쥐고 그의 가슴을 때렸다. 힘껏! 혼신의 힘을 다해서 때리고 또 때렸다. 그는 막지 않았다.

"지켜 줬어야 했어. 나를 위해서라도……, 막아 줬어야 했어. 어째서……."

내 손은 이제 치우의 옷자락을 부여잡고 있다. 그럴 수만 있다면 그의 혼을 잡고 싶었다.

"그대를 위해서 그랬어야 했다는 건 알고 있다. 그러나 오래전에 나의 죽음을 내가 선택했듯이 기하 역시 자신의 죽음을 선택할 권리가 있다. 그리고……, 과거에도, 현재도 나는, 나를 위해 그대를 선택할 수밖에 없다. 그래서 그를 막을 수가 없었다. 나를 위해서……."

"무슨 뜻이야? 치우야, 무슨 뜻……."

그러나 검은, 진한 흙냄새만이 방 안에 남았고 그는 사라졌다. 나는 또 홀로 남았다. 그리고 홀로 남은 내게 다연의 기억은 무시로 드나들어 더 큰 고통을 주었다.

쟁쟁, 데뎅 뎅뎅뎅……. 풍악 소리가 아련하다. 답청[18]하는 이들의 흥겨움이 정답구나. 어찌하여 내 몸만 이리 무거운가. 풀밭이 내 몸을 잡아당기고, 하늘은 내 혼은 끌어올리려 하는구나. 내 임 품에 안겨 있음에도 몸이 떨리는 까닭은 무엇일꼬. 나를 보는 임의 얼굴이 어찌 눈물에 젖어 있는가. 손을 들어 눈물

---

18. 답청(踏靑) 청명(淸明)때 들놀이를 하거나 연을 날려 봄빛을 즐기는 것

을 닦아 주려는데 내 손이 온통 피다. 영문도 알 수 없고 고개를 들 힘도 없다. 멀리 검은 옷을 입은 이가 보인다. 저승사자인가? 내가 중얼거리자 나를 안은 그가 울부짖는다. 괜찮소, 괜찮아. 우리 언젠가 다시 만날 것이오. 깜빡 잠이 든다. 다시 눈을 떴는데 쓰러진 것은 내가 아니다. 피투성이가 되어 쓰러져 있는 것은……, 내 고운 임이다!

"여보, 여보……, 눈을 떠 봐요."

내 임의 얼굴을 가슴에 품는다.

"눈을……, 떠 봐요, 여보."

피가 굳어 엉긴 속눈썹이 떨리며 임의 아름다운 눈동자가 열린다. 그는 내게 미소를 보인다.

"무……, 무사하구려. 그대……, 무사해. 다행이다……. 내가……, 지켜……, 주겠어."

"그래요. 그대가 지켜 줘야 해요. 언제까지나……. 그러니까 눈감지 마요. 내 곁에 있어요."

"곁에……, 늘……, 사모하는……, 그대를……."

임이 눈을 감는다. 많이 피곤하신 게야. 잠시 잠이 든 것이다. 내 품에서 편히 주무시게 해야지. 나는 그를 살포시 안고 자장노래를 불러 준다. 멀리 풍악 소리가 잦아들고 나의 자장노래만이 봄 하늘 아래 고요하다.

다연이 남편을 잃었다. 나도 기하 오빠를 잃었다. 끔찍하고 참혹했다. 나는 그를 두 번이나 무참히 잃었다.

부모님을 잃고 농월당으로 들어왔던 그 겨울의 나날처럼 몸을 웅크리는데 이오가 문을 열었다. 그녀와 함께 찬바람과 햇살이 쏟아져 들어왔다.

"추워, 문 닫아."

"방 안이 더 춥겠다. 알았어, 문 닫을 게. 대신 같이 밥 먹자."

그녀는 밥상을 들고 있었다. 김이 모락모락 나는 쌀밥 냄새에 배가 고프다는 인식을 했다. 아무리 무참히 슬퍼도 인간은 먹어야 하는 동물이다, 거기까지 생각이 미치자 비참하기까지 했다. 나의 비참함을 이오는 깡그리 무시하고 내게 숟가락을 쥐어 주었다.

"먹어. 오늘로 사흘째야, 너 굶은 거. 먹어."

"왠지……, 먹고사는 게 구차스러워."

"그래서 굶어 죽으려고? 그건 구차스럽지 않니? 그리고 구차스러운 게 어때서? 난 구차스러워도 기어코 먹고살 거야. 구차스럽게 살기는 해도, 절대 구차스럽게 죽지는 않을 거야."

이오는 더 이상 울지 않았다.

"그게 네 선택이니?"

"그래, 이게 내 선택이야."

그러면서 숟가락으로 밥을 푹 떠서 입에 넣고 꾹꾹 씹어 삼켰다. 그리고 말했다.

"내가 알기로 너도 이미 선택을 했어."

"내가……, 언제?"

"네 부모님이 돌아가셨을 때, 너는 선택했어. 살아남기로.

그렇지 않니?"

그녀가 옳았다. 아빠가 엄마를 죽도록 때렸을 때 난 엄마 등 뒤에 숨었다. 살고 싶었다. 엄마가 아빠를 찔렀을 때 난 좁아터진 장롱 속에 숨어 있었다. 살고 싶었다. 미쳐 버린 엄마가 옥상에서 떨어져 죽은 후에도 난 농월당에 숨었다. 왜냐하면 난 죽을 수 없었으니까. 그래서 숨었다. 난 살고 싶었다. 이오 네가 옳다.

숟가락을 들고 밥을 입에 퍼 넣었다. 나는 나의 선택에 책임을 져야 한다. 아무리 괴로워도, 아무리 구차스러워도 내 선택에 대한 책임은 내가 지는 것이다. 이오와 나는 경쟁하듯이 밥을 먹고 나서 서로의 빈 그릇을 내려다볼 뿐 아무 말도 하지 못하고 있었다. 침묵을 깬 것은 나였다.

"사랑하는 사람과 함께하지 못한다는 게 죽음에 이를 정도로 절망적인 것일까?"

엄마도 기하 오빠도 사랑을 잃고 삶을 포기했다. 나는 이오 앞에서 감히 명아 언니의 이름을 입에 올릴 수 없었다. 하지만 이오는 의외의 구석이 많은 사람이었다.

"난 오빠가 단지 명아와 이루어질 수 없기 때문에 죽었다고는 생각하지 않아."

그녀의 목소리는 평온하기까지 했다.

"그럼……? 유언……장 봐도 이유는 그거밖에 없잖아."

"그래. 하지만……, 몇 달 전에 이 근방에 댐이 생기기로 결정됐어. 10년 전인가부터 시끄러웠는데 이제야 결정된 거지."

"댐? 그럼 어떻게 되는 건데?"

"화림동 전체가 수몰되는 거야. 물론 이 농월당도. 그걸 오빠가 알게 됐다나 봐."

수몰……, 그 말의 의미가 가늠이 되지 않아서 나는 한참 동안이나 말을 잇지 못했다. 그러다가 어느 순간 물에 잠긴 농월당이 머릿속에 그려졌고, 난 터져 나오는 비명을 참으려 입을 막았다. 설마……, 이것은 아니겠지. ……하늘이 허락하지 않는다는 것의 의미는 아니겠지. 아닐 거야. 하늘이 그렇게 잔인할 리가 없어. 그렇다 할지라도 기하 오빠가 우리의 죄를 함께 짊어질 이유는 없어. 아니야.

이오는 계속 말을 이었다.

"오빠는 농월당을 떠나서는 살 수 없는 사람이야. 그럴 수 있는 사람이었다면 명아와 그렇게 헤어지지는 않았겠지. 그런데 오빠가 살 수 없는 세상이 농월당에서 오빠를 추방한다니……. 난 오빠가 남긴 말이 명아를 향한 것만은 아니라고 생각해. 너와 나를 향한 것일 수도 있고, 농월당을 향한 것일 수도, 세상을 향한 것일 수도……."

기하 오빠는 약속을 어긴 것이 아니다. 그는 최선을 다해 약속을 지키고 싶었다. 세상이 그걸 어기게 했고 죽음을 선택하게 했다. 그 선택은 강요된 선택이다. 세상의, 하늘의 강요로 이루어진 죽음의 책임까지 혼자 짊어진다는 건 불공평한 일이다. 그러나 그의 죽음은 세상에서 이루어지는 수천수만 가지 불공평한 일들 중의 하나일 뿐이며 우리는 그런 것들을 운명이라 부른다. 운명……. 나는 포기하지 않을 거야. 오빠는 명아 언니를 포기하고, 또 삶을 포기했을지 모르지만 나는 그러지 않을 거야. 나는 치우를 포기하지 않아. 하지만 그는 나타나지 않았다. 수몰이 되면 농월당을 떠날 수 없는 너는 어찌 되는 거지? 이것이 하늘이 내린 벌이라면 왜 당신들만이 짊어져야 하지? 치우……, 제발 대답해 줘. 그렇게 내가 매순간, 영원히 잃어버릴 수도 있는 그를 간절하게 찾는 와중에 왕고모가 농월당에 도착했다.

아무도 건드릴 수 없었던 기하 오빠의 물건들을 왕고모가 팔을 걷어붙이고 나서서 정리했다. 그의 물건들이래 봐야 옷가지 몇 벌, 낡은 라디오 하나, 그리고 읽을 수 없었던 책들이 전부였다. 거기에 한 가지 더, 작은 상자에 가득 담긴 카세트테이프. 그것은 명아 언니와 내가 보낸 것들이었다. 명아 언니의 목소리가 담긴 카세트테이프……. 이오는 듣지 못했던 기하 오빠의 죽음에 관한 진실 하나가 거기 있다.

집안사람 모두가 죽음의 마지막 과정을 치르며 지쳐 잠이 들었던 밤에 나는 그의 방에 들어갔다. 바람도, 달빛도, 나의 그림자도 그의 방에서 고요해졌다. 스무 해 넘게 오직 그 방에서만 존재했던 그가 사라졌다. 나는 우리가 공유했던 독서의 기억을 떠올리며 주인을 잃어버린 책들을 손가락으로 쓸어 내렸다. 영원히 기하 오빠를 잃은 책들의 비통함에 손끝이 저릿했다. 늘 오빠가 있어야 할 자리, 앉은뱅이책상을 보는 것만으로도 숨이 막혀 왔다. 거기 올려진 낡은 카세트……. 무심코 재생 버튼을 눌렀다.

명아 언니의 목소리가 흘러나왔다. 누구도 그녀를 막지 못했듯이 나는 그녀의 목소리를 멈추지 못했다.

"……그날 우리가 이별한 날도 오빠는 날 잡지 못했지. 오빠는 자신이 없었기에 그랬다고 스스로에게 말하겠지만 난 그렇게 생각하지 않아. 오빠는 처음부터 내가 아닌 다른 사람을, 그 어떤 허상을 사랑했던 거야. 항상 느껴 왔지만 오빠를 너무 갖고 싶어서, 그 마음을 갖고 싶어서 난 모른 척했던 거지. 우리가 함께 세상으로 나왔다면 행복할 수 있었을까? 오빠는 그걸 믿어? 난 믿었어. 하지만……, 우리 아기가 생긴 걸 알았을 때부터 그것이 불가능하다는 걸 알았어. 오빠는 내 완전한 사랑이지만 내 아기의 아빠는 될 수 없으니까. 그걸……, 잔인하다고 욕할지 모르겠지만 그날 태어나지 못한 우리 아기 이야기를 한 건 내 마지막 발악이었는지도 모르겠어. 나를 잡아 주기를, 적어도 오빠가 분노해서 우리 사랑이 허상이 아님을 증명해 주기를 바라는 마음에서 말이야. 하지만 오빠는 날 잡지도, 원망하지도 않았지. 그게 어떻게 사랑일 수 있겠어? 그래서 완벽히 깨달았어. 우리가 함께일 수 없다는 걸. 적어도 오빠가 내게 화를 내고 분노했으면 어쩌면……, 난 오빠를 떠나지 않았을지도 몰라. 이제는 모두 늦은 일이지만. 오빠한테 미안하다고 해야 하는 걸까? ……아니, 나 오빠한테 미안하다고 하지 않을 거야. 난 온몸으로 현실과 부딪혔으니까, 나도 충분히 아프고 힘들었으니까. 미안하다고 하지 않을래. 오빠……, 오빠……, 나 행복해지고 싶어. 아니, 기필코 행복해지고야 말겠어. 이기적이라고, 나쁜 년이라고 욕해도 할 수 없어. 오빠도 꼭 행복해졌으면 좋겠어. 그러길 바랄게. 정말로……."

그녀가 기하 오빠에게 귓속말로 했던 말은 이것이었다. 그들의 태어나지 못한 아기……. 갑자기 다른 사람의 곁에서 환하게 웃던 명아 언니의 얼굴이 떠올랐다. 분노하기보다는 가엾어졌다. 가엾다. 명아 언니도, 기하 오빠도, 현실에 부딪혀 산산조각 난 세상의 모든 사랑들도. 오빠, 이오에겐 비밀로 할게. 하지만 나는 알고 있을게. 오빠의 사랑이 얼마나 절실했는지. 허상이 아닌 목숨보다 소중한 사랑이었단 걸 내가 알고 있을게. 그러니까……. 그 밤의 생각에 잠기는 것을 왕고모의 목소리가 건져 주었다.

"우리 기하는 수행자보다 간소하게 살았네. 그 녀석……, 이렇게 살았었구나."

최씨 아저씨의 도움을 받아 박스에 책들을 넣으며 왕고모는 말했다. 그녀는 울지 않았다. 아무도 울지 않았다. 아무도 울지 않는 가운데 최씨 아저씨가 피운 불에 기하 오빠의 옷이 태워졌다. 나는 결코 그의 옷을 만질 수 없었다. 그러면 나의 선택을 어겨 버릴 것 같아 왕고모의 뒤에서 그의 옷이 모두 불살라지는 걸 보고만 있었다. 마른 나뭇잎을 태울 때와는 달리 매캐한 검은 연기가 눈을 맵게 했다. 그러나 울지 않을 것이다, 입술을 깨물었다.

"왕고모, 책도 태워요."

"뭐?"

"그건 오직 기하 오빠를 위한 책들이니까. 오빠가 없으면 소용이 없으니까……."

우리는 눈이 있어도 기하 오빠처럼 책들의 세계를 볼 수 없다. 그러니 마땅히 그에게 돌려주어야 한다. 책들도 그것을 원할 것임에 분명하다. 왕고모는 잠시 생각하더니 박스에 넣었던 책들을 척척 꺼내어 망설임 없이 불 속에 넣는다. 불 속에서 재가 된 나무의 혼들은 연기가 되어 대기로 환원되었다. 그들이 작가들과 맺었던 공생 관계는 끝이 났다. 돌아가라. 기하 오빠와 함께 돌아가라. 나는 속으로 기도했다.

외조부의 방은 기하 오빠의 방과는 달리 온갖 물건들로 가득했고 그 가운데 왕고모의 추억을 불러일으키는 물건들도 많았기에 정리가 더딜 수밖에 없었다. 외조모는 이오의 안마를 받으며 안채에 돌아누워 있을 뿐이었다. 반세기를 함께한 남편을 잃고, 그래서 희망의 끈을 놓지 않게 해 준 장손도 잃고, 그녀는 이제 화석이 되어 가겠구나. 그러나 당신은 나의 동정심을 바라지 않겠지. 그런 생각을 하고 있는데 왕고모는 웃으면서 먼지에 뒤덮인 낡은 서책들을 보여 주었다.

"아이고, 이걸 아직도 갖고 계셨나, 원! 일곱 살 때였나? 아버지께서 천자문 못 외면 학교에 안 보내 준다고 해서 죽자고 외웠었는데……, 이게 여기 있네!"

혹시……, 있을지도 몰라.

"왕고모, 혹시 『금오신화』도 본 적 있으세요?"

그녀는 내 질문에 놀라면서도 미소를 잃지 않았다.

"그런 게 있었음 진즉에 고서점에 팔아먹었겠다. 그런데 네가 그런 책도 알고 있니? 아무튼 기특하네, 교은이가 그런 책도 다 알고."

고개를 갸웃거리던 왕고모는 주름진 손으로 내 등을 두드려 주었다. 그러고는 나무로 된 상자에서 어떤 서책보다 낡은 책을 꺼냈다.

"이거, 황감한데! 옛날에 아버지께서 오빠한테만 보여 주시는 바람에 샘이 나서 입을 삐죽삐죽하면서 울었었지. 이야, 반갑다!"

"뭔데요? 대단한 거예요?"

"……울 아버지한테는 목숨보다 귀한 거였겠지. 족보."

"족보? 우리 조상들 이름 적어 놓은 책이요?"

"아이고, 『금오신화』도 아시는 아가씨가 이렇게 뭘 모르나. 조상의 이름은 기본이고, 자字나 호號, 부인의 성씨, 자식의 이름까지 얼마나 기록된 게 많은데……."

그렇다면, 정말로 그렇다면 나는 다연의 기록을 찾을 수 있을지도 모른다!

"한번 볼 수 있어요?"

"그래, 까짓 거! 울 아버지, 저승에서 혈압 좀 오르시겠네."

떨렸다. 그런데 왕고모가 보여 주는 족보는 온통 한문이라도저히 알아볼 길이 없다.

"음……, 혹시 강다연이란 사람 찾아 주실 수 있어요?"

"있기만 하면야 찾을 수 있겠지. 시간이 좀 걸리겠지만……. 근데 그게 누군데 교은이가 우리 족보에서 찾지?"

손가락은 부지런히 족보를 훑으면서도 이렇게 묻는 왕고모의 목소리는 나이에 맞지 않는 호기심이 느껴졌다. 아, 이 사람은 죽을 때까지 늙지 않을 사람이구나, 생각할 정도로.

"왕고모의 조상이고, 또 나의 조상이래요. 나의 조상……. 정말로 그런지 알고 싶어요."

"삼대조도 아니고……, 사대조도 아니고……, 팔대조도 아니고……."

느리게 이어지는 그녀의 탐색에 가슴이 떨렸다. 나이 든 왕고모의 손이 세월을 거슬러 거슬러 올라가 과거의 다연을 발견해 내는 순간을 숨죽여 기다렸다.

"여기 이 사람 아닐까? 강씨 부인! 원래 부인의 이름은 잘 안 쓰거든. 달리 강씨 성을 가진 여자는 시집 온 일이 없으니까……, 이 사람인가 보다. 어허, 이분 아니었음 우린 태어나지도 못했겠네. 남편과 사이에 달랑 아들 하나! 보자……, 남편 이름은……, 이게……, 한자가……."

왕고모의 손가락이 멈춘 곳의 이름. 어려운 한자로 되어 있어 나는 제대로 읽을 수조차 없어 그녀가 읽어 준 이름. 그 이름은…….

33

비가 悲歌

절대로, 다시는 올라갈 수 없을 것 같았던 언덕 꼭대기로 단숨에 뛰어 올라간 나는 기하 오빠가 목을 맨 감나무 앞에 주저앉았다. 그의 몸을 내리기 위해 베어 낸 굵은 가지가 죽창처럼 뾰족하다. 저기, 기하 오빠의 몸이 밤새 비를 맞으며 매달려 있었구나. 무릎을 꿇은 채 상처 입은 나무를 올려다보았다. 과거의 하늘과 다를 바 없는 푸름이 눈물에 번졌다.

"그 눈물은 그를 위한 것인가, 아니면 나를 위한 것인가."

무수히 불렀던 그가, 애타게 그리웠던 그가 나를 향해 묻는데도 나는 그를 볼 용기가 나지 않았다. 세상에 정말로 천벌이라는 것이 존재한다면 그것은 나의 몫이다. 당신들의 몫이 아닌, 나의 몫이다. 그리고 벌을 받아야 할 곳은 그의 앞이어야 한다. 억지로 무릎을 세워 일어나 뒤를 돌아보았다.

옥빛 두루마기가 바람에 흩날린다. 갓을 쓴 머리는 단정하고 굳게 다문 입매가 서늘하다. 그는 다시 입을 열어 내게 묻는다.

"그를 위한 것인가, 나를 위한 것인가? 그대의 눈물은."

순간, 그의 오른쪽 뺨에서부터 균열이 시작된다. 조금씩 조금씩 그의 얼굴은 조각이 나 떨어져 나가기 시작한다. 내 걸음은 느리기만 하다. 겨우 그의 앞에 섰을 때는 이미 그의 얼굴은 절반쯤 떨어져 나가 있고, 떨어져 나간 자리엔 기하 오빠의 얼굴이 있다. 아니, 그것은 기하 오빠의 것이 아니다. 그것은……, 치우이다.

왕고모가 읽으며 가르쳐 준 이름, 치우. 그의 얼굴이다. 나의 손가락이 균열된 치우의 얼굴을 어루만진다. 내가 사랑한 두 사람의 얼굴을 모두 갖고 있는 너는 누구인가?

"어째서……, 나를 속인 거지? 어째서 목이의 얼굴을 한 거야?"

"나는 그대를 속인 일이 없다. 나는 내가 치우임을 부인한 일이 없다."

그래, 너는 자신을 목이라고 말한 일도 없다. 나만의 쓰라린 착각일 뿐이었다.

"하지만 목이의 얼굴을 하고 있었잖아. 이 얼굴을……. 어째서……."

"나의 얼굴을 그자가 갖고 태어났기 때문이지."

"……기하 오빠가……, 그 사람, 목이……."

"그래, 그대가 내 곁에 오기 위해 다시 태어났듯이, 그도 그대 곁에 오기 위해 그렇게 태어난 것이다. 그리고 나의 얼굴을 갖고 태어났지."

"그렇지만 네가 그의 얼굴을 할 필요는 없었잖아. 그런데 왜?"

"내가 저지른 죄업으로 인한 천벌이었다. 그대 스스로 깨닫기 전에, 우리의 진실을 말할 수도 없고, 기하의 얼굴로 그대 앞에 설 수밖에 없는 천벌."

이제 치우의 얼굴은 완전히 그의 것이다. 다연의 지아비, 다연을 만나기 위해 수백 년을 기다린 사람, 나의 치우. 용서는 내가 빌어야 한다. 다연의 입술에 다정히 입맞춤을 했던 그 입술에 내가 입을 맞춘다. 내가 사랑했던 사람, 내가 사랑하고 있는 사람, 내가 사랑할 사람. 그는 두 팔을 벌려 커다란 두루마기 안에 나를 가둔다.

"그렇게나 오랜 시간 넌 나만을 기다렸는데……, 난 둘 다 사랑해 버린 거야. 너를……, 아프게 했어."

"그대는 나를 만나러 다시 태어났고, 우리는 이렇게 만났다. 우리는 과거에도, 현재에도, 미래에도 오직 서로를 위해서만 존재할 것이야. 그러니까 그대가 그를 잠시 사랑한 것……, 상관없어. 우리는 서로의 것이니까."

"나를……, 용서할 수 있다는 거야? 널 알아보지도 못한 나인데?"

"나를 사랑한 것이 날 알아본 것이다. 난 오래전에 미리, 그대를 용서했다. 기억나겠지? 내게 미안해하지 말라고 했던 말."

그랬다. 농월당에 온 지 얼마 되지 않았을 때 소년의 모습을 한 치우가 내게 말했었다. 미안해하지 말라고. 그의 품에선 여전히 흙내음이 났다. 어찌해도 그가 지신이라는 사실은 변함이 없다.

“이제 말해 줘. 네가 왜 지신이 되었는지, 왜 그런 선택을 하게 되었는지……, 왜 이렇게 가혹한 형벌을 받아야 했는지.”

“……나의 선택은……, 과거의 그대도, 현재의 그대도, 나조차도 몰랐었지만 기실 그것은 내가 어릴 때부터 시작되었다.”

바람이 잦아들자 대숲의 흔들림이 멈췄다. 화림동이, 감나무 아래 뿌려진 기하 오빠의 혼이, 내 안의 다연이 치우의 이야기에 귀 기울이는 것을 느꼈다.

여덟 살이 되던 해였다. 외조모께서 돌아가셔서 어머니와 함께 가마를 타고 외가에 다녀오던 길이었지. 더운 날이었다. 나는 어머니가 흘리시는 것이 땀인지 눈물인지 구분할 수 없었어. 해가 지는데도 꺾이지 않는 더위에 지친 가마꾼들이 쉬어 가기 위해 우리 모자를 내려놓은 곳은 넓은 못 근처였다.

어머니는 나무 그늘 아래서 외가가 있는 하늘을 향해 시선을 주고 계셨고, 심심해진 나는 연못으로 달려 내려갔지. 한눈에 들어오지도 않았던 넓은 연못 가득히 연꽃이 피어 있었다. 태어나 그렇게 많은 연꽃은 처음이었기에 더럭 겁까지 났지. 이곳이 옛이야기에 나오는 천계인가 보다 싶어서. 무섭증에 어머니께 돌아가려는데 삼삼오오 짝을 지어 놀던 아이들 무리가 소란스러워지며 모여드는 게 보였다. 호기심이 일어났지. 가까이 가 보니 아이들은 색이 고운 노란 저고리를 입은 여자아이를 둘러싸고 놀리고 있었어.

"병신! 병신!"

펄쩍펄쩍 뛰는 아이들 사이로 보이는 여자아이는 오른쪽 뺨에 큰 흉터가 있었지. 그래도 아이는 울지 않았어. 그때 멀리서 한 사내아이가 목검을 휘두르며 고함을 질렀고 아이들은 재빨리 흩어졌지. 행여 싸움에 휩쓸릴까 몇 걸음 뒤로 물러나 계속 지켜보니 목검을 든 사내아이가 덩치 큰 사내아이를 때려 주는 게 보이더군. 그러고도 분이 풀리지 않았는지 사내아이는 소리를 지르며 도망가는 아이들을 쫓아갔어.

아이들의 모습과 외침이 멀어지자 비로소 여자아이의 눈에 눈물이 맺히고 동글동글 말려 떨어졌어. 쉼도 없이, 소리도 없이 눈물을 흘리는 여자아이를 두고 가는 것이 어쩐지 안쓰러워서 나는 가만히 보고만 있을 수밖에 없었어. 별이 뜨고 어둠이 내려앉자 나무 아래서 나를 부르는 어머니 목소리가 들렸지만 난 답을 할 수 없었다. 답을 하면 어머니가 나를 데리러 올 것 같았기 때문이었지. 내가 갈팡질팡하는 사이 바람이 불자 하얀 연꽃의 파도가 일렁이고 반딧불이 푸른 꽃가루처럼 일어났다. 나는 그중에 하나를 잡아 손에 가두고는 울고 있는 여자아이에게 내밀었어.

"자, 받아."

눈물이 그렁그렁한 채 처음 보는 남자아이를 멀뚱히 쳐다보는 아이에게 억지로 반딧불을 넘기고는 나는 불안한 목소리로 내 이름을 외치는 어머니를 향해 달렸다. 왠지 모를 뿌듯함이 가슴에 차오르는 걸 느끼면서 말이지. 다연은 몰랐겠지만 그게 우리의 첫 만남이었어.

자신을 놀려 대는 아이들에 둘러싸여서도 절대 울지 않던 여자아이가 나와 혼인을 하게 되었다는 것을 대례를 치르며 알게 되었지. 내 가문이 한미함에, 내가 못났음에 억지로 하는 혼사였지만 할 수 없다, 내 탓이 아니다, 분노와 체념을 함께했던 나였다. 그런데 상대를 알고 오기가 생겼어. 그녀 또한 혼사를 원하지 않았다는 걸 알았으니까. 혼례를 치르기 전 아버지와 함께 찾아갔던 다연의 집에서 혼사를 원치 않는다는 그녀의 말을 들었거든. 다연은 나를 원치 않고 있었어. 그래서 더 오기가 생겼어. 마음으로부터 나를 원하지 않는 한 너를 품지 않겠다. 동정도 하지 않겠다. 해서 어머니의 종용에도 합방하지 않겠다고 버텼던 것이지. 참으로 젖내 나는 애송이처럼 나는 터무니없는 오기와 오만함으로 무장하고 그녀를 괴롭혔던 것이다.

사실 그녀의 흉과 내가 가진 흉이 다르지 않음에 이미 마음을 빼앗기고 있었으면서 말이야. 우리가 가진 상처는 한 쌍처럼 같았어. 겉으로 드러난 것과 드러나지 않은 것의 차이일 뿐. 그러나 그것을 알고 있으면서도 나 혼자만 상처받은 양 못나게 굴었지. 또 대단한 가문의, 대학자의 따님, 부마의 소중한 누이동생, 고고한 여인, 오직 내게만 차가운 여인을 온전히 내 것으로 만들지 못했다는 자격지심에 상처 주고 또 상처 주었다. 사모하고 있었으면서 그걸 먼저 말하면 내가 못난 사내라는 걸 증명하는 것 같아서 그 입술을 훔치고 싶어도, 내 품에 안고 싶어도 못된 말과 몸짓으로 그녀가 나를 내치도록 만들었어.

그대가 보았듯이 나는 그녀에게 상처를 주고서 오히려 나만 상처 입은 양 못나게 굴었다. 미치도록 매일 그녀를 갖고 싶고, 안고 싶고, 또 미치도록 그녀의 마음을 갖고 싶어서 온 마음이 불타오르는 걸 참아 내기 힘든 시간들이었다. 그렇게나 갖기 힘든 마음을, 나는 그녀의 다정한 시선 한 번을 받기 힘들었는데 목이가 그걸 받았다 생각하니 투기심으로 죽을 것 같았어.

목이는……, 나의 동생이었다. 아버지의 피를 같이 이어받았으나 어머니가 천함에 운명이 갈리었던 나의 동생. 그걸 어린 시절부터 알았고 때론 동정했지만 또 싫었어. 그렇게 천한 것이 내 동생이라니……. 그런 못된 마음으로 그 아이를 괴롭혔지. 내 대련 상대로 그가 정해진 후 같은 스승 아래서 무武를 배우게 되면서 내 편협한 마음은 도를 더해 갔어. 탁월했으니까. 목이는 탁월했다. 스승이 목이의 신분이 천함을 한탄할 정도로. 그래서 아버지에게 그를 서얼로 인정해 달라 청을 넣으실 정도로 탁월했지. 하지만 어머니가 절대로 허락을 하지 않으셨어. 아직도 목이의 어미를 용서하지 못하셨던 거야. 사실 그 어미의 잘못보다는 아버지의 잘못이 컸거늘. 그리고 어리고 잔인했던 나는 더 이상 목이가 스승에게서 가르침을 받지 못하도록 어머니에게 부탁을 했어. 그에게서 학문에 대한 열망을 보았으니까. 혹여 학문에서조차 나를 앞설까 두려운, 참으로 옹졸한 마음에. 언제나 나는 목이를 경계하고 멸시했었어.

그런 목이를 다연이 보아 주다니. 학문의 열망을 채워 주다니! 투기심이 내 모든 이성과 분별을 불태웠어. 그래서……, 그녀를 갖고도 마음은 갖지 못했음에 더 괴로워졌지. 사모하는 이에게 상처만 주는 자신을 견딜 수가 없었어. 그러면서도 오로지 나만이 그녀를 갖길 원했고, 그녀가 나만을 봐 주기만을 원해서 농월당을 지었다. 나의 소망은 농월을 하듯이 서로를, 서로만을 바라보는 것이었어. 한데 그녀는 설란의 존재에도 흔들리지 않았기에 나는 거의 포기했었다. 이 여인은 내 것이 될 수 없구나. 다연이라는 달빛은 나만을 비추는 것이 아니로구나. 거의 포기했던 순간에 그녀가 내게 가슴을 열어 주었지. 그것은 기적이었다. 서로를 향한 사모하는 마음을 확인하고 기꺼이 서로의 것이 되는 일은 진실로 기적이었다. 나는 절대로 그 기적을 놓치지 않을 작정이었어. 그런 결심은 지금도 마찬가지지. 나는 절대 그대를 포기하지 않아.

치우의 팔이 나를 세게 조여 왔다. 그것이 가능하다면 그의 품에서 작게, 눈에 보이지 않을 정도로 작게 부서져서 치우에게 흡수되고 싶었다. 그러면 우리는 다시 헤어지지 않을 수 있을 텐데. 헤어짐……, 나의 죽음. 아니, 너의 죽음.

"그런데 어째서 목이와 그렇게……, 그렇게 목숨을 걸고 싸우게 된 거야? 우리는 그렇게 행복했는데……, 어째서……."

"……결국엔 나의 어리석음 때문이었다. 지신이 되고 나서야 진실의 형상을 올바로 알게 되었지. 이제는 모두 보여 줄 수 있겠구나. 그대와 나, 설란과 목이, 우리 모두의 진실을……. 그것이 비록 그대를 아프게 할지라도 우리의 진실을 그대가 알아야겠기에, 과거의 내 눈과 지신의 눈을 빌려 그대에게 보여주겠다. 그대 부디……, 너무 많이는 아파하지 마라."

그렇게 말하며 치우는 두 손으로 내 눈과 머리를 감쌌다. 서늘하고 환한 빛이 진실의 눈을 열어 주었다. 거대한 책처럼 과거가 빠르게 눈앞에 펼쳐졌다.

지신의, 치우의 눈을 빌려 보는 농월당은 어둠에 먹힐 듯하다. 달빛에 희미하게 목이의 날랜 몸이 비친다. 순식간에, 소리도 없이 마루에 뛰어오른 그가 불 꺼진 문 앞에서 간절히 다연을 부른다.

"아씨, 다연 아씨……, 소인 목이입니다. 아씨, 제발 일어나 주십시오."

그날이구나! 그 밤이구나! 나의 의식이 다연의 몸을 잠시 차지했던 그날! 과거의 지신과 내가 이야기를 나누었던 날. 그렇다면……, 정신이 아찔해진다.

"아씨……, 목이입니다. 듣고 계시지요? 아씨……, 제가, 아씨를 당치도 않게, 사모하고 있습니다. 그 마음이 저를 이곳으로 내몰았습니다. 아씨의 마음을 확인하고 싶음에……, 이리 어리석은 짓을 하고 있습니다."

방 안에선 나의 의식이 다연의 몸에서 눈을 뜨고 있다. 안돼! 돌아가! 제발, 제발 깨어나지 마.

"제발 답해 주십시오. 아씨……, 답을 주십시오."

목이의 목소리는 간절하다 못해 애절하다.

"아씨, 소인 이 마음에 목숨을 걸었습니다. 싫다 밀어내셔도 순순히 받아 드릴 것이니 제발 답만은 주십시오. 그리하지 않으시면 소인 평생 한이 될 것 같습니다, 아씨……."

목이가 무릎을 꿇고 있는 문 앞을 향해 나의 의식에 잠식당한 다연의 몸이 다가서고 있다. 안 돼! 말하지 마! 그는 치우가 아니야! 그러나 나는 다연의 목소리를 빌려 돌이킬 수 없는 말을 해 버린다.

"왜……, 내게 마음을 주는 거지? 왜 하필이면 나를……, 왜……."

"아씨만이 오직 나를 사람으로 대해 주셨으니 온 마음을 바칠 수밖에 없었습니다. 마음은, 사람이 사람에게 전하는 것이니 사람인 나의 마음을 드릴 수밖에요……. 태생이 천하여 아비에게 외면당하고 어미에게 버림받은 저를 아씨만이 사람으로 대해 주셨습니다. 그리고 소망을 갖게 해 주셨지요. 천한 신분 때문에 그것을 갖는 것조차 죄가 되었건만……, 그런 소인의 소망을, 열망을 아씨께서 살펴 주셨습니다. 그러니 어찌……, 사모의 마음을 바치지 않을 수 있겠습니까."

그는 온몸으로 울고 있다. 절규하고 있다.

"소인, 아씨를 연모하였으나 아씨의 마음을 바라는 것은 당치 않은 일이라 여겼습니다. 하나 오늘 그런 당치 않은 일에 목숨을 걸어도 좋다, 그리 결심했습니다. 그러니 제발 답해 주십시오."

그때 아니라고 말해야 한다는 나의 생각을 따랐어야 했는데……, 어리석은 나의 마음은 지신의 말대로 운명을 비틀고 만다.

"나의 마음이 너와 다르지 않아."

나는 본다, 목이의 눈물을. 행복과 불행이 거기 함께 있다.

"하지만……, 이번 생에서는 함께일 수 없어. 그러니까……, 미안해."

미안해. 미안해, 기하 오빠……. 난 다음 생에서도 오빠와 함께일 수 없었어. 어째서 우리에게 이런 일이 생긴 거지? 어째서 나는 이런 일을…….

"……저는 목숨을 걸었으나 저와 함께하여 아씨께 목숨을 걸어 달라 요구할 수 있겠습니까. 이놈처럼 천한 것에게 마음을 주셨다는 것……, 그것만으로도……, 소인 죽어서도 행복할 것입니다. 평생 아씨 곁에 있는 것만으로 소인은 되었습니다. 된 것입니다. 다음 생에서는 아씨를……, 제 연모를……, 꼭 이룰 것입니다. 약속해 주십시오."

"……약속할게. 다음번에, 다음 생에서는 꼭……."

나는 지킬 수 없는 약속을 그에게 한다. 목이는 나의 약속을 믿었다. 기하 오빠도 나의 약속을 믿었다. 그래서 내 곁에서 태어난 것이리라. 치우의 얼굴을 하고서. 아픔에, 슬픔에 허리가 휜다.

약속을 믿었던 남자, 약속을 지켰던 남자, 목이가 멀어져 간다. 내가 약속을 지키지 못한 기하 오빠, 미안해. 미안……. 내가 우리 운명에 저지른 일에 대해 비통해하기도 전에 또 다른 운명이 펼쳐진다.

짐을 부려 놓게 하고 빈방에 홀로 앉아 서찰을 쓰는 설란의 어깨 위에 또다시 어여머리가 얹혀 있다. 붓의 움직임에 떨잠이 흔들리고 연지 바른 입술이 소곤소곤 글자를 따라 읽고 있다.

"아씨께서 돌아가신 후 제가 오랫동안 치욕의 옥에 갇힘에도 그것을 몰랐다는 것을 깨달았습니다. 그것도 제 스스로 자처한 일이었지요. 가난보다는 화류를 택했고, 부귀영화보다는 연모를 택한 저이지만 갇힌 연약한 나비가 되는 것은 싫습니다. 얼어 죽는 한이 있더라도 자유로운 나비여야 설란다운 것이기 때문이지요. 해서 돌아가려 합니다. 화림동에서 연모의 마음들이 빚어내는 일들이 마땅히 그리되길 바라옵니다."

서찰을 고이 접는 설란의 손은 정갈하다. 그러나 그녀의 붉은 입술에서 흘러나오는 말은 정갈하지 못하다.

"화림동에서, 농월당에서 연모의 마음들이 어떠한 일을 빚어낼지 지켜보지요. 제가 바라는 바처럼 마땅히 그리되길……."

그녀의 손을 떠난 서찰은 몸종 아이의 손에 들리고 다시 다연의 손에 흘러든다. 설란이 뿌린 투명한 독毒은 낮은 빛을 발하는 금반지로 돌아왔다. 그녀는 다연이 보낸 금반지를 손안에 꼭 쥐고 화림동을 떠난다.

화림동의 낮은 담에 매달려 자신을 향해 수군거리는 이들의 시선에도 고개를 꼿꼿이 들고 떠난다. 그러나 나귀의 등에 앉아 고삐를 쥔 그녀의 손은 수치를 새긴 듯이 팽팽하다. 설란은 농월당을 돌아보지 않았다.

화림동에서 멀지 않은 고을에 짐을 푼 설란의 앞에 서찰 두 개가 놓여 있다. 그녀는 무표정하게 서찰 하나를 들어 소리 내어 읽는다.

"이곳 농부들의 마음도 풍족하게 익어 가고 있습니다. 처마 밑 제비들 가을 하늘을 날며 잠자리를 낚아채는 것이 아직은 남으로 갈 생각이 없나 봅니다."

다연의 서찰이다. 저것이 어찌 설란의 손에 있는 것일까? 훔쳐 낸 것인가? 걱정스러운 마음에 다른 서찰로 눈길이 간다. 글씨체가 눈에 익다. 다연의 서찰을 내려놓고 다른 서찰을 집어 드는 설란의 얼굴에 표정이 스민다. 슬픔과 한, 그리고 분노가 거기 있다.

"다연茶蓮, 청완[19]한 그대 이름을 불러 보오. 또한 그 이름과 다르지 않은 그대를 그려 보오. 그대와 나, 부부의 연으로 맺어진 귀한 인연이건만 어찌 이리 두 마음이 만나기가 어려운 것인지. 나는 또 어찌 그대 앞에서는 그리 옹졸하고 편협한 사내가 되는지 모를 일이오. 삼백예순날 그대를 그리지 않는 날이 없건만, 어느 밤인들 그대를 안고 싶지 않은 때가 없건만 이 마

19. 청완(淸婉) 맑고 예쁘다

음을 그대에게 보이기는 왜 그리 어려운지 알 수 없구려. 그러나 이 서찰 역시 그대에게 전하지는 못할 것 같소. 전하는 서찰이 전하지 못한 서찰의 백분지 일밖에 되지 않음을 그대는 알 수 없겠지. 전하지 못한 마음의 깊이를 알지 못하듯이."

설란은 치우의 서찰을 구겨 버리려다 말고 다연의 서찰과 함께 접어 품에 넣는다. 밖은 이미 어두운 밤. 쓰개치마를 쓴 설란은 몸종도 떼어 놓고 담과 담을 돌아 외떨어진 초가집으로 몸을 숨긴다.

"자네가 모사模寫를 기가 막히게 잘한다지?"

설란의 물음에 마주한 사내는 그녀의 얼굴을 보지 않고 고개를 끄덕인다.

"여기 두 개의 서찰이 있네. 이 글씨대로 모사할 수 있겠나?"

그녀에게서 서찰을 받아 펼쳐 보는 사내의 눈빛이 날카롭다.

"할 수 있겠나?"

사내는 말없이 고개를 끄덕인다. 설란은 사내 앞에 엽전 꾸러미와 금반지를 내어놓는다. 다연의 금반지다.

"이 정도면 사례로 모자람이 없을 것이네. 우선 이것을 모사하는데, 내 불러 주는 대로 쓰시게."

설란이 내민 것들을 서둘러 챙긴 사내는 주섬주섬 모사를 할 준비를 한다. 종이를 뒤적거리고 붓을 고르는 일에 사내는 신중을 기한다. 그리고 마침내 무거운 묵향이 방 안을 채우자 설란이 입을 열었다.

"목이, 그대의 마음을 내 어찌 모르겠소. 내 마음도 다르지 않기에 위험을 무릅쓰고 그대에게 글을 가르쳐 준 것이 아니겠소. 나의 가문이 아닌 오직 나만을 바라보는 그대처럼 나 또한 신분의 얽매임 없이 그대를 바라고 있소. 혼인을 한 몸이 아니라면 언제든 그대를 따라나섰으련만, 그리하지 못하는 이 몸이 원통할 뿐이오."

설란의 목소리는 글자의 옷을 입고 다연의 것으로 바뀐다. 어째서 이렇게까지……. 아무리 그래도 그렇지 이렇게까지……. 나 또한 분노한다.

"이번엔 이 서체를 모사하여 쓰시오."

그녀의 명에 사내는 새 종이를 꺼내 펼친다.

"설란아, 너를 보내고 매일 밤 그리워 잠을 이루지 못하겠구나. 벼슬자리만 아니었다면 결코 혼인하지 않았을 흉한 여인을 후사를 보기 위해 품어야만 하는 나를 용서해 다오. 그 여인에게 베푸는 모든 다정한 눈길과 손길은 설란 너를 향한 것임을 한시도 잊지 말아 다오. 후사 문제만 해결이 되면 그 즉시로 너를 다시 불러 올려 소실로 삼겠다는 내 약조를 잊지 말거라. 언제나 내 혼은 너의 품에 있노라."

이것은 설란이 치우에게 듣고 싶은 말이었으리라. 그녀의 눈동자에 설핏 눈물이 맺히는 것 같다. 그리고……, 아름다운 설란의 얼굴이 흐려지며 내가 아는, 잘 알고 있으나 알아볼 수 없는 여자의 얼굴과 겹쳐지는 것을 보았다. 누구지? 너무나 순식간의 일임에 나는 그 얼굴을 놓치고 만다.

사내에게서 서찰을 받아 든 설란의 얼굴은 견고하기만 하다. 달도 없는 밤, 다시 담과 담을 돌아 거처로 돌아가는 설란의 뒷모습이 소슬하다. 사랑받지 못한 모든 이의 어깨가 그러하듯이.

다연과 치우의 다정多情은 목이에게는 거짓된 무정無情으로 비춰지고 가슴속 지닌 칼을 벼리게 만든다. 뻐꾸기 울음에 제 울음을 보탤 때도, 임신한 다연과 치우가 행복에 겨워할 때도 목이는 숨어서 울고, 숨어서 분노했다.

지신의 눈을 빌린 것이 아니라 나를 드러낼 수 있었더라면 숨어 우는 그를, 숨어 분노하는 그를 보듬어 주고 싶었다. 진실을 말해 줄 수 있다 할지라도 난 그럴 수 없었을 것이다. 실은 다연은 너를 사랑하는 것이 아니야. 치우는 설란이 아니라 다연을 사랑해. 다연 역시 그를 사랑해. 그러니까……, 너는……. 거짓보다 진실이 더 잔인할 수도 있다. 그러나 설란은 진실의 이름을 빌려 잔혹한 일을 벌인다. 아니다. 그것은 진실의 이름이 아닌 연모의 이름을 빌린 것이다. 나는 그녀가 벌인 일을 복수라고 말하고 싶지 않다. 그녀는 다만 지독한 연모를 했던 사람일 뿐이다. 치우처럼, 목이처럼, 그리고 나처럼.

청명절, 화림동은 풍악 소리와 웃음소리로 떠들썩하다. 어느 담 아래, 망설이는 섭이가 보인다. 나는 섭이의 어깨에 놓인 손이 누구의 것인지 알 것 같다. 설란이다. 쓰개치마로 얼굴을 가리고 있지만 연지를 바른 붉은 입술은 그녀의 것일 수밖에 없다.

"내 말대로만 하면 되는 것이야. 이 서찰을 나리께 전하기만 하면 된다. 그리하면 이것을 네 어미에게 줄 수 있다니까. 평생 가도 네 어미가 이런 것을 만져나 보겠느냐. 생각해 보아라. 네가 어미에게 줄 때 얼마나 기뻐하시겠어?"

설란은 섭이의 손에 진홍빛 노리개를 쥐어 준다.

"……그냥 전하기만 하면 되지요?"

홀린 듯 노리개를 바라보던 섭이가 작은 소리로 설란에게 묻자 그녀는 고개를 끄덕이며 웃어 준다. 이제 아이는 망설이지 않는다. 한 손에는 노리개를, 다른 손에는 서찰을 쥐고 언덕으로 내달린다.

섭이가 화림동의 담을 돌고 농월당을 지나 언덕을 오르는 것을 설란은 오래도록 그 자리에서 지켜본다. 기뻐하는 빛은 없다. 공허, 아름다운 그녀의 얼굴에 메울 수 없는 공허가 자리한다. 공허한 설란, 소리와 사람에 파묻힌다. 그리고 파묻힌 후 다시는 떠오르지 않았다.

농월당 사람들도 일찍부터 답청踏青 준비를 하여 들로 나가고 집안에 남은 것은 부엌에서 지짐질을 하고 있는 섭이 어멈과 다연뿐인 것 같다.

"섭이는 마을에 내려갔는가?"

찬합에 정결하게 음식을 꾸리며 다연이 묻는다.

"아휴, 말씀 마십시오. 아침 댓바람부터 내려가서 감감 무소식입니다. 배가 곯아야 기어 들어올 작정이지요."

"하긴 친구들과 한창 장난질을 치고 싶을 때이니……. 그만 하면 되었네. 남은 음식은 섭이 들어오면 챙겨 주고……."

다연의 말에 섭이 어멈은 아니라고 손사래를 치면서도 입이 벌어진다. 그 흐뭇한 마음을 감추려 그녀는 황급히 묻는다.

"언덕에 오르시는 모습을 뵈니 서방님 차림새가 평시와 다르시던데……. 게다가 검까지 드시고……. 무슨 일이십니까?"

"……내게 검무를 보여 주신다 하셨네. 그래서 달리 보이는 것이겠지."

그렇게 답하며 웃는 다연의 얼굴은 환하다. 얼굴의 홍조차 그 빛에 가려질 정도다. 그녀가 빛이라면 목이는 그림자다. 더 이상 빛도 스밀 수 없는 절망의 그림자 앞에 선 이는 설란의 몸종이다. 몸종이 그에게 내민 서찰을 낚아채고 싶다. 보지 마! 제발 보지 마! 하지만 나는 지신의 눈을 빌린 나약한 인간일 뿐이다.

치우의 서체를 빌려 말하는 설란의 거짓에 목이는 이제 숨지 않는다. 숨어 울지도, 숨어 분노하지도 않는 목이는 숨겨 놓은 검을 들고 언덕으로 내달린다. 그의 뒤로 물러나는 풍경은 봄의 푸른빛이 아닌 붉은빛이다.

온 천지가 푸름으로 가득한데 치우와 목이, 두 남자만이 붉게 타오르고 있다. 서로를 노려보는 눈동자가 담고 있는 맹렬한 분노를 그들은 검으로 써내려 간다. 서로가 휘두르는 불검은 상대방의 피로 글자를 쓰고 있다. 증오의 글자다. 그들의 피비린내가 풀냄새와 뒤섞여 검의 궤도를 어지럽힌다. 거친 호흡에서 다연을 향한 정념과 서로를 향한 증오가 뿜어져 나왔다. 먼저 입을 연 것은 치우였다.

"내 분명 그녀에게 눈길도 주지 말라 했거늘……. 너 따위가 감히!"

"그렇지요. 나리께서는 처음부터 제가 나리와 같은 피를 이어받은 것에 분노하셨던 것이지요. 해서 아씨에게 마음도 없으시면서 지금 이리 검을 드신 것이지요."

"무슨 헛소리를 지껄이는 것이냐! 네놈이 완전히 돌았구나!"

치우의 검은 들짐승의 피 묻은 이빨처럼 목이의 머리를 가격하지만 쉬이 상처를 내지는 못한다. 서로에 대한 증오에만 집중을 한 그들은 다연이 언덕에 모습을 드러낸 것도 알아차리지 못한다.

"아씨께서는 진즉에 내게 마음을 주셨으나 나리에 대한 의義는 버리지 않으셨소. 한데 나리는 계집에 홀려……. 부끄러운 줄 아시오!"

목숨을 건 목이의 외침에 색이 있다면 처절한 핏빛일 것이다.

"천한 놈이 상전을 우롱하고 그 처까지 넘보다니……."

"상전? 단지 어미가 달라서, 나리의 운이 좋아서 갈린 운명이 아니더이까? 운이 좋아 그 자리에 있고, 운이 좋아 아씨를 차지하게 되었으면서……. 내 마음을 욕보이지 마시오! 한 번도 더럽혀 본 적이 없는 나의 마음이오!"

"네놈이 죽으려고 작정을 한 모양이구나. 내 필시 너를 죽이고야 말 것이야!"

그들이 휘두르는 검은 정靜과 동動, 모두를 잃고 자신들의 마음처럼 난亂하다. 그들은 지금 무인도 형제도 아닌 연적으로 검을 겨누고 있는 것이다. 연적인 두 남자의 핏방울이 다연의 치맛자락을 적시고 충격이 그녀의 혼을 흔들었다.

"단칼에 죽이지 못하니 분하시오? 버러지만도 못한 천것의 목숨이 질기기도 하지요?"

"입 닥쳐라! 닥쳐! 네놈을 그날 찢어 죽였어야 하는 것인데!"

그들은 서로의 피에 젖고, 서로를 향한 증오에 젖고 있다.

"나리께서 기생 년 치맛자락에서 놀아나실 때는 왜 그런 생각을 못 하신 것이오?"

"닥치라고!"

격분한 치우가 목이를 내리쳤을 때 다연의 비명이 허공을 가른다. 그러나 치우도, 목이도 검을 거둘 수가 없다. 밀리는 쪽은 치우의 검이다. 아마도 다연의 존재를 그가 인식함과 동시에 살기殺氣를 잃어 갔기 때문일 것이다. 하지만 단 한 호흡이면 치우에게 치명상을 입힐 수 있었던 목이가 검을 거둔 것 역시 그녀 때문이었다. 쓰러진 치우와 목이 사이에 선 그녀 때문에.

"그만하시오! 나를 사모한다는 이유로 내가 사모하는 이를 해하려 하지 마시오. 그를 해하는 것은 나를 수백 번 죽이는 것과 같소. 그러니……, 제발 그만하시오."

다연의 호소에 목이는 비틀거린다. 그의 눈빛도 비틀거린다.

"무슨……, 말씀이십니까? 아씨께서는 저를, 목이를 사랑한다고, 그리 말씀하시지 않았습니까!"

나는 눈을 감고 싶다. 그의 말은 틀림이 없으나 또한 다연의 말 또한 틀림이 없기에.

"나는, 한 번도 그대를 사랑한다 말한 일이 없소. 그대를 측은하게 여긴 일은 있으나 한 번도 지아비처럼 오롯한 마음으로 연모한 일은 없소."

그녀의 말에 목이의 마음이 부러진다. 나는 보았다. 치우에 대한 분노가 그대로 다연에게로 향하는 것을. 그리고 사랑을 잃은 한 남자의 광기를.

"아니, 아니야! 그대는 나를 사랑한다 했어! 사랑한다고!"

절규하는 목이의 목소리가 하늘을 찢어 내듯 그의 검이 다연의 가슴을 베어 낸다. 그녀를 벤 목이는 검을 떨어뜨린 채 뒷걸음질을 친다. 그녀를 벨 때 이미 그의 가슴에선 분노가 사라지고 돌이킬 수 없는 후회가 자리했음에.

거의 같은 순간, 치우가 쓰러지는 다연을 품에 안는다. 다연의 고운 치마에 피가 스미고 그녀는 치우의 얼굴을 쓸어내린다. 그녀를 안고 있는 치우의 어깨가 떨리고 있다.

"왜……, 목이를 연모하면서……, 아니라 한 것이오?"

비애에 찬 치우가 빛을 잃어 가는 다연의 눈동자를 보며 묻는다.

"……사실이 아니니까요. 제……, 모든 연모가 향하는 단 한 곳에……, 그대가 있음을……, 어찌 의심하십니까?"

"하지만……, 그에게 보내는 서찰엔……."

"눈앞의 저를……, 믿지 않으시고……, 한낱 글자를 믿으시다니……. 그러나 원망치……, 않습니다. 원망치……."

다연의 말은 진실의 검이 되어 치우와 목이, 두 남자의 혼을 벤다. 죽어 가는 다연을 안고 있는 치우도, 그들의 뒤에서 무릎을 꿇고 있는 목이도 눈물을 흘리고 있다. 저 멀리 검은 형상이 다가오고 있다.

"저승사자인가?"

겨우 숨을 쉬고 있는 다연이 이렇게 말하자 치우는 그녀의 어깨를 움켜쥐고 허공에 소리 질렀다.

"내가 대신 죽겠소! 그녀 대신 내가 죽겠어. 그녀를 데려가지 마시오!"

그러나 그들 앞에 나타난 자는 저승사자가 아니었다. 검은 옷을 걸치고 흙빛 눈동자를 가진 지신이었다. 그의 목소리는 낮게 울리는 천둥소리 같았다.

"나는 지신이다. 저 여인 대신 죽겠다는 말에 거짓이 없는가?"

"참이오. 이 여인을 살려 준다면, 내 기꺼이 죽으리다."

지신의 물음에 답하는 치우의 음성은 결연하다.

"나는 저승사자를 막을 수는 없다. 하나 교란시킬 수는 있지. 그 여인을 치유해서 말이야. 그러나 이미 저승에 죽을 이가 있다고 통보되었고 곧 저승사자가 당도할 것이다. 저 여인 대신 누군가의 혼이 따라나서야 할 것이다."

"내가 따라가겠소. 내가……. 그러면 이 사람, 살 수 있소?"

"살 수 있다."

"살려 주시오. 이 사람은 살려 주시오. 내 죽으리니 어서 살려 주시오."

치우의 대답에 지신은 고개를 끄덕이지만 다연을 소생시켜 주지 않고 가만히 치우를 내려다보기만 한다.

"무얼 하시오! 저승사자가 오기 전에, 어서 그녀를 살려 주시오!"

"그대는 알지 못하겠지만 저 여인과 나 사이에 인연이 얽혀 이리 나섰다. 어쩌면 내 불찰로 이런 비극이 벌어진 것일 수도 있으니 내 책임이 크다. 그리하여 두 번째로 생과 사를 바꾸는 일을 벌이게 되는 것이구나."

"고맙소. 어찌 된 일이든 은혜를 잊지 않겠으니 이제 제발……."

치우의 절실한 목소리에도 지신은 자신이 할 일을 행하지 않는다.

"……그대는 저 여인의 곁에서 아기가 태어나고 자라는 것을 보고 싶지 않나?"

설마……, 설마 아니겠지? 설마 이것이 지신이 말했던 기회인가? 사람이 될 기회? 안 돼!

"보고 싶소. 그들의 곁에서 살고 싶어. 하나 가능한 것이 아니잖소."

"가능하다. 그대가 내 대신 지신이 된다면 가능한 일이다. 내가 그대가 되어 저승사자를 따라가고, 그대는 여기 남는 것이지."

"그리하겠소."

안 돼! 치우야, 그러지 마. 나의 외침은 그에게 들리지 않고 지신은 다만 치우에게 연민의 시선을 던질 뿐이다.

"쉬이 결정할 일이 아니다. 지신이 되면 그 땅을 떠나지 않는 이상 죽지도 늙지도 않는다. 그 땅 안의 모든 생명과 소통할 수 있고, 치유도 시켜 줄 수 있지. 다른 신이神異한 존재들과도 소통할 수 있는 능력도 갖게 된다. 그러나 죽지 않는 대신 다시 태어남도 없다. 그대가 지신이 되면, 자손들이 태어나고 자라는 것을 지켜볼 수 있겠지. 하나 저 여인이 죽는 것도 지켜보아야 하고, 언젠가 자식이 죽는 것도 보아야 한다. 그래도 지신이 될 것인가?"

"되겠소. 그녀 곁에 있을 수 있다면, 되겠소."

"그대가 저 여인의 곁에 있을 수 있는 것은 길어 봐야 몇십 년이다. 죽음이 여인을 데려간 후에도 그대는 이곳에서 수백 년, 수천 년을 홀로 남아야 하는데, 그래도?"

"……그래도 나는 지신이 되겠소. 이제 어찌해야 되는지 알려 주시오."

지신은 순식간에 치우의 앞에 섰다. 흙냄새가 홍수처럼 밀려들었다.

"나는 치유의 힘은 있으나 파괴는 금지되었기에 그대 스스로 죽어야 한다."

지신의 말에도 그는 망설임이 없다. 팽개쳐 둔 검을 집어 들고 일어나기 전에 치우가 그녀의 귀에 속삭였다.

"이것은 나를 위한 선택이오. 그대 곁에 있고자 하는 나를 위한 선택……. 가슴 아파 마시오. 매일, 매순간, 그대 생의 마지막까지 나는 그대 곁에 있을 것이오. 그러니 슬퍼도 마시오. 그리고 언젠가 그대 생이 끝난다면, 그때는 다시 태어나 반드시 내게 돌아오시오. 이곳에서 내 언제까지라도 기다리겠소. 천지가 끝날 때까지 그대를 기다리고 기다릴 것이니 나를 잊지 마시오. 꼭, 그대를 다시 사모할 수 있도록 나를 찾아오시오."

그녀를 살며시 풀밭 위에 눕혀 주고 일어선 뒤 치우는 자기 가슴에 검을 세운다. 오래전 그의 조상이 그러했듯이, 세상에서 가장 소중한 마음을 위해 목숨을 버린다. 그의 눈동자엔 오직 다연만이 자리한다. 이윽고 빛을 머금은 검이 치우의 가슴을 파고든다. 붉은 피가 솟구친다. 불멸의 연모가 흐른다.

생명이 사라지는 와중에도 그는 다연에게 가까이 가기 위해 마지막 힘을 다한다. 그러나 그의 육신은 이미 죽음이 지배하고 그는 무너져 간다. 그녀를 강하고 따뜻하게 안아 주던 두 팔을 그녀에게 벌려 보지만 안을 수 없다. 품을 수 없다. 오직 변함없는 혼으로 그녀를 안아 줄 수밖에 없다. 결국 그는 홀로 쓰러지고 만다. 그렇게 그가 쓰러진 후 정신을 차린 다연이 비통해하며 치우를 끌어안는다.

"여보, 여보……, 눈을 떠 봐요."

간신히 눈을 뜬 치우의 얼굴에 안도감이 퍼진다. 그의 미소는 행복하기까지 하다.

"무……, 무사하구려. 그대……, 무사해. 다행이다……. 내가……, 지켜……, 주겠어.”

“그래요. 그대가 지켜 줘야 해요. 언제까지나……. 그러니까 눈감지 마요. 내 곁에 있어요.”

“곁에……, 늘……, 사모하는……, 그대를…….”

다연이 그를 위해 자장노래를 불러 준다. 지상에서 가장 슬픈 자장노래다. 그렇게 슬픈 그들을 바라보는 목이는 이미 혼을 버린 것 같다. 자책감과 비통함만이 그를 채우고 있을 뿐이다.

“분명 저와, 이 목이와 다음 생을 약속하셨건만……, 아니, 아직도 저는 믿습니다. 그 약속, 믿어…….”

그의 말은 다연에게 들리지 않는다. 비틀거리며 화림동을 떠나는 그도 보이지 않는다. 그녀는 오직 자신의 팔에서 죽어가는 치우만을 느낄 수 있을 뿐이다. 그러나 곧 치우의 혼도 육신을 떠난다. 그리고 소중한 인간의 혼을 지신과 바꾸고 스스로 지신이 된다.

지신이 된 그는 다연의 곁에 선다. 그녀의 눈물이 자신의 육신을 적시고 있음을 바라볼 수밖에 없다. 그녀의 애처로운 손길이 그의 얼굴을 쓸어내리고 곧 통곡이 땅을 덮는다. 다연이 느낄 수 없는 지신의 팔이 그녀를 감싸 안는다. 그러나 통곡은 그치지 않는다. 그날로부터 기다림이 시작된 것이다. 그날로부터 치우는 나를 기다려 왔다.

34
너의 심장

과거의 흐름은 우리의 혼을 뒤흔들며 지나가는데 현재의 시간은 멈춰진 채다. 치우는 이제 내 품에 안겨 있다. 과거의 모든 순간을 기억할 수는 없으나 우리의 마음은 내 혼에 새겨졌기에 그가 보여 준 이야기에 가슴이 저몄다.

풀밭에 벗어 놓은 그의 갓이 햇살에 검은빛을 내며 빛났다. 내 손은 망건을 두른 그의 머리를 쓰다듬고 있다.

"그래서 지신이 되어서 다연을 지켜본 거야?"

"그래, 그녀가 우리의 아기를 낳고, 아이가 장성해 혼인을 시키고……, 굳세고 장하게 살아가는 걸 지켜보았지. 세월이 그녀를 노쇠하게 하고 죽음이 찾았을 때에도 나는 그녀 곁에 있었어."

"다연의 앞에 나타나지는 않았어? 왜?"

"……그녀가 못 견딜 것 같아서……. 죄책감을 느낄 테니까. 그래서 참았다. 매일 우리 아이에게 옛이야기를 해 주는 그녀 곁에서 내 목소리를 보태고 싶어도, 밤마다 눈물로 베갯머리를 적시는 그녀를 안아 주고 싶어도, 생의 힘겨움에 휘청거리던 그녀를 일으켜 세워 주고 싶어도 참았다. 그대도 죄책감을 느끼지 마라. 나의 죽음은, 나의 기다림은 그대 곁에 있고 싶은 내 선택에 의한 것이니 그리하지 마라. ……내 죽는 그 순간, 떠올린 기억이 하나 있었지. 어린 시절, 이 언덕에서 아버님께서 만들어 주신 목검을 들고 있는데, 괴상한 옷차림을 한 귀신을 보았었던 기억이었어. 무릎이 나오는 해괴한 치마를 입고 머리도 짧게 잘려져 괴상망측한 모습에다 붉은빛까지 감돌았기에 나는 목검을 휘두르고는 도망쳤었지. 계속 잊고 있었던 그 기억이 육신이 죽고서야 생각났어. 그리고 귀신이라 여겼던 그 소녀가 바로 다연의 환생임을 알 수 있었다. 그녀는 결국 나를 찾아오는구나. 기어코 우리는 만나게 되는 것이구나. 그래서 기쁘게 지신과 내 자리를 바꿀 수 있었지. 수백 년의 세월을 기쁘게 기다릴 수 있었어."

그래, 그 아이는 역시 치우였구나. 현재의 내가 과거의 치우와 만났음에 기뻤다. 그래서 더 꼭 치우에게 안겼다.

기하 오빠의 최후를 함께한 감나무, 나비 무덤에 기대어 치우를 안고 있는 것에 기하 오빠에게 미안해야 하는 것일까, 아니면 수백 년 나만을 기다려 준 치우를 안고서 기하 오빠에게 미안함을 느끼는 그것이 더 미안한 일일까? 가눌 수 없는 감정이 차오를 때 치우가 말했다.

"그대에게 고백할 것이 있다. 그대가 알게 되면 날 경멸하게 될지도 모르는 일이지."

"무엇을?"

불안함에 나는 그의 머리를 품에 꼭 안았다. 다연이 그러했던 것처럼. 아니, 내가 그랬던 것처럼.

"언젠가 그대가 기하에게 읽어 주었던 책, 기억하나? 이국의 이야기였지. 자신과 사랑하는 여인을 갈라놓은 모든 사람들을 향한 복수를 했던 사내의 이야기……."

각오를 하고 있었던 나는 잠시 어리둥절해졌다. 『폭풍의 언덕』과 기하 오빠에 대한 사죄는 1퍼센트의 상관관계도 없어 보였으니까.

"『폭풍의 언덕』 히스클리프 말이야? 그게 왜……, 무슨 관계인데?"

"그래, 그 사내. 그대는 그 사내의 분노를 이해할 수 없다고 했었지."

그랬다. 복수를 위해 모든 것을, 주변의 인간들과 자신의 아들과 자기 영혼까지도 파괴해 버린 그의 분노를 이해할 수 없었다.

"나는 그 사내를 이해한다고 했었다. 동정하는 것과는 다르게 완전히 이해하며 그의 분노가 나와 다르지 않음을 안다. 나 또한 사랑하는 여인을 죽음에게 빼앗겼으니까. 어느 누구도 그녀와 나 사이를 가로막는 이는 용서할 수 없으니까."

치우는 내 품에서 벗어나 나를 마주 보았다. 내가 사랑한 사람의 얼굴, 보는 것만으로도 가슴이 무너지게 하는 임의 얼굴.

"기하가 태어났던 날, 수백 명 내 자손의 한 사람이었던 그가 그자의 환생임을 알아보았어. 그자가 그대를 만나기 위해 이 집안에 환생을 했다면, 그대 역시 내 곁으로 돌아올 날이 얼마 남지 않았다는 것이기에 오히려 기뻤다. 그런데 기하가 커 갈수록 과거의 내 얼굴과 다르지 않다는 것에 분노할 수밖에 없었어. 어쩌면 그는 나의 자손이기 때문에 나를 닮는 것일 수도 있지만, 달리 생각하면 그는 그대의 마음을 갖기 위해서 내 얼굴을 훔친 것일 수도 있었으니까. 그대에 대한 나의 집착이 기하에 대한 분노로 이어졌다. 이곳, 이 감나무 아래에서 어렸던, 과거의 기억은 아무것도 남지 않은 기하의 눈을……, 멀게 했다. 감나무에서 떨어져 정신을 잃은 그를 보며 나는 생각했다. 다시는 그녀를 보지 못하게 하겠다. 그녀를 사랑할 수 없게 만들겠다고……. 과거에 어떠했든 기하는 나의 자손이기도 한데……. 아직 어린아이에 불과했는데……, 나는 그에게서 빛을 앗아 갔다."

"……그렇게 기하 오빠가 미웠던 거야?"

"미운 것이 아니라 두려웠다. 나의 얼굴을 한 그가 가까운 미래에 나를 찾아올 그대를 알아보고 그대 마음을 가져갈까 두려웠어. 그래서 그대를 알아보지 못하도록……."

"그래서 너는 그의 얼굴이 되었던 거야?"

"지신으로서 마땅히 지켜 줘야 할 생명을 해쳤으니 당연한 결과지. 천신은 날 용서하지 않고 벌을 내렸다. 내가 해친, 증오하는 이의 얼굴을 하고 살아가도록. 그리고 내가 가장 갈망하는 이에게 진실을 말하지 못하도록. 다만 그대 스스로 깨닫기 전에는 말이다. 내 죄는 그렇게나 중한 것이었다. 이런 나를 용서할 수 있겠나?"

"나는 널 용서할 자격이 없는 사람이야. 하지만 내게 기회가 주어진다면 너를 대신해서 기하 오빠에게 사죄하겠어. 그 벌로 나의 눈이 멀게 돼도 너를 대신해서 용서를 빌겠어. 그렇지만 내가 아는 그는 자신의 운명을 타인의 탓으로 돌릴 사람이 아니야. 자신의 운명을 스스로 짊어지고 간 사람이니까."

"게다가 나는 죽음을 택하는 그를 말리지도 않았다. 다연이……, 그대임을 알려 주지 않았다. 오로지 그대를 향한 나의 마음 때문에. 나를, 경멸……하지 않나?"

"경멸받아야 할 대상이 있다면 그건 바로 나야. 널 수백 년의 세월 동안 홀로 둔 나, 눈을 뜨고도 너를 알아보지 못한 나, 너를 앞에 두고도 기하 오빠를 사랑하게 된 나. 현생의 모든 내가 바로 경멸의 대상이야."

경멸의 대상……. 문득 설란의 얼굴에 겹쳐 보이는 여자의 모습이 떠오른다. 붉고 아름다운 입술……. 번개를 맞은 듯 깨달았다. 그 매혹적인 입술은 명아 언니의 것이다!

"명아 언니……, 설란이었어?"

치우에게 묻는 나의 목소리가 떨리고 있다.

"그 또한 형벌인가 싶다. 설란과 목이에게 내려진 형벌…….

나의 얼굴을 훔치고도, 그대의 사랑을 받고도 다른 이를 사랑해 버린 기하와 나의 얼굴을 한 기하를 사랑한 명아. 운명이 그리 잔인하게 얽히는 것을 막아 보려 명아 앞에 검을 들고 나를 드러내기도 했지. 경고하기 위해서. 제발 돌아가라. 제발 이번 생에서만큼은……. 그러나 그렇게 되고야 말았다. 나는, 그들을 막을 수 없었어."

치우는 고개를 숙인다. 그래, 사람의 마음을 막을 수 있는 것은 세상에 존재하지 않아. 지신도, 천신도, 그 무엇도 사람의 마음을 막을 수 없다. 고개 숙인 그의 얼굴을 다시 내 가슴에 안았다. 치우의 팔이 내 허리를 감싼다.

쉼 없는 시간처럼 하늘 길을 따르던 해가 먼 산으로 지고 노을이 물결쳐 화림동을 채우고 있었다. 물결…….

"화림동이……, 농월당이……, 수몰되는 거 나 때문이니? 내가 너를 사랑해서, 내가 하늘의 뜻을 거슬러서……, 네가 벌을 받는 거니?"

"그대 때문이 아니다. 나 때문이다. 나의 사랑 때문이다. 지신이 되어서도 그대에 대한 사랑을 절대 포기하지 않는 나 때문이다. 그대의 잘못이 아니다."

"……너는 어떻게 되는 거야? 너는 지신인데……."

"나는……, 이곳을 벗어날 수 없다. 설사 이곳이 물에 잠기게 되도 자신이 지켜야 할 땅은 남아 있기에 떠날 수 없다."

"넌 알고 있었지? 그래서 너 없이 세상으로 나가서 살라고 했던 거지?"

그는 답이 없다. 나는 급히 내 허리에 감긴 그의 팔을 풀었다. 허리를 세우고 나를 보는 치우의 얼굴은 평온하기만 하다.

"우리는? 농월당이 물에 잠긴 후에 나는 어떻게 널 볼 수 있는데?"

치우는 손을 들어 내 눈을 감기고 눈꺼풀에 천천히 입을 맞춰 준다. 그리고 언제고 그리울 그 품에 나를 안았다.

"볼 수……, 없다. 가만, 가만히 그대를 안고 있게 해 다오. 나의 것인 그대를 안는 것이 얼마나 행복한지 아로새기게 해 줘."

볼 수 없다는 말에 미쳐 버릴 것 같은 나를 치우는 놓아주지 않는다.

"물속에 잠기어도 땅은 변함이 없다. 산이 깎이고 물길이 변하여도, 수천 년이 흘러도 변함없는 것이 바로 땅이다. 그대에 대한 나의 마음도 그러하다. 천신도 막을 수 없는 나의 연모다. 언젠가 인간이 만든 흉물스러운 것이 무너지고 물이 다시 물의 길을 가게 될 때 그대는 내게 돌아오게 될 것이다. 지금껏 내가 그대를 기다려 온 시간의 몇 배가 걸린다 할지라도 나는 다시 돌아올 그대를 기다릴 것이다. 그러니 그대는 화림동 밖에서 살아가라. 다연이 그러했듯이 씩씩하고 장하게 살아가고, 다시 태어나고……. 그리하여 내게 그대를 돌려 다오. 우리가 서로의 것인 이상 시간은 항상 우리의 편이다."

달라, 다연은 보지 못했지만 네가 곁에 있어 주었잖아. 나는 혼자야. 그런데 어떻게 살아가라는 거야. 안 돼. 너를 보지 못하면 난 살아갈 수 없어. 그렇게 되어 버렸어. 외치고 싶었다. 그러나 나의 절규는 치우의 고독에 비하면 투정에 불과함을 알았기에 그럴 수 없었다.

기하 오빠가 남긴 유언은 진실로 세상의 모든 말을 담고 있는 영원의 말임을 깨달았다. 세상의 모든 말과 앞으로 살아갈 모든 생의 나를 담아 치우에게 말했다.

"사랑해."

그러나 치우는 말의 외피外皮를 걷어 내고 나만을 가슴에 담았다. 그의 가슴에 담긴 나는 영원을 꿈꾸었다.

나의 선택보다 결연하게 삶을 선택한 이오는 나보다 먼저 도시로 돌아갔다. 제 몸도 들어갈 만한 크기의 가방을 든 그녀는 버스 정류장까지 배웅 나온 내게 말했다.

"다시는 이곳에 오지 않을 거야. 이제 이곳은 내게 아무 의미가 없는 장소니까."

이오는 분명 그럴 것이다. 결코 후회하지도 않을 것이다. 대신 그녀는 자신에게 의미가 있는 장소와 시간에서 최선을 다해 살아갈 것이다.

읍내에서부터 출발한 버스가 흙먼지를 일으키며 화림동으로 돌진하는 것이 보였다. 마을에서 공동으로 쓰고 있는 평상에 앉아서 발로 흙을 차던 이오가 갑자기 손가방을 뒤져 무언가를 내게 내밀었다. 영문도 모른 채 그녀가 내민 물건이 무엇인지 알아본 나는 목이 멨다. 너무 오래되어 본래의 색이 노랑임을 간신히 표하는 매듭이 달린 향갑.

"이게……."

"오빠 거야. 옛날부터 집안 여자들이 물려주고 물려받고 그랬던 건데, 어릴 때 오빠가 할머니한테 졸라서 가졌었지. 원래 뭘 가지려고 떼를 쓰거나 그런 일이 없었는데 이건 유독 욕심을 내더라고."

손끝으로 매듭을 만지는 이오의 눈빛이 아련하다.

"왕고모랑 오빠 방 정리할 때는 없었어."

"내가 갖고 있었으니까. 그……, 오빠의 유언장 위에 놓여 있었거든. 그래서 내가 갖고 있었어."

"왜?"

"음……, 오빠가 많이 아끼던 거니까. 물건 중에서는 유일하게 말이야. 사실은……, 아무한테도 말한 일이 없는데……, 오빠가 언덕에서 눈을 다치게 된 거 나 때문이야. 나도 이게 너무 갖고 싶었는데 절대로 오빠가 안 주잖아? 그래서 그날 어떻게든 감나무에 기어 올라가서 거기 걸어 두었거든. 심술이었지. 어린아이 심술에……, 오빠가 감나무에 올라갔고, 떨어졌고, 시력을 잃게 된 거야."

그녀의 목소리가 그려내는 정경을 마음속에 그려 본다.

감나무 가는 가지에서 바람에 대롱거리는 향갑. 작은 남자아이는 한 걸음 한 걸음 향갑을 향해 나무를 오르고 손을 뻗는다. 닿을 듯 안 닿을 듯, 아이는 온몸을 향갑을 향해, 자신의 갈망을 향해 뻗어 본다. 드디어 손안에 넣은 향갑에 만족하는 바로 그 순간, 작은 아이의 몸은 공중으로 수직 낙하를 한다. 겁에 질린 아이의 여동생은 구원의 손길을 찾아 언덕 아래를 향해 달린다. 정신을 잃고도 아이는 손에 쥔 향갑을 놓지 않는다. 분노한 지신은 아이에게서 빛을 앗아 간다. 아이의 여동생이 불러 온 어른들이 언덕 위로 뛰어 올라오고 절규한다. 아이는 세상의 빛을 잃고, 지신은 얼굴을 잃는 순간이다.

잠시 후, 버스는 부옇게 흙먼지를 일으키며 우리 바로 앞에서 문을 열었다. 나는 이오의 가방을 함께 들어 주었다.

"네가 갖는 거 오빠가 좋아할 거야. 처음부터, 네가 농월당에 왔을 때부터 너한테 잘 어울릴 것 같다고 했거든."

이오는 기하 오빠의, 목이의 향갑을 내민다. 나는 받으려던 손을 거둔다. 미안해, 오빠.

"……아니, 나 받지 않을래. 오빠도 이제는 이해해 줄 거야. 내가 받을 수 없단 거."

이오는 고개를 끄덕이며 버스에 올라섰다. 그리고 난 그녀를 향해 외쳤다.

"너 때문이 아니야. 기하 오빠 눈이 그렇게 된 거, 절대 너 때문이 아니야. 내 말 믿어도 돼. 난 알아. 누구 때문도 아니라는 거. 그러니까……."

내 말이 끝나기 전에 문이 닫혔다. 나는 보았다. 다시 흙먼지를 일으키고 화림동을 떠나는 버스 안에서 이오가 울고 있음을. 그녀의 눈물은 슬픔에 의한 것이 아니었다. 아주 오래된 죄책감에서 해방되는 자의 눈물이었다. 이오는 그녀의 말대로 다시는 화림동으로 돌아오지 않았다.

대학이란 곳에 합격을 하고 새 학기가 시작되었지만 나는 도시로 돌아가지 않았다. 치우 곁이어야 했다. 치우를 만나지 못할 삶은 외면하고 싶을 정도로 많이 남았으니까, 치우 곁에 있어야 해. 그 일념 하나로 반겨 줄 사람 없는 농월당에서 머물렀다.

"그대는 이제 도시로 가는 것이 좋겠다."

이렇게 말하는 치우를 나는 어떻게 했던가. 손을 물어 주었다. 흙냄새가 입과 코로 확 밀려들어 왔지만 아랑곳하지 않았다.

"싫어. 그딴 말 하지 마. 도시에서는 늙어 죽을 때까지 살 거니까, 지금 가라는 말은 하지 말라고! 너하고 있을 거야, 너하고."

떼를 부리느라 삐죽거리는 내 입술을 치우는 자기 입술로 부드럽게 당기며 말을 덮었다.

세상의 멸망에서도 나를 보호해 줄 것 같은 그의 품에서는 상상을 할 수 없었다. 물에 잠긴 화림동과 농월당을. 싸늘한 내 등을 따뜻하게 받아 주는 그의 가슴이, 늘 외로움에 움츠러드는 내 어깨를 감싸 주는 그의 단단한 팔이, 내 입술이 서투른 입맞춤을 하던 그의 목덜미가, 먼 옛날 하늘을 날아오르던 날렵한 그의 몸이 물에 잠기는 것을 상상할 수 없었다. 상상할 수 없는 날이 다가오고, 나의 것인 치우를 땅에게 빼앗긴 것으로 모자라 물에게 빼앗긴다는 것이 견딜 수가 없었다. 그러나 시간은 누구에게나 가차 없이 공정하게 흘렀다. 그 공정함이 우리를 다시 만나게 해 줄 것이지만 또한 우리를 헤어지게 만들기도 한다.

"우리, 언덕에 올라가자."

밤이었다. 기하 오빠와 이오, 우리 셋이서 올려다본 여름밤의 수많은 별들이 그대로 옮겨진 것 같은 밤이었다.

지신의 등장에 이슬에 젖은 풀들은 한껏 녹색의 향기를 뿜어 올렸고, 풀벌레들은 소리 높여 반가움을 표했다. 익어 갈 시간을 빼앗길 감들이 총총히 매달린 감나무 아래, 치우는 멀찍이 떨어져서 나를 보았다. 그의 얼굴을 보는 것만으로도 목이 메어 왔다. 그러나 그에게는 기쁜 미소만을 보여 줄 것이다. 나는 환하게 웃는 얼굴로 치우의 품에 안기며 말했다.

"나, 안아 줘. 어느 생에라도 절대로 널 잊지 못하게 안아 줘."

힘차게, 더 힘차게 치우는 안아 준다. 그의 품에서 간신히 숨을 쉬던 나는 까치발을 하고 그의 목덜미에, 입술에 입을 맞추었다. 그리고 팔을 뻗어 그의 목에 매달리고 속삭였다.

"나의 것이 되어 줘."

내 허리를 끌어안고 있지만 치우는 어떤 몸짓도 하지 못하고 그저 내 목덜미에 고개를 묻고 있을 뿐이다. 나는 그의 목에서 팔을 풀고 스스로 원피스 단추를 하나씩 풀었다. 그럼에도 그는 내게 손을 대지 않고 슬픈 눈으로 바라만 본다.

"그대를 안을 수 없다. 그대를 안아서는 안 된다."

그는 돌아섰다. 돌아서서 성큼성큼 언덕을 내려가려 했다. 예전의 나라면 상처 입었겠지. 나를 안지 않으려는 네게. 하지만 나는 이제 달라. 나는 너의 여자야. 나는 너의 영원한 연인이야. 나는 네가 사랑했던 강다연이고, 네가 사랑하고 있는 정교은이야. 아니, 이제 나는 모든 이름을 버릴 수 있어. 나는 달렸다. 달려서 온몸으로 그와 부딪쳐 그를 쓰러뜨렸다. 이제 널 놓지 않아. 쓰러진 그의 위에 걸터앉은 나는 갈망을 담은 치우의 눈동자를 내려다보며 말했다.

"너는 나를 원해. 그렇지? 내가 너를 원하듯이 너도 나를 원해."

그는 손을 뻗어 나의 입술을 만졌지만 답을 하지 않았다. 한없이 슬픈 눈동자. 나는 치우의 한복 옷고름을 풀기 시작했다. 단정했던 그의 옷차림이 나에 의해 풀어헤쳐졌고 그의 눈빛도 흔들렸다. 그러나 그의 단단한 손이 내 손을 붙잡는다.

"원한다. 수백 년의 갈망이다. 아니다. 그대를 향한 나의 갈망은 영원한 것이다. 하지만……"

갑자기 그는 자신의 가슴으로 내 머리를 끌어당긴다. 그리고 왼쪽 가슴에 귀를 기울이게 만든다.

"들어 보라."

허리를 굽히고 그의 벗은 가슴에 볼을 기대었던 나는 눈물이 솟는 걸 간신히 참았다. 너무……, 고요했다. 아무 소리도 들리지 않았다.

"나는……, 심장이 없다. 나는, 사람이 아니다. 이런 내가 그대를……, 어찌 품을 수 있겠어. 이런 내가 그대를 품으면……, 그대에게도……, 이번엔 그대에게도 해가 미치는 걸 막을 수가 없다. 그런데 내가 그대를…….”

비통한 목소리였다. 심장이 없다고? 사람의 마음을 가지면 안 된다고? 나는 주먹으로 그의 가슴을 세게 내리쳤다. 심장이 없다는 가슴 위를 몇 번이나 내리쳤다. 그는 막지 않았다. 나는 나의 가슴을 쳤다. 그러자 대번에 그의 손이 나의 손을 붙잡았다.

“네가 말했잖아! 여기, 내 심장 안에 네가 있다고. 네가 심장이 없어? 아니, 있어! 내가 네 심장을 갖고 태어났으니까. 여기 있는 건 내 심장이 아니라 너의 심장이야!”

나는 그를 내려다보며 외쳤다.

“하늘이 우리를 용서하지 않을 것이다. 그대는 다시……, 태어나지 못하게 돼. 환생을 할 수 없어. 그대의 혼은 이승을 영원히 떠돌게 되는 천형天刑을 받게 된다. 이것을 아는 내가 그대를 어찌 품을 수 있겠는가.”

하늘! 사람의 마음을 막는 것이 하늘이 뜻이라고? 그것이 운명이라고? 나는 믿지 않아. 아니, 그것이 사실이라도 나는 하늘에 지지 않겠어.

“잘 들어. 나는 너를 포기하지 않아. 네가 나를 포기하지 않았듯이 절대로 포기하지 않아. 다시 태어나지 못하게 돼도 나는 너를 선택할 거야. 하늘의 뜻? 하늘의 용서? 나는 우리의 사랑이 누군가의 용서를 필요로 한다는 걸 믿지 않아.”

나의 말에 그는 고통스러운 표정을 짓는다. 어느덧 나의 손을 잡았던 치우의 뜨거운 손이 그를 붙잡고 있는 내 다리에 얹혀 있다. 그의 갈망이 대지를 불태우고 있다.

"수백 년의 시간을 기다린 나다. 나도 그대를 원한다. 그대를 원해……."

"나……, 너에게로 달려왔어. 네가 수백 년의 시간 동안 날 기다렸다면 나 또한 수백 년의 시간을 널 찾아서 달렸어. 네가 이곳 농월당에서 외롭게 기다리는 동안 나 또한 우주를 건넜어. 오직 너를 다시 만나기 위해 달려왔어. 그래, 난 인간에 불과해. 하늘이 벌을 내리면 목숨과 다음 생으로 갚을 수밖에 없는 인간이야. 하지만 나의 마음, 너를 향한 나의 사랑은 하늘도 막지 못해. 자, 여기 내가 있어. 여기서 네가 나를 안아 주기를 기다리고 있어. 나는 이미 선택했어. 너의 선택은 무엇이지?"

마침내 치우의 눈동자에서 결심의 빛을 보았다. 갈망으로 떨리는 치우의 손이 그의 허리를 감싸고 있는 내 허벅지를 불태우며 거슬러 오른다. 그리고 절대 풀리지 않을 채찍처럼 나의 허리와 등을 안으며 몸을 일으킨 그가 수백 년의 숨을 담아 나의 입속으로 들어온다. 나의 임, 곱고 고운 나의 임……. 나는 그의 갈망을 삼킨다. 내 옷을 벗겨 내고 가슴에 얼굴을 묻는 치우를 끌어안는다. 그의 모든 것을 삼키고 싶다. 그의 입술, 뜨거운 숨결, 내 살결을 불태울 듯 감싸는 치우의 팔과 다리……. 내 임의 모든 것. 서로를 품에 안은 우리 아래로 때를 거스른 단풍의 강이 흐르고 있다. 그가 나를 위해 준비한 붉고 노란 가을빛 실로 엮어 만든 융단이다.

"후회……하지 않겠나? 그댄 이제 다시……."

붉은, 갈망의 숨을 몰아쉬면서도 치우는 다시 내게 묻는다.

"후회하지 않아. 그러니까 내 모든 환생의 시간을 너와 함께 있는 이 순간과 바꾸는 거야."

나는 망설임 없이 답했다. 그의 손은 꽃송이인 듯 내 가슴을 살며시 감싼다. 그의 손길이 닿을 때마다 터져 나오는 신음을 참을 수가 없다. 나는 치우를 온전히 갖고 싶음에 강한 팔과 목을 깨물어 본다. 나의 이가 남긴 흔적에도 그는 아랑곳하지 않고 나의 몸을, 혼을 갈망하고 있다. 나의 입술과 목덜미와 가슴과 허벅지에 치우의 입술은 갈망의 글자를 쓴다. 너는 나의 것이다. 나는 너의 것이다. 치우가 내 안을 채우고, 내 안이 그로 넘치고, 우리가 서로의 것이 되는 순간 내 몸과 내 혼에 새겨 넣어진다.

내 가슴을 베어 물며 힘껏 들이마시는 치우의 머리를 감싸 안으며 생각했다. 서로의 것이 된 행복한 순간을 갈망하게 하리. 그리하여 내 혼의 정수精髓가 그의 품에 안기길 갈망하고 또 갈망하여 삶이 끝날 때 반드시 치우를 찾아오리. 그렇게 치우와 나는 육신과 혼의 정사를 나누었다. 그리고 채워지지 않을 갈망을 간직한 채 새벽이 왔다.

"화림동이 물에 잠길 때 내게 그대를 보여 주어야 해."

나를 품에 안고 치우가 말했다.

"나……, 자신이 없어. 물에 잠기는 널 볼 자신이 없어."

"그대가 아닌 날 위해서 그렇게 해 달라는 것이다. 내가 용기를 내어 그대를 기다릴 수 있게. 그대를 보고, 힘을 얻을 수 있게."

"나는? 네가 그렇게 되는 걸 보면서 죽고 싶어지면 어떡하지?"

"그대는 그러지 않을 것이다. 그대는 강한 사람이니까. 과거에도, 현재에도, 나보다, 기하보다 더 강한 사람이 그대이다. 그대는 항상 우리 셋 중 가장 강했다. 그리고 그대는 날 위해서라도 살아 줄 사람이다."

그의 말은 언제나처럼 옳다. 너를 위해……, 눈물이 그의 가슴으로 떨어졌다. 나는 내 눈물을 먹으며 그의 가슴에 기댄다.

"그래, 널 볼게. 끝까지."

다시 내 위로 몸과 혼을 싣는 치우의 어깨를 안으며 나는 다짐했다. 나의 가슴을 덮고 있는 그의 뜨거운 입술을 통해 심장이, 치우를 향한 나의 사랑이 그에게로 흘러들어 갔다. 우주가 회전을 멈추었다. 세계가 멈추었다. 별들이 숨을 죽였다. 우주와 영원의 시간 속에 그와 나, 단둘만이 남았다. 나는 느낀다. 우리가 서로의 혼과 몸에 새겨 놓은 글자들이 서로를 끌어당기고 있음을. 연戀……, 당신이 그리워. 모慕……, 당신을 원해. 애愛……, 당신을 사랑해. 사랑해. 거역할 수 없는 우리의 의지였다. 운명은 하늘의 명이 아니라 사람의 의지다. 우리의 의지가 서로를 만나게 하고, 사랑하게 하고, 하나가 되자 비로소 우주가 다시 회전하기 시작했다. 세계가 움직이며 별들이 슬픈 노래를 시작했다.

35
약속

눈에 들어오는 모든 언덕들이 어머니 부른 배 같은 묘로 덮여 있는 이곳에 나는 홀로 섰다. 찾을 수 없는 내 부모의 묘가 저기 어딘가에 엎드려 있을 것이다.

화림동을 떠나고도 몇 해나 더 악착같이 살아남은 외조모가 임종 전 가르쳐 준 사실이었다. 물론 눈물을 글썽이는 눈을 하고서 내 손을 잡으며 사죄하듯이 이야기해 준 것은 절대 아니다. 오히려 멀쩡한 아들 집 놔두고 병원에서 죽을 수 없다고 우기시는 바람에 모시고 온 외숙의 집 안방에 자리를 펴고 누운 외조모는 끝까지 내게 눈을 흘겼다.

그녀의 마른 숨이 끄윽끄윽 방을 긁을 때 나는 무심히 창밖에 피어난 목련꽃을 보고 있었다. 엄마가 좋아했었지……. 잊고 있었던 기억이 떠올라 잠시 행복 비슷한 감정에 멍하니 빠져드는데 그녀의 몸처럼 말라빠진 목소리로 외조모가 말했다.

"선이 년, 그 나쁜 년, 어미 가슴에 못 박고 뒈진 년. 차라리 자식새끼 남기지 말지……. 저랑 똑같은 얼굴을 한 새끼 남겨 놓고 그리 가서 어미 눈에서 피눈물 빼게 한 년."

방 안에서 그녀의 임종을 기다리던 모든 이들에게 회초리를 휘두르는 것처럼 말을 잇던 외조모는 급히 기침을 뱉어 놓았다. 외숙이 늙은 어머니를 부축하려 했으나 그녀는 아들의 도움을 뿌리치고 방의 끄트머리에 앉아 있는 나를 매섭게 쏘아보았다.

"저것 봐, 저렇게 제 어미랑 똑같이 생겨 놔서, 저것도 분명 팔자가 사나울 것이지. 칼부림 끝에 죽였다지만, 그래도 죽고 못 살아서 도망까지 해 살림 차린 신랑인데……. 합장해 줬다. 네 외조부 몰래, 내가 그리했다. 화장하라는 거, 선이가 남긴 하나밖에 없는 새끼가 찾아가 통곡할 자리는 만들어 줘야겠다 싶어서 묻어 달라고 했어."

갑작스런 외조모의 고백에 모두가 놀랐다. 그러든 말든 외조모는 조용히 내 부모를 묻었다는 공동묘지의 위치와 이름을 말하고는 외숙을 향해 누웠다. 그날 저녁, 외조모는 숨을 거두었다.

"같이 가자. 혼자 가서 청승 떨려고 그러지? 같이 가."

외조모의 장례가 끝나고도 몇 달 동안 엄두를 못 내던 내가 간신히 그곳에 갈 결심을 굳히자 이오가 따라나서려고 했다.

하지만 내 부모 앞에 설 때 혼자이고 싶었다.

"왜? 부모님 묘 앞에서 손목이라도 그을까 봐 걱정돼? 걱정하지 마. 나 안 죽어. 늙고 병들어서 오갈 데 없어지면 너희 집에 얹혀 살 계획까지 세워 뒀는데 내가 왜 죽어? 그냥 있어. 갔다가 꼭 돌아올 거니까."

나는 그렇게 쉽게 죽지 않을 거다. 그와의 약속을 지킬 것이다.

굳은 마음을 먹고 홀로 공동묘지를 찾은 내게 젊은 관리인은 난감함을 표시했다. 체계적인 관리는커녕 서류상의 정리도 제대로 되지 않은 오래된 묘지들은 이때껏 늙은 관리인의 기억으로만 찾아왔는데, 그가 얼마 전 사망하여 가족이 기억하지 못하는 묘는 찾을 길이 없다는 것이다. 기억하는 유일한 가족이 죽어 버린 나는 당연히 부모님의 묘를 찾을 수 없었다.

나름대로 단단한 각오를 하고 왔던 나는 허탈감에 웃음이 나왔다. 엄마 아빠, 대단하네. 자식한테까지 숨어서 둘이서 죽자고 싸우고 있는 거야? 아니면 둘이서만 죽자고 사랑하고 있는 거야? 하는 수 없이 나는 공동묘지 꼭대기에 올라 네 방향을 향해 각각 두 번씩 절을 했다. 그리고 준비해 온 소주와 마른안주를 꺼내 가장 가까운 곳의 묘에 놓아 주었다. 묘비가 없는 묘에 소주를 뿌리며 나는 중얼거렸다.

"있잖아요, 여기 우리 엄마 아빠가 있다는데요, 이 사람들을 찾을 수가 없거든요. 혹시나 시간 나시면 한번 찾아봐 주실래요? 정교은이 부모 되는 사람들, 수소문 좀 해 주세요. 그래서 찾으면 말 좀 전해 줄래요? 당신들 딸, 잘살고 있더라. 대학도

졸업하고, 취업도 하고, 잘살고 있으니 걱정 말라고 전해 줄래요? 아, 좋은 남자는 옛날 옛적에 만났으니 그것도 걱정 말라고 전해 주세요. 어쩌면 그 남자를 만나기 위해 당신들이 그렇게 되고, 내가 농월당으로 돌아갔는지도 모르겠다고요. 그러니까 미안해하지 말라고요……. 미안해하지도 말고, 걱정하지도 말고 둘이서 행복하게 지내라고 전해 주세요."

그래, 엄마 아빠 걱정 마. 나 치우하고 약속했거든. 난 반드시 그 약속을 지킬 거야. 그러니까 걱정 마. 그와의 약속……. 그걸 생각하자 화림동이 수몰되던 날의 기억이 물결로 밀려왔다.

주민들이 하나둘씩 집을 비우고 산수유 꽃그늘이 초가지붕에 드리워져도 보아주는 이 하나 없었다. 이제 화림동의 길들은 소문의 통로가 되어 주지 못한다. 사람의 말이 떠난 그곳엔 꽃향기만이 길과 담을 넘나들 뿐이었다. 새들도 떠난 마을엔 남겨진 가재도구와 낡은 농기구들만 간간이 적막하게 뒹굴었다. 바람만이 화림동을 위로하고 있었다. 견디라, 견디라, 견뎌 내어 다시 하늘을 맞이할 그날을 꿈꾸어라.

나아갈 길이 막힌 물은 서서히 화림동의 길과 담을 휘돌아 품었고, 아래로 흐르는 제 본성을 거스른 채 위로 위로 차올랐다. 시간을 제 편으로 삼은 대지는 고요히 물을 받아들였다. 꽃잎들의 소용돌이를 머리에 이고 하늘빛에 가까워진 물이 농월당을 품었다. 다연의, 나의 농월당이 물의 혼이 된 꽃잎들과 함께 잠기고 있었다. 나는 그와의 약속을 지켰다. 물에 잠기는 그를 끝까지 지켜보리라. 두려움 없이 우리의 선택을 지켜보리라.

나비 무덤 곁, 농월당의 지신인 나의 치우가 물을 맞이하고 있었다. 깊고 아름다운 그의 눈동자가, 나를 굳건하게 안아 주던 가슴과 팔이, 또다시 나를 기다릴 그의 혼이 물에 잠기고 있었다. 내가 태어나기 전에 미리 사랑했고, 결코 그치지 않을 사랑을 남겨 둔 나의 임. 나를 위해 모든 것을 포기했던, 단 하나 나를 향한 마음만 포기하지 않았던 나의 남자. 나의 치우가 물에 잠겨 들고 있었다. 그의 확신은 옳다. 사람의 손이 만든 무엇도 땅의 힘에 미치지 못하며 굳은 그의 마음에 미치지 못한다. 세상 무엇도 시간보다 강한 것은 없다. 그는 나를 기다리고 나는 그에게 돌아갈 것이다. 시간이 증인이 될 것이며 시간과 우리의 의지가 우리를 서로에게 이끌어 줄 것이다. 물결에 흔들리면서도 치우는 나를 향해 미소 짓는다. 그는 지난밤의 약속을 미소로 확인하고 있었다.

화림동의 대지가 물에 잠기기 전 마지막으로 볼 수 있던 별이 빛나는 밤하늘 아래 우리는 서로에게 안겨 있었다.

"다시 그대를 보내야 하는구나. 홀로, 모진 세상으로 그대를 보내야 해."

모진 세상……, 홀로 살아가야 한다. 내가 살아가야 할 세상.

"그래, 그것도 단 한 번밖에 남지 않은 삶이지."

내 말을 듣고 번지는 그의 아픔을 본다. 하지만 미안해하지 않았다. 미안해하지 않고 분명하게 말했다.

"한 번밖에 살지 못할 삶이야. 너에게 돌아오기까지 살아 내야 할 삶. 그래서 시간아 흘러라, 빨리 죽자, 치우한테 빨리 돌아가게……, 그따위로 살지는 않을 거야. 약속해. 나는 아주 열심히 살 거야. 이번 삶을, 한 번밖에 남지 않은 삶을 아주 열심히 살고, 그러고 나서 반드시 널 찾아올 거야. 이제부터는 숨지 않을 거야. 도망치지도 않아."

치우의 미소, 그는 나를 더 꽉 안아 준다. 내 심장은 치우의 몫까지 힘차게 뛰고 있다.

"믿는다. 나는 그대를 믿는다. 그대는 지신보다도, 하늘보다도 강한 여인이니까. 나의 여인이니까. 그대의 약속을 가슴에 새기고 기다리겠다. 나의 여인."

우리는 이별하지 않았다. 우리는 다만 다시 만날 것을 약속했을 뿐이다. 그는 언제나 나와 함께이다. 그의 미소가, 그의 모습이 물에 완전히 잠길 때 나는 그렇게 믿었다. 그렇기에 눈물을 흘리면서도 그의 모습이 보이지 않을 때까지 오래도록 손을 흔들어 줄 수 있었다. 곧 다시 만나. 다시…….

그리고 나는 가방에서 일기장을 꺼냈다. 피투성이였던 나의 유년이, 아프고 아팠지만 분명코 아름다웠던 기하 오빠에 대한 기억이 담긴 일기장이었다. 한 장 한 장 찢었다. 그렇게 찢어 낸 일기장을 호수의 물결 아래로 떠내려 보냈다. 잘 가라, 나의 과거. 내가 간직할 과거는 저기, 치우와 함께, 그리고 나의 심장과 함께 있으니. 나의 과거를 내게서 해방시켜 주었다. 과거의 조각들은 물결 속으로 꽃잎처럼 사라졌다. 그러나 나는 호수를 떠날 수 없었다. 다리가 감각을 잃고 의식도 희미해졌지만 떠날 수가 없었다.

밤의 호수에 달빛이 비추었다. 저기쯤이 농월당이겠구나. 물에 잠긴 농월당에서 치우, 당신은 저 달을 보고 있을까? 그렇게 생각하는데 바람결에 향기가 실려 왔다. 분명코 알고 있는 향기였다. 그렇게 생각하며 발걸음을 옮기는 순간, 호수가 연꽃으로 뒤덮였다. 수백, 수천 송이의 하얀 연꽃이 시간의 물결을 타고 흔들리고 있었다. 다시 바람이 불자 달빛이 흔들리고 연꽃들이 흔들렸다. 연꽃을 흔들었던 바람은 향기를 전해주며 나를 휘감았다. 휘청, 어지러운데 멀리서 작은 남자아이 하나가 내게 뛰어온다. 익숙한, 뼛속까지, 혼의 깊숙한 곳까지 그리운 얼굴이다. 내 앞까지 단숨에 달려온 아이는 모은 손을 내밀었다.

"자, 받아."

난 단번에 눈물이 그렁그렁해진다. 하지만 울지 않았다. 울지 않고 웃으면서 걱정스런, 안쓰러움을 가득 담은 눈빛으로 나를 보는 아이가 내민 작고 풀빛으로 빛나는 그것, 반딧불을 소중히 받았다. 멀리서 여인의 목소리가 아이의 이름을 소리 높여 부른다.

"치우야!"

아이는 소리가 나는 쪽을 향해 달렸다. 아이의 걸음걸음이 반딧불이 되어 밤하늘을 날아올랐다. 어느 시간에서나, 어느 장소에서나 아름다운, 언제나 나를 위로해 주는 나의 치우. 반딧불 무리는 호수 위를 유영하다 저기쯤이 농월당이겠구나 싶었던 바로 그곳에 내려앉는다. 그래, 잊지 않을게. 내가 돌아가야 할 곳, 나를 돌려주어야 할 너를. 약속할게. 약속해.

빈 소주병을 탈탈 털어 다시 가방에 넣고 터덜터덜 언덕을 내려오는 내 등 뒤로 바람이 불어왔다. 하늘로부터 내려온 바람은 소식을 전하듯이 묘와 묘 사이를 휘감더니 키 작은 나무를 흔든다. 좌우로 흔들리는 나뭇가지가 내 부모의 배웅처럼 보여 울컥하지만 울지 않는다. 나는 고개를 들고 허리를 곧게 편다. 그리고 바람에게 웃어 보인다. 잘 있어. 안녕, 엄마 아빠. 나를 사랑해 준 사람들, 내가 사랑했던 사람들, 안녕.

저기 언덕 아래, 주차된 차에서 이오가 내려 손을 흔들고 있는 것이 보인다. 바보, 기어코 왔네. 나는 더 활짝 웃으며 그녀에게 손을 흔든다. 삶을 향해 손을 흔든다.

『모든 생의 사랑』 끝

작가 후기

저 나비에게 우산을 씌워 주고 싶다.

여름날의 하늘은 잿빛이었고 무표정하거나 불쾌한 얼굴의 사람들이 거리를 오가고 있었습니다. 내가 탄 버스가 신호에 걸려 섰을 때 하늘이 빗방울을 툭툭 털어 내기 시작했습니다. 나는 귀에 이어폰을 꽂고 멍하니 횡단보도를 건너는 사람들을 쳐다보고 있었지요. 그리고 팔차선 넓은 대로의 중앙, 손바닥만 한 화단 위를 팔랑거리며 날아다니는 나비를 발견했습니다. 도시의 미관을 위해, 혹은 열섬 현상을 막기 위해……, 목적의식 분명한 초록의 섬을 생의 터전으로 삼은 나비. 그 나비의 날갯짓에 어쩐 일인지 시선과 마음을 빼앗겼습니다. 하지만 연약한 나비의 날갯짓 따위야 어찌 되든 하늘은 본격적으로 비를 쏟아 냈고, 강철로 만든 영혼 없는 차들은 속도를 올리며 출발했지요.

'저 나비에게 우산을 씌워 주고 싶다.'

그 순간, 내 마음—머리가 아닌—에 떠오른 생각입니다. 아주 잠시라도 나의 작은 우산 속에서 날개가 비에 젖지 않도록…….

그런 마음으로 이 소설을 쓸 수 있었습니다. 나의 글이 세상을 살아가며 상처받은 그대를 위한 우산 같은 글이 되길 바라면서요. 그러나 이 책이 그대의 손안에서 반짝이는 반딧불 같은 위로가 되었다면 도리어 가장 큰 위로와 용기를 얻은 사람은 나 자신일 것입니다. 그대와 그대, 또 다른 그대들에게 우산을 씌워 주며 계속 비를 피할 수 있었던 것은 누구보다 나 자신일 테니까요. 그런 의미에서 세상 어느 곳에 있든 이 책을 들고 자신에게, 그리고 내게 우산을 씌워 주고 있는 그대에게 가장 큰 감사의 인사를 드립니다.

세상에 상처받았으나 장하게 살아가고 있을 바로 그대……, 고맙습니다.

다소 길어진 추신 : '가능성' 하나만을 믿고 제게 기회를 제공해 주신 파란미디어 식구분들, 양띠라서 겁 많고, 황소자리라서 고집 세고, A형이라서 소심하기 그지없는 저를 무한한 인내심으로 이끌어 주신 임수진 편집장님과 이문영 편집주간님 감사드립니다. 그리고 나의 첫 독자이자 마지막 독자일 소정,

늘 조언과 격려를 아끼지 않는 현주, 죽을 때까지 든든한 후원자일 혜란·윤경·효정아 고마워. 또 내 지친 어깨를 다독거려 준 앨리스키친 자매의 향기로운 홍차, 김윤아 · 이소라님의 음악에 감사의 미소를 보냅니다. 꿈을 향해 전력 질주 중인 명금이와 현기야, 힘내라!

뭉게구름을 피워 올리던 푸른 바다·은하수 흐르는 밤하늘·소나기 내린 후의 무지개·반짝이던 반딧불의 추억을 선사해 준 내 글의 고향인 외가, 어린 시절 단칸방에서 보냈던 황홀한 독서의 시간, 세상에서 가장 위험하고도 안전한 장소인 책들의 성전인 도서관……, 고맙다. 그리고 영감의 원천이 되어 주는 수십 개로 분열된 나의 자아, 앞으로도 잘 부탁해!

2011년 11월 이수민